Erin Bartels

# Wir hofften auf bessere Zeiten

francke

Bibliografische Information der Deutschen Nationalbibliothek
Die Deutsche Nationalbibliothek verzeichnet diese Publikation in der Deutschen Nationalbibliografie; detaillierte bibliografische Daten sind im Internet über http://dnb.dnb.de abrufbar.

ISBN 978-3-96362-120-8

Originally published in English under the title
*We Hope for Better Things*
by Revell,
a division of Baker Publishing Group,
Grand Rapids, Michigan, 49516, U.S.A.

35037 Marburg an der Lahn
Deutsch von Silvia Lutz
Umschlagbild: Shutterstock
Umschlaggestaltung: Verlag der Francke-Buchhandlung GmbH
nach einer Vorlage von Ram Creative
Satz: Verlag der Francke-Buchhandlung GmbH
Druck und Bindung: CPI books GmbH, Leck

www.francke-buch.de

*Für Calvin,*

*dessen Mitgefühl mir Hoffnung*

*für die Zukunft gibt.*

*Speramus meliora; resurget cineribus.*
Wir hoffen auf bessere Zeiten;
mögen sie aus der Asche erstehen.

Leitspruch der Stadt Detroit

# Kapitel 1

*Detroit, Juli*

Im *Lafayette Coney Island* war es am späten Vormittag ausgesprochen ungemütlich. Wahrscheinlich war es hier auch sonst niemals gemütlich. Das traditionsreiche Fast-Food-Restaurant war klein, schmuddelig und überfüllt. Einen Stuhl freizuhalten, wie ich es in der Stoßzeit versuchte, wurde nicht gern gesehen.

Ich war dankbar, als um Punkt zwölf Uhr, wie verabredet, ein älterer schwarzer Mann in einem ausgebeulten Trikot der *Detroit Lions* durch die Tür schlurfte. Über seiner hängenden Schulter trug er eine fleckige Ledertasche.

»Mr Rich?«, überschrie ich den hohen Geräuschpegel.

Er rutschte auf den freien Stuhl mir gegenüber. Um diesen Stuhl hatte ich schwer gekämpft. Hoffentlich würde ich für diese Mühe belohnt.

»Woher wussten Sie, dass ich es bin?«, fragte er.

»Sie hatten gesagt, dass Sie ein Lions-Trikot tragen würden.«

»Ach ja. Das hatte ich, nicht wahr? Mein Sohn hat es mir geschenkt.«

»Können wir bestellen? Ich habe nur zwanzig Minuten Zeit.«

Mr Rich drehte den Kopf zur Tür. »Ich hatte gehofft, dass … Ah, da ist er ja!« Die Tür ging auf und ein großer, athletisch gebauter Mann im eleganten Anzug und mit kurzen, schwarzen Dreadlocks trat ein. Er kam mir vage bekannt vor.

»Denny! Wir wollen gerade bestellen.« Mr Rich legte die Ledertasche auf seinen Schoß und rutschte auf seinem Stuhl zur Seite, um dem Neuankömmling Platz zu machen.

Der Mann setzte sich auf die zwanzig Zentimeter Stuhl, die Mr Rich ihm freigeräumt hatte, ragte aber größtenteils in den ohnehin schon engen Gang.

»Das ist mein Sohn Linden.«

Jetzt fiel bei mir der Groschen. Mein Blick flog zu den vielen Fotos von berühmten Persönlichkeiten hinüber, die im Laufe der Jahre hier gegessen hatten. Dort an der Wand hing er. Zwischen Eminem und Drew Barrymore thronte er über den lächelnden Mitarbeitern.

Ich richtete mich ein wenig höher auf. »Der Linden Rich, der für die *Lions* spielt?«

»Ja«, antwortete er. »Und Sie sind …?«

»Das ist Elizabeth Balsam«, antwortete Mr Rich an meiner Stelle, »die Journalistin, die die Skandalgeschichten in der *Free Press* über Korruption und Land Grabbing und die zehntausend – oder waren es elftausend? – nicht ausgewerteten Vergewaltigungsindizien, die vor einer Weile gefunden wurden, geschrieben hat. Sie hat auch über den Kilpatrick-Prozess berichtet.«

Ich setzte das dezente Lächeln auf, das ich seit meinem Studium jeden Morgen vor dem Spiegel einübe, weil ich hoffe, dass es mich gleichermaßen aufgeschlossen wie intelligent erscheinen lässt.

»Ach ja. Okay.« Linden nickte. »Ich sehe die Ähnlichkeit. In den Augen.«

»Das habe ich dir doch gesagt«, erwiderte Mr Rich.

»Ja, das hast du.«

»Entschuldigung«, mischte ich mich ein, »welche Ähnlichkeit?«

In diesem Moment kam ein Kellner in einem schmutzigen weißen T-Shirt, der zehn Teller auf einem Arm balancierte, an unseren Tisch und rief überschwänglich: »Hallo, Denny! Was darf ich euch bringen?«

Wir bestellten unsere Coney Dogs – für mich ganz klassisch mit Soße und Zwiebeln, für Linden mit allem, was sie in der Küche hatten, und für Mr Rich nur mit Soße. Er erklärte: »Ich vertrage keine Zwiebeln mehr.«

»Und ich brauche Besteck«, ergänzte ich mit Nachdruck.

Während der Kellner dem alten Mann am Grill unsere Hotdog-Bestellung zurief, wandte sich Linden an seinen Vater: »Du gibst ihr diese Kamera nicht.«

»Du hast nur von den Fotos gesprochen. Du hast gesagt, dass ich die Fotos vorerst behalten soll«, sagte Mr Rich. »Warum soll ich ihr die Kamera nicht geben? Sie gehört dir nicht, Denny.«

»Ihr gehört sie auch nicht.«

»Nein, aber sie kann sie Nora geben.«

Linden atmete tief ein und blickte beiseite. Jedem anderen wäre es wahrscheinlich peinlich gewesen, wenn in seinem Beisein über ihn gesprochen wurde, als wäre er nicht da, aber in mir hatten die Jahre im unbarmherzigen Journalismusgeschäft diese absolut natürliche Reaktion fast abgetötet.

Ungebeten schaltete ich mich in das Gespräch ein und begann, meine Fragen zu stellen. »Am Telefon sagten Sie, man habe Ihnen ein paar Dinge ausgehändigt, die in der Asservatenkammer der Polizei gefunden wurden. Dinge, die einer Verwandten von Ihnen gehören?«

»Nein, sie gehören einer Verwandten von *Ihnen.* Ich erzähle Ihnen die Geschichte am besten der Reihe nach.«

Ich widerstand dem Drang, mein Handy herauszuholen, um seine Worte aufzuzeichnen.

Doch bevor Mr Rich seine Geschichte erzählen konnte, wurden unsere Coney Dogs bereits in keiner erkennbaren Ordnung auf den Tisch geknallt. Wir schoben die Teller hin und her, bis jeder seinen Hotdog hatte. Die beiden Männer mir gegenüber nahmen ihren in die Hand und bissen hinein. Ich begann, meinen mit Messer und Gabel zu schneiden, wofür ich von Linden einen »Das soll wohl ein Witz sein!«-Blick erntete.

»Ich lese die *Free Press* seit Jahren«, begann Mr Rich. »Dabei ist mir immer wieder Ihr Name untergekommen. Ich weiß nicht, ob mir aufgefallen wäre, dass all diese Artikel von derselben Journalistin stammen, wenn ich Ihren Familiennamen nicht so gut kennen würde.«

Ich nickte, um ihm zu verstehen zu geben, dass ich ihm folgen konnte.

»Und ich habe mir überlegt: Vielleicht ist diese Elizabeth Balsam mit der Balsam verwandt, die ich kenne. Diesen Namen hört man in Detroit nicht oft. Ich weiß nicht, ob ich ihn außer in Verbindung mit Nora Balsam überhaupt schon einmal gehört habe. Sagt Ihnen ihr Name etwas?«

Ich spießte ein Stück Wurst auf und tunkte es in die Soße. »Nein, tut mir leid. Ich glaube nicht, dass ich jemanden mit diesem Namen kenne.«

Linden hob die Hand, um seinem Vater zu signalisieren: »Das habe ich dir doch gleich gesagt!«

»Nicht so vorschnell«, erwiderte der alte Mann an seinen Sohn gewandt. »Du hast selbst gesagt, dass sie genauso aussieht wie sie.«

»Ich gebe zu, dass Sie wie sie aussehen«, gestand Linden ein. »Aber – nehmen Sie es mir bitte nicht übel – irgendwie seht ihr alle gleich aus.«

Ich lachte. Als Weiße in einer Stadt, in der über 80 Prozent schwarz sind, war ich es gewohnt, gelegentlich daran erinnert zu werden, wie sich Minderheiten in den meisten Teilen dieses Landes fühlten. Das störte mich nicht. Im Gegenteil, es machte mir bewusst, dass die Leserschaft, für die ich schrieb, nicht nur aus Leuten wie mir bestand.

»Ich würde nicht sagen, dass Sie ihr wie aus dem Gesicht geschnitten sind«, schob Mr Rich nach, »aber in der Augenpartie sehe ich eine deutliche Ähnlichkeit. Wenn Sie blonde Haare und vielleicht ein anderes Kinn hätten, würde es genau passen.«

Ich trank einen Schluck Wasser. »Ich weiß immer noch nicht, von wem Sie sprechen. Oder worum es überhaupt geht.«

Mr Rich schloss kurz die Augen und schüttelte den Kopf. »Ja, wir sollten der Reihe nach erzählen. Sie wissen besser als jeder andere, dass vieles in dieser Stadt im Argen liegt. Es gibt zu viele Probleme, um sie alle bewältigen zu können. Ich habe etwas gesucht, das sehr lange verloren war. Ich wusste, dass die Polizei es haben musste, aber versuchen Sie mal, in einer Organisation, die in fünf Jahren fünf Polizeichefs hatte, jemanden ans Telefon zu bekommen, der sich auskennt. Und dann haben sie viel wichtigere Dinge zu tun, als irgendeine alte Tasche zu suchen, die in einem Regal verstaubt.« Er hielt inne und lächelte breit. »Aber ich habe sie endlich gefunden. Vor zwei Jahren habe ich einen Anruf bekommen und dann haben sie sie mir zurückgegeben. Und noch ein paar andere Sachen, mit denen ich gar nicht gerechnet hatte.« Er tippte auf die Tasche auf seinem Schoß, die erstaunlich sauber war und keinen einzigen Tropfen Hotdog-Soße aufwies. »Diese Kamera gehört Nora Balsam. Außerdem habe ich eine ganze Schachtel voll Fotos für sie.«

Ich merkte, dass ich die Augen zusammenkniff, während ich versuchte, die einzelnen Puzzleteile zusammenzufügen und zu kapieren, was das alles mit mir zu tun hatte. Hastig zwang ich mich, meine Gesichtsmuskeln zu entspannen und eine mitfühlende Miene aufzusetzen. »Und Sie glauben, ich wäre mit ihr verwandt und könnte ihr die Sachen deshalb geben?«

»Das war meine Hoffnung.«

Ich wischte meine bereits sauberen Hände an meiner Serviette ab. »Es tut mir leid, Mr Rich, aber ich fürchte, Sie müssen woanders suchen. Ich habe diesen Namen noch nie gehört.«

Der alte Mann wirkte enttäuscht, aber ich war erleichtert. Immerhin hatte ich größere Fische an der Angel und mein Abgabetermin rückte immer näher. Ich hatte keine Zeit, um irgendjemandem alte Fotos zu überbringen. Ich warf einen Blick auf mein Handy. Ich hatte nicht einmal Zeit, um fertig zu essen.

»Es tut mir wirklich sehr leid, dass ich Ihnen nicht weiterhelfen kann. Und jetzt muss ich leider los.« Ich wollte einige Geldscheine aus meinem Portemonnaie holen, doch Linden hob die Hand.

»Das Essen geht auf mich.«

»Danke.« Ich trank mein Wasserglas leer, zog den Riemen meiner Handtasche über meine Schulter und schob meinen Stuhl fünf Zentimeter zurück. Mehr Platz war nicht. »Nur so aus Neugier: Warum lagen diese Sachen bei der Polizei? Was ist auf den Fotos zu sehen?«

Linden schaute seinen Vater an, der den Blick auf seinen Teller senkte, als stünde die Antwort auf meine Frage in der verschmierten Soße.

»Sie wurden 1967 bei den Rassenunruhen aufgenommen.«

Mein Herzschlag erhöhte sich sofort. Ich rutschte wieder an den Tisch heran und beugte mich vor. »Haben Sie die Fotos dabei?«

»Denny hat gesagt, dass ich sie lieber nicht mitbringen soll.«

»Warum nicht?«

»Genau aus diesem Grund«, sagte Linden. »Weil Sie kein Interesse an all dem hatten, bis Sie wussten, was auf den Fotos zu sehen ist. Ich wusste, dass es so laufen würde.« Er wandte sich an seinen Vater. »Habe ich es dir nicht gesagt? Habe ich dir nicht gesagt, dass sie nur die Fotos in die Finger bekommen wollen wird?«

Ich lehnte mich zurück und versuchte, cool auszusehen. Dieses umgängliche, aber doch intelligente Lächeln aufzusetzen. »Natürlich interessieren mich die Bilder. Ich setze mich seit Jahren dafür ein, Korruption und Misswirtschaft in dieser Stadt anzuprangern. Wenn Fotos von historischer Bedeutung auf einer Polizeiwache vergammeln, ist das nur ein weiteres Symptom des größeren Problems. Ich arbeite seit Wochen an einer großen Story, die im Zusammenhang mit den Rassenunruhen steht. Diese Fotos wurden nie veröffentlicht, nehme ich an. Ich bin mir sicher, dass die *Free Press* für das Recht, diese Bilder der Welt zeigen zu dürfen, einen guten Preis bezahlen wird. Immerhin waren das so ziemlich die größten Unruhen, die wir hier in den USA je hatten.«

Linden deutete mit dem Zeigefinger auf mich. »Da! Da hast du es! Genau, wie ich gesagt habe.«

Mr Rich legte eine Hand auf den Unterarm seines Sohnes. »Ist ja gut. Beruhige dich und lass mich bitte auch mal etwas sagen.«

Linden senkte seinen anklagenden Finger und lehnte sich auf seiner Stuhlhälfte zurück. Sein Millionen-Dollar-Bein war neben meinem Stuhl ausgestreckt und zwang mich, sitzen zu bleiben, obwohl er es unübersehbar nicht erwarten konnte, mich loszuwerden.

Sein Vater schaute mich mit müden Augen an. »Miss Balsam, ich trage eine schwere Last mit mir herum. Seit fünfzig Jahren belastet mich etwas, das ich loswerden möchte. Diese Kamera und diese Fotos muss Nora bekommen. Nicht eine Zeitung, nicht ein Museum, nicht eine Bibliothek. Sondern Nora. Ich kann sie ihr leider nicht geben. Aber Sie könnten sie ihr bringen. Wären Sie bereit, sich einfach zu erkundigen? Ein wenig nachzuforschen, ob Sie tatsächlich mit ihr verwandt sind, so wie wir es vermuten? Und falls Sie mit ihr verwandt sind, wären Sie dann bereit, Kontakt zu ihr aufzunehmen? Sie sozusagen langsam auf das vorzubereiten, was da auf sie zukommt? Diese Fotos werden viele schmerzliche Erinnerungen in der alten Frau wecken. Aber ich weiß in meinem Herzen – der Herr hat es mir auf die Seele gelegt –, dass ich sie ihr geben muss.«

Eine der wichtigsten Lektionen, die ich in meinen ersten Jahren als Journalistin gelernt hatte, war es, mich nicht emotional auf eine Story einzulassen. Als Journalistin muss man über zu viel Schmerzliches und Leidvolles schreiben. Wenn ich zuließe, dass ich mit dem Jungen leide, der gemobbt wird, oder mit dem Mann, der sein Geschäft verloren hat, oder mit der Frau, deren Tochter entführt wurde, obwohl ich an der Situation nichts ändern kann – außer eine Stimme zu sein, die den Betroffenen Gehör verschafft –, wäre die Last, die ich jeden Abend mit nach Hause nehmen würde, einfach zu groß. Deshalb hatte ich eine Mauer um mein Herz herum errichtet, hinter der ich mich bei meiner Arbeit grundsätzlich verschanzte.

Aber in den Augen dieses Mannes, in den gekrümmten Falten auf beiden Seiten seines Mundes, die die Vermutung nahelegten, dass es in seinem Leben genauso viel gegeben hatte, über das er sich geärgert, wie Dinge, über die er gelächelt hatte, lag etwas, das diese Mauer bröckeln ließ.

Ich tippte mit dem Finger auf den Tisch. »Warum haben Sie die Fotos, wenn Nora die Bilder aufgenommen hat?«

»Sie hat die Bilder nicht aufgenommen. Mein Onkel hat die Bilder gemacht. Aber er ist nicht mehr da. Sie gehören jetzt ihr.«

»Warum?«

»Sie ist seine Frau.«

Eine Mischehe in den 1960er-Jahren? Die Sache wurde immer interessanter. Vielleicht könnte ich diese Geschichte in meine groß angelegte Artikelserie über die Unruhen und die damalige Zeit einbauen. Sie bot einen großartigen menschlichen Ansatz, einen größeren kulturgeschichtlichen Bezug, eine Verbindung zu einem prominenten NFL-Spieler. Falls ich tatsächlich mit dieser Nora verwandt war, könnte ich das Ganze sogar als persönliche Familiengeschichte aufziehen. Die Frage war: Hatte ich dafür Zeit? Bisher war es mir immer noch nicht gelungen, den Schutzschild um Richter Sharpe zu knacken, den ich in meiner investigativen Serie überführen wollte, und mir lief allmählich die Zeit davon.

»Okay, angenommen, ich bin mit ihr verwandt. Ich kenne diese Frau trotzdem nicht und sie kennt mich nicht. Warum sollte sie mir auch nur zuhören?«

»Miss Balsam, glauben Sie an Gott?«

Diese Frage überrumpelte mich. »Ja.«

»Glauben Sie, dass er aus allem, was geschieht, etwas zu seiner Ehre machen kann?«

Meine Eltern glaubten das. Meine Schwester glaubte das auch. Ich hatte es früher auch geglaubt. Bis ich gesehen hatte, wie chaotisch und kaputt und außer Kontrolle die Welt war. Wenn der Journalismus mich etwas gelehrt hatte, dann die Erkenntnis, dass wir uns alle nur durch ein Minenfeld aus Gefahren und Raubtieren und dummen Zufällen hangeln und stolpern. Aber es war nicht zu übersehen, dass Mr Rich glaubte, Gott hätte ihm eine Aufgabe übertragen – er sollte diese Sachen zurückgeben –, und dass er keinen Frieden finden würde, solange er diese Aufgabe nicht erfüllt hatte.

Statt seine Frage zu beantworten, stellte ich eine Gegenfrage. »Warum schicken Sie ihr die Sachen nicht einfach mit der Post?«

Ich wartete auf eine logische Begründung, warum das nicht möglich war, aber er nannte mir keine.

»Würden Sie sich einfach erkundigen, ob Sie mit Nora verwandt sind?«, fragte er.

Der flehentliche Ausdruck in seinen braunen Augen löste noch mehr Steine aus meiner ohnehin schon bröckelnden Schutzmauer.

»Also gut. Ich erkundige mich«, antwortete ich.

Mr Rich nickte und schob eine Visitenkarte über den Tisch. Ich mied Lindens kritischen Blick, als ich die Karte einsteckte und mich aus meinem Stuhl zwängte.

»Es war schön, Sie kennenzulernen«, sagte ich. »Danke für das Essen.«

Ich trat in den windigen, sonnigen Nachmittag hinaus, gab dem Obdachlosen, der vor der Tür murmelnd auf und ab ging, einen Dollar und eilte die Straße hinab zu dem alten Notenbankgebäude, in dem seit 2014 die immer kleiner werdende Belegschaft der *Free Press* untergebracht war und in dem mich ein Berg Arbeit erwartete.

Zurück am Schreibtisch versuchte ich, mich auf die endlose Liste von E-Mails in meinem Posteingang zu konzentrieren, die als *dringend* markiert waren. Eine Mail stammte von meinem Chefredakteur – *In mein Büro, sofort* –, aber mein Gehirn war bereits vollends damit beschäftigt, sämtliche Richtungen auszuloten, die diese neue Story einschlagen könnte. Das war im Moment sehr ungünstig, da ich mein Augenmerk eigentlich voll und ganz auf meine aktuelle Recherchearbeit legen musste.

Ich spionierte Richter Sharpe seit Monaten durch meinen Kontakt zu seinem vertrauensseligen und ahnungslosen Sohn, Vic, aus und hatte endlich das Gefühl, dass ein Durchbruch kurz bevorstand. Vic hatte mir gestern Abend eine Nachricht geschickt, in der er mich zum Kaffee einlud. Er hatte, wie er es formulierte, »etwas Großes herausgefunden, das dich bestimmt interessieren wird«. Ich musste diese Fotos also dringend aus dem Kopf bekommen. Und das würde mir am besten gelingen, wenn ich schon mal nachzuforschen begann und den Ball ins Rollen brachte.

So unauffällig wie möglich verdrückte ich mich ins Treppenhaus und rief auf meinem Smartphone die Seite *Ancestry.com* auf. Einige Minuten und dreißig Dollar später klickte ich kleine grüne Blätter an, die mir auf dem Display entgegenwinkten. Ich fand meine Eltern und begann, den Familienzweig meines Vaters im Familienstammbaum zurückzuverfolgen. Großvater Richard, Großonkel Warner … *Bingo!* Da war sie: eine Großtante, deren Geburtsname Eleanor Balsam lautete.

Rasch schrieb ich meiner Schwester in L.A. eine Nachricht.

**Hey, lange nichts gehört. Familienfrage: Hast du Mama oder Papa je von einer Großtante Eleanor oder Nora sprechen hören? Antworte mir bitte bald. Danke.**

Ich wartete einen Moment auf eine Antwort. Wahrscheinlich war sie gerade bei einem Patienten. Es war auch möglich, dass sie keine Ahnung hatte, wer ihr da schrieb, denn wir hatten seit mindestens zwei Jahren nicht mehr miteinander gesprochen. Ich ging zu meinem Schreibtisch zurück, öffnete meinen Text über einen schwarzen Polizisten, der während der 1967er-Unruhen Dienst gehabt hatte, und las ihn mir noch ein letztes Mal durch, bevor ich ihn meinem Redakteur mailte. Es handelte sich dabei um die Fortsetzung meines Artikels über einen weißen Feuerwehrmann, den ich vor zwei Tagen abgegeben hatte. Der Artikel über Richter Sharpe, der während der Unruhen bei der Nationalgarde gewesen war, sollte die Serie vervollständigen. Falls ich ihn schreiben konnte.

Es war 14:14 Uhr. Wenn ich in fünf Minuten aufbrach, hätte ich gerade genug Zeit, um mich vor meinem Treffen mit Vic in der Starbucks-Filiale im Renaissance Center umzuziehen.

Mein Handy summte. Meine Schwester.

**Sie ist Papas Tante. Warum? Ist mit ihr alles in Ordnung?**

Typisch Grace, dass sie sich sofort Sorgen machte.

**Ich will sie besuchen. Weißt du, wo sie wohnt?**

Ich starrte wartend auf das Display.

**Soweit ich weiß, wohnt sie immer noch im alten Lapeer-Haus.**

Sie schrieb das, als müsste ich wissen, wo das war, als bedürfte *das alte Lapeer-Haus* keiner weiteren Erklärung. Selbst nach all der Zeit ärgerte es mich noch, dass meine ungeplante Geburt neun Jahre nach meiner Schwester zur Konsequenz hatte, dass ich mich oft wie eine Außenseiterin in meiner eigenen Familie fühlte, die viele alte Geschichten und Insiderwitze nicht verstand.

**Adresse?**

Pause.

**Mama könnte sie haben.**

Na toll. Meine Eltern waren seit acht Jahren Missionsärzte im Amazonas-Mündungsgebiet. Ich konnte sie nicht nach Lust und Laune anrufen. Mama rief zu meinem Geburtstag und an Weihnachten an und auch sonst hin und wieder, wenn sie zufällig in einer Stadt waren, um ihre Vorräte aufzufüllen, aber das kam nicht oft vor.

Mein Handy summte wieder.

**Oder ruf Barb an. 269-555-7185.**

Ich verkniff mir die Frage, wer Barb war, da ich das offensichtlich wissen sollte. Am besten rief ich diese Barb einfach an. Die Aussicht, Fotos von den Unruhen, die noch nie jemand gesehen hatte, in die Hände zu bekommen, war zu verlockend, um Zeit mit langen Fragen zu verlieren.

Apropos Zeit … Wieder warf ich einen Blick auf die Uhr. Wenn ich es pünktlich ins Renaissance Center schaffen wollte, musste ich los. Jetzt sofort. Ich schnappte meine Handtasche und die kleine Reisetasche vom Schreibtisch und lief in Richtung Treppenhaus.

»Liz!«

Mein Redakteur war der einzige Mensch auf der Welt, der »Liz« zu mir sagte.

»Ich habe es eilig, Jack. Ich komme zu dir, sobald ich zurück bin. Drei Uhr. Spätestens vier.«

Ich ließ die Metalltür hinter mir zufallen, verdrängte den Gedanken an die Schachtel mit den Fotos und konzentrierte mich ganz auf meine eigentliche Arbeit: Richter Ryan Sharpe, der dafür bekannt war, sehr vorsichtig zu sein, dazu zu bringen, etwas über seine Verstrickung in die Unruhen von 1967 zu verraten. Denn auch wenn er der Öffentlichkeit ein anderes Bild vorgaukelte, sagte mir mein Bauchgefühl, dass in seiner schwarzen Robe ein Mann steckte, der etwas zu verbergen hatte.

# Kapitel 2

*Detroit, März 1963*

Nora stockte der Atem. Der Mann auf dem Foto trug denselben Hut, denselben Anzug, dieselbe Krawatte und dieselben auf Hochglanz polierten Schuhe. Sie erkannte die Nase, den Mund und die Augen eindeutig, auch wenn sein Gesicht wutverzerrt war. Die hohe Stirn, in die sich tiefe Falten schnitten. Die Lippen waren zu einem Schrei verzogen. Die linke Hand zur Faust geballt. Seine rechte Hand packte wie eine Klaue zu. An seinem Finger trug er einen Ring, den sie gut kannte. Er stürzte sich auf die Kamera. Besser gesagt auf die Person, die die Kamera in der Hand hielt.

»Das ist das letzte Foto, das ich mit dieser Kamera geschossen habe«, sagte hinter ihr eine samtige Stimme.

Nora fuhr herum. Ihre Augen starrten auf die Brust eines Mannes in einem lockeren, weißen Hemd, das in einer schwarzen Hose steckte. Sie trat einen Schritt zurück. Der Mann, der auf sie hinablächelte, war schlank und attraktiv, seine Haut hatte die Farbe von dunklem Mahagoni und seine Augen waren tiefbraun. Auf dem Schild, das an seiner Brust steckte, stand *Aussteller*.

»Dieses Bild haben Sie fotografiert?«

Der Mann nickte und hielt ihr die Hand hin. »Alle Fotos an dieser Wand stammen von mir.«

»Wo haben Sie dieses Foto gemacht?«, fragte Nora, ohne die angebotene Hand zu beachten. Sie würde ihm gewiss nicht die Hand geben.

»Dieses Foto habe ich vor einigen Monaten vor dem General-Motors-Gebäude geschossen. Der Mann war wahnsinnig wütend. Unmittelbar nachdem ich dieses Foto gemacht habe, hat er meine Kamera auf den Gehweg geschmettert. Können Sie sich das vorstellen? Ich habe sie so schnell wie möglich aufgehoben und bin weggelaufen. Den Film konnte ich retten, aber dieser Kasten wird nie wieder ein Foto machen.«

»Was haben Sie ihm getan?«

Der Mann hob in einer kapitulierenden Geste beide Hände. »Hey, ich habe diesem Typen gar nichts getan.«

»Aber Sie müssen etwas gemacht haben. Warum war er so wütend? Warum hat er Sie angegriffen?«

Der junge Mann schüttelte den Kopf. »Solche Männer brauchen keinen Grund.«

»Was für Männer?«

»Sie wissen schon. Wichtige weiße Männer. Sie brauchen für gar nichts einen Grund. Sie können machen, was sie wollen, ohne Konsequenzen befürchten zu müssen.«

Nora merkte, dass ihre Miene sich verfinstert hatte, und zwang sich dazu, ihre Gesichtsmuskeln zu entspannen. Wer mit zwanzig Jahren finster schaut, hat mit dreißig Jahren Falten, erinnerte ihre Mutter sie regelmäßig.

»Ich verstehe einfach nicht, was ihn dazu veranlasst haben könnte, so etwas zu machen. Er ist nicht …« Sie verstummte und sah dem jungen Mann an, dass er plötzlich begriff.

Er öffnete den Mund, aber bevor er seine Frage aussprechen konnte, trat Diane zu ihr und plapperte munter drauflos.

»Hast du diese Serie mit den riesigen Zwillingen auf den kleinen Motorrädern dort drüben gesehen? Es sieht richtig unheimlich aus. Zwillinge sind ja sowieso schon ein verstörender Anblick und …«

Mit einem Mal schien sie zu merken, dass niemand ihr zuhörte. »Hey, was ist?« Sie reckte den Hals und betrachtete das Bild, das Nora mit ihrem zierlichen Körper zu verbergen versuchte. »Du meine Güte! Ist das dein Vater?« Ihre Stimme hallte in dem kahlen Gang wider.

»Könntest du bitte leiser sprechen?« Nora deutete mit dem Kopf auf den schlaksigen Fotografen.

»Oh!«, sagte Diane und zog den Riemen ihrer Handtasche über ihren Kopf.

»Er hat das Foto gemacht«, raunte Nora ihr leise zu.

Der Mann hob eine Hand zum Gruß, dann schob er beide Hände in seine Hosentaschen.

»Im Ernst?« Diane entfuhr ein leises Lachen, das auf Noras missbilligenden, finsteren Blick hin aber schnell wieder verstummte. »Ihr zwei habt sicher einiges zu besprechen. Ich bin dann einfach … irgendwo anders.«

Sie schlenderte davon und ließ Nora in dieser unangenehmen Situation allein.

»Hören Sie, Miss. Das tut mir leid. Das wusste ich nicht.«

Nora schüttelte schnell den Kopf. »Nein, nein. Sie brauchen sich nicht zu entschuldigen. Aber ich muss Sie natürlich bitten, das Bild abzuhängen.«

Er runzelte die Stirn. »Es abhängen? Es ist das beste Foto weit und breit. Die Preisrichter fällen ihre Entscheidung erst um drei Uhr. Vorher nehme ich es auf keinen Fall ab.«

Nora ballte die Fäuste und bemühte sich um ein Lächeln. »Bitte! Viele Menschen kennen meinen Vater. Bestimmt wird ihn jemand erkennen.«

»Und?« Er zuckte die Achseln.

»Und?«

»Ja, was macht es schon, wenn ihn jemand erkennt? Ich hoffe, dass man ihn erkennt. Warum sollte ihn niemand erkennen?«

Nora merkte, dass sie schon wieder eine finstere Miene aufgesetzt hatte. »Weil das unhöflich ist. Es ist äußerst unhöflich, jemanden zu fotografieren, wenn er wütend ist, und das Bild dann so aufzuhängen, dass es die ganze Welt sehen kann.«

Die Augen des Mannes weiteten sich. »Unhöflich? Und jemanden anzugreifen, ist nicht unhöflich? Das Eigentum eines anderen zu zerstören? Wissen Sie, wie viele Überstunden ich machen musste, um mir diese Kamera kaufen zu können? Ich brauche das Preisgeld. Von dem Preisgeld werde ich mir eine neue Kamera kaufen.«

Nora öffnete den Mund, wusste aber nicht, was sie sagen sollte.

»Das habe ich mir gedacht«, sagte der Mann. Er wandte sich ab und wollte weggehen.

»Warten Sie! Ich kaufe Ihnen eine neue Kamera.«

Er drehte sich wieder zu ihr um, schürzte die Lippen und zog die Brauen hoch.

»Ich kaufe Ihnen eine neue Kamera«, wiederholte sie, »wenn Sie mir dieses Foto auf der Stelle geben.«

Ein schwaches, etwas verwirrt wirkendes Lächeln trat in sein Gesicht. »Sie kaufen mir eine Kamera?«

»Ja.«

»*Sie* kaufen *mir* eine Kamera?«

»Ja, wenn Sie mir dieses Foto geben.«

Der Mann lachte. »Sie werden mir ganz bestimmt keine Kamera kaufen.«

Sie trat einen Schritt vor, um ihm zu zeigen, dass es ihr ernst war. »Doch, das werde ich. Nennen Sie mir den Namen der Kamera, die Sie wollen, und ich gehe augenblicklich los und kaufe sie Ihnen. Als Gegenleistung verlange ich, dass Sie dieses Foto sofort abnehmen und es mir aushändigen, wenn ich Ihnen die Kamera übergebe.«

Nora wand sich innerlich, als sich der Mann auf die Lippe biss und sie nachdenklich von Kopf bis Fuß musterte.

»Also gut. Abgemacht. Aber Sie haben nur bis 14:30 Uhr Zeit, um mir eine neue Kamera zu bringen. Wenn Sie bis dahin nicht aufgetaucht sind, hänge ich dieses Foto wieder an die Wand, damit die Preisrichter es sehen.«

»Gut.« Sie kramte in ihrer Handtasche nach einem Zettel und einem Stift. »Schreiben Sie mir auf, welche Kamera Sie wollen. Die genaue Bezeichnung. Wenn Sie nicht konkret sind, müssen Sie nehmen, was ich Ihnen bringe.«

Der Mann grinste, kritzelte *Nikon F* auf den Zettel und reichte ihn ihr. Sie nahm den Zettel und blickte vielsagend zu dem Foto.

»Ist ja gut, ist ja gut!«, sagte er. »Ich hänge es ab.« Er nahm das gerahmte Bild von der Wand. Sein Blick wanderte zwischen dem Foto und Nora hin und her. »Jetzt kann ich die Ähnlichkeit sehen.«

Nora kniff einen Moment die Lippen zusammen und atmete

langsam durch die Nase ein. »Sehr komisch. Wohin räumen Sie es?«

»Ich habe eine Kiste, keine Sorge.«

Sie steckte den Zettel in ihre Jackentasche und warf einen Blick auf die elegante, silberne Armbanduhr an ihrem Handgelenk. »In ungefähr einer halben Stunde bin ich zurück.«

Er salutierte scherzhaft. »Hey, Sie wissen schon, dass das eine teure Kamera ist, oder? Solche Kameras benutzen Profis. Sind Sie sicher, dass Sie sich diese Kamera leisten können?«

Jetzt war es an Nora zu grinsen. »Machen Sie sich darüber keine Sorgen.«

# Kapitel 3

*Detroit, Juli*

Ich erinnerte mich nicht an den Rückweg zur Redaktion. Ich wusste nur noch, dass ich irgendwann nach dem niederschmetternden Treffen mit Vic Sharpe an der Haltestelle des People Movers vor dem Renaissance Center gestanden und darauf geachtet hatte, nicht zu nahe an die gelbe Warnlinie am Bahnsteigrand heranzutreten, damit ich für den Fall, dass ich zusammenbrach, nicht auf den Gleisen der elektrischen Hochbahn geröstet würde. Dann stand ich irgendwann vor Jack McKnights Tür.

»In dieser Aufmachung hätte ich dich fast nicht erkannt«, begrüßte er mich. »Komm rein und mach die Tür zu.«

Ich tat, was er sagte. »Es tut mir leid, Jack«, begann ich. »Ich habe einen Fehler gemacht.«

Er hob die Hand. »Nein, mir tut es leid. Ich habe bereits gestern Nacht von diesem Video Wind bekommen. Deshalb habe ich auch versucht, dich zu erwischen, bevor du gehst. Ich wusste, was kommen würde.«

»Ich kann das immer noch in Ordnung bringen«, sagte ich, obwohl mir klar war, dass das nicht stimmte.

Jack schüttelte den Kopf. »Ich tue das wirklich nur sehr ungern. Und ich wünschte, es gäbe eine andere Möglichkeit, aber ich muss an den Ruf der Zeitung denken. Du musst mir das hier unterschreiben.«

Immer noch wie im Nebel nahm ich den Stift, den er mir hinhielt, und trat zu den Papieren auf seinem Schreibtisch, auf die er deutete.

»Du bekommst eine anständige Abfindung«, sagte er.

Unwillkürlich wich ich einen Schritt zurück. »Abfindung?«

»Natürlich. Wir schicken dich doch nicht mit leeren Händen weg.«

»Moment! Warum schickt ihr mich weg? Wegen einer einzigen verkorksten Story? Soll das ein Witz sein?«

»Liz, es tut mir leid, aber Ryan und Vic Sharpe sind mächtige Männer in dieser Stadt. Jemand muss die Schuld auf sich nehmen.«

Wieder machte ich einen Schritt, dieses Mal jedoch nach vorne, auf meinen Chef zu. »Und du gibst mir die Schuld?! Das war deine Schuld! Du hast gesagt, dass ich …«

»Liz, es lässt sich nicht mehr ändern. Du musst diese Erklärung unterschreiben und …«

»Ich unterschreibe keine Erklärung!«

»Wenn du nicht unterschreibst, dass du unter Vortäuschung falscher Tatsachen und mit erfundener Identität in Richter Sharpes direktem Umfeld recherchiert hast, und damit die *Free Press* von jeder Verantwortung freisprichst, bekommst du keine Abfindung. Keinen Cent.«

Ich kann mich nicht erinnern, dass ich den Füller geworfen habe. Er prallte von Jacks Brust ab und fiel klappernd zu Boden. Einen Atemzug lang standen wir regungslos da. Wie durch eine Nebelwand nahm ich wahr, dass sich mein Leben innerhalb von zwei Stunden völlig verändert hatte. Dann riss ich Jacks Bürotür auf und marschierte zu meinem Schreibtisch. Köpfe drehten sich zu mir um. Augen starrten mich an. Ich nahm die letzten zwei Papierpackungen aus einem Karton unter dem Druckertisch, stellte die leere Schachtel auf meinen Stuhl und begann zu packen.

»Elizabeth?«

Ich legte ein Foto von meinen Eltern in die Schachtel.

»Was ist los? Warum bist du so angezogen?«

Eine Kaffeetasse, die seit vier Jahren nicht mit Spülmittel in Berührung gekommen war.

»Elizabeth.«

Ein hässlicher Briefbeschwerer, den mir eine Frau als Dank dafür geschenkt hatte, dass ich sie nicht falsch zitiert hatte.

»Elizabeth!«

Ich ließ meinen Blick über den Rest des Schreibtisches wandern. War das wirklich alles? Gab es nicht mehr von mir? Magere drei persönliche Gegenstände? Ich kratzte das Kleingeld aus dem flachen Fach in meiner mittleren Schublade und warf es ebenfalls in die Schachtel. Eine Hand packte mich am Arm. Erst jetzt schaute ich Desiree an. Sie musterte mich mit dem gleichen Blick wie meine Mutter damals, als ich das erste Mal meine Stelle verloren hatte.

»Haben sie dir gekündigt?«, fragte sie.

Ich begann, den Kopf zu schütteln.

»Hast du gekündigt?«

Hatte ich das?

»Ich kann im Moment nicht darüber sprechen«, sagte ich. Ich warf einen Blick in die armselige Schachtel, zog das Foto von meinen Eltern heraus und steckte es in meine Handtasche. »Ich melde mich bei dir.«

Alles andere ließ ich auf meinem Stuhl stehen. Die schrecklichen High Heels, die ich anstelle meiner gewohnten flachen Schuhe trug, schleuderte ich von meinen Füßen, marschierte zwischen den Gaffern hindurch und stürmte barfüßig die Hintertreppe hinab. Unten angekommen, lehnte ich mich an das Geländer und ließ meinen Blick über den Parkplatz wandern. Der Asphalt hatte den ganzen Tag über die Sommerhitze gespeichert und war mit Steinchen und Glasscherben übersät. Daher legte ich die zehn Meter zu meinem Auto halb laufend, halb auf Zehenspitzen zurück, setzte mich dann mit zusammengebissenen Zähnen auf den Fahrersitz, pickte die Steinchen aus meinen Fußballen und knallte die Autotür zu.

Meine Atmung war inzwischen flach und keuchend. Die letzten zwei Stunden fühlten sich surrealer an als jeder Traum, den ich je gehabt hatte.

Vor drei Monaten hatte mich Jack in sein Büro gerufen, die Tür zugemacht und sich an seinen Schreibtisch gelehnt. »Ich ziehe Roger von Richter Sharpe ab«, hatte er mir erklärt. »Und ich will dich an seiner Stelle haben.«

»Sehr gerne.«

»Aber nicht als du.«

»Wie bitte?«

»Ich will, dass du als jemand anderes auftrittst. Nicht als Reporterin. Einfach als Frau.«

»Ich soll verdeckt recherchieren?«

»Ja. Wir kommen bei dem Versuch, ihn mit den Unruhen in Verbindung zu bringen, keinen Schritt weiter. Deshalb will ich, dass du versuchst, durch die Hintertür an ihn heranzukommen. Sein Sohn Vic ist Stadtentwickler.«

»Das weiß ich, Jack. Sein Name steht auf jedem leer stehenden Gebäude in der Stadt.«

»Und er ist Single.«

Und so erfand ich Dana Bowers, kaufte ihr eine Garderobe, die ich freiwillig nie anziehen würde, und brachte sie auf Kollisionskurs mit dem Sohn des Richters. Ich war fest davon überzeugt, dass ich einer großen Enthüllungsstory auf der Spur war.

In Danas Haut zu schlüpfen, war ein wenig wie früher, wenn ich mich als Kind für den Gottesdienst zurechtmachen musste, nur dass damals meine Mutter meine Haare frisiert hatte und mein Make-up auf einen dezenten Lipgloss beschränkt gewesen war. Es war jedoch genauso mühsam und ich hatte wie damals das Gefühl, eine fremde Identität anzunehmen – in der Hoffnung, dass niemand mein wahres Ich erkennen würde.

Mein Alter Ego Dana lernte Vic Sharpe bei einer luxuriösen Hochzeitsfeier – zu der sie gar nicht eingeladen war – im *Detroit Athletic Club* kennen. Sie stieß mit voller Wucht vor der Herrentoilette mit ihm zusammen. Er wollte hineingehen. Sie kam gerade heraus.

»Oh! Entschuldigen Sie, Miss«, sagte er und stützte Dana, indem er seine warmen Hände auf ihren nackten Arm legte. »Bitte entschuldigen Sie vielmals. Ich dachte, das wäre die Herrentoilette.«

»Da haben Sie richtig gedacht«, erwiderte Dana kokett. »Bei den Damen war die Schlange so lang.«

Sie wandte sich mit einem koketten Lächeln von ihm ab und ging zu einem nahe gelegenen Spiegel, um ihren Lippenstift nachzuziehen. Vic zögerte einen Moment, dann verschwand er hinter der Tür zur Herrentoilette, kam aber sofort wieder heraus.

»Was haben Sie nach der Feier vor?«, fragte er.

Und schon hatte Dana einen Fuß in der Tür. Es war so leicht.

Es hatte keinen Grund gegeben zu denken, dass die heutige Verabredung zum Kaffee anders laufen würde als die anderen Male, die Dana und Vic miteinander ausgegangen waren. Aber als Dana bei Starbucks ankam, war Vic bereits da und sein Gesicht war ungewöhnlich ernst. Sie musste sich nach wie vor darauf konzentrieren, in ihren High Heels nicht umzuknicken, während sie zu dem Tisch ging, auf dem ihr Lieblingskaffee, ein Americano, bereits dampfend neben einem Mohnmuffin stand. Einem ganzen, keinem halben. Vic hatte den Muffin nicht wie sonst durchgeschnitten, damit sie ihn sich teilen konnten. Als Dana genauer hinschaute, stellte sie fest, dass Vic außer seinen gefalteten Händen überhaupt nichts vor sich auf dem Tisch hatte.

Sie setzte sich trotzdem und lächelte ihn unbeschwert an. »Entschuldige, dass ich mich ein wenig verspätet habe.«

Dana verspätete sich immer ein wenig.

Vic nickte. »Wir müssen reden.«

»Was ist passiert?«

»Ich weiß, was hier gespielt wird.«

Das Blut gefror in meinen Adern. Ich war nicht mehr Dana. Ich war Elizabeth. Und mir gefiel gar nicht, wie Vic Sharpe mich anschaute. Als wüsste er es.

Vic nahm seine gefalteten Hände auseinander. Darunter lag sein Smartphone. Er wischte über das Display, drehte es zu mir herum und tippte auf das Abspiel-Symbol. Auf dem Videobild, das sich daraufhin in Bewegung setzte, war sein privates Arbeitszimmer zu sehen. In der unteren rechten Ecke stand das Datum vom letzten Samstag. Ich wusste, was gleich kommen würde. Mit wachsendem Grauen verfolgte ich, wie Dana ins Arbeitszimmer schlüpfte, sich hinter den Schreibtisch setzte und anfing, Schubladen zu durchsuchen und einen Laptop zu benutzen, der ihr nicht gehörte.

»Dieses Video wurde mir am Sonntag übermittelt. Erst wollte ich dich gleich darauf ansprechen, aber dann habe ich mir überlegt, dass ich auch ein wenig herumschnüffeln könnte. Und weißt du, was ich dabei herausgefunden habe?«

Er wartete auf meine Antwort, aber ich konnte ihm keine geben. Ich hatte das Gefühl, der ganze Mohnmuffin würde in meinem Hals stecken, obwohl ich ihn gar nicht angerührt hatte.

»Ich habe herausgefunden, dass du ein Doppelleben führst.«

Endlich fand ich meine Sprache wieder. »Ich kann dir das erklären.«

»Das glaube ich dir gern, Elizabeth. Aber das ist nicht nötig. Ich habe mit deinem Redakteur gesprochen. Er hat mir alles erklärt. Ich nehme an, er erwartet dich in seinem Büro.«

Die E-Mail! Jacks Versuch, mit mir zu sprechen, als ich die Treppe hinabgeeilt war, um mich in Dana zu verwandeln ... Jack hatte versucht, mich vor diesem peinlichen Moment zu bewahren.

»Bevor du jetzt wegläufst«, sprach Vic weiter, »habe ich noch eine Frage. Und ich möchte eine ehrliche Antwort. Warum misstraut jeder einem Mann, dem diese Stadt so wichtig ist, dass er sie zum Positiven verändern möchte?«

»Vic, es geht nicht um dich.«

»Mir ist bewusst, dass einige Investoren Raubtiere und nur auf Profit aus sind. Sie sind Wölfe. Aber einige sind auch Hirten.«

Ich versuchte, zu Wort zu kommen und ihm zu erklären, dass ich gar nicht an einer Story über ihn dran war, aber er sprach unbeirrt weiter.

»Ich war in Bezug auf meine Geschäfte immer ehrlich zu dir. Ich verfolge keinen heimlichen teuflischen Plan, die Stadt auszusaugen. Ich stecke Geld in diese Stadt, weil ich die Hoffnung habe, dass sie aus der Asche auferstehen und wieder lebendig werden kann.«

»Vic, das weiß ich. Darum geht es auch überhaupt nicht. Es geht um deinen Vater.«

»Um meinen Vater?«

»Ich … ich habe gehofft, dass ich mehr über deinen Vater in Erfahrung bringen könnte. Für eine Story.«

»Was für eine Story?«

»Über seine Zeit in der Nationalgarde.«

Er starrte mich an. »Du meinst die 67er-Unruhen?«

»Ich schreibe eine Serie über Polizeikräfte und Staatsbedienstete, die in die Unruhen verwickelt waren. Dein Vater weigert sich, Stellung zu der Zeit zu nehmen, bevor er sich freiwillig gemeldet hat und in Vietnam stationiert wurde. Ich wollte ihn dazu bringen, etwas über diese Zeit preiszugeben.«

Vic lehnte sich zurück. »Du hast mich also nur benutzt, um an ihn heranzukommen?«

Ich biss mir in die Wange. *Ja, Elizabeth. Genau das hast du gemacht.* »So ist das nicht …«, sagte ich, weil ich nicht wusste, was ich sonst sagen sollte.

Vic stand auf und steckte sein Handy in die Innentasche seiner Anzugjacke. Dann schob er seinen Stuhl unter den Tisch und beugte sich zu mir vor. Für einen kurzen Moment stand ihm eine tiefe Enttäuschung ins Gesicht geschrieben. Doch dann kehrte die harte Verärgerung zurück. »Einen schönen Tag noch.«

Damit ließ er mich sitzen.

Und jetzt war ich rausgeflogen. Ich hatte meine Arbeit verloren. Meinen Verstand zwar noch nicht, aber das könnte noch passieren. Wie schnell würde sich mein Misserfolg herumsprechen? Wie viel Zeit blieb mir, um mich für eine neue Stelle zu bewerben? Wohin könnte ich gehen? Ich wollte nirgendwo anders arbeiten. Die *Free Press* war meine Zeitung. Meine Familie. Meine Familie hatte mich verstoßen.

Ich drehte den Zündschlüssel. Ich brauchte Luft. Frische Luft. Ich würde mich gleich übergeben müssen. Hastig riss ich die Autotür auf und beugte mich über den Asphalt, aber es kam nichts. Ich konnte diese Übelkeit nicht loswerden. Sie breitete sich wie die Fettschicht auf einer Rahmsuppe immer weiter aus.

Ich schloss die Tür, legte den Rückwärtsgang ein und fuhr ziellos durch die Gegend. Dabei schlug ich den Weg des geringsten Widerstands ein, bis ich auf einem fast leeren Parkplatz am Riverwalk landete. Ich parkte, schlüpfte in die schwarze Hose und in die flachen Schuhe, die ich vor meinem Treffen mit Vic getragen hatte, zerrte Danas eng anliegendes, rotes Kleid über meinen Kopf und steckte die Arme in die Ärmel meiner weißen Bluse.

Dann stieg ich aus und schlenderte am Flussufer entlang. Ich wich Radfahrern aus, kam an Spielplätzen und Kunstwerken und dem blauen Karussell mit seinen schönen geschnitzten Fischen und Fröschen und Wasservögeln vorbei. Das Wasser in den Springbrunnen vor den glänzenden Türmen des Renaissance Centers tanzte und sprudelte. Auf der anderen Seite des Flusses lag Kanada. Flach und friedlich und bescheiden, durch die Ambassador Bridge wie durch eine Nabelschnur mit Detroit verbunden. Irgendwo unter meinen Füßen lag – Gerüchten zufolge – die Leiche von Jimmy Hoffa, dem Gewerkschaftsführer mit Mafiaverstrickungen, um den sich so viele Geschichten rankten.

So viel Geschichte. So viel Verkehr. So viel Schmerz und Schönheit und Ruhelosigkeit. Detroit war eine Stadt, die vor aufgestauten Gefühlen, die ein Ventil suchten, vibrierte: Ehrgeiz und Sehnsucht, Habgier und Zorn, Misstrauen und eine tiefe Liebe zu den Nachbarn. Alle waren auf der Suche nach einer Veränderung, nach einer zweiten Chance, nach der nächsten großen Sache.

Erschöpft setzte ich mich auf die Steinstufen.

Es hatte mich drei Jahre als freiberufliche Journalistin – und sehr viele mühsame Recherchen mit durchwachsenem Erfolg – gekostet, um eine Stelle bei der *Detroit Free Press* zu bekommen. Wie alle Neulinge war ich zunächst auf Kleinkram angesetzt worden. Aber es war ein Anfang. Dann war ich aus purem Zufall zur richtigen Zeit am richtigen Ort und wurde zum Gericht geschickt, um über den Zivilprozess zu schreiben, in dem es um Bürgermeister Kwame Kilpatricks angebliche Affäre und die gesetzeswidrige Entlassung seines Leibwächters ging, weil dieser zu viel wusste. Ich begann, Storys zu schreiben, die die Detroiter tatsächlich lasen.

Mein Hauptthema blieb der Bürgermeister, mit dem ich gewissermaßen meinen Lebensunterhalt verdiente, da er sechs Jahre lang in den Nachrichten blieb. Nach und nach kamen immer mehr skandalöse Textnachrichten, Korruption, Machtmissbrauch, Körperverletzung, Steuerhinterziehung und Betrug ans Licht. Als im Herbst 2013 das Urteil gefällt wurde – 28 Jahre Gefängnis –, fragte ich mich, wie ich ohne ihn weitermachen sollte. Diese Sorge hätte ich mir sparen können. Er war nur eines von vielen Krebsgeschwüren, unter denen Detroit litt. Wenn ich lange genug grub, stieß ich unweigerlich auf ein weiteres.

In der Folge berichtete ich über Mitglieder des Stadtrats, Polizeibeamte, Geschäftsleute und Menschen, die zu Wucherzinsen Geld verliehen. Brandstifter, Drogendealer und Zuhälter. Plünderer, die jedes Stück Metall aus leer stehenden Häusern holten und zu Geld machten. Dazu schrieb ich über jede Menge einfache Wald- und Wiesenvergehen und Unterlassungsdelikte, die der Stadt genauso sehr schadeten wie die Korruption und Habgier der Menschen, die darauf aus waren, Profit aus einer Stadt zu schlagen, in der die meisten ums Überleben kämpften.

Ich wurde als die Frau bekannt, die Leute überführte, die sie zeigte, wie sie wirklich waren. Das gefiel mir. Menschen aus der ganzen Stadt versorgten mich mit Hinweisen, gaben mir Tipps, welchen Spuren ich nachgehen sollte. Überall, wo ich hinkam, wurde ich entweder respektiert oder gefürchtet, je nachdem, auf welcher Seite des Gesetzes die Leute standen.

Vic Sharpe war kein schlechter Mensch. Ihm gehörte eine Firma, die gute Arbeit leistete. Sie investierte in kleine lokale Start-up-Firmen, statt einfach ungenutzte Gebäude aufzukaufen, um sie zu einem guten Preis an Außenstehende weiterzuverkaufen, die nur darauf aus waren, aus der Not anderer einen hohen Profit zu schlagen. Ich bewunderte ihn wirklich, ich mochte ihn sogar und hatte mich schon bald nicht mehr wohl dabei gefühlt, ihn zu benutzen, um an seinen Vater heranzukommen. Auch wenn dieser Plan nicht meine Idee gewesen war ... Auch wenn Richter

Sharpe ein weiteres Krebsgeschwür dieser Stadt war, das herausgeschnitten werden musste.

Ich stand auf und ging ein paar Schritte auf und ab. Ich durfte mich nicht aufhalten lassen. Detroiter gaben nicht auf. Als 1805 die ganze Stadt niederbrannte, bauten wir sie wieder auf. Als der massenhafte Wegzug der weißen Bewohner die Stadt in den 1960er- und 1970er-Jahren um viele Steuereinnahmen brachte, kämpften wir weiter. Als Detroit die größte Insolvenz einer Stadt in der amerikanischen Geschichte anmeldete, ging sie daraus schlanker, klüger und stärker hervor. Die Stadt erhob sich aus der Asche und nahm jede Herausforderung mit grimmiger Entschlossenheit an.

Das würde ich auch machen. Ich würde mir meinen Job zurückholen. Ich brauchte dazu nur eine Story, an die sonst niemand herankam. Ich brauchte dazu nur eine Schachtel mit alten Fotos, die sonst niemand hatte.

Mit zusammengepressten Lippen kramte ich in meiner Tasche. Die Karte steckte noch darin. Ich wählte Mr Richs Nummer und wartete. Es klingelte dreimal.

»Hallo?«

»Mr Rich, hier ist Elizabeth Balsam.«

»Oh, das freut mich aber, dass Sie sich so schnell melden.«

»Sir, ich wollte Ihnen nur sagen, dass Nora Balsam wirklich meine Großtante ist.«

»Tatsächlich?« Seine Stimme klang erleichtert.

»Und ich werde ihr diese Fotos für Sie zurückgeben.«

# Kapitel 4

*Detroit, März 1963*

Nora marschierte los, um Diane zu holen. Sie brauchte nicht lange nach ihr zu suchen, da ihre Freundin hinter der nächsten Ecke stand. Offenbar hatte sie ihr Gespräch belauscht. Sobald sie Nora erblickte, stürmte sie auf sie zu.

»Bei allem, was recht ist!«, flüsterte sie laut. »Ich glaube diesem Kerl kein Wort! Wie kann man so einem nur erlauben, an diesem Wettbewerb teilzunehmen? Das ist abscheulich!«

Nora ignorierte den Wutausbruch ihrer Freundin und zog die Autoschlüssel aus ihrer Tasche. »Komm mit. Ich muss ihm eine neue Kamera kaufen und du begleitest mich.«

»Wir können doch nicht einfach gehen. Ich habe Mrs Rasmussen gesagt, dass wir ihr später beim Empfang helfen.«

Nora packte Diane am Ellbogen und schob sie in Richtung Eingangstür. »Wir sind zurück, bevor irgendjemand merkt, dass wir fort sind. Komm jetzt.«

»Oh! Fahren wir zu Hudson's?«

»Wenn du dich endlich in Bewegung setzt, ja.«

Nora stieß die Tür der Ausstellungshalle auf und zog Diane über den Gehweg zu ihrem parkenden Auto. Nachdem sie sich in den Verkehr in der Woodward Avenue eingefädelt hatte, fuhr sie in Richtung Innenstadt. Mehrere Minuten später standen Diane und sie vor dem Fahrstuhl am Nordwest-Eingang des zwanzigstöckigen Kaufhauses, das fast einen ganzen Straßenblock einnahm.

Im Auto hatte Diane unaufhörlich geplappert. Während der Fahrstuhlführer sie in das richtige Stockwerk brachte, schwieg sie. Aber sobald sich die Türen wieder hinter ihnen geschlossen hatten, setzte sie ihren Redeschwall dort fort, wo sie ihn unterbrochen hatte.

»Nora, du willst diesem Kerl doch nicht wirklich eine Kamera kaufen!«

»Doch, das will ich.«

»Du kannst solchen Leuten keine schönen Sachen kaufen. Sie passen nicht richtig darauf auf.«

Nora zog Diane weiter. Als sie um die Ecke bogen, stießen sie fast mit einer Frau in einem Fuchspelzmantel zusammen. Nora verlangsamte ihre Schritte nicht, um sich zu entschuldigen.

»Warum, glaubst du, war dein Vater so wütend?«, ließ Diane nicht locker. »Bestimmt hat dieser Mann ihn beleidigt oder sogar tätlich angegriffen. Dafür solltest du ihn nicht belohnen.«

Sie traten an die lange Glasvitrine, die mit Kameras gefüllt war. An einem Drehständer auf der Verkaufstheke hingen Objektivfilter. Dahinter stand ein älterer Mann in einem makellosen Anzug mit Krawatte.

»Guten Tag, Sir. Ich brauche diese Kamera.« Nora schob den Zettel über den Verkaufstresen. »Führen Sie dieses Modell?«

Der Mann lächelte. »Natürlich, Miss. Wir führen alle erstklassigen Modelle.« Er drehte den Schlüssel in einem Schloss, schob die Schranktür auf und holte die Kamera unter der Verkaufstheke hervor.

»Haben Sie einen Karton?«, fragte Nora.

»Ja, natürlich hat die Kamera eine Verpackung, aber ich möchte Ihnen gern zeigen, wie …«

»Entschuldigen Sie vielmals, Sir, aber die Kamera ist nicht für mich. Sie ist ein Geschenk. Könnten Sie sie bitte einfach einpacken? Ich habe es schrecklich eilig.«

Der Mann wirkte irritiert, weil sie ihm das Wort abgeschnitten hatte, aber ihr unablässiges Lächeln und ihre klimpernden Wimpern stimmten ihn milde. »Natürlich, Miss.«

Erleichtert tauschte Nora einen Stapel Geldscheine gegen die Kamera. Eigentlich hatte sie geplant, mit diesem Geld bei der Ausstellung ein Gemälde zu erstehen. Einige Minuten später waren die Frauen zu Dianes unübersehbarer Enttäuschung wieder auf der Straße und schoben sich durch ein Meer an Menschen, die an diesem Samstag einen Einkaufsbummel machten, zurück zum Auto. Die Sonne schien, aber der Märzwind war immer noch eisig und kündigte Schnee an. Als sie zurück beim Kunstmarkt waren, das Auto geparkt hatten und wieder die Ausstellungshalle betraten, hatte Noras Gesicht die Farbe ihres rosafarbenen Kostüms angenommen.

Als sie sich dem Stand des irritierend attraktiven Fotografen näherten, strich Nora über ihre Haare und forderte Diane auf: »Warte bitte hier.«

Beim schnellen Klappern von Noras Absätzen auf dem Fußboden blickte der Fotograf auf. »Das ging aber schnell. Haben Sie Ihre Meinung geändert?«

Sie hielt ihm die Tüte hin. Er musterte Nora einen Moment, dann nahm er ihr die Tüte ab und holte den Karton heraus. Grinsend schüttelte er den Kopf.

Noras Herzschlag beschleunigte sich. »Was ist? Ist es die falsche Kamera? Das ist die, die Sie aufgeschrieben hatten.«

»Nein, es ist die richtige.«

Erleichtert seufzte sie auf. »Warum lachen Sie dann?«

»Weil Sie mir gerade eine neue Kamera gekauft haben.«

Seine unverhohlene Freude hätte Nora fast ein Lächeln entlockt. Doch dann erinnerte sie sich an das Foto. »Wo ist das Bild?«

Der Mann hörte auf zu lächeln und schaute sie nachdenklich an. »Wollen Sie wissen, was passiert ist? Warum er so sauer war?«

Nora wollte eigentlich nur das Foto und so schnell wie möglich verschwinden. Aber sie musste es wissen. Also nickte sie leicht.

»Es war ein Versehen. Ich habe nicht aufgepasst, wohin ich gelaufen bin, weil ich durch den Sucher zu dem GM-Gebäude hinaufgeschaut habe. Ich bin ein Stück weiter zurückgetreten und dann noch eins, um mehr ins Bild zu bekommen. Dabei habe ich ihn mit dem Rücken angerempelt. Ich bin ihm versehentlich auf den Fuß getreten und ihm ist ein Stapel Papiere aus der Hand gefallen. Ich habe mich sofort entschuldigt und versucht, ihm zu helfen, alles wieder aufzuheben. Doch er hat mich beschimpft und angebrüllt und mich einen dämlichen Nigger genannt.«

Nora verzog peinlich berührt das Gesicht.

»Ich kann ja verstehen, dass er sich geärgert hat«, sprach der Mann weiter, »aber das war nicht nötig. Und das habe ich ihm auch gesagt. Da wurde er erst richtig sauer. Er fing an, mir Sachen an den Kopf zu werfen, die ich selbst dann nicht vor Ihnen wiederholen würde, wenn er nicht Ihr Vater wäre. Ich wusste, dass ich mich entweder aufregen oder so reagieren konnte, wie meine Mama es mir immer geraten hat.«

»Und das wäre?«

»Lachen. Einfach lachen, um dem anderen zu verstehen zu geben, dass er mich nicht treffen kann. Also lachte ich. Er wurde nur noch wütender. Daraufhin musste ich erst recht lachen. Mit seinem vor Wut verzerrten, roten, schweißgebadeten Gesicht sah er wie eine Karikatur aus. Verstehen Sie, ich musste dieses Foto einfach machen. Da ging er auf mich los und zerschmetterte meine Kamera.«

Nora wusste nicht, was sie sagen sollte. Sie wusste, dass ihr Vater ein ungeduldiger Mann war, der Inkompetenz in keiner Form duldete, weder bei seinen Angestellten noch bei seinem Schneider noch in seiner Familie. Aber sie hätte sich nie vorstellen können, dass er eine so derbe Sprache benutzen würde, geschweige denn dazu fähig wäre, jemanden tätlich anzugreifen. Allein schon die Vorstellung erschien ihr absurd.

Der Mann nahm den Fotoabzug aus dem Rahmen, rollte das Bild zusammen und reichte es ihr.

»Danke«, sagte sie fast flüsternd.

»Sie sind mir nicht böse?«, fragte er und schaute sie direkt an.

Nora brachte ein schwaches Lächeln zustande, ihr erstes echtes Lächeln an diesem Tag. »Nein.«

Er grinste. »Verbrennen Sie sich aber nicht die Finger, wenn Sie es vernichten, okay?«

Unwillkürlich musste sie lachen. Eigentlich wollte sie sich umdrehen und davonmarschieren, aber aus irgendeinem Grund zögerte sie. Sie war von seinem unablässigen Blick wie gebannt.

»Hey«, sagte er, »bevor Sie gehen, sollte ich diese Kamera vielleicht lieber ausprobieren, um sicherzugehen, dass sie auch funktioniert. Ich will mich ja nicht von einem hübschen Mädchen austricksen lassen. Das wäre echt peinlich.«

Wieder konnte sich Nora ein Lächeln nicht verkneifen. »Dann los.«

Er öffnete die Verpackung.

»Oh!«, sagte Nora. »Ich habe keinen Film gekauft.«

Er griff in seine Jackentasche und holte einen 33-mm-Film heraus. »Ohne Film gehe ich nicht aus dem Haus.«

»Auch wenn Sie keine Kamera dabeihaben?«

Er zuckte die Achseln. »Gewohnheit.«

In weniger als 30 Sekunden hatte der Mann die Kamera geöffnet und den Film eingelegt. Er kniff ein Auge zu, schaute durch den Sucher und suchte die Halle nach einem Motiv ab. Schließlich richtete er die Kamera auf Nora.

»Nein, nicht mich«, sagte sie und hob abwehrend die Hand.

»Welches Motiv soll ich denn sonst nehmen? Wir sind in einer Halle. Hier gibt es kein anderes Motiv als Sie.«

Er machte ein Foto und drehte den Film weiter.

»Bitte nicht.«

»Was?«, sagte er mit gespielter Überraschung. »Ich habe doch gar nicht Sie fotografiert.«

»Doch.«

Er drückte wieder auf den Auslöser.

»Nein, hören Sie auf!«, protestierte sie lachend.

Der Verschluss klickte erneut. Sie sah ihn hinter seiner Kamera grinsen.

»Jetzt reicht es aber«, sagte sie und hielt sich eine Hand vors Gesicht, mehr, um ihr eigenes Lächeln zu verstecken, als um weitere Fotos abzuwehren.

»Ach, das war doch gar nicht von Ihnen. Bilden Sie sich bloß nichts ein.«

*Klick.* Weiterdrehen. *Klick.* Weiterdrehen. *Klick.*

»Schluss jetzt.« Sie eilte auf ihn zu und hielt das Objektiv mit der Hand zu.

»Oh, hey, hey. Tun Sie das nicht«, sagte er lachend. »Das hat Ihr Daddy auch gemacht, bevor er die Kamera auf den Boden geworfen hat.«

Noras Lächeln verblasste. Sie schob den Riemen ihrer Handtasche auf ihre Schulter und marschierte davon.

»Warten Sie! Entschuldigung. Es tut mir leid. Das hätte ich nicht sagen sollen. Das war dumm. Ich habe es nicht so gemeint.« Er holte sie ein und legte eine Hand auf ihren Arm.

Sie entzog sich seiner Berührung und drehte sich zu ihm um. »Danke, dass Sie Ihr Versprechen gehalten haben«, sagte sie steif.

»Tun Sie das nicht. Gehen Sie nicht wütend weg. Ich habe ein paar herrliche Schnappschüsse von Ihnen. Wollen Sie sie nicht sehen, wenn die Bilder entwickelt sind?«

Nora presste die Lippen zusammen.

»Natürlich wollen Sie sie sehen«, sprach er weiter. »Geben Sie mir Ihre Telefonnummer. Dann kann ich Sie anrufen, wenn ich die Bilder entwickelt habe. Vielleicht wollen Sie sie ja für Ihren Freund.«

»Ich habe keinen Freund.«

Warum erzählte sie ihm das?

»Dann wollen Sie vielleicht Abzüge für Ihre Freundin dort drüben.«

Nora drehte sich um und sah Dianes Gesicht hinter der Ecke verschwinden.

»Okay, gut«, sagte sie, obwohl sie selbst nicht wusste, warum sie das tat. Sie klemmte sich das zusammengerollte Bild von ihrem Vater unter den Arm und zog ihren Füller aus ihrer Handtasche, fand darin aber trotz allen Suchens kein Papier.

»Geben Sie mir die Einkaufstüte, dann schreibe ich meine Nummer darauf.«

Er hielt ihr seine Hand hin. »Schreiben Sie sie einfach hierher.«

Nora errötete, als die Andeutung eines selbstgefälligen Lächelns die Mundwinkel des Mannes in die Höhe schnellen ließ. Sie nahm seine Hand und schrieb mit schwarzer Tinte ihren Namen und ihre Telefonnummer auf die Innenfläche. Dann ließ sie den Füller in ihre Handtasche fallen und steckte die Hände in ihre Manteltaschen.

»Nora Balsam. Das ist ein schöner Name. Gut, Nora. Ich melde mich.«

Als er winkte, konnte Nora ihre eigene saubere Handschrift auf seiner Haut sehen. Sie winkte schwach zurück und schlenderte auf dem Gang davon. Dann drehte sie sich noch einmal um. »Warten Sie. Wie heißen Sie?«

»Will.«

»Einfach nur Will?«

»William Rich.«

»Oh«, sagte sie. »Mir gefällt William besser als Will.«

»Dann können Sie William zu mir sagen.«

# Kapitel 5

*Lapeer County*

Ich sprach in Richtung meines Handys, das auf dem Armaturenbrett lag. »Habe ich den Verstand verloren? Ich bin hier mitten in der Pampa.«

»Natürlich nicht«, kam Desirees Stimme aus dem Lautsprecher. »Das wird dir guttun. Du tust etwas Gutes für diesen Mann *und* für deine Großtante. Und wenn alles vorbei ist, hast du eine erstklassige Story.«

»Vielleicht.«

»Bestimmt …« Die Verbindung war schlecht, es rauschte und knisterte in der Leitung. »Dann kannst du sie verkaufen, an wen du willst. Vergiss Jack.«

»Wahrscheinlich hast du recht. Ich meine, ja. Das könnte mir wirklich guttun. Eine Weile Abstand zu bekommen. Die frische Luft auf dem Land ...«

»Gen … du sollt … ganz … spannen …«

»Ich höre dich kaum noch.«

»...«

»Desiree? Bist du noch dran?«

Ich warf einen Blick auf mein Handy. Anruf beendet. Kurz leuchtete ein Empfangsbalken auf. Dann war er weg. Ich seufzte und schaute wieder auf die Straße, wobei ich feststellte, dass ich nur noch wenige Zentimeter von der Kante eines Abwassergrabens entfernt war. Ich riss das Lenkrad herum. Wenn ich mein Leben doch nur genauso leicht wieder in die richtige Spur bringen könnte! Auch wenn Mr Rich etwas anderes glaubte, hatte Gott ganz eindeutig nicht das Steuer in der Hand. Meine Situation war dafür ein unwiderlegbarer Beweis. Das Beängstigende war, dass ich selbst das Steuer auch nicht in der Hand hatte. Ich sollte jetzt in Detroit sein. Stattdessen fuhr ich auf einer verlassenen Landstraße in Richtung Norden und musste die Augen zusammenkneifen, um durch die fleckigen Überreste toter Insekten auf der Windschutzscheibe hindurch noch die Straße zu erkennen.

Ich hatte diese mysteriöse Barb angerufen, sobald ich an dem Tag, an dem ich meine Arbeit verloren hatte, nach Hause gekommen war. Wie sich herausstellte, war sie eine Cousine meines Vaters, was sie, wie ich ihrer ziemlich ausschweifenden Erklärung entnahm, anscheinend zu einer Nichte von Nora Balsam machte. Sie erinnerte sich an mich als Fünfjährige, aber dann war sie nach Arizona gezogen und kam seither nur noch selten nach Michigan.

»Du bist eine Gebetserhörung«, hatte sie mir erklärt. »Ich wusste nicht, dass noch jemand aus der Familie in Detroit wohnt, seit deine Eltern und Grace weggezogen sind. Irgendwie hatte ich angenommen, du würdest auch nicht mehr dort leben. Ich mache mir schon seit einer ganzen Weile Sorgen, was ich wegen Nora unternehmen soll, und jetzt rufst du mich aus heiterem Himmel an.«

»Wieso muss ihretwegen denn etwas unternommen werden?«

»Oh, sie ist eine liebe, unabhängige Frau und sie ist immer sehr gut allein zurechtgekommen. Aber ich habe vor ein paar Monaten einen Brief von ihr bekommen, in dem sie ein paar Dinge geschrieben hat, die mich beunruhigen.«

»Inwiefern?«

»Ich weiß nicht, wie ich es beschreiben soll. Es ist eher ein Gefühl. Irgendwie wirkt sie … verändert. Vielleicht nicht mehr ganz klar im Kopf. Ein wenig verwirrt. Ihre Handschrift war ein wenig zittrig.«

»Sie ist alt. Da wird man unweigerlich tüdeliger.«

»Ja, das stimmt. Deshalb kommt dein Anruf ja auch genau zum richtigen Zeitpunkt. Du könntest zu ihr fahren und für mich herausfinden, ob sie Hilfe braucht.«

»Du meinst, eine häusliche Pflegekraft?«

»Ja. Oder vielleicht … ich will es nicht einmal laut aussprechen, aber vielleicht muss sie in ein betreutes Wohnen oder in ein Altersheim ziehen. Sie wohnt ganz allein da draußen. Zum nächsten Krankenhaus fährt man eine halbe Stunde.«

»Eigentlich hatte ich vor, sie nur für einen Tag zu besuchen und höchstens eine Nacht zu bleiben.« Ich wollte Barb nichts von der Kamera und den Fotos und auch nichts von Mr Rich erzählen.

»Ach, könntest du dir nicht etwas länger von der Arbeit freinehmen?«

Arbeit. Richtig. Ich hatte alle Zeit der Welt. Ich hatte keine Arbeit mehr. Und wenn ich keine neue Stelle fand – was mir Richter Sharpe und Vic sicher sehr schwer machen würden –, verdiente ich kein Geld. Kein Geld, keine Wohnung. Nichts zu essen. Warum hatte ich nicht einfach dieses dämliche Blatt Papier unterschrieben und die Abfindung eingestrichen?

Ich erzählte Barb, dass ich gerade meinen Job verloren hatte. »Glaubst du, sie würde mich auch ein wenig länger bei sich aufnehmen? Vielleicht könnte ich die Zeit bei ihr dazu nutzen, mir zu überlegen, wie es bei mir beruflich weitergehen soll.«

»Machst du dir denn keine Sorgen, dass du womöglich nie wieder eine Wohnung findest, wenn du deine jetzt aufgibst?«

Ich lachte. »Ich finde jederzeit eine neue Wohnung. Wohnungsnot ist eines der wenigen Probleme, die Detroit nicht hat.«

»Wenn das so ist, wäre es natürlich herrlich, wenn du länger bei Nora wohnen könntest. Wie schon gesagt, ist sie sehr unabhängig. Wenn sie glaubt, dass ich dich zu ihr schicken will, damit du nach ihr siehst, ist sie bestimmt beleidigt. Aber wenn du zu ihr fährst, um dir eine Auszeit zu nehmen und dir darüber klar zu werden, was für dich als Nächstes dran ist, klingt das ganz anders. Ich kann mit Nora alles regeln. Gib mir eine Woche Zeit.«

Barb erfüllte ihren Teil der Abmachung. Nora lud mich ein, bei ihr zu wohnen, solange ich wollte. Der Rest lag bei mir: festzustellen, ob sie noch allein für sich sorgen konnte, den richtigen Zeitpunkt zu finden, um mit ihr über das Eigentum ihres Mannes zu sprechen, mir eine glaubwürdige Geschichte für das Auftauchen der Fotos auszudenken, ach ja, und mich nach einer Arbeit umzusehen, mit der ich meinen Lebensunterhalt verdienen konnte. In einigen Wochen wollte ich zurück in Detroit sein, den Artikel zu den alten Fotos schreiben und mich als Journalistin rehabilitieren. Mein Einzug bei Nora war nur vorübergehend. Ich tat Barb und Mr Rich einen Gefallen. Mehr nicht.

Nachdem ich eine Stunde durch die Gegend gefahren war, verkündete mein Navi: »Sie haben Ihr Ziel erreicht.« Welches Ziel ich genau erreicht hatte, war nicht ersichtlich. Das Einzige, was vermuten ließ, dass hier jemand wohnte, waren ein rostiger Briefkasten, eine schmale Schotterstraße und jede Menge Gesteinsbrocken, die in einem früheren Jahrhundert vielleicht einmal eine Mauer gebildet hatten.

Ich fuhr mit knirschenden Reifen über die graue, sich wie eine Schleife windende Straße in ein dichtes Wäldchen aus hohen Nadelbäumen, die sich eng aneinanderdrängten und viel zu dicht an der Zufahrt standen. Nadeln kratzten über mein Auto und versuchten, mir den Einlass zu verwehren. Aber ich ließ mich nicht abschrecken. Ich konnte nicht nach Detroit zurück. Noch nicht.

Als ich aus dem Tunnel wieder auftauchte, wurde ich von meinem vorübergehenden Zuhause begrüßt. Das weiße, zweistöckige Bauernhaus war schlicht und unscheinbar und von wildem Wein überwuchert. Ich stellte den Motor ab und stieg aus. Schwüle Sommerluft schlug mir entgegen. Die breite Veranda empfing mich wie ein freundlicher Handschlag, aber beim ersten Schritt, den ich auf das Haus zuging, zog sich plötzlich mein Magen zusammen. Das alles war ein riesengroßer Fehler. Kein normaler Mensch willigte ein, eine fremde Person für unbegrenzte Zeit in seinem Haus wohnen zu lassen. Vielleicht war Noras Gedächtnis so schwach, dass sie keine Ahnung mehr haben würde, wer ich war oder warum ich an ihrer Tür auftauchte? Vielleicht besaß sie eine Schrotflinte?

Während ich vor der untersten Stufe stand und versuchte, nicht die Nerven zu verlieren, ging die ausgeblichene orangefarbene Haustür auf und eine zierliche weißhaarige Dame lächelte mich vom Türrahmen aus an. Ihre klaren blauen Augen lächelten jedoch nicht mit.

»Du musst Elizabeth sein.«

»Ja. Hallo, Nora!«, flötete ich in einem Tonfall, den ich noch nie zuvor jemandem gegenüber angeschlagen hatte. »Es ist so schön, dich kennenzulernen. Ich kann gar nicht glauben, dass wir so nahe beieinanderwohnen und ich die ganze Zeit keine Ahnung von dir hatte.«

Bei diesen Worten zog sie die Brauen hoch, verkniff es sich aber gerade noch, die Augen zu verdrehen. Ich hatte den Eindruck, dass diese unbeabsichtigte Entfremdung irgendwie meine Schuld war.

»Komm herein. Ich zeige dir, wo das Badezimmer ist.«

Einige Minuten später saß ich an einem runden Tisch mit sonnengelben Platzdeckchen und einer schwitzenden Glaskanne, die bis zum Rand mit Eistee gefüllt war. Meine Großtante hob sie an, um zuerst mir und dann sich selbst einzuschenken. Kein Zittern. Trotz ihrer dünnen Arme wirkte sie gesund und kräftig und schien im Vollbesitz ihrer geistigen Fähigkeiten zu sein.

Wir saßen am Tisch und nippten in einem unangenehmen Schweigen an unseren Gläsern, während ich überlegte, was ich sagen könnte. Ich war, selbst im Umgang mit völlig Fremden, selten um Worte verlegen. Aber wie begann man ein solches Gespräch? Wann war der richtige Zeitpunkt, um auf die Kamera und die Unruhen zu sprechen zu kommen und ihre Reaktion darauf auszuloten? Je eher ich es hinter mich brachte, desto schneller könnte ich Mr Rich anrufen und ihn dazu bringen, die Fotos herauszurücken, die ich jetzt dringender denn je brauchte. Aber ich durfte dieses Gespräch auf keinen Fall in den Sand setzen. Angespannt starrte ich in mein Teeglas. Das Schweigen im Raum war so drückend, dass nichts anderes Platz hatte.

Das hohle Klirren der Eiswürfel in meinem leeren Glas schien

Nora schließlich aus ihren Gedanken zu reißen. »Jetzt hattest du Zeit, um Luft zu holen, und kannst deine Sachen in dein Zimmer hinaufbringen. Ich würde dir ja gern helfen, aber wenn es sich vermeiden lässt, steige ich keine Treppen mehr. William hat das hintere Zimmer für dich frisch gemacht.«

Ich nahm einen der bereits klein geschmolzenen Eiswürfel in den Mund und folgte ihr zu der breiten Treppe gleich an der Haustür.

»Siehst du diese Tür dort oben? Das ist das Badezimmer. Die Tür zu deinem Zimmer ist links davon. Wenn du die letzten Stufen um die Ecke hinaufgehst, bist du schon zu weit.«

Ich schleppte meine zwei Koffer die Treppe hinauf. Je höher ich stieg, umso heißer und stickiger wurde die Luft. Als ich oben ankam, standen Schweißperlen auf meiner Stirn. Mit Schrecken wurde mir klar, dass Nora keine Klimaanlage hatte.

Ich schob mir die feuchten Haare aus dem Gesicht und öffnete die Tür. Überrascht stellte ich fest, dass sich dahinter kein Schlafzimmer befand, sondern ein enger Flur mit zwei weiteren Türen und einer zweiten Treppe, die steil und eng war und auf der anderen Seite des Hauses wieder ins Erdgeschoss hinabführte. Ich öffnete probehalber die linke Tür und entdeckte noch mehr Stufen. Sie führten nach oben, vermutlich zum Dachboden. Also öffnete ich die Tür auf der anderen Seite des Flurs. Sie ging quietschend auf. Helles Sonnenlicht fiel in den dunklen Flur und küsste meine Füße in den Sandalen.

Das Zimmer war stickig und staubig. Ganz anders als die saubere, ordentliche Küche. Ich stellte meine Koffer ab und schob die starren, spröden Vorhänge vor dem ersten Fenster zurück. Der schiebbare Rahmen gab mit einem ärgerlichen, protestierenden Ächzen nach und Frischluft strömte wie aus einer Sauerstoffflasche ins Zimmer. Ich fuhr mit den Fingern über eine Kommode und hinterließ wellige Spuren in der dicken Staubschicht. Es war unübersehbar, dass trotz Noras Behauptung, jemand hätte das Zimmer für mich »frisch gemacht«, seit langer Zeit niemand mehr hier gewesen war.

Aber der stickige Raum bot auch einige versöhnliche Aspekte. Das Bett war unglaublich. Schlanke Kurven aus hellem und dunklem Holz wanden sich am Kopf- und am Fußende wie verwickelte Wurzeln umeinander und umrahmten eine Quiltdecke, die in jedem nur vorstellbaren Gelbton leuchtete. Jedes winzige Stoffstück war kunstvoll eingenäht, wodurch eine Farbnuance in die andere überging. Die Stücke, die direkt nebeneinanderlagen, sahen fast identisch aus. Nur wenn man die ganze Decke betrachtete, stellte man fest, dass sie verschiedene Farbtöne aufwies.

Zwischen den beiden Fenstern befand sich ein kleiner Kamin. Bei der Vorstellung, beim Einschlafen das gemütliche Knistern des Feuers zu hören, überlief mich ein wohliger Schauer. Aber nein – ich hatte nicht vor, im Winter noch hier zu sein. Bis dahin wäre mein Auftrag längst erledigt.

Ich hatte mich an einem schwülen, bewölkten Augusttag noch einmal mit Mr Rich getroffen. Zu meiner Erleichterung hatte sein misstrauischer Sohn diesmal keine Zeit gehabt, ihn zu begleiten. Mr Rich hatte mir die Kamera übergeben, mich noch einmal daran erinnert, dass ich seinen Namen nicht erwähnen sollte, und mir geraten, es langsam anzugehen. Das Einzige, was ich noch nicht von ihm hatte, war die Schachtel mit den Fotos. Dafür hatte Linden gesorgt. Ich sollte mich bei Mr Rich melden, wenn ich den Eindruck hatte, dass Nora für die Bilder offen war. Dann würden wir weitersehen.

»Als ich Nora kannte«, hatte er gesagt, »war sie verwöhnt und halsstarrig. Wir kamen überhaupt nicht gut miteinander aus.«

»Ich werde vorsichtig sein«, hatte ich ihm versprochen und mich auf eine unangenehme Zeit eingestellt.

In der darauffolgenden Woche hatte ich den Großteil meiner Möbel und Haushaltswaren zu dem Second-Hand-Laden zurückgebracht, in dem ich sie in meinem ersten Monat bei der *Free Press* gekauft hatte. Desiree übernahm meine Topfpflanze – Einzahl! –, die sie mir vor drei Jahren geschenkt hatte. Alles andere – Kleidung, einige Bücher und Erinnerungsstücke aus meiner

Kindheit, von denen ich mich nicht trennen konnte – hatte ich in einer Geschwindigkeit, die mich selbst überrascht hatte, in mein Auto gepackt. Ich hätte nie gedacht, dass ich so schnell und einfach aus Detroit ausradiert werden könnte.

Nachdem ich meinen gesamten weltlichen Besitz in zwei weiteren Touren die steile Treppe hinaufgebracht hatte, kehrte ich zu Nora in die Küche zurück.

»Das Bett in meinem Zimmer ist atemberaubend schön«, sagte ich und war froh, dass ich etwas Unverfängliches gefunden hatte, das ich sagen konnte. »Und die Quiltdecke ist ein Meisterwerk.«

»Ich dachte mir, dass sie dir gefällt. Gelb ist eine so fröhliche Farbe. Deshalb habe ich dich in diesem Zimmer untergebracht. Ich war auf diese Quiltdecke immer sehr stolz.«

Ich ignorierte die Andeutung, dass ich aufgemuntert werden müsse. »*Du* hast diese Quiltdecke genäht?«

»Oh ja. Ich habe alle Quiltdecken genäht, die oben liegen.«

Die komplizierteste Handarbeit, die ich jemals zustande gebracht hatte, war ein gestrickter Waschlappen in einem hässlichen Braunton gewesen. Auf den Druck meiner Mutter hin hatte ich das Stricken von ihr gelernt und es schlussendlich so gut beherrscht, dass ich dieses eine Projekt sogar fertiggestellt hatte. Allerdings hatte ich dafür einen ganzen Sommer gebraucht.

Nora nahm mich am Arm und führte mich zur Treppe. »Oben sind vier Zimmer. Ich habe in deinem Zimmer geschlafen, bevor ich ins Erdgeschoss gezogen bin. Hast du die hintere Treppe gesehen?«

»Ja. Ich habe mich schon darüber gewundert.«

»Solche Treppen gibt es in vielen alten Häusern. Auf diese Weise konnten sich die Hausangestellten unbemerkt durchs Haus bewegen, während man im Salon Gäste empfing. Ich habe diese Treppe immer benutzt, um am Morgen in die Küche zu gehen und Kaffee zu kochen.«

Mein Reporterinstinkt flammte sofort auf. Perfekt! Wenn ich sie dazu bringen könnte, mir mehr über das Haus zu erzählen, würde es bestimmt nicht lang dauern, bis sie auch über sich selbst redete und ihren Mann erwähnte. Das wäre meine Gelegenheit, die Kamera und die Fotos zur Sprache zu bringen.

»Kannst du mir die Geschichte dieses Hauses erzählen? Wann wurde es erbaut?«

»1859, hat man mir gesagt. Aber ein so altes Haus hat mehr als nur eine Geschichte. Alles in diesem Haus hat eine Geschichte. Oben musst du dich selbst umsehen, aber hier unten kann ich dir alles zeigen.«

In der nächsten Stunde besichtigte ich jeden Raum im Erdgeschoss. Obwohl das extrem langsame Tempo meiner Großtante anstrengend war, faszinierte mich die Führung. Ich betrachtete antike Möbel, Ölgemälde und Teppiche, während Nora mir erzählte, was sie über diese Gegenstände wusste. Mit jedem Zimmer wuchsen meine Schuldgefühle. Es war nicht zu übersehen, wie sehr diese Frau ihr Zuhause liebte. Und sie hatte keine Ahnung davon, dass mir Barb die undankbare Aufgabe übertragen hatte festzustellen, ob sie weiterhin allein hier leben konnte.

Schließlich kamen wir in ihr Schlafzimmer. Die Quiltdecke auf meinem Bett war schon wunderschön, aber die Decke auf Noras Bett war atemberaubend und ungeheuer exquisit. Unterschiedliche edelsteinfarbene Samt- und Seidenstoffe setzten sich zu einem faszinierenden Kaleidoskop aus Farben zusammen. Jedes Stoffteil war mit dünnem Garn in Hunderten verschiedenen Mustern umstickt. Ich wollte mit der Hand darüberstreichen, aber ich fürchtete, dass ich mir damit einen strafenden Klaps auf die Finger einhandeln würde.

»Wow.« Das hatte ich während unserer Hausführung immer wieder gesagt, aber mir fiel kein passenderes Wort ein. Das Haus war voll mit Dingen, über die ich nur staunen konnte. »Hast du diese Quiltdecke auch genäht?«

»Nein. Sie stammt von meiner Urgroßmutter Mary. Meines Wissens ist dies die einzige Quiltdecke, die sie genäht hat. Eine solche Decke kostet viel Zeit. Ist reine Handarbeit. Viele kunstvolle Quiltdecken aus der viktorianischen Zeit halten nicht gut. Die Farbstoffe, mit denen die Seide eingefärbt wurde, zerstören im Laufe der Jahre den Stoff, und wenn man die Decken nicht vorsichtig behandelt, gehen sie noch schneller kaputt. Sammler würden in Ohnmacht fallen, wenn sie wüssten, dass ich unter diesem Quilt schlafe. Aber ich habe einen sehr ruhigen Schlaf. Ich drehe mich nachts nicht viel. Und ich setze mich nie auf die Decke.«

Diese letzte Aussage war anscheinend als Information für mich gedacht – oder als Ermahnung. Ich beugte mich über die Decke und betrachtete die verschiedenen Stiche. Ranken und Blumen, geometrische Muster, Schleifen und Federn, etwas, das wie Vogelspuren aussah.

»Hast du von ihr gelernt, wie man eine Quiltdecke näht?«

»Gütiger Himmel, nein! Für wie alt hältst du mich? Mary starb 1875. Sie ist hinter dem Haus begraben.«

Ich richtete mich auf. »Sie hat hier gewohnt?«

Nora schaute mich an, als sollte ich das eigentlich wissen. »Hast du noch nie von Nathaniel und Mary Balsam gehört?«

Ich zuckte die Achseln. »Nein, die Namen sagen mir nichts.«

Meine Großtante schüttelte den Kopf. »Wahrscheinlich sollte mich das nicht überraschen.«

»Warum nicht?«

»Weil die Geschichte immer von den Siegern geschrieben wird.«

# Kapitel 6

*Lapeer County, April 1861*

Mary Balsam fühlte, wie die Morgensonne durch die Fenster ins Schlafzimmer schien. Obwohl seit fast drei Wochen Frühling war, lag im Licht dieses Morgens etwas, das ihr sagte, dass die neue Jahreszeit nun tatsächlich endlich eingekehrt war, dass es nicht mehr schneien würde und die Saatzeit gekommen war. Sie streckte die Hand aus, um das Gesicht ihres Mannes zu berühren, ertastete jedoch lediglich das Kissen.

Mary stützte sich auf einen Ellbogen. Dort, wo Nathaniel hätte liegen sollen, entdeckte sie eine Zeitung. In dem Moment, in dem sie die Schlagzeile las, geriet ihre ganze Welt ins Wanken. Die Probleme gärten schon so lange, dass sie aufgehört hatte, sich damit auseinanderzusetzen. Seit einer Weile las sie lieber die Gesellschaftsseiten, die eine leichtere Kost boten. Aber das hier war etwas anderes. Diese Schlagzeile entriss ihr ihren Nathaniel.

Sie setzte sich auf und überflog beunruhigt die klein gedruckten Spalten. Jeder einzelne Satz zog ihr den Boden unter den Füßen ein Stückchen mehr weg.

Nathaniel kam ins Schlafzimmer. Sein Mund bildete eine entschlossene Linie und sein Blick richtete sich auf einen Gegenstand auf der anderen Seite des Raums. Er griff nach einem Tintenfass und war schon fast wieder aus der Tür, als Mary sagte: »Wohin gehst du damit?«

»Oh, Mary, bitte entschuldige, dass ich dich geweckt habe. Ich packe nur ein paar Sachen zusammen.« Er nahm die Zeitung vom Bett. »Bist du damit fertig?«

»Du willst doch nicht in den Krieg ziehen.«

»Darüber können wir beim Frühstück sprechen.«

Er verließ das Schlafzimmer. Mary stolperte hinter ihm her

und hielt sich am Treppengeländer fest, als er ein Stockwerk tiefer um die Ecke bog.

»Nathaniel? Nathaniel, bitte!«, rief sie, aber entweder konnte oder wollte er sie nicht hören.

Sie eilte ins Schlafzimmer zurück und schlüpfte hastig in ihren Morgenmantel und ihre Hausschuhe. Es wäre so typisch für Nathaniel, sich kopfüber in einen Konflikt zu stürzen, der ihn eigentlich nichts anging. Diese ganzen Versammlungen, in denen über die Abschaffung der Sklaverei diskutiert worden war, und der ganze Krimskrams, der im Haus herumlag, hatten so harmlos gewirkt. Es war viel geredet worden, aber durch Reden kam niemand zu Schaden. Wie dem auch sei, es würde nicht lang dauern, bis sie ihn überredet hätte, zu Hause zu bleiben, wo er hingehörte. Er konnte sie doch jetzt nicht im Stich lassen.

Als sie ins Esszimmer kam, saß Nathaniel bereits am Tisch und hielt die Zeitung hoch, um das Licht, das durch die großen Fenster hinter ihm fiel, optimal einzufangen. Mary hätte ihm die Zeitung am liebsten aus den Händen gerissen und sie in Stücke zerfetzt, aber in diesem Moment kam Bridget mit dem Tablett ins Zimmer. Das Mädchen blieb abrupt stehen, als es seine Herrin im Morgenmantel erblickte.

Auf das Klirren des Porzellans hin blickte Nathaniel auf. »Ah, das Frühstück« sagte er. Dann bemerkte er Mary und runzelte die Stirn. »Du bist noch nicht angezogen.«

Mary zog die Seiten ihres Morgenmantels enger zusammen, aber er ließ sich über ihrem Bauch nicht mehr zuknöpfen. Bridget errötete und stellte das Tablett auf den Tisch. Nachdem sie die Sachen so schnell wie möglich verteilt hatte, verschwand sie in der Küche, wo sie Mrs Maggin zweifellos berichten würde, dass Mrs Balsam völlig unzureichend bekleidet im Esszimmer stand.

»Du kannst nicht in den Krieg ziehen, Nathaniel«, sagte Mary, während sie den Stuhl neben ihm vom Tisch abzog und sich setzte.

»Natürlich werde ich in den Krieg ziehen. Diese Rebellen können nicht weiterhin ungestraft auf unserer Flagge herumtrampeln und sich gegen unseren Präsidenten erheben. Und du kennst meinen Standpunkt. Ich dachte, du würdest die Sklaverei auch ablehnen.«

»Du weißt, dass ich Sklaverei ablehne. Aber es gibt viele junge Männer, die kämpfen können. Männer, die nicht in wenigen Monaten Vater werden.«

»Meine Brüder verpflichten sich mit Sicherheit auch. Mein Vater war Soldat. Mein Großvater hat 1812 gegen die Briten gekämpft. Mein Urgroßvater im Unabhängigkeitskrieg. Sie haben nicht davor gekniffen, ihrem Land zu dienen, nur weil der Zeitpunkt gerade ungünstig war.«

»Aber sie haben in Städten gewohnt und hatten ihre Familie in der Nähe«, entgegnete Mary. »Was soll ich machen, wenn du in den Krieg ziehst? Die Farm allein bewirtschaften? Unser Kind allein zur Welt bringen?«

Nathaniel lachte. »Sei nicht albern, Mary. Du bist nicht allein. Es ist nur eine kurze Zugfahrt nach Detroit. Du könntest dort bei meiner Mutter wohnen, wenn du willst. Sie würde sicher auch gern herkommen und dir hier Gesellschaft leisten. John wird die Farm bewirtschaften und weitere Leute einstellen, wenn er es allein nicht schafft. Bevor ich aufbreche, bleibt mir außerdem noch genug Zeit, den Mais auszusäen. Du brauchst dir keine Sorgen zu machen.«

»John sollte an deiner Stelle in den Krieg ziehen.«

»Es reicht, Mary. Ich muss gehen. Es ist ja nur für ein paar Monate.« Nathaniel tätschelte ihre Hand. »Vielleicht bin ich sogar schon wieder zurück, bevor dieses Baby geboren wird.« Er richtete seine Aufmerksamkeit wieder auf die Zeitung.

Sie nahmen das Frühstück schweigend ein, da Nathaniel Zeitung las und Mary im Geiste mit ihm diskutierte. Aber ihr fiel kein Argument ein, das ihr wichtiger erschien als die bevorstehende Geburt seines erstgeborenen Kindes. Und das hatte er bereits bedenkenlos abgetan.

Die darauffolgende Woche war mit Vorbereitungen gefüllt. Der große Reisekoffer wurde gepackt, Essen vorbereitet, der Mais ausgesät. Sie sprachen wenig miteinander. Mary versuchte mehrmals, einen Brief zu schreiben, der Nathaniel umstimmen könnte. Aber während die ersten beiden Absätze stets voller sorgsam ausgewählter Argumente waren, ging der Brief im dritten Absatz immer in ein flehendes Betteln über. Und sie wollte nicht betteln.

Mary begleitete Nathaniel nicht, als John Grouse ihn zum Bahnhof fuhr. Sie konnte sich an diesem Morgen kaum aus dem Bett kämpfen, um auf den Nachttopf zu gehen. Nachdem sie wieder unter die Decke gekrochen war, kam Nathaniel herein, um sich zu verabschieden. Er beugte sich über sie und flüsterte ihr liebevolle Worte und das Versprechen ins Ohr, dass er unversehrt zurückkommen würde, aber sie brachte nicht viel mehr als ein Nicken zustande.

Den ganzen Tag über fiel sie immer wieder in einen unruhigen Schlaf. Jedes Mal, wenn sie aufwachte, starrte sie die Tapete an der Wand an und verfolgte das Muster von einem Ende des Zimmers zum anderen. Als das immer schwächer werdende Licht den Abend ankündigte, hörte sie, wie sich knarrend die Tür öffnete.

»Für Sie, Ma'am«, erklang Bridgets vorsichtige Stimme.

Das Mädchen trat ein und hielt ihr mit ausgestreckter Hand einen kleinen Zettel hin. Mary nahm ihn und überflog die kurze Nachricht. Dann setzte sie sich rasch auf.

»Nein!«, flüsterte sie.

»Was ist? Was ist passiert?«

»John Grouse hat beschlossen, ebenfalls zur Armee zu gehen. Er schickt uns den Wagen, aber er selbst kommt nicht zurück.«

Bridgets Hand fuhr an ihren Mund. »Soll ich nach Mrs Balsam schicken?«

In ihrem Kummer hätte Mary fast »Ja« gesagt. Doch stattdessen schaute sie in Bridgets große, blaue Augen und zwang sich zu einem Lächeln. »Mrs Balsam führt ihr eigenes Leben und ich werde sie nicht aus ihrer gewohnten Umgebung reißen, nur weil ich wegen der Tage, die auf uns zukommen, beunruhigt bin. Wir werden dieses Problem selbst anpacken.« Sie faltete den Brief zusammen und gab ihn Bridget zurück. »Es besteht kein Grund, warum ich mit deiner und Mrs Maggins Hilfe nicht allein zurechtkommen sollte. Der Mais ist gesät. Bis zur Ernte haben wir damit nicht viel Arbeit. Nathaniel hat mir versichert, dass er bis dahin zurück sein wird. Er ist bestimmt zurück, wenn der Winterweizen im Oktober ausgesät werden muss.«

Bridget hielt zitternd den Zettel in ihren Händen. »Aber was ist mit dem Baby?«

»Wenn es so weit ist, kannst du die Hebamme holen.«

Bridget schaute sie zweifelnd an.

»Mein liebes Kind«, sprach Mary weiter, »lieber lasse ich mir von einer Fremden bei der Geburt meines Erstgeborenen helfen, als meine Schwiegermutter in der Nähe zu haben. Sie würde mir nur ständig erklären, dass ich alles falsch mache. Also, Bridget«, sagte sie und warf die Schultern zurück. »Ich habe Hunger. Was hat Mrs Maggin für das Abendessen geplant?«

Nachdem sie einsam gebratenen Hasen in Zwiebelsoße verspeist hatte, zog sich Mary an diesem Abend in die Bibliothek zurück, um Nathaniels Kassenbücher durchzugehen. Er führte immer penibel Buch und Mary wollte alles tun, damit er bei seiner Rückkehr sah, dass sie die Farm in seiner Abwesenheit gut bewirtschaftet hatte.

Die Sonne war schon am Horizont untergegangen, als sie die Glocke an der Hintertür hörte. Das Klappern von Schritten verriet ihr, dass jemand die Hintertreppe hinablief. Stimmen drangen zu ihr durch, darunter eine männliche, die Mary noch nie gehört hatte. Die Stimme klang zurückhaltend und zögerlich und doch irgendwie eindringlich. Sie trat an die Tür der Bibliothek und lauschte. Plötzlich wurde ihr bewusst, dass Nathaniel und John fort waren. Im Haus befanden sich nur drei unbewaffnete Frauen, von denen eine schwanger war.

Während sie John Grouse innerlich verfluchte, schaute sie sich in der Bibliothek nach einer Verteidigungswaffe um. Ihr Blick blieb an den schweren silbernen Kerzenständern hängen, die auf dem Kaminsims standen, ein Geschenk ihrer Schwiegermutter.

Aus der Küche konnte sie Mrs Maggins unfreundliche Stimme ausmachen.

»Verschwinde sofort von unserer Tür!«

Dann erklang wieder diese tiefe, volle, männliche Stimme. »Bitte. Nur ein Schluck Wasser und ein Stück Brot für den Weg.«

»Keinen einzigen Krümel! Du kannst von Glück sagen, dass ich den Herrn des Hauses nicht hole, damit er dich verjagt.« Dass das eine leere Drohung war, konnte der Mann ja nicht wissen.

Mary schob die Eichentür einen Spaltbreit auf. Mrs Maggin fuchtelte mit einem großen Messer, während Bridget hinter ihr stand und die Hände um ihren Rock verkrampfte. In der geöffneten Hintertür stand ein Mann, dessen Umrisse sich deutlich von der Abenddämmerung abhoben. Sein Kopf war kahl, seine Arme lagen eng an seinen Seiten und seine Hände wrangen irgendeinen Gegenstand. Dann hob er in einer Geste müder Verzweiflung eine Hand an sein Gesicht. Diese Bewegung erschreckte Mrs Maggin offenbar, denn sie richtete das Messer auf ihn.

Hastig mischte Mary sich ein. »Mrs Maggin, was ist hier los?«

Die alte Köchin hielt das Messer unverwandt auf den Mann an der Tür gerichtet. »Dieser Flüchtling ist an Ihre Tür gekommen, um zu betteln. Ich vertreibe ihn nur.«

»Flüchtling?«

Sie betrachtete den Mann genauer. Zerrissene Kleidung, verknitterter Hut in den Händen, trotz der kalten, feuchten Nacht keine Schuhe an den Füßen. Aber das Auffallendste an dem Mann war seine Haut. Sie war schwarz wie die Nacht und glänzte vor Schweiß.

»Lassen Sie den Mann sofort herein!«, befahl Mary.

Als niemand sich bewegte, schob sich Mary an dem gequälten Mann vorbei, schloss die Tür hinter ihm und sperrte die aufziehende Nacht aus. Sie bedachte Mrs Maggin mit einem strengen

Blick. Die Köchin ließ das Messer sinken, legte es jedoch nicht aus der Hand.

»Bitte setzen Sie sich«, sagte Mary zu dem Mann. »Bridget!«

Bridget setzte sich sofort in Bewegung und zog einen Stuhl vom Tisch ab, bevor sie sich erneut hinter ihrer Beschützerin verschanzte. Der Fremde schaute die drei Frauen mit angsterfüllten Augen an. Als Mary ihm zunickte, setzte er sich schließlich.

»Mrs Maggin, holen Sie diesem Mann sofort ein Glas Wasser. Und bereiten Sie ihm die Reste des Hasen vom Abendessen zu.«

Mrs Maggin ließ das Messer klirrend auf den Küchentisch fallen und verschränkte die Arme vor der Brust. »Ich werde nichts dergleichen tun.«

Mary schaute in die harten Augen ihrer Köchin. »Wie bitte?«

»Eher bediene ich den Satan persönlich, bevor ich diesem …«

Mary hielt einen Finger hoch. »Sagen Sie es nicht! Egal, welche vulgäre Beschimpfung Ihnen auf der Zunge liegt, sprechen Sie sie nicht aus! In diesem Haus, innerhalb dieser Wände will ich so etwas nicht hören! Wenn Sie sich zu gut dafür sind, ein Kind Gottes, das in Not ist, zu bedienen, werden Sie mich auch nicht mehr bedienen. Sie können diese Nacht noch bleiben, aber ich schlage vor, dass Sie die kurze Zeit, die Sie noch in diesem Haus sind, nutzen, um Ihre Sachen zu packen.« Sie deutete zur Tür.

Mrs Maggin ließ die Arme sinken. »Das ist nicht Ihr Ernst!«

»Und ob das mein Ernst ist«, erwiderte Mary und stemmte die Hände in die Hüften. »Mr Balsam würde es mir sehr übel nehmen, wenn ich Sie behalten würde, nachdem Sie sich so herzlos benommen haben. Ich werde Ihnen Ihren Lohn auszahlen. Gute Nacht.«

Die alte Köchin stand sprachlos da, während Bridget weiterhin wie erstarrt hinter ihr kauerte. Als sie sah, dass es der Hausherrin ernst war, stolzierte sie aufgebracht aus dem Raum. Bridget stand immer noch nervös da, hatte jetzt aber keine Deckung mehr.

»Bridget, Wasser und Essen«, befahl Mary.

Als das Mädchen ihrer Aufforderung eilig nachkam, schaute Mary zu dem Mann, der den Blick nicht hob, um ihr in die Augen zu schauen. Eine gezackte Narbe lief über seine Wange und seinen Hals und verschwand unter einem schmutzigen Hemd, das früher vielleicht einmal weiß gewesen war.

Bridget stellte ein Glas Wasser und einen Teller mit Hasenfleisch und einer Scheibe Brot auf den Tisch.

»Die Butter, Bridget«, sagte Mary. Dann fügte sie an den Mann gewandt hinzu: »Es tut mir leid, dass das Essen nicht mehr warm ist.«

»Das macht nichts, Ma'am«, antwortete er, ohne den Blick zu heben.

»Bitte essen Sie sich satt und entschuldigen Sie mich einen Moment.« Mary zog Bridget in den Flur. »Geh nach oben und hol etwas zum Anziehen für diesen Mann. Es ist sicher etwas Altes da, das Nathaniel zurückgelassen hat. Hose, Hemd, Strümpfe. Wenn du seine alten Stiefel oben nicht findest, sind sie vielleicht im Stall. Bring sie dem Mann.«

Bridget eilte davon und Mary starrte die Küchentür an. Es war eine Sache, im *Liberator* Artikel über die Abschaffung der Sklaverei zu lesen und sich Reden darüber anzuhören, aber es war etwas völlig anderes, mit einem geflohenen Sklaven aus Fleisch und Blut konfrontiert zu werden. Sie billigte die unmenschlichen Praktiken ihrer Landsleute im Süden zwar nicht, aber sie wollte trotzdem nicht in diesen Konflikt verwickelt werden und einen entflohenen Sklaven bei sich beherbergen. Sie musste diesen Mann so bald wie möglich fortschicken.

Als sie wieder in die Küche trat, stellte Mary fest, dass der Mann bereits die letzten Reste der Zwiebelsoße mit einem Stück Brot auftunkte. Die Verängstigung, die sie vorher in seiner Miene gesehen hatte, war jetzt einer tiefen Erschöpfung gewichen.

»Bridget bringt Ihnen etwas zum Anziehen.«

Der Mann stand mit gebeugtem Kopf auf und begann erneut, seinen alten Hut zu wringen. »Das kann ich nicht annehmen.«

Mary hob die Hand. »Unsinn. Sie haben aus einem bestimmten Grund an unsere Tür geklopft. Dann können Sie jetzt auch annehmen, was wir Ihnen geben.«

Er nickte, blickte aber weiterhin zu Boden.

Mary überlegte, was sie noch sagen könnte. »Woher kommen Sie?«

»Ich weiß nicht, ob ich das sagen soll.«

Sie nickte. »Verstehe.«

Er war größer als Nathaniel, hatte breitere Schultern und einen kräftigeren Brustkorb. Er war in jeder Hinsicht ein eindrucksvoller Mensch. Mary hatte gehört, dass die Weißen im Süden aus Angst vor Sklavenaufständen verboten, dass die Sklaven sich unbeaufsichtigt versammelten. Sie durften nicht einmal zum Gottesdienst zusammenkommen. Während sie den Mann betrachtete, der nun vor ihr stand, konnte sie diese Angst nachvollziehen. Aber sie verstand nicht, warum ihr Nathaniel aufgefordert worden war, sein Leben für Menschen zu opfern, denen anscheinend nur Waffen fehlten. Sklaven gab es doch in großer Zahl. Sie hatten bestimmt die nötige Motivation. Und sie hatten mit Sicherheit genügend Gelegenheiten. Konnte man sie nicht bewaffnen und ihnen erlauben, selbst für ihre Freiheit zu kämpfen, wie es die Haitianer getan hatten?

Dann hörte sie im Geiste Nathaniels Stimme. *Was ist mit der Union? Was ist mit Ehre? Was ist mit christlicher Pflicht?* Mary bemühte sich, an diese Dinge zu glauben. Aber einer der Menschen, die ihr Mann befreien wollte, stand jetzt in ihrer Küche, während Nathaniel in Detroit darauf vorbereitet wurde, in einem der Bundesstaaten zu kämpfen, aus denen dieser Flüchtling stammte. Bis Nathaniel in den Südstaaten ankäme, wäre dieser Mann längst in Kanada. Dort wäre er frei, niemand würde dort auf ihn schießen. Ohne dass er für seine Freiheit gekämpft hatte. Er hatte einfach eine Gelegenheit genutzt und war geflohen.

Mary bemühte sich darum, die Abneigung niederzuringen, die in ihr aufstieg. »Ist es dort sehr schlimm?«

Endlich blickte er ihr in die Augen. Die tiefe Traurigkeit, die ihm ins Gesicht geschrieben stand, erschütterte sie.

Die Tür ging schwungvoll auf und Bridget kam mit einem Stapel geflickter Kleidung und einem abgetragenen Paar Stiefel herein.

»Ah, da bist du ja!«, sagte Mary mit erzwungener Fröhlichkeit. »Bitte nehmen Sie diese Sachen auf Ihren weiteren Weg mit. Sie können sich im Stall umziehen. Wenn Sie müde sind, können Sie dort auch ein paar Stunden schlafen. Meine einzige Bitte ist, dass Sie vor Tagesanbruch weiterziehen und aufpassen, dass Sie niemand auf der Straße sieht. Nach Port Huron sind es nur gut achtzig Kilometer. Gehen Sie südlich um die Stadt herum, um den Fluss zu überqueren. Im Norden würden Sie auf den Lake Huron stoßen und nicht weiterkommen. Auf der anderen Seite des Flusses liegt Kanada. Dort sind Sie in Sicherheit.«

»Ja, Ma'am. Danke.«

»Natürlich dürfen Sie niemandem ein Wort verraten.«

Der Mann nickte. »Gott segne Sie.«

Mary ging in die Bibliothek. Bridget folgte ihr schnell. Sobald sie im Raum waren, schloss das Mädchen die Tür hinter sich und lehnte sich dagegen. »Vergewissere dich in ein paar Minuten, dass er aus dem Haus ist, und verriegle alle Türen. Sonst kriege ich heute Nacht kein Auge zu.«

Bridget nickte.

»Ich weiß, dass es viel verlangt ist«, sprach Mary weiter, »aber du musst durch dein Fenster alles beobachten, da ich von meinem Zimmer aus den Stall nicht sehen kann.«

Das Mädchen sah verängstigt aus. »Worauf soll ich achten?«

»Das weiß ich nicht genau, aber ich habe das Gefühl, dass es unvorsichtig wäre, wenn wir nicht aufpassen.«

Soweit das überhaupt möglich war, wurden Bridgets Augen noch größer. »Sie glauben doch nicht, dass er ein Pferd stiehlt?«

Mary fühlte sich, als würde das Blut in ihren Adern gefrieren. »Daran habe ich noch gar nicht gedacht. Beten wir, dass er das nicht macht.«

Mary wälzte sich die ganze Nacht lang im Bett hin und her und hinterfragte die Entscheidungen, die sie getroffen hatte. Hätte

Nathaniel genauso gehandelt? Vielleicht sollte sie an Mrs Maggins Zimmertür klopfen, sich bei der Köchin entschuldigen und sie bitten zu bleiben. Doch als vor ihren Fenstern der Morgen dämmerte, hatte Mary beschlossen, die Kündigung nicht zurückzunehmen.

In der Küche traf sie lediglich auf eine völlig übermüdete Bridget. »Ist Mrs Maggin noch nicht aufgestanden?«

»Sie ist schon fort«, erwiderte Bridget. »Sie hat mir eine Adresse gegeben, an die Sie ihren Lohn schicken können.«

»Gut. Und unser … Gast?«

Bridget schüttelte den Kopf. »Keine Ahnung. Ich habe ihn heute Morgen noch nicht gesehen.« Sie senkte den Blick auf ihre Hände. »Ich bin eingeschlafen.«

»Das ist nicht schlimm, Bridget. Natürlich brauchst du deinen Schlaf.« Mary blickte sich im Raum um. »Gib mir zwei Waffeln.«

Bridget legte ihrer Herrin in jede Hand eine Waffel. Mary schritt so würdevoll wie möglich zum Stall und schob mit dem Ellbogen das schwere Tor zurück. »Hallo?«

Als niemand antwortete, blickte sie sich im Stall um. Die Pferde scharrten unruhig mit den Hufen. Die Kuh wartete darauf, gemolken zu werden. Die Schweine grunzten hungrig. Von draußen vernahm sie das laute Gackern der Hühner. Die Kleidung, die Bridget in Marys Auftrag geholt hatte, lag sauber zusammengelegt auf einem Heuballen. Nur die alten Stiefel waren nirgends zu sehen.

Mary entging weder der beißende Dunggeruch noch die Unruhe der hungrigen Tiere. In ihrem Bauch bewegte sich das Baby. Sie steckte die Waffeln in ihre Rocktaschen, griff nach einer Mistgabel und schob die Schultern zurück. Dann kniff sie leicht die Augen zusammen und versuchte sich daran zu erinnern, was Nathaniel mit der Mistgabel gemacht hatte.

# Kapitel 7

*Lapeer County, August*

Nora deutete zu einer halb geöffneten Tür in der westlichen Wand ihres Schlafzimmers und erklärte: »Hier ist mein Arbeitszimmer.«

Pflichtbewusst folgte ich ihr in ein kleines Hinterzimmer. Drei Nähmaschinen verschiedenen Alters – keine von ihnen aus diesem Jahrhundert – standen auf den Tischen. Lange Metallständer, die sich unter dem Gewicht vieler Kleidungsstücke bogen, schwebten wie Bussarde über den Maschinen. Nadeln steckten in Hosensäumen und Jackenärmeln, ragten aus Nadelkissen, hingen an Magneten. Und überall waren Stoffe. Berge über Berge von Stoffen.

Ich wagte einen vorsichtigen Schritt in den vollgestopften Raum und stolperte. Auf der Suche nach Halt erwischte meine Hand einen Stoffstoß und riss ihn mit mir zu Boden.

»Hey!«, schrie Nora.

Ich blickte erschrocken auf, stellte aber fest, dass ihr Schrei nicht mir, sondern dem eilig fliehenden orangefarbenen Kater galt, über den ich gestolpert war. Ich rappelte mich vom Boden hoch und begann, die Stapel, die ich durcheinandergebracht hatte, schnell wieder in Ordnung zu bringen.

»Das tut mir sehr leid!«, entschuldigte ich mich.

»Das war nicht deine Schuld. Dieser Kater! Er weiß, dass dieses Zimmer für ihn tabu ist.« Nora betrachtete den schiefen Turm, den ich gebaut hatte. »Ich bin mir noch nicht sicher, was ich mit diesen vielen Stoffen machen soll.«

»Du nähst anscheinend sehr viel.«

»Nein, ich nähe nicht mehr.«

Ich blickte mich in dem Raum um, der unübersehbar ein Nähzimmer war, und in meinem Kopf läuteten die ersten Alarmglocken.

Nora schaute mich hoffnungsvoll an. »Nähst du, Elizabeth?«

»Nein. Ich kann mir kaum die Schnürsenkel binden. Bei Handarbeiten stehe ich auf verlorenem Posten.«

»Jeder hat andere Gaben. Du bist offenbar sehr begabt mit Worten.«

»Kann schon sein. Aber diese Begabung lässt sich ohne Job nur schwer ausleben.«

»Wenn du meinst«, sagte sie in einem zweifelnden Tonfall. »Komm mit in die Küche. Es ist Zeit für das Abendessen. Dann siehst du gleich, welche Gabe ich nicht habe.«

Ich hätte Nora gern bei der Vorbereitung des Essens geholfen – es gab sowieso nichts anderes zu tun –, aber meine Großtante bestand darauf, dass ich mich an den Esstisch setzte, während sie Spaghetti mit Marinarasoße kochte. Außerdem toastete sie Weißbrot, bestrich es mit Butter und streute ein wenig Knoblauchsalz darüber. Es war eine einfache Mahlzeit, aber ich freute mich, dass Nora sich immer noch mühelos selbst versorgen konnte. Und das Essen schmeckte deutlich besser als das Mikrowellenessen und das Fast Food, von dem ich mich in letzter Zeit meistens ernährt hatte.

»Wenn man nur für eine Person kocht, verliert man irgendwie den Dreh«, sagte sie.

»Dazu kann ich nichts sagen. Ich hatte den Dreh noch nie raus. Dieses Essen schmeckt perfekt.«

»Wenn du es dreimal in der Woche bekommst, sagst du das nicht mehr«, lachte sie.

»Du glaubst hoffentlich nicht, ich erwarte, dass du meinetwegen den ganzen Tag am Herd stehst. Ich will mich eher um dich kümmern, als dass du dich um mich kümmern sollst.«

Sobald mir diese Worte über die Lippen gekommen waren, hätte ich sie am liebsten zurückgenommen. Noras Miene wurde säuerlich.

»Elizabeth, ich war der Meinung, du hättest deine Arbeit verloren und bräuchtest einen Platz zum Wohnen und Zeit, um dir zu überlegen, wie es in deinem Leben weitergehen soll. Hat dir Barb eingeredet, ich bräuchte eine Altenpflegerin?«

Ich schüttelte den Kopf. »Nein, ich weiß nicht, warum ich das gerade gesagt habe. Sie hat mir nichts über dich erzählt. Sie hat nur erwähnt, dass du in einem großen Haus außerhalb der Stadt allein lebst und wahrscheinlich Hilfe im Garten brauchen könntest.« Ich hasste es, sie anzulügen, aber noch weniger gefiel mir, wie leicht mir die Lügen über die Lippen kamen, seit ich angefangen hatte, verdeckt in Richter Sharpes Umfeld zu recherchieren.

Sie nickte. »Sie hat dir also nicht erzählt, dass ich trinke?«

Sie trank?

»Oder dass ich schlafwandle?«, sprach sie weiter. »Und auch nicht von den verschiedenen Wanderern, die ich in dieses Haus eingeladen habe, um sie dann im Schlaf zu ermorden und im Garten zu verbuddeln?«

»Was?!«

Sie verdrehte die Augen. »Elizabeth, ich bin trotz meines Alters sehr gut in der Lage, mich selbst zu versorgen. Ich bin gesund und im vollen Besitz meiner geistigen Kräfte. Einigen wir uns bitte darauf, dass wir einander wie Erwachsene behandeln. Ich brauche keinen Babysitter. Das Einzige, was ich vielleicht brauche, ist ein wenig Gesellschaft.«

Ich verfluchte Barb insgeheim dafür, dass sie mich in diese Situation gebracht hatte. Nora war nur einsam, mehr nicht. Das konnte ich gut nachvollziehen. Man konnte in einer Stadt mit 700.000 Einwohnern genauso allein sein wie in einem Bauernhaus mitten im Nirgendwo.

In diesem Moment kam der orangefarbene Kater in die Küche spaziert, sprang auf den Stuhl vor dem Tisch und schaute mich finster an.

»Wie heißt dein Kater?«, fragte ich, um das Thema zu wechseln.

»Matthew. Bei mir heißt jeder Kater Matthew.«

Es klingelte an der Tür. Nora stand auf, um zu öffnen. Als ich mich zu Matthew umdrehte, war er verschwunden. Ich schaute mich in der Küche um, die trotz der Essensvorbereitungen tadellos sauber war. Nora hatte das Geschirr immer sofort gespült und nichts stehen gelassen, was ich hätte aufräumen können.

»Elizabeth«, sagte Nora, die mit einem kleinen Stoffstapel in den Händen in die Küche zurückkam, »das ist Brenda Morris. Brenda, das ist meine Großnichte, Elizabeth Balsam.«

Ich stand auf, um der schick gekleideten Frau, die meiner Tante folgte, die Hand zu reichen.

»Brenda gehört zu meinen Stammkunden.«

Ich blickte sie offenbar völlig verständnislos an.

»Ich nehme für sie Änderungen an ihrer Kleidung vor.«

»Und auch für alle anderen im Bezirk«, ergänzte Brenda. »Sie müssten im Frühling hier sein! Dann kommen die ganzen Mädchen wegen ihrer Kleider für den Abschlussball und alle Junibräute wegen ihrer Brautkleider und Brautjungfernkleider. Dann geht es hier zu wie in einem Bienenstock.«

Ich hatte Mühe, mir den Salon mit aufgeregt plappernden Mädchen vorzustellen. Dieses Haus war ein Museum und Nora war die Kuratorin. Ich hatte den Eindruck, dass ich in den Schränken rote Absperrseile finden könnte, die jederzeit hervorgeholt werden konnten, damit die Besucher die Ausstellungsstücke nicht berührten.

»Vor drei Jahren hat Mrs Rich sich um das Brautkleid meiner Tochter Kelli und die Kleider für ihre Brautjungfern gekümmert. Sie sahen umwerfend aus!«

»Das war nicht mein Verdienst«, entgegnete Nora. »Du hast eine schöne Tochter, die hübsche Freundinnen und einen guten Geschmack hat. Ich habe nur dafür gesorgt, dass niemand schlampig aussah. Das war alles.«

Brenda faltete die Hände vor sich. »Bald ist Katie an der Reihe.«

»Ganz bestimmt«, nickte Nora und tätschelte der Frau die Schulter.

»Ich muss los«, sagte Brenda. »Sonst komme ich zu spät.«

»Deine Jacke hängt an der Arbeitszimmertür.«

»Jacke? Ich dachte, du säumst das türkisfarbene Kleid für mich ein?«

Nora sah einen Moment verwirrt aus, fing sich aber schnell wieder. »Ja, ja. Das Kleid. Das habe ich gemeint.«

Brenda lächelte. »Es war so schön, Sie kennenzulernen, Elizabeth! Ich hoffe, du hast Verwendung für diesen Stoff, Nora.«

Sie verschwanden durch die Schwingtür.

»Ich dachte, du nähst nicht mehr«, bemerkte ich, als Nora in die Küche zurückkam.

»Ich nähe auch nicht mehr. Ich erledige nur Änderungs- und Flickarbeiten.«

»Das ist nicht Nähen?«

»Dabei muss man auch ein wenig nähen. Aber es ist nicht das Gleiche. Nähen heißt, etwas Neues zu erschaffen. Das mache ich nicht mehr. Ich repariere nur noch. Die Quiltdecke in deinem Zimmer war meine letzte echte Nähkreation.«

»Warum?«

Sie schüttelte beinah unmerklich den Kopf. »Ich war einfach nicht in der Stimmung. Durch die Änderungen habe ich etwas zu tun. Mit diesem Verdienst und mit der Pension aus meiner Zeit im Schuldienst komme ich über die Runden.«

Mit Ausnahme meiner Garderobe für Dana hatte ich mir nie Gedanken um Kleidung gemacht. Ich betrachtete zum ersten Mal genauer, was meine Tante an diesem feuchten Augusttag anhatte: Ihre lange, weiße Hose hatte einen Aufschlag und eine saubere Bügelfalte genau in der Mitte der weiten Beine. Ihre leichte, blaue Bluse war sauber in den Hosenbund gesteckt und wurde dort von einem modischen Gürtel gehalten. Für eine Frau, die allein mitten in der Pampa wohnte, war sie eigentlich viel zu gut gekleidet.

»Warst du Lehrerin?«

»Nein. Sekretärin. Dreißig Jahre lang. Würde es dir etwas ausmachen, diesen Stoff in den großen Schrank oben im blauen Zimmer zu räumen? Dort könnte noch ein bisschen Platz sein.«

Ich ging nach oben und betrat ein Zimmer mit hellblauen

Wänden. Auf dem Bett lag eine Quiltdecke aus blauen Stoffstreifen in ausgewaschenen Streifen-, Karo- und Schachbrettmustern. Der Schrank war zum Bersten voll. Ich stopfte Brendas ungebetenes Geschenk noch irgendwie hinein und schob schnell die Türen zu, damit der Stoff nicht wieder herausfallen konnte. Dann begab ich mich auf Entdeckungstour.

In jedem Zimmer zierten wunderschöne Quiltdecken die Betten. Ich zog alle Kommodenschubladen auf, schaute in jeden Schrank und entdeckte Stapel über Stapel von Stoffen, die wie uralte Gesteinsschichten übereinanderlagen. Warum hatte sie all diese Stoffe aufgehoben, wenn sie nicht mehr nähte? Nora wäre eine erstklassige Kandidatin für eine dieser berüchtigten Reality-TV-Sendungen über verrückte Menschen, die aus völlig unverständlichen Gründen Unmengen an Krempel ansammelten.

»Elizabeth«, hörte ich meine Tante von unten rufen. »Hast du dich verlaufen?«

Ich stieg die Treppe wieder hinab. Nora stand an der Hintertür in der Küche, eingerahmt von dem weichen Licht des frühen Abends.

»Ich wollte dir noch den Garten zeigen, bevor die Sonne untergeht«, sagte sie. »Von dem früheren Garten ist leider nicht mehr viel zu sehen. Es ist so lange her, seit ich Zeit oder Lust hatte, mich damit zu beschäftigen. Aber das Feld ist hübsch und pflegeleicht.«

Ich folgte ihr durch die Mückengittertür auf den breiten Rasen, der an ein Feld grenzte.

Nora deutete auf die Wildblumen, die im leichten Wind schaukelten. »Früher wurde dieses Feld bestellt. Als die Farm noch betrieben wurde, standen diese Bäume noch nicht. Es gab Mais und Weizen und ganz da hinten eine kleine Apfelplantage.« Sie deutete auf die verwitterten Reste eines baufälligen Holzgebäudes, das von einem krummen, verrosteten Draht umgeben war. »Das ist der alte Hühnerstall. Und der Schutthaufen ein Stück weiter draußen auf dem Feld war der Stall. Er ist vor ungefähr zehn oder fünfzehn Jahren eingestürzt.«

Zum Schutz vor der tief stehenden Sonne beschirmte ich mit

der Hand meine Augen, während wir zu einem verwitterten Holzzaun hinüberschlenderten.

Nora legte ihre faltige Hand auf einen der Zaunpfosten. »Das war der Kräutergarten. Hier wachsen hauptsächlich mehrjährige Kräuter, aber manche muss man jedes Jahr neu anpflanzen oder sie säen sich selbst aus. Er ist inzwischen so sehr mit Unkraut überwuchert, dass man nicht mehr sagen kann, was was ist. Außerdem sind meine Augen nicht mehr so gut wie früher. Deshalb kaufe ich inzwischen getrocknete Kräuter im Geschäft. Hier wächst auch vieles, was nicht zum Kochen geeignet ist. Viele Arzneikräuter. Was ich mit denen anfangen soll, habe ich nie genau gewusst. Von einigen sollte man wahrscheinlich besser die Finger lassen.«

Ich ließ meinen Blick über das traurige, überwucherte Fleckchen Erde wandern.

»Arbeitest du gern im Garten?«, fragte sie.

»Ich mag Gärten«, sagte ich. »Aber ich hatte nie einen. Mir gefällt die Vorstellung, im Garten zu arbeiten.«

Nora bedachte mich mit einem prüfenden Blick. »Weißt du was, Elizabeth? Ich übertrage dir eine Aufgabe. Du kannst nicht den ganzen Tag im Haus herumsitzen und nichts tun, während du auf ein Stellenangebot wartest. Das willst du wahrscheinlich auch gar nicht. Also bekommst du folgendes Projekt: Schau die Bücher durch, die im Regal im Esszimmer stehen, und suche die Garten- und Kräuterbücher heraus. Ich weiß, dass dort einige sind. Lies sie und schau, was du aus diesem Kräutergarten machen kannst.«

Hatte denn jeder eine Sonderaufgabe für mich? Mr Rich hatte seine Fotos, Barb ihre Sorge um Noras Gesundheitszustand … Andererseits konnte ich mich nicht jede Minute mit diesen Geheimaufträgen befassen und ich war schließlich hier, um Nora zu helfen. Es wäre nett, ein wenig Energie in ein Projekt mit einem sichtbaren Endergebnis zu stecken, statt nur beim Wäschewaschen zu helfen und alle Gründe aufzuschreiben, warum meine Großtante nicht mehr allein wohnen sollte. Ich könnte tagsüber im Garten arbeiten und mich abends meiner Karriere und meiner Story widmen.

»Das klingt, als könnte es Spaß machen.«

»Es wird keinen Spaß machen, das viele Unkraut zu jäten«, lachte sie. »Es wächst schon sehr lange und die Wurzeln reichen tief.« Sie drehte sich um und steuerte langsam wieder auf das Haus zu.

»Was ist mit diesem Baum?«, fragte ich und blieb stehen.

Nora blieb ebenfalls stehen und schaute mich mit Augen an, die ihren Glanz verloren hatten. »Mir ist vor ein paar Jahren aufgefallen, dass er nicht mehr gesund ist. Also habe ich jemanden kommen lassen, der ihn retten sollte. Es ist ein Trompetenbaum. William hat ihn gepflanzt. Trompetenbäume treiben immer erst ziemlich spät aus, deshalb hatte ich im Frühling die Hoffnung, dass er es noch ein wenig machen würde – zumindest solange ich lebe. Aber inzwischen ist mir klar, dass er tot ist.«

Der riesige, blattlose Baum stand südlich des Kräutergartens. Nicht weit über der Erde hatte sich sein riesiger Stamm geteilt und sah aus wie zwei massive Arme, die sich dem Himmel entgegenstreckten. Ich schaute mit zusammengekniffenen Augen zu den obersten Zweigen hinauf. Der eine Teil des Baumes war eindeutig tot. Der andere schien noch ums Überleben zu kämpfen.

»Ich glaube, da oben ist noch ein Zweig mit Blättern.«

Nora richtete ihren Blick zum Himmel und rückte ihre Brille zurecht. Sie lächelte zwar nicht, sah aber nicht mehr ganz so traurig aus.

»Trotzdem sehr schade«, sagte ich, »das war bestimmt ein schöner Baum.«

»Er hat viel Dreck gemacht«, erwiderte sie. »Aber ja … er war schön.«

# Kapitel 8

*Bloomfield Hills, April 1963*

»Es sieht aus, als hätte der Künstler eine Mülltonne umgekippt, ihren Inhalt auf eine Leinwand geklebt und mit dem Schwanz einer toten Katze Farbe darübergeschmiert. Dieses angebliche Kunstwerk hätte auch *ich* zustande gebracht. Allerdings nur, wenn ich verrückt wäre.«

Nora ließ das Mixed-Media-Kunstwerk, das sie in den Händen hielt, sinken und fühlte, wie ihr Zorn größer wurde.

»Was hast du für dieses Ungetüm gezahlt?«, fragte ihr Vater.

»Ich habe es zu einem sehr guten Preis bekommen.«

»Es kann kein guter Preis gewesen sein, es sei denn, es war kostenlos.«

Nora stieß ein genervtes Seufzen aus. »Du hast gesagt, dass ich etwas aussuchen soll, das nicht so langweilig ist, sondern ins Auge sticht. Ich habe nur versucht, deinen Rat zu befolgen. Wie dem auch sei, mir gefällt es.« Sie ließ ihren Blick über die kahlen Wände ihrer neuen Wohnung schweifen. »Aber ich bin mir immer noch nicht sicher, wo der beste Platz dafür ist.«

»Wie wäre es mit der Mülltonne hinter dem Haus? Schick es dorthin zurück, wo es hergekommen ist. Ich kann nicht glauben, dass du das Geld, das ich dir gegeben habe, für diesen Müll verschwendet hast.«

Nora würde ihrem Vater bestimmt nicht verraten, dass sie einen Großteil dieses Geldes in eine Kamera für einen Fremden gesteckt hatte, den er offensichtlich verabscheute, und dass sie deshalb weniger Geld für ein tatsächliches Kunstwerk gehabt hatte.

»Was für eine Galerie stellt so etwas überhaupt aus?«, sprach er weiter.

»Ich habe es auf dem *Detroit Artists Market* gefunden. Dort läuft seit Kurzem eine Sonderausstellung mit Werken von Künstlern aus Cass Corridor. Sie ist sehr avantgardistisch. Sehr innovativ.«

Daniel Balsam schüttelte den Kopf. »Was habe ich bei dir nur falsch gemacht?«

Diesen Spruch hatte sie seit ihrem dreizehnten Lebensjahr schon so oft gehört, dass sie sich angewöhnt hatte, ihn als Kompliment zu verstehen.

»Aber jetzt solltest du deine Schläger holen. Sonst kommen wir zu spät zum Golf.«

Nora seufzte und überlegte, dass ihr Golfspielen vielleicht sogar Spaß machen könnte, wenn sie mit jemand anderem als mit ihrem Vater spielen würde.

*»Halt den Schläger nicht so fest, Nora. Das ist kein Baseballschläger.«*

*»Deine Füße stehen zu eng zusammen.«*

*»Du schneidest den Ball zu sehr an, Nora.«*

*»Nicht mit so viel Kraft, Nora. Schau doch, wie nahe du am Loch bist. Viel gefühlvoller.«*

Sie ließ das alles schweigend über sich ergehen, weil es die einzige Zeit war, die sie und ihr Vater ohne ihre Mutter miteinander verbrachten. Nora zog die Kritik ihres Vaters an ihrem Kunstgeschmack oder ihrem Abschlag der ständigen Nörgelei und Stichelei ihrer Mutter vor, die meistens sehr persönlich wurde.

Erst vor zwei Wochen hatte Mallory Balsam, als sie gemeinsam nach einem neuen Kleid für Ostern gesucht hatten, im Spiegel stirnrunzelnd Noras Hüften betrachtet und verkündet: »Es tut mir leid, Liebes, aber du kannst keine Etuikleider tragen. Du musst das gelbe mit dem vollen Rock nehmen, auch wenn du darin total verbraucht aussiehst.« Eigentlich hatte Nora sich in diesem Jahr selbst ein Osterkleid nähen wollen, aber ihre erdrückend vielen ehrenamtlichen und gesellschaftlichen Verpflichtungen ließen ihr dafür keine Zeit. Deshalb hing das Kleid unvollendet in ihrem Schrank.

»Deine Mutter möchte, dass du nach dem Golfspiel mit zu uns kommst«, sagte Daniel, als sie zum Golfplatz aufbrachen. »Sie will mit dir über irgendeine Wohltätigkeitsveranstaltung sprechen.«

»Ich bin heute Abend mit Diane verabredet.«

»Es dauert nicht lange.«

Das stimmte nicht und das wussten sie beide.

Nora beendete ihre 18 Löcher zwei Schläge unter Par und steckte ihr Eisen wieder an seinen Platz. Ihr Vater lud die Taschen in den Golfwagen und sie rollten auf das Klubhaus zu.

»Du hast dich heute gut geschlagen«, sagte Daniel.

»Danke.« Nora blickte auf das frische grüne Gras und lächelte.

»Hallo!«, rief ihr Vater plötzlich. »Ray!« Er hob eine Hand, um seinen Lieblingsplatzwart zu begrüßen, und hielt den Golfwagen an.

»Mr Balsam, Miss Balsam«, sagte Ray und zog den Hut, unter dem seine dicht gelockten, schwarzen Haare zum Vorschein kamen, die mehr graue Strähnen aufwiesen als im letzten Jahr. »Es freut mich, Sie heute an diesem schönen Nachmittag hier draußen zu sehen.«

»Auf ein solches Wetter habe ich gewartet«, sagte Daniel und schüttelte Rays faltige Hand.

»Ich auch, Sir.« Ray nickte Nora zu. »Wie ich sehe, haben Sie den Winter gut überstanden, Miss.«

Nora lächelte. »Nur mit knapper Not. Im Februar dachte ich schon, ich würde den Verstand verlieren.«

»Das kann ich mir denken. Im Februar fällt jedem irgendwann die Decke auf den Kopf«, lachte Ray.

»Ich dachte, Sie sollten dieses Jahr befördert werden und Leitungsaufgaben übernehmen. Aber jetzt sind Sie hier draußen und rechen den Sand und schneiden die Sträucher«, sagte Daniel.

Ray blickte sich vorsichtig um. »Der Chef glaubt vermutlich, dass ein Schwarzer das nicht kann.«

Daniel runzelte die Stirn. »Ich hätte gute Lust, ihm einen gesalzenen Brief zu schreiben.«

Ray hob abwehrend die Hand. »Tun Sie das bitte nicht. Mir gefällt meine Arbeit und ich würde sie gern behalten. Ich sehe Sie hoffentlich bald wieder, Miss Balsam?«

»Wahrscheinlich nächste Woche.«

»Ausgezeichnet. Ich wünsche Ihnen beiden einen schönen Abend.«

Ray widmete sich wieder seiner Arbeit. Daniel fuhr weiter, runzelte aber während des gesamten Weges die Stirn.

»Was hast du?«, fragte Nora.

»Ray arbeitet seit fünfzehn Jahren hier. Er sollte inzwischen eine höhere Stellung bekleiden.«

Nora versuchte, den Mann, der sich gerade für die Gleichberechtigung eines Schwarzen starkmachte, mit dem wütenden Mann auf dem Foto in Einklang zu bringen. »Du glaubst, *er* könnte eine Leitungsfunktion übernehmen?«

»Natürlich! Wenn ein Mann die nötige Erfahrung mitbringt, sollte seine Hautfarbe keine Rolle spielen.«

Nora schnaubte angesichts so viel Heuchelei.

»Was ist?«

»Nichts.«

»Du solltest dieses Elitedenken ablegen, Nora. Das gehört sich nicht.«

ଓ

Während der ganzen Fahrt zum Haus ihrer Eltern biss sich Nora auf die Zunge. Die Garage war leer, als ihr Vater und sie vor dem Haus vorfuhren.

»Wo ist die Corvette?«

»Deine Mutter hat sie.«

»Ich dachte, sie wollte etwas mit mir besprechen.«

»Sie wird bald zu Hause sein.«

Nora verdrehte die Augen und begab sich missmutig in die Küche.

»Hallo, Miss Nora. Schön, Sie zu sehen. Wie lief das erste Golfspiel der Saison?« Wanda holte ein Glas aus dem Küchenschrank und drehte das kalte Wasser auf, bevor Nora auch nur die Gelegenheit hatte, sie um etwas zu trinken zu bitten.

»Zwei Schläge unter Par.«

Wanda grinste sie an. »Gut gemacht, Mädchen.« Sie stellte Nora das Wasser hin und wischte sich die Hände an ihrer Schürze ab. »Heute Abend gibt es Roast Beef.«

»Das ist aber für nur zwei Personen ziemlich aufwendig.«

»Anweisung Ihrer Mutter. Sie erwartet Gäste.« Wanda zog eine Schublade auf und zählte vier Gabeln, vier Messer und vier Löffel ab. »Ich nehme an, Sie sind auch dabei.«

»Ich habe heute Abend Pläne.«

Wanda lachte. »Die hat Ihre Mama auch, Schätzchen.«

Sie benutzte nur noch selten solche informellen Worte – und niemals in Mallory Balsams Gegenwart. Als Kind war Nora von den zwei Persönlichkeiten der Haushälterin fasziniert gewesen.

»Warum sprichst du so?«, hatte sie Wanda mit fünf Jahren gefragt.

»Wie spreche ich denn?«

»Irgendwie komisch. Als wüsstest du nicht, wie man richtig spricht.«

Wanda lachte. »Kleines, ich spreche zwei Sprachen.«

»Wirklich?«

»Ja.« Sie beugte sich auf Noras Höhe hinab und flüsterte verschwörerisch: »Manchmal vergesse ich, wo ich bin, und benutze die Sprache, die wir zu Hause sprechen.«

Die kleine Nora brauchte einen Moment, um das zu verarbeiten. »Wo bist du denn zu Hause?«

»In Detroit.«

»Spricht man dort kein Englisch?«

»Doch, natürlich. Aber hier in Bloomfield Hills spricht man Snobbisch.«

Wanda hatte über ihren eigenen Witz gelacht und vermutlich gedacht, Nora sei noch zu klein, um ihn zu verstehen oder nachzuplappern. Das war sie auch gewesen. Aber später hatte sich Nora an dieses Gespräch erinnert und verstanden, was Wanda gemeint hatte. Sie wohnte in einer geteilten Stadt. Auf der einen Seite lebten sie. Und auf der anderen Seite die anderen.

»Kann ich dir irgendwie helfen?«, fragte Nora, während sie Wanda ins Esszimmer folgte, wo diese das Besteck aufdeckte.

»Sie können die Blumen in die Küche bringen und die verwelkten Köpfe abschneiden, wenn Sie möchten.«

Nora nahm die Vase von der Mitte des Esstisches und trug sie zum Küchentisch. Sie musste drei Schubladen öffnen und schließen, bis sie die Schere fand.

»Du hast alles umgeräumt.«

»Ihre Mutter findet, dass es so sinnvoller ist.«

»Aber du bist doch diejenige, die sich in der Küche zurechtfinden muss.«

Wanda murmelte etwas, das Nora nicht ganz verstehen konnte. Dann öffnete jemand die Tür und Wanda verstummte. Mallory Balsams Eintreffen in der Küche war, als würde eine Wespe bei einem Picknick auftauchen. Wenn man sich ganz still verhielt, würde ihr vielleicht langweilig werden und sie flog wieder weg.

»Guten Abend, Mrs Balsam.«

Mallorys Antwort auf diese Begrüßung war ein schweres Seufzen. Sie stellte ihre Handtasche auf die Arbeitsplatte und warf ihren Schlüsselbund daneben. »Wanda, wärst du bitte so nett und versuchst, diese Schachtel aus dem Auto meines Mannes zu bekommen? Der Verkäufer hat sie irgendwie hineingequetscht, aber ich bekomme das unförmige Teil einfach nicht heraus. Ich verstehe nicht, warum er sich keinen Impala gekauft hat.«

»Ja, Ma'am.« Wanda verschwand in der Garage.

Mallory berührte ihre Frisur und schaute ihre Tochter missbilligend an. »Nora, was machst du da?«

»Ich frische den Tischschmuck ein wenig auf.«

Ihre Mutter winkte schnell ab. »Das kann Wanda machen.«

Nora schnitt die braunen Blüten und Blätter unbeirrt weiter ab.

»Ach, ist ja auch egal«, sagte Mallory und strich mit zwei perfekt manikürten Fingern über ihren Nasenrücken. »Ich will mich nicht mit dir streiten. Ich hatte einen anstrengenden Tag. Wo ist dein Vater?«

»Er ist hochgegangen, um sich zu duschen und umzuziehen.«

Mallory legte die Hände auf die Schultern ihrer Tochter und drehte sie zu sich herum. »Das willst du doch hoffentlich nicht zum Abendessen tragen?«

Nora schaute auf ihre kurze Hose und ihr Golfhemd hinab. »Das hatte ich nicht vor, nein. Diane und ich gehen heute Abend aus, aber Dad sagte, dass du wegen einer Wohltätigkeitsveranstaltung mit mir sprechen wolltest.«

Mallory winkte ab. »Darüber können wir später sprechen. Warum hast du nichts anderes zum Anziehen mitgebracht?«

Nora widmete sich wieder dem Blumenschmuck und schnitt den Kopf einer verwelkten Rose ab. »Ich wusste nicht einmal, dass ich heute herkomme.«

Mallory trommelte mit den Nägeln auf der Arbeitsplatte. »Vielleicht hängt in deinem Schrank noch etwas Passendes, das du anziehen kannst.«

Nora schloss die Augen, hob das Gesicht zur Zimmerdecke und wappnete sich für das, was jetzt kommen würde. »Wozu?«

»Zum Abendessen natürlich.«

»Ich habe dir doch gesagt, dass ich heute Abend etwas vorhabe.«

Ein Küchenwecker klingelte. Nora trat an den Herd und stellte ihn ab. Dann öffnete sie die Tür zur Garage. »Wanda? Der Wecker hat geklingelt! Was ist zu tun?«

Keine Antwort. Nora kehrte wieder zum Herd zurück, aber Mallory führte sie auf der anderen Seite aus der Küche heraus.

»Geh in dein Zimmer und schau, ob du etwas findest, das du anziehen kannst. Und mach etwas mit deinen Haaren.«

»Aber …«

»Diane wird das verstehen. Ich brauche dich heute Abend hier. Jetzt geh.«

Nora ging zur Treppe. Auf dem Weg nach oben kam ihr Wanda entgegen. »Der Küchenwecker hat geklingelt.«

In ihrem alten Zimmer hingen ein paar vergessene Kleider einsam in den dunklen Winkeln des Schranks. Nora musterte sie der Reihe nach prüfend und dachte über die vier Gedecke nach, die Wanda auf dem Tisch angerichtet hatte. Einige Minuten später hatte sie sich die Haare gebürstet, jedoch ohne sie besonders schön zu frisieren, und stieg gerade in einem viel zu formellen grünen Taftkleid die Treppe hinab, als es an der Tür klingelte. Jetzt hatte sie nicht einmal mehr Zeit, um Diane anzurufen und sich zu entschuldigen, weil sie ihre Verabredung nicht einhielt. Wenn im Hause Balsam Gäste zu Besuch waren, galten unverrückbare Regeln. Die erste Regel lautete, dass man einen Gast nie allein ließ. Als Nora die Tür öffnete, stand ein groß gewachsener, attraktiver, zweifellos unverheirateter junger Mann vor ihr. Ihr war sofort klar, was das zu bedeuten hatte.

»Sie müssen Nora sein«, sagte der Mann und ließ seinen Blick über ihre Figur wandern. »Ich bin Michael.«

Die nächsten zwei Stunden bewegten sich zwischen langweilig und peinlich, während Mallory Balsam versuchte, Nora mit einem potenziellen Ehemann zu verkuppeln, und Daniel Balsam herausfinden wollte, wie viel vom Vermögen seines Großonkels an Michael Kresge gegangen war.

Als das Roast Beef und die Kartoffeln und danach der Kuchen mit Kaffee verspeist waren und eine Pause in dem Gespräch einkehrte, nutzte Nora diese Gelegenheit sofort. »Mutter, ich muss morgen sehr früh aufstehen. Könntest du mich jetzt nach Hause fahren?«

»Das kann ich übernehmen«, bot sich Michael an.

»Wie schön«, strahlte Mallory, noch bevor Nora ein Wort sagen konnte. »Das ist sehr nett von Ihnen, Michael.«

Die Fahrt verlief in einem unangenehmen Schweigen. Nora

fragte sich, ob Michael bewusst war, welche Pläne ihre Mutter schmiedete. Als er vor Noras Wohnung anhielt, legte sie die Hand auf den Türgriff und bedankte sich höflich, aber schnell.

»Das ist alles?«, fragte Michael.

»Wie meinen Sie das?«

»Danke, gute Nacht und sonst nichts? Keinen kleinen Gutenachtkuss?«

»Ich kenne Sie kaum.«

Er beugte sich zu ihr hinüber. »Wir könnten uns ja ein bisschen kennenlernen.«

Bevor Nora wusste, wie ihr geschah, hatte er sie am Nacken gepackt und seine Lippen auf ihren Mund gedrückt. Sie drückte mit ganzer Kraft gegen seine Brust, bis er sie endlich losließ.

»Komm schon!«, versuchte er sie zu locken.

Nora entwand sich seinem Griff, floh auf den Gehweg und knallte die Autotür zu. Ihr abgewiesener Chauffeur raste wütend davon und riss den Saum von ihrem Taftkleid ab, der in der Tür eingeklemmt gewesen war. Nora stapfte die Stufen zu ihrer Wohnung hinauf und konnte es kaum erwarten, das Kleid in die Mülltonne zu werfen. Dann fiel ihr ein, dass ihre Golfschläger noch in Michael Kresges Kofferraum waren. Es gelang ihr nur mit Mühe, einen wütenden Schrei zu unterdrücken. Frustriert schlug sie gegen ihre Wohnungstür. Hinter der Tür klingelte das Telefon.

Nora kramte nach ihren Schlüsseln und nahm beim vierten Klingeln den Hörer ab. Sie rechnete damit, dass Diane sie mit verärgerter Stimme fragen würde, was so wichtig gewesen sei, dass sie ihre beste Freundin dafür versetzt hatte.

Doch statt Diane meldete sich am anderen Ende der Leitung eine samtige Stimme, die ihr vage bekannt vorkam.

»William?«

# Kapitel 9

*Lapeer County, August 1861*

Die Stalltür quietschte und holte Mary aus den dunklen Tiefen des Schlafes zurück ins Licht.

»Ma'am?«

Mary stützte sich auf einen ihrer Ellbogen und wischte das Heu weg, das an ihrer Wange klebte. »Ja, Bridget?«

»Für Sie ist etwas gekommen.«

Sie setzte sich, so gut sie konnte, auf und brachte ihren schwangeren Bauch auf ihren Oberschenkeln zum Liegen. »Ein Brief von Mr Balsam?« Diese Frage stellte sie ganz automatisch. Die Antwort lautete fast immer Nein.

»Ja.« Bridget streckte ihrer Herrin die Hand hin, um ihr aufzuhelfen, aber Mary winkte ab.

»Wo ist der Brief?«

Das Mädchen kramte in seiner Schürzentasche und zog einen kleinen Umschlag heraus. »Aber der Brief ist nicht das Einzige, was gekommen ist.«

Mary schnappte sich den Umschlag, da sie sich ungemein danach sehnte, etwas in den Händen zu halten, das Nathaniel berührt hatte. »Mein liebes Mädchen, ich will jetzt nichts anderes, als diese Worte von meinem Mann zu lesen. Seit in der Zeitung über diese schreckliche Schlacht berichtet wurde, sind zwei Wochen vergangen und dieser Brief ist das erste sichere Zeichen dafür, dass er noch lebt.«

»Aber es ist noch eine Lieferung gekommen. Ein großer Reisekoffer. Ein Mann hat ihn auf einem Wagen hergebracht. Er wartet vor dem Haus darauf, dass er ihn abladen kann. Er ist sehr schwer.«

Mary rappelte sich mühsam auf die Beine. »Was kann es damit nur auf sich haben?« Aber sie befürchtete, dass sie die Antwort auf diese Frage bereits wusste. In Kriegszeiten kamen Briefe manchmal verspätet an. War es möglich, dass es sich um Nathaniels Koffer handelte? Dass darin seine Sachen waren und ihr diese nach seinem Tod zurückgeschickt wurden? Hatte er den Brief, den sie in der Hand hielt, in der Nacht vor der Schlacht eilig zu Papier gebracht? War er vielleicht längst tot? Bei jedem Schritt, den sie auf das Haus zuging, schlug Marys Herz schneller, sowohl wegen der Anstrengung, die es sie inzwischen kostete, so einfache Dinge zu tun wie zwanzig Meter zu gehen, als auch wegen des Grauens, das sich in ihrer Brust ausbreitete.

Als sie zur Vorderseite des Hauses kam und der Wagen in ihrem Blickfeld auftauchte, drohten ihre Knie unter ihr nachzugeben. Auf der Ladefläche stand tatsächlich Nathaniels Koffer.

Bridget ergriff Marys Arm und legte ihn über ihre eigenen kräftigen Schultern. »Das ist viel zu anstrengend für Sie. Sie müssen sich setzen. Für eine Frau arbeiten Sie viel zu viel. Und für eine Frau in Ihrem Zustand sowieso.«

Kurz darauf saß Mary im Salon, während Bridget dem Mann half, den schweren Holzkoffer ins Haus zu schleppen.

»Ich gehe davon aus, dass Sie den Schlüssel haben?«, sagte der Mann und wischte sich den Schweiß von der Stirn.

»Ja. Vielen Dank, Sir. Bridget, bitte gib diesem freundlichen Mann in der Küche etwas zu essen und bezahle ihn mit Geld aus meiner Tasche.«

»Ich bedanke mich für die Bezahlung«, sagte der Mann, »aber auf das Essen muss ich leider verzichten. Ich muss zurück in die Stadt.«

Wenige Minuten später saßen die beiden Frauen im Salon und starrten den großen Reisekoffer an, während draußen das Klappern der Pferdehufe verhallte.

Mary zwang sich, gleichmäßig zu atmen. »Bitte hol den Ersatzschlüssel aus Mr Balsams Schreibtischschublade.«

Bridget eilte davon und Mary betrachtete den Umschlag in ihren zitternden Händen. Was sollte sie zuerst öffnen? Den Brief, der wahrscheinlich hätte eintreffen sollen, bevor sie der Kummer, den ihr der Inhalt dieses Koffers bescheren würde, ereilte? Oder sollte sie sich die letzten Worte ihres Mannes als kleinen Trost für später aufsparen, wenn sie sich der Realität gestellt hatte, dass er tot war?

Bridget kam schnell zurück. Mary war immer noch unentschlossen. Mit dem Brief in der einen und dem Schlüssel in der anderen Hand saß sie da und war den Tränen nahe.

»Vielleicht sollten Sie zuerst den Brief lesen«, schlug Bridget vor.

»Gütiger Himmel, nein! Das würde ich nicht wagen. Ich weiß nicht …« Ihre Stimme brach. Sie atmete tief ein. »Ich weiß nicht, ob ich es ertragen könnte, wenn er … Was soll ich zuerst aufmachen?«

»Den Koffer.«

Die Antwort kam in einer erstickten Stimme, die ganz anders klang als die Stimme ihrer Magd.

Marys Augen fixierten den Koffer, dann wanderte ihr Blick kurz zu Bridget. Sie sank auf den Boden, steckte den Schlüssel ins Schloss und schob den Deckel hoch. Schlagartig breitete sich ein beißender Uringeruch im Salon aus, aber nicht der widerliche Gestank, sondern der Anblick des Inhalts erschütterte sie zutiefst. Beide Frauen schrien entsetzt auf.

Grotesk verkrümmt und mit blutigem Stroh bedeckt, lag in dem Reisekoffer der schwer verwundete Körper eines schwarzen Mannes. Aufgrund des plötzlichen Lichteinfalls kniff er die Augen zusammen. Er atmete stockend und stöhnend ein. Bridget schrie noch immer wie am Spieß.

»Hör auf zu schreien, Bridget! Ruhe!«

Das Mädchen schlug sich die Hände vor den Mund und die Schreie verwandelten sich in ein gedämpftes Stöhnen.

Mary bemühte sich, wieder klar zu denken. »W-wer sind Sie?«

Der Mann stöhnte erneut und wand sich in dem beengten Raum. Vernarbte, braune Finger legten sich um den Rand des Holzkoffers.

Mary griff nach den Fingern. »Bridget, hilf mir!«

Gemeinsam zogen sie den Mann heraus und legten ihn auf den Boden. Er stöhnte, während seine Gelenke, die wer weiß wie lange in einem schmerzhaften Winkel gekrümmt gewesen waren, unter Schmerzen versuchten, sich zu strecken.

Überall war Stroh, rot verfärbt und zu Klumpen zusammengeklebt. Mary schnippte mit den Fingern in Richtung eines Kissens und Bridget half ihr, es unter den blutenden Kopf des Mannes zu schieben. Dann lief sie los, um Wasser zu holen.

»Wer sind Sie?«, fragte Mary noch einmal.

Der Mann hustete. »Mr Balsam …«

»Sie haben Nathaniel gesehen? Wo? Wo ist er? Wann haben Sie ihn gesehen? Waren Sie in der Schlacht?« Dann fiel ihr der Brief wieder ein. Sie riss den Umschlag auf und zog drei kleine Blätter heraus, die alle mit der unverkennbaren Handschrift ihres Mannes beschrieben waren.

*Meine geliebte Mary,*
*ich weiß, dass du wissen willst, wie es mir geht, aber bevor ich dir von meinen Abenteuern südlich des Ohio River erzähle, muss ich dir etwas Dringendes mitteilen: Ich habe dir ein großes Paket geschickt und hoffe, dieser Brief erreicht dich vor dem Paket. Ich habe eine Möglichkeit gefunden, meine Sachen platzsparender aufzubewahren, und schicke dir deshalb meinen Koffer nach Hause. Bitte öffne ihn sofort und hole den Inhalt heraus. In einem so engen Raum hält er es nicht lange aus. Der Inhalt des Koffers ist für mich sehr wertvoll. Ich habe ihn hier in Maryland auf seinem Weg aus dem Süden gefunden. Obwohl er in keiner guten Verfassung ist, habe ich mir geschworen, dass er in unserem Haus einen Platz finden soll, wenn auch vielleicht nur vorübergehend. Er wird dir bestimmt eine Hilfe sein und ich weiß, dass du dich gut um ihn kümmerst.*
*Du hast in der Zeitung sicher von den Problemen der Union bei Bull Run gelesen. Ich habe diese Berichte auch gelesen.*

*Ich war nicht dort. Wie du siehst, erfreue ich mich bester Gesundheit und bin am Leben. Aber wir sind noch lange nicht am Ziel. Deshalb – und ich weiß, dass das für dich eine schmerzliche Enttäuschung sein wird – habe ich beschlossen, mich noch länger bei der Armee zu verpflichten. Ich weiß, dass du mich am Ende meiner dreimonatigen Militärzeit zu Hause zurückerwartet hast, aber ich hatte noch keine Gelegenheit, für die Sache zu kämpfen, und ich empfände es als entwürdigend, mit nichts weiter als ein paar amüsanten Geschichten aus unserem Ausbildungslager nach Hause zu kommen. Wenn du siehst, was ich dir geschickt habe, wirst du es mir sicher nicht übel nehmen, dass ich die Gelegenheit zu kämpfen ergreife. Verzweifle nicht. Gott kennt das Ende dieses Krieges. Er hat es festgelegt.*

*Jetzt, meine Liebste, beende ich mit Tränen in den Augen diesen Brief an dich. Ich weiß, dass es bitter für dich ist, dass ich nicht zu Hause sein werde, um unser Baby zu küssen, wenn es auf die Welt kommt. Aber ich will, dass dieses Kind und die vielen Kinder, die wir noch haben werden, in einem Land leben, das in Wahrheit und Gerechtigkeit vereint ist, und dass sie wissen, dass ihr Vater angesichts der unmenschlichen Sklaverei nicht feige war, sondern gekämpft hat, um diese menschenverachtenden Zustände zu beseitigen. Das ist das Vermächtnis, das ich mir für unsere Familie wünsche. Diesen Wunsch muss ich für eine Weile über meinen Wunsch, dich zu sehen und dich wieder zu berühren, stellen.*

*Dein Dich liebender Mann*
*Nathaniel*
*1. August 1861*

Mary blickte mit tränenüberströmtem Gesicht von dem Brief auf. Bridget stützte den verletzten Mann, der versuchte, seinen Durst zu stillen. Er war kleiner und schmächtiger als der geflohene Sklave, der im Frühling an ihre Tür geklopft hatte, aber Mary verstand trotzdem nicht, wie es ihm gelungen war, sich in diesen Koffer zu zwängen. Welchem Terror musste jemand ausgesetzt sein, damit er sich in einen Koffer legte, der sein Sarg werden könnte, und den Tod als namenlose Fracht im Laderaum eines Zuges in Richtung Norden riskierte? Was wäre passiert, wenn jemand unterwegs den Koffer geöffnet hätte? Oder wenn sich die Auslieferung verzögert hätte und der Mann erstickt wäre? Bei dieser verzweifelten Flucht hätten alle möglichen grauenvollen Dinge passieren können.

Mary verspürte einen stechenden Schmerz im Unterleib und drückte die Hand auf ihre Seite. Sie wollte die ganze Geschichte von diesem Mann hören – sie wollte jedes Wort hören, das er mit Nathaniel gewechselt hatte. Aber selbst in Kriegszeiten musste man ein gewisses Maß an Etikette wahren. In solchen Zeiten vielleicht sogar besonders.

»Bridget, bereitest du bitte ein Bad vor für … Entschuldigung, wie heißen Sie?«

»George«, antwortete der Mann mit immer noch rauer Stimme.

»Bitte bereite in der Küche ein Bad für George vor und fülle dann den Wasserkrug in meinem Schlafzimmer. Vorher müssen wir aber diesen Koffer aus dem Haus bringen.«

George versuchte aufzustehen.

»Nein, nein. Sie bleiben hier. Jetzt, wo der Koffer leer ist, schaffen wir das schon. Bridget?«

Das Mädchen half ihr vom Fußboden hoch. Sie klappten den Deckel zu, damit ihnen der beißende Gestank nicht länger in die Nase stieg, und jede packte einen Griff.

»Wir tragen ihn durch die Küche hinaus in den Hof«, sagte Mary. »Dann kann er im Garten erst einmal lüften, bevor wir uns weiter um ihn kümmern.«

Als Mary ihre Seite des Koffers hochhob, kehrte der stechende Schmerz in ihrem Bauch zurück und sie atmete mit zusammengebissenen Zähnen scharf ein.

Bridget schaute sie besorgt an. »Ma'am?«

»Alles in Ordnung, Bridget. Komm, bringen wir es hinter uns.«

Sie schleppten den Koffer durch den Flur und durch drei Türen, bevor sie im Hof hinter dem Haus standen. Mary setzte ihr Ende des Koffers ab.

»Was ist?«, fragte Bridget. »Ist mit Ihnen wirklich alles in Ordnung?«

»Ja, mir geht es gut. Ich fühle mich nur ein wenig unwohl. Aber das ist nichts im Vergleich zu dem, was dieser Mann durchgemacht hat. Glaubst du, dass sich der Koffer retten lässt?«

»Ich werde den Stoff herausreißen müssen«, überlegte Bridget. »Dann kann ich ihn ausschrubben und auslüften.«

»Das Innenfutter kann man ersetzen. Ich habe ein grünes Seidenkleid, das ich bestimmt nie wieder tragen werde, da ich dazu weder die Figur noch eine passende Gelegenheit habe. Den Stoff dieses Kleides können wir dafür verwenden. Aber nimm unbedingt auch den unteren Boden heraus. Dort befindet sich ein Geheimfach für wichtige Papiere. Wenn du es nicht sauber machst, werden wir den Gestank nie los. Doch zuerst bereite das Bad vor und hol frisches Wasser für meinen Krug. Den Koffer kannst du anschließend in Angriff nehmen.«

Das Mädchen lief los, um Marys Anweisungen nachzukommen. Mary schleppte sich in den Salon zurück und stützte sich dabei mit einer Hand an der Wand ab, um nicht das Gleichgewicht zu verlieren. George war inzwischen aufgestanden. Er berührte mit zwei Fingerspitzen die Tischkante, um sich abzustützen. Sobald er sie im Türrahmen bemerkte, zog er die Finger zurück. Er faltete die Hände und schien auf ihre Anweisungen zu warten.

Sie setzte sich aufs Sofa. »Wollen Sie sich nicht setzen?«

»Nein, Ma'am. Ich würde alles schmutzig machen.«

Mary nickte. Natürlich. Die Kleidung dieses Mannes müsste ausgekocht werden.

Sie wusste nicht, was sie sagen sollte. Bisher hatte sie gedacht, dass kein Gespräch unangenehmer werden könnte als das bei ihrer ersten Begegnung mit einem entflohenen Sklaven, doch jetzt wusste sie, dass es noch viel schwerer war, etwas Passendes zu einem Mann zu sagen, der in einem Koffer in ihr Haus geliefert worden war.

»Wir bereiten Ihnen etwas zu essen zu, sobald Sie die Gelegenheit hatten, sich zu waschen. Dann können Sie sich ein wenig ausruhen und heute Nacht weiterziehen.«

George nickte. »Danke, Ma'am.« Er schwieg einen Moment, dann sagte er: »Mr Balsam sagt, Sie haben einen Mann namens John Grouse hier, der mir Anziehsachen leihen kann. Er meinte, er hat ungefähr meine Größe.«

Mary knirschte mit den Zähnen. Sie war immer noch wütend, dass John Grouse sie einfach im Stich gelassen hatte. »Wir *hatten* einen Mann hier, der so hieß, aber er hat sich zum Armeedienst gemeldet. Seitdem habe ich nichts mehr von ihm gehört. Bridget soll Ihnen etwas aus Mr Balsams Schrank holen, wenn sie das Bad vorbereitet hat.«

»Dann sind nur Sie und das Mädchen und die Köchin auf der Farm?«

»Nein«, gestand Mary mit bedauerndem Tonfall. »Mrs Maggin wurde im April entlassen.«

»Das ist nicht gut. Wie schaffen Sie zu zweit die viele Arbeit auf den Feldern? Sie haben Glück, dass ich hier bin.«

Mary wollte gerade etwas auf diese kühne Aussage erwidern, als Bridget eintrat.

»Das Bad ist gleich fertig.«

»Dann werden wir uns jetzt alle eine Weile zurückziehen. Bridget, bitte hol George etwas zum Anziehen und bring seine Sachen aus dem Haus. Ich komme in die Küche, um dir beim Kochen zu helfen, sobald unser Gast die Gelegenheit hatte, sich zu baden.«

Mary trat in den Flur hinaus und warf seufzend einen Blick zur Treppe. Während sie verkrampft das Treppengeländer umklammerte, stieg sie die erste Stufe hinauf, dann die nächste, dann noch eine. Jeder Schritt kostete sie ihre ganze Kraft und Selbstbeherrschung. Sie verbarg ihre Schmerzen schon seit einem Monat vor Bridget. Doch sie kamen immer häufiger und wurden immer heftiger. Jetzt war sie fest entschlossen, diese Stufen zu bezwingen.

»Mrs Balsam!«, rief Bridget hinter ihr her. »Sie bluten!«

Mary drehte sich um. Blutstropfen führten von ihrem linken Fuß die Treppe hinab bis in den Salon.

»Anscheinend bin ich in das schmutzige Stroh getreten, Bridget. Ich hätte besser aufpassen müssen. Jetzt musst du leider auch noch hier das Blut aus dem Teppich schrubben. Aber das kannst du später machen. Im Moment brauche ich deine Hilfe. Ich bin sehr müde.«

Bridget eilte zu ihrer Herrin die Treppe hinauf. Nach ein paar Schritten blickte sie hinter sich. »Wenn Sie in etwas getreten wären, würde das Blut mit jedem Schritt, den Sie gehen, weniger werden, aber die Flecken werden immer größer.«

»Nur noch ein kleines Stück, Bridget.« Aber noch während sie das sagte, merkte Mary, dass sich in ihrem Kopf alles drehte. Die Wärme, das Treppensteigen, der Koffer, der Mann, das Blut. Alles kreiste um sie, bis es zu einem bleiernen Gewicht verschwamm.

Dann wurde alles um sie herum schwarz.

# Kapitel 10

*Lapeer County, August*

Wer auch immer die Bibliothek in Tante Noras Haus zusammengestellt hatte, interessierte sich definitiv für Gartenkunde, aber so wie es aussah, legte er keinen Wert darauf, die Sammlung auf irgendeine nachvollziehbare Weise zu sortieren. Nachdem ich jeden Buchrücken in den Bücherregalen überflogen hatte, war ich auf mehr als ein Dutzend Bücher über Pflanzen und Gartenpflege gestoßen. Diesen Bücherturm schleppte ich in mein Zimmer, als Nora sich für die Nacht zurückzog.

»Ich kann mich in letzter Zeit nur selten länger als bis acht Uhr auf den Beinen halten«, sagte sie. »An den Abenden musst du dich allein beschäftigen. Ich hoffe, das stört dich nicht.«

»Nein, überhaupt nicht.«

Oben legte ich die Bücher erst einmal auf mein Bett. Bevor ich mit dem Lesen begann, wollte ich meine Sachen auspacken. Ich öffnete den Kleiderschrank, um meine Klamotten hineinzuhängen. Doch sobald ich die Tür öffnete, ergoss sich ein wilder Wasserfall aus Stoffen aus dem Schrank und landete vor meinen Füßen. Wie hatte ich auch etwas anderes erwarten können?

Ich lagerte meine Kleidung auf dem Bett zwischen und verfrachtete die Stoffe in meinen leer geräumten Koffer. Nachdem ich einige Kleidungsstücke aufgehängt und die Kameratasche in der hintersten Ecke des Schranks verstaut hatte, wandte ich mich der Kommode zu. Schublade für Schublade räumte ich sie leer. Der Großteil der Stoffe passte in die Pappboxen, in denen ich meine Bücher, meinen Laptop und die wenigen Kindheitserinnerungen, von denen ich mich nicht trennen konnte, hertransportiert hatte. Doch nach der vorletzten Schublade gingen mir die Kartons aus. Ich dachte an die steile Treppe, die ich gesehen hatte. Bestimmt führte sie zum Dachboden. Wenn Nora ohnehin nicht mehr nähte, könnte ich die ganzen Sachen einfach dort hochbringen. Und wenn ich Glück hatte, würde ich dort oben vielleicht sogar leere Kartons finden.

Ich zog meinen Koffer mühsam Stufe für Stufe die Treppe zum Dachboden hinauf und tastete mit den Händen die Wände ab. Kein Lichtschalter. Eine plötzliche Berührung an meiner Stirn ließ mich zusammenzucken, bis ich begriff, dass es eine Schnur war, mit der man den Lichtschalter betätigen konnte. Meine Finger fanden die Schnur, die durch die Luft schaukelte, und zogen daran. Das Licht ging flackernd an und warf einen schwachen, gelben Schein unter die Dachbalken. Waren das Betten?

Ja, hier standen definitiv Betten. Bestimmt ein Dutzend oder mehr schmale Betten mit Holzrahmen und staubigen Matratzen waren links und rechts von mir aufgereiht und erstreckten sich bis ganz nach hinten, wo ein großes Fenster den Blick auf den Abendhimmel freigab. Unter dem Fenster stand ein großer antiker Reisekoffer.

Eine große Neugier befiel mich und drängte jeden Respekt vor Noras Privatsphäre in den Hintergrund. Ich kniete vor dem Koffer nieder und versuchte, den Deckel zu öffnen. Abgeschlossen. Enttäuscht verstaute ich meinen eigenen Koffer zwischen zwei Betten und stieg die Treppe hinab, um den Rest zu holen. Nachdem ich den letzten Karton nach oben geschleppt hatte, waren mein Gesicht und mein Rücken schweißgebadet. Ich räumte alten Weihnachtsschmuck um und gewann dadurch einen Karton für die letzten Stoffe in meinem Zimmer.

Stoff für Stoff für Stoff befreite ich die letzte Kommodenschublade von ihrem Inhalt, bis meine Fingernägel über den Holzboden kratzten. Dann berührten sie etwas anderes. Etwas aus Metall. Ich schaute auf den Boden der Schublade und entdeckte zu meiner Begeisterung einen Schlüssel.

Mit der letzten Pappschachtel in den Händen und aufgeregt hämmerndem Puls stieg ich die schmale Treppe zum Dachboden hinauf. Ich schob die Schachtel neben die anderen und kniete vor dem Koffer nieder. Trotz der doppelzüngigen Aktivitäten, zu denen ich mich in letzter Zeit auf Betreiben des rückgratlosen Jack McKnight hatte hinreißen lassen, hatte ich mich noch nie zuvor so sehr wie eine Spionin gefühlt wie in diesem Moment. Ich zog den Schlüssel aus der Tasche und wappnete mich für den Moment der Enthüllung, der gleich kommen würde.

Aber der Schlüssel passte nicht.

Ein genauerer Blick verriet mir, warum er unmöglich passen konnte: Der Schlüssel, den ich in der Hand hielt, war modern; das Schlüsselloch in dem Koffer war für einen dieser altmodischen Schlüssel geformt, wie man sie von den übergroßen Schlüsselringen mittelalterlicher Gefängniswärter her kannte.

Enttäuscht und erschöpft ging ich zurück in mein Zimmer, legte mich ins Bett und zog gewohnheitsmäßig mein Smartphone heraus. Ach ja! Kein Netz. Kein Facebook. Kein Twitter. Keine Nachrichten. Nichts. Für einen kurzen Moment befiel mich Panik, wahrscheinlich so ähnlich wie einen Süchtigen, der merkt, dass ihm die Zigaretten oder der Alkohol oder die Drogen ausgegangen sind. Dann schaltete ich zum ersten Mal, seit ich es gekauft hatte, mein Handy aus. Ich brauchte die Außenwelt nicht. Nicht heute. Ich hatte keine Termine, keine Abgabefrist, keine Verantwortung. Ich konnte mich entspannen. Ich musste es einfach nur üben.

Während ich in den Seiten eines alten Kräuterlexikons mit verschiedenen nützlichen, wenn auch manchmal tödlichen Pflanzen blätterte, malte ich mir aus, was ich innerhalb des verwitterten Holzzauns hinter dem Haus finden würde. Es dauerte nicht lange, bis meine Augen so schwer wurden, dass ich kaum noch etwas sehen konnte. Ich klappte das Buch zu, schaltete die Lampe aus und war innerhalb weniger Minuten eingeschlafen.

»William mäht alle zwei Wochen den Rasen«, erzählte mir Nora am nächsten Morgen, während sie ihren Haferbrei löffelte, »aber die Gartengeräte sind schon eine ganze Weile nicht mehr benutzt worden. Ich glaube, die Gartenschere ist unten im Keller. Und auch eine Schaufel und ein paar andere Sachen. Wenn du etwas, das du brauchst, nicht findest, sag einfach Bescheid. Dann gebe ich dir Geld und du kannst kaufen, was du brauchst.«

»Ist das ein Nachbar?«

Nora schaute aus dem Fenster. »Wer?«

»Der Mann, der den Rasen mäht.«

»Nein. Er arbeitet im Gartencenter.«

Das würde erklären, warum er mit dem »Frischmachen« meines Zimmers überfordert gewesen war. Meine Gedanken wanderten von meinem staubigen Zimmer zu den staubigen alten Betten auf dem Dachboden.

»Warum stehen eigentlich diese vielen Betten auf dem Dachboden? War dieses Haus irgendwann einmal ein Krankenhaus?«

Nora schaute mich einen Moment lang verständnislos an, doch dann lichtete sich der Nebel in ihren Augen. »Ach, die Betten! Die hätte ich fast vergessen. Das ist eine längere Geschichte. Ich kann sie dir irgendwann einmal abends nach dem Essen erzählen. Aber jetzt wartet auf uns beide viel Arbeit.«

Ohne ein weiteres Wort stand sie auf und verschwand.

Der Keller war mit Spinnweben durchzogen und ziemlich feucht. Ich musste mich bücken, um dem notdürftigen Geflecht aus Rohren und Leitungen, die an der niedrigen Kellerdecke verliefen, auszuweichen. Eine kaputte Glühbirne steckte nutzlos in ihrer Fassung und durch die kleinen Lichtschächte, die ziemlich verdreckt waren, kam nur wenig Tageslicht herein. Der Boden bestand aus gehärtetem Lehm und die Wände bestanden aus Steinen, die aufeinandergeschichtet und mit bröckelndem Zement verklebt waren. Ich hatte nie an Klaustrophobie gelitten, aber ich war mir sicher, dass dieser enge Raum selbst bei mir Platzangst auslösen könnte.

Eine rostige Schaufel und eine Harke lehnten neben einer alten Waschmaschine und einem alten Trockner an der Wand, eine Heckenschere und eine Handschaufel hingen von Nägeln an einem Balken. Ich kramte in einem alten, grauen Werkzeugkasten und holte eine Gartenschere heraus. Dann fiel mein Blick auf eine Tür hinter der Treppe. Vielleicht befand sich dahinter etwas Brauchbares.

Aber die Tür war abgeschlossen. Mit einem Vorhängeschloss. Sofort fiel mir der Schlüssel ein, den ich gestern Abend entdeckt hatte. Er befand sich oben in meinem Zimmer in der Nachttischschublade. Ich beschloss, mich später mit dieser Tür auseinanderzusetzen, und trat in den Sonnenschein hinaus.

Ich atmete tief ein und genoss den klaren, blauen Spätvormittagshimmel, die tanzenden Pollen und das taunasse Gras. Die Luft roch frisch und belebend, ganz anders als die Autoabgase, die ich gewohnt war. Als ich versuchte, das Gartentor zu öffnen, klemmte es. Ein rostiger Riegel, verkrustete Erde und die stacheligen, verschlungenen Ranken irgendeines Gestrüpps verhinderten, dass es sich öffnen ließ. Nach einem kräftigen Zerren und Ziehen bekam ich es wenigstens so weit auf, dass ich seitlich hineinschlüpfen konnte.

In der nächsten Stunde verglich ich eine Pflanze nach der anderen mit den Abbildungen in dem Pflanzenlexikon, das ich mir am Vorabend angesehen hatte. Ich blätterte in den Seiten und legte die Pflanzen in Häufchen zusammen. Küchenkräuter, medizinische Kräuter, Kräuter für Tee. Bald sahen sie alle irgendwie gleich aus, besonders die Pflanzen auf dem größten Haufen: dem mit den undefinierbaren Pflanzen. Da ich keine anderen Anhaltspunkte hatte, beschloss ich, dass dies das Unkraut war, das ich ausreißen musste. Obwohl ich nicht viel Ahnung von Gartenarbeit hatte, wusste ich, dass es nicht leicht war, Unkraut loszuwerden. Das meiste würde schnell wieder wachsen, falls es nur an der Oberfläche abgeschnitten würde. Wenn ich das Unkraut langfristig aus diesem Garten eliminieren wollte, musste ich es mitsamt der Wurzel ausgraben.

Ich stieß den Spaten in die Erde und lockerte mit jedem Spatenstich einen Erdklumpen, schüttelte die Erde von jedem entwurzelten Unkraut und warf es auf einen immer größer werdenden Haufen, den ich später entsorgen würde. Erde klebte an meinen Fingern, mir lief der Schweiß von der Stirn, mein Rücken schmerzte – es war perfekt. Jedes beseitigte Unkraut war ein Erfolgserlebnis. Genauso wie wenn ich eine aufgeblähte Kolumne von tausend auf fünfhundert Wörter gekürzt hatte.

Als ich einen besonders hartnäckigen Löwenzahn bearbeitete, stieß meine Handschaufel auf einen Stein. Ich vergrößerte das Loch, um den Rand des Steins zu finden und ihn herauszuholen, aber er rührte sich nicht vom Fleck. Der Stein war flach und gerade und schien rechtwinklig zu sein. Ein von Menschen bearbeiteter Stein. Ein Pflasterstein, der im Laufe vieler Jahre abgesunken war?

Ich machte das Loch größer und dann noch ein wenig größer und zerrte den Stein schließlich mit bloßen Händen, die inzwischen von der Erde ganz schwarz waren, heraus. Ich strich die Erde von dem Stein und entdeckte verblasste Ziffern. Eine Eins, dann eine Sechs, dann eine Acht und noch einmal eine Eins. Dann ein t. Ein Datum. Ich wischte und kratzte, bis ich auch den Rest freigelegt hatte. *5. August 1861.* Der Eckstein eines längst vergessenen Gebäudes? Nein. Dafür war er viel zu dünn. Ein Grabstein. Er musste vor langer Zeit zerbrochen und umgefallen und dann vom Garten überwuchert worden sein.

Ich schaute zu der Schaufel, die nur wenige Zentimeter neben einem möglichen Sarg in der Erde steckte. Hatte ich die letzte Ruhestätte eines Bürgerkriegssoldaten geschändet, der an einer Blutvergiftung infolge einer misslungenen Beinamputation gestorben war? Bilder aus Horrorfilmen schossen ungebeten durch meinen Kopf. Ich betrachtete das wilde Gestrüpp aus Unkraut. Hatte Nora nicht eine Frau erwähnt, die im Garten hinter dem Haus begraben war?

Auf Zehenspitzen schlich ich zum Tor und schloss es hinter mir, damit die Geister mir nicht folgen konnten.

Nora saß im Haus an ihrer Nähmaschine.

»Ähm … ich hätte da mal eine Frage.«

Das Surren der Nähmaschine erstarb.

»Ich habe etwas Sonderbares gefunden und wollte dich bitten, es dir anzusehen.«

»Eine Pflanze, die du nicht identifizieren kannst?«, fragte sie und schob sich auf die Beine.

»Davon gibt es jede Menge, aber das meine ich nicht. Ich glaube, ich habe einen Grabstein gefunden.«

»Ach so. Mary Balsam wurde im Garten beerdigt. Habe ich dir das nicht gesagt?«

»Doch, das hast du mir erzählt. Aber ich glaube, das, was ich gefunden habe, ist nicht ihr Grabstein.«

Nora schaute mich perplex an. »Ihr Grab ist das einzige da draußen.«

»Auf dem Stein steht aber 1861. Und ich glaube, du hast mir erzählt, dass sie in den 1870er-Jahren gestorben ist, oder?«

Sie nickte. »1875. Das weiß ich ganz genau. Ich habe ihren Grabstein gesehen. Lange Zeit wusste ich nichts davon, aber als William anfing, den Garten zu bestellen, hat er das Grab gefunden und mich geholt, um es mir zu zeigen.«

Ich führte Nora zu dem Stein, der am Rand des Lochs lehnte. Sie rückte ihre Brille zurecht. »Ein einziges Datum«, murmelte sie.

»Ich weiß nicht, ob ich hier weitermachen soll«, sagte ich. »Was ist, wenn ich etwas beschädige? Oder … jemanden ausgrabe?«

»Unsinn. Ich zeige dir, wo Marys Grab ist. Dann weißt du, dass du dort aufpassen musst.« Sie marschierte durch das Unkraut davon. »Komm mit.«

»Pass auf, wo du hintrittst.«

»Es ist gleich hier.« Sie schob einen Pfefferminzstrauch beiseite. Dabei setzte sie seinen frischen Duft frei und brachte die obere Hälfte eines größeren, kunstvolleren Steins zum Vorschein. »Früher hat man den ganzen Stein gesehen. Im Laufe der Jahre ist er immer tiefer in der Erde versunken.«

Mary Elizabeth Balsam. Am 15. Oktober 1840 geboren. Am 23. Juni 1875 gestorben. 34 Jahre alt.

»Mary Elizabeth«, sagte ich. »Wurde ich nach ihr benannt?«

»Das weiß ich nicht, Liebes.«

»Ich muss gestehen, dass mir das ein wenig unheimlich ist. Und wenn da drüben doch noch jemand begraben ist? Vielleicht ihr Mann?«

Noras Miene verfinsterte sich. »Er wurde in Detroit beerdigt.«

»Warum nicht hier?«

Nora atmete langsam ein. »Es ist einfach so, dass Eltern nur einen begrenzten Einfluss auf ihre Kinder haben. Wie ich sehe, haben deine Eltern bei dir gute Arbeit geleistet, aber manchmal entwickeln sich Kinder einfach nicht so, wie es sich ihre Eltern erhoffen.«

»Meine Eltern haben es versucht«, sagte ich, wusste aber nicht, inwiefern das eine Antwort auf meine Frage sein sollte. »Aber ich glaube nicht, dass ich mich so entwickelt habe, wie sie es sich erhofft hatten. Jedenfalls habe ich mich nicht so entwickelt, wie ich selbst es mir erhofft hatte.«

»Ich bin mir sicher, dass du dich wesentlich besser schlägst als Marys und Nathaniels ältester Sohn. Oder ich, um ehrlich zu sein.«

Als wäre ihr bewusst, dass sie eine Tür geöffnet hatte, die eigentlich fest verschlossen bleiben sollte, drehte sich Nora um, kehrte zum Haus zurück und ließ mich mit dem mysteriösen Grab und meinen vielen unbeantworteten Fragen allein.

# Kapitel 11

*Detroit, April 1963*

Nora hoffte, dass man ihr ihre Nervosität nicht anmerkte, als sie ein Diner in der Zwölften Straße betrat. Es war ihr Vorschlag gewesen, sich in der Gegend, in der William wohnte, zu treffen, da sie dann nicht Gefahr lief, jemandem über den Weg zu laufen, der sie kannte. Als jetzt die Glocke über der Tür klingelte und die anderen Gäste von ihren Tellern aufblickten, kam sie sich jedoch wie ein exotisches Tier in einem Zoo vor. Die meisten richteten ihre Aufmerksamkeit wieder auf ihr Essen oder ihre Tischnachbarn, aber einige starrten sie unverhohlen an. Vermutlich stand nicht oft eine junge weiße Frau im Türrahmen.

Sie ließ ihren Blick durch den Raum schweifen und hoffte, an einem der Tische den charmanten Fotografen von der Kunstausstellung zu entdecken. Seit der Ausstellung war ein Monat vergangen und sie befürchtete, dass sie ihn überhaupt nicht mehr erkennen würde. Als ihr kein einziges Gesicht bekannt vorkam, verließ sie der Mut und sie wich zurück. Dabei stieß sie unsanft mit einem Mann zusammen, der gerade eintreten wollte.

»Oh! Entschuldigen Sie vielmals!«

Der Mann erholte sich schnell von dem Zusammenstoß und lächelte. »Ich weiß ja, dass ich mich ein wenig verspätet habe, aber das war nun wirklich nicht nötig.«

»William! Entschuldigung! Ich habe Sie nicht gesehen und dann wusste ich nicht, was ich tun sollte.«

Er runzelte verwirrt die Stirn. »Das ist ein Restaurant. Man setzt sich einfach an einen Tisch.«

Sie lachte, um ihr Unbehagen zu überspielen.

Seufzend schob William sich an ihr vorbei und steuerte auf

einen Tisch in der hinteren Ecke zu. »Sie fühlen sich hier hinten wohler als am Fenster, nicht wahr?«

Nora merkte, wie ihre Beschämung wuchs, aber sie rutschte wortlos in die Nische. Dabei meinte sie, ein leises Raunen im Raum zu hören. William nickte zwei Leuten zu, die ebenfalls nickten. Nora konnte nicht sagen, ob sie Freunde von ihm waren. Sie beobachteten sie, wie man einen fremden Hund im Auge behält, der in der Nachbarschaft herumläuft, und abwartet, ob er sich friedlich verhält oder nicht.

»Das ist ein hübsches Kleid«, sagte William.

Nora versuchte, ihre Paranoia abzuschütteln. »Danke. Ich wollte es eigentlich bis Ostern fertig haben, aber dann war die Zeit zu knapp.«

»Sie haben es selbst genäht? Hmm.«

»Was hmm?«

»Sie nähen Ihre Kleider selbst?«

»Manchmal, ja. Warum?«

»Keine Ahnung. Ich hätte Sie nicht für so genügsam gehalten.« William reichte ihr eine Speisekarte.

»Ich habe keinen Hunger«, sagte sie. »Ich nehme nur eine Cola.«

»Es ist elf Uhr. Haben Sie schon zu Mittag gegessen?«

»Nein.«

»Dann essen Sie etwas. Ich lade Sie ein.«

»Ich habe reichlich gefrühstückt.«

»Eine Frau mit Ihrer Figur frühstückt nie reichlich. Bestellen Sie sich einfach etwas.«

Sie las schweigend die Speisekarte, bis die Kellnerin an ihren Tisch trat. Nachdem sie bestellt hatten, betrachtete Nora den Salz- und den Pfefferstreuer und überlegte, was sie sagen könnte.

»Ich dachte schon, Sie hätten nie vorgehabt, mich anzurufen«, sagte sie schließlich.

»Das tut mir leid.« William rieb sich den Nacken. »Es hat länger gedauert, als ich dachte, bis ich genug Zeit für die Dunkelkammer hatte. Sonntags kann ich meine Bilder nicht entwickeln – wegen des Gottesdienstes und so. Und an den restlichen sechs

Tagen in der Woche stehe ich bei *Detroit Assembly* am Fließband und baue Cadillacs zusammen.«

»Und wie sind sie geworden?«

»Die Cadillacs? Ganz gut.«

Sie lachte und verdrehte die Augen. »Die Fotos natürlich.«

»Ach, die!«, stellte er sich bewusst dumm. »Schön.«

Nora versuchte, nicht zu neugierig zu wirken, als sie sagte: »Kann ich sie sehen?«

William nickte. »Natürlich.«

Sie wartete darauf, dass er etwas herausholte – einen Umschlag, eine Mappe, sie wusste nicht genau, was. Irgendetwas. »Und?«

»Ich habe sie nicht dabei.«

»Ich dachte, Sie hätten gesagt …«

Er hob eine Hand, um sie am Weitersprechen zu hindern. »Ich habe sie, keine Sorge. Sie sind bei mir zu Hause.«

»Aber sind wir nicht wegen der Bilder hier?«

William schüttelte den Kopf. »Ich habe es für keine gute Idee gehalten, sie Ihnen hier zu zeigen. Sie sind … nicht gut zu transportieren.«

»Es sind Fotos. Sie hätten sie einfach in Ihre Jackentasche stecken können.«

»Nein, ich habe sie ein wenig vergrößert. Sie sind größer, als Sie glauben.«

Nora konnte sich ein Seufzen nicht verkneifen. »Warum haben Sie dann vorgeschlagen, dass wir uns in einem Restaurant treffen? Ich hätte doch einfach zu Ihnen nach Hause kommen können.«

William zuckte die Achseln. »Weil ich mit Ihnen essen gehen wollte.«

Während er sie anlächelte, begriff Nora, dass er sie dazu überlistet hatte, mit ihm auszugehen. Sie kniff die Augen zusammen. »Warum haben Sie mich nicht einfach um eine Verabredung gebeten?«

»Hätten Sie Ja gesagt?«

Nora überlegte. William zog die Brauen hoch und wartete auf ihre Antwort.

»Das weiß ich nicht.«

»Dann werden wir das wohl nie erfahren. Aber jetzt sind Sie ja hier.«

Die Kellnerin kam an ihren Tisch, warf einen nervösen Blick auf Nora und stellte das Essen ab. Dann verschwand sie schnell wieder. William klopfte auf den Boden der Ketchup-Flasche.

»Sie machen das falsch«, wies Nora ihn zurecht. »Sie müssen sie nur ein wenig schütteln.«

»Nein, man muss auf den Boden der Flasche klopfen.« Er führte es ihr vor. »Schütteln allein reicht nicht.« Spöttisch schüttelte er die Flasche.

Sie hielt ihm die Hand hin. »Geben Sie sie mir. Sie machen es nicht richtig. Sie schütteln sie viel zu sehr.«

»Okay, dann versuchen Sie es.«

Nora hielt die Flasche über Williams Hamburger und schüttelte. Es kam nichts.

»Sehen Sie? Geben Sie sie mir wieder. Mein Essen wird noch ganz kalt, während Sie die Flasche schütteln.« Er wollte ihr die Flasche aus der Hand nehmen, aber sie zog sie zurück.

»Nein, es funktioniert.«

»Das glaube ich nicht.«

»Doch.«

»Es geht nicht. Schauen Sie doch.«

Nora schüttelte die Flasche ein wenig kräftiger und dann noch kräftiger, aber es kam immer noch kein Ketchup.

»Kann ich bitte diese Ketchup-Flasche haben?«, sagte William in einem Tonfall, als würde er mit einem Kind sprechen.

»Nein.« Jetzt war sie fest entschlossen.

»Könnten Sie es dann bitte wenigstens auf meine Art versuchen, damit ich heute noch essen kann?«

»Also gut.« Nora schlug mit der rechten Hand kräftig auf den Flaschenboden. Daraufhin ergoss sich der halbe Inhalt über Williams untere Burgerhälfte. Sie schrie auf und drehte schnell die Flasche nach oben, aber es war zu spät.

»Sehen Sie? Ich habe es Ihnen ja gesagt«, sagte er.

»Das tut mir so leid!«

»Das muss es nicht.« Er klappte seinen Burger zu und nahm ihn in die Hand. Überall lief Ketchup heraus und tropfte auf seinen Teller. »Jetzt wissen wir es wenigstens«, sagte er grinsend. »Die Flasche nur zu schütteln reicht nicht. Man muss auf den Boden schlagen.«

»Ich kaufe Ihnen einen neuen Burger.«

»Ist das Ihre Lösung für alles?«

»Was? Nein, ich wollte nur …«

»Vergessen Sie es. Ist nicht weiter schlimm.« Er griff nach seinem Messer und schob den überschüssigen Ketchup an den Tellerrand. »Essen Sie einfach Ihr Sandwich.«

Einige Minuten lang herrschte unangenehmes Schweigen, während sie aßen.

»Wo wohnen Sie eigentlich?«, fiel Nora endlich eine Frage ein.

»Gleich die Straße runter an der Ecke zur Seward Street.«

Sie nickte, obwohl sie nicht genau wusste, wo das war.

»Und Sie?«

»Ich wohne in Bloomfield Hills.«

»Natürlich.«

Sie legte ihr Sandwich auf ihren Teller. »Warum natürlich?«

»Schöne, gut erzogene weiße Mädchen wohnen immer in Bloomfield Hills.«

»Das ist nicht wahr.«

»Oh doch.«

Sie wischte ihre Finger an ihrer Serviette ab. »Mögen Sie keine Weißen?«

An den Nachbartischen drehten sich einige Köpfe zu ihr herum.

»Ich mag Sie«, sagte er.

»Das habe ich nicht gefragt«, sagte sie, diesmal leiser.

»Haben Sie etwas gegen Schwarze?«, fragte er.

»Nein.«

»Hat von Ihrem Daddy nichts auf Sie abgefärbt?«

»Was? Nein! Ich würde nie …« Sie senkte die Stimme zu einem Flüstern. »Ich würde dieses Wort nie benutzen.«

»Es spielt keine Rolle, ob Sie es tatsächlich aussprechen. Was zählt, ist, wie es in Ihrem Herzen aussieht.« Er schaute sie herausfordernd an. »Wie sieht es in Ihrem Herzen aus?«

Nora sah ihm direkt in die Augen. »Glauben Sie wirklich, ich wäre in diese Gegend gekommen und würde mich mit Ihnen zum Essen treffen, wenn ich ein Rassist wäre?«

»Weiß Ihr Vater, dass Sie mir eine Kamera gekauft haben?«, fragte William mit einem provozierenden Grinsen.

Nora zögerte, bevor sie antwortete. »Ich bin erwachsen.«

»Sie haben es ihm also nicht gesagt?«

»Das geht ihn nichts an.«

Sie schwiegen beide einen Moment. Im Geiste ließ Nora ihr Gespräch Revue passieren und versuchte herauszufinden, wo sie falsch abgebogen waren. Sie hatte sich die ganze Woche auf dieses Treffen gefreut und ständig an Williams Lächeln denken müssen. Aber jetzt lief es gar nicht gut. Sie nahm ihr Sandwich wieder in die Hand, konnte jedoch keinen Bissen mehr herunterbringen.

William schaute auf seinen Burger. »Was haben Sie mit dem Bild gemacht? Haben Sie es verbrannt?«

Sie wollte Ja sagen, aber in Wahrheit war kaum ein Tag vergangen, an dem sie das Bild nicht auseinandergerollt und angestarrt hatte. Insgeheim hoffte sie immer noch, dass sie irgendein winziges Detail entdecken würde, das ihr zuvor entgangen war und das bewies, dass der Mann darauf nicht ihr Vater war, sondern einfach nur irgendjemand, der ihm extrem ähnelte. Aber ihre Hoffnung wurde jedes Mal enttäuscht.

»Nein, ich habe es nicht verbrannt. Ich glaube nicht, dass ich so etwas Drastisches je tun würde.«

# Kapitel 12

*Lapeer County, August 1861*

Bevor sie irgendetwas anderes wahrnahm, hörte Mary eine fremde Stimme, die im Dunkeln leise etwas murmelte. Dann spürte sie ein erdrückendes Gewicht, als laste ein riesiger Stein auf ihrem Körper. Jeder Muskel spannte sich an. Ein Stöhnen kam über ihre Lippen. Das Gemurmel verstummte und die Stimme näherte sich ihrem Ohr.

»Mrs Balsam? Hören Sie mich?«

Mary stöhnte wieder.

»Ma'am, alles wird gut.«

Die Ereignisse des Tages kehrten nach und nach zurück. Der Brief. Der Koffer. Der Mann. Dann überrollte sie eine Welle der Angst. Das Stroh. Das Blut. Die Dunkelheit. Nathaniel hatte seinen Kriegsdienst verlängert und ihr Baby kam viel zu früh.

»Möchten Sie einen Schluck Wasser, Ma'am?«

Jetzt schlug sie die Augen auf. Der Mann aus dem Koffer kauerte neben ihrem Bett. Wie hieß er noch mal?

Mary nickte und das dunkle Gesicht verschwand. Sie schaute sich im Zimmer um, um sich zu orientieren. Die Vorhänge waren zugezogen, aber im schwachen Kerzenlicht sah sie den roten Damast an den Wänden, den Kamin, den Kleiderschrank, den Tisch vor dem Fenster, das Walnussbett. Ihr Schlafzimmer.

Der Mann – wie hieß er nur? – tauchte neben ihr auf. Er stellte das Wasser auf den Nachttisch, schob vorsichtig die Hände unter ihre Arme, richtete sie wie ein Kind auf und stützte sie ab, damit sie trinken konnte. Erst jetzt, als sie seine Hände auf ihrer nackten Haut fühlte, merkte Mary, dass sie nur ihr Mieder und ihren Unterrock anhatte.

Sie keuchte und tastete schnell nach dem Bettlaken. »Mein Kleid!«

»Es hängt da drüben. Ich dachte, Sie wollen es bei der Entbindung bestimmt nicht ruinieren, aber ich kann es holen, wenn Sie wollen.«

Sie lockerte ihren Griff um das Laken, verschränkte stattdessen die Arme vor ihrer Brust und schüttelte den Kopf. Er hielt ihr das Wasserglas hin. Mary ergriff es mit zittrigen Händen. Wasser schwappte auf das Bett.

»Ich halte es, ich halte es«, sagte der Mann und nahm ihr das Glas wieder ab. Er hielt es an ihre Lippen. »Fühlen Sie sich jetzt etwas besser, Ma'am? Alles wird gut.«

Aber Mary hörte an seinem Tonfall, dass er sich das selbst genauso sehr einreden wollte wie ihr.

»Wo ist Bridget?«

»Ihr Mädchen ist unterwegs, um die Hebamme zu holen.«

Sie war mit diesem Fremden, mit dieser unerwarteten und ungebetenen Lieferung von Nathaniel allein.

»Wie lange ist sie schon fort?«

In diesem Moment kehrten die Schmerzen zurück. Mary biss die Zähne zusammen. Der Mann nahm ihre Hand und sie drückte krampfhaft seine Finger. Die Wehe überrollte sie und dauerte viel zu lange. Als Mary schon glaubte, die Schmerzen keine Sekunde länger ertragen zu können, ebbten sie endlich ab.

»Wie lange ist sie schon fort?«, wiederholte sie ihre Frage.

»Machen Sie sich keine Sorgen. Sie ist bald zurück. Die Hebamme kommt bald. Sie ist unterwegs.«

»Wie lange?«

Er schaute beunruhigt zu den Vorhängen vor dem Fenster. »Nicht sehr lange. Sie kommen bestimmt bald.«

Mary stellte fest, dass sie die dunkelbraune Hand des Mannes nach wie vor krampfhaft umklammert hielt. Ihre eigene Hand war vor Anstrengung totenbleich. Sie löste ihre Finger, zog ihre Hand zurück und schob sie unter das Laken. Der Mann rieb über die tiefen Kerben, die sie mit ihren Fingernägeln hinterlassen hatte.

»Wie spät ist es?«, fragte sie.

Er stand auf und drehte die Uhr zu ihr herum. Elf Uhr? Der Koffer war am Nachmittag gebracht worden. Draußen war es dunkel, also war elf Uhr nachts. Wo blieb Bridget nur so lange? Mary hatte keine Zeit, sich lange mit dieser Frage auseinanderzusetzen, da bereits die nächste Wehe einsetzte. Aber diese Wehe war nicht wie ein Stein, der sie erdrücken wollte. Sie war stechend, brennend, unerträglich. Ihr Schwerpunkt lag zwischen ihren Beinen. Sie stieß ein langes, tiefes Stöhnen aus, das sich zu einem Schrei steigerte.

Der Mann sprang auf und begann, unruhig auf und ab zu gehen. Er schaute zur Tür, als überlegte er, ob er mitten in der Nacht aus dem Haus fliehen sollte – genauso wie er vermutlich aus seiner armseligen Sklavenhütte geflohen war. Mary zitterte bei dem Gedanken, dass er wahrscheinlich keine Erfahrung bei der Entbindung von Kindern hatte, womöglich hatte er nicht einmal Erfahrung mit Tiergeburten. Vermutlich hatte er nichts anderes gelernt, als von der Morgendämmerung bis tief in die Nacht im Akkord Baumwolle zu pflücken.

Mary schrie wieder und wand sich auf dem Bett. Der Mann riss die Decke von ihr und schien ihren Unterrock hochheben zu wollen, hielt dann aber abrupt inne. Sie umklammerte ihren Unterrock im selben Moment, in dem er sie schnell wieder zudeckte, aber es war zu spät.

Ihre lange Unterhose war vor Blut und Wasser ganz rot. Unter ihr bildete sich ein Furcht einflößender nasser Kreis. Mary hatte keine Ahnung, ob das normal war. Warum hatte sie ihre Schwiegermutter, Catherine, nicht gebeten zu kommen? Wo blieb Bridget mit der Hebamme? Ein Blick in das erschrockene Gesicht des Mannes verriet ihr, dass er auch nicht wusste, was zu tun war.

Die pochenden, stechenden Schmerzen ließen nicht nach. Mary schrie und riss den Mann damit aus seinem benommenen Trancezustand.

»Sie bekommen ein Baby, Ma'am. Frauen bekommen seit Eva Babys. Sie schaffen das. Sie schaffen das.«

Er murmelte etwas zur Zimmerdecke hinauf und zog ihr die blutverschmierte Unterhose aus. Mary hatte zu starke Schmerzen, um sich Gedanken darüber zu machen, wie skandalös und unanständig das war.

»Ich sehe das Kind. Es kommt. Sie haben es fast geschafft.«

Sie spannte jeden Muskel ihres Körpers an und presste mit ganzer Kraft, bis ihr erschöpfter Körper nicht mehr konnte.

»Nein, nein!« Der Mann beugte sich über sie und schlug ihr auf die Wange. »Sie dürfen nicht bewusstlos werden!«

Ein Anflug von Empörung holte Mary ins Bewusstsein zurück. Wenn sie ein Wort über die Lippen gebracht hätte, hätte sie ihn zurechtgewiesen.

»Kommen Sie, Ma'am. Machen Sie weiter!«

Sie stieß einen schmerzerfüllten Schrei aus und presste wieder mit ganzer Kraft.

»Es kommt!«

Noch ein Atemzug. Noch einmal Pressen. Wieder ein Schrei. Plötzlich hörte das Brennen auf. An seine Stelle trat ein pochender Schmerz.

»Sie haben es geschafft!«, rief der Mann vom unteren Ende des Bettes. Er sah ihr mit einem erleichterten Lächeln in die Augen. Dann schaute er das Kind an, das aus ihrem Körper geschlüpft war. Sein Lächeln verblasste.

»Was ist?«

Seine Gesichtszüge wurden ernst und er sah nicht zu ihr auf.

»Was ist?«

Plötzlich wurde ihr bewusst, dass das Baby nicht weinte.

Der Mann beugte sich vor und wischte das Gesicht des Babys mit dem Laken ab. Er legte sein Ohr auf die Brust des Kindes. Dann schloss er die Augen und über seine Wange lief eine Träne. Er wickelte das winzige Kind in einen Teil des Bettlakens und legte es, immer noch mit der Nabelschnur verbunden, auf Marys Brust, die sich schwer hob und senkte.

»Ein Mädchen.«

Mary schaute das regungslose Kind an, das fast die gleiche Farbe hatte wie das Laken, in das es eingewickelt war. Sie legte dem Baby zitternd eine Hand auf den Kopf, der darunter fast verschwand. Der Kopf war so klein. Sie weinte bittere Tränen, bis sie die Nachgeburt entbunden hatte und die Erschöpfung sie übermannte.

Als Mary wieder erwachte, drang das Licht der Morgendämmerung durch einen Spalt zwischen den Vorhängen. An ihrer Brust lag kein Baby. Ihr runder Bauch war plötzlich ganz flach. Die Hebamme klappte ihre Tasche zu. Hinter ihr kauerte Bridget. Der Mann aus dem Koffer war nirgends zu sehen.

»Es tut mir so leid, meine Liebe«, sagte die Hebamme. »Ruhen Sie sich jetzt aus. Ihr Mädchen soll, wenn nötig, den Arzt aus dem Ort holen, aber ich kann hier leider nichts mehr machen.« Sie trat auf den Flur hinaus.

Bridget brach in Tränen aus. »Es tut mir so leid, dass es so lange gedauert hat. Anna war schon bei einer anderen Frau, die gerade ein Kind bekam. Ich wollte Sie nicht allein lassen.«

Mary beruhigte sie. »Ich war nicht allein. Wo ist das Baby?«

»In der Wiege. Gleich hier. Das arme kleine Ding.«

»Bitte bring sie mir und such dann diesen Mann.«

Bridget hielt das tote Kind so vorsichtig in den Händen wie eine übervolle Teetasse. Mary nahm das Baby in die Arme und ihre Magd eilte aus dem Zimmer.

Als sie das kleine, kalte Gesicht ansah, das aus der Decke lugte, glaubte Mary zunächst, wieder weinen zu müssen. Doch statt Traurigkeit breitete sich eine beängstigende Leere in ihrem Herzen aus. Während sie zärtlich die Gesichtszüge ihres Babys nachfuhr, verfolgte Mary dieses Gefühl der Leere bis zu seinem Ursprung zurück: Da waren die Ereignisse der letzten Nacht, die Lieferung des Koffers und ihre Angst um Nathaniels Leben, die Monate, in denen sie schwer geschuftet hatte, um die Tiere zu versorgen und den Haushalt zu führen, die Entlassung von Mrs Maggin, das Telegramm, die Nachricht, dass John Grouse sich ebenfalls zum Kriegsdienst gemeldet hatte, das Klappern der abfahrenden Kutsche, die ihren Nathaniel weggebracht hatte. Sie verfolgte es bis zu dem Zeitungsartikel zurück, durch den sie erfahren hatten, dass der Krieg ausgebrochen war.

Jahrelang hatten Nathaniel und Mary Zeitungen gelesen, die sich für die Abschaffung der Sklaverei starkmachten, sie hatten gemeinsam dafür gebetet, sie hatten andere ermutigt, das Banner der Freiheit zu ergreifen. Nathaniel hatte sie dazu aufgefordert, keine Baumwolle zu kaufen. Deshalb trug sie nur Kleidung aus Seide und Wolle und nähte Nathaniel Hemden aus Leinen. Sie hatten aus der Ferne getan, was sie tun konnten. Damit war sie zufrieden gewesen.

Nathaniel hatte das nicht gereicht. Diese furchtbare Schlagzeile in der *Detroit Free Press* im April hatte ihr ihren Mann geraubt. Irgendein gedankenloser Mann an einer Druckmaschine hatte mutwillig eine tödliche Reihe von Lettern zusammengefügt, Gifttinte darübergerollt und eine Todesnachricht gedruckt. Nathaniel war vielleicht noch am Leben, aber diese Schlagzeile hatte ihr Kind getötet, genauso wie sie schon Tausende junge Männer in der Schlacht getötet hatte. Wäre Nathaniel zu Hause geblieben, um sich um die Farm zu kümmern, hätte er ihr keinen entflohenen Sklaven in einem Koffer an die Tür bringen lassen, hätte er ihr nicht geschrieben, dass er seinen Kriegsdienst verlängert hatte, läge ihr Baby noch geschützt in ihrem Bauch und nicht tot in ihren Armen.

In diesem Moment hasste Mary sie alle. Die Sklavenhalter in den Südstaaten, die machthungrigen Konföderierten, die Männer aus den Nordstaaten, die viel zu bereitwillig in den Krieg marschierten. Es war falsch von ihr gewesen, einen Groll gegen den Flüchtling zu hegen, der an ihrer Küchentür aufgetaucht war. Die Schuld lag nicht bei diesen armen, gequälten Seelen. Hellhäutige, blauäugige Männer rissen ihre Welt entzwei, egal ob sie die Peitsche des Sklaventreibers oder das Gewehr des Befreiers in den Händen hielten.

Schließlich lief eine erste Träne aus ihrem Auge, dicht gefolgt von einer zweiten. Genau in diesem Moment ging die Tür auf. Als

Mary aufblickte, stand der Mann aus dem Koffer im Türrahmen. Sie wischte sich die Tränen aus dem Gesicht. »Bitte setzen Sie sich zu mir.«

Er stellte einen Holzstuhl neben ihr Bett und setzte sich, schaute sie jedoch nicht an.

»Ich möchte Ihnen danken, dass Sie da waren. Bei mir.«

Er nickte.

Mary musterte ihn forschend. Er sah ausgemergelt und erschöpft aus. »Haben Sie geschlafen?«

Er schüttelte den Kopf.

»Wo waren Sie? Warum sind Sie weggegangen?«

»Ich habe die Hebamme kommen hören. Da bin ich weggelaufen und habe mich im Stall versteckt.«

»Warum?«

Er schüttelte den Kopf. »Ich hätte nicht bei Ihnen sein dürfen.«

Ihr dämmerte, was er damit sagen wollte. »Verstehe.« Nach einem Moment des Schweigens fragte sie: »Sie konnten im Stall aber nicht schlafen?«

»Ich hatte zu tun.«

»Was hatten Sie zu tun?«

Er sah zu dem Baby. »Alles vorbereiten.«

Mary kniff die Augen zusammen und kämpfte ihre Tränen zurück.

»Ich habe gehört, dass die Hebamme Ihrem Mädchen gesagt hat, dass sie den Pfarrer holen soll. Ich habe ein Grab ausgehoben und eine Kiste gebaut. Aber wenn er kommt, verschwinde ich.«

»Ich will, dass Sie bleiben. Bitte!«

Er nickte. »Ja, Ma'am.«

Mary drückte einen zärtlichen Kuss auf die kleinen, kalten Lippen ihres Babys. »Bitte bringen Sie sie weg. Entschuldigen Sie, wie war noch einmal Ihr Name?«

»George.«

»Danke, dass Sie mich nicht alleingelassen haben, George.«

Er nahm ihr das Kind ab. »Ich werde Sie nie alleinlassen, Ma'am.«

# Kapitel 13

*Lapeer County, August*

Eigentlich rechnete ich fest damit, dass ich nach dem Abendessen die Geschichte von den Betten auf dem Dachboden erzählt bekäme, aber Nora sagte, dass sie sehr müde sei und ins Bett gehe.

»Geht es dir gut?«

»Ach, mir fehlt nichts. Ich bin nur müde von der Arbeit. Momentan habe ich sehr viele Aufträge. Alle holen ihre Herbstkleider heraus und stellen fest, dass etwas geflickt werden muss oder dass sie abgenommen haben und die Nähte geändert werden müssen.«

»Bist du dir sicher, dass das alles ist?«

Nora winkte beruhigend ab. »Mir geht es bestens. Und ich erzähle dir morgen, was es mit diesen Betten auf sich hat.«

Meine anfängliche Enttäuschung über den Aufschub wich schnell einer gespannten Neugier. Dies war die perfekte Gelegenheit, einen Blick hinter die verschlossene Tür im Keller zu werfen. Vorausgesetzt, der Schlüssel passte.

Während ich die Küche aufräumte, malte ich mir aus, was ich finden würde. Einen Weinkeller, der seit den Tagen der Prohibition abgeschlossen war? Das Balsam-Familienvermögen, vielleicht in Form von Goldbarren? Oder – und dieser makabere Gedanke begann, in meinem Kopf zu wuchern wie der wilde Wein vor dem Haus – vielleicht die Leichen, die Nora im Scherz erwähnt hatte?

Ich ließ mir Zeit damit, unsere zwei Teller, zwei Gabeln und zwei Gläser zu spülen und abzutrocknen. Als ich sie im Küchenschrank verstaute, hielt ich mich genau an Noras Anweisungen. Die Teller stellte ich unter die anderen Teller und die Gläser ganz hinten in den Schrank.

»Auf diese Weise werden sie alle gleich abgenutzt«, hatte sie mir nach dem Mittagessen erklärt.

Als ich sicher sein konnte, dass Nora schlief, schlich ich mit dem Schlüssel und einer funktionierenden Glühbirne, die ich aus einem der unbenutzten Zimmer im ersten Stockwerk entwendet hatte, ins Esszimmer. Leise öffnete ich mehrere Schubladen, bis ich in einer zig Kerzen und einen Kerzenständer aus Messing fand. In einer Küchenschublade stieß ich auf eine Streichholzschachtel. Ich steckte eine große, rote Kerze in den Ständer, entfachte ein Streichholz und zündete sie an. Draußen war es zwar noch hell, aber im Keller war es dunkel.

Die Kellertür quietschte, als ich sie öffnete. Einen Moment lang hielt ich den Atem an und lauschte, ob ich Schritte hören würde. Aber alles blieb still. Nachdem ich ein paar Treppenstufen hinabgestiegen war, zog ich die Tür ein Stück hinter mir zu. Auf keinen Fall würde ich sie ganz schließen und das Risiko eingehen, mich hier unten einzusperren. Als ich mich vorbeugte, um besser erkennen zu können, was sich unter mir befand, rutschte mir die Glühbirne aus der Hand. Frustriert stöhnte ich auf und wartete darauf, das Zerschellen von Glas zu hören. Aber stattdessen vernahm ich nur ein dumpfes Geräusch.

Am Fuß der Treppe reflektierte der Boden mein dürftiges Licht. Die Glühbirne war in einer kleinen Pfütze gelandet. Ich schlich nach unten. Direkt über der Pfütze tropfte Wasser aus einem Rohr, vermutlich die Reste des Spülwassers aus der Küche. Wie lange war dieses Rohr schon undicht? Ich würde einen Installateur holen müssen.

Vorsichtig fischte ich die Glühbirne aus dem Wasser und trocknete sie an meinem Oberteil ab. Der Boden direkt unter der Lampenfassung war nicht nass gewesen, aber ich wollte lieber kein Risiko eingehen. Zwar hatte ich mich nie intensiver mit Stromschlägen befasst, aber ich wusste, dass sich Elektrizität und Wasser nicht vertragen. Ich malte mir aus, wie Nora mich am nächsten Morgen als rauchende Brandleiche fände, vor Schreck tot umfiele und unsere Leichen erst gefunden würden, wenn nur noch Skelette übrig wären. Da blieb ich doch lieber bei meiner Kerze.

Ich legte die Glühbirne auf die unterste Stufe und bewegte mich zur Tür mit dem Vorhängeschloss. Fast hätte ich um Erfolg gebetet, aber ich war mir ziemlich sicher, dass Gott es nicht gutheißt, wenn man in die Privatsphäre anderer Menschen eindringt. Es funktionierte auch ohne Gebet. Der Schlüssel passte und das Schloss ließ sich mit einem klickenden Geräusch öffnen.

Der kleine Raum war vollgepackt, aber nicht mit den Dingen, die ich mir erhofft hatte. Kein Gold und keine Edelsteine, die mir entgegenfunkelten. Aber Gott sei Dank begrüßten mich auch keine Skelette. An einer Wand befand sich eine schmale Arbeitsplatte, auf der eine Reihe von Flaschen standen, und davor drei flache Tabletts. Die Flaschen waren beschriftet, aber das half mir nicht weiter, da mir die vielsilbigen Namen absolut nichts sagten. Die Tabletts waren leer. In der Ecke befand sich ein metallener Gegenstand, dessen Zweck mir schleierhaft war. Führte hier unten jemand perfide wissenschaftliche Experimente durch?

Ich drehte mich um und schaute in die Augen einer schönen, jungen Frau. Besser gesagt, auf das Bild von einer schönen, jungen Frau. Eine dünne Wäscheleine voller großformatiger Schwarz-Weiß-Fotos zog sich der Länge nach durch den Raum. Auf jedem Foto war dieselbe attraktive Blondine mit großen Augen und perfekter Haut zu sehen. Ich wollte die Bilder zu Nora bringen und sie fragen, wer diese Frau war. Aber natürlich konnte ich das nicht. Nora wusste nicht, dass ich hier unten war. Und als ich das letzte Mal ohne Erlaubnis im Leben eines anderen Menschen herumgeschnüffelt hatte, hatte das kein gutes Ende genommen.

Ich schaute mir die Tabletts und die Chemikalien noch einmal genauer an. Irgendetwas daran kam mir bekannt vor. Sie erinnerten mich an meinen ersten Rundgang durch die Räume der *Free Press*. Obwohl inzwischen alles digitalisiert war, waren hier und da in dunklen Ecken immer noch Überbleibsel einer analogen Vergangenheit zu finden.

Plötzlich ging mir ein Licht auf: Das hier war eine Dunkelkammer!

Gehörte sie Mr Richs Onkel? Waren diese Fotos mit der Kamera aufgenommen worden, die jetzt in meinem Schrank lag? Wer hatte diese Tür abgesperrt? Der Fotograf? Was versteckte er hier? Ich nahm ein Foto von der Leine. Versteckte er sie?

In diesem Moment sprang draußen ein Motor an.

»Was ist denn jetzt los?«, entfuhr es mir laut.

Ich kontrollierte, ob ich den Schlüssel in der Tasche hatte, hängte das Schloss wieder vor die Tür und stieg die Treppe hinauf. Bei meinem ersten Schritt zerschellte die Glühbirne in tausend Stücke. Ich würde morgen mit einer vernünftigen Lichtquelle in den Keller kommen und die Scherben wegkehren müssen.

Als ich aus der Hintertür trat, tuckerte gerade ein roter Sitzrasenmäher vorbei, auf dem ein Schwarzer mit Baseballkappe saß. Ich winkte und rief, aber erst als er zum dritten Mal am Haus vorbeifuhr, bemerkte der Fahrer mich und stellte den Motor ab.

»Sind Sie William?«, fragte ich und freute mich, diesen geheimnisvollen Mann endlich zu Gesicht zu bekommen.

Er lächelte und stieg vom Rasenmäher. »Nein, ich bin Tyrese.«

»Sind Sie beim falschen Haus?«

Er runzelte über seiner Sonnenbrille die Stirn. »Nein, das ist Eleanor Richs Haus. Schon seit Jahren. Sind *Sie* vielleicht beim falschen Haus?«

»Entschuldigung. Nein. Ich dachte nur, Sie würden William heißen.« Ich hielt ihm die Hand hin. »Ich bin Noras Großnichte, Elizabeth.«

Er schüttelte mir die Hand. »Manchmal nennt mich Mrs Rich William. Ich nehme an, sie ist im Haus? Ich muss mich entschuldigen, dass ich heute so spät komme, aber ich wusste, dass ich es sonst in dieser Woche nicht mehr schaffen würde.«

»Sie schläft schon. Wenigstens hat sie geschlafen. Vielleicht ist sie bei dem Lärm aber auch aufgewacht.« Die Räder in meinem Kopf begannen, sich zu drehen. »Hey, hat meine Großtante Sie je gebeten, im Haus etwas für sie zu machen? Ein Zimmer zu lüften oder etwas aufzuräumen oder so etwas?«

Er schüttelte den Kopf. »Ich war nie im Haus.«

»Seltsam. Warum sagt sie William zu Ihnen?«

Er zuckte die Achseln. »Keine Ahnung. Damit hat sie im letzten Sommer plötzlich angefangen. Ich nehme an, dass sie einfach alt wird und da irgendetwas durcheinanderbringt.«

»Macht es das nicht ein wenig schwer, ihre Schecks einzulösen?«, scherzte ich und versuchte, das ungute Gefühl zu ignorieren, das mich beschlich.

»Ich bekomme mein Geld nicht von *Mrs* Rich, sondern von *Mr* Rich. Er wohnt in Detroit. Aber davon weiß sie nichts«, fügte er schnell hinzu. »Als ich hier anfing, sagte er, dass Mrs Rich meine Hilfe nicht annehmen würde, wenn sie wüsste, dass er mich bezahlt.«

Ich runzelte die Stirn. Warum machte sich James Rich wegen einer Frau, die mit ihm auf Kriegsfuß stand, so viele Umstände? »Wer, glaubt sie, bezahlt das Rasenmähen?«

»Ich habe ihr erzählt, dass sie es mit ihren Steuern bezahlt.«

Ich schaute ihn zweifelnd an. »Sie ist zu klug, um das zu glauben.«

Tyrese lächelte. »Das stimmt. Es war nicht leicht, sie davon zu überzeugen. Eine Weile hat sie versucht, mich trotzdem zu bezahlen. Aber ein Freund von mir arbeitet bei einer staatlichen Behörde und hat mir ein paar Blätter offizielles Briefpapier zukommen lassen. Letztlich konnte ich ihr weismachen, dass es sich um eine Art Pilotprojekt handelt, das es Senioren auf dem Land ermöglichen soll, in ihren Häusern zu bleiben.«

»Sie haben Glück, dass meine Tante kaum aus dem Haus kommt. Sonst würden sich viele andere Senioren fragen, wo ihr kostenloser Rasenservice bleibt.«

»Ja.« Er lachte. »Ich muss jetzt leider weiterarbeiten. Die Sonne geht bald unter.«

»Natürlich. Entschuldigung. Lassen Sie sich von mir nicht aufhalten.«

Ich ging ins Haus und schaute durchs Küchenfenster zu, wie Tyrese auf dem Rasenmäher seine Bahnen zog. Wenn er nicht William war, wer war dann William?

Ich wünschte, das Haus könnte sprechen. Natürlich wusste ich, dass Häuser aus Holz und Steinen und Zement bestehen. Aber ich hatte das Gefühl, dass dieses spezielle Haus ein Gedächtnis hatte und etwas vor mir verbarg. Die bröckelnden Kellerwände hatten zugesehen, wie der Fotograf Bilder von einer schönen Frau in eine Chemikalienlösung getaucht und sie danach zum Trocknen aufgehängt hatte. Die Wände meines Zimmers waren Zeugen gewesen, als jemand das faszinierende geschnitzte Bett aufgestellt hatte. Das Haus hatte zugesehen, wie Gräber ausgehoben und Grabsteine aufgestellt und Kräuter angesät worden waren.

Aber alles war still bis auf die knarrenden Geräusche, die alte Häuser manchmal von sich geben. Verbargen sich die Antworten auf meine Fragen in diesem Stöhnen und Ächzen und warteten nur darauf, dass jemand sie verstand? Oder musste ich in den Reportermodus umschalten, um meiner verschwiegenen Gastgeberin einige Informationen zu entlocken? Mr Rich hatte mir geraten, vorsichtig bei Noras Vergangenheit einzuhaken. Aber wie sollte ich vorsichtig bei einem Thema einhaken, das nie zur Sprache kam?

# Kapitel 14

*Detroit, April 1963*

William stieß einen leisen Pfiff aus. »Wow. Das nenne ich einmal ein Auto.« Er ging um die kleine rote Corvette herum. »Das ist das neueste Modell, nicht wahr?«

»Ja«, antwortete Nora stolz. »Ich habe es zum Geburtstag bekommen.«

»Wollen Sie mich auf den Arm nehmen? Das war ein Geschenk?«

»Nun ja, mein Vater …«

»Ah, verstehe. Daddy arbeitet im Autogeschäft.«

»Nicht direkt. Er arbeitet in der Werbung. Bei General Motors. Und er ist vor allem für die Corvette zuständig.«

»Ja, hm, also ich weiß nicht, ob meine langen Beine überhaupt in dieses kleine Ding reinpassen. Es ist nicht weit. Lassen Sie uns lieber zu Fuß gehen.«

Nora warf einen besorgten Blick auf ihr Auto, doch dann folgte sie William, der schon losmarschierte. Schöne Autos gab es in Detroit überall. Dank der vielen ortsansässigen Automobilhersteller waren sie genauso sehr Teil der Stadt wie die Art-déco-Architektur und die blühenden Bäume, die die Straßen säumten. Aber als sie die Zwölfte Straße hinabging, erkannte sie, dass ihr Auto alle anderen in den Schatten stellte. In diesem Viertel gab es keine architektonisch wertvollen Gebäude, keine schönen Kirschbäume mit zarten rosa Blüten. Die Häuser drängten sich eng aneinander und bewegten sich in einem Spektrum, das von verwahrlost bis baufällig reichte. Sie waren ausnahmslos renovierungsbedürftig. Die Farbe blätterte von den Verkleidungen ab, die Schindeln auf den Dächern wellten sich, Rußflecken zeichneten sich unter zugenagelten Fenstern ab.

»Was ist?«, fragte William.

»Hmm?«

»Warum schütteln Sie den Kopf?«

»Ich habe nicht den Kopf geschüttelt.«

»Doch, das haben Sie. Was ist?«

»Nichts.«

Er blieb einen Moment stehen. »Kommen Sie schon.«

Nora atmete tief ein. »Es ist nur … Ich habe mich nur gefragt, warum diese Leute ihre Häuser nicht besser pflegen.«

William bedachte sie mit einem ungläubigen Blick. »Ist das Ihr Ernst? Sie glauben, den Leuten, die hier wohnen, würden diese Häuser gehören? Das sind Mietshäuser. Die Eigentümer kümmern sich nicht darum.«

Nora kam sich ein wenig dumm vor, aber nur einen kurzen Moment lang. »Beschweren sie sich denn nicht?«

William ging weiter. »Das würde nicht viel bringen.«

»Warum halten die Eigentümer die Häuser nicht instand?«, fragte Nora hinter ihm.

»Dabei springt kein Geld heraus.«

»Aber warum ziehen die Leute dann nicht einfach woanders hin? Irgendwohin, wo es schöner ist?«

»Wohin?« Er lachte humorlos. »Nach Bloomfield Hills?«

Nora zuckte die Achseln. »Warum nicht?«

Wieder blieb William stehen. »Ach, bitte! Wann haben Sie das letzte Mal einen Schwarzen in Bloomfield Hills gesehen, der nicht nur deshalb dort war, weil er im Haus eines Weißen arbeitet?«

Nora kramte in ihrem Gedächtnis, aber ihr fiel niemand ein. »Ist es einfach zu teuer?«

»Für die meisten.« William nickte. »Aber es gibt Schwarze hier in Detroit, die es sich leisten könnten.«

»Warum wohnen sie dann hier?«

»Wohnen Sie in einer Höhle oder was? Haben Sie noch nie von Dr. Sweet gehört, dem schwarzen Arzt, der es gewagt hat, in ein weißes Viertel zu ziehen? Was zu Ausschreitungen geführt hat?«

»Das war nicht in Bloomfield Hills.«

»Das stimmt. Es war hier in Detroit. Wie, glauben Sie, wäre es ihm im lilienweißen Bloomfield Hills ergangen?«

Nora stemmte die Hände in die Hüften. »Das war vor fast vierzig Jahren.«

»Es hätte genauso gut vor vierzig Minuten gewesen sein können. Einige Wohngegenden sind einfach tabu. Bloomfield Hills ist weiß. Wenn Sie wirklich glauben, auch nur ein Immobilienmakler in dieser Stadt würde ein Haus in Bloomfield Hills an eine schwarze Familie verkaufen, haben Sie den Verstand verloren. Und falls er es tatsächlich versuchen sollte, würden sehr schnell Steine fliegen.«

William ging weiter. In ihrer Hast, ihn einzuholen, blieb Nora mit dem Absatz an einer kaputten Stelle auf dem Gehweg hängen und stolperte. Ihr Knie schlug auf dem Asphalt auf.

»Hast du dir wehgetan?«, fragte William und eilte zurück, um ihr zu helfen. Er wischte die winzigen Steinchen weg, die sich in ihr Knie gegraben hatten. »Du blutest.«

Es gefiel Nora, dass er in seiner Besorgnis zum Du übergegangen war. Als sie an sich hinabsah, stellte sie fest, dass ihr Strumpf zerrissen war und eine rote Spur über ihr linkes Bein lief.

William zog ein Taschentuch aus seiner Tasche und tupfte das Blut ab. »Wir sind gleich da. Kannst du gehen?«

Nora atmete scharf ein und nickte tapfer. Williams Hand legte sich an ihren Ellbogen, um sie zu stützen, während sie weiterhumpelte. Mit ihrer anderen Hand presste sie das Taschentuch auf die Wunde und kam sich vor wie eine kaputte Marionette. Alle paar Schritte fühlte Nora, wie Williams warme Finger über die Innenseite ihres Arms strichen. Das verstärkte ihre Verlegenheit angesichts dieser ganzen unsäglichen Situation.

Eine Minute später führte er sie die kaputten Stufen zu einer Haustür hinauf und dann ins Haus.

»Warte bitte hier.« Er deutete zu einem hellbraunen Sofa. »Ich bin gleich wieder da.«

Nora setzte sich aufs Sofa und untersuchte ihre Wunde. William kam mit einer Flasche Wasserstoffperoxid, einem Wattebausch und einer Dose mit Pflastern zurück.

»Das ist nicht nötig«, sagte Nora.

»Oh doch. Du willst doch keine hässliche Narbe auf deinem Knie haben.«

Er kniete vor ihr nieder und tupfte etwas von der Lösung auf ihre offene Wunde. Die Flüssigkeit rann an ihrem Bein hinab. Er fing den Tropfen mit der Rückseite seines Fingers auf und fuhr damit ihr Schienbein hinauf.

»Ähm …« Er zögerte. »Bei diesen Strümpfen bleibt das Pflaster nicht kleben.«

Nora errötete.

»Hier.« William reichte ihr ein Pflaster. »Das Badezimmer ist gleich dort hinten.« Er deutete einen dunklen Flur hinunter und stand auf, um sie vorbeigehen zu lassen.

Nora eilte ins Badezimmer und schloss die Tür hinter sich. Sie schob ihr Kleid hoch, zog ihre Strümpfe aus und knüllte sie zusammen. Sollte sie sie gleich wegwerfen? Sie versuchte sich auszumalen, was ihre Mutter sagen würde, falls sie herausfände, dass Nora ihre Strümpfe in der Wohnung eines Mannes gelassen hatte. Sie betrachtete sich im Spiegel. Was machte sie eigentlich hier?

Nachdem sie das Pflaster auf ihr Knie geklebt und ihr Herzschlag sich wieder normalisiert hatte, ging Nora ins Wohnzimmer zurück und steckte ihre Strümpfe so unauffällig wie möglich in ihre Handtasche. Diese Mühe hätte sie sich sparen können, da William nirgends zu sehen war. In seiner Abwesenheit schaute sich Nora im Zimmer um. Es war nur spärlich möbliert, aber sauber. Sofakissen waren ordentlich aufgestellt. Die Topfpflanzen wiesen keine braunen oder verwelkten Blätter auf. Ein Foto von einem Mann in Armeeuniform zierte einen Beistelltisch. Nora fuhr gedankenverloren mit der Hand über den kleinen Fernseher. Es lag kein Staub darauf.

Die Haustür ging auf und wieder zu.

»Äh, hallo?«, ertönte eine Frauenstimme. Sie klang scharf und forderte eine Antwort.

Nora erschrak, fuhr herum und stand einer großen, schlanken schwarzen Frau mit modisch frisierten, geglätteten Haaren gegenüber, die in Begleitung eines Jungen von ungefähr zwölf Jahren war. Die beiden schienen genauso überrascht zu sein, eine fremde weiße Frau in ihrem Wohnzimmer vorzufinden.

Die Frau kniff leicht die Augen zusammen. »Wer sind Sie?«

Nora hatte Mühe, ihre Stimme zu finden. »Ich bin Nora«, flüsterte sie fast.

Die Frau biss sich innen in die Wange. Der Junge schaute Nora an, als hätte sie ihm seinen Ball entrissen und wollte ihn nicht wieder herausrücken. Noras Verstand arbeitete auf Hochtouren und sie überlegte, was sie sagen sollte. In diesem Moment trat William mit einer großen, braunen Mappe ins Zimmer.

»Oh, hey«, sagte er. »Bianca, das ist Nora.«

»Mmm«, brummte Bianca sichtlich unbeeindruckt.

An Nora gewandt sagte William: »Das ist Bianca und das ist J. J.«

»Geh in dein Zimmer, J. J.«, forderte Bianca den Jungen auf.

William versuchte, J. J. über den Kopf zu streichen, als dieser an ihm vorbeischlüpfte, aber der Junge wich seiner Berührung aus.

Die Frau baute sich vor William auf. »Ich weiß nicht, was das soll, Will, aber es stinkt nach Schwierigkeiten.«

»Entspann dich!«, forderte er sie auf.

Bianca seufzte. »Ich muss vor meiner Schicht noch ein bisschen schlafen. J. J. kann sich bis zum Abendessen in seinem Zimmer allein beschäftigen.«

»Okay.« Er küsste sie auf die Wange. »Bis später.«

Bianca warf einen letzten kritischen Blick zu Nora hinüber, dann sagte sie zu William: »Du solltest das lieber in Ordnung bringen, und zwar schnell.« Dann verschwand sie im Flur.

William setzte sich aufs Sofa und legte seine große, braune Mappe auf den Tisch.

Nora erwachte aus ihrer Schockstarre. »Ich gehe jetzt lieber.«

William blickte auf. »Wie bitte?«

»Ich muss gehen.«

»Was? Warum willst du jetzt gehen? Ich habe die Bilder doch hier.«

Nora senkte die Stimme zu einem rauen Flüstern. »Das gehört sich einfach nicht.«

William blickte sich im Zimmer um. »Was denn?«

Sie ging ein paar Schritte in Richtung Tür und er sprang vom Sofa auf.

»Hey, was soll das?«

»Wie kannst du das nur fragen? Ich dachte, du wärst … du weißt schon … Wie konntest du mich zum Essen einladen, wenn du …« Nora deutete in die Richtung, in die Bianca verschwunden war.

William schaute sie verständnislos an. Dann lachte er. »Bianca ist meine Schwester. Wir sind uns wie aus dem Gesicht geschnitten. Sie sieht aus wie ich mit Perücke. Ist dir das nicht aufgefallen? Und J. J. ist mein Neffe.«

»Nun«, sagte Nora und erholte sich ein wenig von ihrem Schreck. »Wer auch immer sie ist, sie will mich nicht hierhaben.«

»Na und? Sie ist hier nicht der Chef. Jetzt setz dich bitte und schau dir die Bilder an.« Er führte sie zum Sofa zurück.

»Nein, ehrlich«, sagte Nora. »Vielleicht sollte ich wirklich nicht hier sein.«

»Aber du bist nun mal hier. Also kannst du doch auch einen Blick auf die Fotos werfen, oder?«

Als er nicht lockerließ, setzte sich Nora vorsichtig aufs Sofa.

»Okay, bist du bereit?«, fragte er.

Sie nickte.

»Keine Einwände mehr?«

»Ich bin bereit«, sagte sie ernst.

William öffnete die Mappe und zeigte ihr das erste Schwarz-Weiß-Foto. Es war 20 mal 25 Zentimeter groß und klebte auf einer steifen, schwarzen Pappe. Auf dem Foto schaute Nora nach links unten. Das Lächeln, das sie sich nicht hatte verkneifen können, tanzte auf ihren Lippen. Obwohl es ein Schnappschuss war, waren ihre Augen perfekt getroffen und das Spiel von Licht und Schatten auf ihrem Gesicht schien fast beabsichtigt zu sein.

Es war eine Weile her, dass sie ein Foto von sich gesehen hatte, auf dem sie glücklich aussah. Es gab viele glückliche Fotos aus der Zeit, als sie im Alter von Williams Neffen gewesen war, aber seit ihrem dreizehnten Lebensjahr waren an die Stelle ihres Lächelns geschlossene Lippen getreten, die mit jedem Jahr verkniffener geworden waren. Ihre älteren Brüder hatten immer weniger mit ihr zu tun haben wollen, da sie interessantere Mädchen als ihre kleine Schwester kennengelernt hatten. Ihr Vater lebte fast nur noch für seine Arbeit, sodass Nora irgendwann das Gefühl hatte, kaum noch mit ihm zu sprechen. Ihre Mutter hatte immer unverhohlener versucht, ihre Erfüllung in den Leistungen ihrer Tochter zu finden, und ihre Erwartungen hatten sich zunehmend wie eine schwere Kette um Noras Hals gelegt. Ihre Freundinnen waren immer kratzbürstiger und hinterhältiger geworden. Das Leben hatte seinen Glanz verloren.

Als Nora jetzt Williams Fotos durchblätterte, konnte sie etwas von diesem verlorenen Funkeln sehen. Es kam ihr so vor, als stecke noch ein anderes Mädchen in dieser ernsten, jungen Frau, zu der sie sich entwickelt hatte. Während sie die Mappe durchblätterte, bemerkte Nora, dass William nicht die Fotos betrachtete, sondern ihr Gesicht. Sie fühlte, dass ihr Tränen in die Augen stiegen, als sie das letzte Foto umdrehte, aber sie beherrschte ihre Gefühle und blickte zu dem Künstler auf.

»Sie sind hübsch. Du bist sehr begabt.«

William lächelte und lehnte sich zurück. »Ich wusste, dass sie dir gefallen würden. Du kannst die Bilder gerne behalten.«

»Danke. Aber ich bin mir nicht sicher, was ich damit machen sollte. Es wäre seltsam, Fotos von mir selbst in meiner Wohnung aufzuhängen. Du willst sie nicht behalten?«

»Ich habe die Negative. Ich kann neue Abzüge von dir machen, wann immer ich will.«

»Ich bin also leicht ersetzbar?«, sagte sie mit hochgezogenen Augenbrauen.

William legte den Kopf schief. »So habe ich das ganz bestimmt nicht gemeint, und das weißt du auch.«

Bei seinem intensiven Blick begann Noras Magen zu kribbeln.

In seinen Augen lag etwas, das sie bei keinem der Männer, mit denen sie bisher ausgegangen war, gesehen hatte. Genauso wie Michael Kresge waren sie alle Mitglieder vermögender Familien gewesen. Sie hatten sie wie ein neues Auto gemustert und überlegt, ob andere Männer eifersüchtig wären, wenn sie Nora an ihrem Arm sähen.

Williams Augen hingegen blickten hinter ihre brüchige Fassade und holten das sorglose Mädchen hervor, das sie so gern wieder wäre.

In genau diesem Moment verliebte sich Nora auf einem unscheinbaren hellbraunen Sofa in einem tadellos sauberen Wohnzimmer an der Ecke Zwölfte Straße und Seward Street in den falschen Mann.

# Kapitel 15

*Lapeer County, Januar 1862*

Mary blieb in der Kirche zurück, während der Rest der Gemeinde in den Schnee hinaustrat. Männer und Jungen lenkten ihre Pferde und Schlitten auf dem freigeschaufelten Weg zur Kirchentür, deckten ihre Frauen mit Fellen und Decken zu und fuhren dann nach Hause, wo die Kamine darauf warteten, dass ein Feuer in ihnen entfacht wurde. Jeden Monat schien ein weiterer junger Mann aus ihrer Mitte zu fehlen, der in den zunehmenden Mahlstrom im Süden hineingezogen wurde. Die Weihnachtsfreude verblasste, und obwohl ein neues Jahr angebrochen war, war von Zuversicht nicht viel zu spüren.

Bridget reichte Mary ihren Umhang. »Können wir gehen, Ma'am?«

»Ich brauche noch einen Moment. Hol doch schon mal den Schlitten. Ich komme gleich nach.«

Bridget reichte dem Pfarrer zum Abschied die Hand und verschwand durch die Kirchentür.

Pastor Whittaker wandte sich an Mary. »Mrs Balsam, Sie scheinen noch nicht gehen zu wollen. Haben Sie etwas auf dem Herzen?«

»Sie sind wie immer sehr aufmerksam, Herr Pastor. Ja, es gibt etwas, worüber ich gerne mit Ihnen sprechen würde. Es dauert auch nicht lange, ich will Sie bestimmt nicht von Ihrem Sonntagsessen abhalten.«

»Natürlich, meine Liebe. Was kann ich für Sie tun?«

Obwohl der Gottesdienstraum inzwischen leer war, senkte Mary die Stimme. »Wie Sie wissen, beherberge ich auf Anweisung meines Mannes einen entflohenen Sklaven. Er ist ein aufrichtiger und gottesfürchtiger Mann und Sie können sich gar nicht vorstellen, was für eine Hilfe er mir bei der Ernte war. Er ist für unsere Farm unverzichtbar.«

Der Pastor nickte unverbindlich. Mary konnte nicht sagen, ob er ihr beipflichtete oder ob er einfach zu dem warmen Mittagessen nach Hause wollte, mit dem Mrs Whittaker auf ihn wartete.

»George hat inzwischen lesen gelernt. Das hatte ihm sein früherer Besitzer verboten. Und er würde gern zum Gottesdienst kommen. Er kennt viele Bibelgeschichten, die mündlich weitergegeben wurden, aber jetzt, da er das Wort Gottes liest, stößt er auf Dinge, die er nicht versteht, und ich bin mir nicht sicher, ob ich geeignet bin, ihm die Bibel zu erklären. Er würde so sehr davon profitieren, wenn er Ihre Predigten hören könnte, und er hungert nach christlicher Gemeinschaft.«

Pastor Whittaker hob eine Hand und Mary merkte, dass sie abschweifte. »Mrs Balsam, wollen Sie mich fragen, ob Sie ihn sonntags zum Gottesdienst mitbringen können?«

»Ja, das wollte ich Sie fragen. Ich weiß, dass nicht alle hier für die Abschaffung der Sklaverei sind, aber ich kann mir nicht vorstellen, dass jemand einem Mitmenschen die Gelegenheit, Gott anzubeten, verwehren würde.«

»In der Tat.« Der Pastor schien nachzudenken und Mary hielt den Mund, damit er ihre Bitte ungestört abwägen konnte. »Mrs Balsam, ich glaube, Ihre Bitte kommt aus einem guten und großzügigen Herzen. Ich kann nicht sagen, wie George von einigen Gemeindemitgliedern aufgenommen wird, aber ich bin davon überzeugt, dass es gegen die christliche Lehre und die christliche Nächstenliebe verstoßen würde, jemanden vom Gottesdienst auszuschließen. Wenn es in der Nähe eine schwarze Gemeinde gäbe, wäre das kein Problem, dann könnte er einfach dorthin gehen. Aber hier draußen auf dem Land gibt es diese Möglichkeit nicht.«

Marys Hoffnungen wuchsen. »Kann ich ihn dann das nächste Mal mitbringen?«

Pastor Whittaker lächelte. »Ja, das können Sie. Und ich werde zur Unterstützung über den Brief des Apostels Paulus an die Galater predigen.«

»Oh, vielen Dank, Pastor Whittaker.« Mary ergriff seine Hand. »George wird sich sehr freuen.« Sie zog ihren Umhang enger um ihre Schultern und Pastor Whittaker begleitete sie zur Tür hinaus. Sanfte Schneeflocken fielen auf Bridget und die Pferde herab, die neben dem freigeschaufelten Weg warteten. Mary drehte sich noch einmal zu dem Pastor herum. »Nochmals vielen Dank.«

Pastor Whittaker nickte. »Ach, und Mrs Balsam?«

»Ja?«

»Es wäre vielleicht besser, wenn Sie ein wenig später kommen und sich in die hinterste Reihe setzen würden.«

Marys Lächeln verblasste. »Natürlich.«

Sie kam sich vor, als hätte ihr jemand ein Stück Apfelkuchen angeboten und ihr dann nichts weiter als verbrannte Kruste gegeben. Andererseits konnte George in der hintersten Reihe genauso viel lernen wie in der vordersten Reihe.

Als Mary ihm eine Stunde später beim Essen die Neuigkeit verkündete, strahlte er übers ganze Gesicht. Mit jeder Woche, die er auf der Farm war, hatte Mary zusehen können, wie er sich veränderte. Seine äußeren Wunden waren verheilt und die Narben verblassten. Er hatte einige Pfunde zugelegt, was dringend nötig gewesen war. Seine unterwürfige Haltung hatte er abgelegt und er wirkte nicht mehr wie ein geprügelter Hund, sondern arbeitete auf der Farm mit wie ein gleichberechtigter Partner. Und jetzt lächelte er zum ersten Mal in den fünf Monaten aus vollem Herzen.

In diesem Moment fiel Mary auf, dass George ein gut aussehender Mann war. Dieser Beobachtung folgte schnell eine weitere Erkenntnis: Er war ein *Mann*. Sie zählte die Monate, die Nathaniel fort war, und stellte mit beunruhigender Deutlichkeit fest, dass sie nicht nur ihren Mann vermisste; sie sehnte sich auch nach der Berührung eines Mannes.

Mary, Bridget und George aßen seit Monaten am selben Tisch, ohne dass Mary das in irgendeiner Weise unangenehm gewesen wäre. Aber als sie sich an diesem Sonntag dabei ertappte, dass sie George anstarrte, wünschte sie sich plötzlich, er würde in der Küche essen. Die Mahlzeit konnte für sie gar nicht schnell genug enden. Sobald sie konnte, entschuldigte sich Mary und floh in die Bibliothek, während Bridget den Tisch abräumte und das Geschirr spülte.

Mit der wöchentlichen Routine kehrten Marys Gefühle am nächsten Tag zur Normalität zurück. Als George zum Frühstücken ins Haus kam, nachdem er die Tiere gefüttert hatte, war er wieder einfach nur George. Und als sie sich zu seiner Unterrichtsstunde in die Bibliothek setzten, war sie wieder nur seine Lehrerin und er ihr Schüler.

»Ich bin mit deinen Fortschritten beim Lesen sehr zufrieden«, lobte ihn Mary, nachdem er ihr einen Abschnitt aus der Apostelgeschichte vorgelesen hatte. »Jetzt, denke ich, müssen wir uns auf das Schreiben konzentrieren. Mit der Tafel kommen wir nicht mehr weiter. Du musst lernen, deine Buchstaben kleiner zu schreiben und deine Schrift zu verbessern. Falls du je ein eigenes Geschäft haben solltest, kannst du deine Bestellungen und Rechnungen nicht in so ungleichmäßigen, großen Buchstaben schreiben. Ich finde, du solltest mit Papier und Tinte üben.«

Mary holte die Schreibutensilien vom Schreibtisch und gab George eine kurze Einführung, wie er die Federspitze in die Tinte tauchen und den richtigen Druck ausüben musste, um einen ordentlichen Strich ohne Tintenflecke zu Papier zu bringen. »Es wird viel Übung nötig sein. Verlier also bitte nicht den Mut.«

George starrte das Papier an. »Was soll ich schreiben?«

Mary überlegte einen kurzen Moment, dann nahm sie die Bibel vom Tisch. Sie schlug sie beim Philemonbrief auf. »Schreib diesen Brief ab. Du darfst für den ganzen Brief nur ein einziges Blatt Papier brauchen.«

George schaute sie zweifelnd an. Eine Stunde später stand er vom Tisch auf und brachte ihr das Papier zu dem Sessel, in dem sie saß und las. »Ich schaffe es nicht, den ganzen Brief auf ein einziges Blatt Papier zu bringen.«

»Noch nicht«, verbesserte sie ihn. »Du bringst ihn *noch nicht* auf ein Blatt Papier. Deine Buchstaben sind zu groß. Du musst kleiner schreiben. Versuch es auf der Rückseite noch einmal.«

Am Ende des Tages hatte George fünf Versuche hinter sich. Bei jedem Mal hatte er mehr Wörter auf das Papier gebracht, bis schließlich nur noch Paulus' Grußworte am Ende fehlten.

»Gut gemacht«, sagte Mary. »Jetzt kannst du noch etwas auf die Rückseite dieses Blattes schreiben.«

»Könnte ich einen eigenen Brief schreiben?«

»An wen?«

»Ich habe eine Schwester.«

Mary zögerte. Sie konnte George nicht erlauben, an jemanden, den er im Süden kannte, einen Brief zu schreiben. Damit ginge er das Risiko ein, dass sein früherer Besitzer erfuhr, wo er sich aufhielt. Vielleicht war es doch falsch gewesen, ihn schreiben zu lehren.

»Kann sie lesen?«

»Nein, aber eines der Mädchen, um die sie sich kümmert, kann lesen.«

»Ich weiß nicht«, sagte sie langsam. »Wäre das nicht für euch beide gefährlich?«

Georges Miene wurde traurig, aber er nickte verstehend. Nachdem er kurz nachgedacht hatte, fragte er: »Könnte ich dann einen Brief an Sie schreiben?«

# Kapitel 16

*Lapeer County, September*

Am Donnerstagabend setzte starker Regen ein – ein heftiger, unablässiger Wasserstrom ergoss sich aus dicken, grauen Wolken. Am nächsten Morgen regnete es unvermindert weiter, aber jetzt waren die Niederschläge mit Blitzen und Donner gewürzt. Bei diesem Wetter konnte ich unmöglich draußen im Garten arbeiten, aber das war mir ganz recht. Jeder Muskel meines Körpers schrie nach einer Pause.

Nora und ich spielten am Küchentisch Gin Rummy, als ein greller Blitz und ein lautes Donnerkrachen in mir Gedanken an Stromausfälle und Taschenlampen und überflutete Keller weckten – Dinge, die für ein Kind aufregend und für einen Erwachsenen beunruhigend sind.

»Fällt hier draußen oft der Strom aus?«

»Gelegentlich.«

»Wo hast du eine Taschenlampe?«

»Ich habe eine neben meinem Bett. In den Schubladen über den Tischdecken sind aber auch Kerzen.«

»Ja, die Kerzen habe ich schon gesehen.«

Nora blickte von ihren Karten auf. »Hast du im Haus herumgeschnüffelt?«

Mein Atem stockte. »Wie bitte?«

Sie lächelte. »Das stört mich nicht. Ich habe nichts zu verbergen.«

Ich dachte an den abgeschlossenen Koffer und den abgesperrten Kellerraum und musste mich beherrschen, um nicht laut zu lachen. »Ich habe Streichhölzer gesucht«, sagte ich, obwohl das nur ein Teil der Wahrheit war. »Ich dachte, ich könnte den Unkrauthaufen verbrennen.«

»Die Streichhölzer findest du in der Küche, in der Schublade neben dem Telefon. Aber bei dem vielen Regen kannst du da draußen nichts verbrennen.«

Wir spielten weiter Karten, bis ich nicht mehr mitzählen konnte, wie oft Nora gewonnen hatte. Schließlich ging sie in ihr Nähzimmer und ich versuchte, mich mit Lesen abzulenken. Irgendwann würde ich in diesem abgelegenen Haus mitten in der Pampa noch den Verstand verlieren. In Detroit hatte ich an einem Tag manchmal zehn verschiedene Orte aufgesucht. Ich hatte mir nie Gedanken darüber machen müssen, wie ich meine freie Zeit füllte, weil ich keine freie Zeit gehabt hatte. Ich hatte eigentlich immer gearbeitet.

In mir stieg der dringende Wunsch auf, mit Nora endlich über die Kamera und die Fotos zu sprechen, damit ich meine Story schreiben und so schnell wie möglich nach Detroit zurückkehren konnte. Worauf wartete ich eigentlich noch? Bestimmt waren Mr Richs Bedenken stark übertrieben. Ich sollte ihn einfach anrufen und ihm erklären, dass Nora für die Fotos bereit war.

Bevor ich an diesem Abend einschlief, beschloss ich, genau das so bald wie möglich zu tun.

Als ich am Samstagmorgen erwachte, umgab mich eine fast greifbare Leere. Ich brauchte einen Moment, bis ich begriff, was fehlte: das ständige Regenprasseln aufs Dach. Draußen war die Luft kühl und feucht und erfrischend. Die Pflanzen im Garten sahen grüner aus als vor zwei Tagen und zeigten Anzeichen von neuem Wachstum. Aus der kahlen Erde, aus der ich das Unkraut gezogen hatte, sprießten neue kleine Pflänzchen, die entfernt werden mussten.

Ich holte den Spaten und grub die Erde um, um die jüngste Unkrautgeneration auszurotten. Ohne Licht würden die ungebetenen Störenfriede bald absterben. So hatte ich es wenigstens in den Büchern gelesen. Aber wenn ich diese Stellen nicht mit guten

Pflanzen und Mulch füllte, würde das Unkraut den leeren Raum zurückerobern und sich schnell wieder ausbreiten. Eine Fahrt ins nächste Gartencenter war unumgänglich. Dieser Ausflug hätte zudem den Vorteil, dass ich wenigstens mal kurz aus dem Haus käme.

»Das ist wunderbar!«, war Noras Reaktion, als ich ihr diesen Vorschlag unterbreitete. »Dann können wir auch gleich Lebensmittel kaufen. Wir haben nicht mehr viel im Haus.«

Ich war seit einer Woche kein Auto mehr gefahren. Diesen Aspekt des Lebens in Detroit vermisste ich absolut nicht. Kein Stau. Keine roten Ampeln. Kein wütendes Hupen. Keine Beinahe-Zusammenstöße mit unvorsichtigen Fußgängern und Radfahrern. Es störte mich auch immer weniger, dass ich keinen Internetzugang hatte. Das ständige Piepen, das mich über eingegangene Nachrichten, Tweets und Status-Updates informierte, vermisste ich eigentlich kein bisschen. Hier draußen gab es nur das bedächtige, ruhige Landleben. Eine angenehme Funkstille.

Es war nicht unbedingt aufregend – kein Vergleich zu dem Gefühl, das sich einstellte, wenn ich meinen Namen unter einem Artikel auf der Titelseite las. Aber wenigstens hatte ich das Gefühl, gebraucht zu werden. Ich kümmerte mich um einen Menschen. Dieser Mensch war zwar nicht sonderlich erpicht darauf, dass man sich um ihn kümmerte. Aber trotzdem.

Wir parkten vor Perkins' Gartencenter, kurz nachdem es geöffnet hatte, und hatten den Laden praktisch für uns allein. Sobald wir in die Reichweite eines Sendemasten gekommen waren, hatte mein Handy angefangen, wie verrückt zu piepen. Während Nora losmarschierte, um sich umzusehen, überflog ich die Nachrichten, SMS und E-Mails, bis ich auf eine Nachricht von Desiree stieß.

Bevor wir durch die schiere Weite des Nichts in der ländlichen Atmosphäre von Lapeer County voneinander getrennt worden waren, hatte sie angeboten, einige der Spuren zu verfolgen, die ich über Richter Sharpe ausgegraben hatte. Es bestand immer noch die Chance, dass ich mich rehabilitieren könnte. Dazu müsste ich nur beweisen, dass er tatsächlich etwas Schändliches über seinen Dienst während der Unruhen verheimlichte. Als ich jetzt die E-Mail las, die Desiree mir einen Tag zuvor geschickt hatte, schwand diese Hoffnung.

*Ich weiß, dass ich versprochen habe, für dich weiter daran zu arbeiten, aber ich bin mir einfach nicht sicher, ob es hier überhaupt eine Story gibt. Er scheint sauber zu sein. Ehrenmedaille des Kongresses für seinen Einsatz in Vietnam, viel Engagement für die Stadt, niemand scheint etwas Schlechtes über ihn sagen zu können. Und es gibt einfach nichts, was ihn mit den Unruhen in Verbindung bringen würde. Wir haben nichts weiter als eine knappe Info, wo seine Einheit stationiert war, aber bei dem Chaos jener Woche kann niemand sagen, ob er überhaupt dort war, wo du vermutest. Tut mir leid, aber ich muss die Sache fallen lassen. Jack schöpft schon Verdacht. Viel Glück mit deiner Tante! Fang ein Glühwürmchen für mich!*

Desiree konnte sehr gut recherchieren. War es möglich, dass wir nichts gefunden hatten, weil es einfach nichts zu finden gab? Aber ich war auch gut und ich hatte gute Instinkte. Mir fiel nur ein einziger Grund ein, warum jemand nicht über eine bestimmte Zeit in seinem Leben sprechen wollte: Er hatte etwas zu verbergen. In diese Unruhen waren sehr viele Menschen verwickelt gewesen, die schreckliche Dinge getan hatten, weil sie davon ausgegangen waren, dass sie sich vor niemandem dafür verantworten müssten. Und tatsächlich waren die meisten bis jetzt nicht zur Rechenschaft gezogen worden.

Ich schnappte mir einen überdimensionierten Einkaufswagen und marschierte los, um meine Frustration in neuen Gartenkräutern zu ersticken. Die Pflanzen sahen unglücklich aus, weil sie im Spätsommer immer noch in ihren kleinen Plastiktöpfen steckten. Ich belud meinen Einkaufswagen mit Saisonschlussverkäufen und verdrängte alle Gedanken an Richter Sharpe. Stattdessen konzentrierte ich mich darauf, wie sehr sich meine neuen Pflanzen freuen würden, wenn ich ihnen in der freien Natur Raum zum Atmen gab. Dieser Gedanke entlockte mir ein Lächeln.

»Elizabeth, nicht wahr?«, erklang von der anderen Seite des Gangs eine Stimme.

Ich blickte auf und stellte fest, dass mich ein Mann ansah. Seine Kakihose und sein grünes Polohemd waren voller Erde und er hielt einen großen Topf mit irgendeinem Nadelstrauch in den Händen. Seine Augen stachen nussbraun, fast grün, von seiner dunklen Haut ab.

»Ich bin Tyrese«, sagte er. »Erinnern Sie sich? Wir haben uns vor dem Haus Ihrer Tante kennengelernt.«

»Natürlich. Ohne Ihre Kappe und Ihre Sonnenbrille habe ich Sie gar nicht erkannt.«

Er kam zu mir herüber und warf einen Blick in meinen Einkaufswagen. »Kräutergarten?«

»Ja. Ich soll den Kräutergarten meiner Tante auf Vordermann bringen. Das ist der kleine eingezäunte Bereich neben dem großen Baum. Er wurde vermutlich schon im 19. Jahrhundert angelegt, ist aber in den letzten Jahren sehr vernachlässigt worden.«

Tyrese stellte seinen Topf auf den Boden und wischte die Erde, die an seinen Händen klebte, an seiner Hose ab. »Ich habe mir nie die Zeit genommen, mir den Bereich genauer anzusehen. Welche Pflanzen wachsen darin?«

Ich kramte in meinem Gedächtnis. »Pfefferminz, Dill, einige Rosen …«

»Welche Rosensorten?«

Ich zuckte die Achseln. »Keine Ahnung. Sie blühen im Moment nicht. Aber vermutlich würde ich es selbst dann nicht sagen können, wenn sie in voller Blüte stünden.« Ich beugte mich vor und vertraute ihm in einem verschwörerischen Flüstern an: »Ich weiß eigentlich gar nicht, was ich dort mache.«

Er lachte. »Hätten Sie etwas dagegen, wenn ich mir die Rosen mal ansehe? Ich habe einige unserer Rosensorten selbst gezüchtet und es ist immer gut, alte Sorten in die Kreuzung mit aufzunehmen. Aber man findet kaum noch alte Sorten, die lebensfähig sind. Ich weiß nicht, ob die Rosen, die Sie haben, alt sind, aber vielleicht habe ich ja Glück und finde eine seltene alte Sorte.«

»Was würden Sie damit machen?«

»Ich könnte Ihnen zeigen, wie man die Pflanze zurückschneidet und verjüngt, damit sie besser wächst. Jede Rosensorte braucht ihre eigene Pflege. Und wenn Sie nichts dagegen haben, könnte ich ein paar Steckhölzer mitnehmen. Wären Sie damit einverstanden?«

»Das müssen Sie Nora fragen. Es ist nicht mein Garten.«

Ich holte Nora und beobachtete sie genau, während Tyrese ihr seine Bitte vortrug. Gespannt wartete ich darauf, dass sie wieder William zu ihm sagte, damit ich sie verbessern könnte. Aber sie sprach Tyrese überhaupt nicht mit Namen an.

»Natürlich können Sie kommen und sich unsere Rosen ansehen. Solange Elizabeth nichts dagegen hat. Es ist ihr Garten.«

»Sie meinte, dass der Garten Ihnen gehört.« Er lächelte mich an, als er das sagte.

»Oh nein. Es ist Elizabeths Garten.«

Wir klärten die Details, während Tyrese uns zur Kasse begleitete. Beim Auto angekommen, hielt er Nora die Beifahrertür auf und räumte die Pflanzen in den Kofferraum. Nachdem er ihn zugeklappt hatte, wandte er sich an mich. »Dann komme ich morgen zu Ihnen.«

»Alles klar«, erwiderte ich so gelassen wie möglich. »Ich bin gespannt, was Sie zu den Rosen sagen.«

Wir standen einen Moment da, nickten beide leicht und warteten, wie man es eigentlich nur macht, wenn man hofft, dass der andere das Ende des Gesprächs noch ein wenig hinauszögern wird.

»Okay, also … dann sehen wir uns morgen«, sagte ich schließlich. Während ich einstieg, fragte ich mich, warum Dana in solchen Dingen so viel besser war als ich.

Tyrese machte meine Tür zu und winkte. Im Rückspiegel

konnte ich sehen, dass er uns immer noch nachblickte, als ich auf die Straße einbog.

»Er ist nett.« Noras Bemerkung klang ein wenig zu unschuldig.

Ich schaute sie an.

»Was denn? Er ist doch nett.«

»Ja«, gab ich ihr recht. Er war nett.

Vielleicht musste ich doch noch nicht so schnell nach Detroit zurück.

# Kapitel 17

*Detroit, Mai 1963*

»Wir könnten uns auf die Veranda setzen.« William deutete mit dem Kopf zu den Fenstern, vor denen die Dämmerung aufzog.

»Geht ruhig«, sagte Mrs Rich, die an der Stirnseite des Tisches saß. »Bianca und ich spülen ab. J. J., versuch nicht, dich davonzuschleichen! Du weißt, dass du vorher den Tisch abräumen musst.«

Nora hatte in den letzten vier Wochen fünfmal bei Williams Familie zu Abend gegessen. Williams Mutter war die perfekte Gastgeberin und Nora spürte, dass die ältere Frau alles tat, damit sich ihr Gast wohlfühlte. Bianca war ihr gegenüber ein wenig freundlicher geworden, aber sie war immer noch vorsichtig. J. J. hatte bisher kein einziges Wort mit ihr gesprochen, obwohl sich William wiederholt bemüht hatte, ihn zum Reden zu bewegen.

»Ruf uns, wenn der Kaffee fertig ist, Mama«, sagte William, bevor die Fliegengittertür hinter ihm zufiel.

Die untergehende Sonne war warm, der leichte Wind angenehm kühl und der Abend noch jung. Nora setzte sich in einen quietschenden Rohrstuhl und faltete die Hände über ihrem Bauch. Sie nahm die Bewegungen und Stimmen auf den Veranden der anderen Häuser wahr. Ein fröhliches Lachen hallte durch die Straße.

»Möchtest du dich zu mir auf die Schaukel setzen?« William machte es sich auf einer Seite der ausgeblichenen grünen Schaukel bequem, die von der Verandadecke hing. Er tippte auf die Stelle neben sich und Nora setzte sich zu ihm. Im Schutz seines Armes fühlte sie sich so entspannt wie seit sehr langer Zeit nicht mehr. Nach wenigen Minuten hatte sie die Augen geschlossen, ihr Kopf lag an seiner Schulter und ihr Atem passte sich dem Rhythmus der sanften Schaukelbewegungen an.

Das plötzliche Geräusch von schnellen Schritten, die die Verandastufen hinaufpolterten, schreckte Nora auf.

»Ist J. J. da?«, fragte eine keuchende, atemlose Stimme.

»Er ist im Haus, Arnold«, antwortete William.

Arnold klopfte an die Tür. »J. J.!«

»Geh einfach hinein.«

Der Junge verschwand im Haus. Noras Herzschlag hatte sich gerade wieder normalisiert, als eine andere Stimme aus dem Schatten hinter den Eiben ertönte.

»Will Rich, wie geht's?«

William löste sich von Nora. Plötzlich war ihre Seite kalt und leer. »Nicht schlecht, Derek. Und dir?«

Die Männer gaben sich die Hand. Dann wanderte Dereks Blick zur Schaukel.

»Das ist Nora«, stellte William sie vor.

Nora stand auf und reichte Derek die Hand.

Derek gab ihr die Hand, schaute dabei aber William an. »Du musst den Verstand verloren haben«, brummte er.

»Findest du?«, fragte William. »Wieso das denn?«

»Du bringst dich in allergrößte Schwierigkeiten, Will Rich. Und andere auch.«

Nora wich einen Schritt zurück, aber William nahm ihren Arm und zog sie an seine Seite. »Es gibt keine Schwierigkeiten«, sagte er.

»Wart's nur ab«, sagte Derek. »Du wirst schon sehen. Du solltest dich nicht auf ein weißes Mädchen einlassen.«

»Mein Mädchen geht dich gar nichts an.«

Noras angespannte Muskeln entkrampften sich ein wenig.

»Dein Mädchen geht uns alle etwas an«, sagte Derek. »Dein Mädchen wird noch dafür sorgen, dass jemand stirbt.«

»Derek!«, begrüßte Mrs Rich, die in diesem Moment mit dem Kaffeetablett auf die Veranda trat, den jungen Mann. »Ich habe dich ja seit Wochen nicht mehr gesehen. Wie geht es deiner Mutter?«

Dereks ernste Miene veränderte sich schlagartig. Er nahm Mrs

Rich das Tablett ab, stellte es auf den Rohrtisch und küsste sie auf die Wange. »Ihr geht es gut. Sie hat erst neulich nach Ihnen gefragt.«

»Ich muss sie bald mal wieder besuchen. Ich hatte nur so viel Arbeit, weißt du.«

»Ich weiß«, erwiderte er lächelnd.

»Richte ihr liebe Grüße aus.«

»Das mache ich.«

Sobald Mrs Rich ins Haus zurückgekehrt war, erlosch das Lächeln auf Dereks Gesicht. Er beugte sich zu William vor. »Hör zu, Mann. Ich sage dir das als Freund: Du spielst mit dem Feuer.«

In diesem Moment stürmten Arnold und J. J. durch die Tür und liefen die Verandastufen hinab.

»J. J.!«, rief Bianca aus dem Haus. »Komm sofort zurück!«

Aber die Jungen waren schon fort. Derek verschwand in dieselbe Richtung, in die Arnold und J. J. gelaufen waren, in der aufziehenden Nacht.

William drückte Noras Schulter und gab ihr einen Kuss auf die Stirn. »Vergiss, was er gesagt hat.« Er rührte Sahne und Zucker in Noras Kaffee. In einem spannungsgeladenen Schweigen nippten sie an ihren Tassen.

»Du hast mich als dein Mädchen bezeichnet«, sagte Nora schließlich.

»Ja.«

»Das gefällt mir.«

»Ja?«

Sie nickte hinter ihrer Tasse. Nora spann in Gedanken dieses »mein Mädchen« ein Stück weiter. Verabredungen, Küsse, Liebesgeständnisse. Dann brach sie abrupt ab. Wie sollte es danach weitergehen? Der Weg in die Zukunft mit einem Mann wie Michael Kresge wäre breit, vorgezeichnet und von guten Wünschen begleitet. Der Weg mit William Rich wäre wie ein Fehdehandschuh.

»Sollte ich lieber nicht mehr herkommen?«, fragte Nora. »Ich will niemanden in Schwierigkeiten bringen.«

William überlegte einen Moment. »Derek ist ein guter Freund. Er macht sich nur Sorgen um mich. In diesem Stadtviertel sind die einzigen Weißen, die man zu Gesicht bekommt, Polizisten und Vermieter und Leute von der Bank, die einem das Auto wegnehmen. Er hält es für sicherer, Abstand zu halten. Ich kann das verstehen.« Er trank einen großen Schluck Kaffee. »Ich glaube nur nicht, dass Abgrenzung die Lösung ist.«

»Was ist die Lösung?«

»Glaubst du, wenn wir die Lösung wüssten, hätten wir sie nicht schon längst umgesetzt?« William stellte seine Tasse auf das Tablett und nahm ihre Hand in die seine. »Ehrlich gesagt, glaube ich, dass das hier die Lösung ist.«

Nora lächelte ihn an. »Glaubst du, dass es so einfach ist?«

»Die Leute müssen nur sehen, dass es funktioniert.«

Er legte seine warme Hand an ihr Gesicht. Es war dieselbe Hand, auf die sie vor zwei Monaten ihren Namen und ihre Telefonnummer gekritzelt hatte. Dann beugte er sich zu ihr vor. Sie kam ihm auf halbem Weg entgegen. Als ihre Lippen sich berührten, trat alles andere in den Hintergrund.

»Ich will, dass es funktioniert«, sagte sie, als der Kuss endete.

»Das ist doch ein Anfang.«

# Kapitel 18

*Lapeer County, Juli 1863*

Mary stand an der Tür ihres Schlafzimmers und betrachtete den Raum. Ihr Bett war so breit, dass darin auch noch Platz für Bridget wäre, aber das Mädchen wollte bestimmt lieber ein eigenes Bett haben. Vielleicht könnte George eines für sie bauen. Jetzt, wo im Zimmer auf der Nordseite drei Männer schliefen und das kleine Zimmer bereits die gesamte Familie Dixon beherbergte, wurde es im Haus immer enger. Kompromisse waren unumgänglich.

Woher all diese Leute kamen, konnte Mary nur raten. Allmählich hatte sie den Verdacht, dass Nathaniel sie schickte. Es sähe ihm ähnlich, dass er befreiten Sklaven, die zur Unionsarmee überliefen, sagte, dass sie in dem Haus, das er so sorglos verlassen hatte, ein Dach über dem Kopf und Nahrung finden würden.

Seit seiner ersten Unterrichtsstunde mit Papier und Tinte schrieb George Mary fast jeden Tag einen Brief. Mary bewahrte sie alle sorgfältig auf, aber der letzte Brief lag noch auf ihrem Nachttisch. Sie hatte ihn mindestens zehnmal gelesen und wusste immer noch nicht genau, wie sie darauf reagieren sollte. Ganz unten auf der Seite hatte George nach seiner schönen Unterschrift ein Postskript angefügt, in dem er sie um einen Antwortbrief bat. Seitdem war eine ganze Woche ohne Briefe vergangen. Mit einer gewissen Bestürzung wurde Mary bewusst, dass er ihr vielleicht überhaupt nicht mehr schreiben würde, wenn sie seiner Bitte nicht nachkam. Die Schreibübung brauchte er definitiv nicht mehr.

Sie überlegte, dass sie ihre Bitte, ihr beim Problem mit den Schlafräumen zu helfen, in einen Brief packen könnte. Aber George war nicht nur ein guter Arbeiter auf der Farm, sondern auch ein guter Freund geworden, und seine Bitte verdiente eine persönlichere Antwort als nur einen Arbeitsauftrag. Mary fielen seitenweise Dinge ein, die sie ihm gern gesagt hätte – dass sie ohne seine Hilfe nicht überlebt hätte, wie dankbar sie war, dass er sich um so vieles auf dem Hof kümmerte, dass sie ihn für den außergewöhnlichsten und mutigsten Mann hielt, dem sie je begegnet war. Aber sollte sie solche persönlichen Gedanken zu Papier bringen und sie einem Mann schreiben, der nicht ihr Mann war? Allein schon bei dem Gedanken schämte sie sich.

Hinter Mary wurden Schritte laut. Als sie sich umdrehte, erblickte sie George. Er steckte gerade ein sauberes Hemd in seine Hose und kam aus dem Zimmer, das er sich mit Jacob und Thomas teilte.

Er nickte ihr zu. »Morgen, Mrs Balsam.«

»Guten Morgen, George. Dürfte ich dich um einen Gefallen bitten?« Sie winkte ihn zur Schlafzimmertür. »Könntest du für Bridget ein schmales Bett bauen, das wir dort unter das Fenster stellen können? Ich denke, wir müssen das hintere Zimmer zum Männerzimmer machen, da Mrs Dixon bald noch ein Kind bekommt. Sie und ihre Familie werden ein größeres Zimmer brauchen, und da du, Jacob und Thomas sowieso immer die Hintertür benutzt, habe ich mir überlegt, dass Bridgets Zimmer für euch am geeignetsten wäre. Dann könnten die Dixons euer bisheriges Zimmer haben.«

»Warum geben Sie Bridget nicht das Zimmer, in dem die Dixons jetzt wohnen?«

»Habe ich dir das noch nicht erzählt? Wir haben wieder Zuwachs bekommen. Sie heißt Loretta und hat ein Baby, das erst wenige Wochen alt ist. Ich kann mir nicht einmal vorstellen, wie sie es geschafft hat, dieses Kind den weiten Weg über ruhig zu halten. Es grenzt an ein Wunder, dass sie es unbeschadet bis zu uns geschafft hat.« Mary stieg die Treppe hinab. »Wie sieht es mit unseren Tomaten aus? Ich habe eine Bestellung von Mr Hathaway, der mehr davon möchte. Anscheinend sind alle damit beschäftigt, den Bedarf der Armee zu decken.«

»Ich kann heute ein paar Kisten ernten und aufladen.«

»Was würde ich nur ohne dich machen!«

Aus der Bibliothek tauchte Bridget mit neuen Hemden in blauem Karo- und Streifenmuster auf den Armen auf. »Ich habe hier überall die Knöpfe angenäht. Wer soll die Hemden bekommen?«

»Gib sie mir«, forderte Mary sie auf. »Ich verteile sie.«

»Ich hole Lorettas Tablett«, sagte Bridget, während sie Mary die Hemden reichte. »Dann komme ich und helfe Ihnen in der Küche.« Sie marschierte zielstrebig davon.

An der Hintertür wandte sich Mary mit einem Lächeln zu George um und berührte leicht seinen Arm. »Du hast dich sehr verändert, seit du damals in meinem Salon aus dem Koffer geklettert bist.«

»Wir haben uns beide verändert.«

Obwohl er seit fast zwei Jahren unter ihrem Dach wohnte, schaute er ihr immer noch kaum in die Augen. Aber in letzter Zeit war Mary aufgefallen, dass George sie jedes Mal, wenn sie ihn unerwartet anblickte, beobachtete. Er wandte dann immer schnell den Blick ab. Jetzt wandte er den Blick jedoch nicht ab und Mary sah in seinen Augen etwas, das ihr bis jetzt nicht aufgefallen war.

Sie ließ die Hand sinken und schaute weg. »Ja, das stimmt wahrscheinlich.«

Martha Dixon trat in die Küche. Ihre Tochter Angelica und ihr Mann John folgten ihr.

»Guten Morgen«, begrüßte Mary die drei und war für die Ablenkung dankbar.

John nickte ihr zu, nahm sich eine Waffel aus dem Korb auf dem Tisch und folgte George durch die Hintertür in den Hof.

Mary legte die Hemden über die Stuhllehne und bemühte sich, nicht auf Marthas runden Bauch zu sehen. »Martha, wollen wir mit den Kuchen für die Feier morgen beginnen?«

»Was ist morgen?«, fragte Angelica, während sie auf einen Küchenstuhl kletterte und sich auch eine Waffel aus dem Korb nahm.

»Der Unabhängigkeitstag«, antwortete Mary.

»Was ist das?«

»Das ist der Tag, an dem wir die Unabhängigkeit von Großbritannien feiern.«

»Was ist Großbritannien?«

»Ein Land auf der anderen Seite des Ozeans. Vor vielen Jahren kamen Menschen aus anderen Ländern nach Amerika und der König von England beherrschte dieses Land und die Menschen, die hier lebten.«

»Was ist England?«, fiel ihr Angelica ins Wort.

»Still jetzt!«, ermahnte ihre Mutter das Mädchen. »Hör zu, dann lernst du etwas.«

Mary lachte leise. »England ist ein Teil von Großbritannien. Das ist alles ein wenig verwirrend, ich weiß.«

Das Mädchen verzog das Gesicht und sah aus, als liege ihm die nächste Frage auf der Zunge, aber der strenge Blick seiner Mutter brachte es zum Schweigen.

»Es war so …«, sprach Mary weiter. »Die Menschen, die in den amerikanischen Kolonien lebten, wollten frei sein. Sie wollten nicht, dass andere ihr Land regierten und ihr Schicksal bestimmten und ihnen sagten, wie sie leben sollten. Deshalb führten sie einen Krieg, um ihre Unabhängigkeit zu erlangen.«

Angelica schaute sie nachdenklich an. »Ist das der Krieg, in dem jetzt alle kämpfen?«

Mary schüttelte den Kopf. »Nein, Kind. Das war vor fast hundert Jahren. Das war ein anderer Krieg.«

»Er hört sich aber gar nicht anders an.«

»Still jetzt, Mädchen!«, befahl Martha. »Geh hinaus und lass Mrs Balsam und mich arbeiten.«

Angelica sprang auf ihre nackten Füße und huschte zur Tür hinaus.

»Und halt dich von den Hühnern fern!«, rief ihr ihre Mutter nach. Dann schob sie mit leiserer Stimme nach: »Entschuldigen Sie bitte.«

Mary schüttelte den Kopf. »Sie brauchen sich nicht zu entschuldigen. Wahrscheinlich hat sie recht.«

Mary schenkte sich eine Tasse Kaffee ein. »Der gleiche Kampf, nur andere Menschen.« Dann machten sich die zwei Frauen schweigend an die Arbeit. Sie rührten Kuchenteig, wuschen Beeren und maßen Mehl, Zucker und Zimt ab.

»Lorettas Baby ist wirklich süß«, bemerkte Bridget, als sie mit dem Tablett in die Küche kam.

Mary freute sich, dass der Teller leer gegessen war. »Wie ich sehe, schmecken unserem neuen Gast deine Waffeln, Bridget.«

»Ich glaube, sie hätte auch doppelt so viele gegessen.«

Die drei Frauen verbrachten den restlichen Vormittag in der Küche und gingen nur kurz hinaus, um frisches Wasser zum Kochen zu pumpen oder nach Loretta und ihrem Baby zu sehen.

Zur Mittagszeit war jeder Platz an Marys Esstisch besetzt. Sie konnte nur darüber staunen, wie viel sich seit jenen ersten Monaten, nachdem Nathaniel in den Krieg gezogen war und sie und Bridget sich allein durchgekämpft hatten, verändert hatte. Sechs Monate, nachdem George gekommen war, war Jacob an ihrer Hintertür aufgetaucht. Er war völlig verängstigt und halb erfroren gewesen. Er hatte zwei Zehen und ein Stück von seinem Ohr verloren, aber ansonsten hatte er sich wieder vollständig erholt. Die Dixons waren im darauffolgenden Frühling gekommen. Sie waren nur wenige Stunden, bevor ihr Besitzer Martha und Angelica an einen anderen Sklavenbesitzer hatte verkaufen wollen, von der Plantage geflohen. Thomas hatte es im letzten Herbst zu ihnen geschafft und behauptet, er hätte sich die letzten fünfhundert Kilometer an der Unterseite eines Eisenbahnwaggons festgeklammert. Mary war sich nicht sicher, ob sie ihm das glaubte, aber die Geschichte von seiner Flucht hatte alle fasziniert.

Mary blickte sich am Tisch um und stellte fest, dass sie noch einen Stuhl für Loretta brauchen würden. Im Moment lag die junge Frau in Bridgets Zimmer, damit sie sich ungestört erholen konnte, während der Schrecken ihrer Flucht ganz langsam, Atemzug für freien Atemzug, nachließ. Aber schon bald würde sie von ihren neuen Freunden mit offenen Armen willkommen geheißen werden.

Nach dem Mittagessen beluden die Männer den Wagen mit Gemüse und den Socken, die die Frauen an den Abenden gestrickt hatten. Mary reichte George eine Liste mit dem Trockengut, das er besorgen sollte. »Bitte bring auf dem Rückweg außerdem die Post und die *Free Press* mit. In der Zeitung stehen zwar immer nur schlechte Nachrichten, aber wir müssen trotzdem auf dem Laufenden bleiben.«

»Ja, Ma'am«, antwortete George.

»Ich wünschte, du würdest damit aufhören.«

»Womit?«

»Damit, Ma'am zu mir zu sagen.«

»Das ist einfach so eine Angewohnheit. Wenn Bridget Ma'am sagt, stört es Sie doch auch nicht.«

In diesem Moment trat Thomas zu ihnen.

»Apropos Bridget«, sagte Mary. »Soll sie mit euch in die Stadt fahren?«

»Ja«, sagte Thomas im selben Moment, in dem George sagte: »Nein, das ist nicht nötig.«

Thomas bedachte George mit einem verärgerten Blick, der Mary nicht entging. Sie würde auf Thomas und Bridget aufpassen müssen. Das Mädchen war inzwischen siebzehn und hatte sich zu einer Schönheit entwickelt. Es wäre nicht gut, den beiden jungen Leuten zu erlauben, sich näherzukommen, da das nur zu gebrochenen Herzen führen konnte.

»Mr Hathaway kennt mich inzwischen ganz gut«, sagte George. »Wir erledigen unsere Geschäfte, holen die Post, kaufen die Zeitung und kommen anschließend sofort wieder nach Hause. Das damals ist nur passiert, weil ich zu einem ungünstigen Zeitpunkt dort aufgetaucht bin.«

Mary erinnerte sich noch genau, wie entsetzt sie gewesen war, als George vor einigen Monaten mit einem blauen Auge und einer blutigen Lippe aus der Stadt zurückgekommen war. Sein einziges Vergehen war der unglückliche Zufall gewesen, dass er ausgerechnet an dem Tag in die Stadt gefahren war, als die Nachricht von den Einberufungskrawallen in Detroit die Gemüter erhitzt hatte. Seitdem war Mary selbst in die Stadt gefahren oder hatte Bridget mitgeschickt.

»Wenn du dir sicher bist …«, sagte sie. »Ich komme mir dumm vor, weil ich euch überhaupt darum bitte, da es bestimmt keine geben wird, aber schaut doch bitte, ob ihr Zitronen für Limonade bekommen könnt.«

George und Thomas tippten an ihre Hüte, ließen die Zügel schnalzen und fuhren los. Mary schaute ihnen nach, während sie an der niedrigen Steinmauer vorbei die staubige Straße hinabrollten. Was könnte sie George schreiben, das persönlich und doch unverfänglich war?

Als sie später das Mehl vom Arbeitstisch in ihre Hand schob, fiel Mary etwas auf: Sie lebte schon länger mit George zusammen, als sie mit Nathaniel zusammengelebt hatte. Allein dass sie das dachte, gab ihr das Gefühl, ihrem Mann untreu zu sein. Aber die Tatsache ließ sich nicht leugnen. Nathaniel war in Virginia, während George ihre Felder bestellte, ihre Zäune reparierte und ihre Ställe ausmistete. George war in ihrer dunkelsten Stunde bei ihr gewesen. Er würde vielleicht bald mit einer Kiste Zitronen in ihre Küche marschieren. Er war der Erste, der ihr morgens nach dem Aufwachen in den Sinn kam, und der Letzte, an den sie vor dem Einschlafen dachte.

Als sie das fröhliche Glucksen eines Babys hörte, drehte Mary sich um. Loretta stand mit dem winzigen Simon in ihren dünnen Armen an der Küchentür.

»Loretta! Es freut mich so sehr, dass du dich gut genug fühlst, um herunterzukommen. Bitte setz dich.« Mary zog einen Stuhl für sie vom Tisch ab. »Kann ich dir ein Glas Wasser bringen?«

»Das kann ich mir selbst holen.«

Mary legte der Frau die Hände auf die Schultern und führte sie zu dem Stuhl. »Setz dich hierher. Ich bringe es dir.« Sie schenkte Wasser aus dem Krug in ein Glas und stellte es auf den Tisch. »Sobald George und Thomas aus der Stadt zurück sind, gibt es Abendessen.«

Mary schaute die Mutter und das Kind an. Wie hatte sie nur

denken können, dass diese Menschen das Opfer, das die Union auf den Schlachtfeldern im Süden brachte, nicht wert wären? Inzwischen hatte sie den Eindruck, als würden das Leben der Schwarzen und das Leben der Weißen auf eine riesige Waage gelegt. Es würden weiterhin Soldaten sterben, bis das Elend und die Trauer ausgeglichen waren.

Das Baby gluckste wieder.

»Darf ich?«, fragte Mary und deutete auf das Kind.

Loretta wich ein wenig zurück.

»Ich werde gut auf den Kleinen aufpassen, versprochen. Ich habe nur … ich habe nur sehr lange kein Baby mehr auf dem Arm gehalten.«

Lorettas Gesicht blieb misstrauisch, aber sie legte den Jungen in Marys wartende Arme. Sobald sie ihr Baby aus den Händen gegeben hatte, sank sie erschöpft zurück an die Stuhllehne.

Mary betrachtete Simons kleines, rundes Gesicht und seine großen, braunen Augen und lächelte trotz des tiefen Schmerzes in ihrem Herzen. Sie flüsterte dem zufriedenen Kind beruhigende Worte zu. Dann fiel ihr Blick auf Loretta. Die junge Mutter sah aus, als würde sie jeden Augenblick zusammenbrechen.

»Loretta, du kannst in diesem Haus bleiben, solange du willst. Wie du siehst, haben sich schon mehrere Personen dazu entschlossen, Teil meines Haushalts zu werden und auf der Farm mitzuarbeiten. Andere sind nur für ein oder zwei Nächte geblieben und dann weitergezogen. Wenn du hierbleibst und im Haus mithilfst, kann ich dir neben einem Platz, auf den du deinen Kopf legen kannst, und Essen für deinen Bauch allerdings nur einen geringen Lohn anbieten. Ich schaffe es gerade so, die Männer einigermaßen regelmäßig zu bezahlen, die auf der Farm arbeiten. Aber ich würde auf jeden Fall zusehen, dass ich auch dir etwas zahlen kann.«

Loretta lächelte schwach, sagte aber nichts.

»Soll ich ein wenig auf das Baby aufpassen, damit du schlafen kannst?«, fragte Mary. »Wenn der Kleine Hunger hat, wecke ich dich.«

Loretta nickte, trank ihr Glas leer und verschwand durch die Tür. In der nächsten Stunde bestaunte Mary jede Kleinigkeit an Simon – seine weisen Augen, seinen perfekt geformten Mund, seine gewellten Haare, die eher braun als schwarz aussahen, seine seidige braune Haut. Sie zeigte ihm die Bücher in der Bibliothek und kitzelte ihn mit einer Feder an der Nase. Aber der Bann wurde gebrochen, als sein leerer Bauch nach Essen verlangte, das sie ihm nicht geben konnte.

Mary stieg die Treppe hinauf und betrat, nachdem sie leise angeklopft hatte, das hintere Zimmer. Loretta schob sich im Bett hoch.

Sobald Simon an Lorettas Brust lag und trank, nahm Mary ihren ganzen Mut zusammen und stellte die Frage, die ihr keine Ruhe ließ, seit Loretta angekommen war. »Wo ist sein Vater?«

»Auf der Plantage.«

Mary runzelte die Stirn. »Das tut mir sehr leid. Es ist so schade, dass er nicht mitkommen konnte.«

Loretta schaute sie verwirrt an. »Er ist der Plantagenbesitzer.«

Mary warf einen Blick auf das Kind an Lorettas Brust, das zu gleichen Teilen weiß und schwarz war. Er wäre ein Sklave im Haus seines eigenen Vaters geworden, wenn Loretta nicht geflohen wäre.

Während Mary noch überlegte, was sie sagen sollte, drang Georges Stimme die Treppe herauf. »Entschuldige mich bitte, die Männer sind zurück.« Sie eilte in die Küche hinab, wo George mit Bridget sprach.

»Konntest du Zitronen auftreiben?«, fragte Mary mit einem hoffnungsvollen Lächeln.

»Das hier wird Sie mehr interessieren.«

Er deutete auf die Zeitung, die vor Bridget, die kreidebleich war, auf dem Tisch lag. Die schreckliche Nachricht leuchtete Mary in kalten, schwarzen Buchstaben entgegen. Zehntausende gefallen. Ganze Regimenter verloren. Unbeschreibliches Blutbad.

Gettysburg.

# Kapitel 19

*Lapeer County, September*

Während meiner Collegezeit hatte ich mir abgewöhnt, zum Gottesdienst zu gehen. Es war nicht unbedingt so, dass ich wegen irgendetwas Speziellem sauer auf Gott gewesen wäre. Er war einfach ein wenig in meiner Wertschätzung gesunken. Ich schätzte ihn nicht mehr als sonderlich zuverlässig ein und war deshalb selbst auch nicht mehr so zuverlässig.

Trotzdem wollte ich auf Nora einen guten Eindruck machen. Am Sonntagmorgen zog ich deshalb Danas rotes Kleid an – das einzige Kleid, das ich besaß –, frisierte meine Haare sorgfältig und legte sogar etwas Make-up auf. Den Ausschnitt des Kleides zerrte ich so weit wie möglich nach oben und schlüpfte dann zusätzlich in eine schwarze Weste, die das Problem zwar nicht löste, aber meiner Meinung nach zeigte, dass ich wenigstens den Versuch unternahm, mich züchtig zu kleiden.

Ich ging in die Küche hinunter und erwartete, Nora ähnlich gekleidet vorzufinden – wenn auch mit einem weniger großzügigen Ausschnitt. Zu meiner Überraschung stellte ich jedoch fest, dass sie noch immer ihren Morgenmantel und ihre Hausschuhe anhatte und eine Tasse Kaffee in der Hand hielt.

»Du bist ganz schön aufgedonnert«, begrüßte sie mich.

»Ich dachte, wir gehen in die Kirche.«

Sie streichelte Matthews Fell. »Heute nicht.«

»Fühlst du dich nicht gut?«

»Ich denke nur, dass ich heute nicht gehe. Aber geh du ruhig, wo du dich doch jetzt schon so herausgeputzt hast.«

»Ohne dich?«

»Natürlich. Lass dich von mir nicht aufhalten.«

Bevor ich aufgehört hatte, in die Kirche zu gehen, war der

Sonntagsgottesdienst fester Bestandteil meines Wochenablaufs gewesen, und das seit frühester Kindheit. Aber der Gedanke, allein in einer neuen Gemeinde aufzutauchen, reizte mich absolut nicht.

»Ich wüsste ja gar nicht, wohin.«

»In der Schublade unter dem Toaster liegt ein Telefonbuch. Darin sind bestimmt alle Gemeinden aufgelistet.«

Ich zögerte. »Was hältst du davon, wenn ich uns ein gutes Frühstück mache und wir zu Hause bleiben?«

»Gegen ein gutes Frühstück habe ich nichts einzuwenden.«

Ich holte die Fertigmischung für Pfannkuchen aus dem Schrank, die wir am Tag zuvor gekauft hatten, und rührte den Teig an. Aber mir ließ die Frage keine Ruhe, warum Nora nicht zum Gottesdienst gehen wollte, obwohl sie nicht krank war. Alle alten Frauen gingen in die Kirche. Das gehörte für alte Frauen einfach zum Leben dazu.

»Erzähl mir von deinen Eltern, Elizabeth. Ich habe im Laufe der Jahre den Überblick über meine Nichten und Neffen verloren.«

»Sie sind Missionsärzte in Brasilien und arbeiten unter Menschen, die am und vom Amazonas leben. In der Trockenzeit halten diese Menschen Schweine und betreiben Landwirtschaft. In der Regenzeit, wenn die Flüsse ihr Land überschwemmen, fischen sie viel. Dann kommen auch die meisten Patienten zu meinen Eltern. Selbst von weither paddeln die Menschen zu ihrer Klinik, um medizinische Hilfe zu bekommen.«

Noras Blick wanderte in die Ferne. »Warst du schon einmal dort?«

»Ich war noch nie im Ausland.«

»Ich auch nicht. Wir sind kurz nach unserer Hochzeit hierhergezogen. Seitdem bin ich eigentlich kaum fort gewesen.«

Hochzeit. Endlich sprach sie dieses Thema an. Aber ich musste vorsichtig sein.

»Wann war das?«

»1963.«

Ich nickte und wartete darauf, dass sie mehr sagen würde. Sie schwieg jedoch.

»Hast du in Lapeer geheiratet?«, fragte ich nach.

»Nein, in Detroit. Genauso wie Mary und Nathaniel. Dann zogen sie hierher, um das Haus zu bauen, da es hier viel freies Land gab.«

Und schon sprachen wir wieder über Mary, Noras Lieblingsthema. Aber ich wollte mich nicht ablenken lassen.

»Erzähle mir von deinem Mann«, bat ich.

Nora schaute in ihre leere Kaffeetasse. Eine Minute verging, aber ich füllte das Schweigen nicht. Einer meiner Professoren hatte uns geraten, in solchen Situationen einfach zu warten. »Niemand kann das Schweigen in einem Gespräch lange ertragen. Euer Interviewpartner wird irgendwann anfangen zu sprechen, wenn ihr ihm Zeit lasst.«

Schließlich stand Nora auf. »Ich habe furchtbare Kopfschmerzen. Entschuldige mich bitte. Ich lege mich wieder ins Bett.«

So viel zum Rat meines Professors!

Es war zehn Uhr, als ich das Frühstück abgeräumt hatte. Tyrese würde erst gegen Mittag kommen. Also lagen zwei freie Stunden vor mir. Ich zog meine Sandalen aus und ging barfuß in den Garten. Eine Schar lärmender Amseln erhob sich geschlossen vom Beet, als ich mich den Töpfen mit den Sonderangebotspflanzen von Perkins näherte. Ich stellte die Töpfe hierhin und dorthin und zog eine Zeichnung zu Rate, die ich am Abend zuvor auf Papier gebracht hatte. Ich versuchte, mir diese ganzen Pflanzen in ihrer vollen Höhe und Breite vorzustellen. Woher wusste man, wie ein Garten in der Zukunft aussehen würde?

Dann fielen mir einige Löwenzahnblätter auf, die in der Nähe eines Zaunpfostens aus der Erde spitzten. Dann noch ein paar. Und noch ein paar mehr. In Danas rotem Kleid ging ich in die Hocke und begann zu graben. Der Löwenzahn setzte sich mehrere Zentimeter tief in der Erde fort und war aus irgendeinem kleinen Wurzelteil entstanden, das ich nicht entfernt hatte. Ich grub tiefer, umklammerte die lästige Wurzel und zog, aber die Erde war immer noch nass und meine Finger rutschten ab. Ich grub noch tiefer, packte fester zu und zog. Die Wurzel riss. Ich versuchte es noch einmal. Wieder riss ein Stück ab. Mit einem hämischen Grinsen beobachtete Matthew von der anderen Seite des Zauns meine vergeblichen Bemühungen.

Nachdem sich dieses lästige Szenario bei jeder Löwenzahnwurzel, die ich fand, wiederholte, gab ich frustriert auf. Mein Rücken und meine Knie schmerzten von der gebeugten Haltung. Ich zog meine Weste aus und wischte mir damit den Schweiß von der Stirn und aus dem Nacken. Mit meinem geschwärzten nackten Fuß schob ich die Erde wieder über das letzte Wurzelstück und beschloss, dass ich genug getan hatte. Der Löwenzahn würde bestimmt nicht weiterwachsen. Es wurde Zeit für eine Dusche.

Plötzlich stürmte Matthew wie ein orangefarbener Blitz davon und ich merkte, dass Tyrese auf mich zukam.

»Ein wenig overdressed für die Gartenarbeit, finden Sie nicht?«

Ich lachte leicht, um meine Verlegenheit zu überspielen. Ich musste absolut lächerlich aussehen. »Ja. Ich hatte nicht vor, im Garten zu arbeiten, als ich aus dem Haus gegangen bin. Irgendwie habe ich mich dann aber doch dazu hinreißen lassen.«

»Sie haben schon viel geschafft.« Er deutete auf die nassen, verrottenden Haufen Unkraut und Ranken, die ich aus dem Kräutergarten gezogen, aber noch nicht verbrannt hatte.

»Damit war ich eine ganze Woche beschäftigt. Und das Unkraut kommt schon wieder.«

»Das ist bei Unkraut immer so. Man muss ständig versuchen, es einzudämmen.« Er legte die Hände auf den Zaun und betrachtete mein Schlachtfeld. »Was haben Sie mit diesem Kräutergarten vor?«

Ich hob meine Zeichnung auf und wischte die Erde weg. »So habe ich es mir gedacht, aber ich kann mir nicht vorstellen, wie es tatsächlich aussehen wird.«

Tyrese betrachtete das Blatt und schürzte nachdenklich die Lippen. Ich zupfte möglichst unauffällig am Ausschnitt von Danas Kleid und hinterließ dabei einen schwarzen Fleck auf meiner Brust.

»Darf ich ein paar Änderungen vorschlagen?«

»Sehr gerne. Ich bin für jeden Rat dankbar, den ich bekommen kann.«

In den nächsten Minuten erklärte er mir, warum das, was ich geplant hatte, nicht funktionieren würde. Als er fertig war, war von meinen Plänen nichts mehr übrig.

»Ich habe Ihnen ja gesagt, dass ich keine Ahnung habe, was ich hier tue.«

Er lachte. »Dann ist es ja gut, dass Sie mich haben.«

»Wollten Sie sich nicht die Rosen ansehen?«

Bei dem Wort Rosen setzte er sich sofort in Bewegung. Er schaute unter die Blätter, hob Zweige an, untersuchte die kleinen grünen, orangen und roten Kugeln, die übrig blieben, wenn die Blütenblätter abgefallen waren, und die, wie ich später lernte, Hagebutten heißen. Er suchte sogar den Boden um die Pflanzen herum ab.

»Was suchen Sie denn da unten?«

»Ich hoffe vertrocknete Blütenblätter zu finden, damit ich einen Anhaltspunkt habe, welche Farbe die Rosen haben.«

»Dabei könnte Nora uns vielleicht weiterhelfen. Ich laufe kurz ins Haus und frage sie.«

Bevor ich hineinging, wusch ich meine Füße unter dem kalten Wasserstrahl der Pumpe und trocknete sie an meiner Weste ab. Im Haus machte ich als Erstes einen Abstecher ins Badezimmer, um einen Blick in den Spiegel zu werfen. Meine Haare hingen in klebrig-verschwitzten Strähnen nach unten, meine Wangen waren gerötet und über meine Stirn zogen sich dunkle Streifen, die aussahen wie Reifenspuren. Ich schrubbte meine Hände und wusch mir die Erde aus dem Gesicht. Dann fuhr ich mit einer Bürste über meine Haare, aber damit schien ich alles nur noch schlimmer zu machen.

Ich klopfte an Noras Schlafzimmertür, und als sie nicht antwortete, öffnete ich sie einen Spaltbreit. Sie trug noch ihr Nachthemd und lag unter der kunstvollen Quiltdecke in ihrem Bett. In einem kurzen Anflug von Panik beugte ich mein Gesicht nahe über ihres. Sie war nicht tot. Sie schlief nur. Vielleicht hatte sie sich einen Virus eingefangen.

Ich schlich wieder aus dem Zimmer und schloss leise die Tür. Matthew saß im Flur und betrachtete mich mit durchbohrenden Blicken. Ich ließ ihn sitzen, schlüpfte in eine Jeans und ein T-Shirt und ging wieder in den Garten hinaus.

»Sie hat sich schlafen gelegt.«

»Das macht nichts. Ich denke, ich bin auf ein paar Hinweise gestoßen, die mir weiterhelfen. Wenn Sie nichts dagegen haben, würde ich tatsächlich gern ein paar Steckhölzer mitnehmen.«

»Kein Problem. Ich habe eine Gartenschere. Ich hole sie schnell.«

»Jetzt noch nicht. Ich schneide sie erst ab, wenn ich gehe, und wickle sie in nasse Papiertücher, damit sie halten, bis ich sie ins Wasser stellen kann.«

»Okay.« Ich konnte mir nicht erklären, warum ich mich so sehr freute, dass er noch eine Weile bleiben wollte. »Möchten Sie etwas trinken?«

»Gerne. Wir könnten versuchen, einen neuen Plan für den Kräutergarten zu entwerfen.«

Ich kniff die Augen zusammen. »Kostet mich das Beratungsgebühren?«

Er lachte. »Nein, Ma'am. Ich gebe Ihnen nur ein paar Tipps unter Freunden.«

»Meine Freunde sagen aber nicht *Ma'am* und *Sie* zu mir.«

Er lächelte immer noch. »Nein, wahrscheinlich nicht.«

Mein eigenes Lächeln verblasste. Hatte ich überhaupt Freunde? Ich war beruflich so eingespannt gewesen, dass ich in den letzten Jahren kaum Zeit für andere Menschen gehabt hatte. Ich hatte Desiree. Aber ich bezweifelte, dass wir ohne die Verbindung durch die *Free Press* in Kontakt bleiben würden.

Wir gingen ins Haus, setzten uns an den Küchentisch, tranken Limonade und sprachen über Kräuter. Tyrese zeichnete zwei Gartenpläne, einen symmetrisch und mit klaren Formen, den anderen mit einem gewundenen Weg und einer willkürlichen – wenigstens erschien es mir so – Anordnung der Pflanzen.

»In beiden Plänen kommen die gleichen Pflanzen vor, aber das Endergebnis sieht völlig unterschiedlich aus. Welcher Plan spricht dich mehr an?«

»Mir gefällt der geometrische.«

»Er ist für diesen Haustyp nicht unbedingt üblich, aber ich muss sagen, dass ich ihn auch bevorzuge. Er kostet später aber ein wenig mehr Arbeit.«

»Dann ist das vielleicht keine gute Idee. Ich glaube nicht, dass Nora das schafft.«

Tyrese runzelte die Stirn. »Ich dachte, es sei dein Garten.«

»Das hat sie gesagt, aber ich wohne nicht auf Dauer hier. Ich bin nur eine Weile zu Besuch.«

Er schwenkte die Eiswürfel in seinem Glas. »Das ist schade.«

»Warum?«

Er zuckte die Achseln. »Es ist dir vielleicht noch nicht aufgefallen, aber in Lapeer wohnen nicht gerade viele Leute in unserem Alter. Mir hat die Idee gefallen, mal etwas mit jemandem zu unternehmen, der über achtzehn und unter vierzig ist. Verstehst du?«

Ich lächelte. »Ja, ich glaube schon. Aber vorerst bin ich ja hier. Melde dich einfach, wenn du etwas mit mir unternehmen willst.«

»Worauf du dich verlassen kannst.«

# Kapitel 20

*Detroit, Juni 1963*

Nora schob sich an neun Kniepaaren vorbei und umklammerte dabei die Rückenlehnen der Stühle in der Reihe vor ihr, um nicht das Gleichgewicht zu verlieren. Sie konnte Williams Hand unten an ihrem Rücken wahrnehmen, bereit, sie zu stützen, jedoch ohne sie zu berühren. Beunruhigt von der Warnung, die in der Stimme und den Worten dieses Derek angeklungen war, hatte Nora vorgeschlagen, dass sie sich in der Öffentlichkeit nicht als Liebespaar zu erkennen geben sollten. William hatte diesem Vorschlag zugestimmt. Das bedeutete, dass sie sich zwar hinter geschlossenen Vorhängen zärtlich küssten, es aber in bestimmten Stadtteilen vermieden, einander auch nur anzusehen. Das machte die Sache leichter, auch wenn sie trotzdem manchmal verständnislose und oft sogar angewiderte Blicke von Fremden ernteten, wenn sie nebeneinanderher auf der Straße gingen oder in einem Kino saßen.

Als sie sich jetzt zu ihren Plätzen neben Bianca und J. J. in dem dicht gedrängten Saal der Cobo Hall durchkämpften, fühlte Nora, dass viele Augen auf sie gerichtet waren. Es war ein sonderbares Gefühl, in der Minderheit zu sein. An dieses Gefühl hatte sie sich immer noch nicht gewöhnt. Hier gab es zwar auch andere Weiße, aber auf einen Weißen kamen schätzungsweise zehn Schwarze. Und in einem Saal, in dem 25.000 Menschen Platz hatten, war dieses unausgewogene Verhältnis nicht zu übersehen.

Es hatte William einiges an Überredungskunst gekostet, Nora dazu zu bringen, ihn zu dieser Veranstaltung zu begleiten, sich die Rede anzuhören und dann auch noch mit ihm am Freiheitsmarsch durch Woodward teilzunehmen. In ihrer Wohnung oder im Haus von Williams Familie gegen die Konventionen zu verstoßen, war eine Sache, aber in der Öffentlichkeit aus dem Rahmen zu fallen, war etwas ganz anderes.

»Wir tun doch nichts weiter, als durch eine Straße zu gehen«, hatte er zwischen verspielten Küssen gesagt.

»Das stimmt nicht und das weißt du genau.«

»Ich weiß, dass du Beine hast.«

»Ja, aber ...«

»Dann kannst du doch gehen.«

»Nein«, hatte sie gesagt und war auf die Beine gesprungen. »Es tut mir leid, aber ich kann mir einfach nicht vorstellen, an einem Marsch teilzunehmen. Egal wofür. Ich bin nicht gegen diese Sache. Es ist etwas Grundsätzliches.«

William hatte geseufzt. »Niemand verlangt von dir, dass du ein Schild hochhältst oder Parolen rufst. Du brauchst nichts anderes zu tun, als zu marschieren.«

»Balsams marschieren nicht. Wir kümmern uns um unsere eigenen Angelegenheiten. Wir protestieren nicht. Wir fallen nicht aus der Reihe.«

»Das liegt daran, dass ihr gegen nichts protestieren müsst.«

Dieses Gespräch hatte in verschiedenen Variationen an drei aufeinanderfolgenden Abenden stattgefunden. Inzwischen kam William nach der Arbeit meistens bei Nora vorbei und sie bereitete ein einfaches Essen aus belegten Broten oder Suppe oder Salat für sie zu. Sie aßen gemeinsam, tranken, hörten sich Schallplatten an und ließen einander an ihren persönlichen Gedanken teilhaben. Dabei versanken sie immer tiefer in einer Liebe, aus der es kein Zurück gab. Aber durch die Nachricht von dem bevorstehenden Marsch und der Versammlung in Williams Stadtviertel war Nora ungebeten und unvermeidbar mit der harten Realität konfrontiert worden.

Gestern Abend hatte sie im Haus der Familie Rich schließlich nachgegeben, als William gesagt hatte: »Hör zu, das *ist* deine Angelegenheit, weil ich dich darum bitte, das für *mich* zu machen. Nicht für alle anderen oder für die Sache. Für mich! Ich werde bei dieser Veranstaltung fotografieren und kann deine Augen und deine Hände gut gebrauchen. Dort wird alles Mögliche los sein. Also habe ich vor, einige Schnappschüsse zu machen. Ich sehe gute Chancen, die Fotos von dieser Veranstaltung hinterher zu verkaufen. Hilfst du mir?«

Und so war Nora widerstrebend in den Menschenstrom eingetaucht, der sich durch Woodward vom Oberlauf in Adelaide bis zum schäumenden Strudel in der Cobo Hall schlängelte. Jetzt ließ sie sich auf dem Platz neben Bianca nieder und beugte sich mehr zu ihr hinüber als zu William. Nur wenige Menschen in Detroit störten sich daran, wenn eine weiße und eine schwarze Frau miteinander befreundet waren. Sie wollte glauben, dass in dieser Menschenmenge auch niemand etwas daran auszusetzen hätte. Der Lärm war ohrenbetäubend, während sich die Leute einen freien Platz suchten. Dann gingen im Saal die Lichter aus, 25.000 Stimmen verstummten und ein tadellos gekleideter Mann mit freundlichen Augen schritt unter tosendem Beifall auf die Bühne.

»Das ist Pastor Franklin von der New Bethel Baptist Church«, übertönte Bianca das Klatschen.

Nora nickte, auch wenn ihr dieser Name nichts sagte.

»Aretha Franklins Vater«, klärte Bianca sie auf.

Diesen Name konnte Nora einordnen. Die neue Sängerin war in Detroit bekannt und ihre starke Stimme war aus dem Schallplattenspieler der Familie Rich oft zu hören. Aber sie waren nicht wegen Pastor Franklin gekommen. Das schien er zu wissen, denn er vergeudete keine Zeit und stellte den Mann der Stunde vor.

»Und jetzt, meine Freunde, lasst die Posaunen ertönen, lasst die Glocken läuten, lasst die Trommeln schlagen. Rollt den roten Teppich aus. Hier kommt er: Amerikas beliebter Freiheitskämpfer, Martin Luther King!«

Die Menge brach in laute Begeisterungsstürme aus. Nora richtete ihren Blick auf den Mann. Er schien den Saal mit einer stillen Würde zu erfüllen, die überlebensgroß war. Seine Stimme hatte einen trägen, melodischen Klang, wie man ihn sich nur im Süden aneignete. Er konnte kaum mehr als einen oder zwei Sätze sagen, ohne vom Jubel des Publikums unterbrochen zu werden. Nora versuchte, sich auf den gleichmäßigen Rhythmus aus sorgsam gewählten Worten und tosendem Beifall einzustellen. Aus allen Richtungen hallte kräftiges Klatschen wider, das so ganz anders war als der gemäßigte Applaus in der Oper. Stimmen riefen »Richtig« und »Jawohl« und »Mm-hmm«. Rechts neben ihr beugte sich William vor, die Unterarme auf die Knie gestützt und die Augen auf die Bühne gerichtet. Links von ihr nickte Bianca eifrig. Neben seiner Mutter lümmelte sich J. J. auf seinem Stuhl und ließ die Hände von den Armlehnen baumeln.

Während Kings Worte alle im Saal mitrissen, ertappte sich Nora dabei, dass sie in ihrem Herzen, wenn auch vielleicht nicht mit dem Kopf, nickte.

»Wir müssen erkennen«, sagte er, »dass das Problem der Ungerechtigkeit zwischen den Rassen ein nationales Problem ist. Keine Stadt in diesem Land kann von sich behaupten, dass sie sich in Bezug auf Brüderlichkeit nicht die Hände schmutzig gemacht hätte. Der einzige Unterschied ist, dass die Rassendiskriminierung im Norden anders als im Süden nicht rechtlich sanktioniert wird. Aber sie hat ihre subtilen, verborgenen Formen und besteht auf drei Gebieten: auf dem Gebiet der Beschäftigungsdiskriminierung, auf dem Gebiet der Wohnungsdiskriminierung und auf dem Gebiet der Rassentrennung, die de facto in den staatlichen Schulen geschieht. Wir müssen uns bewusst machen, dass die Trennung, die im Norden de facto geschieht, genauso ungerecht ist wie die gesetzlich vorgeschriebene Trennung im Süden.«

Nora bemühte sich immer noch, diese Worte zu verarbeiten, als tosende Wellen des Applauses sie überrollten.

»Richtig!«, rief William.

»Genau!«, stimmte Bianca zu.

Selbst J. J. richtete sich auf und rief: »Jawohl!«

»Und wenn ihr«, sprach King weiter, »uns in Alabama und Mississippi und im gesamten Süden helfen wollt, müsst ihr alles tun, um das Problem hier im Norden zu lösen.«

Dann sprach er von einem Marsch nach Washington; von

Opfern, Verhaftung und Tod; von Träumen und Würde. Auf allen Seiten waren die Menschen auf ihren Plätzen in Bewegung. Sie klatschten in die Hände und nickten mit den Köpfen, bis die gesamte Menschenmenge voller Vorfreude auf etwas Großes zu vibrieren schien. Jede Welle des Applauses und Rufens brannte Kings Worte tiefer in Noras Herz.

Als King zum Ende seiner Rede kam und ein Lied zitierte, das sie in ihrer reservierten presbyterianischen Kirchengemeinde noch nie gesungen hatte, fühlte sich Nora, als hätte jemand ein Licht angezündet. Sie begriff, warum die Häuser in Williams Wohnviertel verwahrlost waren, sie verstand die vorsichtige Freundlichkeit, die seine Mutter ihr in den letzten sechs Wochen entgegengebracht hatte, die Blicke, mit denen J. J. sie bedachte, wenn sie ihre Corvette vor dem Haus abstellte. Sie wusste, warum es diesen Derek so gestört hatte, dass William sie in den Armen gehalten hatte. Sie wusste ohne jeden Zweifel, dass sie Williams Einladung abgelehnt hätte, wenn er sie offen gebeten hätte, mit ihm auszugehen. Sie wusste, dass der Grund, warum sie ihren Eltern nicht erzählte, dass sie sich mit William traf, mehr war, als dass William ihren Vater verärgert hatte. Sie fürchtete, dass ihre Eltern ihre Intelligenz, ihre Moral und ihren gesunden Menschenverstand infrage stellen würden. Sie wusste, dass sie ein Feigling war.

Und sie wusste, dass sie das in Ordnung bringen musste.

☙

Als sie an diesem Abend mit William auf der Couch lag und Chico Hamilton aus der Stereoanlage hörte, nahm Nora ihren ganzen Mut zusammen.

»William, worauf läuft es deiner Meinung nach hinaus?«

»Ich denke, es läuft auf Washington hinaus. Jetzt werden wir endlich richtige Veränderungen sehen.«

Sie setzte sich auf und drehte sich zu ihm herum. »Das meine ich nicht. Ich spreche von uns.«

»Oh.« Besorgnis trat in sein Gesicht. »Ich hoffe, es läuft auf etwas hinaus. Ich hoffe, wir bleiben zusammen.«

Sie lächelte ihn beruhigend an. »Ich auch.«

»Gut.«

Sie lehnte sich in seine Arme zurück und sprach mit dem Blick nach oben zur Zimmerdecke. »Diese Rede hat mich nachdenklich gestimmt.«

»Wenn sie das nicht getan hätte, würde ich mir Sorgen um dich machen.«

»Ich denke, wir sollten heiraten.«

William setzte sich abrupt auf. »Wie bitte?«

Nora sah ihn stirnrunzelnd an. »Du findest nicht, dass wir heiraten sollten?«

»Hm, nein. Ich meine, doch. Ich habe nur gedacht, dass vielleicht der Mann der Frau den Heiratsantrag macht ... Irgendwann.«

Sie lächelte ihn erleichtert an. »Wann?«

»Keine Ahnung. Ich hätte nicht gedacht, dass du für diese Frage schon bereit bist. Deine Familie ist es ganz bestimmt nicht.«

Nora schüttelte den Kopf. »Meine Familie wird nie bereit dafür sein. Darauf können wir nicht warten.«

»Das stimmt.« Er ergriff ihre Hände. »Also, was denkst du?«

»Wie wäre es mit morgen?«

Williams Brauen schossen in die Höhe. »Morgen? Bist du verrückt?«

»Nein. Ich sehe nur keinen Grund, warum wir noch länger warten sollten. Meine Eltern werden unsere Hochzeit sowieso nicht bezahlen. Es gibt also keine große Hochzeitsfeier, die man planen müsste. Wir brauchen nur uns zwei und zwei Zeugen.«

»Im Ernst?«

»Ja.«

Er schaute sie von der Seite an. »Bist du dir sicher, dass du nicht nur high von Martin Luther King bist?«

Nora drückte seine Hände. »Ich will dich heiraten. Was meine

Eltern sagen, ist mir egal. Und mir ist auch egal, was andere sagen. Ich will mit dir zusammen sein.«

»Denk bitte in Ruhe darüber nach, Nora. Überleg dir, was du aufgeben würdest. Du hättest kein Hochzeitskleid. Es gäbe keine Torte. Keinen Eröffnungstanz. Keine Geschenke.«

»Ich weiß.«

»Und das wäre nur der Hochzeitstag. Was ist mit deinen Eltern? Würden sie für unsere Kinder Oma und Opa sein? Würden sie überhaupt noch mit dir sprechen?«

Solche Gedanken konnte sie nicht zulassen. »Wenn sie dazu gezwungen werden, werden sie sich schon damit abfinden.«

»Sei dir da nicht so sicher. Über die Konföderierten hat man bestimmt das Gleiche gesagt, als sie den Krieg verloren, und die Weißen im Süden haben sich in hundert Jahren immer noch nicht damit abgefunden.«

Ihr Selbstvertrauen geriet ins Wanken, aber nur einen Moment lang. »William, jede Stunde, die ich mit dir zusammen bin, ist für mich die beste Stunde meines Tages.«

Er zog sie in seine Arme. »Das geht mir genauso, Baby.«

Eine Weile saßen sie schweigend da und dachten über ihre ungewisse Zukunft nach.

Dann sagte William: »Okay, Nora. Heiraten wir.«

Am nächsten Nachmittag stand Nora in einem hellrosa Kleid neben William vor einem Friedensrichter und versprach, ihr Leben mit einem Mann zu teilen, den sie erst seit drei Monaten kannte. Sie verdrängte alle sorgenvollen Gedanken aus ihrem Kopf, doch ihre Hände waren schweißgebadet und ihr Magen rumorte. Hinter ihnen standen Bianca und Diane als ihre Trauzeugen, aber beide sahen besorgt und skeptisch aus.

Während sie auf dem Flur gewartet hatten, hatte Diane Nora beiseitegezogen. »Hast du den Verstand verloren? Das ist der reinste Selbstmord. Weißt du, was die Leute über dich sagen werden?«

Nora hatte nervös mit dem Ansteckstäußchen gespielt, das William an ihr Kleid geheftet hatte. »Diane, ich habe dich um deine Unterschrift gebeten, nicht um deine Meinung.«

»Wenn ich dir meine Unterschrift gebe, gebe ich damit auch irgendwie meinen Segen zu dieser überstürzten Heirat. Deine Eltern werden mich hassen. *Meine* Eltern werden mich hassen. Du reißt mich mit in die Tiefe. Schuld durch Mitwisserschaft.«

»Diane, ich sehe dir diese Worte nach, weil wir schon so lange befreundet sind.«

»Du sollst mir nichts nachsehen. Du sollst es einfach nicht tun!«, hatte Diane gefleht. »Du wirst das für den Rest deines Lebens bereuen.«

Nora hatte Diane in die Augen gesehen. »Ich liebe ihn. Ich würde es nur bereuen, wenn ich ihn nicht heiraten würde.« Aber das hatte sie mehr zu sich selbst gesagt als zu ihrer Freundin.

Diane hatte so ausgesehen, als ob sie etwas darauf erwidern wollte, doch dann waren ihre Namen aufgerufen worden. Sie waren eingetreten. Jetzt gaben sie sich vor einem Richter mit säuerlicher Miene ein schlichtes Eheversprechen und steckten einander die schlichten Goldringe an, die sie am Morgen gekauft hatten.

Als alle Papiere unterschrieben waren, sagte Diane: »Ich bin froh, dass ich nicht dabei bin, wenn deine Eltern es erfahren.« Dann machte sie auf dem Absatz kehrt und marschierte davon. Ihre Schritte hallten wie ein immer schwächer werdender Herzschlag auf dem Flur wider.

Bianca war subtiler. »Ich hoffe ehrlich, ihr beide wisst, worauf ihr euch eingelassen habt.«

William küsste seine Schwester auf die Wange. »Das wissen wir.«

Bianca schüttelte den Kopf und bedachte ihren Bruder mit dem gleichen Blick wie ihren Sohn, wenn er sich unmöglich benahm. »Ich komme zu spät zur Arbeit.«

Als sie auf dem kalten, leeren Flur allein waren, legte William zärtlich die Hände um Noras Gesicht und hob es zu sich empor. »Und jetzt, Mrs Rich, würde ich vorschlagen, dass ich dich in deine Wohnung bringe …«

»*Unsere* Wohnung.«

»Dass ich dich in unsere Wohnung bringe und dir zeige, wie sehr ich dich liebe.«

Noras Gesicht nahm die Farbe ihres Kleides an. Hastig blickte sie sich um, um sich zu vergewissern, dass niemand Williams Worte gehört hatte.

»Keine Sorge, Baby. Außer uns ist niemand hier. Du und ich gegen den Rest der Welt.«

Nora lächelte. Solange sie in diese Augen schaute, würde alles gut werden.

Oder etwa nicht?

# Kapitel 21

*Lapeer County, Dezember 1863*

Mary erwachte im weichen Grau der Morgendämmerung, schlug die Augen jedoch nicht auf. Sie konnte Nathaniel noch immer auf der Straße aufs Haus zulaufen sehen, sie konnte noch immer den kalten Wind in ihrem Gesicht fühlen, als sie in den Schnee hinausgerannt war, um ihn zu begrüßen. Sie konnte noch immer die Jubelrufe und den Applaus hinter sich hören, als alle lautstark ihre Freude zum Ausdruck gebracht hatten. Aber wenn sie die Augen aufschlug, wäre das alles fort, würde das alles durch ein kaltes Zimmer und die letzten sterbenden Glutreste vom Vorabend ersetzt. Plötzlich fühlte sie eine warme Hand auf ihrer Wange.

»Guten Morgen, mein Liebling.« Nathaniels schläfrige blaue Augen lagen nur wenige Zentimeter von ihrem Gesicht entfernt und schauten sie an.

»Du bist tatsächlich da«, flüsterte Mary. »Ich dachte, wenn ich die Augen öffne, stelle ich fest, dass der gestrige Tag nur ein Traum war.«

»Ich bin da«, flüsterte er und streichelte ihre Wange. »Es tut so gut, in meinem eigenen Bett neben dir aufzuwachen.«

Mary testete mit einem Fuß die Luft außerhalb ihrer warmen Decke. »Ich mache Feuer.«

»Nein, bleib liegen. Lass uns einfach den ganzen Tag im Bett bleiben.«

Sie lachte. »Das Haus ist voller Leute, die sich über ein solches Verhalten sehr wundern würden.«

Nathaniel runzelte die Stirn. Dann stand er auf und ging zum Kamin hinüber. Sein Nachthemd hing locker an seinem kantigen Körper herunter. Er war dünner geworden, sein Gesicht war angespannt, sein Gang etwas ungleichmäßig. Er stocherte in der schwachen Glut, legte etwas Papier und einige kleine Holzstückchen darauf und blies das Feuer an.

»Du bist nicht sauer, oder?«, fragte Mary.

»Sauer?«

»Weil so viele hier wohnen. Ich dachte, ich hätte dir von allen geschrieben. Außer von Loretta. Sie kam erst im Juli, und als wir hörten, was in Gettysburg passiert war, war alles andere so unwichtig, dass ich vergessen habe, es dir zu schreiben.«

»Ich bin nicht sauer, Mary. Ich finde es wunderbar. Ich bin so froh, dass du nicht allein hier warst. Allerdings hätte ich gern früher von John Grouse und Mrs Maggin erfahren. Dann hätte ich dich zu meiner Mutter geschickt.«

*Genau deshalb habe ich es dir nicht geschrieben,* dachte Mary. »Was wäre dann aus George geworden? Zum Haus deiner Mutter hättest du ihn nicht schicken können. Wenn sie diesen Koffer geöffnet hätte, hätte sie einen Herzinfarkt bekommen.«

Nathaniel schaute sie ernst an. »Aber vielleicht hättest du dann das Baby nicht verloren.«

»Vielleicht«, sagte sie leise. »Aber was wäre mit den Dixons und Jacob und Thomas? Und Loretta und Simon? Ich weiß, dass es falsch war, dir das mit John und Mrs Maggin zu verschweigen, aber vielleicht hat Gott das zu seinen Zwecken benutzt.«

Jetzt lächelte Nathaniel. »Was geschehen ist, ist geschehen. Ich bin mir ganz sicher, dass Gott dieses Haus zu seinen Zwecken benutzt. Es ist ein sicherer Zufluchtsort für Verfolgte. Und du bist sein Werkzeug, durch das er den Menschen Liebe und Fürsorge entgegenbringt.«

»Wohl kaum«, wandte sie ein. »George ist viel mehr sein Werkzeug als ich. Ich weiß nicht, was wir ohne ihn machen würden.«

»Hoffen wir, dass wir das nie herausfinden müssen. Könnte dieser hungrige Soldat jetzt ein Frühstück bekommen? Du kannst dir gar nicht vorstellen, wie sehr ich mich auf Eier mit Speck und Pfannkuchen mit Ahornsirup freue.«

Im Erdgeschoss des Hauses herrschte ein reges Treiben.

Bridget, Martha und Loretta machten Frühstück und bereiteten parallel köstliche Gerichte für die Weihnachtsfeier zu. Töpfe schepperten, Geschirr klapperte und Angelica wurde in zehn Minuten mindestens zehnmal aus der Küche gescheucht.

»Du könntest im Salon auf Simon aufpassen, Angelica«, schlug Mary schließlich vor. »Du kannst ihn ja mit den Schleifen spielen lassen.« Sie reichte dem Mädchen ein verknotetes Wirrwarr aus roten Schleifen, die vom Basteln der Girlanden und Kränze am Vortag übrig geblieben waren.

»Okay«, ließ Angelica sich breitschlagen, »aber wenn er stinkt, bin ich weg.«

Nathaniel lachte herzhaft.

Mary brachte ihn mit einem strengen Blick zum Schweigen. »Das tust du nicht!«, machte sie dem Mädchen unmissverständlich klar. »Du bringst ihn nach oben und wechselst seine Windeln.«

Angelica blickte auf ihre Schuhe. »Ja, Ma'am.«

»Mannomann«, neckte Nathaniel sie. »Du führst aber ein strenges Regiment.«

Mary, die Nathaniels Geschirr in den Händen trug, blieb mitten im Raum stehen. »Wenn man plötzlich mit einer ganzen Farm allein dasteht, ist das manchmal nötig. Schließlich muss alles laufen.«

Dermaßen zurechtgewiesen, folgte Nathaniel den Männern in die Bibliothek, um sich über die Farm und die Finanzen auf den aktuellen Stand bringen zu lassen. Mary war noch in der Küche, als alle auf dem Weg zum Hinterhof durch die Küche marschierten, um die Tiere zu füttern und zu tränken und mehr Holz zu hacken. Sie maß Mehl, Butter und Zimt ab, schnitt Äpfel klein, mahlte Walnüsse – jede Bewegung war präzise, jeder Handgriff effizient. Sie war ohne ihren Mann sehr gut zurechtgekommen. Sie hatte das alleinige Sagen auf der Farm gehabt und sich vor niemandem verantworten müssen. Bis jetzt.

Es tat gut, Nathaniel wieder im Haus zu haben. Aber Mary musste zugeben, dass es anders war als vor dem Krieg. Ob es jemals wieder so würde wie früher? Der scharfe Blick, mit dem Nathaniel den Holzstoß und die Speisekammer und die Menschen, die im Haus wohnten und arbeiteten, betrachtete, verriet ihr, dass er sich ein Urteil bildete. Mary gefiel es nicht, dass sie sich unwillkürlich fragte, wie gut sie in seinen Augen abschnitt.

Nathaniel wirkte trotz der körperlichen Nähe distanziert, vielleicht kreisten seine Gedanken aber auch einfach nur um das Soldatenleben. Er war es so sehr gewohnt, nur unter Männern zu sein, dass sie ihn unfeine Witze erzählen hörte, die sie nie von ihm erwartet hätte. Die anderen Männer hörten für einen Moment mit dem Holzhacken und dem Aufstapeln des Holzes vor der Küche auf und lachten. Alle außer George. Sein vertrautes, leises, angenehmes Lachen hörte sie nicht.

Es war Heiligabend und sie fuhren zum Gottesdienst. Mary war dankbar, dass Nathaniel bei ihr war. Pastor Whittaker hatte die wachsende Zahl ihrer Hausgäste bei den Sonntagsgottesdiensten monatelang geduldet. Aber als dann auch noch Loretta und Simon dazugekommen waren, hatte der Pastor Mary eines Tages nach dem Gottesdienst mit unübersehbarer Sorge in den Augen beiseitegenommen.

»Könnte ich vielleicht kurz mit Ihnen sprechen, Mrs Balsam?«

»Natürlich, Herr Pastor.«

»Wie Sie wissen, sind wir alle von Ihrem Einsatz für die Abschaffung der Sklaverei und von Ihrer Bereitschaft, Schwarzen bei der Flucht aus dem Süden zu helfen, beeindruckt. Und ich weiß, dass ich Ihnen die Erlaubnis gegeben habe, George mit zum Gottesdienst zu bringen. Aber ich muss Sie darauf aufmerksam machen, dass Bedenken an mich herangetragen wurden.«

»Was für Bedenken?«

Er runzelte die Stirn und zögerte, als sei er sich nicht sicher, ob er es ihr tatsächlich sagen sollte. »Einige Gemeindemitglieder fragen sich, warum diese Leute nicht weiterziehen. Die meisten scheinen unsere Stadt als kurze Pause auf einer längeren Reise zu betrachten und wir sehen sie nur ein oder zwei Mal. Über diese Menschen sind mir keine konkreten Bedenken zu Ohren gekommen. Aber die Leute fragen sich, warum einige Schwarze seit über einem Jahr unter Ihrem Dach wohnen. In Georges Fall sind es sogar schon über zwei Jahre. Ist es nicht an der Zeit, dass sie weiterziehen?«

»Ist das Ihr Ernst?«, fragte sie überrascht.

Pastor Whittaker sah aus, als fühle er sich nicht wohl in seiner Haut. »Einige sehen es so.«

»Tatsächlich?«

»Mrs Balsam, ich weiß, dass Sie es gut meinen, aber es gibt Menschen in dieser Gemeinde, die sich darüber beschweren, dass diese Schwarzen überhaupt an unseren Gottesdiensten teilnehmen und dass sie in Ihrem Namen in der Stadt Geschäfte tätigen. Ich gehöre nicht zu diesen Leuten. Ich teile Ihren Standpunkt, Mrs Balsam, dass Schwarze genauso Gottes Kinder sind wie Sie und ich. Aber es gibt nun einmal auch andere Stimmen. Dazu kommt, dass einige Gemeindemitglieder, die Sie früher unterstützt haben, Ihre Farm inzwischen mit einer Südstaatenplantage vergleichen.«

Mary schnappte nach Luft. »Aber …«

»Ich weiß, dass Sie ihnen einen Lohn zahlen, wenn Sie können, und dass diese Leute die Freiheit haben, jederzeit zu gehen. Aber Sie sollten einfach wissen, was in der Stadt geredet wird.«

»Ich werde diese Menschen nicht aus meinem Haus werfen, falls Sie das vorschlagen wollten.«

»Natürlich nicht. Aber ich frage mich, ob es nicht besser wäre, den Kontakt der Schwarzen auf Ihrer Farm mit gewissen Gemeindemitgliedern einzuschränken.«

Nach diesem unerfreulichen Gespräch hatte Mary George vorgeschlagen, dass sie zukünftig sonntagmorgens ihre eigenen Gottesdienste im Salon abhalten könnten. Sie hatte diesen Vorschlag damit begründet, dass sie auf diese Weise auch den Pferden einen Sabbat gönnen würden, da sie es den Tieren ersparten, einen Wagen voller Leute den weiten Weg in die Stadt zu ziehen. Aber sicher ahnten alle, dass hinter diesem Vorschlag etwas anderes steckte. Pastor Whittaker hatte bestimmt erwartet, dass Mary mit Bridget weiterhin zum Gottesdienst käme und nur die anderen auf der Farm zurücklassen würde. Aber das würde sie auf keinen Fall tun.

Als sie jetzt alle den Schnee von ihren Stiefeln klopften und zu diesem besonderen Gottesdienst in die kleine Kirche strömten, betrachtete Mary die Gesichter der Gemeindemitglieder, um herauszufinden, wer sie verurteilte. Das war jedoch schwer zu sagen, da sich die meisten nur für Nathaniel und die wenigen anderen Soldaten, die zu einem der seltenen Fronturlaube zu Hause waren, interessierten.

In so viele Familien war Trauer eingekehrt und mit jeder Schlacht schien es schlimmer zu werden. Die Überlebenden galten als Beweis dafür, dass noch nicht alles verloren war. Mary schaute die Leute an, die einen Sohn oder Mann oder Bruder in Gettysburg oder Chancellorsville oder Antietam verloren hatten, und schämte sich, weil sie so kleinliche Gedanken hegte. Welche Rolle spielte es schon, ob jemand ihr Verhalten missbilligte? Ihre Familie war bis jetzt von den tödlichen Klauen des Krieges unberührt geblieben. Selbst Nathaniels Brüder waren noch alle am Leben, auch wenn einer ein Bein geopfert hatte.

»Warum so traurig?«, flüsterte Bridget ihr ins Ohr.

»Nicht traurig. Demütig.«

Später am Abend versammelten sie alle gemeinsam im Salon vor dem Kamin und Nathaniel las aus dem Lukasevangelium vor. Nach und nach wurde es im Salon leerer. Loretta ging mit Simon hinauf, Martha legte sich mit Angelica und ihrem neugeborenen Baby, Elwin, schlafen und auch Bridget zog sich erschöpft in ihr Bett zurück, das wieder in Lorettas ohnehin sehr kleinem Zimmer stand, seit Nathaniel zu Hause war. Bald waren nur noch Mary, Nathaniel und vier der Männer da, die begierig waren, mehr über das Kriegsgeschehen zu erfahren.

Mary holte die Quiltdecke hervor, an der sie arbeitete. Nicht lange, nachdem sie das Baby verloren hatte, hatte sie angefangen, einige ihrer schöneren Kleider und Reste von Kissen und Vorhängen, die sie genäht hatte, als sie in dieses Haus gezogen waren, zu zerschneiden. Stich für Stich hatte sie diese bunten Stoffstücke zusammengefügt, bis die Quiltdecke groß genug war, um ihr Bett zu bedecken. Jetzt wählte sie Stickgarn in verschiedenen Farben, um die Nähte zu verzieren, während Nathaniel von seinen Erlebnissen berichtete.

»Die Bitterkeit der Südstaatenfrauen ist kaum auszuhalten. Wir benutzen ihre Häuser oft als Hauptquartiere«, sagte er. »Aber ich kann ihre Reaktion gut verstehen. Während unsere Farm durch die Bemühungen der Union, die Truppen zu versorgen, zu Wohlstand kommt, wird den Farmen im Süden alles genommen. Soldaten nehmen Fleisch aus Räucherkammern, Mehl und Zucker aus Fässern, Zwiebeln und Kartoffeln aus Kellern, Schweine und Hühner von den Feldern, Zaunpfosten als Feuerholz und jedes Stück Leder oder Silber wird eingesteckt.«

»Wie furchtbar!«, sagte Mary.

»Wer nicht selbst dort war, kann es sich nicht vorstellen.«

Mary fädelte rotes Stickgarn ein und stach die Nadel in ein Stück grüne Seide, die von dem Kleid übrig geblieben war, das sie geopfert hatte, um den Stoff in Nathaniels Koffer zu ersetzen.

»In der Nacht nach einer Schlacht ist das Feld mit Toten übersät. Wenn der Lärm der Kanonen und Gewehre verstummt, hört man das Stöhnen der Verwundeten zwischen den Leichen. Man kann wegen des Stöhnens und Schreiens oft nicht schlafen. Aber solange die Schlacht nicht gewonnen ist, kann man es nicht wagen, zu ihnen hinauszugehen, da man sonst unter Beschuss geraten könnte.«

Mary zitterte, während sie die Nadel durch den Stoff schob. Der lange, rote Faden gab ein raschelndes Geräusch von sich, als sie ihn durch die steife Seide zog. Sie wollte nichts von dem Grauen des Krieges hören, besonders da Nathaniel bald dorthin zurückkehren musste. Aber genauso wenig wollte sie die Gesichter, die vom Kaminfeuer beschienen wurden, allein zurücklassen, um in ihr dunkles, leeres Schlafzimmer zu gehen.

»Eines Nachts machte ich den Fehler hinauszuschauen, weil

ich einen Mann finden wollte, dessen Stimme ich zu erkennen glaubte. Wir hatten fast Vollmond und ich konnte das Feld sehen. Es bewegte sich wie Wellen auf einem See, wenn ein Boot vorbeigefahren ist.«

Mary legte ihre Nadel ab und blickte auf. Jacobs Gesicht wirkte hypnotisiert und wie erstarrt vor Entsetzen.

»Woher kam diese Bewegung?«, flüsterte er.

»Das waren die Verwundeten. Hunderte. Vielleicht sogar Tausende.«

»Nathaniel, ich finde nicht, dass wir so spät am Abend über so etwas sprechen sollten«, tadelte ihn Mary. »Und noch dazu am Heiligen Abend.«

Nathaniel rieb sich mit den Händen übers Gesicht. »Du hast recht. Entschuldige.«

Der Bann war gebrochen. Die anderen Männer lehnten sich zurück. Jacob schüttelte den Kopf, vielleicht um die beängstigenden Bilder aus seinem Kopf zu vertreiben.

Thomas, der ungewöhnlich still gewesen war, schlug sich auf die Knie und stand auf. »Ich gehe jetzt schlafen«, sagte er. »Gute Nacht.«

»Gute Nacht, Thomas«, sagte Mary.

Jacob folgte ihm mit einem eiligen »Gute Nacht«, dann stand John auf und verabschiedete sich ebenfalls.

Mary verknotete den roten Faden und zog den Knoten mit einem leisen Geräusch durch den Stoff.

»Was machst du da, Mary?«, fragte Nathaniel.

»Das wird eine Quiltdecke. Solche Decken sind zurzeit sehr beliebt. Dadurch habe ich an den Abenden eine Beschäftigung.«

»Mrs Balsam arbeitet fast seit dem Tag, an dem ich auf die Farm gekommen bin, daran«, warf George ein.

Nathaniel beugte sich weiter vor. »Gütiger Himmel«, sagte er und deutete auf die Stickstiche, die sie gerade fertiggestellt hatte. »Das sieht ja aus wie ein Fluss. Wie macht man das?«

»Ein Fluss? Oh du meine Güte! Es sollte eigentlich wie eine Schleife aussehen. Warum sollte ein Fluss rot sein?«

»Ach ja, jetzt sehe ich es. Ja, es sieht aus wie eine Schleife.«

Aber als sie die Quiltdecke jetzt genauer betrachtete, sah Mary auch einen Fluss. Einen blutroten Fluss.

»Das ist sehr einfach«, sagte sie und verdrängte dieses beunruhigende Bild aus ihrem Kopf.

Nathaniel gähnte. »Vielleicht kannst du es mir morgen zeigen. Ich muss ins Bett. Kommst du mit?«

»Ich komme bald nach«, antwortete sie. »Solange das Feuer genug Licht abgibt, will ich noch ein wenig nähen.«

Nathaniel nickte und stand auf. »Mach nicht zu lange. Das ist bestimmt nicht gut für deine Augen. Gute Nacht, George.«

»Gute Nacht, Sir.«

Nathaniel verschwand hinter dem Lichtschein, den der Kamin verbreitete, und ging nach oben.

Mary fädelte einen neuen Faden ein. »Ich hätte die Schleife nicht rot machen sollen. Jetzt werde ich mir diese Decke nie wieder ansehen können, ohne an das Blut dieser sterbenden Männer zu denken. Wie konnte er nur eine so grauenvolle Geschichte erzählen!«

George nickte. »Ich nehme an, das Erzählen hilft einem Menschen, eine schlimme Erfahrung zu verarbeiten.«

»Vermutlich.«

»Es ist sehr schwer, einen geheimen Schmerz ganz allein mit sich herumzutragen.«

»Ja. Ja, so ist es.«

Mary dachte an ihr tot geborenes Baby. Aber nein! Das war kein geheimer Schmerz. Tausende andere Frauen hatten denselben Schmerz erlitten, darunter auch einige, die ihr nach ihrer traurigen Erfahrung Liebe und Unterstützung entgegengebracht hatten.

Sie schaute George an, der ins Feuer starrte. »Trägst du einen solchen Schmerz in dir, George?« Die Frage war wahrscheinlich viel zu persönlich, aber sie konnte sie leider nicht zurücknehmen. »Wie dumm von mir! Natürlich tragt ihr alle einen solchen Schmerz in euch.«

»Der Schmerz der Sklaverei ist kein Geheimnis.«

Sie schwiegen beide.

»Aber ich habe einen solchen Schmerz«, sagte er.

Dabei schaute er sie genauso traurig und zärtlich an wie an dem Tag, an dem sie von der vernichtenden Niederlage in Gettysburg erfahren hatten. An jenem Tag hatte sie gedacht, dass sie Nathaniel für immer verloren haben könnte. Den gleichen Ausdruck hatte sie heute Morgen in Nathaniels Gesicht gesehen.

Liebe.

In diesem Moment wusste Mary, dass sie endlich auf Georges Bitte um einen Brief reagieren und eine Antwort schreiben musste.

# Kapitel 22

*Lapeer County, September*

»Cardinal de Richelieu, Charles de Mills, Henri Martin und Rosa gallica officinalis. Das sind meine Vermutungen.« Tyrese stand im Garten und deutete nacheinander auf die vier Rosenbüsche.

»Cardinal Richard, Charles de Mill, Henry Martin und Rosa gallifinakus«, wiederholte ich.

Er lachte. »Ich schreibe dir die Namen auf.« Er zog zwei Paar lange Lederhandschuhe aus seiner Tasche und reichte mir eins. »Solche Handschuhe solltest du dir vielleicht auch besorgen.«

»Dann müsste ich ja schon wieder ins Gartencenter fahren.«

Drei Wochen waren vergangen, seit Tyrese die Steckhölzer mitgenommen hatte. In diesen drei Wochen war ich mindestens fünfmal im Gartencenter gewesen. Erst hatte ich Unkrautvlies und Kies gekauft, dann hatte ich gemerkt, dass ich keine Heringe hatte, um das Vlies zu befestigen. Dann hatte der Kies nicht gereicht. Dann war mir eingefallen, dass ich eine Umrandung brauchte, damit die kleinen grauen Steine nicht weggeschwemmt werden konnten. Dann hatte ich das Gefühl gehabt, mehr Pflanzen zu benötigen. Ich war zwar immer der Meinung gewesen, dass es auch so gehen würde, aber Nora hatte mir jedes Mal Geld in die Hand gedrückt und mich losgeschickt.

»Wenn du etwas machst, solltest du es auch richtig machen«, hatte sie mir erklärt. »Wenn man ein Projekt überstürzt, ist das Ergebnis nicht immer so gut, wie es hätte ausfallen können, wenn man ein bisschen mehr investiert hätte.«

Manchmal war Tyrese da gewesen und manchmal war er nicht da gewesen. Aber jedes Mal, wenn ich ihn gesehen hatte, hatte er mir versichert, dass er »daran arbeite«. Nach jedem Besuch im Gartencenter hatte ich die Gelegenheit genutzt, in Reichweite eines Funkmasten zu sein. Ich hatte jedes Mal ungefähr eine halbe Stunde auf dem Supermarkt-Parkplatz zugebracht und war auf der Ahnenforschungsseite *ancestry.com* der Spur von kleinen, grünen Blättern gefolgt. Ich hatte Noras Eltern, Daniel und Mallory, gefunden und entdeckt, dass Daniel zwar mein Urgroßvater war, meine Urgroßmutter aber nicht Noras Mutter, sondern eine Frau aus einer früheren Ehe. Noch wichtiger: Ich hatte Noras Mann gefunden, William Rich, und die Puzzleteile, die bis dahin zusammenhanglos durch meinen Kopf geschwirrt waren, hatten sich zusammengefügt und endlich ein Bild ergeben.

Nora hatte gesagt, dass William den Rasen mähte, aber das machte natürlich Tyrese. Sie hatte gesagt, dass William für mich das Zimmer frisch gemacht hätte, obwohl überall eine dicke Staubschicht gelegen hatte. Sie hatte auch gesagt, dass William den fast toten Baum im Garten gepflanzt hätte. Wobei das sogar stimmen könnte. Die eingescannte Heiratsurkunde bewies, dass sie und William tatsächlich 1963 in Detroit geheiratet hatten. Aber warum waren sie umgezogen? Und wann war William aus dem Bild verschwunden? Bis jetzt war ich bei meinen Nachforschungen auf keine Sterbeurkunde gestoßen.

»Warum pflanzt jemand Rosen in einen Kräutergarten?«, fragte ich, während Tyrese die dornigen Zweige einsammelte, die er abgeschnitten hatte, und sie in große Gartenpapiertüten steckte, die ich aufhielt.

»Früher hat man Rosenwasser hergestellt, um damit die Bettwäsche aufzufrischen. Die Hagebutten kann man für Tee verwenden. Außerdem sehen Rosen einfach gut aus, sie riechen gut und verleihen dem Garten etwas Höhe. Nicht alles in einem Kräutergarten kann man essen.« Er schaute mich besorgt an. »Du weißt schon, was du mit diesen Sachen machst, oder? Es gibt Pflanzen, von denen du unbedingt die Finger lassen solltest. Eine Reihe von giftigen Pflanzen sieht genauso aus wie essbare Pflanzen. Manchmal ist auch ein Teil einer Pflanze genießbar und ein anderer nicht. Von Rhabarber kann man zum Beispiel die Stiele essen, die Blätter sind jedoch giftig.«

Er blickte sich im Garten um. Vermutlich war er auf der Suche nach gefährlichen Pflanzen, mit denen ich mich umbringen könnte. Dann trat er zu einer Pflanze, die ich entweder als Wiesenkerbel oder als Weißkümmel eingeordnet hatte.

»Das ist Wasserschierling. Du musst ihn unbedingt aus deinem Kräutergarten entfernen. Er gehört zur Familie der Karotten und Pastinaken. Die Wurzeln riechen sogar wie Karotten. Aber Schierling ist nicht essbar. Im Gegenteil, er ist tödlich.«

Upps.

»Ist nicht Sokrates an Schierling gestorben?«

»Ja. Wenigstens erzählt man sich das. Zieh Handschuhe an, wenn du den Schierling ausreißt, achte darauf, dass du die Wurzeln komplett erwischst, und wasch dir danach gründlich die Hände.« Er steckte noch mehr abgeschnittene Rosenzweige in den Beutel.

»Woher weißt du so viel über Pflanzen?«

»Ich habe an der Michigan State University Pflanzenkunde studiert. Eigentlich hatte ich vor, nach meinem Studium für das Ministerium für natürliche Ressourcen zu arbeiten, aber dort war keine Stelle frei und mein Vater brauchte mich im Gartencenter.«

»Dein Vater arbeitet auch dort?«

»Mein Vater ist Anthony Perkins. Ihm gehört der Laden. Besser gesagt, er gehört uns beiden. Er hat mich letztes Jahr zu seinem Partner gemacht.«

Ich bemühte mich, meine Überraschung nicht zu zeigen. »Warum mähst du denn den Rasen von anderen Leuten, wenn dir dieses Gartencenter gehört?«

Tyrese warf einen der vollen Beutel auf die Ladefläche seines Pick-ups. »Als ich damit anfing, hier den Rasen zu mähen, war ich gerade frisch von der Uni gekommen. Ich war zufällig am Telefon, als dieser James Rich im Gartencenter anrief. Er erzählte mir, was er vorhatte, und sagte, wie viel er dafür bezahlen wollte. Es war eine unverschämt hohe Summe fürs Rasenmähen und so übernahm ich den Auftrag. Immerhin musste ich mein Studiendarlehen zurückzahlen.« Tyrese beförderte den nächsten

Sack auf die Ladefläche. »Mit der Zeit gewöhnte ich mich einfach daran. Jetzt zahle ich das ganze Geld, das ich fürs Rasenmähen bekomme, auf ein Sparkonto ein und rühre es nicht an. Dadurch müssen meine eigenen Kinder, wenn sie einmal studieren, hoffentlich keine Studiendarlehen aufnehmen.«

Nachdem der letzte Sack aufgeladen war, rutschte Tyrese hinters Lenkrad, schlug die Tür zu und beugte sich dann aus dem offenen Fenster. »Morgen arbeite ich von zehn bis fünf. Willst du vorbeikommen, damit du dich mit allem versorgen kannst, was du für die Rosen brauchst?«

»Gern. Ich denke, das müsste klappen.«

»Gut! Dann bis morgen!«

Er fuhr davon und zog eine Staubwolke hinter sich her. Ich ging in die Küche, wo Nora gerade die Arbeitsplatte abwischte.

»War das der junge Mann von Perkins?«, fragte sie, obwohl ich mir ziemlich sicher war, dass sie genau wusste, wer Tyrese war.

»Ja. Er war hier, um mir mehr über die Rosen zu erzählen. Wusstest du, dass ihm das Gartencenter gehört? Ihm und seinem Vater.«

»Ja, natürlich. Tony Perkins hat den Laden Ende der 1980er-Jahre von Frank Wilson gekauft.«

Fand sie es nicht seltsam, dass der Eigentümer eines so großen Geschäfts ihren Rasen mähte? Aber das ging mich nichts an. Wenn ich zu viele Fragen stellte, würde womöglich Mr Richs Tarnung auffliegen.

»Glaubst du, dass wir ihn bald wiedersehen?«, fragte sie.

»Ich sehe ihn morgen, wenn ich in die Stadt fahre, um mir Gartenhandschuhe zu kaufen. Willst du mitkommen?«

Sie hängte das feuchte Geschirrtuch über die Kante der Spüle. »Nein, nein. Fahr lieber allein. Ich würde nur stören. Ich habe hier viel zu tun.«

»Du störst ganz bestimmt nicht, Tante Nora. Ich habe ihn bisher vielleicht fünfmal gesehen und er hat kaum über etwas anderes gesprochen als über Pflanzen.«

Sie schaute aus dem Fenster und schien sich an etwas Schönes zu erinnern. »Manchmal braucht man einfach den richtigen Moment.«

Der nächste Tag war kalt, grau und verregnet. Es war einer dieser Tage, an dem man einfach akzeptieren muss, dass der Sommer endgültig vorbei ist. Ich fuhr auf der Bezirksstraße an Feldern mit hoch stehendem Mais vorbei und hier und da an einem Ahorn, dessen Blätter orangerot leuchteten.

Ahorne lösten bei mir immer gemischte Gefühle aus. Während andere sie als fröhliche Vorboten der gemütlichen Jahreszeit verstanden, empfand ich sie immer als rücksichtslos – die ersten kleinen Flammen des Herbstes, jedes abfallende Blatt eine brennende Glut, über die sich das Feuer ausbreitete, bis jeder Baum kahl und tot war und sich der Novemberschnee wie Asche auf die Erde legte. Ich hatte inzwischen jedoch gelernt, diese Gefühle für mich zu behalten, da ich damit fast überall auf großes Unverständnis stieß. Jeder liebte den Herbst.

Ich konnte nicht genau sagen, warum mich der Herbst deprimierte. Vielleicht lag es daran, dass der Winter in Detroit alles andere als reizvoll war und der Herbst einfach der Vorbote des Winters. Vielleicht hatte es auch damit zu tun, dass ich als Kind wieder zur Schule hatte gehen müssen. Meine Mutter nannte diese Gefühle jahreszeitlich bedingte Depression. Ich wusste nicht, wie ich sie nennen sollte. Ich wusste nur, dass mich der Herbst immer traurig stimmte.

Nachdem ich das Auto auf dem Schotterparkplatz vor Perkins' Gartencenter abgestellt hatte, eilte ich durch den Regen, betrachtete die ständig schrumpfende Auswahl an Pflanzen und fand schnell, was ich suchte.

»Kann ich diese Sachen für ein paar Minuten hier ablegen?«, fragte ich eine Verkäuferin und legte die Artikel auf das stehende Band vor einer geschlossenen Kasse.

»Na klar. Suchen Sie noch etwas? Kann ich Ihnen helfen?«

Nein, ich suchte nicht *etwas.* »Wissen Sie, ob Tyrese heute da ist?«

»Mr Perkins ist im Haus, ich weiß aber nicht, wo er im Moment ist. Soll ich ihn ausrufen?«

»Nein, das ist nicht nötig. Ich schaue mich einfach ein wenig um.«

»Dann werfen Sie bei dieser Gelegenheit doch auch einen Blick auf unsere Topfpflanzen für die Terrasse. Sie sind alle reduziert.«

Ich lief über eine Rampe in das riesige Gewächshaus voller Metalltische, die mindestens fünfzig Meter lang waren. Die meisten waren leer, aber auf den Tischen ganz vorne drängten sich Chrysanthemen. Für diese allgegenwärtigen Herbstblumen hatte ich mich noch nie begeistern können. Ich entdeckte einige Angestellte mit Gartenschläuchen, aber Tyrese war nirgends zu sehen.

Stirnrunzelnd schob ich eine schwere Tür auf und warf einen Blick auf den Außenbereich mit den Bäumen und Sträuchern. Dort draußen hielt sich jedoch kein Mensch auf. Plötzlich kam mir eine Idee: ein Baum! Ich könnte einen Baum kaufen. Einen Baum als Ersatz für den toten Baum neben dem Kräutergarten. Was hatte Nora noch mal gesagt, was das für einer war? Ich setzte meine Kapuze auf und lief die lange Betonrampe hinab zu den Bäumen.

Trotz des Regens ging ich langsam an der ersten Reihe von Bäumen vorbei und las jedes einzelne Plastikschild. Wenn ich den Namen las, würde ich ihn bestimmt sofort erkennen.

Johannisapfel, Kirsche, Pfirsich, Apfelbeere. Die nächste Reihe. Eiche, Ahorn, Birke, Esche. Alle waren im Sonderangebot, aber keinen dieser Bäume suchte ich.

»Kann ich Ihnen helfen, Ma'am? Suchen Sie etwas Bestimmtes?«, fragte eine bekannte Stimme.

Ich blickte auf. Der Regen tropfte von Tyreses Haaren, lief über seine Wangen und wurde von seiner grünen Vliesjacke aufgesaugt.

»Elizabeth! Mit dieser Kapuze habe ich dich gar nicht erkannt.«

»Hi.« Ich hoffte, dass er mir nicht ansah, wie sehr ich mich freute, ihn zu sehen.

»Suchst du einen Baum?«

»Sozusagen. In Noras Garten steht doch ein Baum, der fast tot ist. Ich dachte, ich könnte ihn für meine Tante ersetzen, aber mir fällt nicht mehr ein, was es für einer ist. Ich würde gern genau den gleichen Baum kaufen. Und ich dachte, ich würde den Namen erkennen, wenn ich ihn lese, aber mir kommt nichts bekannt vor.«

»Unser Sortiment ist um diese Jahreszeit ziemlich geschrumpft. Komm doch mit in die Hütte da vorne. Dort sind wir vor dem Regen geschützt und können in einem Katalog nach dem Baum suchen.«

Inzwischen war ich ziemlich stark durchnässt und so willigte ich gerne ein. Einen Moment später standen wir an einem rauen Holztisch in einer winzigen Hütte, die für zwei Personen fast zu klein war. Ich konnte die Seiten in dem dicken Katalog kaum umblättern, ohne Tyrese in die Rippen zu stoßen. Er roch nach Erde und Regen. Ich blätterte die Seiten langsam um. Mehr, um die Zeit, die wir in dieser kleinen Hütte verbrachten, zu verlängern, als um die Bilder zu betrachten. Tyrese strahlte etwas aus, wodurch ich mich entspannt und wohl fühlte, aber trotzdem irgendwie aufgekratzt war.

»Das ist er«, sagte er plötzlich und beugte sich näher vor. »Ein Trompetenbaum.«

Ich betrachtete die Seite in dem Katalog. Auf dem Bild war ein Baum mit großen, tränenförmigen Blättern zu sehen. »Machen die viel Dreck? Sie hat gesagt, dass er viel Dreck gemacht hat.«

»Oh ja. Die Samenhülsen können über dreißig Zentimeter lang sein. Sie fallen alle auf die Erde, aber nicht zur gleichen Zeit wie die Blätter. Man ist also auch den ganzen Frühling mit Rechen beschäftigt. Besser gesagt, ich bin damit beschäftigt.« Er lachte. »Sie machen wirklich viel Dreck. Und diese Bäume werden sehr groß. Mittlerweile sind sie längst nicht mehr so beliebt wie früher. Die Leute wollen heutzutage meistens kleinere blühende Bäume und Laubbäume, die sich im Herbst leuchtend verfärben wie der Ahorn. Trompetenbäume führen wir eigentlich nicht.«

»Oh.«

»Aber ich könnte dir einen bestellen.«

Ich schaute ihn an. »Wirklich? Das wäre möglich?«

»Klar. Er kommt dann im Frühling. Ich kann die Bestellung noch heute rausschicken.« Da war wieder dieses unglaubliche Lächeln. »Das ist kein Problem.«

Ein unsicheres Schweigen stellte sich ein, als unser Blickkontakt länger dauerte als das Gespräch.

»Also gut.« Ich wandte mich ab. »Dann gehe ich jetzt zur Kasse und bezahle meine Sachen.«

Tyrese legte eine Hand auf meinen Arm, um mich zurückzuhalten. »Hast du vielleicht Lust, irgendwann mal mit mir ins Kino zu gehen?«

Ich hätte ihm fast nicht geantwortet, da ich überzeugt war, dass er das nicht wirklich gesagt hatte. Aber er schaute mich an, als wartete er auf eine Antwort.

»Das wäre schön.«

»Kann ich dich heute Abend anrufen? Damit wir etwas ausmachen?«

»Okay. Aber jetzt muss ich los.« Ich musste verschwinden, bevor er seine Meinung änderte.

»Soll ich dich begleiten?«, fragte er.

»Nicht nötig«, erwiderte ich und setzte meine Kapuze wieder auf. »Ich will nicht, dass du nass wirst.«

Er schaute an seiner bereits triefend nassen Kleidung hinab und lachte.

Ich trabte mit einem albernen Grinsen im Gesicht wieder den Hang hinauf. Vielleicht war der Herbst doch nicht so schlecht.

# Kapitel 23

*Detroit, August 1963*

Noras Schritte über den grauen Kachelboden hallten von den kahlen Wänden wider. Sie versuchte, das Potenzial zu sehen, das hinter den kosmetischen Mängeln verborgen sein könnte, den zerrissenen Tapeten, Wasserflecken an der Decke, verkratzten Türrahmen, dem schmutzigen Teppichboden. Die Wohnung roch wie ein Aschenbecher, der im Regen gestanden hatte. William tippte ihr auf die Schulter und brachte mit einem fast unmerklichen Kopfschütteln das Gefühl zum Ausdruck, das sie auch hatte. *Das geht nicht. Diese Wohnung ist nichts für uns.*

Sie hatten noch andere Möglichkeiten. Es gab Wohnungen in anderen Stadtvierteln, auch wenn Nora das Gefühl hatte, dass die Wohnungen alle irgendwie gleich waren. Warum sollte die nächste besser sein?

»Hier ist die Küche«, drang Mrs Wendells Stimme in den Flur. »Die Geräte funktionieren und ich denke, das Gewürzregal wird Ihnen gefallen.«

William beugte sich zu Noras Ohr hinab. »Verschwinden wir. Wir vergeuden hier nur unsere Zeit. Wir können nicht hierherziehen. Es ist ein furchtbares Viertel. Hier würde uns keine Versicherungsgesellschaft versichern.«

Die toupierte Hochfrisur ihrer Immobilienmaklerin erschien im Türrahmen. »Kommen Sie, wir wollen doch keine Zeit verplempern.«

William schob sich vor Nora und betrat die Küche. »Wann zeigen Sie uns Wohnungen in Southfield oder Warren?«

Mrs Wendell bedachte ihn mit einem herablassenden Lächeln. »Das übersteigt leider Ihr Budget.«

»Okay, aber es gibt in Detroit bessere Wohngegenden als diese hier. Was ist mit der East Side?«

Mrs Wendells Mund verwandelte sich in eine harte Linie. »Ich glaube nicht.«

»Wenn meine Frau allein eine Wohnung suchen würde, würden Sie ihr dort eine zeigen.«

»Aber sie will nicht allein einziehen, nicht wahr?«

William trat einen Schritt zurück. »Ich verschwinde«, murmelte er. Im nächsten Moment hatte er die Wohnung verlassen. Nora war Mrs Wendells missbilligendem Blick allein ausgeliefert.

»Sehen Sie! Aus diesem Grund kann ich Ihnen keine Wohnungen in weißen Gegenden zeigen. Farbige sind einfach zu emotional. Niemand will einen Nachbarn, der wegen jeder Kleinigkeit aus der Haut fährt.«

»Danke für Ihre Mühe«, sagte Nora. »Ich glaube nicht, dass wir Ihre Dienste noch länger benötigen.« Sie machte auf dem Absatz kehrt und folgte William, der auf dem Flur vor der Wohnung auf und ab ging. »Gehen wir.«

Während der langen Rückfahrt in die Seward Avenue blickte Nora aus dem Fenster und spielte mit einem losen Faden an dem Rock, den sie am Abend zuvor enger genäht hatte. Die Szene im Haus ihrer Eltern vor zwei Monaten ging ihr wieder durch den Kopf: Wanda klappte die Kinnlade herunter. Wortlos deutete sie zur Veranda, wo Noras Eltern mit ihren Drinks saßen. Ihr Vater las in der Zeitung und ihre Mutter betrachtete die Bäume. William blieb erst einmal im Haus, damit Nora ihre Eltern vorsichtig auf die große Enthüllung vorbereiten konnte. Das Foto, mit dem alles angefangen hatte, erwähnte sie dabei lieber nicht.

»Ich habe ihn kennengelernt, als Diane und ich im Frühling auf dem *Detroit Artists Market* waren. Er erzählte mir, dass seine Kamera kaputt sei. Es war offensichtlich, dass er sehr talentiert ist, aber nicht viel Geld hat. Natürlich hat er eine Arbeit, aber ihr wisst ja selbst, dass gute Kameras sehr teuer sind. Also habe ich angeboten, ihm eine neue zu kaufen.«

»Das war sehr großzügig von dir«, sagte Mallory mit hochgezogenen Augenbrauen.

»Es ist wichtig, die Kunst zu unterstützen«, sagte Daniel, ohne von seiner Zeitung aufzublicken, »wobei ich es vorziehen würde, wenn du das durch sinnvolle Kaufentscheidungen tun würdest.«

»Er hat ein paar Fotos von mir gemacht, um die neue Kamera auszuprobieren«, sprach Nora weiter. »Als sie entwickelt waren, habe ich mich mit ihm getroffen, um mir die Bilder anzusehen.«

Ihre Mutter runzelte die Stirn. Allmählich schien sie zu ahnen, worauf Nora mit ihrer Geschichte hinauswollte. »Und?«

»Wir haben uns auf Anhieb sehr gut verstanden. Er ist charmant und intelligent und liebt seine Familie. Ich habe ziemlich viel Zeit mit seiner Mutter und mit seiner Schwester verbracht. Sie sind sehr nett. Sein Vater ist im Krieg in Frankreich gefallen.«

Hinter der Zeitung nickte Daniel zur Würdigung dieses Opfers für sein Land.

»Sie sind nicht so vermögend wie wir, aber sie sind höfliche, anständige, fleißige Leute.«

»Dann werden sie es im Leben weit bringen«, erklärte ihr Vater. »Unsere Familie war auch nicht immer so vermögend. Dafür mussten wir hart arbeiten. Fleißige Menschen haben dieses Land zu dem gemacht, was es heute ist.«

»Wir müssen diesen William irgendwann einmal kennenlernen«, sagte ihre Mutter unverbindlich.

»Er ist hier.«

Endlich blickte ihr Vater von seiner Zeitung auf. »Wo?«

»In der Küche. Ich wollte euch erst etwas über ihn erzählen, bevor ich ihn euch vorstelle.«

»In der Küche?«, fragte Mallory. »Warum in aller Welt lässt du ihn dort warten? Führe ihn auf die Terrasse, Nora.«

Nora kehrte in die Küche zurück, um William aus dem kühlen Dunkel des Hauses in das weiche Licht dieses perfekten Juniabends zu holen.

Während sie Hand in Hand auf die Veranda traten, ließ Nora das Gesicht ihres Vaters nicht aus den Augen, weil sie sehen wollte, ob er William erkannte. Er schien sich nicht an ihn zu erinnern. Aber die schockierten Gesichter ihrer Eltern verrieten ihr, dass die nächsten Minuten trotzdem sehr schmerzhaft werden würden.

William trat auf den Mann zu, der ihn auf der Straße angegriffen hatte, und hielt ihm die Hand hin. »Guten Abend, Sir. Ich bin William Rich.«

Daniel Balsam überwand seine Fassungslosigkeit, stand auf und reichte William die Hand. Nora hätte das als gutes Zeichen gedeutet, wenn sich die Gesichtsfarbe ihres Vaters nicht bedrohlich verändert hätte. Doch bevor sie den Mund öffnen konnte, um dem, was er womöglich sagen würde, zuvorzukommen, wurde sie durch einen Aufschrei ihrer Mutter daran gehindert.

»Oh, Nora! Was hast du getan?!«

Nora bedeckte ihre linke Hand, aber es war zu spät.

»Was ist?«, fragte Daniel.

»Mama, werde bitte nicht hysterisch.«

Aber die Lawine war bereits losgetreten und nichts konnte den Schwall wütender Worte, die nun folgten, aufhalten.

»Wie konntest du uns das antun?«

»Was ist mit dir los?«

»Du kannst die Ehe annullieren lassen.«

»Wo wollt ihr wohnen?«

»Hat er überhaupt eine Arbeit?«

»Bist du schwanger?«

»Wie kannst du nur etwas so Idiotisches machen?«

»Du hast dein Leben ruiniert.«

Nora ließ den Ansturm missbilligender Worte über sich ergehen und biss die Zähne zusammen wie jemand, der ohne Betäubungsmittel operiert wird. William stand mit stoischer Miene neben ihr und schwieg.

Als der Wortschwall ihrer Eltern so weit abebbte, dass sie ein Wort einwerfen konnte, fiel ihr nichts anderes ein als: »Ihr schient ihn sehr sympathisch zu finden, bevor ihr seine Hautfarbe gesehen habt. Sie sollte aber keine Rolle spielen. Wir lieben uns.«

»Nein, das tut ihr nicht!«, rief ihr Vater erbost. »Ihr versucht nur, irgendein albernes Statement abzugeben. So seid ihr jungen Leute von heute! Ihr habt immer alles gehabt und seid trotzdem so undankbar! Ihr marschiert durch die Stadt und schafft Probleme, wo es vorher keine gab.«

»Ich hoffe, es ist wirklich ein Statement«, sagte Nora. William drückte unterstützend ihre Hand. »Es gibt Probleme. Echte Probleme, die nicht ignoriert werden können. Wisst ihr, ich habe an diesem Marsch teilgenommen. Und davor habe ich Martin Luther King in der Cobo Hall sprechen gehört. Er war faszinierend.«

»Faszinierend? Ein Publikum voller Einfaltspinsel lässt sich von jedem dahergelaufenen Hausierer begeistern.«

»Er ist ein angesehener Pastor.«

»Er ist Baptist!«

Nora warf die Hände in die Luft. »Was ist daran falsch?«

»Nora, ich gebe dir zu dieser Farce meinen Segen, wenn du mir außer unserem eigenen Pfarrer einen einzigen presbyterianischen Pfarrer nennen kannst.«

Schweigen kehrte ein.

»Weißt du, warum du das nicht kannst? Weil wir uns um unsere eigenen Angelegenheiten kümmern.«

Noras Magen zog sich zusammen, da sie an die Worte erinnert wurde, die sie selbst zu William gesagt hatte.

»Francis Schaeffer«, sagte William ruhig.

»Dich hat keiner gefragt, Junge!«, fauchte Daniel.

»Vorsicht!« Nora schrie fast. Als sie den schockierten Blick ihrer Mutter sah, fügte sie in einem respektvolleren Ton hinzu: »Das Ende der Rassentrennung gilt für alle.«

»Nein! Das ist Sache der Südstaaten. Wir standen im Krieg auf der richtigen Seite. Schwarze können hier im Norden machen, was sie wollen.« Er schaute William an. »Und das tun sie offensichtlich auch.«

Nora stieß ein humorloses Lachen aus. »Vielleicht standen unsere Vorfahren vor hundert Jahren auf der richtigen Seite, aber es ist nicht zu übersehen, auf welcher Seite du stehst.«

Daniels Augen funkelten seine Tochter an. »Ich sage dir, auf welcher Seite ich stehe: Ich stehe auf der Seite der Leute, die nicht hinter dem Rücken anderer herumschleichen und ihren Töchtern Flausen und Propagandasprüche in den Kopf setzen. Ich stehe auf der Seite der anständigen Leute, die ihre Arbeit machen, sich redlich ihren Lebensunterhalt verdienen und keine aufrührerischen Reden schwingen. Dass du nicht auf dieser Seite stehst, ist nicht zu übersehen.«

»Vielleicht nicht. Aber ich stehe auf der richtigen Seite.« Nora schaute William an, der zustimmend nickte. Dann kam ihr ein Gedanke. »Was ist mit Ray?«

»Ray?«, fragte ihr Vater ungläubig. »Der Platzwart auf dem Golfplatz? Was hat er mit der ganzen Sache zu tun?«

»Du magst Ray.«

»Ray versucht nicht, mit meiner Tochter zu schlafen!« Daniel stand kurz davor zu explodieren. Er trat wütend auf sie zu und blieb nur wenige Zentimeter vor Noras Gesicht stehen. »Schwarze haben diese Familie schon einmal ruiniert, junge Dame.«

Nora stockte der Atem. »Was?«

»Du lässt diese Ehe annullieren.«

»Da tue ich ganz bestimmt nicht!«

Daniel ballte die Fäuste so fest, dass seine Fingerknöchel weiß hervortraten. Seine Wangen bebten, da es ihn anscheinend fast übermenschliche Kraft kostete, sich zu beherrschen und nicht zu explodieren. »Wie du willst! Ich will mit dir und mit ihm nichts mehr zu tun haben.« Er hob einen Finger und hielt ihn vor ihr Gesicht. »Keine Wohnung mehr. Keine Kleidung mehr. Keine Restaurantbesuche mehr. Kein Geld mehr für wertlose Kunst. Und die Corvette kannst du gleich hierlassen. Ihr könnt euch von einem Taxi in die Bruchbude bringen lassen, in der dieser Typ wohnt. Er bekommt keinen Cent Balsam-Geld in seine schmierigen Finger. Keinen einzigen Cent! Und jetzt verschwindet aus meinem Haus!«

Auch wenn sie mit einer kühlen Reaktion ihres Vaters gerechnet hatte, war Nora nicht darauf vorbereitet gewesen, dass seine

Reaktion so extrem ausfallen würde. Die Konsequenzen ihrer überstürzten Ehe legten sich wie ein schweres Gewicht auf ihre Brust. Ihre Mutter saß mit versteinerter Miene da und schwieg.

Betroffen führte Nora William ins Haus. Sie ging in die Küche, während er schnurstracks auf die Eingangstür zusteuerte und das Haus verließ. Nora griff nach dem Telefon, um ein Taxi zu rufen. Da trat ihre Mutter in den Türrahmen und nahm es ihr aus der Hand. »Ich fahre euch.«

Die lange Fahrt verlief abgesehen von den knappen Wegbeschreibungen schweigend.

Als sie vor dem Haus seiner Familie anhielten, stieg William aus, ohne ein Wort zu sagen, und ging hinein.

Nora blieb sitzen und kämpfte mit den Tränen. »Mama, ich würde mir wünschen, dass du dich für mich freust.«

Mallory schaute ihre Tochter an. In ihren Augen glänzten ebenfalls Tränen. »Wie könnte ich mich für dich freuen, wenn ich weiß, wie dein Leben jetzt aussehen wird? Was war an Michael Kresge falsch? Oder an Kenneth Lowe? Oder an einem der anderen?«

Nora schüttelte den Kopf. »Wie kannst du das auch nur fragen?« Sie wollte die Autotür öffnen, aber ihre Mutter drückte ihre Hand.

»Ruf mich an, wenn ihr eine Wohnung gefunden habt, und gib mir deine neue Adresse.«

☙

An diesem Abend und während des ganzen darauffolgenden Tages räumten Nora und William Noras Wohnung leer und stopften ihre Kleidung und Schuhe und Mäntel in die Schränke im Rich-Haus, bis diese überquollen. Kartons mit ihren Büchern und anderen Sachen wanderten in den Keller, der daraufhin ebenfalls brechend voll war. Ihr Make-up, ihre Bürsten und ihre Lockenwickler belegten jeden verfügbaren Platz im Badezimmer und verstopften die Schubladen. Das Haus, das sie wegen seiner

Sauberkeit und schlichten Einrichtung bewundert hatte, wurde mit Krempel vollgestopft, der aus einem Leben stammte, in dem Geld keine Rolle gespielt hatte.

Obwohl Mrs Rich sie freundlich aufnahm, sah Nora ihr an, dass sie mit der Situation nicht glücklich war. Bianca war ebenfalls höflich, seufzte aber ständig und zog immer wieder die Vorhänge zu, die Nora offen gelassen hatte. Selbst William wirkte gereizt und Nora fragte sich, ob er die Entscheidung, sie zu heiraten, bereute.

J. J. war am schlimmsten. In Nora wuchs der Verdacht, dass er sie sabotierte. Ein teurer Schuh war plötzlich verschwunden. Eine Lieblingsbluse hatte einen unerklärlichen Fleck. Ein Lippenstift war zerbrochen. Ein Mantelsaum war aufgerissen. Eines Abends dachte Nora beim Abendessen laut über das Verschwinden eines mit Diamanten besetzten Armbands nach und J. J. sprach aus, was bestimmt alle dachten.

»Mann, ich wünschte, du würdest endlich verschwinden! Lass uns einfach in Ruhe. Das hier ist nicht dein Haus.«

»J. J.!« Bianca versetzte ihrem Sohn einen Klaps auf den Hinterkopf.

Alle blickten auf ihre Teller, aber Nora sah ihnen an, was sie dachten. William und sie mussten eine eigene Wohnung finden. Und zwar schnell.

Zwei anstrengende Monate später waren sie diesem Ziel noch immer keinen Schritt näher gekommen.

Als William und sie nach der frustrierenden Wohnungsbesichtigung zum Rich-Haus zurückkehrten, entdeckte Nora zu ihrer Überraschung, dass das Auto ihrer Mutter am Straßenrand parkte. Noch überraschter war sie, als sie Mallory Balsam neben Mrs Rich auf dem Sofa sitzen und Tee trinken sah.

»Was machst du hier?«, wollte Nora wissen.

»Ebenfalls hallo. Ich wollte sehen, was aus euch geworden ist. Du wolltest mich anrufen, wenn ihr eine Wohnung gefunden habt.«

»Wir sind noch auf der Suche.«

»Das hat mir Louise erzählt.«

Mrs Rich stand auf. »Komm und hilf mir in der Küche, Will.«

Sie ließen Nora und ihre Mutter allein. Nora starrte auf den frei gewordenen Platz neben ihrer Mutter.

»Willst du dich nicht setzen?«

Nora ging um den Tisch herum und nahm Platz. »Komm mir jetzt nicht mit ›Das habe ich dir ja gleich gesagt‹.«

»Deshalb bin ich nicht hier, Nora.« Mallory faltete ihre Hände. »Das, was passiert ist, tut mir leid. Dein Vater und ich waren schockiert. Du kannst mir nicht erzählen, dass du etwas anderes erwartet hattest. Aber anders als dein Vater habe ich nicht die Absicht, deshalb den Kontakt zu dir abzubrechen. Aus diesem Grund bin ich hier.«

Sie schwiegen einen Moment. Nora merkte, dass sie kurz davorstand, in Tränen auszubrechen.

»Wenn uns Makler überhaupt eine Wohnung zeigen, ist sie einfach nur schrecklich.« Sie atmete langsam ein und schluckte die Tränen hinunter, die sich Bahn brechen wollten.

Ihre Mutter sagte nichts.

Nora starrte aus dem Fenster und versuchte, das alles zu begreifen. Warum störten sich Fremde daran, wie sie ihr Leben führte? Was ging die anderen ihre Ehe an? Dann sprach sie die Frage aus, die ihr seit zwei Monaten keine Ruhe ließ: »Was hat Papa gemeint, als er sagte, dass Schwarze diese Familie schon einmal ruiniert hätten?«

Mallory schüttelte den Kopf. »Das weiß ich nicht, Liebes. Diese Frage musst du ihm selbst stellen.«

»Das mache ich«, erwiderte Nora frustriert. »Vielleicht bei unserem nächsten Golfspiel.«

Mallory ging auf diese sarkastische Bemerkung nicht ein. »Ich weiß vielleicht eine Lösung für euer Wohnungsproblem. Damit wären jedoch viele Veränderungen verbunden. Aber vielleicht wäre das ja sogar gut.«

Nora schaute ihre Mutter fragend an.

»Es gibt ein Haus, das seit Generationen im Besitz der Familie ist. Ein großes Haus. Deine Großmutter Rose hat mir kurz vor ihrem Tod davon erzählt. Das Haus ist mit keinerlei Hypotheken belastet. Dein Vater und dein Onkel David zahlen die anfallenden Steuern. Die ganzen Möbel sind noch dort. Allerdings kann ich dir nicht sagen, in welchem Zustand sie sind. Das Haus wird seit dreißig Jahren nicht mehr bewohnt. Es kann also sein, dass einige Renovierungen nötig sind.«

In Noras Herz keimte neue Hoffnung auf. »Wo ist dieses Haus?«

»Das ist der Haken an der Sache. Es ist nicht in Detroit.«

»Wo denn dann?«

Mallory trank einen Schluck Tee. »Ein Stück im Norden, gleich außerhalb von Lapeer.«

»Lapeer? Wir können nicht nach Lapeer ziehen. Was ist mit Williams Arbeit?«

»Ich habe ja gesagt, dass es mit Veränderungen verbunden wäre. Aber du meintest doch selbst, dass ihr hier nicht viele Möglichkeiten habt. Wenn ihr auf dem Land leben würdet, würdet ihr wenigstens nicht jeden Tag von fremden Leuten schief angeschaut.«

»Aber was soll William dort machen? Bauer werden?«

Mallory zuckte die Achseln. »Es ist nicht weit von Flint entfernt. Dort könnte er bestimmt eine andere Arbeit finden, immerhin ist diese Stadt ein Zentrum des Automobilbaus. Er hat doch ein Auto, oder?«

»Natürlich hat er ein Auto.«

»Ist ja gut. Du brauchst nicht gleich in die Defensive zu gehen.«

Sie schwiegen beide einen Moment.

»Wenn nötig, könntest du mit Nähen etwas Geld dazuverdienen«, schlug Mallory vor.

Bei dem Gedanken, dass sie möglicherweise für andere Leute würde nähen müssen, wurde Nora das Herz schwer. Bis jetzt war Nähen für sie nur ein Hobby gewesen. »Weiß Papa, dass du hier bist und mir dieses Haus anbietest?«

»Nein. Und es besteht auch kein Grund, ihm das zu erzählen.

Wenn er fest entschlossen ist, so zu tun, als gäbe es diese Situation nicht, wird er auch nicht nachfragen, wo du wohnst.«

Langsam erwärmte sich Nora für die Vorstellung, an einem Ort zu wohnen, an dem sie keinen neugierigen Blicken ausgesetzt waren. Niemand würde wissen, dass sie dort wohnten. Ein Haus nur für sie und William. Und ihre Kinder. Kinder, die nicht erleben müssten, wie ihre Eltern beschimpft wurden. Ein Garten, in dem sie fernab von gefährlichen Straßen spielen könnten. Nur ihre eigene kleine Familie, losgelöst vom Rest der Welt. Geschützt. Abgeschottet. Sicher.

»Ich werde darüber nachdenken.«

Aber das brauchte sie nicht. In ihrem Herzen war sie bereits dort.

# Kapitel 24

*Lapeer County, März 1864*

Bald nachdem Nathaniel zu seinem Regiment zurückgekehrt war, hatte Mary wieder angefangen, ihm Briefe zu schreiben. Fast drei Jahre lang hatte sie ihm regelmäßig geschrieben, ihn über die Entwicklungen zu Hause auf dem Laufenden gehalten und ihm eine sichere Heimkehr gewünscht. Jetzt half ihr der erneute Abstand, die negativen Gefühle, die sich in ihr geregt hatten, als er zu Hause gewesen war, abzulegen. Im Januar hatte sie ihre gewohnte Routine um einen Schritt erweitert. Nachdem sie den Brief an Nathaniel unterschrieben hatte, verfasste sie einen an George.

Ihr erster Brief begann mit einer Entschuldigung, weil ihre Antwort so lange auf sich hatte warten lassen. Sie fügte einige Bemerkungen über das Wetter und eine lustige Anekdote über Angelica hinzu. Gerade als sie mit dem Satz schließen wollte, dass sie hoffe, der Krieg wäre bald zu Ende und Nathaniel würde nach Hause kommen – fast identisch mit dem Satz, den sie in dem Brief an Nathaniel geschrieben hatte –, ließ etwas sie innehalten. Sie wollte Nathaniels Namen in diesem Brief nicht erwähnen. Stattdessen schrieb sie: *Ich danke Gott jeden Tag dafür, dass du in dieses Haus gekommen bist und meine Einsamkeit vertrieben hast.*

Sobald sie den Punkt hinter das letzte Wort gesetzt hatte, hätte sie diesen Satz am liebsten gelöscht. Er entsprach der Wahrheit, aber es niederzuschreiben, war viel zu persönlich. Sie dachte darüber nach, den Brief zu zerknüllen und noch mal von vorne anzufangen.

Doch Georges Stimme riss sie aus ihren Gedanken. »Ich fahre in die Stadt. Soll ich Post für Sie mitnehmen?«

»Ja.« Sie faltete den Brief an Nathaniel zusammen, steckte ihn in einen Umschlag und schrieb die Adresse darauf. Dann blies sie über die Tinte, damit sie schneller trocknete.

»Und was ist mit dem Brief?« George zeigte von der Tür aus auf das Blatt Papier, das noch auf dem Schreibtisch lag.

»Dieser Brief ist noch nicht fertig.«

»Ich will Sie nicht hetzen. Lassen Sie sich Zeit. Ich komme wieder, wenn Sie fertig sind.«

»Das ist nichts … Ich … nun ja, ehrlich gesagt, ist der Brief an dich, George.«

Seine Augenbrauen wanderten in die Höhe. »An mich?«

»Ja. Ich habe ihn lange vor mir hergeschoben. Das tut mir leid.«

Er trat hinter den Schreibtisch und beugte sich über ihre Schulter, um einen Blick auf das Blatt zu werfen.

»Sieht so aus, als würde nur noch die Unterschrift fehlen.«

»Die wollte ich gerade daruntersetzen.«

Was konnte dieser eine Satz schon schaden? Sie hatte nichts Unanständiges geschrieben. Ein Freund konnte die Einsamkeit vertreiben. Sie tauchte die Federspitze ins Tintenfass und hielt sie einen Moment lang über das Papier. Wie sollte sie diesen Brief beenden? Nathaniels Briefe unterschrieb sie gewohnheitsmäßig mit *Alles Liebe, Mary.* George schien ihr Zögern zu bemerken, da er von ihrem Stuhl zurücktrat. Schließlich entschied sie sich für *Mit freundlichen Grüßen, Mrs Balsam.* Sie blies über die Tinte, faltete das Blatt zusammen und steckte es in einen Umschlag.

»Hier, für dich, George«, sagte sie fröhlich, um ihre Nervosität zu überspielen. »Ich verspreche, dass der nächste Brief nicht so lange auf sich warten lassen wird.«

George antwortete schon am nächsten Tag und beendete seinen Brief wieder mit einer Frage: *Was ist Ihre Lieblingsjahreszeit?* Mary antwortete einen Tag später. Sie schrieb, dass sie den Spätsommer am meisten liebe und den Frühlingsanfang am wenigsten, und stellte ihm ebenfalls eine Frage: *Was ist dein Lieblingskirchenlied?*

Jeden Tag gingen diese Briefe zwischen ihnen hin und her. George erfuhr, dass Mary die Farbe Grün liebte, aber Rosa verabscheute, dass sie Obstkuchen viel lieber mochte als Schokoladenkuchen und dass sie heimlich Romane las, die sie unter ihrem Bett versteckte. Mary erfuhr, dass George gern Kühe melkte, aber dass es ihm keinen Spaß machte, Eier einzusammeln, dass er gern etwas baute und dass er wünschte, sie könnten eines Tages einen Apfelgarten auf der Farm anlegen.

Die ersten Briefe erinnerten Mary an ihre sorglosen Kindertage, als ihre Eltern noch gelebt hatten und sie mit Klassenkameraden Briefe ausgetauscht hatte. Aber es dauerte nicht lange, bis der Tonfall der Briefe ernster wurde. George erkundigte sich nach ihrer Familie und Mary erzählte ihm von der Grippe, die ihre Eltern und ihre kleine Schwester dahingerafft hatte. Mary fragte nach der Schwester, die er einmal erwähnt hatte, aber er wusste nicht viel über ihre derzeitige Situation. Er hatte nur von den Schlachten gehört, die in ihrer Nähe tobten.

Dann stellte George eine Frage, die Mary bis jetzt nicht zugelassen hatte: *Was würden Sie tun, wenn Mr Balsam im Krieg stirbt?*

Ihr Briefwechsel kam zum Erliegen, da Mary über die Antwort auf diese Frage nachdenken musste. Als George wie gewohnt in die Bibliothek kam, um ihre anderen Briefe zu holen, entschuldigte sie sich: Sie habe Kopfschmerzen und würde seinen Brief am nächsten Tag schreiben. Aber das tat sie nicht. Auch nicht am übernächsten Tag oder am Tag danach.

Als George und Mary eines Abends allein in der Bibliothek waren, blickte er von der Zeitung auf und sagte: »Ich hätte diese Frage nicht stellen sollen, Mrs Balsam. Das geht mich nichts an.«

»Das ist es nicht, George. Es fällt mir nur schwer, diese Frage zu beantworten.«

»Sie brauchen sie nicht zu beantworten.«

Sie seufzte. »Das Problem ist, dass ich es selbst nicht weiß. Es ist nicht so, dass ich mir darüber noch keine Gedanken gemacht hätte.«

Im Gegenteil, seit George ihr diese Frage gestellt hatte, hatte sie an kaum etwas anderes gedacht. Sie wusste seit einiger Zeit, dass in ihr wieder ein Baby heranwuchs, das sie empfangen hatte, als Nathaniel auf Heimaturlaub zu Hause gewesen war. Was würde sie machen, wenn er nicht nach Hause käme? Mit einem Kind müsste sie wieder heiraten, obwohl sie die Farm auch allein betreiben könnte. Sie erinnerte sich nur zu gut an die Bitterkeit, die bei Nathaniels herablassenden Bemerkungen und seinen kritischen Blicken in ihr aufgestiegen war. Welche Rolle spielte es schon, dass er vielleicht manches anders gemacht hätte? Sie war in seiner Abwesenheit gut zurechtgekommen. Und was würde ein neuer Ehemann denken? Würde er sie wieder in die Küche verbannen? Sie bei Entscheidungen ausschließen? Würde Nathaniel das womöglich auch machen, wenn er wieder ganz zu Hause wäre?

Bei George fühlte sie sich gleichberechtigt. Sie berieten sich, wenn es um das Aussäen, die Ernte und die Preise ging. Sie überprüften zusammen die Finanzen und trafen gemeinsam Entscheidungen, was gekauft wurde, egal ob es sich um einen neuen Pflug oder um das Mehl und den Zucker für den nächsten Monat handelte. Sie fragten einander um Rat und suchten die Bestätigung des jeweils anderen.

Schließlich sprach sie wieder. »George, egal, was passiert – ob Nathaniel gesund wieder nach Hause kommt oder ob ihm ein Arm oder ein Bein fehlt oder ob er in einem Sarg zurückkommt –, ich will, dass du bleibst. Das ist alles, was ich mit Bestimmtheit sagen kann.«

George legte die Zeitung beiseite. »Gut.« Er schaute sie unverwandt an. »Schreiben Sie mir morgen?«

# Kapitel 25

*Lapeer County, Oktober*

»Ist das für einen Kinobesuch zu aufgebrezelt?« Ich stand vor Nora und zupfte am Saum meines knielangen Rocks. »Was rede ich da? Natürlich ist das zu aufgedonnert. Niemand zieht ins Kino einen Rock an.«

»Zu meiner Zeit schon.«

»Mag sein, aber jetzt macht man das nicht mehr.«

Nora seufzte. »Ja, überall, wo man hinschaut, nur noch Bluejeans und Kapuzenpullis. Ich finde ja, dass John F. Kennedy daran schuld ist. Wenn dieser Mann nur einen Hut getragen hätte!«

»Du findest also, dass ich im Rock gehen soll?«

Sie musterte mich mit einem kritischen Blick. »Ja.«

»Und wenn Tyrese in Jeans und Kapuzenshirt kommt?«

»Dann läufst du weg.«

Ich konnte nicht genau sagen, ob sie das ernst meinte.

»Es ist nicht zu übertrieben«, beruhigte sie mich mit einem Lächeln. »Du trägst ja Leggings und Stiefel dazu und keine Nylonstrümpfe und Stilettos. Du bist sehr gut gekleidet.«

»Wenn du das sagst, glaube ich es. Schließlich bist du die Expertin«, sagte ich, während ich in meinen Wollmantel schlüpfte.

Sie lachte. »Das war ich vielleicht früher einmal.«

»Das bist du immer noch. Du bist die am besten gekleidete Person, die ich kenne. Natürlich wurde ich von Missionaren aufgezogen, und die sind nicht unbedingt für ihr Modebewusstsein bekannt. Aber trotzdem. Ich hoffe, dass ich in deinem Alter wenigstens halb so gut aussehe wie du.«

»Nett, dass du das sagst.«

»Es stimmt. Jedes Wort.«

»Jetzt geh!«, schickte sie mich aus dem Haus, aber ihre Freude war ihr deutlich anzusehen. »Ich wünsche dir einen schönen Abend.«

Während der Fahrt in die Stadt musste ich unwillkürlich an mein erstes Date mit Vic Sharpe denken. Ich hatte dieses Outfit für Dana gekauft. Damit hatte ich Vics Aufmerksamkeit während des gesamten Abendessens in einem protzigen neuen Restaurant, an dem er, wie ich später erfuhr, finanziell beteiligt war, gefesselt. Ich hatte eine vage Hintergrundgeschichte für Dana erfunden und das Gespräch hauptsächlich auf ihn gelenkt. Insgesamt hatte ich so wenig Persönliches von mir preisgegeben, dass er mich am Ende des Abends sofort zu einem zweiten Date eingeladen und sich gleichzeitig dafür entschuldigt hatte, dass er zu viel über sich gesprochen habe. Ich hatte kaum glauben können, wie leicht das gewesen war.

Das Date heute würde anders laufen. Ich hatte nichts zu verbergen und ich verfolgte keinen geheimen Plan. Es würde mit Sicherheit nett, den Moment einfach genießen zu können, statt ständig darauf achten zu müssen, dass ich meine Rolle richtig spielte und an die nötigen Informationen kam.

Als ich die Leute im Foyer des Kinos sah, bereute ich meine Kleidungswahl augenblicklich. In Lapeer kleidete man sich fürs Kino offensichtlich noch zwangloser als in Detroit. Ich entdeckte Tyrese. Er trug eine Jeans, aber kein Kapuzenshirt. Als ich beobachtete, wie seine Augen bei meinem Anblick ein wenig größer wurden, fand ich meine Kleidung doch nicht mehr so falsch.

Der Film war ganz passabel. Aber noch bevor er zu Ende war, wusste ich, dass ich mich in einem halben Jahr nicht mehr daran erinnern würde. Der Nachspann lief noch, als wir ins Foyer hinaustraten.

»Warte bitte einen Moment«, sagte ich. »Ich bin gleich wieder da.«

Nachdem ich mir die Hände gewaschen hatte, rückte ich einige eigenwillige Haarsträhnen zurecht und strich meinen Rock glatt. Dann zog ich mein Handy aus der Handtasche und schaltete es wieder ein. Keine Anrufe oder Nachrichten. Keine einzige Nachricht in den sozialen Medien, bei denen ich ein Konto hatte. Ich war so weit weg, dass alle vergessen hatten, dass es mich überhaupt gab. In gewisser Weise war das wahrscheinlich auch so. Wenn ich nicht online war, war ich nirgends mehr dabei. Einen kurzen Moment lang tat das weh. Doch dann wurde mir bewusst, dass ich aus meinem früheren Leben, aus dem Leben, bevor ich eine Exzentrikerin auf dem Land geworden war, die nichts anderes machte, als im Garten zu arbeiten und im Haus einer anderen Frau herumzuschnüffeln, eigentlich niemanden wirklich vermisste.

Ich wollte das Handy gerade wieder in meine Tasche stecken, als ich mit dem Daumen versehentlich die *Detroit Free Press*-App öffnete. Bevor ich die App wieder schließen konnte, sprangen mir die Schlagzeilen ins Auge. Bei allen Schlagzeilen ging es um dasselbe, aber aus verschiedenen Blickwinkeln. Das bedeutete immer, dass etwas Schlimmes passiert war.

*Weißer Polizist tötet unbewaffneten schwarzen Teenager.*

*Polizeichef sieht kein Verschulden am Tod eines schwarzen Jugendlichen.*

*Todesdrohungen gegenüber weißem Polizisten: »Wir wissen, wo du wohnst.«*

*Demonstration mit Tränengas aufgelöst.*

*Gewaltsame Ausschreitungen am Schauplatz von Polizeiwillkür.*

Ich öffnete mein Facebook-Konto und scrollte die Nachrichten der letzten 24 Stunden durch. Jeder zweite Post handelte von diesem Vorfall. In mir regte sich ein gewisses Bedauern. Früher hätte ich über diesen Fall geschrieben.

Draußen im Foyer starrte Tyrese auf sein Handy. In diesem Moment fiel mir auf, dass er der einzige Schwarze im Kino war.

»Hast du gehört, was in Detroit passiert ist?«, fragte er so ernst, wie ich ihn noch nie zuvor gesehen hatte.

»Ich habe es gerade gelesen.«

Ich hatte das Gefühl, dass ich noch etwas sagen sollte, aber ich wusste nicht, was. In Detroit hatte ich genau gewusst, welchen Ton ich als Reporterin anschlagen musste, wenn ich meiner

Stadt, in der mehrheitlich Schwarze lebten, die Nachricht von einer Tragödie übermittelte. Aber hier? Was sollte ich hier sagen?

»Sie beschuldigen natürlich den Polizisten«, mischte sich ungebeten ein Mann ein, der einen Meter von uns entfernt stand.

»Ich habe die Artikel nicht gelesen«, sagte ich. »Ich habe nur die Schlagzeilen gesehen. Ich weiß nicht, was genau passiert ist.« Ich nahm Tyrese am Arm und drehte mich zur Tür um.

»Ich weiß genau, was passiert ist«, sprach der Mann unbeirrt weiter. »Ein Polizeibeamter hat seine Arbeit gemacht und nur versucht, bei der Ausübung seiner Pflicht am Leben zu bleiben. Und jetzt verliert er seine Stelle, weil man anscheinend nicht mehr auf Verbrecher schießen darf.«

Tyrese blieb stehen und schaute den Mann, der seine Meinung so freigebig kundtat, an. »Woher wissen Sie, dass dieser Jugendliche ein Verbrecher war?«

Der Mann richtete sich auf und versuchte offenbar, genauso groß zu erscheinen, wie Tyrese es war. »Wenn er kein Verbrecher gewesen wäre, wäre er nicht unter Beschuss geraten.«

»Das wissen Sie nicht«, stellte Tyrese unnachgiebig klar. »Sie waren nicht dort.«

Der Mann trat einen Schritt auf uns zu. »Sie auch nicht.«

»Gehen wir«, sagte ich in Tyreses Ohr.

Tyrese steckte sein Handy ein und murmelte etwas Unverständliches. Dann drehte er sich um und ging zur Tür. Ich folgte ihm. An der Tür angekommen, warf ich einen Blick zurück. Der unsympathische Mann schaute uns nach.

»Schade, dass wir nicht zusammen gefahren sind«, sagte ich, um die Stimmung zu heben, als wir auf dem dunklen Parkplatz ankamen. »Dann hätten wir uns auf dem Rückweg noch ein wenig unterhalten können.« In Wirklichkeit wollte ich nur nicht, dass Tyrese allein auf der Straße unterwegs war.

Er dehnte seinen Nacken und schien diesen hässlichen Beinahe-Zwischenfall von sich abschütteln zu wollen. »Wie ist deine Tante eigentlich dort draußen, mitten in der Pampa, gelandet?«

»Keine Ahnung. Sie wohnt schon sehr lange in diesem Haus.

Aber sie stammt ursprünglich aus der Gegend von Detroit.« Wir setzten uns auf eine Bank und ich zupfte an meinem Rock. »Der Großteil meiner Familie kommt aus Detroit.«

»Du auch?«

»Ja.«

»Es muss schwer sein, sich an das Leben auf dem Land zu gewöhnen.«

»Ich weiß nicht …«, erwiderte ich und schaute zum sternklaren Himmel hinauf. »Mir gefällt das Leben hier besser, als ich erwartet hatte. Es ist ruhig und grün. Und irgendwie fühlt es sich gut an, Ordnung ins Chaos zu bringen und alles wieder schön zu machen. Ich habe das Gefühl, dass ich etwas Wichtiges davor bewahre, verloren zu gehen. Das klingt vielleicht ein wenig albern. Niemanden würde es interessieren, wenn dieser Garten verschwindet.«

Tyrese sah nachdenklich aus. »Vielleicht würde es doch jemanden interessieren. Irgendjemand hat in der Vergangenheit offensichtlich viel Arbeit in diesen Garten gesteckt. Vielleicht kann er ihn von dort, wo er ist, immer noch sehen?«

Ich dachte über diesen Gedanken nach. Konnten die Toten auf die Erde blicken und die Lebenden sehen? Konnte Mary Balsam sehen, wie ich neben ihrem Grab auf der Erde kniete? Freute es sie, dass sich jemand an sie erinnerte? Schmerzte es sie, dass ich nicht wusste, wer in dem anderen Grab lag?

Tyrese schaute mich lächelnd an. Wie lang war ich in meine Gedanken vertieft gewesen? Seine Augen wanderten an mir nach unten und dann wieder nach oben zu meinem Gesicht. Ich hätte fast gelacht. Wie konnte ein Mann glauben, dass einer Frau so etwas entging?

»Du siehst heute Abend wirklich sehr gut aus«, sagte er.

»Danke. Ich komme mir ein wenig albern vor.«

»Warum?«

Ich deutete auf mich. »Etwas overdressed, findest du nicht?«

»Für eine Frau, die in einem Cocktailkleid Unkraut jätet, doch genau richtig.«

»Haha.« Ich verdrehte die Augen. »Ich habe dir gesagt, dass ich das überhaupt nicht vorhatte, als ich in den Garten ging.«

Er lächelte und schüttelte den Kopf. »Das war doch nur ein Scherz. Wie ich schon sagte: Du siehst wirklich gut aus. Damals hast du auch gut ausgesehen.«

Ich stand auf. »Es wird spät. Ich sollte lieber aufbrechen.«

Tyrese erhob sich ebenfalls.

»Du kommst gut nach Hause?«, fragte ich.

Er verzog das Gesicht. »Warum sollte ich das nicht?«

Ich zuckte die Achseln. »Du gehst nicht wieder dort rein und legst dich mit diesem Typen an, oder?«

»Was würde ich damit erreichen? Außerdem muss ich an unser Geschäft denken.« Er lächelte schwermütig. »Der Kunde ist immer weiß.«

# Kapitel 26

*Detroit, September 1963*

»Ich finde einfach, dass Weglaufen keine Lösung ist, Nora.« William zog seine Autotür zu und reichte ihr ein rotweißes Pappschälchen mit Pommes.

»Wir laufen nicht weg«, erwiderte sie und breitete eine Serviette über ihrem Schoß aus. »Wir fangen neu an. Überleg es dir. Das Haus ist hypothekenfrei. Und es ist möbliert.«

»Es gehört deinem Vater.«

»Nicht direkt.«

»Warum nicht? Weil deinem Onkel die Hälfte gehört? Ha. Willst du denn kein eigenes Haus?«

»Aber das macht die Sache doch so perfekt. Wir wären für uns. Keine verurteilenden Blicke, keine verletzenden Kommentare.« Dann fügte sie lauter hinzu, damit das Paar im Auto nebenan sie hören konnte: »Keiner, der uns angafft.« Die beiden im Nachbarauto drehten schnell die Köpfe zu der riesengroßen Kinoleinwand, auf der ein Zeichentrickfilm zu einem Besuch am Imbissstand vor Beginn des Films einlud.

»Wenn du meinst, wir würden in einem schwarzen Autokino in Detroit angestarrt, dann warte nur ab, bis uns ein paar weiße Landeier ins Visier nehmen.« William schob sich eine Pommes in den Mund.

Nora seufzte. »Du verstehst mich nicht.«

Er schluckte. »Oh doch. Ich verstehe dich. Ich verstehe, dass du weglaufen willst. Ich weiß, dass du es nicht gewohnt bist, verspottet, beschimpft und angepöbelt zu werden. Ich hingegen weiß, wie das ist. Ich erlebe das schon mein ganzes Leben lang.«

»William, vor nicht einmal zwei Tagen hat ein völlig Fremder zu dir gesagt, dass du gelyncht werden solltest!«

»In Detroit wird niemand gelyncht. Aber wie soll sich etwas in der Gesellschaft verändern, wenn ich jetzt weglaufe? Wie sollen wir das Denken der Leute ändern, wenn niemand da ist, der ihnen klarmacht, dass sie ihr Denken ändern müssen? Apropos, was soll ich denn fotografieren, wenn ich auf dem Land wohne und nirgends Menschen sind? Was sollen wir dort draußen den ganzen Tag machen?«

»Du könntest dir in Flint eine Arbeit suchen. Wir könnten eine Familie gründen.«

»Und was sagen wir unseren Kindern, wenn sie draußen auf dem Land in eine rein weiße Schule gehen müssen? Dass ihr Vater etwas dafür hätte tun können, dass die Schulen in Detroit Schwarze und Weiße gleich behandeln, dass er sich aber lieber auf dem Land versteckt hat, weil das leichter war, und dass sie deshalb jetzt die einzigen schwarzen Kinder im ganzen Bezirk sind?«

Darauf fiel Nora keine Antwort ein. Sie hatte gedacht, dass William von der Chance auf einen Neuanfang an einem anderen Ort begeistert wäre. An seine Arbeit als Fotograf oder daran, dass er dort noch deutlicher in der Minderheit wäre, hatte sie nicht gedacht.

»Hör zu, Baby, ich lehne deinen Vorschlag doch nicht ab. Verstehst du? Ich brauche einfach etwas Zeit, um mir die Sache durch den Kopf gehen zu lassen. Dieses Haus läuft uns schließlich nicht weg.«

Sie wandten ihre Blicke voneinander ab und schauten auf die Leinwand, wo eine Karawane aus Militärfahrzeugen über eine einsame Straße fuhr, die ein Feld teilte. In riesigen, roten Blockbuchstaben flimmerte der Titel, *Gesprengte Ketten,* über die Leinwand, während eine eindringliche Militärmelodie über die Lautsprecher ertönte. Nora stellte sich vor, dass die Landschaft von Lapeer County so ähnlich aussehen würde wie die deutsche Landschaft hinter diesen großen, roten Buchstaben. Sie sah so angenehm und grün und einladend aus. Aber dann erreichten die Militärfahrzeuge ihr Ziel und die Pflanzenreihen wurden von einem Stacheldrahtzaun abgelöst.

Nach einer Weile beugte sich William zu ihr herüber und sagte: »Ich hole uns eine Tüte Popcorn.«

Er schlüpfte aus dem Auto. Einen Moment später stieg er wieder ein. Doch dann merkte Nora, dass der Mann neben ihr nicht William war.

»Sie haben sich im Auto geirrt«, sagte sie zu dem Mann.

»*Sie* irren sich, Miss. *Sie* sitzen im falschen Auto. Und im falschen Kino.«

Noras Herz begann zu rasen. »Mein Mann muss jeden Moment zurück sein«, sagte sie mit gespieltem Mut. »Vielleicht klären Sie das lieber mit ihm.«

»Ich kläre es lieber auf der Stelle.«

Der Mann zog ein Messer aus seiner Hosentasche und klappte es auf. Auf dem Bildschirm erklärte ein deutscher Offizier Steve McQueen, dass der Versuch, den Stacheldrahtzaun, der das Gefängnis umgab, zu überwinden, mit dem Tod bestraft wurde. Dann lag die Klinge an ihrem Hals.

»Ich will Sie nie wieder in diesem Autokino sehen. Ist das klar?«

Nora schluckte schwer und fühlte, wie ihr Hals dabei über die Klinge strich.

»Sie gehören in Kinos wie Ted's oder Maverick's. Da oben bekommen Sie keinen von uns je zu Gesicht. Und wir wollen Sie hier unten nicht mehr sehen. Kapiert?«

Nora nickte leicht, wandte ihren Blick aber nicht von der Leinwand ab. Sie wollte diesen Mann nicht ansehen. Sie wollte sich sein Gesicht nicht merken.

Er zog das Messer zurück. »Es ist nichts Persönliches. Aber so ist es besser für alle.«

Sie nickte wieder und der Mann rutschte genauso schnell aus dem Auto, wie er aufgetaucht war. Noras Hand schoss an ihren Hals. Sie zitterte am ganzen Körper. Die Autotür ging wieder auf und sie zuckte zusammen.

»Was ist mit dir?«, fragte William. Er warf einen verwirrten Blick auf die Leinwand und schaute dann wieder zu seiner Frau. »Warum weinst du, Baby?«

Mit zitternder Stimme brachte Nora stockend über die Lippen: »Jemand hat mir gesagt, dass ich verschwinden soll.«

William runzelte die Stirn. »Wer?«

»Keine Ahnung.«

William sah sich suchend um. Dann zog er ihren immer noch zitternden Körper an sich heran. »Mach dir keine Sorgen, Baby. Das waren nur leere Worte.«

Er schaute sie an und ergriff ihre beiden Hände. Dann sah er das Blut an ihren Fingern.

# Kapitel 27

*Lapeer County, Juni 1864*

»Aber warum will er denn gehen?« Mary stand an der offenen Stalltür. Ihre Umrisse stachen von der hellen Morgensonne ab und ihr Rock warf einen langen Schatten, der fast bis zu Georges staubigen Stiefeln reichte.

George hörte auf zu hämmern. »Er sagt, dass er jetzt, wo die Armee Schwarze als Soldaten aufnimmt, seinen Beitrag leisten möchte.«

»Mrs Balsam«, sagte Thomas, der in diesem Moment hinter ihr auftauchte. »Wie sollen wir glauben, dass sich morgen etwas ändern wird, wenn wir heute nichts unternehmen?«

»Ich wünschte, du würdest es dir noch einmal überlegen und abwarten, ob du eingezogen wirst«, sagte sie.

»Mr Balsam hat mich überzeugt, dass es gut ist, in die Armee einzutreten, als er hier war. Er hat erzählt, dass sie frühere Sklaven zu Kundschaftern machen«, erklärte Thomas mit leuchtenden Augen. »Das will ich machen. Ich will das Land für Mr Lincoln auskundschaften. Ich will ihm berichten, was ich sehe. Ich will helfen, dass dieser Krieg gewonnen wird.«

»Er braucht jede Hilfe, die er bekommen kann«, warf George ein.

»Aber was ist, wenn du gefangen genommen wirst und man dich zu deiner früheren Plantage zurückbringt?«, fragte Mary. »Was wird dir der Besitzer dann antun?«

»Bestimmt ist Mr Charles viel zu sehr damit beschäftigt, die Yankees von seiner Farm fernzuhalten, um sich meinetwegen den Kopf zu zerbrechen. Außerdem habe ich nicht vor zu sterben.« Thomas ging an ihr vorbei in den Stall und lehnte seine Schaufel an die Wand. »Es tut mir leid, dass ich Sie verlasse, Mrs Balsam.

Und auch Bridget. Ich weiß, dass Sie bei der Ernte mit mir gerechnet haben. Die Pflanzen sind wirklich gut gewachsen. Aber mein Weg führt nach Massachusetts und dann weiter nach Virginia.«

Als er das sagte, dachte Mary zum ersten Mal an die großen Flächen, die sie bestellt hatten. Was sollte sie machen, wenn noch mehr Männer zur Armee gingen und sie im September niemanden hatte, der die Ernte einbrachte?

»Jacob geht nicht mit, oder?«

»Nein. Ich glaube nicht. Er ist sich nicht sicher, ob dieser Weg auch sein Weg ist. Er fragt noch den Herrn. Mal schauen, welche Antwort ihm der Herr gibt. Aber ich breche morgen früh auf, ob mit Jacob oder ohne ihn.«

Thomas trat wieder in die Sonne hinaus. Mary seufzte.

»Wollen Sie sich setzen?«, fragte George.

»Nein, mir geht es gut. Ich ... hasse nur diesen endlosen Krieg. Es sieht so aus, als wären wir dem Sieg keinen Schritt näher als im ersten Kriegsmonat, und das, obwohl Hunderttausende Männer tot sind. Einfach von der Erdoberfläche verschwunden. Wozu? Was haben wir erreicht?«

George begann wieder zu hämmern.

»Ich will damit natürlich nicht sagen, dass alles vergeblich gewesen wäre«, schob sie schnell nach. »Ohne diesen Krieg gäbe es keine Befreiung der Sklaven. Aber ich kann mir einfach nicht vorstellen, wie das jemals aufhören soll. Soll denn jeder junge Mann in diesem Land dem Krieg geopfert werden? Werden wir ein Volk aus Frauen und Kindern und alten Männern?«

»Ich habe daran gedacht«, sagte George zwischen seinen Hammerschlägen.

»An was hast du gedacht?«

»Daran, zur Armee zu gehen.«

Jetzt musste Mary sich doch setzen. »Bitte nicht!«, flehte sie und legte eine Hand auf ihren vorstehenden Bauch, während ihre andere Hand nach einem Heuballen tastete.

George legte den Hammer weg. Er nahm ihre Hand und führte sie zum Melkschemel. »Nein, Ma'am. Ich gehe nicht.«

»Tu mir das nicht an«, sagte sie atemlos. »Und hör endlich auf, *Ma'am* zu mir zu sagen. Du weißt, dass ich das hasse. Und sag mir nicht, dass das eine Gewohnheit ist. Du bist lang genug hier, um dir etwas Neues anzugewöhnen.«

Mary legte eine Hand auf ihr Herz und merkte erst jetzt, dass George ihre andere Hand noch immer festhielt. Sie entzog sie ihm nicht. Sie wagte es nicht einmal, ihn anzusehen, da sie befürchtete, dass er es auch merken und ihre Hand loslassen würde. Seit jener schrecklichen Nacht vor fast drei Jahren hatte er nicht mehr ihre Hand gehalten.

»Geht es Ihnen gut?« Er schaute sie fragend an.

»Mir geht es gut. Solange du hierbleibst, geht es mir gut.«

»Ich habe Ihnen schon gesagt, dass ich Sie nie verlassen werde, Mrs Balsam.« Er schaute ihr direkt in die Augen. »Das habe ich ernst gemeint.«

»Warum sprichst du dann davon, zur Armee zu gehen?«

»Ich habe nur gemeint, dass ich darüber nachgedacht habe, nicht dass ich daran denke, es tatsächlich zu tun. Es wäre eine Ehre. Was für ein Mann wäre ich, wenn ich nicht bereit wäre zu kämpfen?«

»Diesen Satz habe ich schon einmal gehört. Er scheint das letzte Argument jedes Mannes zu sein.«

George sagte nichts.

»Ich habe diesen Krieg so satt«, sprach Mary weiter. »Du weißt, was in den Zeitungen steht: Lincolns Chancen, wiedergewählt zu werden, stehen sehr schlecht. Einige fordern ihn auf, vom Ziel, die Sklaverei abzuschaffen, Abstand zu nehmen, um genug Stimmen zu bekommen. Was würde aus all denen, die in den Norden geflohen sind, wenn das Schlimmste eintreten sollte? Was würde dann aus dir?«

»Durch Sorgen ändert sich nichts«, sagte er. »Veränderungen kommen, wenn der Preis, alles beim Alten zu belassen, zu hoch wird. Wir müssen dafür sorgen, dass dem Süden keine andere Wahl bleibt, als etwas zu ändern. Dazu will Thomas beitragen.«

Mary atmete tief ein und schaute George an. In diesem Moment konnte sie sich nicht erinnern, wie die Augen ihres eigenen Mannes aussahen. »Ich weiß, dass du recht hast. Ich sollte der Verzweiflung keinen Raum geben. Aber bitte lass mich nicht allein. Ohne dich könnte ich nicht überleben.«

Nach diesen Worten gab es nichts mehr zu sagen. Nichts, was laut ausgesprochen werden durfte. Und auch in einem Brief hätte Mary niemals gewagt, mehr zu schreiben. Sie schauten sich noch einen Moment an, dann senkte George den Blick auf seine Finger, die um ihre Hand lagen, und ließ ihre Hand los.

»Ich mache jetzt am besten mit den Betten weiter. Thomas geht zwar weg, aber es schlafen immer noch einige auf dem Fußboden. Brauchen Sie Hilfe, um ins Haus zurückzukommen?«

Mary hatte Mühe zu sprechen. »Ich schaffe es schon.«

George half ihr aufzustehen. Als sie auf wackeligen Beinen stand, legte er einen Arm um die Stelle, an der vor sechs Monaten ihre Taille gewesen war, und führte sie aus dem Stall.

Sie hatten den Hang halb geschafft, als drei berittene weiße Männer angaloppiert kamen und eine große Staubwolke hinter sich herzogen. George ließ seinen Arm um Mary liegen, während er dem Mann in die Augen blickte, der die Gruppe anzuführen schien.

»Kann ich Ihnen helfen?«, fragte George.

»Bestimmt nicht«, knurrte der Mann. Er wandte sich an Mary. »Ich würde gern mit Ihnen sprechen, Mrs Balsam.«

»Mrs Balsam fühlt sich im Moment nicht gut. Sie sehen bestimmt, dass sie sich dringend setzen muss«, sagte George. »Sie müssen leider ein andermal wiederkommen, meine Herren.«

»Ich rate dir dringend, den Mund zu halten, Bursche«, drohte einer der anderen Männer.

Der Anführer hob die Hand, um seinen Begleiter zu besänftigen. »Ich denke, wir können warten, bis die Dame sitzt.« Er stieg ab und reichte George die Zügel seines Pferdes. »Hier, mach dich nützlich, Bursche.«

Dann bot der Mann Mary seinen Arm an. Sie warf einen nervösen Blick in Georges Richtung. Nach einem kurzen Zögern nahm sie die angebotene Hilfe an und ging zum Haus. Die beiden Begleiter des Mannes blieben im Sattel sitzen und blickten sich auf dem Gelände um. George war machtlos.

Der Mann führte Mary durch die Küche und dann an Bridget und Loretta vorbei in den Salon. Sie setzte sich aufs Sofa und atmete tief ein. Der Mann vor ihr war groß und wirkte völlig humorlos. Sandbraune Haare lugten unter seinem Hut hervor. Sie konnte nicht sagen, ob sie ihn kannte oder nicht.

»Mrs Balsam, ich bin Bartholomew Sharpe. Ich bin im Namen mehrerer Menschen hier, deren Namen im Moment nichts zur Sache tun.«

»Mr Sharpe, möchten Sie sich nicht setzen?«

»Ich bleibe nicht lange. Ich bin nur gekommen, um Ihnen eine Nachricht zu überbringen.«

»Dann wäre ein Brief vielleicht eine sinnvollere Verwendung Ihrer kostbaren Zeit gewesen, Sir.«

Er schaute sie finster an. »Junge Frau, Ihnen ist offenbar nicht bewusst, wie ernst die Sache ist. Ich überbringe Ihnen eine Warnung: Wenn Sie diese Neger nicht fortschicken und dafür sorgen, dass sie unsere Stadt und Ihre Farm verlassen, müssen Sie mit schweren Problemen rechnen.«

»Ist das so?«, fragte sie und erwiderte seinen Blick furchtlos. »Welche Art von Problemen sollte das sein?«

»Probleme einer Art, die Sie sich nicht leisten können. Das versichere ich Ihnen.«

»Nun, Sir, dann möchte auch ich eine Warnung aussprechen.« Sie schob sich auf die Beine und ließ sich nicht einschüchtern. »Falls ich Sie je wieder auf meinem Land sehe, werde ich nicht zögern, Sie wegen unbefugten Betretens von Privatgrund und wegen Ihrer Gewaltandrohungen bei der Polizei anzuzeigen. Das ist mein Haus und das ist meine Farm und ich nehme hier auf, wen ich will. Ich verantworte mich vor Gott und Sie täten gut daran, nicht zu vergessen, dass Sie sich eines Tages auch vor ihm werden verantworten müssen. Jetzt verlassen Sie sofort mein Haus und nehmen Sie Ihre Freunde mit.«

Mr Sharpe schien nach einer passenden Erwiderung zu suchen. Als ihm keine einfiel, stürmte er zur Haustür, drehte sich aber noch einmal um, bevor er sie aufmachte, und drohte ihr mit erhobenem Finger. »Diese Angelegenheit ist noch lange nicht erledigt, Mrs Balsam.« Dann marschierte er hinaus.

Mary hörte einen erbosten Ruf und dann Pferdehufe, die auf der langen Zufahrt über die Steine polterten. Sie sank in einen Sessel, als Bridget und Loretta ins Zimmer eilten.

»Mrs Balsam, geht es Ihnen gut?«, fragte Bridget besorgt. Loretta fächerte ihr mit einem Geschirrtuch Luft zu. Sekunden später stürmte George, gefolgt von John Dixon, durch die Tür.

»Mir geht es gut. Macht euch keine Sorgen.« Mary winkte sie alle weg. »Aber ich denke, ich ruhe mich lieber ein wenig aus.«

George schob sich an den Frauen vorbei und hob Mary auf seine Arme. Bevor sie protestieren konnte, trug er sie die Treppe hinauf in ihr Schlafzimmer und legte sie dort vorsichtig auf ihr Bett.

»Wir viel Probleme bekommen«, sagte er und verfiel in seiner Sorge in eine völlig falsche Grammatik.

»Nein, wir bekommen *viele* Probleme«, verbesserte sie ihn in dem schwachen Versuch, die Stimmung aufzulockern.

»Auf jeden Fall bekommen wir Probleme, Ma'am.«

»George«, ermahnte sie ihn.

Er seufzte, lächelte dann aber schwach. »Mrs Balsam.«

Sie schüttelte den Kopf und warf einen Blick zur geöffneten Tür. »Mary«, flüsterte sie.

Er schaute sie lange an und eine tiefe Traurigkeit trat in seine Augen. »Nein, Mrs Balsam. Sie wissen, dass Sie für mich nie Mary sein können.«

# Kapitel 28

*Lapeer County, Oktober*

Statt nach dem Kinobesuch mit Tyrese heimzufahren, saß ich mit meinem Handy in der hintersten Ecke eines McDonald's-Parkplatzes und las alles, was ich über die Schießerei in Detroit finden konnte. Je mehr ich las, umso weniger stimmte ich der Meinung dieses unsympathischen Mannes im Kinofoyer zu. Auch wenn der Jugendliche mit zweifelhaften Leuten verkehrt hatte, machte ihn das noch lange nicht zu einem Verbrecher. Dieser Vorfall schien einem beunruhigend bekannten Muster zu folgen: Die Spannungen und die Gewalt zwischen der Polizei und der schwarzen Bevölkerung in der Innenstadt eskalierten. Diesmal in genau derselben Gegend, in der 1967 die großen Unruhen ausgebrochen waren. Wie konnte das nur immer wieder passieren?

Deprimiert und frustriert warf ich das Handy schließlich auf den Beifahrersitz und ließ den Motor an. Nachdem ich auf die geschotterte Zufahrt zu Noras Haus eingebogen war, geparkt und mich ins Bett geschleppt hatte, konnte ich lange nicht einschlafen. Unruhig warf ich mich auf der Matratze hin und her. Als ich auf die Uhr schaute und sah, dass es bereits 3:42 Uhr war, stieß ich ein deprimiertes Lachen aus. Wie oft hatte ich mich gefragt, wie Menschen wie Richter Sharpe nachts schlafen konnten! Konnte der Polizist, der diesen Jugendlichen erschossen hatte, heute Nacht schlafen?

Spät am nächsten Morgen schleppte ich mich mit hämmernden Kopfschmerzen in die Küche und starrte in meine Müslischüssel, bis die Cornflakes sich in eine glitschige Pampe verwandelt hatten.

Nora warf einen kurzen Blick auf mich, schenkte mir eine Tasse schwarzen Kaffee ein und sagte ganz nüchtern: »Elizabeth, du musst etwas für mich tun.«

Ich bemühte mich, ein Lächeln aufzusetzen. »Gerne. Was denn?«

»Ich muss ein neues Projekt anfangen. Dazu brauche ich viel Stoff. Endlich kann ich die ganzen Stoffe, die die Leute im Laufe der Jahre angeschleppt haben, sinnvoll nutzen. Aber nicht alle. Ich kann nur Baumwolle gebrauchen, keine synthetischen Stoffe, nichts Dehnbares, kein Polyester, keine Viskose. Nur Baumwolle. In diesem Haus ist wahrscheinlich eine ganze Tonne Baumwolle zu finden. Leider habe ich die Stoffe jedoch nicht gut sortiert. Du müsstest für mich in die verschiedenen Schränke und Kommoden schauen und die Baumwollstoffe heraussuchen.«

»Woher weiß ich, was Baumwolle ist?«

Sie schaute mich an, als hege sie den Verdacht, dass ich mich absichtlich dumm stellte.

»Welche Farbe?«

»Jede Farbe. So viele verschiedene Farben wie möglich. Und jedes Muster. Bring mir alles, was du findest und dir gefällt. Es spielt keine Rolle. Wie ich schon sagte, es ist ein großes Projekt, also brauche ich viel Stoff. Je früher, desto besser. Ich würde gern am Montag anfangen.«

»Das kann ich gern machen.« Eine Ablenkung war genau das, was ich im Moment brauchte. »Ich habe viele Stoffe aus meinem Zimmer auf den Dachboden gebracht, als ich eingezogen bin. Soll ich dort oben auch nachsehen?

»Oh ja.«

»Erinnerst du dich, dass ich dich nach den Betten auf dem Dachboden gefragt habe? Du hast mir nie erzählt, warum diese Betten dort oben stehen.«

»Darüber können wir heute beim Abendessen sprechen.«

Sie vertröstete mich schon wieder. Eleanor Rich war wirklich eine eigensinnige Frau, genau wie Barb gesagt hatte. Oder erinnerte sie sich nur nicht daran, dass sie genau dasselbe gesagt hatte, als ich sie das erste Mal nach den rätselhaften Betten gefragt hatte?

Nora wirkte gedankenversunken. »Warum warst du dort oben?«

»Ich musste die ganzen Stoffe aus meinem Zimmer räumen, damit ich meine Kleidung irgendwo unterbringen konnte; der Kleiderschrank und die Kommode waren mit Stoffen vollgestopft. Ich wollte es nicht ansprechen, weil du gesagt hattest, das Zimmer wäre für mich vorbereitet worden, aber das war es nicht.«

»Das habe ich gesagt?«

»Ja, du hast gesagt, dass William es für mich vorbereitet hätte.«

»William? Ich habe gesagt, William hätte das Zimmer vorbereitet?« Sie wurde ein wenig blass. »Ich kann mir nicht vorstellen, warum ich das gesagt haben sollte ... William ist doch schon seit fünfzig Jahren nicht mehr hier.«

# Kapitel 29

*Lapeer County, Oktober 1963*

Am Umzugstag war es angenehm kühl und der Himmel klar. Das deutete Nora als gutes Zeichen. William und sie beluden den geliehenen Anhänger, den sie an seinen alten gelben Chevy angekuppelt hatten. Dann umarmten und küssten sie Mrs Rich und Bianca zum Abschied. J. J. war nirgends zu sehen.

Eine fast greifbare Hoffnung lag in der Luft, während die Reifen immer mehr Kilometer zurücklegten. Nora konnte Williams Miene nicht deuten und nicht genau sagen, ob er sich über dieses neue Kapitel seines Lebens freute oder ärgerte. Aber der Abend im Autokino hatte ihn eine Entscheidung treffen lassen. Nora richtete ihren Blick auf den Horizont, sofern sie ihn in der permanent wachsenden Großstadt sehen konnte, und hatte das Gefühl, einen Ort zu verlassen, den sie von Herzen liebte, der diese Liebe aber nicht erwiderte. Der Verkehr auf der Woodward Avenue war so dicht und stockend, dass sie über eine Stunde brauchten, um aus dem Vorstadtbereich von Detroit herauszukommen, aber bald nachdem sie auf die M-24 gefahren waren, traten Farmen und Viehzäune an die Stelle von Parkplätzen und Straßenlaternen und sie fuhren ihrer Zukunft entgegen.

»Ich glaube, ich habe gerade zum ersten Mal in meinem Leben einen echten Traktor gesehen«, stellte William fest, als sie an einer Farm vorbeifuhren. Nora wollte schon lachen, doch dann überlegte sie, ob es nicht auch für sie das erste Mal war.

Es war gegen Mittag, als Nora den Kopf von dem Stapel Landkarten und Wegbeschreibungen auf ihrem Schoß hob und sagte: »Ich glaube, hier müssen wir rechts abbiegen.«

»Hier?«, fragte William und trat auf die Bremse.

»Ja. Schau dir das Bild an.« Sie hielt ein altes Foto hoch, das drei saubere Reihen junger Kiefern hinter einer niedrigen, eingestürzten Steinmauer zeigte. Im Hintergrund erhob sich ein weißes Bauernhaus.

William brachte das Auto am Straßenrand zum Stehen und nahm ihr das Foto aus der Hand. »Ich weiß nicht recht.«

»Schau dir diese Mauer an. Siehst du die Lücken? Befinden sie sich nicht an denselben Stellen wie auf dem Bild? Nur die Bäume sind größer. Man kann das Haus nicht sehen, aber ich bin mir sicher, dass es gleich hinter den Bäumen steht.«

»Aber hier gibt es keine Zufahrt.«

Nora kurbelte das Fenster herunter und steckte den Kopf hinaus. »Da!« Sie streckte die Hand aus. »Die Bäume dort stehen nicht so nahe zusammen wie die anderen. Bestimmt ist das die Zufahrt.«

William schaute sie zweifelnd an. »Nein, ich glaube, dass da nur hohes Gras und Steine sind. Was, wenn wir mit dem Anhänger stecken bleiben?«

»Dann gehen wir doch einfach zu Fuß und schauen nach, was sich hinter diesen Bäumen befindet.«

Mit dem Bild in der Hand gingen sie an der Steinreihe vorbei und durch die Kiefern. Als sie auf der anderen Seite wieder auftauchten, lächelte Nora. Die Farbe war rissig und abgeblättert, aber es war tatsächlich das Haus auf dem Foto.

»Dann holen wir jetzt das Auto«, schlug William vor. Auf dem Rückweg zur Straße kontrollierte er den Boden und warf Steine und Äste beiseite, um den Weg ein wenig zu ebnen. Dann fuhr er mit dem Auto und dem Anhänger langsam und vorsichtig zwischen den Kiefern hindurch.

Auf der Veranda steckten Nora und William gemeinsam den Schlüssel ins Schloss, und als sie ihn umdrehten, ging die Tür zu ihrem neuen Leben weit auf. Sie schlenderten langsam durch die dunklen Räume, zogen Laken von Möbeln und versuchten, Lichtschalter und Wasserhähne zu betätigen. William wagte sich mit einer Taschenlampe in den Keller, um den Hauptwasserhahn aufzudrehen. Nora schaute in Küchenschränke, die voller Spinnweben waren. Sie trafen sich an der Hintertür wieder und gingen zusammen hinaus, wo ein verwitterter Stall und ein windschiefes altes Hühnergehege auf einem Feld aus Wildblumen standen. Innerhalb eines Holzzauns ließen sich die Überbleibsel eines Kräutergartens erahnen.

»Hier wird uns bestimmt nicht langweilig«, stellte William nüchtern fest.

Nora dachte an ihr früher so üppiges Bankkonto – nein, sie verbesserte sich, an das Bankkonto ihres Vaters – und ihr war nach Weinen zumute. Sie hatte Williams Warnungen, wie sehr sich ihr Leben verändern würde, viel zu gedankenlos vom Tisch gewischt, ohne die Kosten zu überschlagen. Aber dann dachte sie an ihre Liebe zu dem Mann an ihrer Seite und fasste neuen Mut.

»Ich schaue mal, ob ich im Stall eine Leiter finde«, sagte William.

»Er ist wahrscheinlich abgeschlossen. Mama hat mir einen Umschlag mit Schlüsseln gegeben. Warte, ich hole ihn.« Nora lief zum Auto zurück und holte den Umschlag aus dem Handschuhfach. Sie nahm auch den Picknickkorb mit, den Mrs Rich ihnen am Morgen gepackt hatte. Als sie zu William zurückkehrte, der die Hände in die Hüften gestemmt hatte und das Haus betrachtete, war sie wieder davon überzeugt, dass sich die Mühe lohnte. Das war das Haus, in dem sie wohnen sollten.

»Willst du jetzt essen?«, fragte sie.

Er schüttelte den Kopf. »Wenn wir heute Nacht hier schlafen wollen, müssen wir dieses alte Haus erst mal richtig lüften.«

Sie reichte ihm die Schlüssel und er marschierte zum Stall hinüber. Nora ging ins Haus und zog das große weiße Laken vom Esszimmertisch. Bei dem vielen Staub, der dabei aufstieg, musste sie husten. Sie schüttelte das Laken so gut wie möglich aus. Dann nahm sie es mit hinaus und breitete es hinter dem Haus auf dem Gras aus. Vier Steine auf den Ecken verhinderten, dass es weggeweht wurde.

William kam mit einer großen Holzleiter zurück. Gemeinsam

gingen sie außen um das Haus herum, öffneten die Fensterläden und befestigten sie an der Holzwand.

»Wir müssen dieses Haus noch vor dem Winter streichen«, stellte William fest.

Nora dachte an die vielen verwahrlosten Wohnungen, die sie besichtigt hatten. Aber natürlich war dieses Haus etwas anderes. Hier waren sie nicht in einer gefährlichen Wohngegend. Sie waren nicht von Menschen umgeben, die sie ablehnten. Hier waren sie frei.

Als William zum letzten Mal von der Leiter stieg, konnte Nora ihren Magen bereits knurren hören. »Endlich«, sagte sie. »Komm jetzt essen.«

Sie wuschen sich die Hände mit dem kalten Wasser aus einer Pumpe neben dem Haus und setzten sich auf die provisorische Picknickdecke. Nora öffnete den Korb und begann, die belegten Brote und den Kartoffelsalat auszupacken, als sie Williams Hand auf ihrer Hüfte fühlte.

»Willst du Schinken oder Truthahn?«, fragte sie.

»Keins von beidem.«

Sie wühlte im Korb. »Mehr haben wir aber nicht. Außer Kartoffelsalat, Orangen und einige Kekse.«

»Das will ich alles nicht.«

Nora kannte diesen Tonfall. »Ich habe Hunger«, sagte sie.

William rutschte näher und flüsterte ihr ins Ohr. »Ich auch.«

Sie drehte sich zu ihm um, um etwas zu sagen, doch er legte die Hand an ihre Wange und brachte sie mit einem Kuss zum Schweigen. »Komm schon, Baby.«

Nora schmolz innerlich dahin, schob ihn aber weg. »Nicht hier draußen.«

»Warum nicht?«

»Das geht nicht. Hier kann uns jeder sehen.«

»Wer kann uns denn hier sehen? Eichhörnchen? Vögel? Außer uns ist hier niemand. Darum geht es doch, oder? Weit und breit keine Nachbarn. Und niemand weiß, dass es dieses Haus überhaupt gibt.«

Sie wand sich. »Ich wollte nur …«

Er küsste sie wieder.

Obwohl sie keinen Hunger mehr auf das Essen hatte, schob sie ihn weg. Dann sagte sie: »Im Haus.«

Er schaute sie verspielt an. »Oh-oh. Da drinnen ist es furchtbar staubig. In diesen alten Betten könnte jemand gestorben sein.« Er zog sie mit sich nach unten, dann holte er einen Teller unter seinem Rücken hervor. Sie lachte, als er ihn ins hohe Gras neben dem Laken warf.

Als ihre Befangenheit unter der zärtlichen Berührung ihres Mannes wich, fühlte sich Nora so frei wie noch nie zuvor in ihrem Leben. Hier gab es nur sie beide. Sie und William. Zwei Menschen vor den Augen Gottes, der sie geschaffen hatte.

Am Nachmittag schlenderten sie durch das jetzt lichtdurchflutete Haus und erstellten eine Liste mit den Arbeiten, die zu erledigen, und den Reparaturen, die nötig waren. Sie entschieden sich für das Schlafzimmer im hinteren Teil des Hauses. Von dort aus hatte man die schönste Aussicht. Die Krönung des Zimmers war das geschnitzte Bett. Sie schleppten Kleidung und Kartons herein. Danach kuppelten sie den Anhänger ab, da sie müde waren und wieder Hunger hatten, und fuhren in den Ort. Sie brauchten Lebensmittel und eine Zeitung und mussten das Telefon und den Strom wieder anschließen lassen. Mehrere neugierige Köpfe drehten sich nach ihnen um, aber Nora richtete ihre Augen starr geradeaus, während sie ihre Liste abarbeiteten. Es war nicht nötig, die Leute durch Blickkontakte zu Kommentaren einzuladen. In Zukunft würde sie allein einkaufen fahren.

»Ich denke, du solltest es in Flint versuchen«, sagte Nora, als sie auf der Rückfahrt zum Haus die Stellenausschreibungen überflog. »Es sieht nicht so aus, als gäbe es in Lapeer viele freie Stellen. In Flint werden jede Menge Fließbandarbeiter gesucht.«

William schwieg.

»Was denkst du?«, fragte sie.

»Ich habe mir überlegt, dass ich vielleicht nicht sofort auf Arbeitssuche gehe, sondern mir erst einmal die Zeit nehme, das Haus und das Grundstück in Ordnung zu bringen. Immerhin müssen wir keine Miete zahlen.«

»Nein, aber wir brauchen Geld für Strom und Gas und Lebensmittel.«

»Ich habe im Keller einen Raum gesehen, in dem ich mir eine Dunkelkammer einrichten könnte. Dann könnte ich meine Bilder selbst entwickeln.«

»Was kostet das?«

»Keine Ahnung. Das wird sich zeigen. Wahrscheinlich kann ich eine gebrauchte Ausrüstung bekommen.«

Nora schwieg einen Moment. »Ich denke, ich setze eine Anzeige in die Zeitung, dass ich Näharbeiten übernehme.«

William nickte. »Das ist gut.«

»Und vielleicht nähe ich eine Quiltdecke für unser Bett.«

»Schön.«

Plötzlich fuhr er an den Straßenrand.

»Was ist?«, fragte Nora besorgt. »Haben wir einen Platten?«

»Nein«, antwortete er und schaute über seine Schulter. »Wir sind gerade an einem Gartencenter vorbeigefahren. Ich möchte mich dort gerne umsehen.«

»Was ist mit den Lebensmitteln?«

Er wendete das Auto. »Es dauert nicht lange. Ich will nur sehen, welche Bäume sie haben.«

»Warum? Um das Haus herum stehen genug Bäume.«

»Ja, aber keiner davon ist *unser* Baum.«

# Kapitel 30

*Lapeer County, November 1864*

Mary saß auf Lorettas Bett und hatte den zwei Monate alten George an ihrer Brust liegen. Niemand wusste, dass sie ihren kleinen Sohn George nannte. Als er im September auf die Welt gekommen war, hatte sie Nathaniel geschrieben, dass sie einen Sohn hatten, und ihn gefragt, welchen Namen er haben sollte. Während sie auf seine Antwort wartete, sprach der Rest des Hauses nur von »dem Baby«. Aber in ihren Gedanken und in ungestörten Momenten nannte Mary ihn unwillkürlich George.

»Immer noch kein Brief von Mr Balsam?«, fragte Loretta, die Simon zu seinem Mittagsschlaf ins Bett legte.

»Nein, es ist immer noch nichts gekommen.« Sie versuchte sich ihre Sorge nicht anmerken zu lassen.

»Das liegt bestimmt nur daran, dass die Armee so stark auf dem Vormarsch und ständig in Bewegung ist«, sagte Loretta. »Sie ziehen von einem Sieg zum anderen. Seit Mr Lincoln wiedergewählt wurde, kann sie nichts mehr aufhalten.«

Mary lächelte. Ja, bestimmt war das der Grund. Nathaniels Briefe kamen in letzter Zeit ohnehin deutlich sporadischer. Trotzdem hatte sie noch nie so lange auf einen Brief von ihm warten müssen.

»Sie haben ihm öfter als einmal geschrieben, oder? Nur für den Fall, dass ein Brief verloren geht? Sie schreiben viele Briefe.«

»Ja, ich habe ihm öfter als einmal geschrieben.«

Aber Mary hatte Nathaniel seit der Geburt ihres Sohnes nur zwei Briefe geschrieben. Die anderen Briefe, die Loretta sie hatte schreiben sehen, waren für George gewesen. Mary hatte sich angewöhnt, immer zuerst den Hauptteil des Briefes zu schreiben, ohne Anrede, für den Fall, dass jemand unerwartet ins Zimmer käme oder der Brief verlegt würde. Erst ganz am Schluss schrieb sie in die oberste Zeile *Liebster George* und ans Ende des Blattes *Mit Liebe, Mary*. Dann steckte sie den Brief in einen Umschlag, versiegelte ihn, schrieb Georges Namen darauf und drückte ihn ihm persönlich in die Hand, wenn sie ihn das nächste Mal allein antraf.

George begann seine Briefe immer noch mit der formellen Anrede *Sehr geehrte Mrs Balsam*. Aber mit einem Kribbeln im Bauch hatte Mary festgestellt, dass er am Ende das *Mit freundlichen Grüßen* durch *Mit lieben Grüßen* ersetzt hatte. Beim Gedanken an seinen letzten Brief wurde Mary ganz warm. Er hatte seine Worte vorsichtig gewählt, aber sie konnte zwischen den Zeilen lesen. Ihre Gefühle füreinander wuchsen mit jeder Woche. Und je länger sie durch die gesellschaftlichen Schranken und die Regeln des Anstands zurückgedrängt wurden, umso stärker wurden sie.

»Ist Ihnen warm, Mrs Balsam?«

»Wie bitte?«

»Ihr Gesicht ist ganz rot und Ihre Brust auch.« Loretta deutete auf Marys Brust, die sich bei ihren geheimen Gedanken tatsächlich gerötet hatte.

»Das kann schon sein«, erwiderte Mary. »Das Baby schwitzt ziemlich stark, wenn ich es stille. Es ist, als würde ich eine große, gebackene Kartoffel halten.«

»Ich kann ihn eine Weile für Sie stillen, wenn Sie möchten. Dann haben Sie eine kleine Pause.«

Loretta öffnete das Mieder ihres Kleides und setzte sich neben Mary. Mary zog den saugenden Mund ihres Sohnes zurück und reichte den Jungen Loretta, die ihn an ihre Brust legte und saugen ließ, bevor er einen Protestschrei loslassen konnte.

Mary fächerte sich mit der Hand Luft zu. »Danke.«

Als das Baby zwei Tage alt gewesen war, hatte Loretta das erste Mal vorgeschlagen, sie beim Stillen abzulösen. Mary war schockiert gewesen. Loretta, die aus dem Süden kam, wo es ganz selbstverständlich war, dass Sklavinnen als Ammen die Kinder ihrer Herren stillten, hatte Marys heftige Reaktion auf ihr Angebot nicht verstehen können. Als das Baby eines Nachts stundenlang geweint hatte und Mary vor Erschöpfung selbst in Tränen ausgebrochen war, war Loretta in ihr Zimmer geschlüpft. Ohne lange zu fragen, hatte sie Mary den schreienden Jungen aus den Armen genommen und ihn an ihre eigene volle Brust gelegt. In diesem Moment waren Loretta und Mary nicht länger eine verzweifelte Frau und ihre Wohltäterin gewesen. Seitdem waren sie im wahrsten Sinne des Wortes Freundinnen.

Jetzt versuchte Mary, sich von ihren Gedanken an George, die sich selbständig gemacht hatten, loszureißen, während ihr weißer Sohn an Lorettas brauner Brust trank.

»Wie war es mit Simons Vater?«, fragte sie.

»Wie meinen Sie das?«

»Hast du ihn geliebt?«

Loretta lachte. »Nein, ich habe ihn nicht geliebt. Dieser Mann war ein dreckiges, widerliches Ekel. Er hat mit allen Mädchen geschlafen. Auf seiner Plantage lief eine ganze Schar kleiner Mischlingskinder herum. Sie pflückten für ihn Baumwolle und mussten seine weißen Kinder bedienen, als wären sie Prinzen und Prinzessinnen.«

»Hat er … Gewalt angewendet?«

»Bei einigen schon. Wir anderen lernten, dass es besser war, ihn einfach machen zu lassen und zu warten, bis es vorbei war. So lief es glimpflicher ab. Die Mädchen, die sich wehrten, sahen am nächsten Tag aus, als wären sie von Pferden niedergetrampelt worden. Er bekam sowieso, was er wollte. Ich wollte nicht geschlagen werden. Also habe ich ihn machen lassen. Wenn er wusste, dass eine Frau schwanger war, kam er fast jede Nacht. Wenn sie schon schwanger war, musste er sich keine Sorgen machen, dass sie schwanger werden könnte. Deshalb kam er immer wieder, bis die Wehen einsetzten. Dann nahm er sich die nächste.«

Mary merkte erst jetzt, dass ihr Mund offen stand. Sie klappte ihn schnell zu. »Wie furchtbar! Bei dir war es auch so?«

»Ja, zweimal. Im Jahr, bevor ich Simon bekam, war ich auch schon schwanger, aber das Kind ist gestorben.«

Mary dachte an ihr eigenes totes kleines Mädchen, das draußen in der gefrorenen Erde lag. »Das tut mir so leid, Loretta.«

»Mir nicht! Ich freue mich für das Kind. Wenn man tot ist, ist man kein Sklave. Dann herrscht man mit Jesus. Als ich Simon bekam und sah, dass er gesund war, bin ich weggelaufen, so schnell ich konnte. Mein Kind sollte nicht wie ich als Sklave aufwachsen und auf den Feldern seines eigenen Vaters schuften müssen.« Loretta zog das Baby, das jetzt eingeschlafen war, von ihrer Brust.

Mary nahm ihren kleinen Sohn wieder zurück, während Loretta ihr Mieder zuknöpfte. »Loretta, ich bewundere dich. Ihr alle erstaunt mich. Ich glaube nicht, dass ich das, was ihr bewältigt habt, geschafft hätte. Ich glaube nicht, dass ich so mutig gewesen wäre.«

Loretta schaute sie an. »Ich glaube schon, dass Sie das geschafft hätten, Mrs Balsam. Sie zeigen, dass Sie Mut haben. Man braucht Mut für das, was Sie machen.«

Mary zuckte die Achseln. »Vielleicht.«

»Und man braucht Mut, um sein Herz so zu verschenken wie Sie.«

»Wie meinst du das?«

»Sie teilen sich auf, Mrs Balsam: Ein Teil von Ihnen ist auf dem Schlachtfeld und ein Teil von Ihnen ist bei Ihrem kleinen Baby und ein Teil von Ihnen ist in diesen ganzen Briefen, die Sie George schreiben.«

Auf Lorettas Worte hin entfuhr Mary ein schockiertes, geflüstertes »Was?!«.

»Keine Sorge«, beruhigte Loretta sie mit einem Lächeln. »Ihr Geheimnis ist bei mir sicher. Ich verrate es niemandem.«

»Aber woher weißt du das?«

Loretta bedachte sie mit einem verwirrten Blick. »Ihr kleiner Wonneproppen hier macht Sie anscheinend sehr müde. Erinnern Sie sich nicht, dass Sie mir den letzten Brief zum Lesen gegeben haben? Sie haben ihn mir in die Hand gedrückt, als ich fragte, was Sie da schreiben.«

Mary kramte in ihrem Gedächtnis. »Ich … ich glaube nicht,

dass ich das absichtlich gemacht habe. Sonst weiß es aber niemand, oder? Du hast doch nichts zu George gesagt?«

»Natürlich nicht. Das geht mich sowieso nichts an. Aber wissen Sie … Ich kenne Mr Balsam zwar nicht besonders gut, aber nach dem, was ich an Weihnachten gesehen habe, ist er keinen Deut besser als all die anderen weißen Männer, die ich kenne.«

»Wie meinst du das? War er unfreundlich zu dir?«

»Oh nein, er war freundlich. Sehr freundlich. Aber er ist kein Heiliger.«

Marys Verstand begann zu rasen. »Hat er dir etwas angetan?«

»Nein, er hat mir nichts getan, Mrs Balsam. Mir tut kein weißer Mann mehr etwas, das ich nicht will. Eher würde ich ihn töten. Aber als ich einmal mit Jacob in der Stadt einkaufen war, habe ich Mr Balsam auf dem Heimweg aus dem Sündenhaus dieser Margaret kommen sehen.«

Jetzt verschlug es Mary endgültig die Sprache. Ein protestierender Aufschrei ihres Babys verriet ihr, dass sie es zu fest drückte. Sie fing sich wieder und löste schnell ihren verkrampften Griff.

»Ich will keine Klatschtante sein. Deshalb habe ich niemandem etwas erzählt. Jacob hat ihn nicht gesehen, weil er nach vorne auf die Straße geschaut hat. Ich habe auf der Ladefläche gesessen und nach hinten geschaut. Aber ich dachte, ich erzähle es Ihnen lieber, damit Sie sich nicht mehr so furchtbar schlecht fühlen, weil Sie einen anderen Mann lieben.«

Mary wurde übel. »Ich glaube, ich muss mich hinlegen.«

Loretta stand ebenfalls auf. »Mrs Balsam, es tut mir ehrlich leid. Wahrscheinlich hätte ich Ihnen das lieber nicht sagen sollen. Aber die Welt ist voller verkommener Menschen. Sie gehören zu den wenigen Guten. Sie haben keinen Einfluss darauf, wen Sie lieben.«

Mary verließ Lorettas Zimmer wie in Trance und ging in ihr eigenes Schlafzimmer, wo sie das Baby in seine Wiege legte. Sie setzte sich vor den kleinen Schreibtisch, den sie in ihr Zimmer gestellt hatte, als ihre Briefe an George persönlicher geworden waren. Auf der ledernen Schreibunterlage lag ein leeres Blatt Papier. Sie starrte es gedankenverloren an.

Konnte es sein, dass Loretta die Wahrheit sagte? Mary hatte nie erlebt, dass sie gelogen hätte. Im Gegenteil, Loretta war so ehrlich, dass es manchmal sogar peinlich war. Vielleicht hatte sie sich aber geirrt und Nathaniel mit einem anderen Mann verwechselt. Mary versuchte, sich die Gesichter der Männer vorzustellen, die sie in der Stadt kannte. So viele waren im Krieg gefallen. Keiner von ihnen konnte ein Freudenhaus besucht haben. Viele andere verließen nur selten ihre Häuser, da sie durch Verbrennungen, Amputationen und Krankheiten schwer entstellt waren.

Sie dachte an die kurzen Tage von Nathaniels Fronturlaub zurück. Sie hatten sich in der ersten Nacht geliebt und auch in der zweiten, aber mit jedem neuen Tag hatte sie mehr das Gefühl gehabt, dass ihm nicht gefiel, wie sie das Haus und die Farm leitete. In der dritten Nacht waren sie auch wieder zusammen gewesen, aber sie war in Gedanken nicht bei ihm gewesen. Sie hatte gehofft, dass er das nicht merken würde. Doch danach hatten sie sich bis zu seiner letzten Nacht zu Hause nicht mehr geliebt. Hatte sie ihn mit ihrer Kälte zu einer Prostituierten getrieben? War er bei dieser Margaret gewesen und dann nach Hause gekommen und hatte mit ihr geschlafen?

In diesem Moment machte irgendetwas in Marys Kopf klick. Wenn Nathaniel ihr Ehebett entehren konnte, ohne sich Gedanken um die Folgen zu machen, würde auch sie sich keine Gedanken um die Konsequenzen machen und George genau das schreiben, was sie ihm sagen wollte. Mit zitternden Händen nahm sie ihre Feder, tauchte sie in die Tinte und begann zu schreiben.

# Kapitel 31

*Lapeer County, Oktober*

Trotz meiner Befürchtungen, sie könnte wieder einen Rückzieher machen, erzählte mir Nora tatsächlich, was es mit den vielen Betten auf dem Dachboden auf sich hatte. Es schien sie sogar zu freuen, über die entflohenen Sklaven zu sprechen, die in den Wänden dieses Bauernhauses Zuflucht gefunden hatten. Wie versprochen begann sie nach dem Abendessen zu erzählen, ohne dass ich sie erneut dazu auffordern musste. Es war wirklich eine lange Geschichte – wenigstens so, wie Nora sie schilderte. Aber sie fesselte mich ab dem ersten Satz. Es war für mich fast unvorstellbar, dass einige dieser mutigen Menschen in meinem Zimmer geschlafen hatten, dass ihre Hände dasselbe Treppengeländer, an dem ich mich jeden Morgen und Abend festhielt, berührt hatten.

Als ich an diesem Abend im Bett lag, staunte ich darüber, wie wenig ich über meine eigene Familie wusste. Kannten meine Eltern dieses unglaubliche Vermächtnis? Aber wenn sie es kennen würden, hätten sie es doch bestimmt an ihre Kinder weitergegeben.

Jetzt, wo ich einen Vorgeschmack auf die Geheimnisse bekommen hatte, die meine Großtante hütete, genügte mir die Geschichte, warum diese vielen Betten im Haus waren, nicht mehr. Ich wollte mehr wissen: Was war mit dem riesigen Holzreisekoffer auf dem Speicher? Was hatte es mit der Dunkelkammer auf sich? Was war mit William? Ich musste in die verborgene Geschichte dieses Hauses eintauchen, solange Nora noch da war. Sonst würde sie verloren gehen und in Vergessenheit geraten. Genauso wie die namenlosen Gebeine im Garten, die nur mit einer Datumsangabe versehen waren.

Außerdem hatte ich einem alten Mann, der eine Schachtel

mit alten Bildern besaß, ein Versprechen gegeben, das ich halten musste.

Doch schon am nächsten Tag stürzte sich Nora in ihr neues Projekt und bat mich, sie nicht bei ihrer Arbeit zu stören. Diese Bitte tat ein wenig weh. Hatte ich ihre Gastfreundschaft überstrapaziert? Ich wusste, dass ich selbst nie gewollt hätte, dass ein Gast länger als eine Woche in meiner Wohnung blieb, geschweige denn gleich sechs Wochen! Ich beschloss, ihr mehr Raum zu lassen und ein wenig mehr Zeit und Energie auf mich selbst zu verwenden.

Tyrese und ich entwickelten die erfreuliche Angewohnheit, uns ein paarmal in der Woche zu treffen. Donnerstagabends Kino, am Freitag ein Footballspiel der Highschoolmannschaft, Apfelmost, Donuts und ein Maislabyrinth am einen Samstag, am nächsten ein Scheunenverkauf.

Eine gute, nette und absolut wohltuende Art, gemeinsam ein paar schöne Stunden zu verbringen. Aber ehrlich gesagt vermisste ich, was Detroit zu bieten hatte: in den besten Restaurants zu essen, elegante Kasinos zu besuchen oder erstklassige Aufführungen im *Fox Theatre* zu erleben. Deshalb schlug ich vor, als ich eines Abends an Noras Küchentelefon mit Tyrese sprach und dabei das Kabel um meine Finger wickelte, wie ich es zuletzt mit dreizehn gemacht hatte, dass wir am nächsten Abend nach Flint fahren und uns eine Aufführung von *Ragtime* im *The Whiting* ansehen könnten.

»Ich weiß nicht recht«, sagte er. »Wenn es sich vermeiden lässt, fahre ich nicht nach Flint.«

»Warum nicht? Die Stadt ist gar nicht so schlecht, wie die Medien sie darstellen. Genauso wie Detroit. Einige Straßen sollte man vielleicht lieber meiden, aber in Flint gibt es echt coole Angebote.«

»Es ist einfach nicht meine Welt«, antwortete er. »Dort leben andere Leute.«

Ich überlegte, was ich darauf erwidern sollte. Plötzlich wurde mir bewusst, dass mein Schweigen Bände sprach.

»Nur weil ich schwarz bin, heißt das nicht, dass ich mich in Flint wohlfühlen würde«, sagte er. »Oder in Detroit. Oder bei einer Aufführung von *Ragtime.*«

»Das habe ich nicht gesagt.«

»Doch, das hast du gesagt. Du hast es nicht ausgesprochen, aber du hast es gesagt.«

»Ich habe wirklich nicht gemeint, dass …«

»Ist schon gut. Ich weiß, dass du es nicht so gemeint hast.«

»Was hältst du dann davon, zum Abendessen zu uns zu kommen? Nora würde sich bestimmt über deinen Besuch freuen und du könntest sie aus ihrem Arbeitszimmer locken.«

Er nahm die Einladung an. Nora verließ tatsächlich für eine Weile ihr Arbeitszimmer. Und ihr Schneckenhaus. Tyrese hatte eine unbeschreibliche Gabe, mit ihr zu sprechen und ihr die Fragen zu stellen, die ich aus Angst, dass sie dichtmachen oder mich durchschauen könnte, lieber nicht ansprach.

»Elizabeth hat mir erzählt, dass Sie aus Detroit stammen, aber seit den Sechzigerjahren hier leben«, sagte er, während er die Gabel in seinen Kartoffelbrei tauchte. »Wie kam es dazu? Warum sind Sie aufs Land gezogen?«

»In Detroit gab es keinen Platz für uns«, antwortete Nora nüchtern.

Ich riskierte es, mich in das Gespräch einzuschalten. »Es gab keine Wohnung?«

»Nicht für uns. In den anständigen Stadtvierteln wollte uns niemand eine Wohnung vermieten. Aber ich wollte sowieso nicht dortbleiben. Als ich heiratete, entzog mir meine Familie ihre finanzielle Unterstützung. Bald danach beschlossen wir, hier zu wohnen, und zogen uns sozusagen aus dem Leben zurück.«

»Warum wollte Ihre Familie nicht, dass Sie Ihren Mann heiraten?«, fragte Tyrese.

»Weil er schwarz war.«

Mit dieser Antwort hatte ich gerechnet, aber sie so unverblümt zu hören, war trotzdem ein Schock für mich. Ich schaute Tyrese an und erwartete, eine ungläubige Miene zu sehen. Aber er wirkte überhaupt nicht überrascht, sondern nickte verstehend.

»Es war nicht so, dass es solche Ehen nie gegeben hätte«, sprach Nora weiter. »Aber es wurde definitiv nicht als akzeptabel angesehen, und schon gar nicht bei einer jungen Frau aus meiner Gesellschaftsschicht. Deshalb zogen wir hierher, um den vernichtenden Blicken und geschmacklosen Kommentaren und der Ausgrenzung in Detroit zu entfliehen. Wir hatten vier schöne Jahre zusammen. Dann war es vorbei.«

Vier Jahre? Das war alles gewesen? »Was ist passiert?«, fragte ich.

Sie runzelte die Stirn. »Das weiß ich nicht genau.«

Ich wusste es auch nicht. Ich hatte auf *Ancestry.com* keine Sterbeurkunde finden können. Als ich genauer darüber nachdachte, fiel mir auf, dass Mr Rich nie explizit gesagt hatte, dass sein Onkel gestorben war.

»Ist er …? Lebt er noch?«

Nora schüttelte den Kopf. »An manchen Tagen gelingt es mir, mir einzureden, er würde noch leben.« Sie schwieg wieder.

Tyrese schaute auf seine Uhr. »Oh, es ist schon spät.«

Er war bereits auf den Beinen und stand an der Küchentür, als ich begriff, dass er gehen wollte. Ich machte Anstalten, ebenfalls aufzustehen, um ihn zu verabschieden, doch er wiegelte ab.

»Bleib ruhig sitzen.« Er deutete vielsagend auf Nora, die mit gebeugtem Kopf am Tisch saß. »Ich finde allein hinaus. Danke für das köstliche Essen.«

Ich sagte stumm *Danke.* Tyrese lächelte und ging. Er wollte Nora und mir die Gelegenheit geben, über das zu sprechen, was mir schon lange unter den Nägeln brannte.

»Nora, ist das unten im Keller Williams Dunkelkammer?«

Ich konnte ihre Miene nicht deuten, aber sie war definitiv nicht angenehm überrascht.

»Woher weißt du von der Dunkelkammer?«

Ich atmete tief ein und fühlte mich wie früher als Kind, wenn mich meine Eltern bei einer Lüge ertappt hatten. »Ich hoffe, du bist mir nicht böse. Als ich die Kommode in meinem Zimmer leer räumte, fand ich in der unteren Schublade einen Schlüssel. Ich hätte ihn dir natürlich sofort geben müssen. Aber als ich das Gartenwerkzeug aus dem Keller holte, fiel mein Blick auf die Tür ... Ich wollte mit dir darüber sprechen, aber ich traute mich nicht, weil ich hineingegangen war, ohne dich vorher um Erlaubnis zu bitten. Doch als du gerade angefangen hast, von William zu erzählen, dachte ich ... Ich weiß, dass es sonderbar klingt, aber ich wollte dich fragen, welche Geschichte dahintersteckt, solange du sie mir noch erzählen kannst.«

Sie zog die Brauen hoch. »Du meinst, solange ich noch nicht tot bin?«

»Oder senil«, erwiderte ich schwach, als wäre das besser.

Sie bedachte mich mit einem langen Blick. »Eigentlich würde ich dir jetzt am liebsten sagen, dass du deine Nase nicht in fremde Angelegenheiten stecken sollst.«

Mich verließ der Mut.

»Aber wahrscheinlich hast du recht«, sprach sie weiter. »Unsere Zeit auf der Erde ist begrenzt. Und auch wenn jeder Mensch manche Dinge mit ins Grab nimmt, sollte die eigene Familiengeschichte nicht dazugehören. Ich hatte auch eine Großtante. Sie war sehr nett und hat mir viel über die Geschichte dieses Hauses erzählt. Von ihr weiß ich, dass früher ehemalige Sklaven auf dieser Farm gelebt haben. Ich sollte dir den gleichen Gefallen tun.«

Mein Herzschlag beschleunigte sich. »Hat William dort unten gearbeitet?«

»Ja.«

»Warum hat er die Tür abgesperrt?« Ich dachte an die Fotos von der schönen jungen Frau und befürchtete, die Antwort auf diese Frage schon zu kennen.

»Er hat sie nicht abgesperrt. Das war ich. Ich habe die Tür in der Woche, nachdem er weggegangen ist, abgeschlossen. Den Schlüssel habe ich oben in meiner Kommodenschublade verstaut, damit ich die Tür wieder hätte aufsperren können, falls ich je den Mut dazu aufgebracht hätte. Aber diesen Mut hatte ich nie.«

»Warum nicht?«

Sie schwieg einen Moment. »Wenn man etwas gesehen hat, kann man nicht mehr in die Zeit zurückkehren, als man es noch nicht gesehen hatte.« Sie schüttelte den Kopf. »Man kann die Zeit nicht zurückdrehen.«

Was vermutete sie in diesem Raum? Hegte sie den gleichen Verdacht wie ich?

»Woher weißt du eigentlich, dass er Fotograf war?«, fragte sie.

Jetzt konnte ich mich nicht mehr herausreden.

»Weil ich etwas habe, das ich dir geben muss.«

# Kapitel 32

*Lapeer County, November 1964*

»Mist!« Nora verzog das Gesicht und steckte sich den Finger in den Mund.

»Du hast dich so gefreut, als du dieses Ding gefunden hast, da wäre es wirklich schade, wenn du es jetzt voller Blut machst«, bemerkte William, der in diesem Moment mit der Kamera in der Hand ins Zimmer kam.

»Ja, ja. Aber wahrscheinlich würde ein Blutfleck darauf gar nicht auffallen.«

»Da könntest du recht haben. Wie nennst du dieses Ding noch mal?«

»Verrückte Quiltdecke.«

Er nickte. »Der Name passt. Diese Decke ist wirklich verrückt hässlich.«

»Nein, das ist sie nicht.«

William schoss ein Foto von ihrem aufgebrachten Gesicht. »Doch. Nichts passt zusammen. Jedes Teil hat eine andere Form. Es sind sogar kleine Spinnen darauf. Die Decke ist verrückt.«

»Sage ich doch.«

Er lachte leise. »Wie du meinst. Aber dieses Ding kommt nicht auf unser Bett, oder? Mir gefällt die rot-weiße Decke, die du genäht hast, viel besser.«

»Nein, sie kommt nicht auf unser Bett. Aber ich dachte, wenn ich die aufgerissenen Stellen nähe, könnte ich sie woanders benutzen.«

»Du meinst irgendwo, wo ich nie hinkomme? Denn wenn ich diese Decke zu lange anschaue, bekomme ich einen epileptischen Anfall.«

»Halt die Klappe.« Nora warf lachend eine Garnrolle nach ihm.

»Nicht getroffen!«

»Ich sagte, halt die Klappe. Und heb mir bitte den Faden wieder auf.«

William fischte die Garnrolle unter einem Stuhl hervor. »Ich bin dann mal eine Weile unten, okay? Rufst du mich, wenn das Essen fertig ist?«

»Klar, auch wenn ich noch keine Ahnung habe, was es geben wird.«

»Dein Hackbraten schmeckt großartig, Baby. Lass dir von niemandem etwas anderes einreden.«

Er gab ihr einen leidenschaftlichen Kuss auf den Mund und sah aus, als erwöge er, seine Pläne zu ändern, doch dann verdrängte er seine Gefühle und ließ sie allein. Nora hörte, wie seine Schritte leiser wurden und dann ganz verstummten, als er den Lehmboden im Keller erreichte. Ein Quietschen. Dann das dumpfe Geräusch von einer Tür, die zugemacht wurde. Sie war allein.

Nachdem sie den Faden verknotet hatte, schnitt sie ihn ab. Dann lehnte sie sich zurück und betrachtete ihre Arbeit. Der aufgerissene Saum war wieder zugenäht. Ihre winzigen Stiche waren unter den Vogelspuren, die eine Vorfahrin vor langer Zeit gestickt haben musste, verborgen. Auf der Suche nach der nächsten Stelle, die geflickt werden musste, strich Nora liebevoll über die Decke. Sie übernahm seit Monaten Flickarbeiten für andere Leute, um Geld dazuzuverdienen, aber keine dieser Näharbeiten hatte sie als so befriedigend empfunden wie dieses Projekt.

Die Quiltdecke hatten sie am Vorabend auf dem Dachboden entdeckt. Da sie seit über einem Jahr hier in diesem Haus wohnten, war Nora sich sicher gewesen, dass sie inzwischen all seine Geheimnisse enthüllt hatten, auch wenn sie sie nicht erklären konnten. Doch als sie gestern den großen antiken Reisekoffer gefunden hatten, war sie eines Besseren belehrt worden. Sie hatte den riesigen Schlüssel, den ihre Mutter mit in den Umschlag gesteckt hatte, als Nora und William nach Lapeer gezogen waren, fast vergessen gehabt. Der Schlüssel hatte nirgends gepasst, deshalb war er in einer Küchenschublade gelandet und im Laufe der

Zeit immer weiter nach hinten unter die Topflappen gerutscht. Als sie den hölzernen Koffer gestern auf dem Speicher hinter dem letzten rätselhaften Bett unter einem Laken versteckt entdeckt hatten, hatte William vorgeschlagen, ihn mit einem Brecheisen zu öffnen. Zum Glück hatte sich Nora gerade noch rechtzeitig an den Schlüssel erinnert.

»Was ist das?«, hatte William gefragt.

»Das ist eine Quiltdecke«, hatte Nora ehrfürchtig geantwortet. »Oh du meine Güte!«

Jeder von ihnen hatte zwei Ecken in die Hand genommen und sie hatten die Decke vorsichtig auseinandergefaltet. Sie war so schwer, dass sie wie eine riesige Mosaikschale zwischen ihnen gehangen hatte.

»Wir müssen sie nach unten bringen.«

Williams Neugier war geweckt gewesen. »Ist sonst noch etwas in diesem Koffer? Piratengold? Vielleicht ein paar alte Beutel mit Geld von einem Banküberfall oder so etwas?«

»Nur ein paar alte Hemden.«

William war enttäuscht gewesen.

Sie hatten die Quiltdecke in den Salon hinabgetragen, die Möbel an den Rand des großen Raumes geschoben und die Decke auf den Boden gelegt.

»Wow!«, hatte Nora ausgerufen. »Sie sieht faszinierend aus.«

William hatte seine Meinung lieber für sich behalten. Dieser Fund hatte Nora so glücklich gemacht, dass sie fast vergessen hatte, dass er noch im Zimmer war.

Als sie die Decke jetzt vorsichtig erneut auf dem Boden ausbreitete, um die Stellen, die sie geflickt hatte, besser betrachten zu können, schickte Nora ein leises Dankgebet dafür zum Himmel, dass die Decke all die Jahrzehnte erhalten geblieben war. Die Uhr auf dem Kaminsims schlug zur vollen Stunde und Nora ging in die Küche, um das Abendessen vorzubereiten. Während das Essen auf dem Herd köchelte und brutzelte, kehrte sie immer wieder in den Salon zurück, um die Quiltdecke zu betrachten. Wohin sollte sie sie legen?

Als sie die Pfanne von der Herdplatte zog, beschloss sie, die Decke auf das Bett im Schlafzimmer auf der Nordseite zu legen, auf dem im Moment nur eine einfache Wolldecke lag. Dort würde sie die Decke nur sehen, wenn sie beschloss, das Zimmer zu betreten, und William könnte einen weiten Bogen darum machen.

»Das Essen ist fertig!«, rief sie die Kellertreppe hinunter.

»Ich bin in zwei Minuten oben!«, kam die gedämpfte Antwort.

Nora stellte die Teller auf den Tisch und salzte Williams Gemüse.

»Was hältst du davon?«, fragte er, als er einen Moment später zu ihr kam. Er legte vier 12 mal 18 Zentimeter große Fotos auf den Tisch.

Nora kam um den Tisch herum und betrachtete sie. »Sie sind nett.«

»Nett?«

»Ja«, sagte sie und schaute ihn an. »Sie sind nett.«

Er runzelte die Stirn und betrachtete die Fotos mit einem kritischen Blick.

»Es sind schöne Fotos, William.«

Er schüttelte den Kopf. »Nein, sie sind nur nett. Du hast recht«, seufzte er.

Nora hob ein Foto von einem hellen Blatt auf einem großen, dunklen Stein hoch. »Das hier ist besonders gut. Mir gefallen die Kontraste.«

Er schüttelte immer noch den Kopf. »Ich weiß nicht, wo das Problem liegt. Seit wir hierhergezogen sind, gefällt mir kein Bild mehr, das ich mache. Dieser Ort ist für Fotografen die Hölle.«

Nora betrachtete noch einmal die vier Fotos. »Hier gibt es keine Menschen.«

»Keine Menschen?«, wiederholte er fragend.

»Das waren immer deine besten Fotos. Porträts, Bilder von den verschiedensten Personen.«

William sah nachdenklich aus. Er begann zu nicken, zuerst langsam, dann immer kräftiger.

»Komm, setz dich. Das Essen wird kalt«, schlug Nora vor.

William setzte sich, aber er aß nichts. »Das ist das Problem. Hier gibt es keine Menschen. Habe ich nicht genau das gesagt, als du vorgeschlagen hast, dass wir hierherziehen könnten?«

»Das ist einer der Gründe, warum es mir hier so gut gefällt.«

William spießte eine grüne Bohne auf. »In diesem Haus passiert nichts. Ich bezweifle, dass hier jemals etwas passiert ist, das sich zu fotografieren gelohnt hätte. Vielleicht sollte ich für einen Tag irgendwohin fahren.«

»Wie wäre es mit Flint?«

Er kniff die Augen zusammen. »Warum Flint?«

»Es ist nicht weit, es ist eine Stadt, dort gibt es viele Menschen. Das könnte doch ein geeigneter Ort sein. Warum nicht?«

»Willst du wieder damit anfangen, dass ich mir eine Arbeit am Fließband suchen soll?«

Nora machte ein unschuldiges Gesicht. »Ich weiß nicht, wovon du sprichst.«

»Natürlich nicht«, sagte er mit einem leichten Lächeln.

»Aber wenn du schon mal dort bist und Lust haben solltest, könntest du natürlich ein Bewerbungsformular ausfüllen.«

Er schüttelte den Kopf. »Siehst du! Ich wusste es.«

»Warum willst du nicht bei General Motors arbeiten? Dort verdient man gutes Geld.«

»Wozu brauchen wir mehr Geld? Wir haben genug.«

»Wir kommen gerade so über die Runden. Aber wir kommen nicht voran.«

»Wohin sollen wir denn vorankommen? Wozu braucht man mehr, wenn man genug zum Leben hat?«

»Willst du nicht ein bisschen mehr? Wir könnten uns ein anderes Auto kaufen. Wir könnten in den Urlaub fahren.«

»Aber wenn ich nicht fünfzig Kilometer entfernt arbeite, brauchen wir kein zweites Auto, und wenn ich nicht fünfzig Stunden in der Woche am Fließband schufte, brauche ich keinen Urlaub.«

»Und was ist mit Rente?«

»Rente wovon? Wovon soll ich in den Ruhestand gehen?«

Nora stieß ein frustriertes Seufzen aus.

»Hör zu, Baby, ich will Zeit für meine Fotografie haben. Dafür schlägt mein Herz. Und da ich mich jetzt nicht mehr an der Miete meiner Mutter beteiligen muss, habe ich den nötigen Spielraum dafür. Ich will gute Fotos machen – aussagekräftige Bilder – und ein paar verkaufen, sie vielleicht in einer Galerie ausstellen. Eines Tages einen Bildband herausbringen. Wenn wir noch in einer Stadt wohnen würden, in der etwas passiert, würde ich vermutlich weiterhin Fotos für Zeitungen machen, wie damals die Fotos von dem Marsch. Du hast deine Nähmaschine, ich habe meine Kamera, wir haben dieses Haus. Was brauchen wir im Moment mehr?«

Einige Minuten lang aßen sie schweigend weiter.

»Nora«, ergriff William schließlich wieder das Wort, »ich will einfach nicht in ein Leben zurückkehren, in dem ich wegen meiner Hautfarbe schlechter behandelt werde. Jeder Schwarze kann eine Arbeit am Fließband bekommen. Aber dort ist er immer noch ein Schwarzer. Dort nimmt er immer noch von Weißen in Anzügen, die sich viel zu wichtig nehmen, Befehle entgegen. Dort fühlt er sich immer noch nicht wie ein Mensch.«

Nora schwieg einen Moment. Dann vergrub sie ihr Gesicht in den Händen.

Im nächsten Moment stand William neben ihr. »Was ist los?«

»Es ist nur … Ich bin schwanger.«

»Was?!«

»Auf uns werden Krankenhausrechnungen zukommen und wir müssen Babykleidung kaufen und eine Wiege und alle möglichen anderen Sachen, die wir uns nicht leisten können. Das Baby wird …«

Er legte den Kopf schief, um ihr Gesicht sehen zu können. »Nora, ist das dein Ernst? Bekommst du wirklich ein Baby? Unser Baby?«

Sie versuchte, sich wieder in den Griff zu bekommen. »Ja.« In ihre Augen traten Tränen. »Es tut mir leid.« Sie schniefte und wischte mit dem Ärmel über ihre Augen. »Ich weiß nicht, was in mich gefahren ist.«

William lachte leise und zog sie an seine Brust. »Alles ist gut, Baby. Alles ist gut.« Er hielt sie lange fest und wiegte sie leicht. Schließlich sagte er: »Okay. Ich suche mir eine Arbeit in Flint.«

»Wirklich?«

»Wirklich. Ich fange morgen an zu suchen.«

Nora schnäuzte in ihre Serviette und William setzte sich wieder auf seinen Stuhl.

Während des restlichen Essens sprachen sie darüber, welches Geschlecht das Baby wohl haben würde, welches Zimmer am besten als Kinderzimmer geeignet wäre, welche Farbe die Wände haben sollten und welche Namen ihnen gefielen.

»Wie wäre es mit Bernice?«, fragte William.

»Bernice? Was? Nein.«

»Warum nicht?«

»Bernice?«

»Ja.«

»Nein.«

»Also gut«, sagte er und verdrehte die Augen. »Wie wäre es dann mit Beverly?«

»Vielleicht.«

William lehnte sich zufrieden zurück.

»Aber wenn es ein Junge wird«, sagte Nora, »soll er Matthew heißen.«

# Kapitel 33

*Lapeer County, April 1865*

Bridget schloss den letzten Knopf an Marys Mieder und reichte ihr ein schwarzes Tuch. Die zwei Frauen stiegen dieselbe Treppe hinab, die George erst wenige Tage zuvor mit der Freudennachricht hochgelaufen war: Der Krieg war zu Ende. Es war seit Monaten der erste unbefangene Moment zwischen Mary und George gewesen. Er hatte auf ihren impulsiven und leidenschaftlichen Brief nicht reagiert. Und mit jedem Tag, der seit diesem Brief vergangen war, war es ihr schwerergefallen, mit George im selben Raum zu sein. Jetzt hielt Mary ihre schwarzen Röcke hoch, um nicht darüberzustolpern, während sie die Treppe hinabstieg, um mit ihren schweigsamen, trauernden Freunden das Abendessen einzunehmen.

Sie vermutete, dass die anderen das Gleiche dachten wie sie: Wie hatte das nur passieren können? Gerade, als der Sieg errungen war? Die große Ungerechtigkeit und Tragödie war für sie schier unerträglich. Aber als Herrin des Hauses wusste Mary, dass sie trotz der Trauer ein Vorbild an Stärke und Tapferkeit sein musste. Sie durfte der Verzweiflung nicht nachgeben. Immerhin war der Krieg gewonnen.

»Little George hat mich heute Morgen kein einziges Mal bespuckt, Mrs Balsam«, erklärte Angelica und reichte ihr das zappelnde Baby.

»Das war sehr nett von ihm.« Mary musste unwillkürlich lächeln. Ihr gefiel der Name, den die Hausbewohner ihrem Sohn gegeben hatten, um ihn von seinem Namensvetter zu unterscheiden. Dadurch wusste jeder immer sofort, von wem die Rede war. Auch wenn Mary nicht davon ausging, dass Big George, der an der Stirnseite des Tisches saß, die Angewohnheit hatte, Angelica zu bespucken … Zudem fand sie das Wort *little* sehr zutreffend. Ihr Sohn war ihr kleiner Engel, ihr Trost.

Nachdem Loretta ihr verraten hatte, wie schäbig Nathaniel sich verhalten hatte, hatte Mary allen im Haus verkündet, dass ihr Baby George hieß. Eine Woche später war er getauft worden. Mary und Bridget hatten mit Big George den Gottesdienst in der Stadt besucht, aber die anderen Hausbewohner waren zu Hause geblieben. Pastor Whittaker und seine Frau hatten angesichts des Namens, den Mary ihrem Kind gegeben hatte, die Stirn gerunzelt, aber Mary hatte sich nicht beirren lassen.

Als alle Platz genommen hatten, sprach George das Tischgebet. Während sie die Augen schlossen und George dem Herrn dafür dankte, dass er sie versorgte, tapste der kleine Simon ins Zimmer und zog an der Tischdecke. Fast wäre ein ganzes Gedeck auf seinem Kopf gelandet. Im letzten Moment hielt jemand die Hand des Jungen fest und alle im Raum schienen erleichtert aufzuatmen.

»Wir danken Gott für Kinder in dunklen Zeiten«, sagte John Dixon und schickte Simon weg.

»Ja, das stimmt«, gab Mary ihm recht. »Ich bete dafür, dass diese Kleinen nie das Grauen erleben müssen, das unsere Nation in den letzten vier Jahren erlitten hat.«

Am ganzen Tisch wurde zustimmend genickt.

»Gibt es schon eine Nachricht, wann Mr Balsam nach Hause kommt?«, erkundigte sich Jacob.

Mary schüttelte den Kopf. »Ich kann mir denken, dass es noch eine Weile dauern wird. Und jetzt, wo Präsident Lincoln ermordet wurde, befürchte ich, dass es noch länger dauern könnte. Aber ich bin mir sicher, dass er eine Nachricht schickt, sobald er kann.«

Der letzte Brief von Nathaniel war gekommen, als Little George noch gar nicht geboren gewesen war. Seitdem hatte sie von ihrem Mann nichts mehr gehört. Sie las jede Woche die Namenslisten, um zu sehen, ob er getötet, verletzt oder gefangen genommen worden war. Aber sein Name tauchte nirgends auf. Deshalb versuchte sie, sich keine Sorgen zu machen. So wütend sie auch auf ihn war, wünschte sie Nathaniel trotzdem nichts Schlechtes. Sie hoffte, dass er wohlbehalten nach Hause kommen würde, auch wenn sie nicht ohne Bitterkeit an ihn denken konnte.

Bald war das Frühstück zu Ende und in der Küche wurde das Geschirr gespült. Die Männer begaben sich zu den unterschiedlichen Arbeiten auf dem weitläufigen Farmgelände. Bridget und Angelica brachten die kleinen Kinder auf die vordere Veranda, damit sie die frische Frühlingsluft einatmen konnten. Mary schob gerade den letzten Stuhl unter den Tisch, als George noch einmal zurückkehrte, um seinen Hut zu holen. Es war das erste Mal seit Monaten, dass sie mit ihm allein war.

»Wo warst du in letzter Zeit, George? Ich habe das Gefühl, dass ich dich kaum noch zu Gesicht bekomme.«

»Wir hatten beide viel zu tun.«

»Was meine Zeit beschlagnahmt, liegt auf der Hand: Ein Baby macht sehr viel Arbeit. Aber wie hast du deine Zeit verbracht? Was machst du bis spät nachts im Stall?«

Er schaute sie überrascht an.

»Little George hält mich nachts stundenlang wach«, sagte sie. »Wenn ich aus dem Küchenfenster blicke, sehe ich oft das Laternenlicht, das durch den Spalt in der Stalltür fällt. Womit beschäftigst du dich da draußen?«

George schien zu überlegen, bevor er antwortete. »Ich zimmere.«

»Du zimmerst? Meine Güte, was zimmerst du denn? Inzwischen könntest du ja die gesamte Arche Noah gebaut haben.«

Ein Lächeln zog über sein Gesicht. »Nein, es wird keine Arche. Aber es ist fast fertig. Möchten Sie es sehen?«

In ihrem Bauch regte sich ein warmes Gefühl. Die Monate ohne Briefe waren wie weggeblasen. Mary hatte das Gefühl, einen Freund wiedergefunden zu haben. »Ich würde es sehr gerne sehen.«

»Dann kommen Sie heute Abend, wenn ich daran arbeite, in den Stall. Ich zeige es Ihnen.« Er tippte an seinen Hut und verließ das Zimmer.

Den Rest des Tages war Mary völlig zerstreut. Sie merkte nicht, wenn jemand sie ansprach. Sie verlegte ihren Brieföffner und verschüttete Tinte. Was zimmerte George heimlich? Warum konnte er es ihr nur im Schutz der Dunkelheit zeigen? War dies eine Einladung zu mehr? Könnte es seine Antwort auf ihren Brief sein?

Später wälzte sich Mary müde in ihrem Bett hin und her, während Little George in seiner Wiege schlummerte und Bridget auf ihrem Bett schnarchte. Schließlich schlief sie ein. Als Little George sie mit seinem Weinen weckte, hatte sie Mühe, aus ihrer Schlaftrunkenheit richtig aufzuwachen. Erst als sie ihren schlafenden Sohn wieder in seine Wiege zurücklegte, erinnerte sie sich daran, dass sie an diesem Abend ja noch etwas vorhatte. Sie betrachtete sich prüfend im Spiegel und frisierte ihre Haare, dann zog sie ihren besten Morgenmantel und ihre Hausschuhe an. Auf Zehenspitzen schlich sie die Treppe hinab und durch die Hintertür aus dem Haus.

Ein schwaches Licht fiel durch den Spalt unter der Stalltür. Ihr Herz schlug ihr bis zum Hals, als sie über das nasse Gras lief und aus der dunklen Nacht in den warmen Schein einer Laterne trat. Sie hörte ein schleifendes Geräusch, konnte aber niemanden sehen.

»Hallo?«, flüsterte sie.

Das Schleifen verstummte.

»Mrs Balsam?«, erklang leise Georges Stimme.

»Wo bist du?«

»Auf dem Speicher.«

Mary blickte nach oben und entdeckte George, der zu ihr nach unten schaute. Sie kletterte die Leiter hinauf und kämpfte sich über das Heu zu der Stelle vor, an der George vor einem großen Holzgebilde kniete.

»Das hier«, sagte er, »mache ich an den Abenden.«

Mary betrachtete das Gebilde. Es schien aus gewellten Ästen gebaut zu sein, einige hell, einige dunkel. Sie waren wie in einer sinnlichen Umarmung ineinander verschlungen und glatt poliert.

»Das ist noch nicht alles«, erklärte er ihr. »Es gehören noch einige andere Teile dazu, die schon fertig sind. Aber die bewahre ich woanders auf.«

»Was ist das?«

»Ein Bett. Das ist das Fußende. Das Kopfende und die beiden Seitenteile habe ich schon fertig. Zusammen baue ich die Teile dann später direkt im Zimmer auf einem Rahmen. Und dort ziehe ich dann auch die Seile für die Federmatratze durch. Ich wollte etwas ganz Besonderes machen.«

Mary trat näher an das Gebilde heran und strich mit der Hand über die glatte Oberfläche eines Astes. Erst aus der Nähe konnte sie sehen, dass es gar kein Ast war. Das ganze Teil schien aus zwei getrennten, aber ineinander verschlungenen Holzteilen gebaut zu sein, eines hell, eines dunkel. Mary strich mit dem Finger über eines der Teile, aber sie konnte nicht erkennen, wie George es geschafft hatte, die beiden zusammenzufügen.

»Da muss ein Trick dahinterstecken«, sagte sie verwundert.

»Das stimmt, aber ich werde ihn Ihnen nicht verraten.«

»So etwas habe ich noch nie gesehen. Ich hatte keine Ahnung, dass du ein Künstler bist.«

Er lachte. »Sie und ich, wir sind beide Künstler.«

»Erstaunlich.«

»Es freut mich, dass es Ihnen gefällt. Ich habe es für Sie gemacht.«

Marys Augen wurden ganz groß. »Oh, George!«, stammelte sie und konnte nicht weitersprechen. »Ich … ich weiß nicht, was ich sagen soll.«

»Sie brauchen nichts zu sagen. Ich wollte es eigentlich in Ihrem Schlafzimmer aufstellen, ohne dass Sie vorher davon wissen, aber Sie gehen ja nie aus dem Haus. Wahrscheinlich ist es so besser. Jetzt weiß ich, dass es Ihnen gefällt.«

»George, ich … es gefällt mir sehr. Aber …«

Das war falsch. So falsch. Wie konnte der Mann, den sie liebte, ein Bett bauen, in dem ein anderer mit ihr Kinder zeugen würde, ein Mann, den sie kaum noch kannte?

»Oh, George! Wie kannst du so etwas für mich machen?«

Sein Gesicht wurde traurig. »Ich dachte, Sie freuen sich darüber.«

»Natürlich, aber … Es ist bestimmt falsch, das laut auszusprechen, aber ehrlich gesagt, freue ich mich nicht besonders darauf, dass Nathaniel wieder nach Hause kommt. Ich kenne dich doppelt so lange, wie ich ihn kannte, bevor er in den Krieg gezogen ist. Du warst die ganze Zeit bei mir. Du warst in meinen dunkelsten Momenten für mich da. Nathaniel war nicht da. Wie kann ich wissen, ob wir uns je so lieben werden, wie du und ich …« Hastig schloss sie den Mund.

»Sie wissen, dass zwischen uns nie mehr sein kann«, sagte George leise. »Ich kann für Sie nie mehr sein als ein Freund.«

Er sagte die Wahrheit. Selbst wenn Nathaniel im Krieg gefallen sein sollte, könnte sie George nicht heiraten. Sie hatte Gerüchte gehört, dass sich in Boston und New York die Rassen vermischten und es Mischehen gab. Aber Lapeer County war nicht Boston oder New York.

Tränen traten in ihre Augen. »Warum hast du das für mich gebaut? Warum hast du mich gebeten, mitten in der Nacht zu dir in den Stall zu kommen?«

»Ich habe nicht gedacht …«

»Nein, du hast nicht gedacht«, fiel sie ihm vehement ins Wort. »Zuerst lege ich dir in einem Brief, den ich nie hätte schreiben sollen, mein Herz offen. Dann ignorierst du diesen Brief monatelang. Und mich. Und jetzt schenkst du mir ein Bett? Was soll ich denn da denken?« Sie drehte sich um und wollte davonstürmen.

»Mary, warte.«

Tränen liefen ihr übers Gesicht. »Warum? Warum sagst du jetzt plötzlich Mary zu mir?«

George zog sie an sich. Einen Moment lang klammerte sie sich an ihn, dann schob sie sich von ihm weg.

Er legte die Hand sanft an ihr Kinn und hob ihr Gesicht an. Mit der Rückseite seines Fingers wischte er zärtlich die Tränen von ihren Wangen. »Einen solchen Brief habe ich nie bekommen. Wenn ich ihn bekommen hätte, hätte ich natürlich zurückgeschrieben.«

»Aber … ich weiß, dass ich ihn geschrieben habe.« Mary versuchte, sich an jenen furchtbaren Tag zu erinnern, an dem sie erfahren hatte, dass Nathaniel ihr Ehegelübde mit Füßen getreten hatte. Sie erinnerte sich noch daran, dass sie den Brief in einen Umschlag gesteckt hatte. Sie erinnerte sich daran, dass sie *Mein Liebster* statt *George* auf den Umschlag geschrieben hatte. Sie erinnerte sich, dass sie am nächsten Morgen Bridget wie durch einen Nebel gesehen hatte, nachdem Little George sie die ganze Nacht um den Schlaf gebracht hatte. Sie hatten miteinander gesprochen, aber Mary konnte sich nicht daran erinnern, was sie gesagt hatten. Sie war sich nicht einmal sicher, was tatsächlich geschehen und was vielleicht nur ein Traum gewesen war.

Georges Hand an ihrer Wange holte sie in die Gegenwart zurück. »Früher wollte ich in meinem Leben nichts sehnlicher als meine Freiheit«, sagte er. »Aber meine Freiheit war das Einzige, was ich nicht haben konnte. Jetzt habe ich meine Freiheit und will nichts sehnlicher als dich. Aber du bist das Einzige, was ich nicht haben kann.«

In diesem Moment wusste Mary: Wenn er sie dazu auffordern würde, würde sie sich ihm hingeben, egal, welche Konsequenzen das hätte.

Als könnte er ihre verzweifelte Sehnsucht sehen, ließ George ihre Hand los und trat zurück. »Ich denke, Sie sollten jetzt lieber ins Haus zurückgehen, Mrs Balsam.«

Irgendwie gelang es Mary, die Leiter hinabzuklettern und den Stall zu verlassen. Sie lief über das nasse Gras zum Haus, stürmte die Treppe hinauf und warf sich auf ihr Bett. Sie vergrub ihr Gesicht in ihrem Kissen und ließ ihren Tränen freien Lauf. Nach wenigen Sekunden fühlte sie eine Hand auf ihrer Schulter.

»Ma'am, ist mit Ihnen alles in Ordnung?«

Mary fuhr mit dem Kopf herum. »Bridget, hast du für mich einen Brief abgeschickt?«

»Einen Brief?«

Mary umklammerte Bridgets Hand. »Vor mehreren Monaten. Auf dem Umschlag stand *Mein Liebster.*«

»Oh, ja, aber das ist schon eine ganze Weile her. Ich habe ihn an die letzte Adresse geschickt, die wir von Mr Balsam hatten. Aber man weiß ja nie, ob die Briefe bei den Soldaten ankommen. Machen Sie sich keine Sorgen, Ma'am. Ich bin mir sicher, dass es Mr Balsam gut geht und er bald nach Hause kommt.«

# Kapitel 34

*Lapeer County, November*

Ich fühlte, wie meine Chance, wieder in den erlauchten Kreis der Detroiter Journalisten aufgenommen zu werden, genauso dahinschwand wie der Herbst, der immer mehr in den Winter überging.

An dem Abend, an dem Tyrese zum Essen bei uns gewesen war, hatte ich die Kameratasche aus dem Schrank geholt, Noras Teller beiseitegeräumt und die Tasche auf den Tisch gestellt. Sie hatte sie sofort erkannt. Einen langen Augenblick hatte sie die Tasche nicht angerührt. Dann hatte sie leicht an dem Lederriemen gezogen und der Verschluss war aufgegangen. Sie hatte hineingegriffen und eine schwarzsilberne Nikon-Kamera herausgeholt. Insgeheim hatte ich mir Sorgen darüber gemacht, was ich ihr darüber erzählen sollte, wie ich in den Besitz des Eigentums ihres Mannes gekommen war, ohne Mr Rich zu erwähnen – mir wollte einfach keine Erklärung einfallen, die nicht irgendwie zu ihm führte –, doch sie war so sehr mit der Kamera beschäftigt gewesen, dass ich es für das Beste gehalten hatte, sie erst einmal allein zu lassen und ihre Fragen später zu beantworten.

Aber dieses Später war nie gekommen. Am nächsten Morgen hatte sie so getan, als wäre nichts Ungewöhnliches geschehen. Ich war mir nicht sicher, ob sie sich einfach nicht daran erinnerte oder ob sie das Thema bewusst mied.

Jetzt war die Kamera wieder bei ihrer rechtmäßigen Besitzerin, aber was Noras und Williams gemeinsames Leben anging, das anscheinend nur sehr kurz gewesen war, war ich keinen Schritt weitergekommen. War sie bereit dafür, sich eine Schachtel mit Fotos anzusehen, die William von den Detroiter Rassenunruhen gemacht hatte? Ich wollte nicht noch einmal in einer solch unangenehmen Situation landen. Vielleicht sollte ich Mr Rich einfach anrufen, ihm sagen, dass ich bereit sei, ihr die Fotos zu geben, und die Sache hinter mich bringen. Aber was, wenn Nora die Bilder genauso wie die Kamera nur in ihrem Zimmer verstaute und sich weigerte, darüber zu sprechen? Bekäme ich dann je die Gelegenheit, die Story zu schreiben, die meine Karriere retten könnte? Ohne die Fotos gab es keine Story. Ohne diese Story konnte ich nicht damit rechnen, eine der wenigen interessanten Journalistenstellen zu bekommen, die es in Detroit gab. Und ich hatte keine Lust, irgendwo anders zu leben und zu arbeiten.

Wenige Tage später tobte der November wie ein wildes Tier: heulende Winde, prasselnde Regengüsse und neue Nachrichten von den Unruhen, die nur eine Stunde südlich von hier tobten. Der September und der Oktober waren so angenehm und mild gewesen, dass ich fast vergessen hatte, dass sich die Zeit im Garten dem Ende zuneigte. Als ich dann an einem kalten Sonntagmorgen hinausging, um den Garten zu inspizieren, waren jedes Blatt, jeder Zweig und jeder Dorn mit einer dünnen Frostschicht überzogen. Ein Blick auf das Feld mit den Wildblumen, hauptsächlich Goldruten, Astern und Kardendisteln, zeigte das gleiche Bild. Die steifen, braunen Überreste der üppigen Schönheit des Sommers funkelten in einem frostigen Glanz.

Als ich zum Haus zurückkehrte, war Nora immer noch nicht zum Frühstück erschienen. Sie verschanzte sich seit Tagen in ihrem Arbeitszimmer und kam nur heraus, um zu essen oder ins Badezimmer zu gehen. Der unablässige Strom an Kundinnen, für die sie Änderungen vornahm, der seit meiner Ankunft im August nicht abgerissen war, war trotz der bevorstehenden Feiertage fast zum Erliegen gekommen. Das Telefon klingelte zwar weiterhin, aber ich hörte, wie Nora Kundenanfragen abwimmelte. Ihr geheimnisvolles großes Projekt nahm ihre ganze Zeit in Beschlag.

Ohne Nora, mit der ich hätte sprechen können, ohne Garten, um den ich mich hätte kümmern können, ohne einen Richter, dessen Unrecht ich hätte aufdecken können, ohne aufregende Story über Rassismus und Liebe und Unruhen, die ich hätte schreiben können, überlegte ich, dass ich mich vielleicht wieder an der Uni einschreiben oder mich dem Friedenskorps anschließen oder den Appalachian Trail wandern könnte. Irgendetwas, das mir eine Richtung weisen und mich auf einen Weg bringen könnte, der zu irgendeinem Ziel führte. Zu einem anderen Ziel, als ohne sichtbare Perspektive nur in den Tag hinein zu leben.

Die Cousine meines Vaters, Barb, hatte sich unnötig Sorgen gemacht: Nora kam ohne Hilfe in ihrem Haus zurecht und musste nicht in ein Pflegeheim. Sie war zwar hin und wieder ein wenig verwirrt, aber sie stellte weder für sich selbst noch für andere eine Gefahr dar. Sie war mit ihrem Leben rundum zufrieden und brauchte meine Einmischung nicht.

Und Mr Rich? Vielleicht musste er diese unangenehme Aufgabe einfach selbst erledigen. Vielleicht musste er seinen Mut zusammennehmen, seinen Hintern nach Lapeer bewegen und Nora diese Fotos selbst geben.

Vielleicht sollte ich meine Sachen packen und nach Detroit zurückkehren. Aber sobald mir dieser Gedanke kam, wurde mir schwer ums Herz. Was erwartete mich in Detroit? Nichts als Sackgassen und abgebrannte Brücken. Und kein Tyrese.

»Wie soll es weitergehen?«, fragte ich ihn eines Abends am Telefon, während ich zuschaute, wie draußen der erste Schnee fiel. »Soll ich hierbleiben? Soll ich für den Rest meines Lebens bei Nora wohnen? Werde ich je wieder eine Stelle als Journalistin bekommen?«

Dahinter verbarg sich im Grunde die Frage: Verbindet uns beide mehr oder vertreiben wir uns nur gemeinsam die Zeit? Aber irgendwie konnte ich diese Frage nicht laut aussprechen. Sie hätte zu anmaßend geklungen.

»Ich kann dir darauf keine Antwort geben, Elizabeth. Du musst das machen, was für dich richtig ist. Es ist dein Leben.«

Wirklich? Es kam mir nicht so vor. Mein Leben war in Detroit. Das hier draußen war das Leben von jemand anderem. Das Haus von jemand anderem. Der Garten von jemand anderem.

»Tyrese, ich habe keine Ahnung, was ich noch hier mache. Ich überlege, nach Detroit zurückzugehen.«

Er schwieg einen Moment. »Vielleicht solltest du das tun.«

»Oh.«

»So meine ich das nicht. Ich bin gern mit dir zusammen und ich würde gern sehen, ob mehr daraus wird. Ich will nicht, dass du gehst. Absolut nicht. Aber es gibt nichts Schlimmeres, als wenn du wegen eines anderen Menschen irgendwo bleibst. Ich liebe meinen Vater und bin seinetwegen in Lapeer geblieben. Und jetzt habe ich das Gartencenter, aber … ehrlich gesagt, wollte ich nie ein Geschäft haben. Ich wollte für das Ministerium für natürliche Ressourcen arbeiten. Ich wollte Wissenschaftler werden. Kein Verkäufer, der nebenbei noch Rasen mäht und Schnee räumt. Wenn du in der Tiefe deines Herzens als Journalistin arbeiten willst, solltest du nicht meinetwegen und auch nicht wegen Nora in Lapeer bleiben. Denn dann wirst du nie glücklich werden. Du musst das machen, was für dich richtig ist.«

Er hatte recht. Das einzige Problem war, dass ich keine Ahnung hatte, was für mich richtig war.

Als am letzten Novembertag die Sonne hinter den Bäumen unterging, saß ich am Fenster in meinem Zimmer und blickte auf die großen Steine hinab, die erst vor zwei Tagen auf dem Feld aufgetaucht waren. Sie mussten die ganze Zeit dort gelegen haben, aber erst seit der Regen und der Schnee die dicke Decke aus Wildblumen entfernt hatten, waren sie zu sehen. Sechs dunkelgraue Steine, alle von ähnlicher Größe, im gleichen Abstand zueinander in einer sauberen Reihe angeordnet. Wie hatte etwas so Offensichtliches drei Monate lang meiner Aufmerksamkeit entgehen können?

Als der Abend immer mehr in die Dämmerung überging und die Steine von der Dunkelheit verschlungen wurden, drehte ich mich um und entdeckte Matthew auf meinem Bett. Er wurde immer freundlicher zu mir. Das war der einzige positive Nebeneffekt davon, dass Nora sich den ganzen Tag in ihrem Arbeitszimmer verschanzte. Er sehnte sich nach Aufmerksamkeit und sah mich als möglichen Ersatzlieferanten für die Zuneigung, die er sonst von Nora bekam. Dass ich offenbar die Einzige war, die noch daran dachte, ihn zu füttern, trug sicherlich auch dazu bei.

Ich streckte mich neben ihm aus und streichelte sein weiches Fell. Dann hörte ich, wie der Regen einsetzte. Zuerst war es nur ein Flüstern, ein leises, einlullendes Geräusch. Aber dann wurde der Regen immer lauter und hartnäckiger. Er peitschte ums Haus und lief in Strömen an den Fensterscheiben hinab. Ich bemühte mich, nicht an das bröckelnde Fundament meines Lebens zu denken, während ich mit Matthew im Arm eindöste.

Als ich am nächsten Morgen aufwachte, war das Zimmer lichtdurchflutet. Ich schob Matthew von meiner Brust, wo er es sich in der Nacht bequem gemacht hatte, nahm ohne Kater ein Bad und schaute aus dem Fenster. Meine ganze Welt war in Eis gehüllt – jeder Zweig, jeder Grashalm, jede tote Blume. Über der gefrorenen Weite stand die Sonne am wolkenlosen Himmel. Ich musste die Augen zusammenkneifen, weil mich das helle Licht so blendete. Erst jetzt fiel mir auf, dass ich zitterte.

Unten im Flur zeigte das Thermometer elf Grad an. Ich betätigte den Lichtschalter an der Wand. Nichts. Das Haus wurde mit Gas geheizt, aber das Thermostat, das regelte, wann sich die Gasheizung einschaltete, lief mit Strom, ebenso wie der Ventilator, der die erwärmte Luft in die Leitungen drückte. Kein Strom bedeutete keine Heizung.

»Nora?« Ich klopfte an ihre Schlafzimmertür und spähte hinein. Sie steckte den Kopf aus ihrem Arbeitszimmer. »Ach, da bist du! Wir haben keinen Strom.«

»Ja, ich weiß. Vielleicht bist du so lieb und heizt im Salon den Kamin an. Oder in dem Zimmer, in dem du dich heute die meiste Zeit aufhalten willst.«

»Wo willst du dich aufhalten?«, fragte ich, obwohl ich mir die Antwort denken konnte.

»Ich bin hier hinten.«

»Kannst du ohne Strom überhaupt genug sehen?«

»Durch das Fenster fällt genug Licht. Ich bin auf die alte Tretnähmaschine umgestiegen, damit ich weiterarbeiten kann. Ich kann es mir nicht leisten, einen Tag zu verlieren.«

»Kannst du nicht einfach um eine Terminverlängerung für dieses Projekt bitten? Du arbeitest dich ja noch zu Tode.«

»Nein, das geht nicht. Es ist etwas, das ich zu Ende bringen muss.«

»Kann ich dir irgendwie helfen? Ich mache mir Sorgen um dich. Du bist in letzter Zeit gar nicht du selbst.«

»Unsinn. Mir geht es gut.«

Diese eigensinnige Frau!

»Ist dir nicht kalt? Ich könnte dir helfen, die Nähmaschine in den Salon zu bringen. Dann könnten wir dort gemeinsam vor dem Feuer sitzen.«

»Nein, die Maschine ist viel zu schwer. Aber heiz du dir den Kamin ruhig an. Du solltest allerdings darauf achten, dass die Tür zu ist, damit die Wärme im Raum bleibt. Und schneller warm würde dir vermutlich, wenn du anstelle des Salons mit seinen hohen Decken dein Schlafzimmer aufheizen würdest.«

»Ich könnte mich auch zu dir setzen«, schlug ich vor.

Sie runzelte die Stirn. »Hier drinnen hältst du es bestimmt nicht lange aus.«

Sie wollte mich nicht um sich haben. Ausgerechnet jetzt, wo ich tatsächlich gebraucht wurde.

»Ich ziehe mich an und hole Feuerholz«, erklärte ich.

»Danke, Elizabeth«, antwortete sie. »Ach, beinahe hätte ich es vergessen: Gestern hat jemand für dich angerufen.« Sie nahm einen Zettel von ihrer Kommode. »Irgendeine Frau von irgendeiner Zeitung.«

Ich warf schnell einen Blick auf den Zettel und mein Herzschlag beschleunigte sich. Nur ein Name – Caryn – und eine Nummer.

»Mist«, entfuhr es mir und ich hatte Mühe, nicht verärgert zu klingen. »Ich kann erst zurückrufen, wenn wir wieder Strom haben.«

»Du kannst sofort zurückrufen. Das Telefon funktioniert.«

»Auch bei Stromausfall?«

Nora nickte. »Die Telefonleitungen verlaufen in der Erde. Wenn nur die Stromversorgung zum Haus betroffen ist, müsste das Telefon noch funktionieren. Durch die Kupferleitungen kommt genug Strom. Versuch es einfach.«

Ich faltete den Zettel zusammen und versuchte, nicht zu eifrig zu wirken. »Das kann warten, bis ich Feuer gemacht habe.«

Ich zog eine Leggings unter meine Jeans, mehrere T-Shirts übereinander und darüber einen Pullover. An den Füßen trug ich zwei Paar Socken. Mein Verstand arbeitete auf Hochtouren, aber ich kam nicht darauf, wer Caryn war, für welche Zeitung sie arbeitete und woher sie Noras Nummer hatte. Das Wasser, das durch das Regenrohr abgelaufen war, als der Regen am Vorabend eingesetzt hatte, hatte direkt vor der Tür eine Eisschicht gebildet. Ich rutschte aus, fand mein Gleichgewicht aber schnell wieder und schlitterte zum Holzstoß hinüber. Nachdem ich ungefähr zehnmal vorsichtig vom Holzstoß ins Haus gegangen war, befand sich an der nördlichen Küchenwand ein beachtlicher Holzstapel. Ich machte für Nora Feuer und brachte ihr Holz, damit sie im Laufe des Tages immer wieder etwas nachlegen konnte. Dann stieg ich mehrere Male den anstrengenden Weg über die hintere Treppe in mein Zimmer hinauf, um auch dort den Kamin anheizen zu können.

Als ich die letzte Ladung vom Holzstoß holte, wurde der Wind stärker und ich hörte über mir ein unheilvolles Knacken. Ich blickte nach oben und sah, dass die Zweige des Trompetenbaums wie ein riesiger Kristallkronleuchter hin und her schaukelten und sich aneinander rieben. Irgendwo im Wald brach ein Ast ab. Die Eisschicht zerbrach mit einem so lauten Krachen, als ginge Glas zu Bruch. Ich kehrte ins Haus zurück, wo ich vor den Elementen der Natur in Sicherheit war, und griff nach dem Telefon. Als ich das Freizeichen hörte, hätte ich beinahe einen Freudenschrei ausgestoßen.

Nach dem zweiten Klingeln meldete sich eine Frauenstimme: »Hier ist der *Beat.*«

»Hallo, ich sollte Caryn zurückrufen. Hier ist Elizabeth Balsam.«

»Elizabeth, hi! Es freut mich sehr, dass Sie zurückrufen. Ich bin Caryn. Ich habe Sie wegen einer Stelle angerufen, für die wir jemanden suchen. Haben Sie schon von unserer Zeitung gehört?«

Ob ich vom *Beat* gehört hatte? Bevor ich hinaus in die Pampa gezogen war, hatte ich jede Ausgabe dieser angesagten alternativen Zeitung förmlich verschlungen.

»Selbstverständlich.«

»Wunderbar! Dann wissen Sie vielleicht, dass wir auf der Suche nach einem neuen Kulturredakteur sind. Unser Chefredakteur, Marshall Boon, ist auf Sie aufmerksam geworden.«

»Wirklich?«

»Sie klingen überrascht.«

»Nun, es ist nur so, dass …« Ich verstummte. Hatte Marshall Boon nicht gehört, dass ich entlassen worden war? »Ich bin nicht mehr bei der *Free Press.*«

»Sie sind genau der Typ, den Mr Boon in seinem Team haben möchte: eine unkonventionelle Journalistin, die bereit ist, Risiken einzugehen. Er würde Sie gern zu einem Vorstellungsgespräch einladen. Haben Sie vor Weihnachten noch irgendwann Zeit?«

Ich hatte mehr Zeit, als mir lieb war.

»Ja. Aber mich würde etwas interessieren: Woher haben Sie diese Nummer?«

»Von der Ansage Ihres Anrufbeantworters.«

Ach ja.

»Und woher hatten Sie diese Nummer?«

»Eine Freundin von Ihnen bei der *Free Press* hat sie mir gegeben.«

Desiree! Sie hatte mich also doch nicht vergessen.

Die Details waren schnell geklärt. Als ich auflegte, konnte ich mir ein Lächeln nicht verkneifen. Irgendwo in Detroit gab es einen freien Schreibtisch. Und irgendwie müsste ich dafür sorgen, dass dieser Tisch mein Schreibtisch würde.

Um fünf Uhr nachmittags war es draußen dunkel. Nora und ich aßen im Kerzenschein in unseren jeweiligen Zimmern zu Abend. Nach dem Essen stockte ich unsere Holzvorräte auf, dann legte ich mich ins Bett, während im Kamin das Feuer flackerte, und begann, eine Strategie zu entwerfen. Ich brauchte diese Fotos. Sofort.

Als ich die Kerzen ausblies, schneite es draußen.

# Kapitel 35

*Lapeer County, Februar 1965*

Mallory Balsam fuhr an einem sonnigen, bitterkalten Februartag vor dem Bauernhaus vor. Nora hörte, wie der Motor abgestellt wurde und die Haustür auf- und wieder zuging, dann folgten unten an der Treppe Stimmengemurmel und schließlich Schritte vor ihrer Schlafzimmertür. Am liebsten wäre sie einfach in der Matratze versunken und hätte sich unsichtbar gemacht. Doch als die Tür aufging, brach sie beim Anblick ihrer Mutter, die sie seit über einem Jahr nicht gesehen hatte, in Tränen aus.

Mallory hielt sie lange fest und wiegte sie liebevoll hin und her, wie sie es vor langer Zeit gemacht hatte, wenn ihr kleines Mädchen schlecht geträumt hatte. Als Noras Tränen aufgebraucht waren, stand Mallory auf und hielt ihr die Hände hin. »Jetzt solltest du duschen«, sagte sie.

Nora sank auf das Bett zurück, in dem sie gefühlt eine halbe Ewigkeit verbracht hatte. Jeder Muskel war erschöpft, jedes Nervenende tot.

»Steh auf, Nora. Es ist Zeit, dich zu duschen, deine Haare zu frisieren und dich anzuziehen. Komm jetzt.«

Nora blinzelte zu ihrer Mutter hinauf. »Lass mich einfach hier liegen.«

»Ich verlasse dieses Zimmer erst, wenn du aufgestanden bist.«

Nora stöhnte, aber schließlich kam sie der Aufforderung nach.

Mallory setzte sich auf einen niedrigen Holzhocker, während Nora unter der Dusche den Schmutz und die Traurigkeit von drei Tagen wegspülte.

»Jetzt reicht es.« Mallory drehte den Wasserhahn zu. Sie zog den Duschvorhang zurück und reichte Nora ein Handtuch. Dann verließ sie das Badezimmer.

Zum hundertsten Mal an diesem Tag legte Nora eine Hand auf die Stelle, an der ihr Baby sein sollte. Leer. Wie ihr Herz. Hatte sie ihr Herz auch verloren, als man sie im Krankenhaus auf den OP-Tisch gelegt und Teile ihrer Seele aus ihr ausgeschabt hatte? William hatte die Ärzte nicht daran hindern können. Er hatte nicht einmal bei ihr im Raum sein dürfen.

Keine Stunde nach ihrem Eintreffen hatte Mallory dafür gesorgt, dass sich Nora gewaschen und angekleidet hatte und die Treppe hinabgestiegen war, um zum ersten Mal seit Tagen etwas zu essen. Nora starrte ihren Teller an, ohne ihn richtig wahrzunehmen.

Ihre Mutter legte die Eier auf den Toast, schnitt alles in bissgerechte Stücke und hielt Nora eine volle Gabel hin. »Du musst etwas essen.«

Nora nahm die Gabel und schob sie gehorsam in ihren Mund. Zu kauen erschien ihr unmöglich. Sie hatte keinen Hunger. Sie fühlte sich nur leer. »Ich hasse das.«

Mallory legte ihrer Tochter eine Hand auf die Schulter. »Ich weiß, Schatz.«

»Warum ist das passiert?«

»Das passiert vielen Frauen, Nora.«

Diese Antwort war unbefriedigend, aber tief in ihrem Inneren wusste Nora, dass keine Antwort sie hätte zufriedenstellen können.

»Komm schon, Schatz. Zeigst du mir jetzt mein Zimmer?«

Mallory nahm ihren Koffer, den William im Flur abgestellt hatte. Nora führte sie in das Schlafzimmer auf der Nordseite.

»Meine Güte! Was ist das denn?«, rief Mallory mit echter Bewunderung aus.

»Das ist eine verrückte Quiltdecke. Ich habe sie in einem antiken Reisekoffer auf dem Dachboden gefunden.«

Mallory strich mit der Hand über die farbenfrohe Stickarbeit. »Sie ist exquisit.«

»Ich musste die Säume an einigen Stellen flicken, aber ansonsten ist sie gut erhalten. Ich wüsste zu gern, wer sie genäht hat.«

»Weißt du, wer dir das sagen könnte? Deine Großtante Margaret. Sie lebt jetzt in einem Pflegeheim in Detroit, aber früher hat sie hier gewohnt.«

»Vielleicht sollte ich sie eines Tages besuchen«, sagte Nora. »Sie könnte viel über dieses Haus wissen.«

»Wenn ich du wäre, würde ich diesen Besuch nicht allzu lange vor mir herschieben. Sie ist schon über neunzig.«

Mallory verließ das Zimmer und Nora stieß ein leises Seufzen aus. Der Gedanke, überhaupt irgendwohin zu gehen, machte sie müde.

Einen Moment später war ihre Mutter zurück und kramte in ihrer Handtasche. »Ich könnte dich begleiten«, schlug Mallory vor, während sie eine Adresse aus einem kleinen Buch abschrieb.

»Mal sehen«, sagte Nora.

»Okay. Komm, ziehen wir unsere Mäntel an.«

»Ich habe gesagt: Mal sehen.«

»Wir fahren nicht nach Detroit, Nora. Wir fahren einkaufen. Du kochst deinem Mann heute ein vernünftiges Abendessen. Komm jetzt.«

Sie kamen mit allen Zutaten nach Hause, die sie für Lasagne brauchten, und begannen mit den vielen Arbeitsschritten, die zu erledigen waren, bis das Gericht in den Backofen geschoben werden konnte. Das Rezept war für zwei Frauen, die von Natur aus keine Köchinnen waren, so anspruchsvoll, dass Nora eine Weile ganz vergaß, dass sie im Juni nicht Mutter werden würde. Aber beim Anblick von Williams überraschter Miene, als er an diesem Abend durch die Tür trat und sah, wie Nora eine Lasagne aus dem Ofen holte, kehrten die Gefühle mit voller Wucht zurück.

Während des Essens bestritten William und Mallory das Gespräch weitgehend allein. Beide versuchten, Nora einzubeziehen, und schwiegen erwartungsvoll, wenn sie Antworten gab, die aus nicht mehr als drei zusammenhängenden Wörtern bestanden. Nach dem Essen zog Nora sich gleich zurück. Sie überließ es ihrer Mutter und ihrem Mann, das Geschirr zu spülen und die Küche aufzuräumen, zog ein sauberes Nachthemd an und schlüpfte in das Bett, das ihre Mutter frisch bezogen hatte. Die Sonne ging von Tag zu Tag später unter. Durch die zugefrorenen Fensterscheiben beobachtete Nora, wie sie hinter den kahlen Bäumen immer tiefer sank. Der Himmel färbte sich orange, dann rosa und schließlich grau.

William kam ins Schlafzimmer, zog sich aus und schlüpfte neben sie ins Bett. Nora schmiegte sich unter seinen Arm und legte ihren Kopf auf seine Brust. Sie sagten sich gegenseitig: »Ich liebe dich«, aber in ihrem Inneren fühlte Nora schmerzlich, dass das nicht genügte. Die Liebe hatte sie nicht von dem Schmerz verschont. Sie hatte ihr Baby nicht gerettet. Sie konnte diese Situation nicht in Ordnung bringen. Sie konnte nichts in Ordnung bringen.

William schlief irgendwann ein, aber für Nora bestand die Nacht aus einer langen, einsamen gedanklichen Aneinanderreihung von Dingen, die sie bereute und hinterfragte.

Am nächsten Morgen brach William nach einem warmen Frühstück zu der Arbeit auf, die er in Flint angenommen hatte – um Geld für das Baby zu verdienen, das sie nicht haben würden –, während Nora und ihre Mutter bei ihrem Kaffee sitzen blieben und sich über unverfängliche Themen unterhielten. Das Wetter, das Haus, ihre Brüder.

»Ich werde nie verstehen, warum Warner nach Indiana gezogen ist«, sagte Mallory. »Dort gibt es nichts.«

»Vielleicht ist er genau deshalb dorthin gezogen. Ich bin mit dem Leben hier auf dem Land auch ganz zufrieden.«

»Bei deinem Bruder klingt es ziemlich langweilig. Sie entwickeln sich dort noch zu richtigen Landeiern. Aber das liegt wahrscheinlich daran, dass seine Mutter auch eines ist und aus einem verschlafenen Provinznest stammt.«

»Mama, das war nicht nett.« Nora hatte die erste Frau ihres Vaters erst einmal gesehen, aber sie hatte ganz nett gewirkt. Netter, als ihre eigene Mutter es manchmal war. »Leigh ist kein Landei.«

»Laut deinem Vater war das einer der Gründe, warum ihre Ehe scheiterte. Sie fühlte sich in der Großstadt nicht wohl.«

»Das war für dich ja von Vorteil.«

»Das war auch für dich von Vorteil. Sonst wärst du nicht geboren worden.« Mallory verzog schmerzhaft das Gesicht, als ihr bewusst wurde, was sie soeben gesagt hatte.

»Ist schon okay«, sagte Nora, obwohl es nicht okay war.

»Man weiß bei so etwas nie genau, wozu es vielleicht gut ist. Manchmal erkennt man später sogar, dass es ein Segen war.« Als Nora die Stirn runzelte, sprach Mallory weiter. »Dir ist bestimmt klar, dass es schwer gewesen wäre, ein Mischlingskind zu haben. Mit ihm in die Öffentlichkeit zu gehen, wo alle Leute wissen, dass du … nun ja … Für das Kind wäre es auch schwer gewesen. Es hätte nie gewusst, was es ist und wohin es gehört.«

Noras Gabel landete klappernd auf ihrem Teller. Sie stand vom Tisch auf und warf ihren Teller so vehement in die Spüle, dass er zerbrach. Dann marschierte sie aus der Küche und ließ ihre überraschte Mutter allein am Tisch sitzen. Wenige Sekunden später kam sie mit dem Koffer ihrer Mutter zurück und stellte ihn vor ihren Füßen ab.

Als sie in ihrem Zimmer auf dem Bett lag, hörte sie, wie draußen ein Auto angelassen wurde. Nach wenigen Sekunden entfernten sich die Motorengeräusche. Nora schwor sich, ihre Mutter nie wieder über ihre Türschwelle zu lassen.

# Kapitel 36

*Lapeer County, Mai 1866*

Mary biss sich auf die Zunge und zählte bis zehn. Wenn sie während des gesamten Besuchs ihrer Schwiegermutter so weitermachte, könnte sie irgendwann nicht mehr sprechen, weil von ihrer Zunge nichts mehr übrig wäre.

»Soll das heißen, der Dachboden ist voll von ihnen?«, fragte Catherine Balsam mit unüberhörbarem Entsetzen in der Stimme und blickte in Marys Schlafzimmer zur Decke hinauf. »Wie eine Fledermauskolonie?«

Mary hatte den metallenen Geschmack von Blut im Mund. »Wollen wir nicht George und Jonathan holen und nach unten gehen?«

»Woher kommt dieses abscheuliche Bett? Was wurde aus dem Bett, das ich euch geschenkt habe?«

»Es steht jetzt in einem anderen Zimmer.«

»Du lässt sie doch hoffentlich nicht in meinem Bett schlafen?«

»Ich lasse sie in *meinem* Bett schlafen, ja.«

»Aber warum hast du dieses schöne Bett durch das da ersetzt?« Catherine deutete genauso abfällig auf das Bett, als würde sie ihrem Zimmermädchen zeigen, dass der Hund auf den Teppich gespuckt hatte.

»Das war ein Geschenk von einem Freund.«

»Von einem Freund? Was für ein Freund belastet andere Menschen mit so etwas?«

In ihren Schürzentaschen ballten sich Marys Hände zu Fäusten. »Komm, wir holen die Jungen, Mutter.«

Sie verließ das Zimmer, ohne sich zu vergewissern, dass Catherine ihr folgte. Trotz ihrer unangenehmen Art liebte

Catherine Balsam ihre Enkel und verwöhnte sie. Mary hoffte, die Kinder würden ihre Schwiegermutter so sehr beschäftigen, dass sie von weiteren Kommentaren verschont bliebe. Wenigstens war Catherine eine geeignete Ablenkung von dem erdrückenden Trübsinn, der sich über das Haus gelegt hatte, seit Nathaniel zurück war. Kein Wort war über den Brief verloren worden, den Nathaniel möglicherweise an der Front bekommen hatte. Ebenso wenig war über Nathaniels Besuch bei einer Prostituierten gesprochen worden. Aber die Themen, die nicht angesprochen wurden, vertrieben die Freude, die während des Krieges in Marys Haus geherrscht hatte. Der Besuch von Nathaniels Mutter würde diese Freude gewiss nicht zurückbringen.

An diesem Nachmittag planten Mary und Catherine, mit den Jungen in dem Apfelgarten, den Nathaniel neu angelegt hatte, spazieren zu gehen. Mary half ihrer Schwiegermutter hinten auf den Wagen und setzte George und Jonathan zu ihr. Dann kletterte sie auf den Kutschbock.

»Du nimmst ihnen eine der wenigen Arbeiten ab, für die sie zu gebrauchen sind, Mary.«

Mary ließ wortlos die Zügel schnalzen. Wenn sie die Pferde ganz langsam gehen ließ, würde der Ausflug wahrscheinlich bis zum Abendessen dauern.

Zwischen den jungen Apfelbäumchen setzte sich Catherine mit dem kleinen Jonathan auf eine Decke und schaute zu, wie George Blütenblätter vom Boden aufsammelte, während Mary zu Nathaniel hinüberschlenderte.

»Ich denke, die Knechte sollten heute Abend nicht mit uns essen. Und auch die nächsten Tage nicht, bis deine Mutter wieder im Zug nach Detroit sitzt.«

Nathaniel schaute sie ernst an. »Sie kann sehr anstrengend sein, ich weiß.«

»Ich kann gar nicht glauben, dass du ihr Sohn bist.«

»Sie meint es gut«, sagte er schwach. »Sie war immer für die Sklavenbefreiung. Aber sie glaubt einfach, Schwarze wären grundlegend anders als Menschen westeuropäischer Herkunft und die Freigelassenen sollten nach Afrika geschickt werden. Sie kann sich ein Amerika mit zwei Rassen nicht vorstellen.«

»Das ist nicht zu übersehen. Ich finde, wir täten gut daran, den Tisch weiß zu halten, solange sie hier ist.«

»Das sehe ich anders«, widersprach er. »Es ist mein Haus.«

Sein Haus? Es war länger *ihr* Haus gewesen als seines.

»Vielleicht können wir ihr helfen, ihre Meinung zu ändern?«

»Wann hat deine Mutter jemals ihre Meinung geändert?«

Er zuckte bedauernd die Schultern.

»Ich weiß nicht, wie lange ich das noch aushalte«, seufzte Mary und sah zu, wie Catherine George eine Handvoll Blütenblätter aus dem Mund zog.

»Du schaffst das schon, Mary. Wenn wir diese Baumreihe vor dem Abendessen fertig pflanzen wollen, muss ich jetzt weiterarbeiten.« Er küsste sie auf die Stirn, marschierte davon und überließ die häuslichen Probleme ihr, da er das Haus als ihren Bereich betrachtete.

Die Probleme waren nicht von der Hand zu weisen. Als Lincolns Armeen nach dem Ende des Krieges in den Norden zurückgekehrt waren, waren ihnen Tausende freigelassene Sklaven gefolgt. Sie waren auf einmal arbeitslos und obdachlos gewesen und hatten sich in diesem Teil des wiedervereinten Landes, in dem keine Baumwolle angebaut wurde, eine bessere Zukunft erhofft. Einige dieser Männer und Frauen mit wund gelaufenen Füßen hatten Nathaniel begleitet, als er im Juli 1865 nach Hause gekommen war. Jetzt lebten so viele Menschen im Haus, dass sie im Esszimmer in zwei Schichten essen mussten.

An diesem milden Frühsommerabend wurde jedoch nicht im Haus gegessen. Die Männer stellten Sägeböcke mit Brettern im Hof auf. Während die Sonne unterging und der Himmel seine weichen Abendfarben annahm, holten die Männer jeden Stuhl, den sie finden konnten, aus dem Haus und schleppten stapelweise Geschirr herbei. Die Frauen beluden den Tisch mit Frühkartoffeln, Salat, Spargel, Erbsen, eingelegten Eiern und verschiedenen Teilen des gebratenen Schweins. Darunter waren auch einige

Teile, die Mary und Nathaniel nicht kannten, die aber für die Menschen aus dem Süden, die in ihrer Mitte wohnten, eine Delikatesse waren. Die Kinder tummelten sich im Garten und nahmen sich gelegentlich einen Bissen vom Teller ihrer Mütter. Little George und Simon schlichen sich hinter den Erwachsenen an, pikten sie in die Seiten und lachten ausgelassen.

Die Gemeinschaft mit diesen lieben Menschen entschädigte Mary fast für ihre Schwiegermutter. Und sie entschädigte sie fast für die kalte, geschäftsmäßige Art, mit der Nathaniel sie behandelte, seit er ein fremdes Bett in seinem Schlafzimmer vorgefunden und erfahren hatte, dass ein anderer Mann dieses Bett für seine Frau gebaut hatte.

»Reicht es nicht, dass du unseren Sohn George genannt hast? Muss ich auch noch in einem Bett schlafen, das dieser Mann gemacht hat?«

»Wir können sein großzügiges Geschenk nicht ablehnen, wenn wir seine Freundschaft und seine Dienste nicht verlieren wollen«, hatte Mary argumentiert. Ob Nathaniel ihrer pragmatischen Argumentation geglaubt oder ob er sie durchschaut und ihr liebeskrankes Herz gesehen hatte, wusste Mary nicht. Jedenfalls war George auf dem Hof geblieben. Nathaniel hatte sich überwunden und schlief in dem neuen Bett. Und Mary fand Erfüllung darin, Little George und Jonathan aufzuziehen.

Normalerweise hätte Mary sich zurückgelehnt und die friedliche Szene, die sich ihr bot, mit großem Stolz und tiefer Dankbarkeit auf sich wirken lassen. Doch an diesem Abend waren ihre Augen und Ohren auf Catherine konzentriert, damit sie eingreifen konnte, wenn ihre Schwiegermutter sich danebenbenehmen sollte.

Als Catherine sich beklagte, dass der Wind ihre Serviette wegwehte, hob Mary sie auf und steckte sie unter ihren Teller. Als sie nörgelte, dass die Kinder so wild herumliefen, erinnerte Mary sie daran, dass die Kinder nach dem langen Winter Bewegung an der frischen Luft brauchten. Als sie sich weigerte, aus Lorettas Hand eine Schüssel mit Butterbohnen anzunehmen, reichte Mary ihr die Schüssel und schaute Loretta entschuldigend an. Als sie beim Anblick eines Tellers mit Schweineinnereien fast in Ohnmacht fiel, wünschte Mary sich, dass sie tatsächlich in Ohnmacht fallen würde, damit sie sie ins Haus bringen und einfach dort liegen lassen könnten.

»Wann fährt sie wieder?«, fragte sie Nathaniel an diesem Abend im Bett.

»Sie bleibt nur noch zwei Tage, Mary. Das hältst du bestimmt aus.«

Am nächsten Morgen betete Mary um Geduld und versuchte, trotz der säuerlichen Miene ihrer Schwiegermutter eine fröhliche Miene aufzusetzen. Am Nachmittag saß sie mit Little George auf dem Teppich im Salon und gratulierte sich zu ihrer fast perfekten Leistung. Angelica saß neben ihr und war in ein Buch vertieft.

Catherine blickte missmutig drein, lächelte aber den kleinen Jonathan immer wieder an. Plötzlich verkündete sie ohne Vorwarnung: »Ihr solltet diese Leute fortschicken und weiße Arbeiter einstellen, Mary. Selbst Iren wären geeigneter.«

Mary schaute zu Angelica hinüber und wartete auf eine schockierende Antwort aus dem Mund des Mädchens. Aber der Blick des Kindes blieb auf die Buchseite gerichtet. Martha hatte ihrer eigensinnigen Tochter anscheinend endlich begreiflich machen können, dass es manchmal hilfreich war, den Mund zu halten. Aber Mary, die den ganzen Morgen den Mund gehalten hatte, hatte das Gefühl, ihn endlich aufmachen zu müssen.

»Mutter, wir freuen uns, dass sie hier sind. Sie sind unsere Freunde. Freunde schickt man nicht weg.«

»Mir ist bewusst, dass einige wirklich sehr gute Freunde sind.« Catherine schaute sie vielsagend an.

»Angelica«, sagte Mary. »Würde es dir etwas ausmachen, deiner Mutter in der Küche zu helfen?«

Angelica legte ein Lesezeichen in ihr Buch und verließ das Zimmer, ohne ein Wort zu sagen.

Mary schaute Catherine an. »Mutter, dir liegt offensichtlich etwas auf dem Herzen. Bitte sprich es einfach aus.«

»Mary, du musst doch wissen, von wem ich spreche.«

»Leider nicht. Gibt es ein Problem?«

»Ja, ich sehe ein Problem: Du bist zu diesem George viel zu freundlich.«

Marys Gesicht begann zu glühen. Sie fühlte nicht nur Catherines Augen, sondern auch die des kleinen George und sogar die des kleinen Jonathan auf sich. »Wie bitte?«

»Du brauchst überhaupt nicht so überrascht zu tun. Jeder sieht, dass du mit ihm flirtest. Das ist absolut vulgär.«

»Entschuldige, aber diese nicht nachvollziehbare Anschuldigung werde ich nicht auf mir sitzen lassen. Ich habe keine drei Wörter mit George gesprochen, seit du hier bist.«

»Du sprichst nicht mit Worten, sondern mit deinen Augen. Und mit deinem …« Catherine erschauerte übertrieben. »Körper.«

Mary senkte die Stimme zu einem harten Flüstern. »Um Nathaniels willen werde ich nicht sagen, was ich in diesem Moment am liebsten sagen würde, aber eines sollst du wissen: Wenn George nicht gewesen wäre, wäre ich nicht mehr hier und müsste mich von dir nicht derartig beleidigen lassen. Ich bin davon überzeugt, dass er mir das Leben gerettet hat, als ich damals mein Baby verloren habe. Und er hat diese Farm vor dem Ruin gerettet, als dein Sohn in den Krieg gezogen ist und seine schwangere Frau mit der Farm ganz allein zurückgelassen hat. Aus jedem Blick, den du zwischen George und mir gesehen zu haben glaubst, sprach nur der höchste Respekt und Dank. Zu deiner anzüglichen Bemerkung über meine Person möchte ich nichts sagen. Ich kann nichts für dein Denken, das in deinem Alter möglicherweise nicht mehr ganz richtig funktioniert.«

Little George kicherte.

»Nun«, erwiderte Catherine, »eine weniger überzeugende Rede habe ich in meinem ganzen Leben noch nicht gehört. Ich bin an Jahren vielleicht schon ein wenig fortgeschritten, aber ich erkenne einen einladenden Blick. Und ich weiß, dass deine Art, dich zu kleiden, für eine Mutter von zwei Kindern zu aufreizend ist. Und es ist heidnisch.«

Mary vergaß zu flüstern. »Aufreizend? Was soll daran aufreizend sein? Könnte sich ein Mann zu meinem Kinn hingezogen fühlen? Zu meinem kleinen Finger?«

»Schau weiter nach unten, meine Liebe. Was hast du an den Füßen?«

»An den Füßen?«

»Das ist einfach nur skandalös.«

»Aber fast alle waren nach dem schweren Arbeitstag barfuß.«

»Von Negern erwarte ich nichts anderes. Sie sind es sicher nicht gewohnt, Schuhe zu tragen. Aber von der Frau, die mein Sohn geheiratet hat, erwarte ich, dass sie sich anständig kleidet.«

»Ich trage Schuhe, wann ich will.« Mary merkte, dass sie ihrer Schwiegermutter mit dem Finger drohte. Jonathan, der in Catherines Armen lag, begann, die Stirn zu runzeln, ein eindeutiges Zeichen, dass er gleich weinen würde. Mary ballte die Fäuste und zwang sich zu einer freundlichen Miene.

Catherine beugte sich vor und deutete auf den kleinen George. »Eine Frau, die ihren erstgeborenen Sohn nach einem Stallknecht nennt und nicht nach ihrem eigenen Mann, der im Krieg ist und womöglich nie wieder zurückkommt, sagt damit etwas aus.«

Darauf fiel Mary keine Antwort ein. Auch wenn ihre Schwiegermutter eine abscheuliche Person war, wusste sie, dass sie in diesem Moment recht hatte. Als Mary schwieg, lehnte sich Catherine triumphierend zurück und konzentrierte sich wieder auf den kleinen Jonathan.

Mary stand auf und ging hinaus, um frische Luft zu schnappen. Sie stützte sich auf die Wasserpumpe und versuchte, ihren rasenden Herzschlag zu beruhigen. Hatte jemand im Haus dieses Gespräch mit angehört? Wenn sie so leicht zu durchschauen war, dass ihre Schwiegermutter in nur zwei Tagen die Situation deuten konnte, konnten es dann alle anderen auch sehen?

In diesem Moment tauchten mehrere Männer aus dem Stall auf. Sie trugen lange Holzleitern, Sägen und Bretter zum Haus. Dankbar für die Ablenkung, ging Mary ihnen entgegen.

»Was macht ihr mit diesen ganzen Sachen?«

»Mr Balsam will ein Fenster auf dem Dachboden einbauen«, antwortete Sam.

»Nein, *wir* wollen das Fenster einbauen«, widersprach ihm Gordon. »Mr Balsam hat uns nur die Erlaubnis und das Glas gegeben.«

Glas? Nachdem er den Apfelgarten angelegt hatte? Wie viel hatte das gekostet? Ihnen ging es gut, aber bei so vielen Leuten, die sie bezahlten, und bei so vielen Mündern, die sie satt bekommen mussten, konnten sie sich keine extravaganten Anschaffungen leisten. Trotzdem brauchten die Arbeiter dort oben ein Fenster, sonst würden sie bei der Hitze im Sommer unter dem Dach schmoren.

»Ich kann mich nicht erinnern, dass etwas geliefert wurde.«

»Mr Balsam hat es mitgebracht, als er aus dem Krieg nach Hause gekommen ist«, klärte Sam sie auf. »Es sind Bilderfenster.«

Was war ein Bilderfenster?

»Wo ist Mr Balsam?«

»Unten im Stall.«

Sie eilte den Weg hinab und stieß mit Nathaniel zusammen, der gerade aus der Stalltür trat. »Oh!«, rief sie aus. »Entschuldige.«

»Warum hast du es so eilig? Ist etwas passiert?«

»Nein«, antwortete sie und rang nach Luft. »Ich wollte dich nur wegen dieses Fensters fragen. Das Glas … können wir es uns leisten?«

»Es hat nichts gekostet. Ein Fotograf hat es mir geschenkt. Mr Adams ist unserem Regiment in den letzten Kriegsjahren gefolgt und hat Porträts von den Männern gemacht, die sie ihren Familien nach Hause schicken konnten. Er hat auch das Bild aufgenommen, das ich dir geschickt habe. Kurz vor Kriegsende wurde er sehr krank und bat mich, mich um seine Ausrüstung zu kümmern, falls er sterben sollte. Leider starb der arme Mann kurze Zeit später tatsächlich und ich erbte seinen Wagen mit der kompletten Ausrüstung. Mit dem meisten konnte ich nichts anfangen. Als ich in Washington war, habe ich die Ausrüstung an einen

Fotografen verkauft, der sich freute, dass er die Sachen zu einem so günstigen Preis bekam. Aber die Glasnegative, die Adams aufgehoben hatte, wollte er nicht. Er wusste nicht, wer die Männer auf den Porträts waren. Da viele aus meinem Regiment waren, dachte ich, ich sollte sie aufheben, auch wenn ich nicht wirklich wusste, was ich damit anfangen sollte. Von George kam jetzt der Vorschlag, dass wir sie für das Fenster verwenden könnten. Ich halte das für eine gute Idee. Die Männer können dann in die Gesichter der Soldaten blicken, die für die Union und für ihre Freiheit gekämpft haben. Und durch das Fenster kommt Licht und frische Luft auf den Dachboden.«

»Faszinierend«, sagte Mary, die ihren Ärger wegen Catherine für einen Moment lang fast vergaß. »Darf ich sie sehen?«

»Sie sind dort drüben.« Er deutete zu den drei Holzkisten, die neben der Tür standen.

Mary hob ein rechteckiges Glas aus einer mit Stroh ausgelegten Kiste. Sie hielt es ins Sonnenlicht, das durch das offene Tor hereinfiel. Vor ihr erschien ein junger Mann, der stolz seine Unionsuniform trug. Da das Bild ein Negativ war, waren sein Gesicht und seine Hände schwarz und seine Haare und sein Schnurrbart weiß.

»Kanntest du diesen Mann?«

»Das ist Charles Sparks. Er fiel in Petersburg.«

Mary lehnte das Glas außen an die Kiste und nahm ein anderes heraus. »Und er?«

»Mitchell. Er starb an Ruhr.«

Sie hielt das nächste hoch. »Und er?«

Nathaniel überlegte einen Moment. »McGibbins. Schuss ins Bein. Er starb an Wundbrand.«

»Sie sind doch sicher nicht alle gestorben.«

»Ich habe mir nicht alle Glasplatten angeschaut, aber ich bin mir sicher, dass einige noch am Leben sind. Ich nehme an, dass mein Bild auch irgendwo in diesen Kisten ist.«

»Bitte benutze dein Bild nicht für das Fenster. Ich möchte, dass es irgendwo sicher aufbewahrt wird.«

Nathaniel bedachte sie mit einem seltenen Lächeln und schaute sie mit mehr Respekt an, als er es bisher seit seiner Rückkehr getan hatte. Mary stellte erstaunt fest, dass sie sich nach seiner Gunst sehnte. Falls er den Brief bekommen hatte, der für George bestimmt gewesen war, sprach es dann nicht Bände, dass er sie deshalb nicht zur Rede stellte? Dass er sich so viel aus ihr machte, dass er sie nicht beschämen und in Verlegenheit bringen wollte? War das nicht edel? Wenn sie sich anstrengte, könnte sie sich bestimmt wieder in ihn verlieben.

»Du hältst das nicht für respektlos, oder?«, fragte sie. »Wenn wir diese Bilder als Fensterscheiben benutzen?«

»Das habe ich mich auch gefragt. Aber ich bin zu dem Schluss gekommen, dass es schlimmer wäre, sie in einer Kiste einstauben zu lassen, wo niemand sie sieht und sich niemand an sie erinnert.«

Mary nickte. »Wahrscheinlich hast du recht.« Sie räumte die Gläser in die Kiste zurück und stand auf. »Du bist ein guter Mann, Nathaniel.«

Er lächelte und ergriff ihre Hand. »Und du bist eine gute Frau, Mary.«

Aber in ihrem Herzen wusste Mary, dass das nicht stimmte.

# Kapitel 37

*Lapeer County, Dezember*

Ich erwachte irgendwann am frühen Morgen, als es draußen noch stockdunkel war, und fühlte mich, als wäre ich gestürzt. Das letzte Echo einer unbekannten Katastrophe hallte in meinen Ohren wider. Der Kater lief weg, bevor ich die Augen aufschlagen konnte, aber als Erinnerung hinterließ er mit seinen Krallen einige Kratzer auf meiner Brust. Im Kamin glühte ein einsames orangefarbenes Holzstück und das Zimmer war so kalt wie ein Grab. Ich eilte in der Dunkelheit die vordere Treppe hinab zu Noras Zimmer und öffnete ihre Tür im selben Moment, in dem sie sie von innen aufmachte. Beinahe hätte ich sie umgeworfen.

»Oh! Entschuldige! Ich dachte, ich hätte ein Krachen gehört.«

»Ich habe es auch gehört.«

»Aber bei dir ist alles in Ordnung?«

»Ja, bis auf den Herzinfarkt, den ich deinetwegen vor Schreck fast bekommen hätte.«

»Das tut mir leid. Woher kam dieses laute Krachen?«

»Keine Ahnung.«

»Gib mir bitte deine Taschenlampe, dann sehe ich nach.«

Nora reichte sie mir mit zitternder Hand.

»Bleib hier. Ich bin gleich zurück.«

Angespannt schlich ich durch den Salon, das Esszimmer und die Küche und ließ meinen Lichtstrahl über alle Oberflächen wandern. Dann schaute ich im ersten Stock, auf dem Dachboden und im Keller nach. Alles war wie immer.

»Ich kann nichts finden«, sagte ich zu Nora, als ich ihr die Taschenlampe zurückgab. »Es muss draußen gewesen sein. Vielleicht ist ein Transformator durchgebrannt oder so etwas.«

Ich entfachte das Feuer in ihrem Kamin, um das Zimmer aufzuwärmen. Dann legte ich in meinem eigenen Zimmer ebenfalls Holz nach und schlüpfte, da ich sonst nichts zu tun hatte und die Wirkung des Adrenalins nachließ, wieder ins Bett. Matthew blieb in seinem Versteck und ließ sich nicht blicken.

Als ich aufwachte, war das Feuer im Kamin niedergebrannt. Ich strich mir die Haare aus dem Gesicht, die nach zwei Tagen ohne Strom und folglich ohne Dusche unangenehm fettig waren, und ging hinaus, um herauszufinden, woher der Lärm in der Nacht gekommen war. Von den Bäumen vor dem Haus waren einige Zweige abgebrochen. Ein Ast hatte die Veranda nur knapp verfehlt, ein anderer lag beunruhigend nahe neben meinem Auto. Anscheinend hatten die gefrorenen Zweige der Schneelast, die sich Flocke für zarte Flocke auf ihnen angehäuft hatte, nicht länger standhalten können.

Als ich um das Haus herumging, entdeckte ich die Bescherung: Die beiden großen Stämme des Trompetenbaums hatten sich endgültig gespalten. Einer ragte in einem sonderbaren Winkel nach oben, der andere lag auf der Seite. Seine obersten Zweige reichten bis in den Kräutergarten. Ein Teil des Zauns war eingedrückt. Einige abgebrochene Zweige lagen verstreut herum, andere hingen in den Rosensträuchern, wieder andere hatten den Oregano und den Lavendel platt gedrückt.

Meine ganze harte Arbeit lag unter dem riesigen Baum begraben, den Nora trotz aller Bemühungen nicht hatte retten können.

Das Heulen der Kettensäge hallte über das freie Feld, während Tyrese den umgestürzten Trompetenbaum zerlegte. Als ich Nora die Nachricht überbracht hatte, dass ihr Baum endgültig hinüber war, hatte ich erwartet, dass sie um den Verlust trauern würde. Aber sie hatte nur erwidert: »Sag es William. Er wird sich darum kümmern.« Dann war sie wieder an ihre Arbeit gegangen. Allmählich fragte ich mich, ob ich anfangen sollte, ihre immer häufiger werdenden geistigen Aussetzer im Kalender zu notieren.

Jetzt stockte Tyrese unseren geschrumpften Holzvorrat mit Holz von dem Baum, den der echte William gepflanzt hatte, auf. »Der größte Teil des Baumes war schon eine ganze Weile tot«, erklärte er. »Das Holz müsste also schon trocken genug sein, um zu brennen. Aber an deiner Stelle würde ich es nicht im Haus lagern. Tote Bäume sind ein beliebtes Zuhause für Riesenameisen und Termiten. In der Kälte schlafen sie, aber wenn das Holz warm wird, wachen sie auf. Hol also lieber immer nur so viel Holz ins Haus, wie du gerade brauchst. Das bedeutet zwar, dass du viel öfter hinausgehen musst, aber diese Tiere willst du bestimmt nicht im Haus haben.«

Ich nickte und malte mir mit Grauen die letzten Momente im Leben der Insekten aus, die ich im Kamin verbrennen würde. Konnten Riesenameisen schreien?

»Du hast im Moment wohl ziemlich viel zu tun?«, fragte ich.

»Ja. Überall herrscht Chaos. Der halbe Bezirk ist ohne Strom. Angeblich wird es bei einigen Häusern eine ganze Woche dauern, bis der Strom wieder da ist. Braucht ihr beide eine andere Bleibe?«

»Hast du bei dir zu Hause Strom?«

»Nein. Aber ein paar Kirchen sind schon wieder an die Stromversorgung angeschlossen. Und sie nehmen Leute auf.«

»Ich bezweifle, dass ich Nora dazu überreden könnte. Sie arbeitet wie besessen an irgendeinem Nähprojekt. Ich glaube nicht, dass ich sie dazu bringen könnte, es auch nur für einen Tag zu unterbrechen.«

Während Tyrese zu seiner Kettensäge zurückkehrte, stapelte ich die größeren Holzstücke und legte die kleinen Zweige als Anzündholz zusammen. Eine weitere Stunde verging, bis Tyrese den ganzen Baum zerlegt hatte. Inzwischen war ich hundemüde und meine Zehen und meine Nase waren vor Kälte ganz taub. Als ich ihm zu seinem Pick-up folgte, um ihn zu verabschieden, wurde mir bewusst, dass dieser Sonderdienst wahrscheinlich nicht in dem Leistungspaket enthalten war, das Mr Rich für Nora zahlte.

»Was schulde ich dir?«

Er schüttelte den Kopf. »Vergiss es. Du schuldest mir nichts.«

»Das ist etwas ganz anderes, als den Rasen zu mähen.«

»Zerbrich dir darüber nicht den Kopf. Für dich mache ich das gerne.«

Er schaute mich mit so viel Zärtlichkeit an, dass ich am liebsten geheult hätte. »Okay.«

»Hey, was ist?«

Ich schüttelte den Kopf.

Er legte eine Hand, die in einem dicken Handschuh steckte, auf meine Schulter. »Sag nicht, dass nichts wäre. Ich sehe doch, dass du etwas hast.«

Natürlich hatte ich etwas, aber ich konnte nicht sagen, was es war. Wie fasst man in Worte, dass man sich, obwohl man erwachsen ist, völlig orientierungslos und verwirrt fühlt? Wie sagt man, dass man nicht weiß, was man mit seinem Leben anfangen soll? Dass man das Gefühl hat, alles, wofür man gearbeitet hat, ist wertlos, aber man weiß trotzdem nicht, was man anderes tun soll, als so weiterzumachen wie bisher? Wie erklärt man das Gefühl, dass das Leben vorbei ist, obwohl nichts passiert ist, außer dass man seine Arbeit verloren hat? Wie spricht man solche Gefühle laut aus, wenn gleichzeitig unschuldige Menschen erschossen werden und Mörder frei herumlaufen und man das Gefühl hat, dass die ganze Gesellschaft aus den Fugen gerät?

Also sagte ich nichts. Wir standen stumm im Schnee, umgeben von Sägemehl, und eine Träne gefror auf meiner Wange.

»Darf ich dich morgen zum Frühstück einladen?«, fragte er. »Kommt Nora eine Weile allein zurecht?«

Ich nickte und rieb über meine schmerzenden Wangen. »Ja.«

»Gut. Dann treffen wir uns im *Roadhouse Diner*. Dort haben sie Strom. Um acht Uhr. Dann können wir in Ruhe darüber sprechen. Okay?«

»Okay.«

Während ich ihm nachblickte, beschloss ich, ihm alles zu erzählen: von Nora, von Mr Rich, von der Kamera und den Fotos, von Vic Sharpe, von dem Vorstellungsgespräch beim *Beat*. Alles. Wenn ich es laut aussprach, würde ich vielleicht erkennen, wie ich am besten damit umgehen sollte.

# Kapitel 38

*Detroit, April 1965*

Nora ging mit einigem Abstand um die offene Farbdose auf der Veranda herum. »Igitt. Ich bin froh, dass die Farbe trocken ist, bis ich heute Abend nach Hause komme.«

»Der Geruch wird dann immer noch in der Luft hängen.«

»Aber nicht mehr so schlimm.«

William setzte sich auf seine Fersen zurück und betrachtete die Haustür. »Bist du dir sicher, dass du diese Farbe willst? Sie sieht aus wie roher Lachs.«

»Wenn sie getrocknet ist, sieht sie orange aus. Schau dir das Farbmuster oben auf der Dose an.«

»Bist du dir sicher, dass du *diese* Farbe willst?«

Sie tätschelte lächelnd seine Schulter. »Du wirst dich daran gewöhnen.« Es war das grellste Orange, das sie hatte finden können. Normalerweise war sie kein Fan von Orange, aber irgendwie hatte genau diese Farbe sie im Geschäft angesprochen. Ihre Mutter hasste Orange.

»Wahrscheinlich. Wenigstens ist es außen, wo wir es nicht so häufig sehen.«

Sie lachte und ging zum Auto.

»Fahr vorsichtig!«, rief er ihr nach.

Nora winkte, während sie die Einfahrt hinunterfuhr, und steuerte den Wagen dann in Richtung Süden. Die Fahrt verlief ruhig, bis sie den dichten Verkehr im Einzugsbereich von Detroit erreichte. Außer an Weihnachten, als William und sie seine Familie besucht hatten, war Nora nicht mehr in der Stadt gewesen. Im Dezember war alles von sauberem weißem Schnee bedeckt gewesen. Jetzt, Anfang April, war die Stadt braun und schmutzig. Durchweichte Papiertüten, Zeitungen und weggeworfene

Flaschen sammelten sich auf den Gullys. Darunter liefen nach dem Regen der letzten Nacht schmutzige Bäche in den Kanal. Bei diesem Anblick freute sich Nora noch mehr darauf, dass der Garten und das Feld mit den leuchtenden Wildblumen rund um das Bauernhaus im Frühling neu zum Leben erwachen würden. Gleichzeitig überlegte sie schmunzelnd, dass William diesen schmutzigen Straßen mit Sicherheit etwas Schönes abgewinnen würde.

Er nahm seine Kamera jeden Tag mit nach Flint, um das Leben in der Stadt und die Menschen, mit denen er arbeitete und die er auf den Straßen sah, zu fotografieren. Aber er schoss nicht viele brauchbare Bilder. Sein Ziel, Fotos von relevanten Motiven an Zeitungen zu verkaufen, war irgendwie in den Hintergrund getreten. Von den tumultartigen Vorfällen, die sich im ganzen Land ereigneten, lasen Nora und er eher als Zuschauer und nicht als Beteiligte. Nora war es lieber so, aber sie fragte sich manchmal, ob sie die Träume ihres Mannes unbewusst erstickt hatte.

»Gefällt es dir hier?«, hatte sie ihn eines Abends gefragt, als sie nebeneinander im Bett gelegen hatten.

»Natürlich.«

»Du weißt, was ich meine. Manchmal habe ich das Gefühl, dein Leben völlig aus der Bahn geworfen zu haben.«

»Das hast du auch. Und ich habe dein Leben aus der Bahn geworfen.«

Sie hatte sich auf die Seite gedreht. »Vermisst du es, bei deiner Familie zu sein?«

»Klar. Manchmal. Manchmal sogar sehr. Ich vermisse meine Freunde. Geht es dir nicht genauso?«

Sie hatte gewusst, dass die richtige Antwort auf diese Frage »Ja« lautete, aber irgendwie sagte ihr Gefühl etwas anderes.

»Aber das ist egal«, hatte William weitergesprochen. »Ich gehöre hierher. Hierher zu dir. Hier will ich für den Rest meines Lebens wohnen. Wenn wir beide alt und grau sind und endlich diese Erde verlassen, kann man uns hinten im Garten neben der alten Mary begraben.«

So nannte er sie immer: die alte Mary. Damit meinte er die Frau, die unter dem inzwischen verwitterten Grabstein im Garten zur letzten Ruhe gebettet worden war. Mary Balsam. Nora hoffte, dass sie in ein paar Minuten herausfinden würde, wer diese Frau wirklich gewesen war.

Sie hielt vor einem trostlosen, grauen Ziegelgebäude auf einem freien Parkplatz. Die Schwester am Informationsschalter schickte sie zu einem langen Korridor mit vielen Türen auf beiden Seiten. Vor Zimmer Nummer 127 blieb Nora stehen und klopfte zuerst leicht, dann ein wenig kräftiger an, da keine Antwort kam.

Schließlich schob sie die Tür auf und steckte den Kopf hinein. »Hallo? Margaret?«

In dem funktionell eingerichteten Zimmer saß eine verschrumpelte Frau vornübergebeugt in einem Kunstledersessel. Ihr weißes Haar war so dünn, dass es aussah, als hätte jemand Zuckerwatte auf ihre mit Muttermalen gesprenkelte Kopfhaut gelegt. Sie schaute mit zusammengekniffenen Augen durch das Fenster auf etwas, das Nora nicht sehen konnte.

»Margaret?«

Die Frau drehte sich zu ihrer Stimme herum.

»Wer sind Sie?«, fragte sie. Ihre Stimme knisterte wie steifes Papier, das zu lange in der Sonne gelegen hatte.

»Ich bin Eleonor Ri… Balsam, deine Großnichte. Ich bin Daniels Tochter.«

»Daniel?«

Nora trat ins Zimmer und setzte sich auf einen freien Stuhl. »Der Sohn deines Bruders George.«

»Ach, George!«

»Ich bin seine Enkelin, Eleonor.«

»Tatsächlich?«, sagte die alte Frau hörbar entzückt. »Das ist aber eine nette Überraschung!«

Die alte Frau hob eine zitternde Hand, die Nora ergriff. Nach der Begrüßung ließ Margaret ihre Hand nicht los, als befürchtete sie, dass Nora sonst gleich wieder verschwinden würde.

»Eleanor. Es tut mir leid, Liebes, aber ich erinnere mich nicht an dich.« Margarets wasserblaue Augen schauten an Nora vorbei, während sie sprach.

»Ich weiß nicht, ob wir uns je begegnet sind. Aber vielleicht kennst du meine älteren Brüder, Warner und Richard.«

»Oh, ja. Daniels Jungen.« Es folgte eine Pause. »Wer, sagtest du, ist dein Vater, Liebes?«

»Daniel Balsam. Aber ich wurde viel später geboren als meine Brüder und ich habe eine andere Mutter. Meine Mutter heißt Mallory.«

Die alte Frau schüttelte den Kopf. »Keine Ahnung, wer sie ist. Ich kann mich nicht richtig erinnern.«

»Das macht nichts. Wir brauchen nicht jeden Zweig des Familienstammbaums zu kennen, um uns gemütlich zu unterhalten, nicht wahr?«

Sie lachte. »Nein, das brauchen wir nicht.«

»Ich bin gekommen, um dir zu erzählen, dass ich jetzt in deinem alten Haus wohne.«

»In meinem Haus? An der Kensington Street? Bei Bens Sohn? Meine Güte! Ich finde, du bist ein wenig zu jung für ihn.«

»Nein, nicht in diesem Haus.« Nora verkniff sich ein amüsiertes Lachen. »In dem Haus, in dem du als Kind gewohnt hast. In Lapeer.«

»Gütiger Himmel! Dieses Haus steht noch? Seit Vater gestorben ist, hat sich niemand mehr darum gekümmert.«

»Jetzt kümmere ich mich darum.« Nora tätschelte beruhigend Margarets Hand. »Dein Vater war Nathaniel Balsam, nicht wahr? Und deine Mutter war Mary?«

»Ja, Liebes, ja.« Sie schwieg einen Moment. »Aber meine Mutter habe ich nie kennengelernt. Sie starb bald nach meiner Geburt.«

»Das tut mir leid«, erwiderte Nora. Sie wartete darauf, dass Margaret weitersprach, aber die alte Frau schaute nur mit leerem Blick in den Raum hinein. »Weißt du, ob sie Quiltdecken genäht hat? Ich habe dort eine ziemlich verrückte Quiltdecke gefunden und wüsste gern, wer sie genäht hat.«

»Oh ja. Diese Decke ist von meiner Mutter. Sie lag auf dem Bett meines Vaters, bis meine Brüder ihn zu sich holten. Sie hat diese Quiltdecke genäht, während er im Krieg war. Von Hand.«

»Ich habe sie in einem alten Reisekoffer auf dem Dachboden gefunden.«

Margaret lächelte. »Dorthin habe ich sie geräumt.«

»Wirklich?«

»Ja. Als mein Bruder George das Haus absperrte, habe ich sie in dem Holzkoffer versteckt. Männer wissen solche Handarbeiten nicht zu schätzen. Er hätte sie bestimmt einfach weggeworfen oder irgendwelche Möbel damit abgedeckt, wo Motten und Mäuse sie angefressen hätten. Deshalb habe ich sie in den Koffer geräumt, um sie sicher aufzubewahren.«

Nora lächelte. »Ich bin so froh, dass du das gemacht hast. Es freut dich bestimmt, dass sie wieder benutzt wird. Sie liegt auf einem Bett in einem Gästezimmer.«

»Das ist schön, Liebes. Ich habe Quiltdecken schon immer lieber gemocht als Wolldecken. Vor allem, weil ich nicht mehr so gut sehe. Ich kann das Muster fühlen. Früher konnte ich stundenlang mit den Fingern über Mutters Quiltdecke streichen, um die Vogelspuren, die Blumen und die Spinnweben nachzufahren. Die ganzen kleinen Geheimnisse.«

Nora schaute auf Margarets warme, knorrige Hand hinab, die in ihrer Hand lag, und stellte sie sich als einziges Mädchen unter Brüdern und ohne Mutter vor. Mit einem schmerzlichen Stich im Herzen dachte sie an die Kluft zwischen ihren Eltern und ihr selbst.

»Es tut mir so leid, dass du deine Mutter nie kennengelernt hast.«

»Die Grippewelle in jenem Jahr war sehr schlimm. Aber nicht alle sind daran gestorben.«

»Wen meinst du mit *alle?*«

»Die Männer auf dem Feld. Ich habe mich auch angesteckt, aber ich habe überlebt. Seitdem sehe ich nicht mehr gut. Aber das ist nichts im Vergleich zu den ganzen Männern, die daran gestorben sind. Schließlich bin ich immer noch da.«

»Welche Männer?«

»Die Männer, die auf der Farm gearbeitet haben. Viele von ihnen wurden krank, weil sie auf so engem Raum zusammengeschlafen haben.«

Nora ging ein Licht auf. »Haben diese Männer auf dem Dachboden geschlafen?«

»Ja, ja!«, antwortete Margaret aufgeregt, als die Erinnerungen wach wurden. »Die Jungs spielten dort oben Verstecken. Ich fand das so unfair, denn ich durfte nicht auf den Speicher gehen. Dort wohnten die Männer. Damals wurden die Geschlechter noch strenger getrennt als heute.«

Nora dachte über diese Worte nach. »War es üblich, dass Knechte im Haus der Familie wohnten?«

»Für mich war es selbstverständlich, bis diese Männer kamen und uns deshalb Schwierigkeiten machten. Sie kamen einmal, als ich noch nicht auf der Welt war, und dann noch einmal, als ich ein kleines Mädchen war. An dieses Mal erinnere ich mich. Es wurde viel herumgeschrien und sie setzten den Stall wieder in Brand. Der Stall, der jetzt dort steht, ist schon der dritte. Wusstest du das?«

»Nein, das war mir nicht bewusst.«

»Es war sehr traurig. Ich war noch sehr klein und kann mich deshalb nicht besonders gut daran erinnern. Aber ich erinnere mich, dass die Tiere gebrüllt haben. Wenn ich dieses Gebrüll nur vergessen könnte! George hat sie befreit. Big George.« Sie lachte. »Nicht mein Bruder! Er wollte mit Big George nichts zu tun haben.«

Nora legte den Kopf schief, als würden sich durch diese Bewegung die Puzzleteile von Margarets bruchstückhafter Geschichte irgendwie zu einem Gesamtbild zusammenfügen, das einen Sinn ergab. »Entschuldige, aber ich kann dir nicht ganz folgen. Warum hat sich jemand so sehr daran gestört, dass diese Menschen in eurem Haus wohnten, dass er deshalb euren Stall in Brand setzte?«

»Das hat mich auch verwirrt. Mein Bruder Jonathan sagte, ihnen hat nicht gefallen, dass sie Neger waren. Er musste mir erst erklären, was Neger waren, aber ich verstand es trotzdem nicht. Für mich waren sie einfach Teil der Familie. Einige Zeit später fand ich heraus, dass sie früher Sklaven gewesen waren. Sie waren im Bürgerkrieg aus dem Süden geflohen. Als mein Vater aus dem Krieg nach Hause kam und die Farm so gut lief, hat er anscheinend noch mehr Schwarze eingestellt. Einige blieben nur für einen Sommer, nahmen ihren Lohn und zogen dann weiter. Andere blieben jahrelang. Am Schluss war nur noch Big George da. Alle anderen zogen weiter. Dein Großvater wurde nach ihm benannt, weißt du das?«

Nora hatte Mühe, sich aus dem, was sie hörte, einen Reim zu machen. Ihr Vater hatte gesagt, dass Schwarze die Familie ruiniert hätten. Aber Margaret sprach von einer Familie, die Schwarze mit offenen Armen aufgenommen hatte. Ihr Großvater war nach einem früheren Sklaven benannt worden und nur eine einzige Generation später hatte ihr Vater sie verstoßen, weil sie einen Schwarzen geheiratet hatte? Das war nur schwer nachzuvollziehen.

»Tante Margaret, ich weiß gar nicht, was ich sagen soll. Ich wusste das alles nicht.«

Die alte Frau nickte leicht. »Das überrascht mich nicht. Meine Brüder haben sie nicht gemocht. Besonders Little George. Wir wurden ihretwegen in der Schule gehänselt. Als die Jungs älter wurden, glaubten sie anscheinend, die Männer würden Geld und Land stehlen, das eigentlich ihnen zustand. Vater war sehr großzügig. Er hat sie immer gut bezahlt und stets dafür gesorgt, dass sie alle zu Weihnachten schöne Geschenke bekamen. Ich weiß, dass das George überhaupt nicht gefallen hat. Aber George hat nie etwas gefallen. Er war der griesgrämigste Mensch, den ich in meinem ganzen Leben kennengelernt habe. Als er nach Detroit zog und die beiden anderen ihm folgten, kamen sie nie zurück. Ich hatte den Eindruck, dass sie dieses Haus nur vergessen wollten.«

»Was wurde aus all den Männern, die auf der Farm gearbeitet haben?«

»Einige konnten so viel Geld sparen, dass sie sich eine eigene Farm kaufen konnten. Viele sind während des Ersten Weltkriegs nach Detroit gezogen. Damals gab es viele Jobs. Aber Big George ist geblieben. Er hat für Vater die Farm betrieben. Und es gab noch einen Schwarzen mit hellerer Haut, der ungefähr in meinem Alter war. Er kam hin und wieder und half manchmal auf den Feldern. Aber er hielt sich immer vom Haus fern. Der Junge sah seltsam aus. Er hatte blaue Augen. Ich hatte nie zuvor einen Schwarzen mit blauen Augen gesehen.«

Margaret unterbrach ihre Erzählung und stieß ein raues Husten aus. Nora nahm ein Glas Wasser vom Tisch neben dem Bett und reichte es ihr.

»Ich blieb bei Vater, bis er ganz alt war. Dann kamen die Jungs und brachten Vater und mich zu Benny nach Detroit. Big George war zu diesem Zeitpunkt schon gestorben. Schlaganfall, glaube ich. Oder Herzprobleme. Der Umzug brach uns das Herz. Wir fühlten uns in der Stadt nicht wohl.« Sie seufzte und benetzte ihre trockenen Lippen. »Ich konnte aber nichts dagegen tun. Da ich die Jüngste und dazu noch ein Mädchen war, hatte ich keinen Anspruch auf das Haus. Wegen meiner schlechten Augen konnte ich außerdem nicht allein wohnen. Ich nehme an, meine Brüder wollten es eigentlich verkaufen, aber es war die Zeit der Weltwirtschaftskrise. Niemand konnte sich ein großes Haus mit so viel Land leisten und ich schätze, sie wollten es nicht billig hergeben. Dann haben sie es wahrscheinlich einfach vergessen. Während des Zweiten Weltkriegs haben sie viel Geld gemacht und sich ihre eigenen großen Häuser gebaut. Ich bin froh, dass wieder jemand in dem Haus wohnt.«

Nach dieser langen Erzählung sah Margaret müde aus. Sie hustete erneut und nippte an ihrem Glas. Nora verspürte leichte Schuldgefühle. Sie war zu ihrer Großtante gekommen, weil sie sich von ihr Informationen erhofft hatte. Und sie hatte definitiv mehr erfahren, als sie erwartet hatte. Aber vor ihr saß eine alte Frau, die ihre Blutsverwandte war, allein und vergessen in einem Heim.

»Ich gehe jetzt lieber, damit du dich ein wenig ausruhen kannst, Tante Margaret. Wenn du nichts dagegen hast, würde ich dich gern wieder besuchen kommen.«

»Natürlich habe ich nichts dagegen, Liebes. Es war so schön, mit dir zu plaudern.«

Nora schob ihren Stuhl zurück. »Soll ich dir ins Bett helfen, damit du etwas schlafen kannst?«

»Nein, nein. Ich ruhe mich einfach hier in meinem Sessel ein wenig aus.«

»Okay.«

Sie ging zur Tür, aber Margaret hielt sie noch einmal auf. »Eleanor, grüß die Männer auf dem Feld von mir. Es ist so viel Zeit vergangen, seit ich zuletzt mit ihnen gesprochen habe.«

Nora runzelte die Stirn. »Natürlich, Tante Margaret. Das mache ich gerne.«

# Kapitel 39

*Lapeer County, Juli 1871*

Mary nahm die Hand, die Nathaniel ihr hinhielt, und trat auf den Bahnsteig von Lapeer. Der siebenjährige George folgte ihr. Er hielt Jonathan an der einen Hand und Benjamin an der anderen. Die Zugfahrt von Detroit nach Lapeer war nicht anstrengend gewesen, aber Mary war trotzdem völlig erschöpft. Sie hatte die Jungen ständig im Auge behalten und oft ermahnen müssen. Das Aufwachsen auf einer Farm hatte ihre Söhne nicht auf das vornehme Stadtleben in Detroit vorbereitet. Aber als Catherine Balsam ihre Enkel zu den Feierlichkeiten anlässlich der lange herbeigesehnten Einweihung des neuen Rathauses am vierten Juli, dem Nationalfeiertag, eingeladen hatte, hatte sie nicht absagen können. Die Aussicht, von allem wegzukommen, wenn auch nur für einige Tage, war verlockend gewesen.

Die Jungen hatten ihre Großmutter längere Zeit nicht gesehen, da die Zugfahrt für Catherine inzwischen zu beschwerlich war. Auch wenn die Zunge der alten Dame noch tadellos funktionierte, war ihr Körper durch Krankheit geschwächt. Catherines eingeschränkte Mobilität hatte sich äußerst wohltuend auf Marys Beziehung zu Nathaniel ausgewirkt. Mary fühlte sich für ihre treulosen Gedanken und Versuchungen bereits ausreichend gestraft. Sie brauchte nicht auch noch die Vorwürfe ihrer Schwiegermutter, da sie sich ohne sie schon schuldig genug fühlte. Dabei tat sie seit Jahren alles, um ihre unerlaubten Gefühle zu beherrschen.

Sie baute eine Schutzmauer um ihr Herz und ihre Person auf. Die ganzen Briefe, die George ihr geschrieben hatte, hatte sie in das Geheimfach des hölzernen Reisekoffers gesteckt, in dem George vor vielen Jahren an ihre Tür gebracht worden war. Sie schrieb ihm keine Briefe mehr und bekam auch keine mehr von ihm. Sie kommunizierte mit George nur über Dritte, die gerade in der Nähe waren. Oft war das Little George. Und im Geiste erstellte sie jedes Mal, wenn sie versucht war, an George zu denken, eine Liste mit Nathaniels vielen guten Eigenschaften: seine Nachsicht, seine Tapferkeit, sein Mut, seine Entschlossenheit, alle Menschen gleich zu behandeln, sein liebevoller Umgang mit seinen Kindern. Nach und nach stellte Mary fest, dass sie ihn wieder lieben konnte. Nicht mit der leidenschaftlichen, fast besessenen Liebe, die sie für George empfand, aber trotzdem war es Liebe.

Während des Aufenthalts in Detroit war ihre Familie zum ersten Mal für sich gewesen, ohne all die früheren Sklaven, die auf ihrer Farm Zuflucht gefunden hatten. Für einige Tage nicht durch die vielen Menschen und Probleme in ihrem Haus abgelenkt, hatte Mary Dinge an ihren Söhnen wahrgenommen, die ihr bis jetzt nicht aufgefallen waren: Ihr Jüngster, Benjamin, hatte sich angewöhnt, alle Erwachsenen beim Vornamen anzusprechen, da er es mit den Schwarzen zu Hause genauso machte. Mary wäre vor Scham am liebsten im Erdboden versunken, als er zu seiner Großmutter sagte: »Catherine, diese Kekse schmecken gut, aber nicht so gut wie die, die Martha bäckt.« Jonathan sprach fast überhaupt nichts. »Guten Tag«, »Bitte« und »Danke« war so ziemlich alles, was er von sich gab. George hingegen äußerte zu allem seine Meinung, die meistens extrem kritisch war.

Als sie vor dem Bahnhof ihr Gepäck hinten auf den Wagen luden, der sie nach Hause bringen würde, warf Little George einen kurzen Blick auf den Mann, der sie abholte, und fragte: »Warum holst du uns ab? Wo ist Jacob?«

Big George zog eine Plane über das Gepäck und antwortete, ohne den Jungen anzusehen: »Jacobs Hände sind mit Giftefeu in Berührung gekommen. Er kann die Zügel erst wieder richtig festhalten, wenn die Wunden verheilt sind.«

Little George schnaubte abfällig.

»Wie furchtbar!«, sagte Nathaniel. »Wo ist das passiert?«

»Als er im Wald auf Hasenjagd war.«

Während der Fahrt zur Farm ließ Mary ihren Blick über die Landschaft schweifen. Mit jedem Jahr, das verging, wurde mehr Land bebaut. Bäume wurden gefällt, Zäune wurden errichtet, Felder wurden gepflügt. Hektar für Hektar kam die Außenwelt ihrem kleinen Reich immer näher. Nathaniel betrachtete diese Fortschritte als Beweis für Gottes Segen. Aber für Mary bedeuteten mehr Menschen mehr Kritik und mehr Gefahren. Jeder Außenstehende, der sich hier ansiedelte, war eine Person mehr, vor der die Balsams ihren Lebensstil erklären und verteidigen mussten.

Erst vor einigen Wochen war Little George von einer Fahrt in die Stadt mit Big George nach Hause gekommen. Heiße, wütende Tränen waren über sein Gesicht gelaufen, als er vorwurfsvoll auf Mary zugerannt war. »Henry Rutherford hat mich einen Niggerfreund genannt! Er hat gesagt, ich hätte Flöhe wie sie! Und er hat gesagt, dass du und Big George …«

Mary hatte ihrem Sohn entsetzt die Hand vor den Mund gehalten, bevor er seinen Satz beenden konnte, und ihn in den Hof hinausgezerrt, wo sie seinen Mund mit Seife ausgewaschen und sein nacktes Hinterteil mit einem Lederriemen ausgepeitscht hatte.

»Es spielt keine Rolle, dass du nur das nachgeplappert hast, was andere gesagt haben«, hatte Mary sein Heulen übertönt. »In dieser Familie benutzen wir solche Wörter nicht.«

Ein halbes Dutzend Knechte hatte zugeschaut, wie Little George derartig gedemütigt worden war. Danach hatte der Junge eine ganze Woche kein Wort mit seiner Mutter gesprochen. Den Schwarzen gegenüber, die auf der Farm arbeiteten, war er seitdem noch abweisender, ganz besonders aber gegenüber Big George.

Mary hatte immer darauf geachtet, George und die anderen höflich zu bitten, eine Arbeit zu erledigen. Nathaniel, der sich im Krieg angewöhnt hatte, Soldaten Befehle zu erteilen, nachdem er Offizier geworden war, kommandierte die Knechte auf dem Hof herum. Little George hatte sich dieses Verhalten abgeschaut und erteilte Befehle wie ein Vorarbeiter.

Als der Wagen an diesem Abend vor dem Haus zum Stehen kam, sprang der Junge auf die Erde und ging zum Kutschbock herum. »Bring unsere Sachen ins Haus und striegle dann die Pferde, George.«

»George!«, schimpfte Mary.

»Ich habe dir gesagt, dass ich Jack genannt werden will«, sagte ihr Sohn.

»Du heißt George«, stellte Nathaniel klar. »Und du überlässt das Befehlen mir, verstanden?«

»Ja, Sir«, murmelte der Junge. »Kommt«, forderte er seine Brüder auf. »Gehen wir lieber in unser Zimmer, bevor Mutter uns unsere Betten wegnimmt und noch mehr von ihnen ins Haus holt.«

Die zwei kleineren Jungen folgten ihrem älteren Bruder gehorsam die Verandastufen hinauf ins Haus.

»Entschuldige bitte«, sagte Nathaniel, der eine Seite des Reisekoffers packte, während Big George die andere Seite hochhob. »Der Junge ist nach der langen Fahrt bestimmt nur müde.«

George nickte, sagte aber nichts.

An diesem Abend legte Mary vor dem Zimmer der Jungen die Hand auf den Türgriff, um ihnen einen Gutenachtkuss zu geben. Die Stimme ihres ältesten Sohnes auf der anderen Seite der Tür ließ sie innehalten. Sie verstand jedoch nicht genau, was er sagte.

Sie öffnete die Tür. »Worüber sprecht ihr hier drinnen?« Die Blicke aller drei Jungen schossen zu ihrer Mutter, die im Türrahmen stand. Jonathan und Benjamin sahen aus, als hätte sie sie mit der Hand in der Keksdose erwischt. George hingegen verzog keine Miene und Mary glaubte, ein schwaches Lächeln auf seinen Lippen zu sehen.

»Über gar nichts, Mutter. Wir haben nur unser Abendgebet gesprochen.«

# Kapitel 40

*Lapeer County, Dezember*

Tyrese winkte mir durchs Fenster des *Roadhouse Diner* zu. Ich ging schnell hinein und nahm ihm gegenüber am Tisch Platz.

»Komme ich zu spät?«, fragte ich.

»Du kommst genau richtig.«

»Ich war mir nicht ganz sicher, wo dieses Diner ist. Noras Wegbeschreibung war ziemlich eigenwillig. Sie hat mir keine Straßennamen genannt, dafür jede Menge Merkmale, die es wahrscheinlich längst nicht mehr gibt. Außer zum Supermarkt scheint sie nirgends hinzugehen und nicht viel aus dem Haus zu kommen.«

»Mein Großvater ist genauso.«

Die Kellnerin trat an unseren Tisch, um unsere Bestellung entgegenzunehmen. Als sie wieder in der Küche verschwand, schaute mich Tyrese schmunzelnd an.

»Was ist?«

»Du hast einiges vor.«

»Ich bin halb verhungert. Seit wir keinen Strom haben, lebe ich da draußen von Brot und Wasser und ich schleppe zigmal am Tag Feuerholz die Treppe hinauf.«

»Bist du dir sicher, dass Nora allein zurechtkommt?«

»Trotz deiner Warnung vor Ameisen hat sie genug Holz in ihrem Zimmer. Sie dürfte ein paar Stunden ohne mich klarkommen.«

Die Kellnerin brachte uns heißen Kaffee. Ich legte die Hände um meine Tasse. »Das fühlt sich so gut an!«

»Ich habe dir gesagt, dass einige Kirchen geöffnet haben, falls es bei euch im Haus zu kalt ist.«

»Mach dir unseretwegen keine Sorgen. Wir haben jede Menge

Quiltdecken im Haus und einen ganzen Baum, den wir verbrennen können. Ein wenig Kälte hat noch niemandem geschadet.«

»Wie du meinst«, sagte Tyrese und faltete die Hände. »Dann schieß mal los. Ich bin gespannt.«

»Ich weiß gar nicht, wo ich anfangen soll. Ich habe Angst, dass du mich für eine furchtbare Person halten wirst.«

»Das bezweifle ich. Fang einfach ganz von vorne an. Natürlich nicht bei deiner Geburt oder so, obwohl ich das auch irgendwann gern hören würde. Fang einfach damit an, was dich so aus der Fassung gebracht hat.«

Ich nippte an meinem Kaffee. »Also gut. Es ist so: Ich habe dir ja erzählt, dass ich früher für die *Free Press* gearbeitet habe. Anfang des Sommers hat mich ein alter Mann angerufen. Er bat mich, mich mit ihm zu treffen, weil er etwas hatte, das seiner Meinung nach einer Verwandten von mir gehört.«

Ich schilderte Tyrese ausführlich dieses erste Treffen – die Kamera, die Schachtel mit den Fotos, Mr Richs unerklärliches Zögern, selbst mit Nora zu sprechen, sein misstrauischer Sohn, der Footballspieler.

»Du hast mit Linden Rich Coney Dogs gegessen?«, fragte Tyrese.

»Ja, aber darum geht es nicht. Jedenfalls stellte sich heraus, dass ich tatsächlich mit Nora verwandt bin. Die Cousine meines Vaters gab mir Noras Adresse und war total begeistert, dass ich sie besuchen wollte. Von ihr bekam ich ebenfalls einen Auftrag: Ich sollte feststellen, ob Nora zu alt ist, um noch allein zu leben.«

»Oh Mann.«

»Ja, oder? Das ist doch einfach nicht fair. Ich kannte Nora nicht einmal.«

»Und was denkst du?«

»Wegen Nora?«

»Ja.«

»An diesem Punkt überschneiden sich die Geschichten. Als ich bei Nora einzog, erwähnte sie immer wieder diesen William. Sie sagte, er hätte den Baum gepflanzt, der umgestürzt ist, er hätte das Zimmer sauber gemacht, in dem ich wohnen sollte – was er definitiv nicht gemacht hat –, er würde den Rasen mähen – was, wie wir beide wissen, du machst. Manchmal spricht sie von ihm, als wäre er schon lange tot – einmal hat sie geradeheraus gesagt, dass er seit fünfzig Jahren nicht mehr da ist. Und manchmal redet sie, als wäre er noch da, als säße er im Zimmer nebenan. William war James Richs Onkel. Er war der Fotograf, der die Fotos von den Unruhen aufgenommen hat, die mir Linden Rich nicht geben wollte. Aber niemand hat mir bis jetzt direkt gesagt, dass er tot ist. Und bei meinen Recherchen im Internet habe ich keine Sterbeurkunde gefunden.«

Tyrese nickte. »Bis hierher kann ich dir folgen.«

Die Kellnerin kam mit einem voll beladenen Tablett und begann, mehrere Teller auf den Tisch zu stellen. Ich war nur ganz leicht beunruhigt, als vier Teller vor mir standen.

Tyrese klopfte auf den Boden der Ketchup-Flasche. »Glaubst du, dieser William lebt noch irgendwo?«

»Vielleicht. Mein Bauchgefühl sagt mir, dass das ziemlich unwahrscheinlich ist, aber ich halte es für möglich. Nora hat gesagt, dass sie nicht weiß, was passiert ist, aber er ist irgendwann fortgegangen und nicht zurückgekommen. Und seine Dunkelkammer im Keller wurde verschlossen.« Ich schob mir eine Gabel voll Eier in den Mund.

»Warum ist er weggegangen?«

»Keine Ahnung.«

»Warum wurde die Dunkelkammer abgeschlossen?«

»Dazu habe ich eine Theorie. Ich habe den Schlüssel gefunden und mich ein wenig umgesehen. Da unten hängen Fotos von einer Frau.«

Tyrese fragte mit vollem Mund: »Von einer Frau oder von einer *anderen* Frau?«

»Das habe ich auch überlegt. Was, wenn er eine Affäre hatte und Nora wegen einer anderen Frau verlassen hat? Aber ich weiß es nicht.«

»Weiß Nora von den Fotos?«

»Ich glaube nicht. Ich habe ihr nichts von den Bildern gesagt. Als ich ihr gestand, dass ich in der Dunkelkammer gewesen war, ohne sie vorher um Erlaubnis zu bitten, wollte sie gar nicht wissen, was ich darin gefunden habe. Sie sagte nur, dass *sie* die Tür abgeschlossen habe. Und erzählte irgendwas davon, dass man, wenn man etwas erst einmal gesehen hat, nicht mehr in die Zeit zurückkehren kann, als man es noch nicht gesehen hatte, oder so ähnlich.« Ich schob mir ein Stück Rösti in den Mund. »Ich muss mit Mr Rich sprechen, oder?«

»Nicht unbedingt. Das kommt ganz darauf an, wie du weiter vorgehen willst. Was willst du mit den Informationen, die du vielleicht von ihm bekommst, machen? Vorausgesetzt, er weiß überhaupt etwas. Willst du dann deiner Tante erzählen, was passiert ist? Und woher willst du wissen, ob sie es überhaupt hören will? Was, wenn William tot ist? Was, wenn er sie tatsächlich wegen einer anderen Frau sitzen gelassen hat? Willst du diejenige sein, die ihr das erzählt?«

»Es kommt vermutlich darauf an, was er mir erzählen kann.« Ich tauchte ein Stück Speck in den Sirup und schob es in meinen Mund.

»Aber wenn er weiß, was aus William geworden ist, und sie miteinander verwandt sind, hätte er es ihr dann nicht schon längst gesagt?«

»Vielleicht hat er es versucht, aber sie wollte nicht mit ihm sprechen.«

Tyrese legte seine Gabel auf seinen Teller. »Okay. Angenommen, er weiß, was passiert ist, und sie wollte ihm nicht zuhören. Also sagt er es dir. Wird sie dir zuhören? Und muss sie es überhaupt wissen? Sie ist eine alte Frau. Vielleicht sollte man ihr erlauben, in Frieden zu sterben.«

»Du denkst, nicht zu wissen, was aus ihrem Mann geworden ist, schenkt ihr Frieden?«

»Okay, vielleicht nicht.«

Ich trank einen kräftigen Schluck Kaffee. »Tyrese, ich will, dass sie sterben kann, ohne unbeantwortete Fragen zu haben, ohne etwas bereuen zu müssen. Ich bereue im Moment sehr vieles in meinem Leben und das ist kein schönes Gefühl. Ich mag mir gar nicht ausmalen, was für ein Gefühl es sein muss, fünfzig Jahre in Ungewissheit zu leben. Irgendetwas ist mit ihr los. Es ist, als hänge sie irgendwo fest. Sie hat vor fünfzig Jahren aufgehört zu nähen, weil ihr, wie sie sagt, nicht mehr danach zumute ist. Sie hat aufgehört, zur Kirche zu gehen. Sie verlässt kaum das Haus und sie hat mehr geistige Aussetzer, als sie noch vor zwei Monaten hatte. Wir sprechen in letzter Zeit kaum noch miteinander. Sie wirkt deprimiert. Soweit ich es beurteilen kann, ist sie schon seit Jahrzehnten deprimiert. Ich hoffe, wenn sie weiß, was aus William geworden ist, hilft ihr das irgendwie, Frieden zu finden und loszulassen.«

Tyrese nickte. »Verstehe.«

»Du findest also, dass ich mit ihm sprechen sollte? Dass ich ihn nach der Geschichte fragen und vielleicht sogar dazu überreden sollte, mit den Fotos nach Lapeer zu kommen und selbst mit ihr zu sprechen?«

»Das klingt vernünftig.«

Wir aßen eine Minute schweigend weiter, während ich mit mir rang, ob ich ihm wirklich auch noch alles andere erzählen sollte, was mich belastete.

»Weißt du«, sagte Tyrese, »du hast mir immer noch nichts erzählt, das so furchtbar ist, dass du deshalb weinen müsstest. Was ist noch los?«

Ich schluckte ein Stück Pfannkuchen hinunter und hatte das Gefühl, dass es mir fast im Hals stecken blieb. »Ich habe in ein paar Tagen ein Vorstellungsgespräch in Detroit.«

Er schob seinen Unterkiefer ein wenig vor und nickte. »Schön für dich.«

»Wahrscheinlich bekomme ich die Stelle sowieso nicht. Immerhin wurde ich bei der *Free Press* hinausgeworfen.«

»Das hat nichts zu sagen.«

»Doch, in diesem Fall schon.«

Ich trank meinen Kaffee leer, holte tief Luft und begann, ihm von den Ereignissen zu erzählen, die diesen längeren Aufenthalt in Lapeer County überhaupt erst möglich gemacht hatten. Ich vermied es, ihm in die Augen zu sehen, während ich ihm von meiner vermasselten Story, meiner verlogenen Beziehung zu Vic Sharpe und meinem unerfreulichen Abgang erzählte. Die wenigen Male, die ich einen kurzen Blick auf Tyrese wagte, um seine Reaktion zu sehen, war seine Miene undurchdringlich.

Als ich nichts mehr zu sagen und nichts mehr zu essen hatte, bezahlte er die Rechnung. Dann ergriff er meine Hand. »Hey, das ist alles vorbei. Vielleicht bekommst du diese neue Stelle und ziehst zurück nach Detroit. Vielleicht bekommst du sie nicht. Aber die Sache mit diesem Vic ist vorbei. Du kannst sie nicht mehr ändern. Du darfst dich davon nicht blockieren lassen. Außerdem geschieht alles aus einem Grund. Vielleicht blickst du bald auf all das zurück und erkennst, dass dir nichts Besseres hätte passieren können.«

Ich lächelte ihn mit dankbaren Tränen in den Augen an. »Du bist wirklich unglaublich, Tyrese.«

Vor dem Restaurant trennten sich unsere Wege: Auf Tyrese warteten weitere Aufräumarbeiten und noch mehr Schneemassen, die nach dem Sturm weggeräumt werden mussten, und ich musste Noras Holzvorrat aufstocken und mich auf meine Gespräche vorbereiten – sowohl auf das Vorstellungsgespräch beim *Beat* als auch auf das Gespräch mit Mr Rich. Während ich die Straße hinabging, verkrampfte sich mein Magen. Entweder protestierte er gegen das große, fette Frühstück, das ich gerade verdrückt hatte, oder gegen meine Pläne, mich noch mehr in Noras Privatleben einzumischen, obwohl mir immer eingeschärft worden war, dass ich mich um meine eigenen Angelegenheiten kümmern sollte.

Während sich aus den schiefergrauen Wolken noch mehr Schnee ergoss, entschied ich, dass dies meine Angelegenheit war. Nora gehörte zur Familie und ich war hier, um ihr zu helfen. Meine Eltern begnügten sich schließlich auch nicht damit, den Menschen am Amazonas nur in praktischen Dingen zu helfen. Sie kümmerten sich darüber hinaus um ihre Seelen. Ich konnte Nora

Feuerholz bringen und das Geschirr spülen und die Wäsche waschen. Aber konnte ich nicht auch helfen, ihr gebrochenes Herz zu heilen?

# Kapitel 41

*Lapeer County, August 1966*

»Fängst du schon wieder eine neue Quiltdecke an?«, fragte William, als er in den Salon trat. »Mir kommt es so vor, als hättest du gerade erst die letzte fertig genäht.«

»Ich kann nicht anders. Die Blockhütten-Quiltdecke passt für das zweite Gästezimmer, aber für unser Bett ist sie einfach nicht das Richtige.«

»Was stört dich an der Decke, die jetzt auf unserem Bett liegt?«

»Das kann ich nicht genau sagen. Ich finde sie für dieses Bett einfach zu steif. Zu geradlinig und rechteckig. Das Bett ist so geschwungen und so asymmetrisch. Ich habe einfach das Gefühl, dass wir dafür etwas anderes brauchen.«

»Was ist mit der grün-weißen? Der betrunkenen? Die hat doch lauter Kurven.«

»Der Weg des Betrunkenen. Diese Decke hat die falsche Größe.«

»Wie du meinst. Und was hast du jetzt vor?« Er kramte in ihrem Korb. »Nur Gelb?«

»Ja, lauter verschiedene Gelbtöne. Wenn die ganzen kleinen Sechsecke zusammengefügt sind, müsste es aussehen wie ein Sonnenuntergang.«

»Oh weh. Wie lang wirst du dafür brauchen?«

»Mindestens fünfzig Jahre.«

Er lachte. »Okay, Baby. Das klingt gut. Mach eine gelbe Decke, wenn du willst. Obwohl ich finde, dass die blaue auch schön aussieht.«

»Sie ist schön. Sie ist nur nicht das Richtige für unser Bett. Ich hatte von Anfang an nicht die Absicht, sie in unserem Zimmer zum Einsatz zu bringen. Ich wollte nur diese alten Hemden sinnvoll verwenden.«

William schüttelte den Kopf. »Das finde ich gut. Irgendwie finde ich sie gruselig.«

»Warum denn das?«

»Diese Hemden wurden alle von toten Sklaven getragen.«

»Sie waren weder tot noch Sklaven, als sie diese Hemden trugen, hat Tante Margaret gesagt. Sie haben in diesen Hemden lediglich gearbeitet. Ich finde, die Geschichte macht diese Quiltdecke so besonders. Wenn es Leute wie sie nicht gegeben hätte, wärst du in Alabama oder Mississippi aufgewachsen. Kannst du dir das vorstellen? Für uns war Detroit schon schlimm.«

»Komm schon, Nora. Nicht jeder Schwarze in Detroit stammt von entflohenen Sklaven ab. Die Eltern meines Vaters kamen während des Ersten Weltkriegs aus Georgia und Mama kam während der Wirtschaftskrise mit ihrer Mutter aus Tennessee. Ich wäre also auch ohne die Männer, die diese Hemden getragen haben, in Detroit auf die Welt gekommen.«

»Das hast du mir nie erzählt.«

»Du hast mich nie danach gefragt.« Er schaute zur Zimmerdecke hinauf. »Ehrlich gesagt, haben meine Eltern und Großeltern nie viel darüber gesprochen. Aber manchmal haben sie sich ganz leise unterhalten. Da wusste ich, dass ich die Ohren spitzen musste. Danach wünschte ich oft, ich hätte sie nicht belauscht, denn ich musste dann ins Bett. Und es war nicht schön, von dem, was ich gehört hatte, zu träumen.«

Noras Stoff und Faden lagen regungslos auf ihrem Schoß. »Was haben sie gesagt?«

»Vergiss es.«

»William, das ist deine Familiengeschichte. Und damit ist es unsere Familiengeschichte. Unsere Geschichten gehören ab jetzt zusammen.«

»Sie ist nicht schön.«

»Das kann ich mir denken.«

William setzte sich und atmete tief ein. »Das Problem ist, dass ich vieles nicht mit Bestimmtheit weiß. Es gibt so wenige Anhaltspunkte. Über Mamas Familie weiß ich fast nichts. Dabei lebt sie noch und könnte mir alles erzählen. Aber sie will nicht darüber sprechen. Und ich könnte sie nie danach fragen. Aus all den Bruchstücken, die ich im Laufe der Jahre gehört habe, schließe ich, dass ihr Vater gelyncht wurde.«

Nora keuchte.

»Ich habe nie herausgefunden warum. Aber wahrscheinlich haben sie nicht lange nach einem Grund gesucht. Es genügte, wenn jemand behauptete, dass ein Schwarzer eine weiße Frau angesehen oder einem Weißen nicht schnell genug Platz auf dem Gehweg gemacht hätte.«

Nora wurde übel. Zu wissen, dass Menschen tatsächlich gelyncht worden waren, war eine Sache. Aber mit jemandem verwandt zu sein, der dieses unvorstellbare Schicksal erlitten hatte, war etwas ganz anderes.

»Über den Vater meines Vaters weiß ich mehr«, sprach William weiter. »Mein Onkel Chuck kannte die Geschichte und hat sie mir erzählt. Mein Großvater war Farmpächter in Georgia. Farmpächter wurden nur einmal im Jahr bezahlt, wenn die ganze Baumwolle geerntet und verkauft war. Aber der Verpächter meines Großvaters war ein Betrüger. Er hat am Ende der Saison oft behauptet, die Pächter würden *ihm* Geld schulden. Auf diese Weise hatte er einen Haufen Sklaven. Offiziell waren sie keine Sklaven, aber in der Praxis waren sie es doch, verstehst du?«

Nora nickte.

»Die meisten konnten nicht lesen und schreiben. Sie hatten also nichts Schriftliches in der Hand.«

»Konnten sie ihn nicht zur Rede stellen? Ihn vor Gericht bringen?«

»Ach, komm! So naiv kannst du doch nicht wirklich sein.«

Nora schaute ihn verständnislos an. »Wie bitte?«

»Ein Schwarzer konnte einen Weißen nicht vor Gericht bringen.«

»Was?«

»Gab es in deiner vornehmen Schule denn keinen Geschichtsunterricht?«

Nora seufzte. »Diesen Teil haben sie offenbar ausgelassen.«

»Sieht ganz danach aus.«

»Was haben sie dann gemacht?«

»Eines Nachts schlichen sie sich heimlich in einen Güterzug. Das mussten sie nachts machen, damit der Verpächter ihnen keinen Suchtrupp nachjagen konnte, um sie zurückzuholen.«

»Aber mit welcher Begründung hätte er sie zurückholen können? Er konnte sie doch nicht gegen ihren Willen festhalten.«

»Klar konnte er das. Er brauchte nur zu behaupten, dass sie ihm Geld schuldeten und sich aus dem Staub machen wollten, ohne ihre Schulden zu begleichen. Und er holte sie nicht nur zurück, um sie weiter für sich arbeiten zu lassen. Er schickte einen Lynchmob los, der sie einfangen und ihnen eine Lektion erteilen sollte.«

Nora lehnte sich entsetzt zurück. »Das kann ich nicht glauben«, stöhnte sie kopfschüttelnd. »Das kann doch nicht wahr sein.«

William schaute sie ungläubig an. »Warum nicht? Ist es nicht genauso unfassbar wie zweihundert Jahre Sklaverei? Du glaubst, Leuten, die Menschen wie Vieh gekauft und verkauft hatten und sie gnadenlos schuften ließen, wäre plötzlich ein Licht aufgegangen und sie hätten angefangen, sie als gleichberechtigte Menschen zu behandeln? Mach die Augen auf, Frau.«

Nora runzelte die Stirn. Es gefiel ihr überhaupt nicht, wie eine Idiotin behandelt zu werden. Aber das war nicht Williams Schuld. »Warum ausgerechnet Detroit?«

»Nach Georgia kamen Leute, die versuchten, Schwarze anzuwerben. Sie wurden in Detroit in den Munitionsfabriken gebraucht. Ich schätze, diese Leute wurden von den Farmern, die ihre kostenlosen Arbeitskräfte behalten wollten, ziemlich schnell aus der Stadt gejagt, aber es sprach sich trotzdem herum.«

Nora atmete tief ein und langsam wieder aus. »Es ist wirklich erstaunlich, dass das alles passieren musste, damit du und ich gleichzeitig auf dem *Detroit Artists Market* waren. Selbst die ganzen schlimmen Dinge. Wenn deine Familie besser behandelt worden wäre und wenn mein Vater dich besser behandelt hätte, wären wir uns vielleicht nie begegnet.«

Ein nachdenkliches Lächeln trat auf Williams Lippen. »Ja, das stimmt wahrscheinlich. Mama sagt immer, dass Gott keine Fehler macht. Manchmal ist es aber gar nicht so leicht, das zu glauben.«

Das Telefon klingelte.

William sprang auf. »Ich gehe dran.«

Nora nahm ihre Nadel und ihren Faden und begann, das kleine Sechseck auf ihrem Schoß anzuheften. Sie führte die Nadel in den Stoff und wieder hinaus, hinein und hinaus, bis alle sechs Ecken eingesäumt waren. Dann legte sie es auf den winzigen Stapel, den sie auf dem Tisch neben sich begonnen hatte, und griff nach dem nächsten Stoffstück.

Ein leises Murmeln drang aus der Küche, aber sie konnte nicht verstehen, was William sagte. Sie wollte gerade zu ihm gehen, weil sie neugierig war, mit wem er sprach, als sie ihn die Hintertreppe hinaufrennen hörte. Sie warf Nadel, Faden und Stoff in den Korb und eilte ihm nach.

Als sie ins Schlafzimmer trat, packte William bereits einen Koffer.

»Was ist los? Wer war das?«

»Bianca. J. J.s Freund Rod wurde erschossen und jetzt ist J. J. verschwunden.«

»Wohin willst du?«

»Nach Detroit natürlich. Was glaubst du denn?«

»Sag ihr doch, dass sie die Polizei anrufen soll.«

»Nora, es *war* ein Polizist. Ein Polizist hat Rod erschossen. Und jetzt kocht die Situation über.« Er hörte einen Moment auf zu packen und schaute sie an. »J. J. hat sich mit den falschen Leuten eingelassen. Sie sind militant. Sie folgen diesem Reverend Cleage.«

Ungebeten wurden Erinnerungen an den Mann wach, der ihr im Autokino ein Messer an die Kehle gehalten hatte.

»Sie sind schon den ganzen Sommer aktiv. Eigentlich sogar seit dem Watts-Aufruhr in Los Angeles. Sie führen etwas im Schilde. Ich weiß nicht, ob J. J. darin verwickelt ist. Aber Tatsache ist, dass diese Leute Schwierigkeiten heraufbeschwören und dass er sie unterstützt. Anscheinend ist er nicht im Gefängnis, aber sie wissen nicht, wo er ist. Deshalb muss ich hin und versuchen, ihn zu finden.« Er klappte den Koffer zu und eilte auf den Flur hinaus.

»Soll ich mitkommen?«

»Lieber nicht.« Er war schon halb die Treppe hinunter.

»Ich könnte bei Bianca und deiner Mutter bleiben.«

»Baby, ich muss *jetzt* los. Wenn J. J. von der Polizei aufgegriffen wird …« Er beendete seinen Satz nicht. Stattdessen drückte er ihr, als sie unten an der Treppe ankam, einen Kuss auf die Wange.

»Okay, aber …«

»Alles wird gut.«

»Fahr vorsichtig!«, rief sie ihm nach, als er zum Auto eilte. »Und bitte ruf mich heute Abend an!«

»Wird gemacht! Ich liebe dich!«

Der Motor ging dröhnend an und die Reifen drehten sich so schnell, dass hinter ihnen Schottersteinchen in die Höhe flogen. Dann war William fort.

Nora ging ins Haus zurück und widmete sich wieder ihrem neuen Quiltprojekt. Sie säumte einige weitere Sechsecke ein, aber bald war sie vor Wut so angespannt, dass sie sich nicht mehr konzentrieren konnte.

Wie kam J. J. dazu, William in seine Probleme mit hineinzuziehen? William, der alles dafür tat, um mit jedem in Frieden zu leben. William, der so viel Größe gezeigt hatte, ihrem Vater, der sich rassistisch verhalten hatte, die Hand zu reichen. William, der schwer arbeitete und nicht erwartete, dass ihm alles zuflog. J. J. hingegen nahm alles als selbstverständlich hin. Bianca hatte den Jungen eindeutig nicht im Griff. Wann immer J. J. etwas Liebloses gesagt hatte oder stundenlang verschwunden gewesen war, hatte die einzige Reaktion seiner Mutter darin bestanden, laut zu seufzen. Das hatte Nora schon immer gestört. Dieser Junge brauchte einen Vater.

Solange sie in Detroit gewohnt hatten, hatte William versucht, diese Rolle auszufüllen. Er hatte sich Zeit genommen, um mit J. J. Basketball zu spielen und mit ihm ins Kino zu gehen. Er hatte ihn sogar zu Martin Luther King mitgenommen. Welches bessere Vorbild hätte J. J. bekommen können? Trotzdem hatte der Junge anscheinend nur die negativen Punkte in Martin Luther Kings Rede gehört. Er sah nur das, was ungerecht war, und hatte kein Ohr für die Lösungen. Stattdessen ließ er zu, dass der Zorn, der in ihm brodelte, wie ein eitriges Geschwür immer mehr um sich griff. J. J. hatte Nora immer das Leben schwergemacht, als William und sie noch bei Mrs Rich gewohnt hatten. Damals hatte sie gedacht, dass er nur sauer wäre, weil sie so viel Platz im Haus eingenommen hatte. Jetzt fragte sie sich, ob er das einfach gemacht hatte, weil sie weiß war.

Um elf Uhr abends klingelte endlich das Telefon. Nora nahm den Hörer beim ersten Klingeln ab.

»Ist alles in Ordnung?«, fragte sie, noch bevor William die Gelegenheit hatte, sich zu melden.

»Ja, er ist jetzt zu Hause. Aber die Situation in der Stadt heizt sich immer weiter auf. Die Polizei durchkämmt alles. Es gab schon viele Verhaftungen. J. J. war zum Glück nicht dabei.«

Diese Nachricht enttäuschte Nora fast ein wenig. Vielleicht hätten ein oder zwei Nächte im Gefängnis den Jungen endlich zur Vernunft gebracht.

»Wann kommst du nach Hause?«

»Ich versuche, morgen heimzukommen.«

»Was ist mit deiner Arbeit?«

»Ich rufe meinen Chef gleich morgen früh an. Das sollte kein Problem sein.«

Nora schwieg einen Moment. »War er an diesem Vorfall beteiligt?«

»Er sagt Nein.«

»Glaubst du ihm?«

»Ich denke schon.«

»Was meint Bianca?«

»Keine Ahnung. Sie weiß nicht, was sie mit ihm machen soll.«

»Ich weiß, was ich mit ihm machen würde.«

William antwortete zuerst nicht. Schließlich sagte er mit gepresster Stimme: »Wir sehen uns morgen.«

Dann hörte Nora das Freizeichen.

# Kapitel 42

*Lapeer County, Oktober 1873*

Mary schaute mit einem bittersüßen Ziehen in der Brust dem davonrollenden Wagen nach. Es war so schön gewesen, Bridget und ihre kleine Tochter für den Nachmittag zu Besuch zu haben. Die Kapriolen des süßen Babys hatten ihr so viel Freude bereitet, dass sie überhaupt nicht gemerkt hatte, wie die Zeit vergangen war. Aber nun wurde es bald Abend und Bridget musste zu ihrem Mann nach Hause.

Während der letzten zwei Jahre hatte es auf der Balsam-Farm viele Veränderungen gegeben. Da Little Georges feindselige Haltung gegenüber den Schwarzen immer schlimmer wurde, hatte Nathaniel beschlossen, dass es für einige Schwarze Zeit wurde weiterzuziehen. Er bot ihnen kleine Kredite an, mit denen sie sich eine eigene Farm kaufen konnten. Die Männer hatten die Gelegenheit, unabhängiger zu werden und einer künftigen Frau etwas bieten zu können, gern ergriffen. Andere hatten selbst beschlossen wegzugehen. John und Martha Dixon waren mit Angelica und dem kleinen Elwin nach Cass City gezogen, um dort einen Laden zu eröffnen. Marys Vertraute, Loretta, hatte geheiratet und war mit ihrem Mann und ihrem Sohn Simon weggezogen. Plötzlich war Mary die einzige Frau im Haus gewesen, bis sie Mrs Farnsworth eingestellt hatte, die ihr beim Kochen und Waschen half. Aber Mrs Farnsworth sah nur ihre Arbeit und hatte nie Zeit, um sich mit einer Tasse Tee zu ihr zu setzen.

Daraus konnte Mary der armen Frau natürlich keinen Vorwurf machen. Da neben den fünf Balsams immer noch über ein Dutzend Männer im Haus lebten, hatte sie alle Hände voll zu tun. Little George war inzwischen neun und hatte angefangen, seinen Vater auf die Felder zu begleiten. Der siebenjährige Jonathan wollte unbedingt alles machen, was sein älterer Bruder machte, und so sah Mary auch ihren zweitältesten Sohn immer seltener. Selbst der kleine Benjamin schien lieber bei den Männern zu sein als bei ihr.

Im Grunde fühlte sich Mary auf der Farm ziemlich unwichtig und entbehrlich. Mit schmerzlicher Nostalgie erinnerte sie sich an die kräftezehrenden Tage, an denen sie alles auf der Farm allein gestemmt hatte und nur sie, Bridget und George hier gelebt und von morgens bis abends geschuftet hatten. Jetzt schien sie überflüssig zu sein.

Die Farm war seit dem Krieg so sehr gewachsen, dass Nathaniel und einige Knechte in der Erntezeit manchmal auf den Feldern übernachteten, damit sie bis zum Sonnenuntergang arbeiten und gleich weitermachen konnten, sobald es am Morgen hell wurde. Die schwere Arbeit zahlte sich aus. Dem dezimierten Süden fehlte es nach dem letzten Gefecht und der endgültigen Kapitulation seiner Armee bei Appomattox an fast allem. General Shermans Männer hatten in den Südstaaten die Felder und Lagerhäuser zerstört, die Häuser niedergebrannt und die Eisenbahngleise zu Schrott gemacht. Die Südstaaten hatten nicht viele Möglichkeiten. Deshalb konnten Farmer und Unternehmer aus dem Norden dort hohe Gewinne erzielen. In Mary regten sich einerseits Schuldgefühle wegen der hohen Preise, die sie für so lebenswichtige Grundnahrungsmittel wie Weizen verlangten, andererseits hatte sie das Gefühl, dass diese Preise gerechtfertigt waren. Sie sah sie als Teil von Gottes Strafe für ein Volk, das für seine Sünden büßen musste.

Dass sie davon profitierte, erschien ihr irgendwie gerecht. Immerhin hatte sie so vielen Menschen eine Zuflucht geschenkt. Jetzt erntete sie dafür einen gewissen Lohn. In ihrem Haus, das früher sehr schlicht und einfach gewesen war, gab es jetzt weiche Teppiche, schöne Möbel und edles Porzellangeschirr, von dem die Jungen nicht essen durften. Ein neuer Wagen war angeschafft worden, neue Pferde und Rinder und Maultiere zogen die Wagen und Pflüge und Mary konnte die schönen Kleider, die sie zerschnitten hatte, um in den langen Nächten, in denen Nathaniel in einem Lager auf irgendeinem Feld in Virginia geschlafen hatte, ihre Quiltdecke zu nähen, durch neue ersetzen.

Trotzdem fühlte sie sich leer. Ihr erfolgreicher Mann, ihre hübschen jungen Söhne, ihr schönes Haus – nichts davon befriedigte sie. Nachdem sie sich einige Jahre lang wieder nähergekommen waren, hatte sich erneut eine spürbare Kluft zwischen Mary und Nathaniel aufgetan. Eine fünfte Schwangerschaft hatte in einer Fehlgeburt geendet, die bei ihnen beiden schmerzliche Narben hinterlassen hatte. Von dem Kind war nicht einmal so viel da gewesen, dass man es hätte beerdigen können. Seitdem vernachlässigte Nathaniel seine ehelichen Pflichten und wartete an den meisten Abenden, bis sie eingeschlafen war, bevor er zu Bett ging. Falls er überhaupt zu ihr ins Bett kam.

»Mrs Balsam?«

Mary drehte sich um und sah Jacob im Türrahmen stehen.

»Ich soll für Mr Balsam in die Stadt fahren, um mehr Bindedraht zu kaufen, und Mrs Farnsworth sagt, dass wir fast kein Mehl und Schmalz mehr haben. Brauchen Sie auch etwas?«

Mary fiel nichts ein, das sie brauchte, aber sie hätte in diesem Moment fast alles dafür gegeben, um in die Stadt zu fahren und ihrer Einsamkeit zu entfliehen. »Ich überlege mitzukommen, Jacob, wenn ich Mrs Farnsworth dazu überreden kann, die Jungen im Auge zu behalten.«

»Sie müsste nur auf Benjamin aufpassen. Little George und Jonathan sind mit Mr Balsam unterwegs. Sie übernachten heute alle auf dem Feld im Süden. Die Jungen sind mächtig aufgeregt, sage ich Ihnen.«

»Dann lässt sich Mrs Farnsworth vielleicht breitschlagen, sich um Benny zu kümmern. Auch wenn er bestimmt sauer ist, weil er allein hierbleiben musste.«

»Das glaube ich auch. Little George hat Mr Balsam deshalb lange in den Ohren gelegen. Er wollte unbedingt, dass Benny auch mitkommt. Er hat fast einen Tobsuchtsanfall bekommen, als Mr Balsam Nein sagte.«

»Seltsam. Normalerweise legt er nicht viel Wert darauf, dass Benny mitkommt. Ich bin in ein paar Minuten fertig.«

»Alles klar, Mrs Balsam. Ich komme mit dem Wagen hierher.«

Mary eilte ins Haus und ging in die Küche.

Ꜫ

»Es ist nur Benny. Er kann Ihnen bei der Vorbereitung des Abendessens helfen. Wie Sie wissen, kocht er gern. Außerdem dürfte es heute Abend nicht allzu viel Arbeit sein. Jacob und ich sind in der Stadt. Nathaniel, George und Jonathan bleiben mit einigen Knechten über Nacht weg. Ich denke, mehr als acht oder neun Leute haben Sie heute nicht zum Abendessen.«

»Das ist alles?«, fragte Mrs Farnsworth trocken.

»Ich wäre Ihnen wirklich sehr dankbar. Wenn ich in der Stadt bin, könnte ich nach einem schönen Stoff für Sie suchen. Ich weiß, dass Sie einen roten wollten, um für Weihnachten eine neue Tischdecke zu nähen, und Sie wollen doch bestimmt nicht, dass Jacob den Stoff aussucht.«

Dieses verlockende Angebot ließ Mrs Farnsworth schließlich einwilligen. Mary setzte ihren Hut auf und nahm ihr Handtäschchen. Als sie aus der Haustür trat, wartete Jacob schon mit dem Wagen. Er hielt ihr die Hand hin, um ihr auf den Kutschbock zu helfen. Sie machte es sich neben ihm für die Fahrt bequem.

»Ich bin fertig«, sagte sie, als die Pferde keine Anstalten machten loszutraben.

»Ich warte nur noch auf …«

Der Wagen wackelte und jemand schwang sich hinten auf die Ladefläche. Mary drehte sich um.

»Da bist du ja, George«, sagte Jacob, dann ließ er die Zügel schnalzen und die Pferde trabten los.

Marys Magen zog sich zusammen. Ob wegen der ruckartigen Bewegung des Wagens oder weil sie George auf einem Heuballen hinter sich auf der Ladefläche sitzen sah, wusste sie nicht genau. George nickte ihr zu. Sie erwiderte das Nicken, bevor sie den Kopf wieder nach vorne drehte. Wenn sie ihm nicht in die Augen schaute, wenn sie nicht mit ihm sprach und ihn nicht anlächelte, konnte sie so tun, als würde sie ihn nicht immer noch lieben.

Die Fahrt verlief ruhig und sie hörte Jacob zu, der zum Klappern der Pferdehufe eine Melodie summte. Als sie in Lapeer ankamen, brachte Jacob den Wagen vor dem Gemischtwarenladen zum Stehen und George sprang auf die Straße.

Mary ging schnurstracks in den Laden und ließ sich viel Zeit dabei, sich die Stoffe anzusehen, obwohl es nur einen einzigen festeren roten Baumwollstoff gab, der für eine Tischdecke geeignet war. Sie empfand es immer noch als ein wenig skandalös, Baumwolle zu kaufen. Aber Mrs Farnsworth sagte, dass sie sich besser waschen ließe als die anderen Stoffe.

Nachdem der Verkäufer ihr von dem Stoff die gewünschte Länge abgeschnitten hatte, schaute Mary sich noch ein wenig im Geschäft um. Nach einigen Minuten sah sie durch das Fenster, dass Jacob und George mit dem Draht zurück waren und jetzt ein großes Fass Mehl auf die Ladefläche rollten. Sie bezahlte den Stoff und ging zur Tür.

»Wenn das nicht Mary Balsam ist! Wir haben uns ja seit Ewigkeiten nicht mehr gesehen«, rief eine Stimme hinter ihr.

Mary drehte sich um und erblickte Sadie Whittaker, die Frau des Pfarrers. Sie kam mit einer kleinen Dose Stecknadeln in der Hand auf sie zu. Die Frauen umarmten sich kurz und Mary setzte ein Lächeln auf.

»Wie geht es Ihnen, meine Liebe?«, fragte Sadie. »Ich habe mir so große Sorgen gemacht, als wir Ihre Familie nicht wie erwartet zu den Ostergottesdiensten gesehen haben.«

»Wir haben zurzeit einen Pastor auf der Farm, der mit uns sonntags Gottesdienst feiert. Da er auch berechtigt ist, das Abendmahl auszuteilen, hielten wir es für sinnvoll, an Ostern nicht die ganzen Kirchenbänke zu belegen.«

Aus Sadies Gesicht sprach größte Besorgnis. »Sie meinen einen schwarzen Pastor?«

»Ja. Falls er an Weihnachten noch bei uns ist, haben wir vor, auch dann den Gottesdienst zu Hause zu feiern.«

Sadie stellte die Dose mit den Stecknadeln auf die Theke und ergriff Marys freie Hand. »Mary, mein Mann und ich bemühen uns seit Jahren sehr, Verständnis aufzubringen. Aber ich mache mir große Sorgen um Ihre Familie.«

Mary hatte Mühe, ihre Gesichtszüge zu beherrschen. »Es besteht kein Grund zur Besorgnis, Sadie. Wir lesen in der gleichen Bibel, wir beten denselben Herrn an. Wir singen einige andere Lieder, aber ich versichere Ihnen, dass wir Gott treu sind.«

»Aber nicht seiner Gemeinde«, tadelte Sadie sie. »Mary, ich weiß, dass Ihnen mein Mann vor Jahren von den Bedenken einiger Gemeindemitglieder wegen der Schwarzen, die Sie in den Gottesdienst mitgebracht haben, berichtet hat, aber seine Absicht war nicht, Ihre Familie damit aus der Kirche zu vertreiben. Was ist mit Ihren Kindern? Sollen sie denn nicht in der Kirche aufwachsen?«

»Die Kinder feiern selbstverständlich auch mit uns Gottesdienst.«

Sadie seufzte und kniff die Lippen zusammen. »Könnten Sie und Nathaniel nicht mit den Jungen kommen und Ihre Knechte auf ihre Weise Gottesdienst feiern lassen?«

»Warum sollten wir das machen?«, fragte Mary, obwohl sie sich gut vorstellen konnte, wie Sadies Antwort lauten würde.

»Es ist einfach nicht … natürlich. Die ganze Situation da draußen ist nicht natürlich. Es ist nicht natürlich, dass diese ganzen Männer dort wohnen. Sie sollten in eigenen Unterkünften wohnen. Sie werden nie lernen, sich selbst zu versorgen, wenn man es ihnen so leicht macht.«

Mary biss die Zähne zusammen und wog ihre Antwort ab, aber bevor sie etwas sagen konnte, ging die Tür zum Gemischtwarenladen auf.

»Mrs Balsam«, sagte Jacob, »wir sind jetzt fertig.«

Mary zwang sich, Sadie anzulächeln, und zog ihre Hand zurück. »Es war schön, Sie heute zu treffen, Sadie.«

Sie ließ sich von Jacob auf den Wagen helfen. George kletterte hinten auf die Ladefläche, Jacob ließ die Zügel schnalzen und der

Gemischtwarenladen und Sadie Whittaker wurden hinter ihnen immer kleiner.

»War das Mrs Whittaker, mit der Sie gesprochen haben, Mrs Balsam?«, erkundigte sich Jacob.

»Ja, das war sie.«

»Geht es ihr und dem Pfarrer gut?«

»Keine Ahnung, aber ich nehme es an. Über ihre Familie haben wir nicht gesprochen. Sie hat sich mehr für meine Familie interessiert.«

»Oh! Stimmt bei einem der Jungen etwas nicht?«

Diese Frage hätte Mary bejahen können. Little George benahm sich in letzter Zeit ziemlich sonderbar und feindselig. »Nein, ihnen geht es gut.«

»Das freut mich. Und bei Mr Balsam ist auch alles in Ordnung?«

»Ich glaube schon. Aber das kannst du mir wahrscheinlich eher sagen als ich dir. Du siehst ihn viel öfter als ich.« Sobald sie das gesagt hatte, hätte Mary ihre Worte am liebsten zurückgenommen. Mit Nörgeln erreichte man nichts. »Mrs Whittaker hat nur ihre Besorgnis zum Ausdruck gebracht, weil wir an Ostern nicht zum Gottesdienst gekommen sind. Andererseits verstehe ich nicht, warum sie mir nicht schon im Frühling geschrieben hat, wenn ihr das seitdem keine Ruhe lässt.«

»Haben Sie ihr gesagt, dass wir auf der Farm Gottesdienst gefeiert haben?«

»Das habe ich, aber anscheinend denkt sie, dass das für Gott nicht gut genug ist.«

Jacob lachte. »Ich denke, Gott hat damit kein Problem. Er scheint uns zu segnen.«

Mary lächelte. »Ja, es sieht ganz danach aus.«

Eine Weile fuhren sie schweigend weiter. Dann begann Jacob wieder zu summen. Mary erkannte die Melodie. Sie versetzte sie immer in eine glückliche Stimmung und beruhigte an anstrengenden Tagen ihre Nerven. Sie vermisste es, sie im Haus zu hören, seit Martha und Loretta nicht mehr da waren. Mrs Farnsworth hatte leider nicht die Angewohnheit zu summen.

Mary schloss die Augen und konzentrierte sich auf Jacobs Lied. Hinter ihr stimmte George in die Melodie ein. Der kräftige Klang seiner Stimme berührte sie wie ein warmer Sonnenschein. Er wärmte ihre Seele und spülte die letzten Gedanken an Sadie Whittaker fort.

Plötzlich wurde sie durchgeschüttelt, es krachte und der Wagen sackte ein Stück nach unten. Mary stieß vor Schreck einen Schrei aus und die Pferde blieben abrupt stehen.

George sprang vom Wagen. »Die Achse ist gebrochen.« Sein Blick wanderte auf der Straße zuerst in die eine, dann in die andere Richtung. »Ich bin mir nicht sicher, ob wir näher bei der Stadt oder näher bei der Farm sind, aber einer von uns muss mit einem der Pferde losreiten und einen anderen Wagen holen. Wir könnten im Mietstall einen Wagen leihen.«

»Nein, wir sind näher bei der Farm als bei der Stadt«, entgegnete Jacob. »Ich reite auf dem Grauen nach Hause und hole einen Wagen.«

Marys Herz begann schneller zu schlagen. »Das könnte doch George machen, Jacob.«

»Ich weiß, dass du nicht gern reitest, George«, sagte Jacob.

»Das stimmt.« George nickte.

»Er wurde als Kind von einem Pferd abgeworfen«, flüsterte Jacob Mary zu, um Georges Gefühle nicht zu verletzen.

»Mrs Balsam und ich bleiben hier beim Wagen«, erklärte George.

Sie spannten den grauen Wallach aus. Jacob kletterte auf den nackten Rücken des Pferdes und hielt sich am Zaumzeug fest.

»Jacob, bist du dir sicher, dass du ohne Sattel reiten kannst?«, fragte Mary.

»Genauso sicher, wie ich weiß, dass wir mit diesem Wagen nicht mehr weiterfahren können. Keine Sorge, Mrs Balsam. Ich bin spätestens in einer Stunde zurück.«

Jacob schnalzte mit der Zunge, versetzte dem Pferd einen leichten Tritt in die Flanken und trabte mit der Sonne im Rücken los. Mary und George blieben neben dem kaputten Wagen zurück.

Allein.

# Kapitel 43

*Detroit, Dezember*

Am 20. Dezember erwähnte ich nebenbei, dass ich am nächsten Tag nicht da sein würde. Noras Reaktion auf diese Ankündigung war ein langer, leerer Blick, der mir das beunruhigende Gefühl gab, dass sie versuchte, sich zu erinnern, wer ich überhaupt war.

»Ich rechne sowieso damit, dass William bald zu Hause ist«, sagte sie.

Ihre zunehmende Verwirrung zehrte während der ganzen Fahrt zum *Beat*-Redaktionsbüro in der Innenstadt von Detroit an meinem Gewissen. Obwohl wir wieder Strom hatten, schien das kalte Wetter den Verfall der alten Frau, die ich ins Herz geschlossen hatte, zu beschleunigen. Wie konnte ich auch nur in Erwägung ziehen, sie wegen eines Jobs zu verlassen? Aber wie könnte ich mir diese Chance entgehen lassen? Wer wusste, ob ich noch eine andere Chance bekommen würde?

Als mein Navi verkündete, dass ich am Ziel angelangt sei, parkte ich am Straßenrand. Ich spürte die gleiche nervöse Energie, die sich in mir geregt hatte, als ich vor vier Monaten bei Noras Haus angekommen war. Damals hatte ich das Gefühl gehabt, aufs Abstellgleis geschoben zu werden; jetzt hatte ich das heikle Problem, mich zwischen zwei verschiedenen Möglichkeiten entscheiden zu müssen: Sollte ich bei Nora bleiben oder in mein echtes Leben zurückkehren? Sollte ich zusehen, wie eine alte Frau immer dementer wurde, oder meine Träume verwirklichen und mich wieder auf meine Karriere konzentrieren? Die Entscheidung lag auf der Hand.

Ich hängte meinen Mantel und meinen Schal an einen Garderobenständer, der sich nach links neigte, bevor mich Caryn, die mich angerufen hatte, in ein vollgestopftes Zimmer führte. Wenn die schiefen Bücher- und Papierstapel in die Möbel geräumt worden wären, die ausdrücklich für diesen Zweck hergestellt worden waren, wäre vielleicht sogar Platz gewesen, um sich in dem Raum zu bewegen. Aber so wie die Dinge standen, wurde der Stuhl, auf dem ich bestimmt sitzen sollte, von einem chaotischen Stapel Zeitungen und einem halb gegessenen Sandwich belagert.

Ich hörte eine Toilettenspülung. Einen Moment später schob sich Marshall Boon seitlich durch die Tür und steckte im Gehen sein Hemd in die Hose.

»Sie müssen Elizabeth sein.« Er hielt mir die Hand hin. Ich versuchte mich zu erinnern, ob ich nach der Toilettenspülung noch Wasser hatte laufen hören, verdrängte diese Frage aber. »Nehmen Sie doch Platz.«

Als ich zögerte, setzte er sich schnell in Bewegung und räumte den Stuhl frei. Ich setzte mich auf die Stuhlkante, um eine fettige Stelle zu meiden, die wie Mayonnaise aussah.

Er nahm hinter seinem chaotischen Schreibtisch Platz und betrachtete mich mit einem nachdenklichen Lächeln. »Erzählen Sie mir etwas über sich.«

Ich gab ihm einen Überblick über meinen akademischen Werdegang und meine Qualifikationen und betonte all die wichtigen Storys, die ich vor meiner unrühmlichen Entlassung für die *Detroit Free Press* geschrieben hatte. Nach wenigen Minuten war ich mit den Referenzen durch, die ich mir in einem ganzen Jahrzehnt erworben hatte, und stellte fest, dass ich nichts weiter zu sagen hatte.

»Und was haben Sie gemacht, seit Sie die *Free Press* verlassen haben?« Er sagte das, als wäre es meine Entscheidung gewesen zu kündigen.

»Ich kümmere mich um eine ältere Verwandte.«

»Oh. Okay.«

Diese Antwort war nicht gut angekommen. Sollte ich es lieber als Recherche bezeichnen und ihm von den Fotos erzählen?

»Ich will Ihnen ein Bild davon geben, wie Ihre Arbeit als Kulturredakteurin aussehen würde.«

In den nächsten fünf Minuten bekam ich von Mr Boon eine

Stellenbeschreibung: Ich hätte meine eigene regelmäßige Kolumne. Ich würde anderen Reportern sagen, welche Storys sie schreiben sollten, und dann über die abgelieferten Artikel entscheiden. Ich hätte die Freiheit, jede große Story anzupacken, die ich wollte, und ich hätte Boons persönliche Rückendeckung, falls Angriffe kommen sollten. Diese Stelle bot alles, was ich mir je erhofft hatte, und sie fiel mir praktisch in den Schoß.

»Die Frage ist wahrscheinlich dumm, aber wissen Sie, warum ich nicht mehr bei der *Free Press* bin?«

Er lächelte mich an. »Ehrlichkeit. Gut. Die Antwort lautet Ja. Ich weiß, was passiert ist. Aber wenn Sie für die *Free Press* zu riskant waren, sind Sie genau der Typ, den ich brauche. Auf dem Markt gibt es jede Menge gute Journalisten. Aber ich brauche für diese Stelle jemanden, der Mumm hat. Ich will jemanden, der etwas wagt, um eine Story zu bekommen, egal, was es kostet. Und ich kann Ihnen versprechen, dass Sie immer – *immer!* – meine Unterstützung haben.«

Ich nickte.

»Ich will jemanden, der sich nicht mit einem Nein abspeisen lässt«, sprach er weiter. »Nehmen wir die Schüsse des Polizisten im Oktober. Niemand hat es geschafft, ein Interview mit diesem Cop zu bekommen. Der Polizeichef behindert die Medien, wo er nur kann. Glauben Sie, Sie würden das schaffen?«

»Ja.« Diese Antwort kam wie aus der Pistole geschossen und ohne nachzudenken. Bei meinem Journalismusstudium war stets betont worden, dass ich immer Ja sagen müsse, wenn jemand fragte, ob ich etwas könne. Wie ich es bewerkstelligen wollte, konnte ich mir später überlegen.

»Ich habe Ihre Artikel gelesen. Mir gefällt, was Sie schreiben. Natürlich habe ich sie auch gelesen, als sie damals frisch erschienen sind. Wir haben noch einige andere Vorstellungsgespräche, aber ich will ehrlich sein: Ich will Sie in meinem Team haben.«

Ich bemühte mich, ihn nicht ungläubig anzustarren, war mir aber nicht sicher, ob mir das gelang. »Heißt das, Sie bieten mir die Stelle an?«

»Ja, das tue ich. Wollen Sie sie?«

Ja. Ich wollte sie. Oder?

»Und es stört Sie nicht, dass ich gefeuert wurde?« Ich war bereit es zuzugeben. Abfindung hin oder her, Jack McKnight hatte mich hinausgeworfen, bevor ich den Stift nach ihm geworfen hatte.

Boon lächelte. »Ihnen wurde ja nicht gekündigt, weil Sie Geld unterschlagen oder Ihre Arbeit nicht richtig gemacht hätten. Sie wurden gefeuert, weil es sich eine etablierte Zeitung nicht leisten kann, die Risiken einzugehen, die ich eingehen kann. Die Zeitung muss sich vor den Leuten, denen sie gehört, verantworten. Und diese Leute müssen sich vor den Leuten verantworten, denen *sie* gehören. Wir gehören niemandem. Wir sind nicht käuflich.« Er schlug mit der Faust so kräftig auf den Schreibtisch, dass ein klebriger Kaffeelöffel in die Luft flog. »Wenn Sie nicht gefeuert worden wären, hätte ich Sie überhaupt nicht auf dem Schirm. Diese Kündigung könnte das Beste sein, was Ihnen je passiert ist.«

Ich musste an Tyreses Worte neulich beim Frühstück denken. War das ein Zeichen?

Boon schaute mich mit erwartungsvoll hochgezogenen Brauen an. Meine Zunge fühlte sich wie Blei an. Ich musste Ja sagen. Aber ich konnte es nicht. Noch nicht. Erst musste ich Vorkehrungen für Nora treffen. Wenn meine Eltern wie immer an Weihnachten anriefen, würde ich ihnen sagen, dass Nora in ein betreutes Wohnen umziehen sollte, da sie geistig immer mehr nachließ und sich möglicherweise bald nicht mehr selbst versorgen konnte. Mama und Barb könnten die Details klären. Und ich könnte mich wieder auf mein eigenes Leben konzentrieren.

»Kann ich ein wenig Bedenkzeit haben?«

Er runzelte die Stirn. »Ich kann Ihnen bis zum ersten Januar Zeit geben.«

»Wunderbar. Vielen Dank.«

Wir gaben uns die Hand. Wenige Minuten später saß ich wieder warm eingepackt in meinem Auto. Eigentlich hätte ich außer mir sein müssen vor Begeisterung, aber ich fühlte mich eher, als ob eine schwere Last auf meiner Brust lag. Warum hatte mir Marshall Boon dieses Angebot nicht unterbreiten können, bevor ich mein früheres Leben auf Eis gelegt hatte und in die Pampa gezogen war?

Ich gab eine neue Adresse ins Navi ein und fuhr zu meinem nächsten Termin. Nun ja, eigentlich konnte man es nicht Termin nennen, da eine Seite nichts von dem bevorstehenden Treffen wusste.

Mr Rich wohnte am Rand des historischen Stadtviertels Indian Village, in einer Gegend, in der die Häuser kleiner und die Autos älter waren. In einigen verschneiten Vorgärten standen »Zu verkaufen«-Schilder, aber es schien in der Straße nicht viele unbewohnte Häuser und leere Grundstücke zu geben, von denen es in meiner früher einmal so großartigen Heimatstadt viel zu viele gab. Gegenüber von einem bescheidenen Backsteinhaus, das von Eiben mit hohen Schneehauben umgeben war, blieb ich stehen. In der Einfahrt stand kein Auto, aber in einem der Fenster brannte ein warmes Licht.

Vorsichtig blickte ich mich auf der Straße um, doch dann schalt ich mich. Die alte Elizabeth, die noch nicht durch das Leben auf dem Land verweichlicht gewesen war, hätte selbst in den gefährlichsten Wohnvierteln keine Sekunde gezögert auszusteigen und diese Straße hier gehörte definitiv nicht zu den gefährlichsten Wohngegenden. Das Landleben machte mich zimperlich. Im selben Moment, in dem ich den Motor abstellte, kam ein sportlicher, blauer Mustang mit weißen Rennwagenstreifen und getönten Scheiben angefahren und hielt vor dem Haus auf der anderen Straßenseite.

Ein großer, schwarzer Mann mit kurzen Dreadlocks stieg aus. Linden. Wir schauten uns nur einen kurzen Moment an, bevor ich den Blick abwandte. Ich könnte immer noch verschwinden.

Nein. Er kam schon über die Straße.

Ich fuhr meine Scheibe herunter. »Hi, Linden. Ich wollte mit Ihrem Vater sprechen.«

Er legte eine Hand, die in einem Lederhandschuh steckte, auf mein Autodach und klopfte zweimal kräftig darauf, als wollte er mir den Kopf tätscheln. »Mein Vater ist bei der Arbeit.«

»Was machen Sie dann hier?«

»Schnee schaufeln.«

Ich musterte ihn von Kopf bis Fuß. Mein Blick blieb an seinen unübersehbar teuren Schuhen hängen. »Dafür sind Sie aber ein wenig overdressed, finden Sie nicht?«

Er lachte kurz. »In der Garage stehen Stiefel. Wollen Sie mitkommen?«

»Kommt er bald nach Hause?«

»Nein. Seit meine Mutter nicht mehr lebt, geht er nach der Arbeit immer noch mit einem Kumpel etwas trinken.«

Ich nahm spontan eine Planänderung vor. »Haben Sie ein paar Minuten Zeit?«

Er schaute auf seine Uhr. Verstohlen musterte ich sie. Shinola. In Detroit hergestellt. Nicht billig.

»Was halten Sie davon, wenn ich Schnee schaufle und wir uns dabei unterhalten?«, schlug er vor.

»Ich kann beim Schneeschaufeln helfen.«

»Einverstanden.«

Ich fuhr das Fenster wieder hoch und folgte Linden durch die Seitentür in die Garage.

Er reichte mir eine Schneeschaufel und musterte mich ebenfalls. »Sie sind für diese Arbeit aber auch nicht richtig gekleidet.«

»Ich komme von einem Vorstellungsgespräch.«

»Ach ja. Mein Vater hat mir erzählt, dass Sie nicht mehr bei der *Free Press* sind.« Er lehnte sich an die Werkbank und zog seine Schuhe aus. »Das hat mich irgendwie überrascht.«

»Mich auch.«

»Eine andere Zeitung?«

Ich zögerte. Wenn Linden glaubte, dass ich nicht mehr als Journalistin arbeitete, würde er mir die Fotos wahrscheinlich eher anvertrauen. Wenn ich meine Karten richtig ausspielte, könnte ich die Fotos vielleicht noch heute bekommen.

»Ich bin immer noch arbeitslos.« Das war technisch gesehen richtig.

»Mmh.« Er band seine Schnürsenkel und wir traten in den Schnee hinaus.

»Vielleicht muss ich mich beruflich verändern.«

»So?«

»Es gibt immer weniger Stellen für Journalisten. Personalkürzungen machen auch vor Zeitungen nicht halt.«

Linden nickte, rammte seine Schaufel in den vereisten Schnee und begann zu schieben. Ich folgte ihm mit einigen Schritten Abstand und räumte aus dem Weg, was seine Schaufel liegen ließ. Als wir am Ende der Einfahrt ankamen, gingen wir wieder zurück, um die nächste Spur freizuschaufeln.

»Wie läuft es mit Nora?«, fragte er.

»So lala. Wir haben uns ganz gut verstanden, also dachte ich, es wäre an der Zeit, ihr die Kamera zu geben. Aber es lief nicht so, wie ich gehofft hatte. Ich glaube, sie war aufgewühlt, auch wenn sie kein Wort sagte. Danach hat sie so getan, als hätte ich ihr die Kamera nie gegeben. Wir haben nie wieder darüber gesprochen.«

Linden blieb stehen und richtete sich auf. »Haben Sie ihr von meinem Vater erzählt?«

»Nein, kein Wort.«

Er begann erneut zu schaufeln. Ich folgte wieder mit einigen Schritten Abstand, stieß die Schaufel in den Schnee und versuchte, durch den schweren Schnee zu der darunterliegenden Einfahrt durchzudringen.

»Linden, ich glaube, es wäre besser, wenn ich wüsste, was zwischen Ihrem Vater und Nora passiert ist.«

Er arbeitete sich bis zum Ende der Einfahrt vor. »Über diese Tage spricht er kaum.«

Einige Minuten arbeiteten wir schweigend weiter. Ich wartete und hoffte, dass das Schweigen seine Wunderwirkung zeigen würde.

»Wissen Sie«, sagte Linden, während wir den letzten Schnee am Ende der Auffahrt zu einem Haufen zusammenschoben. »Ich habe zum ersten Mal von Nora gehört, als mein Vater die Kamera zurückbekam. Und ich habe den Verdacht, dass er mir nur deshalb von ihr erzählt hat, weil ich zufällig ins Zimmer kam, als er diese Fotos durchsah. Sonst hätte er sie vielleicht nie erwähnt. Ich wusste, dass ich einen Großonkel hatte, der William hieß. Ich habe ihn auf ein paar alten Familienfotos mit meiner Großmutter und meiner Urgroßmutter gesehen. Aber auf keinem dieser Bilder war eine weiße Frau zu sehen. Mein Vater hat mir nie erzählt, dass William überhaupt verheiratet war. Erst als ich ihn mit diesen Fotos von den Unruhen überrascht habe, hat er mir das verraten.«

»Ich dachte, Sie hätten gesagt, dass ich ihr ähnlich sehe.«

»Als die Katze aus dem Sack war, hat mir mein Vater ein paar Bilder von meiner Großmutter gezeigt, auf denen auch Nora zu sehen war.«

Ich folgte Linden zur Garage, um meine Schaufel zurückzustellen.

»Wollen Sie kurz mit hineinkommen, um sich aufzuwärmen? Mein Vater hat immer Kakao für heiße Schokolade da.«

Er zog seine Stiefel aus und ging voraus. Ich ließ meine durchnässten Schuhe auf der Fußmatte stehen und setzte mich auf Lindens Geheiß hin in Mr Richs Wohnzimmer, während er in der Küche mit Tassen und Löffeln und heißer Schokolade hantierte. An der Wand rechts von mir befand sich ein Linden-Schrein: gerahmte Zeitungsartikel von seinen Tagen als Footballspieler an der Highschool, am College und im Profisport. Einige dieser Bilder erkannte ich aus meiner Zeit bei der *Free Press,* auch wenn ich dem Sportteil nie besondere Beachtung geschenkt hatte.

Linden kam mit zwei dampfenden Tassen zurück und deutete auf die Untersetzer auf einem Beistelltischchen. Ich legte sie auf den Wohnzimmertisch und er nahm im Sessel neben mir Platz.

»Ihr Vater scheint Ihr größter Fan zu sein«, sagte ich.

Linden lächelte. »Das war er schon immer. Er ist ein wunderbarer Vater. Das ist besonders erstaunlich, da er selbst keinen Vater hatte.«

Auf dem Beistelltisch stand ein Foto von einem jüngeren James Rich, der den Arm um eine Frau gelegt hatte.

»Ihre Mutter?«

»Ja. Sie ist vor sechs Jahren gestorben. Brustkrebs.«

»Das tut mir leid.«

Linden nippte an seiner heißen Schokolade. »Oh, zu heiß. Hören Sie, es tut mir leid, dass ich Ihnen nicht mehr über das Verhältnis meines Vaters zu Nora sagen kann. Ich kann mir vorstellen, dass es da draußen nicht leicht für Sie ist.«

»Aus Ihrem Verhalten im Juli schließe ich, dass Sie es mir auch nicht allzu leicht machen wollten.«

Er lachte. »Ja, hm, ich musste meinen Vater schützen. Und Sie waren einfach eine arrogante Reporterin, die etwas, das ihr nicht gehörte, in ihre gierigen Finger bekommen wollte.«

»Arrogant? Das sagt gerade der Richtige.«

»Nun ja. Das mag sein. Aber in meinem Beruf ist es nicht leicht, bescheiden zu bleiben.«

Ein hämisches Grinsen machte sich in meinem Gesicht breit. »Wir reden von den *Detroit Lions*. Ich würde denken, dass Bescheidenheit da kaum ein Problem sein dürfte.«

Er fasste sich an die Brust. »Oh! Kommen Sie! Ein wenig mehr Ehrfurcht darf ich ja wohl schon erwarten!«

Wir lachten beide.

»So wie die Dinge stehen, würde ich Sie wirklich gern mit diesen Fotos nach Lapeer zurückfahren lassen.«

Ich verbarg meine Aufregung hinter meiner Tasse und nippte an der heißen Schokolade. Oh! Sie war wirklich sehr heiß. »Aber?«

»Aber sie sind nicht hier.«

»Wo sind sie dann?«

»Mein Vater ist in Bezug auf Hausbrände schon immer ein wenig paranoid gewesen. Vielleicht ist es auch keine Paranoia. In dieser Stadt werden immer wieder Häuser abgefackelt. Deshalb bewahrt er alles, was wertvoll ist, in einem Bankschließfach auf. Fahren Sie heute Abend zurück?«

»Ja. Ich könnte natürlich in ein paar Tagen wiederkommen und die Bilder holen, aber ehrlich gesagt denke ich allmählich, dass es besser wäre, wenn Ihr Vater zu Nora hinausfahren und sie ihr selbst geben würde.«

»Das wird er nicht machen.«

»Sie haben sie nicht gesehen, als ich ihr die Kamera gegeben habe. Das ist seine Mission. Er muss Manns genug sein und das selbst erledigen. Ich habe es satt, immer die Böse zu sein.«

Linden wirkte nachdenklich. »Vielleicht haben Sie recht.« Er warf einen Blick auf seine Uhr. »Mist, ich muss los.«

Ich stand mit der Tasse in der Hand auf, aber leider zu schnell. Kochend heiße Schokolade schwappte über den Tassenrand auf meine Hand. Ich atmete scharf ein und stellte die Tasse schnell auf den Tisch.

Linden sprang auf. »Oh!«

»Das tut mir leid«, entschuldigte ich mich.

Er nahm mein Handgelenk und führte mich eilig in die Küche. Dort drehte er das kalte Wasser auf, schob meine Hand darunter und hielt sie in den kalten Strahl.

»Das tut mir wirklich sehr leid«, entschuldigte ich mich noch einmal. Ich griff mit der anderen Hand nach einer Küchenrolle. »Ich wische das lieber schnell weg, bevor die Schokolade Flecken im Holz hinterlässt.«

»Sie bleiben hier.« Er ließ mein Handgelenk los und nahm mir die Küchenrolle aus der Hand. »Lassen Sie die Hand unter dem Wasser«, befahl er aus dem Wohnzimmer.

Eine Minute später war er mit einer Handvoll nasser Papiertücher zurück. Meine Hand wurde unter dem eiskalten Wasserstrahl schon ganz taub.

»Es tut mir wirklich leid«, entschuldigte ich mich zum dritten Mal.

»Das braucht es nicht. Ich habe die Schokolade zu heiß gemacht. Fühlt sich Ihre Hand jetzt besser an?«

Ich stellte das Wasser ab und zog meine Hand zurück. »Alles in Ordnung.«

»Sicher?«

»Ja. Ich ziehe nur schnell meine Schuhe an. Dann sind Sie mich los.«

An der Tür schlüpfte ich in meine kalten, nassen Schuhe. Ich würde das Gebläse im Auto während der Heimfahrt voll aufdrehen müssen. Als ich auf die frisch geräumte Einfahrt hinaustrat, folgte Linden mir.

»Lassen Sie mich mit ihm sprechen«, sagte er. »Unternehmen Sie bitte vorerst nichts.«

»Würden Sie mich anrufen und mir Bescheid geben, wenn Sie mit ihm gesprochen haben?«

»Gerne.« Er zog sein Smartphone heraus. »Wie lautet Ihre Handynummer?«

»Das funktioniert da draußen nicht.«

»Was?! Sie wohnen doch nicht auf dem Mond. Was für ein Handy haben Sie denn?«

»Ein gutes. Dort draußen funktioniert es nur nicht. Lapeer County ist eine Funkwüste. Ich geben Ihnen Noras Festnetznummer.«

Linden gab die Nummer in sein Smartphone ein.

»Aber rufen Sie nicht nach zwanzig Uhr an. Sie geht früh schlafen. Und falls sie am Telefon ist, sagen Sie einfach, Sie wären Tyrese.«

Seine Brauen zogen sich ein wenig hoch. »Wer ist Tyrese?«

»Mein … ein Freund.« Ich ging über die Straße und sperrte mein Auto auf. »Danke, dass Sie sich heute Zeit für mich genommen haben. Ich weiß, dass unsere erste Begegnung nicht optimal gelaufen ist. Aber das Gespräch heute war nett.«

Er lächelte. »Ja. Vielleicht sind Sie ja doch nicht so gierig, wie ich dachte.«

»Und vielleicht sind Sie nicht so arrogant, wie ich dachte.«

Er zuckte die Achseln. »Vielleicht. Ich melde mich.«

»Ich warte auf Ihren Anruf.«

Ich stieg in mein Auto und steuerte mit einem Lächeln auf den Lippen auf die Hauptstraße zu. Doch als ich anhielt, um zu tanken, erlosch mein Lächeln. Neben der Tankstellentür standen mehrere metallene Zeitungsständer, die mich an den eigentlichen Grund erinnerten, der mich heute nach Detroit geführt hatte. Ich reihte mich auf der I-75 in den Verkehr ein und verbrachte die nächste Dreiviertelstunde damit, im Geiste all die Gründe aufzuzählen, warum ich die Stelle, die Marshall Boon mir angeboten hatte, annehmen sollte. Das war die einzige Entscheidung, die Sinn ergab. Linden würde seinen Vater überreden, Nora die Fotos selbst zu bringen. Von meiner Verpflichtung ihm gegenüber wäre ich also befreit. Und Barb würde ich, genau wie meiner Mutter, mitteilen, dass Nora Hilfe brauchte. Damit hätte ich auch meine Verpflichtung ihr gegenüber erfüllt.

Als ich zu dem alten, weißen Bauernhaus mit der ausgeblichten orangefarbenen Haustür zurückkam, stand mein Entschluss fest: Ich würde die Stelle annehmen, wieder nach Detroit ziehen und in mein echtes Leben zurückkehren.

# Kapitel 44

*Detroit, Juli 1967*

Nora legte eine Wolldecke um Margarets Schultern.

»Danke, Evelyn.«

Nora verbesserte sie nicht mehr. Bei ihrem zweiten und dritten Besuch hatte es so lange gedauert, genau das gleiche Gespräch über Brüder und Väter und Großeltern zu führen, dass sie ihre Großtante inzwischen einfach in dem Glauben ließ, sie wäre eine Pflegerin, die Zeit hatte, sich mit ihr zu unterhalten. Manchmal war sie Eleanor, manchmal Evelyn und einmal Lisa.

Egal, wie Margaret sie ansprach und für wen sie sie hielt, die alte Frau freute sich, dass sie sich mit jemandem unterhalten konnte. Nora machte das gerne. Sie hatte Margaret ins Herz geschlossen. Und bei jedem Besuch erhielt sie ein paar Puzzleteile mehr, aus denen sie die Vergangenheit ihrer Familie zusammensetzen konnte. Das Bild wies immer noch klaffende Lücken auf. Aber sie war sich sicher, dass Margaret ihr irgendwann einen Hinweis geben würde, mit dessen Hilfe sie die rätselhafte Bemerkung ihres Vaters, dass Schwarze die Familie ruiniert hätten, entschlüsseln könnte. Dahinter musste mehr stecken als die Abneigung kleiner Jungen, die in der Schule wegen ihrer unkonventionellen Wohnsituation gehänselt worden waren.

»Wo war ich?«

»Auf dem Dachboden.«

»Ach ja. Dort oben durfte ich eigentlich gar nicht sein. Der zweite Stock war nur für die Männer.«

Nora nickte, als hätte sie diesen Teil der Geschichte nicht schon mindestens dreimal gehört.

»Aber eines Tages habe ich mich hinaufgeschlichen.« Die alte Frau setzte ein verschwörerisches Lächeln auf. »In einem Jahr bin ich während der Apfelernte heimlich hinaufgestiegen. Die Männer und die Jungen waren draußen. Mrs Farnsworth war in der Küche und kochte Suppe. Die Jungen hatten mich so geärgert. Ich wollte es ihnen heimzahlen!«

Sie lachte, dann schien sie für einen Moment zu vergessen, was sie gesagt hatte. Nora seufzte im Stillen, als sie erkannte, dass sie möglicherweise noch einmal von vorne anfangen müsste, um Margaret auf die richtige Spur zu bringen. Aber dieses Mal hatte die alte Frau den Faden nicht verloren.

»Nein, nicht alle Jungen. Es war nur George. Er war immer gemein zu mir. Deshalb ging ich auf den Speicher. Ich wollte mit eigenen Augen sehen, ob tatsächlich Gesichter im Fenster sind.«

»Gesichter?«

»Ja, sie sprachen ständig von den Gesichtern im Fenster. Ich dachte, sie wollten mir nur mit Geistergeschichten Angst einjagen. Deshalb wollte ich hinaufgehen und nachsehen, ob es diese Gesichter wirklich gab.«

»Mir sind in dem Fenster nie Gesichter aufgefallen. Waren es Bilder, die jemand auf die Scheiben geklebt hatte?«

»Natürlich sind sie Ihnen nicht aufgefallen, meine Liebe. Ich spreche ja auch von *meinem* Haus und nicht von Ihrem«, sagte Margaret. Sie bedachte Nora mit einem Blick, als mache sie sich Sorgen um die geistige Verfassung ihrer Pflegerin. »Jedenfalls waren es keine Bilder, wie Sie meinen. Sie waren nicht aufs Fenster geklebt, sie waren *in* dem Fenster, im Glas.«

»Das verstehe ich nicht.«

Margaret überlegte einen Moment. »Fotografieren Sie manchmal?«

»Nein, aber mein Mann ist Fotograf. Er macht viele Bilder.«

»Gut. Dann kennen Sie diese kleinen Bilder auf den kleinen Streifen?«

»Die Negative?«

»Ja! Die Negative. Früher, als die Kameras noch viel größer waren, gab es diese kleinen Streifen noch nicht. Damals verwendete man für die Negative Glas. Als mein Vater aus dem Krieg nach

Hause kam, brachte er einen ganzen Stapel von diesen großen Glasnegativen mit. Aus diesem Glas haben sie dann das Fenster gemacht. Auf jeder Glasscheibe war das Porträt eines Soldaten abgebildet. Das waren die Männer im Fenster, von denen meine Brüder sprachen.«

»Aber ich habe in diesem Fenster nie etwas gesehen«, wandte Nora ein.

»Meine Liebe, ich fürchte, Sie sind ein wenig durcheinander«, sagte Margaret und tätschelte Noras Hand. »Ich spreche von meinem früheren Haus. Das Fenster war in *meinem* Haus.«

»Ja, natürlich. Entschuldigung.«

»Die Bilder sind inzwischen längst verschwunden. Sie sind verblasst. Die Sonne hat sie ausgebleicht.«

»Aber Sie haben sie gesehen?«

»Nur schwach. Als ich sie sah, war von ihnen schon nicht mehr viel zu erkennen. Und als Vater und ich auszogen, waren sie völlig verschwunden. Aber ich habe sie trotz meiner schlechten Augen einmal gesehen.«

Sie wurde so still und ruhig, dass Nora fast die richtige Altenpflegerin gerufen hätte.

»Wann immer ich an diese Männer dachte, wurde ich ganz traurig«, sprach Margaret schließlich weiter. »Die Jungen spielten Krieg. Sie taten, als würden sie einander erschießen, dann wanden sie sich auf dem Boden und blieben schließlich regungslos liegen. Nachdem ich diese Männer im Fenster gesehen hatte, konnte ich es nicht mehr ertragen, meine Brüder Krieg spielen zu sehen. Ich hielt es nicht für richtig, so etwas zu spielen. Sie benutzten die Steine auf den Feldern als Festungen und Verstecke und sprangen und hüpften um sie herum. Mir gefiel das nicht. George sprang immer auf die Steine hinauf. Man hätte meinen können, diese Steine wären nur für sie zum Spielen dort aufgestellt worden.«

»Mrs Balsam«, erklang von der Tür her eine Stimme, »es ist Zeit für Ihre Medizin.«

Die Pflegerin bedachte Nora mit einem vielsagenden Blick. Alle weiteren Erklärungen würden warten müssen.

»Margaret, es war so schön, mich mit Ihnen zu unterhalten. Sie haben wirklich ein interessantes Leben geführt.«

»Ich weiß nicht, ob es interessant war«, lachte die alte Frau, »aber ich plaudere gerne darüber. Wenn man mitten im Leben steckt, vergeht alles wie im Flug. Erst wenn man in mein Alter kommt und nichts anderes mehr zu tun hat, als nachzudenken, fängt man an, das Leben mit anderen Augen zu sehen.«

»Ich komme bald wieder zu Besuch«, verabschiedete sich Nora.

»Gut, Evelyn. Sie können jederzeit kommen.«

Nora fuhr an diesem warmen Sonntagabend in einem gemütlichen Tempo nach Hause und versuchte, sich an alles zu erinnern, was Tante Margaret erzählt hatte. William würden besonders die Gesichter im Fenster interessieren. Aber sobald sie vor dem Haus vorfuhr, stürmte William mit einem Koffer in der Hand aus dem Haus und lief zum Auto, noch bevor Nora Zeit hatte, den Motor abzustellen.

»Gott sei Dank, du bist zu Hause, Nora!«

»Warum? Wohin willst du?«

William öffnete die Autotür. »Detroit.«

»Aber von dort komme ich gerade.«

»Und ich bin froh, dass du nicht mehr dort bist«, sagte er und half ihr aus dem Auto. »Weißt du, was dort unten los ist?«

»Nichts schien los zu sein.«

»In Detroit brauen sich Unruhen zusammen. Dieses Mal richtig große Unruhen. Nur wenige Straßen von Mamas Haus entfernt.«

Noras Hand flog an ihren Mund. »Geht es ihr gut?«

»Sie und Bianca wollten zu Tante Dee gehen, aber sie können J. J. nicht finden.«

»Natürlich nicht.«

William bedachte sie mit einem tadelnden Blick und rutschte auf den Fahrersitz.

»Entschuldige«, sagte sie. »Aber du kannst mir nicht erzählen, dass dich das überraschen würde.«

Er schlug die Autotür zu.

»Du kannst jetzt nicht dorthin fahren«, sagte sie durch das offene Fenster.

»Ich muss.«

Sie umklammerte mit beiden Händen die Tür. »Nein, das musst du nicht, William. Du hast ihm letztes Jahr aus der Patsche geholfen. Wenn er sich immer wieder in Schwierigkeiten bringt, kannst du ihn nicht davon abhalten. Er hat sich für dieses Leben entschieden.«

»Er ist erst sechzehn, Nora. Er weiß nicht, was er tut.« William schob Nora durch das Fenster ihre Handtasche zu.

»Wie willst du ihn in einer so großen Stadt denn finden? Wo willst du überhaupt mit der Suche beginnen? Das ist wie die Suche nach einer Stecknadel im Heuhaufen. Ich will nicht, dass du nach Detroit fährst.«

Er legte den Gang ein und warf einen Blick auf seine Uhr. »Baby, ich muss los. Ich werde sowieso erst ankommen, wenn es schon dunkel ist. Bianca hat eine halbe Stunde, nachdem du losgefahren bist, angerufen. Das war vor sechs Stunden. Du weißt, wie viel in sechs Stunden passieren kann.«

Das kam ihr wie ein schlechtes Déjà-vu-Erlebnis vor. Nora schaute zur Sonne, die anfing, am westlichen Horizont unterzugehen. Sie musste direkt durch das Dachbodenfenster scheinen. Sie dachte an die gespenstischen Bilder von Soldaten, die früher aus dem Glas geblickt hatten, an den Dachboden, auf dem ehemalige Sklaven gewohnt hatten, die endlich die Gelegenheit bekommen hatten, in Freiheit zu leben und für ihre Arbeit anständig bezahlt zu werden. Sie dachte an das Vermächtnis ihrer Familie, die Menschen nicht nach ihrer Hautfarbe beurteilt, sondern alle gleich behandelt hatte. Im letzten Jahrhundert hatte sich diese Einstellung leider in Bigotterie verkehrt. Sie dachte an jenes Foto von ihrem zornigen Vater. Und plötzlich wusste Nora in ihrem Herzen, dass William tatsächlich fahren musste. Aber sie wusste auch, dass er nicht richtig vorbereitet war und ihm noch etwas Wesentliches fehlte, um sich in die Nähe der Unruhen zu begeben.

»Warte bitte. Warte bitte nur eine halbe Minute.«

»Worauf? Ich muss los.«

»Warte einfach!«, rief sie über ihre Schulter und lief zum Haus. Einen Moment später kam sie mit seiner Kameratasche zurück.

»Du glaubst, ich werde Zeit zum Fotografieren haben?«

»Das ist die Art von Fotos, die du immer schießen wolltest, William. Wichtige Bilder. Bilder für Zeitungen. Geh und suche J. J., wenn es sein muss. Aber lass dir diesen historischen Moment nicht entgehen. Wenn alles vorbei ist, werden die Leute wissen wollen, was wirklich passiert ist.« Sie schob ihm die Tasche durchs Fenster zu.

»Baby, ich liebe dich.« Er zog sie zu sich heran und küsste sie. »Ich rufe dich an, sobald ich ihn zu Tante Dee gebracht habe.«

»Okay.« Tränen traten in ihre Augen. »Vergiss es bitte nicht.«

»Bestimmt nicht. Du weißt, dass ich es nicht vergesse. Ich liebe dich, Baby.«

Sie nickte. Er nahm den Fuß von der Bremse und fuhr los. Das Auto verschwand hinter der Pinienreihe. Nora hörte, wie William in einen höheren Gang schaltete und Gas gab. Als nur noch das Zirpen der Grillen zu hören war, ging sie ins Haus zurück und schloss die Tür.

Zutiefst beunruhigt, schaltete sie das Radio ein und setzte sich, um am Saum ihrer gelben Quiltdecke zu arbeiten. Wenn sie diese Decke fertig bekäme, wäre das eine nette Überraschung für William. Als sie am Morgen vom Gottesdienst nach Hause gekommen waren, hatte sie überlegt, die Decke gleich fertig zu nähen, da nur noch ein letzter Schritt fehlte. Es wäre ein befriedigendes Gefühl, die Decke fertig auf dem Bett liegen zu sehen, nachdem sie über ein Jahr lang jeden Tag daran gearbeitet hatte. Aber William hatte sie überredet, stattdessen noch einmal Margaret zu besuchen.

»Wenn du heute nicht fährst, hast du eine ganze Woche keine Gelegenheit mehr dazu«, hatte er gesagt.

Jetzt wünschte sie, sie wäre zu Hause geblieben.

Sie schaltete von einem Sender zum anderen, aber es schienen nur wenige Informationen nach außen zu dringen. Es war lediglich von »kleineren Zwischenfällen in der Zwölften Straße« die Rede. Vielleicht hatte William übertrieben.

Am späten Abend hatte sie den Saum fertig, die Decke lag auf dem Bett und Nora ging unruhig auf und ab. Das kalte, grüne Licht der Glühwürmchen blinkte in einem willkürlichen Muster vor dem Fenster. William hatte immer noch nicht angerufen.

In dieser Nacht griff sie bei jedem leisen Geräusch zum Telefon. Aber es klingelte kein einziges Mal. Am Montagmorgen waren die Meldungen in den Nachrichten immer noch sehr dürftig, aber der Tonfall hatte sich von gleichgültig in beunruhigt gewandelt. Unter der Nummer von Williams Mutter meldete sich niemand und Dees Nummer konnte sie nirgends finden. Sie brauchte eine Ablenkung.

Nora schaute Williams Schallplattensammlung durch und zog alles heraus, das unter dem Motown-Label herausgekommen war. Nichts konnte negative Gefühle schneller vertreiben als die Supremes, die Temptations, Stevie Wonder und Gladys Knight. Sie drehte die Stereoanlage laut auf, schob die Möbel an die Wände, rollte den Teppich zusammen und begann, mit einem Eimer mit Seifenlauge und einer Wurzelbürste auf Händen und Knien den Boden zu schrubben.

Bei Williams Rückkehr würde alles wie neu glänzen.

# Kapitel 45

*Lapeer County, Oktober 1873*

Mary blickte zuerst in die eine und dann in die andere Richtung die Straße hinunter. »Bist du dir sicher, dass wir nichts machen können?«

»Ja. Wir müssen auf Jacob warten«, erwiderte George.

Der braune Wallach, der noch vor dem Wagen angespannt war, warf den Kopf zurück und stapfte mit den Hufen auf den Boden.

»Sollten wir das Pferd nicht in den Schatten bringen?«, fragte Mary. »Für einen Oktobertag ist es heute ziemlich warm und es hat eine schwere Last gezogen.«

George spannte das Pferd aus und deutete zu dem Wald an der nördlichen Seite der Straße. »Zum Pine Creek ist es nicht weit. Ich kann es zum Wasser führen und wieder vor den Wagen spannen, bevor Jacob zurück ist.«

»Ja, das sollten wir machen. Wenn du den Weg kennst.«

»Ich kenne ihn.«

Der Wald war in den Feuerfarben des Herbstes gekleidet, die in der untergehenden Sonne noch intensiver leuchteten. Das Einzige, was man hörte, war das Rascheln ihrer Schritte im Laub. Nachdem sie eine Weile in Richtung Norden marschiert waren, hörte Mary ein leises Plätschern.

»Da ist der Bach«, sagte George. »Gleich vor uns. Aber bei dem trockenen Sommer, den wir hatten, wird er nicht viel Wasser führen.«

»Ich kann gar nicht glauben, dass mir nie aufgefallen ist, dass du nicht reitest.«

»Ja, ich reite wirklich nicht gerne.«

»Davon hast du in deinen Briefen nichts geschrieben.«

Augenblicklich wünschte Mary, sie hätte die Briefe nicht erwähnt. Sie gingen ihr einfach nicht mehr aus dem Kopf, seit sie vor mehreren Tagen festgestellt hatte, dass sie wieder schwanger war. Ihr erster Gedanke war gewesen, es Nathaniel zu sagen, aber nach ihrer letzten Enttäuschung hatte sie die Nachricht lieber noch für sich behalten wollen. Stattdessen hatte sie die Briefe aus ihrem Versteck geholt und Georges Worte auf sich wirken lassen, die er in den Jahren, in denen sie sich heimlich nacheinander gesehnt hatten, geschrieben hatte. Die Liebe, die sie zu ihm empfand, war aufgelodert wie ein Feuer, von dem lange nur eine schwache Glut übrig gewesen war.

Als sie den Bach erreichten, trank das Pferd von dem spärlichen Wasser.

»Hier ist es so kühl und schön«, sagte Mary. »Schade, dass wir zu der staubigen Straße zurückmüssen.«

»Wir müssen ja nicht sofort zurückgehen.« George band das Pferd an einem niedrigen Ast fest, ließ ihm aber genug Spielraum, dass es mit den Nüstern den Waldboden absuchen konnte.

Mary ging ein paar Schritte am Bach entlang und blieb dann stehen. »Wir werden uns doch nicht verlaufen, oder?«

George lächelte. »Solange wir uns am Wasserlauf orientieren, können wir uns nicht verirren.«

Sie gingen schweigend weiter. Mary passte gut auf, wohin sie trat, da die glatten Sohlen und hohen Absätze ihrer Stiefel viel eher für Teppiche und Hartholzböden geeignet waren als für Wurzeln und Steine.

»Weißt du, dass ich nicht mehr im Wald spazieren gegangen bin, seit ich ein Kind war?«, sagte sie. »Wahrscheinlich gibt es die Bäume gar nicht mehr, unter denen ich damals spazieren gegangen bin. In dem Teil von Detroit, in dem ich meine Kindheit verbracht habe, stehen jetzt überall Häuser.« Sie blieb mit dem Fuß an einer Wurzel hängen.

»Vorsicht!« George hielt schnell ihren Arm fest und trat einen Schritt an sie heran. »Haben Sie sich verletzt?«

Marys Atem stockte, als sie in Georges Gesicht hinaufblickte. In den letzten zwölf Jahren war er leicht gealtert. Seine dunklen

Augen waren von kleinen Falten umgeben. Aber als er sie anschaute, lag in ihnen immer noch die Zärtlichkeit, die sie vor so vielen Jahren darin gesehen hatte.

»Ich wünschte, du würdest mich küssen«, sagte Mary und staunte selbst, dass sie ihren jahrelangen, stummen Wunsch tatsächlich laut ausgesprochen hatte. Sie hatte diese Sehnsucht schon einmal in Worte gefasst. In dem Brief, den Bridget in den letzten Kriegsmonaten versehentlich an Nathaniel geschickt hatte.

George zögerte nur einen Moment, dann zog er sie an sich heran und legte seine Lippen zärtlich auf ihren Mund. Doch nach einem kurzen Moment schob er sie sanft von sich weg. »Ich kann das nicht.«

Sie trat auf ihn zu. »George, bitte, ich …«

Er trat zurück und schaute sie hart an. »Sie wissen, dass das nicht richtig ist. Sie hätten mir nicht erlauben dürfen, Sie zu küssen.«

»Ich würde es dir wieder erlauben.«

Sie wollte seine Wange berühren, aber er hielt ihre Hand in der Luft fest und schob sie zurück. »Wir hätten nicht hierherkommen sollen.«

»George, ich liebe ihn nicht. Ich habe es versucht. Eine Weile dachte ich sogar, ich hätte es geschafft. Aber ich liebe ihn nicht.« Sie schaute ihn fragend an. »Ich liebe *dich*. Und ich weiß, dass du mich auch liebst.«

»Das spielt keine Rolle.«

Mary fühlte, wie ihr eine Träne über die Wange lief. »Ich weiß, dass er mir untreu ist.«

George wandte den Blick ab. Hatte er das gewusst? Worüber sprachen die Männer, wenn keine Frauen in der Nähe waren?

»Bitte«, sagte sie.

Da vergrub George seine Finger in ihren Haaren und sank mit ihr in das frische Herbstlaub. Unter dem Blätterdach der schweigenden Bäume ging ein Jahrzehnt voller unerfüllter Sehnsucht zu Ende.

CS

»Wir sind länger weg, wie gut ist«, sagte George, ohne Mary anzusehen.

Sie verbesserte seine Grammatik nicht. Wie könnte sie irgendetwas verbessern? Sie hatte erwartet, dass sie reinstes Entzücken empfinden würde, wenn ihre so lange unterdrückte Sehnsucht endlich gestillt würde. Doch stattdessen verspürte sie zu ihrer Überraschung und Beunruhigung nichts als Nervosität und Scham. Was hatte sie nur getan? Sie vergrub das Gesicht in ihren Händen und versuchte, ihren Atem zu beruhigen. Die Bäume, die sie noch vor wenigen Momenten vor fremden Blicken verborgen hatten, waren jetzt Zeugen ihres Vergehens. Die Sonne, die durch die Blätter drang, kam ihr vor wie das glühende Auge Gottes, des gerechten Richters, dem sie nicht entfliehen konnte.

George ging vorneweg, als sie zu dem angebundenen Pferd zurückkehrten. Mary überlegte, wie sie Jacob, der zweifellos bereits mit dem anderen Wagen auf sie wartete, erklären sollten, wo sie so lange gewesen waren. Als sie die Straße erreichten, war die Sonne schon am Horizont untergegangen. Im Westen war nur noch eine zarte Röte zu sehen, die schnell von der Nacht verschlungen wurde.

Doch als sie beim Wagen ankamen, war weder von Jacob noch von einem zweiten Wagen eine Spur zu sehen.

»Er müsste längst zurück sein«, sagte George. »Es muss etwas passiert sein.«

George half Mary auf den Rücken des Wallachs und führte das Pferd auf der Straße, die immer dunkler wurde, in Richtung Heimat. Sie waren schon fast eine halbe Stunde unterwegs, als das Tier plötzlich stehen blieb. George schnalzte mit der Zunge und zog am Führstrick, aber das Pferd blieb wie angewurzelt stehen.

»Was ist los?«, fragte Mary.

George suchte vorsichtig mit den Füßen die Straße vor sich ab und strengte seine Augen an, um in dem schwachen Licht der schmalen Mondsichel etwas zu sehen. Dann stieß sein Fuß gegen etwas. Er tastete in der Dunkelheit weiter. »Oh mein Gott!«

Mary rutschte vom Pferd und landete hart auf der Straße. »Was ist?«

»Irgendein armer Kerl, der hier halb tot herumliegt.«

Mary schnappte nach Luft. Gemeinsam zogen sie den bewusstlosen Mann von der Straße und legten ihn auf den Rücken des Pferdes.

Sie tastete nach den Ohren des Verletzten. Das eine Ohr war ganz, das andere verstümmelt. »Das ist Jacob.«

»Das Pferd muss ihn abgeworfen haben.«

»Wie weit ist es noch bis nach Hause?«

»Bei diesem Tempo vielleicht noch zwanzig Minuten.«

»Dann sollten wir so schnell wie möglich weitergehen.«

Sie setzten sich wieder in Bewegung. Jeder von ihnen ging auf einer Seite des Pferdes und hielt mit einer Hand Jacob fest, damit er nicht vom Pferd stürzte. Nach einer gefühlten Ewigkeit entdeckte Mary endlich einen orangen Lichtschein vor sich.

»Sie haben anscheinend jede Kerze und jede Laterne im Haus angezündet, damit wir den Weg nach Hause finden.«

Doch als sie näher kamen, rochen sie Rauch.

George ließ den Führstrick fallen und begann zu laufen. »Der Stall brennt!«

Mary führte das nervöse Pferd eilig zum Haus und zog Jacob mit einem dumpfen Aufprall auf die Erde. Sie band das Pferd so weit von Jacob entfernt, dass es ihn nicht mit den Hufen treffen konnte, am Verandageländer fest und eilte ins Haus. »Mrs Farnsworth! Mrs Farnsworth!«

Die Kellertür ging quietschend auf und Mrs Farnsworth tauchte mit einem weinenden Benjamin in den Armen auf.

Mary drückte ihren Sohn an sich. »Was machen Sie da unten? Der Stall brennt! Und Jacob ist verletzt. Kommen Sie!«

Sie befreite sich aus Benjamins Klammergriff und setzte ihn im Flur auf die Treppe. Er schrie aus voller Kehle und sein Gesicht war knallrot und tränenüberströmt.

»Bleib hier sitzen! Mama ist gleich wieder da. Versprochen.«

Sie eilte hinaus und schleppte mithilfe ihrer Köchin Jacob ins

Haus. Als sie das geschafft hatten und Jacob auf dem Sofa lag, lief Mrs Farnsworth in die Küche, um Lappen und Wasser zu holen, während Mary erfolglos versuchte, die Tränen ihres Sohnes, der immer noch aus voller Kehle weinte und schrie, wegzuküssen. Sie wiegte ihn beruhigend, bis seine hohen Schreie einem leisen, unablässigen Wimmern wichen.

Mary nahm Benjamins kleines, rotes Gesicht in die Hände. »Benny, Mama muss draußen im Stall helfen. Verstehst du? Ich lasse dich hier bei Mrs Farnsworth und komme so schnell wie möglich wieder zu dir, okay?«

Sofort steigerte sich Benjamins Weinen wieder zu seiner vollen Lautstärke. Der Ausdruck in seinen Augen, der ihr verriet, dass er sich verraten fühlte, war mehr, als Mary ertragen konnte. Plötzlich stürmten Little George und Jonathan ins Zimmer.

»George! Wo ist euer Vater?«

»Sie sind alle mit Eimern draußen beim Brunnen. Wir haben vom südlichen Feld aus das Feuer gesehen.«

»Bleib bei deinen Brüdern.«

Sie stand auf und wollte zur Tür gehen. Jonathan sank neben seinem weinenden Bruder auf den Boden und umarmte ihn.

George zögerte. »Mutter«, sagte er, »ich wusste nicht, dass das passieren würde.«

»Natürlich wusstest du das nicht, George.«

»Sie haben nie etwas vom Stall gesagt«, sagte er, während er die ersten Tränen zurückdrängte, die Mary seit zwei Jahren in seinen Augen sah.

Sie ergriff seine Schultern. »Was soll das heißen?«

»Sie haben gesagt, dass sie ihnen nur einen Denkzettel verpassen wollen.«

»Wer? Wer wollte jemandem einen Denkzettel verpassen?«

Mrs Farnsworth kam in die Eingangshalle gehastet. »Jungs, ihr müsst mir helfen!«

Mary hörte durch die offene Küchentür die Rufe der Männer. Ihr Blick blieb noch einen Moment an ihrem ältesten Sohn hängen, dann eilte sie hinaus. Die Pferde wieherten, die Kühe muhten und die Schweine quiekten laut. Die Hühner liefen flügelschlagend durch den Hof. Die schweißgebadeten Männer hatten zwischen der Wasserpumpe und dem Stall eine Kette gebildet und reichten hastig volle Wassereimer weiter. Die Flammen züngelten wie die gierigen Finger des Teufels zum Nachthimmel hinauf. Mary schaute sich nach einem Eimer um, blickte aber stattdessen in das schmerzverzerrte Gesicht eines toten Mannes. Sam. Um sie herum war es so laut, dass sie ihre eigenen Schreie kaum hören konnte.

»Mary!«, durchdrang Nathaniels Stimme den Lärm. Er schloss sie in seine Arme. Sofort befielen sie starke Schuldgefühle, weil sie ihn im Wald betrogen hatte. »Wo warst du?«

»Wi… wir hatten unterwegs Probleme mit dem Wagen. Jacob ist verletzt. George ist …«

»Dort.« Nathaniel deutete zu den Männern, die eilig die überschwappenden Wassereimer weiterreichten. »Was ist passiert?«

»Eine Achse ist gebrochen. Jacob ritt los, um einen anderen Wagen zu holen, aber er kam nicht zurück. Wir sind dann auch losgelaufen und haben ihn bewusstlos am Straßenrand gefunden.«

Sie hätte hier sein sollen. Hätte zu Hause sein sollen. Hätte treu bleiben sollen.

»Wo ist Benjamin?«

»Alle drei Jungen sind im Haus. Oh, Nathaniel, was ist hier passiert? Was ist mit Sam passiert?«

Nathaniels Gesicht wurde todernst. »Er ist nicht der Einzige. Ich habe noch zwei andere gesehen. Jim und Theodore. Und ich kann Billy und Peter nirgends entdecken. Das war kein Unfall. Gordon hat gesagt, dass er eine Gruppe bewaffneter Männer auf Pferden gesehen hat. Vielleicht haben sie Jacob auf dem Weg zu uns auf der Straße erwischt.«

»Aber wer sollte so etwas tun?«

»Jemand, der uns einen Denkzettel verpassen will.«

In Marys Kopf paarte sich die lange zurückliegende Drohung von Mr Sharpe mit den rätselhaften Worten ihres ältesten Sohnes und den Tränen, die er nur so selten vergoss. Anders als ihr jüngster Sohn hatte George nicht aus Angst geweint. Seine Tränen waren Tränen des Bedauerns gewesen. Und wenn sich alles etwas beruhigt hatte und das Leben wieder seinen normalen Gang ging, sofern das überhaupt möglich war, würde sie sicherstellen, dass er die Rolle, die er in dieser Schreckensnacht gespielt hatte, tatsächlich bereute.

# Kapitel 46

*Lapeer County, Dezember*

Der Weihnachtsmorgen war sonnig und kalt. Mit einem knisternden Feuer im Salon und frischem Kaffee in der Kanne versuchte ich, die Verheißung dieses freudebringenden Tages zu erfassen. Aber die Entscheidung, die Stelle beim *Beat* anzunehmen, und der Gedanke an den Anruf meiner Eltern, der, wie ich wusste, bald kommen würde, trübten meine Stimmung.

Nora und ich tauschten Geschenke aus. Eine Halskette mit einem passenden Armband für Nora. Ein Pullover und ein Buch über das Trocknen von Kräutern für mich.

Nach einem späten Frühstück ertappte ich Matthew dabei, wie er interessiert die geschmückte Fichte betrachtete. »Wage es ja nicht!«

Er tat unschuldig und leckte seine Pfote.

In diesem Moment kam Nora mit einer großen Schachtel ins Zimmer. »Das wollte ich dir eigentlich schon früher geben. Ich hatte heute Morgen auch das Gefühl, dass ich irgendetwas vergessen hatte.«

»Aber du hast mir doch schon zwei Geschenke gegeben.«

»Pah.« Sie bedeutete mir, mich aufs Sofa zu setzen. »Das war nichts Besonderes. Das hier ist das eigentliche Geschenk, das ich dir geben wollte.«

Sie setzte sich mir gegenüber in einen Sessel und schaute mich mit verschmitzt funkelnden Augen an. Sie war geistig komplett anwesend, ganz wie die Frau, die mich im August mit einer herzlichen Umarmung und einem freundlichen Lächeln an der Tür begrüßt hatte, und ganz anders als die Frau, die gestern Abend laut überlegt hatte, wann William wohl vorhabe, den Schnee in der Zufahrt zu räumen.

»Darf ich es aufmachen?«

»Wozu hätte ich es dir sonst gegeben?«

Ich öffnete die Schachtel und schnappte nach Luft. »Ist das …? Ist das eine Quiltdecke?«

Nora lächelte. »Das ist *deine* Quiltdecke.«

»Du hast mir eine Quiltdecke genäht?«, fragte ich und meine Stimme wurde ganz hoch. »*Das* hast du die ganze Zeit in deinem Arbeitszimmer gemacht?« Ich zog die Decke aus der Schachtel und begann, sie auseinanderzufalten.

»Ja«, sagte sie. »Es tut mir leid, dass ich so wenig Zeit für dich hatte. Aber ich wollte sie rechtzeitig zu Weihnachten fertig bekommen. Erkennst du die Stoffe?«

»Diese Stoffe habe ich ausgesucht! Du hast mich den Stoff für meine eigene Quiltdecke aussuchen lassen, du Geheimniskrämerin!«

Nora lachte.

»Können wir sie irgendwo ausbreiten, damit ich die ganze Decke auf einmal sehen kann?«

»Wenn wir die Möbel zur Seite schieben, ist genug Platz.«

»Lass mich vorher den Kaffee in die Küche bringen. Wenn wir ihn versehentlich auf die Decke schütten, drehe ich durch.«

Einige Minuten später stand der Kaffee sicher in der Küche, die Möbel waren an die Wände geschoben und Matthew saß in einem anderen Zimmer und schmollte, weil wir ihn hier nicht brauchen konnten. Wir breiteten die Quiltdecke auf dem Boden aus und traten zurück, um sie zu bewundern.

Staunend legte ich eine Hand an meinen Mund. »Sie sieht genauso aus wie der Garten.«

»Es freut mich so, dass du das erkennst! Es ist dein Garten. Nicht so, wie er jetzt ist, sondern so, wie er in ein oder zwei Jahren aussehen wird, wenn deine harte Arbeit belohnt wird und alle Pflanzen gut gedeihen. Manchmal ist es schwer, am Anfang schon das Ende vor Augen zu haben. Aber gute Arbeit und guter Boden führen irgendwann zu guten Früchten.«

Mein Blick wanderte über das Kaleidoskop an Farben, die die

Rottöne der Rosen, die Violetttöne der Pfefferminz-, Thymian- und Oreganoblüten, das Gelb des Dills, die silbernen Blätter von Beifuß und Lavendel und das Grau und Braun der Kieselsteine auf den Wegen darstellten. In der Mitte befand sich ein großer Kreis aus verschiedenen Grüntönen. Innerhalb dieses Kreises entdeckte ich zwei dunkelgraue Motive. Die Grabsteine.

»Wie hast du da überhaupt einen Anfang finden können?«

»Ich gebe zu, dass es eine Herausforderung war, herauszufinden, wie ich das alles zusammenfügen sollte. Zuerst habe ich das Bild auf Papier entworfen. Dann habe ich die Farben zusammengestellt, angefangen zu schneiden und gehofft, dass etwas Gutes dabei herauskommen würde.«

»Das klingt nach einer echten kreativen Schöpfung.«

Sie lächelte mich an. »Ja, wahrscheinlich.«

Ich fuhr die winzigen Stiche nach. »Sie ist perfekt.« Vorsichtig schloss ich Nora in meine Arme. Sie fühlte sich so schmal an.

»Ich weiß nicht, ob du diese Decke auf deinem Bett haben willst oder nicht. Du hast gesagt, dass dir die gelbe gut gefällt. Aber ich habe mir überlegt: Wenn du diese Decke auf dein Bett legst, könnten wir neue Vorhänge nähen, die dazu passen. Sie wären ein gutes erstes Nähprojekt für dich.«

»Für mich? Nein. Ich nähe nicht.«

»Das sagst du jetzt, aber ich habe ganz früher auch nicht genäht. Jeder fängt irgendwann klein an, und da du jetzt den Garten unter Kontrolle gebracht hast, habe ich die Absicht, dir Nähunterricht zu geben.«

»Ich weiß nicht recht. Habe ich dir von dem Waschlappen erzählt, den ich mal gestrickt habe?«

»Nähen ist etwas ganz anderes als Stricken.«

Ich wusste, dass mir meine mangelnde Begeisterung deutlich anzusehen war. Was Nora nicht wusste: Sie konnte mir keinen Nähunterricht geben, wenn ich wieder in Detroit wohnte und sie in einem Pflegeheim untergebracht war.

Sie nahm meine Hand und drückte sie. »Elizabeth, ich werde alt und ich habe ein ganzes Haus voller Stoffe und eine Liste treuer Kunden, die einen Ersatz für mich finden müssen, wenn ich nicht mehr da bin. Warum willst du es nicht einfach probieren? Vielleicht verliebst du dich in diese Arbeit. Vielleicht ist es genau das, wofür du geschaffen wurdest. Wie willst du das wissen, wenn du es nicht versuchst?«

Das Telefon klingelte.

»Das sind meine Eltern.« Ich floh in die Küche und war dankbar, dem aufrichtigen Blick in Noras Augen entkommen zu können.

»Hallo, Mama. Frohe Weihnachten.« Ich warf einen kurzen Blick hinter mich in den Salon und zog das Telefonkabel so weit wie möglich von der Tür weg.

»Wie läuft es mit Tante Nora?«, fragte meine Mutter, nachdem sie mir ebenfalls frohe Weihnachten gewünscht hatte. »Barb hat uns geschrieben, dass du vorübergehend bei ihr wohnst. Ehrlich gesagt hatte ich gehofft, auch von dir einen Brief zu bekommen ...«

»Es läuft sehr gut. Wir verstehen uns gut und ich konnte ihr ein wenig helfen.« Ich erzählte ihr von dem Eissturm, dem tagelangen Stromausfall und dem Feuerholz, das ich ins Haus geschleppt hatte.

»Gott sei Dank, dass du für sie da warst!«, sagte Mama. »Ich bin so froh, dass Gott das so geführt hat.«

»Ja, nun … Da ist noch eine andere Sache.«

»Ja?«

Ich senkte die Stimme so sehr, dass sie nicht viel lauter als ein Flüstern war. »Ich fürchte, dass Barb leider recht hat. Je länger ich hier bin, umso mehr fällt es mir auf. Nora hat Momente, in denen sie nicht in der Gegenwart lebt. Sie spricht von Leuten, die nicht da sind, als wären sie da, und sie wird immer verwirrter.«

»Ach du meine Güte. Das ist aber traurig.« Am Telefon wurde es still, während sie diese Informationen an meinen Vater weitergab. »Und was empfiehlst du?«

»Ich?«

»Du bist vor Ort und kannst die Situation am besten beurteilen. Glaubst du, sie muss rund um die Uhr betreut werden?«

»Jetzt vielleicht noch nicht, aber irgendwann in naher Zukunft vermutlich schon.«

»Mm-hm. Was denkst du? Glaubst du, dass du das allein bewältigen kannst?«

»Ich?«, fragte ich, jetzt etwas lauter. »Ich bin keine Altenpflegerin.«

»Es klingt nicht so, als bräuchte sie eine Pflegerin. Sondern nur jemanden, der ihr Arbeiten abnimmt und für ihre Sicherheit sorgt.«

»Aber Mama … ich habe ein Jobangebot. In Detroit.«

»Oh.« Sie schwieg einige Sekunden. »Nimmst du die Stelle an?«

Ich seufzte. »Ich weiß es nicht. Mein Verstand sagt mir immer wieder, dass es dumm wäre, sie nicht anzunehmen.«

»Und was sagt dir Gott?«

»Nichts … Ich höre seine Stimme einfach nicht so wie du. Und überhaupt: Wenn Gott angeblich alles inszeniert und ich eine Stelle angeboten bekomme, heißt das dann nicht, dass ich diese Stelle annehmen sollte?«

Meine Mutter schwieg einen Moment. »Schatz, warum, glaubst du, haben dein Vater und ich so viele Jahre in Detroit gewohnt, obwohl wir in die Mission berufen waren?«

»Keine Ahnung. Ich bin davon ausgegangen, dass ihr hiergeblieben seid, damit ich eine richtige Schule besuchen konnte.«

Sie lachte. »Glaubst du wirklich, das staatliche Schulsystem in Detroit wäre unsere erste Wahl für dich gewesen?«

»Ähm …«

»Elizabeth, wir hatten mehrere Gelegenheiten, in die Mission zurückzukehren, während du ein Kind warst. Aber wir blieben in Detroit, weil wir sahen, dass wir zu Hause gebraucht wurden. Wir wollten für Oma da sein, die gegen den Brustkrebs ankämpfte, und für Opa, der an Diabetes erkrankt war. Es war nicht so, dass wir uns nicht danach gesehnt hätten, aufs Missionsfeld zurückzukehren. Und es ist auch nicht so, dass sich keine Türen für die Missionsarbeit aufgetan hätten. Es gibt nicht nur den einen richtigen Weg für dein Leben, und wenn du einen Abzweig verpasst, hast du deine Chance vertan. Was auch immer du dich entscheidest zu tun – Gott kann das nutzen. Das Leben ist immer ein gewundener Weg. Nur im Rückblick erscheint er einem gerade und unausweichlich.«

»Ach, Mama. Manchmal wäre es mir lieber, wenn ich keine Wahlfreiheit hätte.«

Sie lachte. »Aber du hast eine Wahl. Also denk gut nach, bete darüber und dann triff deine Entscheidung mit offenen Augen.«

Wir unterhielten uns noch eine Weile und sie erzählte mir, was alles im Amazonasdschungel passierte. Als ich auflegte und wieder in den Salon zurückkehrte, saß Nora in ihrem Sessel, betrachtete den Weihnachtsbaum und streichelte Matthews Kopf. Im Licht, das durch das Fenster auf sie fiel, sahen ihre dünnen, weißen Haare aus, als würden sie wegfliegen.

Alles, was ich in diesem Haus entdeckt hatte, und alles, was immer noch vor mir versteckt war – das alles wäre ohne Nora unwiederbringlich verloren, es würde verkauft werden, um ihre Heimunterbringung zu bezahlen. Die Antiquitäten, die Gemälde, die Quiltdecken. Jedes Möbelstück, jeder Teller, jedes Buch, jede Lampe würde zu einem Schnäppchenpreis verkauft oder weggeworfen werden. Die Gräber würden von der Erde zurückerobert. Der Garten würde im Unkraut versinken. Das Land würde an eine Wohnungsbaugesellschaft verkauft. Die Betten würden auf der Mülldeponie landen. Der riesige antike Reisekoffer würde mit einem Brecheisen aufgebrochen und der Inhalt von Fremden durchwühlt werden.

Am schlimmsten aber war, dass niemand erfahren würde, was auf dieser Farm alles geschehen war. Ohne diese Erinnerungsstücke würde niemand die Fragen stellen, die gestellt werden mussten, damit die Geschichten ans Licht kommen konnten. An die Sklaven, die ihr Leben für ihre Freiheit riskiert und unter diesem Dach Zuflucht gefunden hatten, würde niemand mehr denken. Die Frauen, die diese faszinierenden Quiltdecken geschaffen hatten, würden für immer in Vergessenheit geraten. Die Identität der Frau auf den Fotos in der Dunkelkammer würde nie enthüllt werden. Nora war die letzte Bastion der Vergangenheit gegen die gnadenlosen Angriffe der Zeit und des Verfalls.

Und ich war Noras letzte Bastion.

# Kapitel 47

*Lapeer County, Juli 1967*

Zwei Tage waren vergangen und William hatte immer noch nicht angerufen.

Inzwischen wurde in den Nachrichten offen über die gewalttätigen Unruhen in Detroit berichtet. Gebäude brannten, Geschäfte wurden geplündert, Hunderte Menschen waren bereits verhaftet worden und es gab Gerüchte über Heckenschützen, die von Hausdächern auf Menschen schossen, und von Polizeigewalt gegenüber Zivilisten. Die Nationalgarde war hinzugerufen worden, aber die Situation hatte sich dadurch nur noch verschlimmert.

Wo war William bei diesem ganzen Chaos?

Nora nahm das Telefon und wählte nach einem kurzen Zögern Dianes Nummer. Sie hatten seit Jahren nicht miteinander gesprochen, aber sie wusste nicht, was sie sonst tun sollte. Es klingelte dreimal, viermal, fünfmal. Nora legte auf. Sie wusste, wen sie anrufen musste. Aber sie konnte es nicht. Als sie ihre Mutter vor zwei Jahren das letzte Mal gesehen hatte, hatte sie sie mehr oder weniger aus dem Haus geworfen.

Sie zwang sich, die Nummer zu wählen. Es klingelte einmal. Zweimal. Dann meldete sich die Stimme ihres Vaters.

»Papa? Ich brauche deine Hilfe.«

»Nora? Nora, was ist passiert?«

»Ich … ich brauche deine Hilfe. Kannst du mich abholen?«

»Wo bist du?«

»Ich bin im Haus in Lapeer. Du musst mich sofort abholen. Bitte!«

»Lapeer? Was machst du dort oben?«

»Das kann dir Mama erklären. Bitte hol mich ab. Ich muss nach Detroit.«

»Ich kann dir nicht raten hierherzukommen. Hast du denn keine Nachrichten gesehen?«

»William ist dort und er meldet sich nicht. Ich habe Angst, dass ihm etwas zugestoßen ist.«

Schweigen. Eigentlich hatte sie seinen Namen nicht aussprechen wollen.

»Bitte, Papa. Bitte!«

»Okay, aber ich bringe dich zu uns nach Hause. Du wirst in dieser Situation nicht einfach losziehen und diesen Mann suchen.«

»Danke.« Wenn sie in Detroit wäre, würde sie schon eine Möglichkeit finden, nach William zu suchen.

Nora packte zwei Koffer, einen für sich und einen für William, dann ging sie die Treppe hinab und wartete auf der vorderen Veranda. Als ihr Vater vor dem Haus vorfuhr, hatte sie das Gefühl, sich wegen der explosiven Mischung aus Hitze und Sorge übergeben zu müssen.

Daniel Balsam stieg aus einer schwarzen Corvette Stingray Baujahr 1967. Nora wollte sich nicht in seine Arme werfen, obwohl sie in diesem Moment das dringende Bedürfnis hatte, von jemandem festgehalten zu werden. Dann trat er einen Schritt auf sie zu. Machte den ersten Schritt.

»War diese Tür schon immer orange?«

»Nein.«

Er warf einen Blick auf die zwei Koffer, die auf den Verandastufen standen. »Die werden nicht ins Auto passen. Den kleineren könnten wir vielleicht unterbringen.«

»Ich wusste nicht, dass du eine Corvette fährst.«

»Ich fahre immer eine Corvette.«

Sie seufzte. »Komm eine Minute ins Haus, während ich umpacke.«

Nora legte die Koffer aufs Sofa und begann, den Inhalt umzuräumen.

»Das ist unglaublich«, sagte Daniel. »Das Haus sieht noch ganz genauso aus, wie ich es in Erinnerung habe.«

Nora drückte die Schlösser am kleineren Koffer wieder zu. »Hast du als Kind viel Zeit hier verbracht?«

»Nein, ich war nicht oft hier. Mein Vater wollte nie etwas mit diesem Haus zu tun haben. Aber mit meinem Onkel Ben und meinen Cousins war ich ein paarmal hier.«

Daniel trug den Koffer hinaus und verstaute ihn hinter den Sitzen. »Der Stall hinter dem Haus steht noch?«, fragte er, während er losfuhr.

»Ja.« Nora drehte am Autoradio.

»Das kannst du dir sparen. Sie wissen nichts. Ich kann dir sagen, dass die halbe Stadt in Flammen steht und die Idioten die Feuerwehrleute beschießen, die versuchen, die Brände zu löschen. Sie brennen ihr eigenes Wohnviertel nieder. Sie wollen erreichen, dass die regulären Streitkräfte nach Detroit entsandt werden, aber dieser Idiot von einem Bürgermeister, Cavanaugh, wird sich politisch ganz schön ins Zeug legen müssen, wenn er Hilfe bekommen will.«

Nora schwieg.

Daniel konzentrierte seine Aufmerksamkeit auf die Straße. »Wo wohnt seine Familie?«, fragte er.

»Einige Straßen von dort entfernt, wo alles angefangen hat. An der Ecke Zwölfte und Seward.«

»Sind sie noch dort?«

»Ich hoffe nicht. William hat gesagt, seine Mutter und seine Schwester wollten bei seiner Tante unterkommen.«

»Wo wohnt die Tante?«

»Irgendwo jenseits der Linwood Street. Ich weiß es nicht genau.« Nora versuchte, von der Seite die Miene ihres Vaters zu deuten. »Hast du sonst noch etwas gehört?«

»Ich weiß nur, dass ein unvorstellbares Chaos ausgebrochen ist.«

Sie hatte das Gefühl, dass er ihr etwas verschwieg. Aber vielleicht war es besser so. Das ganze Ausmaß der Zerstörung zu kennen, würde sie auch nicht beruhigen. Sie fuhren einige Kilometer, ohne ein Wort zu sprechen, aber die vielen unbeantworteten Fragen hingen fast greifbar in der Luft.

»Wie hast du diesen Mann überhaupt kennengelernt?«, fragte ihr Vater schließlich.

»Das habe ich dir schon erzählt. Offenbar hast du mir nicht richtig zugehört.«

»Vielleicht hat damals etwas Wichtigeres diese Information in den Hintergrund gedrängt«, erwiderte er vielsagend.

Nora seufzte. »Ich habe ihn bei einer Kunstausstellung kennengelernt. Er ist Fotograf. William macht sehr aussagekräftige Spontanporträts.« Sie schaute ihn hart an. »Er zeigt, wie die Menschen wirklich sind, wenn sie sich nicht für die Kamera in Pose werfen.«

Ihr Vater nickte. »Und er kann von der Fotografie leben?«

»Nein. Er arbeitet in Flint bei General Motors.«

»Am Fließband.«

Es gefiel ihr nicht, dass er das so selbstverständlich annahm. »Er verdient gutes Geld. Wir kommen gut zurecht.«

»Es besteht kein Grund, gleich so abwehrend zu reagieren. Ich habe nur gefragt. Ich kann einfach nicht begreifen, wie es dieser Kerl geschafft hat, dir den Kopf zu verdrehen.«

»Du bist so oberflächlich, Papa.«

»Das mag sein, aber darum geht es nicht. Wir haben dich so erzogen, dass du eigentlich klüger sein solltest. Warum gibst du deine Familie und dein Zuhause und dein Auto für einen Kerl auf, der am Fließband arbeitet und schöne Bilder macht?«

Sie verschränkte die Arme vor ihrer Brust. »*Du* hast mir das alles weggenommen. Außerdem sind nicht alle seine Bilder so schön. Deshalb bin ich überhaupt erst auf ihn aufmerksam geworden: durch ein Foto, das er von einem wütenden Geschäftsmann geschossen hat, der ihn eine Sekunde später angegriffen hat.« Sie sah, wie sich die Augen ihres Vaters fast unmerklich zusammenzogen. »Er hat mir erzählt, dass dieser Mann seine Kamera zerstört hat.«

Das Auto legte an Geschwindigkeit zu. Sie ließ nicht locker.

»Zufällig kannte ich den Mann auf dem Foto. Ich hielt es nicht für richtig, dass der Fotograf ihn so fotografiert hatte, und wollte verhindern, dass er das Bild weiterhin ausstellte. Deshalb habe ich angeboten, ihm im Tausch für das Bild eine neue Kamera zu kaufen. Weißt du, es ist wirklich komisch: Wenn dieser Mann seine Kamera nicht zerstört hätte, hätte ich nie mit William gesprochen.«

»Verstehe«, sagte ihr Vater steif. »Und was hast du mit diesem Bild gemacht?«

»Ich habe es noch.«

Er drehte sich zu ihr herum. »Was?!«

»Papa! Die Straße!«

Er brachte das Auto wieder auf die richtige Spur. »Warum hast du es nicht vernichtet?«

»Weil ich es mir immer wieder ansehen wollte.«

»Warum?«, schrie er fast.

Jetzt drehte sie sich zu ihm herum. »Zuerst habe ich versucht, etwas zu finden, das beweisen würde, dass der Mann auf dem Foto nicht du sein konnte. Als ich schließlich akzeptierte, dass du es doch bist, habe ich es mir immer wieder angesehen, damit der Hass, den ich in deinen Augen auf den Mann, den ich liebe, sah, in meinem Herzen zu Hass auf dich wurde. Damit es sich nicht so schrecklich anfühlte, aus meiner eigenen Familie ausgeschlossen zu werden.«

Er fluchte leise.

»Du hast gefragt«, sagte sie.

»Das hätte ich lieber unterlassen sollen.«

Nora zuckte die Schultern und blickte aus dem Fenster. Mehrere Minuten lang konnte sie nichts anderes hören als die Reifen auf der Straße und das Dröhnen des Achtzylinder-Motors.

»Ich bin auf diesen Moment nicht stolz«, sagte ihr Vater schließlich. »Ich habe an einem schlechten Tag die Beherrschung verloren. Und ich habe meine schlechte Laune an ihm ausgelassen, weil es sich einfach anbot.«

»Hättest du das auch gemacht, wenn er ein Weißer gewesen wäre?«

»Auf dieses Spiel lasse ich mich nicht ein. Was geschehen ist,

ist geschehen. Ich kann die Zeit nicht zurückdrehen und es ändern.«

»Wenn du die Zeit zurückdrehen könntest …«

»Nora …«

»Wenn du die Zeit zurückdrehen könntest, würdest du mich dann wieder aus meiner Wohnung werfen, mir mein Auto wegnehmen und mich aus deinem Leben verbannen? War das nur ein schlechter Tag, an dem du deine schlechte Laune an mir ausgelassen hast?«

Daniel starrte vor sich auf die Straße.

Nora schaute ihn hart an. »Papa, was hast du gemeint, als du sagtest, dass Schwarze diese Familie schon einmal ruiniert hätten?«

# Kapitel 48

*Lapeer County, Juni 1874*

Schwer atmend schaute Mary zum Ende des Bettes hinunter und hoffte, Anna, die Hebamme, und Mrs Farnsworth würden verkünden, dass das Baby, das soeben das Licht der Welt erblickt hatte, ein Mädchen war. Aber statt in lächelnde Gesichter mit Freudentränen blickte sie in weit aufgerissene Augen und offene Münder.

Mary schob sich in eine sitzende Position hoch. »Was ist? Was ist los?«

Mrs Farnsworth hielt sich den Mund zu und setzte sich keuchend auf einen Stuhl.

Jetzt geriet Mary in Panik. »Was ist?«

»Das Baby ist unversehrt und gesund«, begann Anna. »Es ist nur …« Sie sprach nicht weiter, sondern hob den weinenden Säugling hoch, damit Mary ihn sehen konnte.

Mary stieß ein lautes Keuchen aus. Das Kind hatte braune Haut, eine breite Nase und dicht gelockte, schwarze Haare.

»Aber … wie kann das sein?«, brachte sie mühsam über die Lippen.

»Diese Frage können nur Sie beantworten«, sagte Mrs Farnsworth nüchtern.

Anna wickelte das Baby eilig in eine Decke und legte es Mary an die Brust. »Stillen Sie ihn, damit er aufhört zu weinen.«

»Aber ich …«, begann Mary.

»Schnell!«, befahl Anna. »Es sei denn, Sie wollen, dass Ihr Mann das Weinen hört und angelaufen kommt, um ein Baby zu sehen, das eindeutig nicht sein Kind ist.«

Mary tat wie geheißen und das Baby hörte auf zu weinen. Sie wagte es kaum, den zwei Frauen in die Augen zu blicken. Jetzt konnte sie es nicht länger leugnen: Sie war eine Ehebrecherin. Sie war ihrer Sünde überführt worden. Ihr Mann würde schief angesehen werden, ihre Kinder würden verspottet werden und ihre Ehe würde als Farce enttarnt.

Die Menschen in der Stadt würden sie noch mehr verurteilen. Betrübt dachte Mary an die Gräber, die sie im letzten Oktober gegraben hatten, an die sechs großen Steine, die von der Mauer am Ende der Zufahrt genommen worden waren. Sie waren einer nach dem anderen von Ochsen zu den Gräbern gezogen worden, um die letzten Ruhestätten der Ermordeten zu markieren. Würde dieses arme uneheliche Kind auch ein solches Schicksal ereilen? Was würden Mr Sharpe und seine Schergen George antun? Mary wusste in ihrem Herzen, dass *sie* George verführt hatte. Sie hatte ihn praktisch angefleht, diese Sünde zu begehen. Aber alle würden ihm die Schuld geben. Und ihn grausam bestrafen.

Annas Stimme riss Mary aus ihren Gedanken. »Wir tun Folgendes: Gestern habe ich das Baby dieser Prostituierten am Stadtrand entbunden. Margaret. Ich habe ihr gesagt, dass ich das Kind irgendwo unterbringen werde.«

»Nein, nein!«, flehte Mary. »Nein, ich ...«

»Ich nehme den Jungen heute mit und Sie stopfen Ihr Kleid aus, damit niemand merkt, dass Sie schon entbunden haben. Mrs Farnsworth, sagen Sie Mr Balsam, dass es falscher Alarm war und das Baby noch nicht geboren worden ist. Und sagen Sie ihm, dass Mrs Balsam unbedingt Bettruhe braucht und nicht gestört werden darf. In der Zwischenzeit hole ich das Baby, das ich gestern entbunden habe ...«

»Nein!«

»... und morgen um neun Uhr lassen Sie mich holen. Ich gebe der Kleinen Whiskey, damit sie still bleibt, und bringe sie im selben Korb, in dem ich dieses Baby heute mitnehme, zu Ihnen. Dann ist Margarets Baby Ihr Kind und niemand außer uns drei wird je etwas davon erfahren.«

Mary konnte kaum glauben, was sie hörte.

Mrs Farnsworth stand auf. »Ich hole einen Korb und eine Decke.« Sie eilte aus dem Zimmer und schloss die Tür hinter sich.

»Anna, ich werde niemals …«

»Doch, Sie werden, meine Liebe! Denn wenn Sie es nicht tun, zerstören Sie Ihre ganze Familie. Alles, die Vergangenheit, die Gegenwart und die Zukunft.«

»Aber Sie verstehen mich nicht. Nathaniel war bei dieser …«

»Hier geht es nicht um Mr Balsam«, sagte Anna. »Sondern um Sie. Sobald das Baby eingeschlafen ist, bringe ich es aus dem Haus.«

Mary drückte das Kind enger an sich. »Was wird aus ihm werden?«

»Das habe ich mir noch nicht überlegt. Aber damit ersparen wir Ihrer Familie die öffentliche Schande. Ich werde ein geeignetes Zuhause für ihn finden. Das verspreche ich Ihnen.«

»Aber könnte ich nicht eine schwarze Frau finden, die für mich arbeitet und so tut, als wäre er ihr Kind? Dann könnte ich …«

»Mrs Balsam, denken Sie nach! Das ist die einzige Lösung für Ihr Problem. Sie haben Glück, dass das Kind dieser anderen Frau Ihnen und Mr Balsam so stark ähnelt, dass der Tausch wahrscheinlich unbemerkt bleibt. Und selbst wenn jemand Verdacht schöpfen sollte, ist es immer noch besser, des Ehebruchs mit einem weißen Mann als mit einem Schwarzen verdächtigt zu werden.«

Mrs Farnsworth kam mit einem großen Korb, einer Decke, einer Flasche Whiskey und einer Pipette ins Schlafzimmer zurück.

»Ich halte es für besser, diesem Baby auch etwas zu geben, Anna. Er darf keinen Ton von sich geben, wenn Sie das Haus verlassen.«

Anna griff nach dem Baby, das zufrieden an Marys Brust lag.

»Bitte, warten Sie!«, flehte Mary sie unter Tränen an. »Nur noch einen Moment. Bitte.«

»Das macht es nur noch schwerer, Mrs Balsam.« Anna tauchte den Finger in den Whiskey und zog den kleinen Mund von Marys Brust. Als das Baby an ihrem Finger saugte, legte Anna den eingewickelten Jungen schnell in den Korb. Mary drückte ihre Faust auf ihren Mund, um nicht laut zu schluchzen. Mrs Farnsworth träufelte mit der Pipette Whiskey in die Mundwinkel des Kindes. Das Baby entspannte sich schnell, hörte auf zu saugen und schlief ein.

Marys Verstand arbeitete auf Hochtouren, um einen anderen Plan zu entwickeln, eine andere Möglichkeit zu finden. Doch Anna deckte den Korb schon zu und spähte auf den Flur hinaus. Dann verschwand sie mit dem Korb. Mary fürchtete, dass sie jeden Moment in Ohnmacht fallen würde. Als sie auf dem Flur Little Georges Stimme hörte, stockte ihr Herz. Anna antwortete dem Jungen im gedämpften Tonfall. Dann war alles still.

Mary atmete mit geschlossenen Lippen zitternd aus. Fort. Ihr Baby. Georges Baby. Fort.

Die nächsten Minuten nahm sie wie durch eine Nebelwand wahr. Mrs Farnsworth zog sie frisch an, wechselte die Bettwäsche und half ihr, ihr Kleid auszustopfen.

»Ich sorge dafür, dass niemand ins Zimmer kommt«, sagte sie. »Mit diesem ausgestopften Kleid können wir nur jemandem etwas vormachen, der nicht weiter als bis zur Tür geht, und auch das nur, wenn Sie zugedeckt bleiben.«

Um neun Uhr am nächsten Morgen schickte Mrs Farnsworth die Kinder aus dem Haus, sagte den Männern, dass sie draußen auf dem Feld bleiben sollten, und sandte den Stallburschen noch einmal los, um die Hebamme so schnell wie möglich zu holen. Anna hatte denselben Korb wie am Vortag am Arm hängen. Das Baby, das darin lag, war ein kleines Mädchen mit hellen rotbraunen Haaren und blauen Augen. Es hatte keine Ahnung, dass es benutzt wurde, um die Welt zu täuschen. Das Kind sah Nathaniel erstaunlich ähnlich. Bei diesem Gedanken wurde Mary übel. Der Mann, der dieses Kind gezeugt hatte, wohnte wahrscheinlich in der Nähe, vielleicht zusammen mit seiner Frau und seinen ehelichen Kindern. Wie Nathaniel. Sie versuchte, sich mit dem Gedanken zu trösten, dass dieses arme Mädchen wenigstens nicht von einer Prostituierten aufgezogen werden würde. Aber wie konnte sie diese Frau verurteilen? Eine Prostituierte versteckte ihre Sünde wenigstens nicht.

»Sie müssen so tun, als hätten Sie starke Wehen, bis dieses Baby wach genug ist, um zu weinen«, sagte Anna. »Wenn man nichts aus diesem Zimmer hört, glaubt niemand, dass Sie gerade ein Kind auf die Welt gebracht haben.«

Wie tief müsste sie noch sinken, um ihre Verfehlung zu tarnen? »Wenn Sie beide hier sind und mir dabei zusehen, kann ich das nicht.«

»Ich setze mich vor die Tür und passe auf«, bot Mrs Farnsworth an.

»Ich muss hierbleiben«, erklärte Anna.

Mary schloss die Augen, um Anna auszusperren, um die Welt auszusperren, und begann zu stöhnen. Zuerst kam sie sich wie eine Schauspielerin in einem Schmierentheater vor. Aber irgendwann waren ihre Schmerzensschreie echt. Sie weinte wegen ihrer unmöglichen Liebe, weil sie ihren Mann betrogen hatte, weil er sie betrog, wegen ihres Egoismus und um das Baby, das ihr geraubt worden war. In ihrem schmerzerfüllten Stöhnen lagen all die Worte, die sie weder vor Gott noch vor Menschen laut aussprechen konnte, ihr umfassendes Geständnis und ihre Bitte um Vergebung. Schließlich stimmte das Wimmern des armen Babys im Korb in ihr Stöhnen ein und die Täuschung war perfekt.

Nathaniel kam als Erster zu ihr ins Zimmer. Er beugte sich lächelnd über das winzige Mädchen an der Brust seiner Frau. »Wie soll sie heißen?«

»Suche du einen Namen aus«, sagte Mary müde.

Nathaniel überlegte einen Moment. »Wie wäre es mit Margaret?«

»Was?!«

»Margaret.«

»Wie kannst du diesen Namen vorschlagen?!« Mary merkte, dass sie ihn mit ihrem finsteren Blick fast durchbohrte. Wie konnte er den Namen der Frau vorschlagen, deren Bett er anstelle des Bettes seiner Frau aufgesucht hatte?

»Was soll das heißen?«, fragte er. »Was gefällt dir an Margaret nicht?«

»Die einzige Margaret in dieser Stadt steht in keinem guten Ruf. Du brauchst nicht zu glauben, dass ich nicht wüsste, warum du diesen Namen ausgesucht hast.«

Ein tiefer Zorn verdunkelte Nathaniels Augen. Dieser Anblick war so selten, dass er noch beängstigender war. »*Du* willst mich verurteilen? Du, die unseren ältesten Sohn nach einem Sklaven benannt hat? Einen Sklaven, von dem du dir gewünscht hast, dass er über dich herfallen würde, während ich die Würmer aus meinen Essensrationen gepickt habe, um mir wenigstens einen Rest Menschlichkeit zu bewahren?«

Der Brief! Er hatte den Brief bekommen.

»Dieses Baby heißt Margaret«, erklärte er. »Und ihr zweiter Name ist Catherine. Und wir werden nie wieder darüber sprechen. Verstanden?«

Mary nickte und flüsterte: »Ja.«

Nathaniel setzte wieder eine beherrschte Miene auf, zupfte an seinen Manschetten und verließ das Zimmer.

Jonathan und Benjamin kamen als Nächste ins Zimmer, um ihre kleine Schwester zu sehen. Benny schloss sie sofort ins Herz und ließ sich erst von ihr weglocken, als Mrs Farnsworth erwähnte, dass in der Küche Kekse auf ihn warteten.

Little George kam als Letzter. Er betrachtete das Baby mit einer an Verachtung grenzenden Miene. Seine Mutter schaute er überhaupt nicht an.

Seit dem nächtlichen Überfall war ihre Beziehung noch angespannter als vorher. Da sie keine Schande über die Familie hatte bringen wollen, hatte Mary ihren Verdacht, dass ihr Sohn an dem, was geschehen war, nicht ganz unschuldig gewesen war, für sich behalten. Aber sie hatte ihr eigenes, persönliches Rechtssystem entwickelt und bestrafte ihn für jedes kleine Vergehen sehr streng. Sie ging davon aus, dass der Junge den Grund für diese strengen Strafen genau kannte, auch wenn sie nicht genau wusste, welche Rolle er damals bei den Vorfällen gespielt hatte.

»Magst du deine kleine Schwester nicht?«, fragte Mary.

»Das ist nicht meine Schwester«, knurrte er.

Marys Kinnlade fiel nach unten und Schweißtropfen bildeten sich auf ihrer Oberlippe. »Natürlich ist sie deine Schwester.«

Der zornige Gesichtsausdruck ihres ältesten Sohnes war das Spiegelbild der Miene seines Vaters von vor zwanzig Minuten. »Ich bin nicht dumm, Mutter.« Damit drehte er sich um und verließ das Zimmer.

# Kapitel 49

*Lapeer County, Dezember*

»Danke, dass ihr das macht«, sagte Tyrese. »Ich weiß, dass man Silvester lieber anders verbringt.«

»Wir helfen gerne«, erwiderte Nora und tätschelte seine Hand. »Hör auf, so zu tun, als hättest du uns gewaltsam von einer rauschenden Silvesterparty weggeholt. Wir sind hier in Lapeer, nicht in New York.«

»Ich weiß, ich weiß. Aber die meisten Leute haben grundsätzlich keine Lust, Kassenbücher und Bestellungen durchzuarbeiten, und an einem Feiertag schon gleich gar nicht.« Tyrese drehte sich zu dem Tisch um, an dem ich zwischen hohen Stapeln aus Pflanzen- und Samenkatalogen saß. »Und das hier ist nicht gerade der romantischste Ort, um das neue Jahr einzuläuten.«

Nora bedachte mich mit einem vielsagenden Blick und konzentrierte sich dann wieder auf die klein gedruckten Spalten, die sie mithilfe eines Vergrößerungsglases las. Tyrese wandte sich erneut seinem Computerbildschirm zu. Und ich verkroch mich wieder in dem Schneckenhaus aus persönlichem Elend, in dem ich mich seit zehn Tagen quälte. Morgen musste ich Marshall Boon anrufen und ihm mitteilen, ob ich sein großzügiges Stellenangebot annehmen wollte oder nicht.

Die große Uhr an der Wand im Büro des Gartencenters fraß erbarmungslos die Minuten, die mir noch blieben, bis ich Nora und Tyrese meine Entscheidung mitteilen müsste. Ich hatte den Großteil meines Lebens auf der Überholspur verbracht und mir gewünscht, Uhren und Menschen würden einen Zahn zulegen. Jetzt hätte ich fast alles getan, um die Zeit anzuhalten.

Als Tyrese vor einigen Stunden angerufen hatte, hatte ich die Gelegenheit, aus dem Haus zu kommen und ihm bei der liegen gebliebenen Arbeit zu helfen, sehr gern ergriffen. Sein Vater lag seit einer Woche mit akuter Mandelentzündung im Bett und Tyrese hatte sich allein um all ihre Winterdienst-Kunden kümmern müssen. Dadurch hatte er keine Zeit gehabt, die Bestellungen für die kommende Saison fertigzustellen, und die letzte Frist, das Jahresende, rückte immer näher.

»Würde es dir etwas ausmachen, wenn ich Nora mitbringe?«, hatte ich gefragt.

Er hatte nur einen Moment gezögert und dann gesagt: »Natürlich nicht. Zu dritt schaffen wir es vielleicht tatsächlich bis Mitternacht.«

»Oh, so lange dauert es? Sie geht normalerweise sehr früh schlafen.«

»Kein Problem. Wenn sie sich hinlegen will, können wir ihr die Couch im Pausenraum vorbereiten. Vor ein paar Jahren hat eine Angestellte eine ganze Woche dort geschlafen, nachdem ihre Eltern sie zu Hause hinausgeworfen hatten. Die Couch ist wirklich bequem.«

Nora und ich fuhren um halb acht mit Pizza vor Perkins' Gartencenter vor und gingen an die Arbeit: Wir ordneten Tyreses handschriftliche Notizen den entsprechenden Produkten zu, lasen Warennummern laut vor und hakten Pfanzensorten von Listen ab, während er sich durch die Bestellformulare von zig verschiedenen Händlern arbeitete.

Als es halb neun wurde und Nora anfing, Fehler zu machen, beschloss sie, Feierabend zu machen. Tyrese holte Decken und Kissen aus einem Schrank und widmete sich dann wieder seinen Katalogen, während ich die Decken ausbreitete und die Kissen aufschüttelte.

»So ist es sowieso besser«, sagte Nora, während sie ihre Lesebrille abnahm und unter die Decke schlüpfte. »Wer will schon an so einem Abend jemand Dritten dabeihaben?«

»An so einem Abend?«, schmunzelte ich. »Wir tanzen nicht zu romantischer Musik vor einem knisternden Kaminfeuer, sondern bestellen Dünger und Pflanzensamen.«

Nora schüttelte ihren müden Kopf. »Die wahre Liebe schlägt dann zu, wenn man am wenigsten damit rechnet. Deshalb ist sie ja so romantisch. Ich habe mich auf einer Couch, die sehr viel Ähnlichkeit mit dieser hier hatte, in William verliebt, nachdem ich mich bei einer Essenseinladung blamiert, gedankenlose Bemerkungen über sein Wohnviertel gemacht hatte und auf dem Gehweg gestolpert war und mir das Knie aufgeschlagen hatte. Ich habe alles falsch gemacht, was man nur falsch machen kann.«

Ich lächelte. »Meine Mutter würde jetzt wahrscheinlich sagen, dass alles nach Gottes Zeitplan geschieht.«

»Vielleicht.« Nora schloss die Augen. »Aber wenn Gott mich hätte mitreden lassen, hätte ich ihm gesagt, dass er einen Fehler gemacht hat.«

Ich runzelte die Stirn. »Warum?«

»William war der richtige Mann. Aber es war die falsche Zeit. Gute Nacht, Elizabeth.«

»Gute Nacht.«

Ich schaltete das Licht aus, schloss die Tür und lehnte mich von außen dagegen. Hatte sie recht? Machte Gott Fehler? Liefen unsere Uhren einfach anders als seine Uhr, wie die Uhr in meinem Auto, die der Uhr in der Küche vier Minuten voraus war? Zu wessen Uhr gehörte Marshall Boons Jobangebot?

In den nächsten Stunden bearbeiteten Tyrese und ich die restlichen Bestellungen, bis nur noch eine einzige übrig war. Ich warf einen Blick auf die Uhr. 23:29 Uhr.

»Wir schaffen es«, sagte ich.

»Ja. Ich muss nur schnell zum hinteren Gewächshaus laufen und noch einmal kontrollieren, wie viele Saatgeranien ich schon geplant habe.«

»Ich komme mit. Nach dem langen Sitzen brauche ich ein wenig Bewegung.«

»Dann zieh deinen Mantel an.«

Wir gingen durch den vorderen Verkaufsraum, den Raum mit den Gartengeräten und das vordere Gewächshaus und schalteten überall das Licht ein. Im hinteren Gewächshaus bereiteten Saisonarbeiter immer die Anzuchtschalen und Pflanzschalen vor, in denen Tausende braune Samenkörner quollen, sich teilten und sich zu winzigen grünen Pflanzen entwickelten, die ab April zum Verkauf angeboten wurden, obwohl in dieser Gegend noch bis Ende Mai mit Bodenfrost gerechnet werden musste.

Mit dem Klemmbrett in der Hand zählte Tyrese die Schalen mit den Saatgeranien ab: Er bewegte den Finger vor sich in der Luft und addierte murmelnd Zahlen. Meine Stiefel schlurften über den Boden und hinterließen Spuren auf dem mit Erde übersäten Boden. Unter der Erde kam der nackte Beton zum Vorschein. Das erinnerte mich an die zweispurige Schotterstraße, die mich im August zum ersten Mal zu Noras Tür geführt hatte. Die kalte Luft roch verheißungsvoll nach Gärten, die bald bepflanzt und gewässert und gepflegt werden würden.

Ich dachte an mein kleines Stück Land, an den Garten, den ich mit so viel Aufwand neu angelegt hatte. An Noras schöne Quiltdecke. An Marys unscheinbares Grab. Stumme Zeugen unserer Familiengeschichte, von der ich bis vor wenigen Monaten keine Ahnung gehabt hatte. Jetzt befand ich mich mitten in dieser Geschichte.

Wenn tatsächlich alles aus einem bestimmten Grund geschah, dann hatte ich meine Stelle bei der *Free Press* verloren, um frei zu sein – um Mr Richs Fotos abzuliefern, um für Barb herauszufinden, ob Nora noch allein leben konnte, um Nora durch den Eissturm zu helfen. Aber das war alles für andere Menschen. War das Angebot des *Beat* Gottes Art, mir zu sagen, dass meine Arbeit hier erledigt war? War irgendein Teil seines sogenannten Plans auch für mich?

Ich schaute zu, wie Tyrese sich auf seinem Klemmbrett Notizen machte und sein Atem in einer weißen Dampfwolke aus seinem Mund strömte.

*»Wenn du in der Tiefe deines Herzens als Journalistin arbeiten willst, solltest du nicht meinetwegen und auch nicht wegen Nora in Lapeer bleiben.«*

An seiner schweren Lederjacke mit Lammfellkragen klebte der

Schmutz eines ganzen Jahres, weil er unablässig Pflanzen von einem Ort zum anderen befördert hatte.

*»Denn dann wirst du nie glücklich werden.«*

Die ganzen Pflanzen, die er auf dieser riesigen Fläche züchtete, erreichten ihre volle Größe und Schönheit in Gärten, die er nie sehen würde.

*»Du musst das machen, was für dich richtig ist.«*

Ich fühlte, wie in meinem Herzen etwas klickte, als würde der richtige Schlüssel im richtigen Schloss umgedreht.

»Hey«, sagte ich, als er die Hand mit dem Klemmbrett senkte. »Ich glaube, ich weiß jetzt, was ich dem *Beat* morgen antworten werde.«

Über zwei lange Tische hinweg, die mit Anzuchtschalen bedeckt waren, schaute er mich vorsichtig an. »Ja? Und wie hast du dich entschieden?«

# Kapitel 50

*Bloomfield Hills, Juli 1967*

Noras Mund stand offen und sie hatte Mühe, ihn wieder zuzumachen, als die Corvette in die Einfahrt zum Haus ihrer Eltern einbog. »Tante Margaret ist nicht Mary Balsams Tochter?«

Obwohl sich Margaret nicht mehr daran erinnern konnte, dass sie mit Nora verwandt war, hatte Nora im Laufe der letzten zwei Jahre eine wachsende Verbundenheit zu ihrer süßen Großtante empfunden. Jetzt wurde ihr schmerzlich bewusst, dass Margarets Sicht der Dinge eher den Tatsachen entsprach: Sie waren nicht miteinander verwandt. Sie waren zwei Seelen, die nichts verband und die nur hier und da eine Stunde miteinander verbrachten.

»Weiß sie das?«

»Ich habe keine Ahnung.« Ihr Vater öffnete die Autotür und stieg aus.

Nora krabbelte aus dem Auto. »Wusste es Nathaniel?«

»Ob er es wusste, kann niemand sagen. Außer Margaret ist niemand mehr am Leben, der diese Frage beantworten könnte. Ich hätte es dir wahrscheinlich gar nicht erzählen sollen.«

»Wusste Big George Bescheid?«

»Big George?«

»So nannte ihn Margaret, um ihn von deinem Vater zu unterscheiden.«

Daniel klappte die Rückenlehne vor, um Noras Koffer aus dem Auto zu holen. »Mit diesem Mann habe ich nie gesprochen. Wenn wir auf die Farm kamen, machten er und dieser jüngere Farbige sich immer rar.«

»Aber wenn Margaret es wusste …«

»Lass die Sache auf sich beruhen, Nora. Lass die alte Frau in Frieden sterben.«

Nora kaute an der Innenseite ihrer Wange, während sie das Haus betraten. »Hast du von Wanda gehört?«

»Ihr geht es gut. Wir haben ihr gesagt, dass sie zu Hause bleiben soll, bis sich die Situation beruhigt hat.«

Nora wollte mit ihrem Koffer schon die Treppe hinaufgehen, blieb aber noch einmal stehen. »Habe ich hier noch ein Zimmer?«

»Ja. Aber komm nicht auf die Idee, dich dort oben einzuschließen. Die *Free Press* liegt auf der Veranda. Deine Mutter ist vermutlich auch draußen. Du musst dich bei ihr entschuldigen.«

»Wofür?«

»Du weißt wofür, Nora. Nachdem du und ich miteinander telefoniert haben, hat sie mir von ihrem Besuch in Lapeer erzählt.«

Nora stieg die Treppe hinauf und betrat ihr altes Zimmer. Es sah noch genauso aus wie früher. Aber sie war nicht mehr dieselbe wie früher. Das Mädchen, das sich diese Schallplatten angehört hatte, das diese Bilder gezeichnet hatte, das mit diesen Puppen gespielt hatte, das dieses Telefon benutzt hatte, gab es nicht mehr. Aus ihr war eine Frau geworden, die wusste, was es bedeutete, für eine unmögliche Liebe zu kämpfen. Aber als Nora jetzt in den Spiegel über dem Schminktisch schaute, sah sie in erster Linie eine Frau, die kurz vor dem Zusammenbruch stand.

Sie setzte sich auf die Bettkante. Die Tränen, die sie zurückgehalten hatte, als ihr Vater aus seiner schwarzen Corvette gestiegen war, liefen jetzt über ihre vom Wind gekühlten Wangen. Seit ihrer Fehlgeburt vor zwei Jahren hatte Nora nicht mehr geweint. Als sie ihr Baby verloren hatte, hatte der Grund für ihre Traurigkeit auf der Hand gelegen. Aber jetzt fiel es ihr schwer, die Gefühle, die sich in ihr regten, zu analysieren. Sie weinte nicht wegen Margarets unrühmlicher Herkunft und auch nicht wegen Marys verheerenden Fehlers. Sie weinte nicht einmal, weil sie seit zwei Tagen nichts von William gehört hatte.

Sie weinte, weil es so leicht war, wieder in diesem Haus, in diesem Zimmer zu sein. Weil es nach allem so leicht gewesen war, ihren Vater anzurufen. Weil sie wusste, dass, wenn sie ihrer Mutter auf der Veranda begegnete, ein einziger Blick genügen würde, um ihre Beziehung wieder zu kitten. Diese beiden Menschen waren ihre Familie. Sosehr sie sich auch eingeredet hatte, dass William alles an Familie war, was sie brauchte, dass er genug war, stimmte das nicht. Sie wollte auch die Liebe ihrer Eltern. Und jetzt stand sie so kurz vor der Versöhnung mit ihnen, dass es ihr richtig Angst einjagte. So leicht sollte es nicht sein. Es sollte nicht einmal möglich sein.

Konnte sie die Frau umarmen, die gesagt hatte, es sei ein Glück, dass ihr Baby gestorben war? Den Mann, der sie vermutlich jederzeit wieder aus seinem Leben verbannen würde? Wie konnte so etwas vergeben werden? Warum war sie überhaupt hier?

Nora wischte sich mit dem Handrücken übers Gesicht und griff nach dem Telefonhörer. Sie wählte Mrs Richs Nummer. Als niemand dranging, wählte sie die Nummer von Biancas Arbeitsstelle und dann die eines alten Freundes von William, denn sie war die einzige andere Nummer, die ihr noch einfiel. Beim dritten Klingeln hob jemand ab.

»Lowell?«

»Nein, hier ist Marvin. Wer ist dran?«

»Ich bin Nora Rich. Williams Frau. Die Frau von Lowells Freund William.«

»Ja, ich kenne Will Rich.«

»Wissen Sie, wo er ist? Haben Sie ihn gesehen oder von ihm gehört? Er ist am Sonntagabend nach Detroit gefahren, um seinen Neffen zu suchen. Seitdem habe ich nichts mehr von ihm gehört. Ich mache mir Sorgen, dass ihm etwas passiert sein könnte, und …«

»Beruhigen Sie sich! Im Moment werden viele Leute vermisst. Er wird schon wieder auftauchen. Wahrscheinlich ist er einfach von der Polizei verhaftet worden, weil er zur falschen Zeit am falschen Ort gewesen ist. Weil er nach der Sperrstunde noch draußen war oder so was. In der Zeitung steht, dass Tausende verhaftet wurden. Haben Sie schon auf der Polizeiwache angerufen?«

»Welche Polizeiwache? Ich weiß nicht einmal, wo ich anrufen kann!«

»Beruhigen Sie sich, Mädchen! Wenn Sie wollen, kann ich herumtelefonieren.«

Nora sank erleichtert aufs Bett. »Das würden Sie machen?«

»Wenn Sie mir Ihre Nummer geben.«

Nora nannte ihm die Telefonnummer ihrer Eltern.

»Wo sind Sie?«, fragte Marvin, den die Vorwahl irritierte.

»In Bloomfield Hills.«

»Bloomfield! Was machen Sie dort oben?«

»Ich bin bei meinen Eltern.«

»Ach! Stimmt! Sie sind die Weiße. Wo wart ihr beide die ganze Zeit?«

»In Lapeer. Bitte rufen Sie mich so bald wie möglich an. Selbst wenn Sie nichts herausfinden können, rufen Sie mich bitte trotzdem an, damit ich weiß, dass Sie es versucht haben. Ich verliere noch den Verstand.«

»Die ganze Stadt hat den Verstand verloren, Mädchen. Moment, wie war noch einmal Ihr Name?«

»Nora Rich.«

»Habe ich notiert. Hören Sie, Nora Rich, ich rufe Sie an, sobald ich kann.«

Als Nora auflegte, fühlte sie sich ein wenig besser. Wenigstens wurde jetzt etwas unternommen.

Nun müsste sie ihrer Mutter unter die Augen treten.

Sie traf ihre Eltern auf der Veranda an. Sie saßen genau auf denselben Plätzen, auf denen sie vor vier Sommern gesessen hatten, als Nora und William hergekommen waren, um ihnen zu verkünden, dass sie geheiratet hatten. Jetzt drohte diese Erinnerung Nora endgültig den Boden unter den Füßen zu entziehen. Wo wäre sie in diesem Moment, wenn sie William nicht geheiratet hätte? Sie könnte ebenfalls hier bei ihren Eltern auf der Veranda sein, wurde ihr bewusst, aber die entsetzlichen Schwarz-Weiß-Bilder von dicken Rauchschwaden, die ihr von der Zeitung entgegenschrien, die unter dem Glas ihrer Mutter auf dem Tisch lag, würden sie nicht persönlich berühren. Sie würde sich die Bilder genauso ansehen, wie ihre Eltern sie sich vermutlich angesehen hatten. Mit einem verächtlichen Blick und einer verurteilenden Bemerkung. Dann würde sie die Zeitung beiseitelegen und sie würde früher oder später in einem Korb neben dem Kamin landen. Die Nachrichten von gestern, um morgen Feuer zu machen.

Ohne ihre Mutter anzusehen, zog Nora die Zeitung unter dem Glas hervor und setzte sich auf einen leeren Stuhl. Sie suchte jedes Foto nach William ab. Ohne Erfolg. Einzelne Wörter stachen ihr ins Auge: Heckenschützen, Plünderer, Chaos, Schüsse, Flammen, polizeiliche Sperrstunde, Soldaten, Zerstörung. Während sie an diesem heißen, stillen Tag auf der Veranda saß, war es, als würde sie einen Bericht über den Krieg in Vietnam lesen. Aber sie wusste: Wenn sich der Wind drehte, könnte sie den Rauch riechen.

Als sie aufblickte, schauten ihre beiden Eltern sie an. In diesem Moment klingelte das Telefon. Sie stürmte ins Haus und riss den Hörer beim vierten Klingeln von der Gabel. »Hallo?«

»Nora?«

»Bianca? Oh, Gott sei Dank!«

»Marvin hat mir diese Nummer gegeben. Ich habe vor einer Stunde versucht, dich bei euch zu Hause anzurufen, aber niemand ist drangegangen. Wir sind im Moment im Haus meines Chefs in der Buena Vista.«

»Wer ist wir? Ist William bei euch?«

»Nein. Nur Mama ist bei mir.«

»Was ist passiert? Wo ist er?«

»Das weiß ich nicht. Wir haben ihn am Sonntagabend bei Tante Dee gesehen, aber nur ganz kurz. Wir mussten von dort verschwinden, weil das Nachbarhaus Feuer fing.«

»Was ist mit eurem Haus?«

»Von dem Haus ist nichts mehr übrig«, teilte ihr Bianca mit schmerzerfüllter Stimme mit.

»Oh du meine Güte! Wisst ihr etwas von J. J.?«

»Er wird im Wayne-Bezirksgefängnis festgehalten. Ich weiß nur, wo er ist, weil unser Pastor dort war und versucht hat, etwas in Erfahrung zu bringen. Die Polizei befragt die Leute nicht einmal. Sie wissen gar nicht, wen sie eingesperrt haben. Sie werfen einfach alle zusammen in eine Zelle.«

Nora hörte, dass die Sorge Bianca fast die Kehle zuschnürte.

»Der Pastor hat gesagt, dass er schlimm zusammengeschlagen wurde.«

»Er wird sich bald davon erholen, Bianca. Er ist noch ein Kind. Bei Kindern heilen Wunden schnell.« Nora wollte nicht unsensibel klingen, aber J. J. war nicht ihre eigentliche Sorge. Die Verhaftung des Jungen machte Williams verzweifelte Suche mitten in diesem Kriegsgebiet völlig überflüssig. »Hat euer Pastor mit J. J. gesprochen? Hat er etwas von William gesagt?«

»Er konnte nicht mit ihm sprechen! J. J. lag bewusstlos an einer Wand! Der Pastor hätte ihn fast nicht erkannt!«

Bei Biancas herzzerreißendem, verzweifeltem Stöhnen musste Nora den Hörer von ihrem Ohr weghalten. Dann trat Biancas ersticktes Weinen in den Hintergrund.

»Nora?«, vernahm sie Louise Richs beherrschte Stimme.

»Mama, was ist dort drüben los?«

»Liebes, es ist furchtbar. Wir stehen alle unter Schock. Niemand weiß etwas. Ich weiß nicht, was wir tun sollen. Wir haben Leute losgeschickt, die Will suchen. Ich rufe dich an, sobald wir etwas wissen, aber jetzt müssen wir unbedingt beten. Verstehst du? Wir müssen beten wie nie zuvor. Du betest mit mir, ja?«

Nora drückte die Augen zu, um ihre Tränen zurückzuhalten.

»Herr, höre uns jetzt«, begann Louise. »Höre uns, wenn wir zu dir rufen. Wir wissen, dass du weißt, wo unser Will in diesem Moment ist. Wir wissen, dass du ihn siehst, dass du jetzt in dieser Minute auf ihn aufpasst. Wir bemühen uns, ihn dir anzuvertrauen, aber es ist so schwer. Wir bemühen uns, ihn deinen Händen zu überlassen, aber das fällt uns nicht leicht. Herr, bring ihn zu uns zurück. Bring ihn noch heute, noch in dieser Stunde zurück. Höre unser Gebet, wie du die Stimme deines eigenen Sohnes gehört hast, als er am Kreuz zu dir geschrien hat. Amen.«

Aber Nora konnte nicht »Amen« sagen. Denn sie konnte an

nichts anderes denken als an die Worte, die Jesus am Kreuz gesagt hatte: *»Mein Gott, mein Gott, warum hast du mich verlassen?«*

»Nora, Liebes, wir müssen vertrauen. Gott hat einen Plan und er macht keine Fehler. Ich rufe dich wieder an, Liebes.«

Sie verabschiedeten sich und Nora legte den Hörer zurück auf die Gabel. Als sie den Kopf hob, sah sie, dass ihre Eltern im offenen Türrahmen standen, ihr Vater mit zerknirschter Miene und ihre Mutter mit stummen Tränen im Gesicht.

»Oh, Liebes«, seufzte Mallory.

Nora kramte ihre ganze Wut hervor und verbarrikadierte ihr Herz vor ihren traurigen Blicken. »Ich brauche euer Mitleid nicht.«

Sie stürmte die Treppe hinauf in ihr altes Zimmer und knallte die Tür hinter sich zu.

# Kapitel 51

*Lapeer County, Juni 1875*

Mit großer Anstrengung hob Mary die Augenlider. Nathaniels Gesicht tauchte unscharf vor einem Hintergrund aus verschwommenen Farben auf. Die kleine Margaret zappelte in seinen Armen.

»Mary?«

Seine Stimme klang, als wäre er draußen und spräche durch ein geschlossenes Fenster.

»Mary, kannst du mich hören? Der Arzt ist unterwegs.«

Margaret sah Nathaniel erstaunlich ähnlich.

»Mary?«

Sie schloss die Augen.

»Mary?«

Sie nahm nichts mehr wahr.

Mary schlug die Augen auf. Mrs Farnsworth saß mit einem Eimer neben ihr.

»Mr Balsam schickt jemanden los, der dem Arzt sagt, dass er sich beeilen soll.«

»George«, flüsterte Mary mit heiserer Stimme.

»Sie wollen Little George sehen?«

Mary schüttelte den Kopf. Bei der Bewegung wurde ihr schwindelig und sie begann zu würgen. Mrs Farnsworth schaffte es gerade noch rechtzeitig, ihr den Eimer hinzuhalten. Erschöpft ließ Mary sich von Mrs Farnsworth den Mund mit einem Tuch abwischen.

»Big George.«

»Ma'am, ich …«

»Bitte!«

Die Haushälterin stieß ein langes Seufzen aus. »Ich hole ihn.«

Mary schloss die Augen, aber in ihrem Kopf drehte sich immer noch alles. Als sie die Augen wieder aufschlug, füllte Georges Gesicht ihr Blickfeld aus. Er hatte so viel Ähnlichkeit mit dem Mann, der in jener verhängnisvollen Nacht, als ihr erstes Baby gestorben war – ihre wirkliche Tochter –, an ihrer Seite geblieben war.

»Mrs Balsam?«

»George«, flüsterte sie.

»Ich bin da.«

Sie lächelte. »Du bist immer da.« Sie bewegte die Finger. »Nimm meine Hand.«

George stand auf und schloss die Tür. Dann nahm er ihre Hand in die seine.

»Ich muss dir etwas sagen.«

»Sparen Sie Ihre Kraft.«

»George, wir haben ein Baby.«

Ein panischer Blick trat in seine Augen und er warf schnell einen Blick zur geschlossenen Tür. »Nein, Ma'am, das stimmt nicht.«

»Sag nicht Ma'am zu mir.«

»Ich hole Ihnen ein Glas kaltes Wasser.«

»An jenem Tag im Wald. Ich war nicht schwanger. Ich dachte es … Aber das war ein Irrtum. Aber danach … Die Hebamme hat die Kinder ausgetauscht. Sie hat unseren Sohn mitgenommen. Und sie hat mir das Baby von Nathaniels Hure gegeben.«

George schüttelte den Kopf. »Sie können nicht klar denken.«

»Er ist irgendwo. Jemand hat ihn. Mrs Farnsworth weiß Bescheid. Bitte vergib mir.«

»Nein, Mrs Balsam.«

»Bitte vergib mir. Oh Gott, es tut mir so leid. Gott, bitte vergib mir.«

»Pst«, versuchte er, sie zu beruhigen.

»Anna weiß, wo er ist. Du musst ihn finden. Little George weiß es auch. Irgendwie hat er es herausgefunden. Vielleicht hat er das Baby im Korb gesehen. Keine Ahnung. Dieser kluge, grauenhafte, bösartige Junge. Es wäre besser gewesen, wenn er die Totgeburt gewesen wäre.«

»Sie wissen nicht, was Sie reden.«

»Er hat ihnen geholfen.« Sie begann zu weinen. »Diesen schrecklichen Männern. Das Feuer.«

»Wovon sprechen Sie?«

»Irgendwie. Ich weiß es nicht. Er wollte, dass ihr alle verschwindet. Bitte vergib mir.« Sie drückte seine Hand. »Ich liebe dich, George.«

Mrs Farnsworth öffnete die Tür. George entzog Mary seine Hand und legte sie auf seinen Schoß.

»Mrs Balsam braucht jetzt Ruhe.«

Er stand auf. »Natürlich.«

Mrs Farnsworth legte ein nasses Tuch auf Marys aschfahle Stirn. Als sich die Haushälterin wieder aufrichtete, versuchte sie nicht einmal, ihre Verachtung zu verbergen. Von dieser Frau würde George gar nichts erfahren. Er verließ das Zimmer und kehrte in eine Welt zurück, die sich unumkehrbar verändert hatte, in eine Welt, in der er der Vater eines verlorenen Sohnes war.

Mary suchte Trost in dem kühlen Tuch, aber das Gefühl, die Kontrolle zu verlieren, wurde immer stärker. Sie erinnerte sich an den sonderbaren Blick, mit dem Little George sie am Esstisch bedacht hatte. Er hatte ihr nicht mehr in die Augen gesehen, seit Margaret da war. Bis zu diesem Abend.

Einige Stunden vorher hatte sie ihn im Kräutergarten gesehen, wo er Unkraut gejätet hatte. Diese Strafe hatte sie ihm wegen irgendeines kleinen Vergehens erteilt, an das sie sich jetzt schon gar nicht mehr richtig erinnern konnte. Es spielte auch keine Rolle. Sie wussten beide, was der wahre Grund war.

Jacob hatte mit seiner neuen Stimme mit ihm gesprochen, die er aufgrund seiner fehlenden Schneidezähne und seines gebrochenen Kinns, das nicht richtig verheilt war, hatte.

»Sei bei diesem Zeug vorsichtig! Das sind keine Pastinaken.

Verbrenn sie am besten. Pass auf, dass die Schweine sie nicht fressen. Sonst sterben sie schneller, als du schauen kannst.«

Sie hatte nicht gesehen, was Little George mit der Pflanze gemacht hatte, da sie sich wieder darauf konzentriert hatte, eines von Nathaniels zerrissenen Hemden zu flicken.

Nein. Es war Big Georges Hemd gewesen.

Big George.

»Nein, dieser Teller ist für dich, Big George«, hatte ihr Sohn gesagt, als George den Teller Mary hingeschoben hatte.

»Du solltest zuerst deine Mutter bedienen«, hatte Big George ruhig erwidert.

Brathähnchen, Frühlingserbsen, gebackene Pastinaken mit Butter und Kräutern. Mary liebte Pastinaken. Sie hatte ein Stück von ihrem Teller stibitzt, noch bevor alle Platz genommen hatten und das Tischgebet gesprochen worden war.

Was hatte sie in Little Georges Augen gesehen?

Ihr Magen zog sich vor Übelkeit erneut zusammen. Mary fühlte, wie sich ihre Kehle zuschnürte. Sie rang nach Luft. Als wäre sie kilometerweit weg, hörte sie, wie Mrs Farnsworth entsetzt nach Nathaniel rief.

Dann wurde sie von der Dunkelheit verschlungen.

# Kapitel 52

*Lapeer County, März*

Ich stand vor dem Kalender und spähte auf die nächste Seite. Nur noch ein Tag, dann war April.

Der Frühlingsanfang war verschneit gewesen, gefolgt von einer Woche mit ständigem Regen. Aber der 31. März hatte sonnig begonnen. Vögel bauten ihre Nester, braunes Gras war sichtbar, einige mutige Kräuter schoben ihre ersten Blätter aus der kräftigen Gartenerde – Kundschafter, die der unterirdischen Infrastruktur melden sollten, ob es ungefährlich war, an die Oberfläche zu kommen.

»Ach, blättere einfach um«, sagte Nora, die in diesem Moment in die Küche trat. »Wir läuten den April einen Tag früher ein.«

Ich folgte ihrer Anweisung und freute mich, dass sie offenbar einen guten Tag hatte. »Kaffee?«, fragte ich.

»Ja, das wäre nett.«

»Wunderbar. Es gibt nämlich etwas, über das ich gerne mit dir sprechen würde.«

Ich ging daran, unsere übliche halbe Kanne Kaffee zu kochen, stellte alles auf ein Tablett und brachte es in den Salon. Matthew hatte es sich auf einem sonnigen Plätzchen neben Nora auf dem Sofa bequem gemacht. Sein orangefarbenes Fell leuchtete und er schaute mit einem zusammengekniffenen grünen Auge zu mir hinauf. Ich vergrub meine Finger in seinem warmen Fell.

»Mir war seit Ewigkeiten nicht mehr so warm. Vielleicht brauche ich einen Pelzmantel.«

Nora goss den Kaffee in die Tassen. Dabei bemerkte ich ein Zittern in ihren Händen, das bisher nicht da gewesen war. »Was hast du auf dem Herzen?« Ich ordnete meine Gedanken. Es war viel schwerer gewesen und hatte wesentlich mehr Überredungskunst gekostet, als ich erwartet hatte, bis Mr Rich eingewilligt hatte, nach Lapeer County zu kommen. Linden hatte im Januar das erste Mal angerufen, um mir auszurichten, dass sein Vater von meinem Plan nichts hören wolle. Aber so leicht hatte ich mich nicht abwimmeln lassen. Wie Marshall Boon gesagt hatte: Ich war hartnäckig. Mitte März hatte ich James Rich endlich persönlich am Telefon dazu gebracht, mir alles zu erklären.

»Es ist nicht so, dass es niemand versucht hätte«, hatte er gesagt. »Nora ließ niemanden an sich heran und zog sich von allen zurück, als klar war, dass William nicht zu ihr nach Lapeer zurückkommen würde. Sie wollte mit niemandem darüber sprechen und mich wollte sie auf keinen Fall sehen. Niemals.«

»Mr Rich, ich glaube, Sie verstehen mich nicht richtig: Manchmal spricht sie von William, als wäre er immer noch da. In letzter Zeit ist es sogar vorgekommen, dass sie *mit* ihm gesprochen hat. Wenn Sie ihr einfach erzählen könnten, was passiert ist, würde sie es vielleicht verstehen und könnte ihren Frieden finden. Sie haben gesagt, dass Sie seit Jahren eine schwere Last mit sich herumtragen. Das ist *Ihre* Last. Nicht meine. Ich kann Ihnen diese Last nicht abnehmen. Sie müssen sie selbst ablegen.«

Ein langes Seufzen. »Würde es Ihnen etwas ausmachen, wenn ich Denny mitbringe? Nur zur Unterstützung. Ich weiß, dass Sie und er sich nicht besonders gut verstanden haben, aber … allein schaffe ich das nicht.«

»Das stört mich überhaupt nicht«, hatte ich erwidert und gewusst, dass ich gewonnen hatte. Ich wäre auch einverstanden gewesen, wenn er eine schottische Volkstanztruppe oder chinesische Schattenpuppenspieler hätte mitbringen wollen.

Für den kommenden Sonntag war sein Besuch geplant.

Ich rührte Sahne in meinen Kaffee und versuchte, mein rasendes Herz zu beruhigen, während Nora darauf wartete, dass ich zu sprechen anfing. »Ich habe jemanden zu uns eingeladen, der Informationen über die Familie hat. Ich dachte, da wir uns beide so sehr für die Familiengeschichte interessieren, könnte es hilfreich sein, wenn wir uns mit ihm unterhalten und mehr über einige Teile erfahren, über die wir nicht viel wissen.«

»Meine Güte, das klingt ja richtig verschwörerisch. Wo hast du denn diese Person gefunden?«

»Dieser Mann hat mich gefunden. Ihm ist der Name Balsam in der Zeitung aufgefallen und er kam auf mich zu, weil er jemanden kennt, der genauso heißt.«

»Wer ist dieser geheimnisvolle Mann?«

»Das kann ich noch nicht sagen.« Ich stand auf, um Noras misstrauischem Blick auszuweichen, und wechselte das Thema. »Ich stelle die Kanne besser wieder auf den Herd, damit der Kaffee nicht kalt wird.«

Nora folgte mir in die Küche. »Ich muss sagen, ich bin angenehm überrascht, dass dich so etwas interessiert.«

»Warum?«, fragte ich, während ich die Kanne auf die Herdplatte stellte. »Interessiert sich denn nicht jeder für seine Familiengeschichte?«

»Viele verschwenden keinen Gedanken daran und einige halten ihre Familiengeschichte lieber unter Verschluss.« Sie sah nachdenklich aus. »Manchmal frage ich mich, ob es so vielleicht besser gewesen wäre.«

Ich sagte nichts, damit sie diesem Gedanken Raum geben konnte.

»Ich erinnere mich, dass ich mit meiner Großtante Margaret über ihre Erlebnisse in diesem Haus gesprochen habe«, fuhr Nora schließlich fort. »Es war, als würde ich an einem losen Faden ziehen und versuchen, ihn von der Vergangenheit zu befreien, damit wenigstens dieser Faden nicht dem Verfall durch die Zeit zum Opfer fiel. Ich versuchte, ihn in meine eigene Geschichte einzuweben, um zu sehen, wie das *Damals* in das *Jetzt* passte.«

Nora schien durch mich hindurchzusehen, während sie sprach. »Wenn du in mein Alter kommst, wünschst du, du könntest einen Schritt zurücktreten, um das ganze Bild zu sehen, um zu sehen, was du aus deinem Leben und aus dem Leben deiner Vorfahren gemacht hast, um zu sehen, ob du ihr Andenken geehrt oder ihre Fehler wiedergutgemacht hast. Aber das kannst du nicht. Die Zeit bleibt nie stehen und erlaubt dir, etwas zu *wissen.*« In Noras Augen glänzten ungeweinte Tränen.

»Wenn du nicht darüber sprechen willst …«

»Sei nicht albern. Wenn wir das, was wir wissen, nicht weitererzählen, stirbt es mit uns. Und das ist nicht fair.« Offenbar versuchte sie, sich selbst davon zu überzeugen. »Je mehr wir wissen, umso besser ist es.«

Eine Woche später saß ich am Fenster und starrte auf die Lücke zwischen den Pinien, wo bald ein Auto auftauchen würde.

»Dadurch, dass du ständig aus dem Fenster schaust, taucht unser Gast auch nicht früher auf«, sagte Nora, die im Esszimmer den Tisch deckte.

»Ich weiß. Ich bin nur aufgeregt.«

Ehrlich gesagt machte ich mir Sorgen. Ich machte mir Sorgen, dass er nicht auftauchen würde. Und ich machte mir Sorgen, dass er auftauchen würde.

»Hilf mir, den Salat zuzubereiten. Das wird dich ablenken.«

Gemüse zu schnippeln, half kaum, meine Besorgnis zu vertreiben, aber wenigstens verging die Zeit dadurch schneller. Um ein Uhr klingelte Mr Rich wie verabredet an der Tür.

»Setz dich schon in den Salon«, forderte ich Nora auf. Dann zog ich die Schiebetür zwischen dem Eingangsbereich und dem Salon zu und versuchte, die Stimme in mir, die *Das ist eine sehr, sehr schlechte Idee* flüsterte, zum Schweigen zu bringen. Als ich die Tür öffnete, stand ich einem gut gekleideten James Rich und hinter ihm einem noch besser gekleideten Linden Rich gegenüber, der einen schmuddeligen, alten Pappkarton mit einem vergilbten, handbeschriebenen Etikett in der Hand hielt.

»Hallo«, sagte ich leise, aber lächelnd. »Ich freue mich so sehr, dass Sie gekommen sind.«

»Haben Sie sie darauf vorbereitet?«, fragte Mr Rich leise.

»Ich habe ihr gesagt, dass jemand kommt, der uns etwas über die Familiengeschichte erzählt.«

»Aber Sie haben ihr nicht verraten, wer kommt?«

»Ich hielt es für besser so. Ich wollte nicht riskieren, dass sie mich auffordert, dieses Treffen abzusagen.«

Er und Linden wechselten einen vielsagenden Blick. Ich hörte, wie hinter mir die Schiebetür aufgeschoben wurde.

»Elizabeth?«

Nora stand im Türrahmen und schaute an mir vorbei zu den beiden Männern, die an ihrer Haustür standen.

»Willst du unseren Besuch nicht hereinbitten und …«

Sie legte eine Hand auf den Türrahmen, um sich abzustützen. »William?«, flüsterte sie. Ihre Augen waren auf Linden gerichtet.

»Wollen wir uns nicht setzen?«, schlug ich vor.

Ich nahm sie am Arm und führte sie zum Sofa zurück. Die Männer nahmen auf den Sesseln uns gegenüber Platz.

»Nein, Sie sind nicht William«, sagte Nora.

»Nein, Ma'am«, antwortete Linden freundlich.

»Nora«, sagte ich, »das sind James Rich und sein Sohn Linden. Ich glaube, du kennst James?«

Einen Moment lang runzelte sie die Stirn. Dann verwandelte sich ihre fragende Miene in wütende Abneigung. »Ja. Ich kenne ihn.«

Mr Rich blickte auf seine Hände hinab. »Ich weiß, dass ich der Letzte bin, den du sehen willst, Nora. Aber deine Nichte hat nicht nachgegeben und darauf bestanden, dass ich zu dir komme und mit dir spreche.«

»Elizabeth, wie kommst du auf die Idee, dass ich diesen Mann in meinem Haus haben will?«

Sie stand auf und wir anderen erhoben uns ebenfalls.

»Warte bitte, Nora! Ich denke, du solltest dir anhören, was er zu sagen hat. Ich glaube, das würde helfen.«

»Helfen? Du hast etwas ausgegraben, das lieber hätte vergraben bleiben sollen.« Sie marschierte aus dem Zimmer. Auf der anderen Seite des Flurs fiel ihre Schlafzimmertür laut ins Schloss.

»Bitte setzen Sie sich wieder«, forderte ich die Männer auf. »Lassen Sie mich mit ihr sprechen.«

Ich betrat, ohne anzuklopfen, Noras Schlafzimmer und schloss die Tür hinter mir. Sie saß auf der Quiltdecke, von der sie mir erzählt hatte, dass sie sich nie daraufsetze, und hatte ihr Gesicht in den Händen vergraben.

»Es tut mir leid«, sagte ich und setzte mich neben sie. »Aber ich mache mir Sorgen um dich. Du sprichst die halbe Zeit, als wäre William tot, und die halbe Zeit, als würde er immer noch in diesem Haus wohnen. Ich habe gedacht, wenn du dir einfach anhören würdest, was Mr Rich zu sagen hat, würde dir das helfen. Wäre es nicht besser, die Wahrheit zu kennen, als ständig in Ungewissheit zu leben?«

Sie ließ ihre Hände sinken. »Elizabeth, ich weiß, dass er tot ist. Das habe ich immer gewusst.«

Jetzt war es an mir, sie verwirrt anzusehen. »Aber warum hast du dich dann aus der Dunkelkammer ausgesperrt? Wovor hattest du Angst? Was wolltest du nicht sehen?«

»Ich hatte keine Angst. Ich bin nicht hineingegangen, weil ich wusste, dass darin wahrscheinlich die letzten Fotos hängen, die er in seinem Leben entwickelt hat. Wenn ich sie gesehen habe, gibt es keine weiteren Fotos mehr. Dann kommt er nie wieder die Kellertreppe mit einer Handvoll Abzügen hochgelaufen und fragt mich, wie ich die Bilder finde. Und der Grund dafür ist der Mann, der in diesem Moment in meinem Salon sitzt. Er ist der Grund, warum William an jenem Tag nach Detroit gefahren ist. Er ist der Grund, warum er nie zurückgekommen ist. Er ist der Mann, der mein Leben zerstört hat. Alle haben gesagt, dass William es zerstören würde. Aber William hat mein Leben nicht zerstört. Sondern J. J.«

Ich seufzte. »Ich wollte das einfach in Ordnung bringen.«

»Manche Dinge kann man nicht in Ordnung bringen. Man kann sie nur ertragen. Ich bin dir nicht böse. Aber ich will nicht mit ihm sprechen. Ich weiß, was er mir sagen will.«

»Nein, das weißt du nicht. Von ihm hatte ich die Kamera, die ich dir gegeben habe. Und die Kamera ist noch nicht alles. Es ist noch etwas anderes aufgetaucht. Etwas von William, das jahrzehntelang irgendwo in einer Asservatenkammer der Polizei gelegen hat. Er hat diesen weiten Weg auf sich genommen, um es dir zu geben.«

Sie schüttelte den Kopf.

»Nora, bitte. Dieser Mann da draußen will sich seit fünfzig Jahren mit dir versöhnen. Dass Tyrese deinen Rasen mäht, bezahlt er und nicht irgendein albernes staatliches Programm. Er will sich entschuldigen, er will es wiedergutmachen. Hätte William gewollt, dass du J. J. für den Rest deines Lebens böse bist?«

»Nein«, gab sie nach einem langen Moment des Schweigens zu. »Das hätte er nicht gewollt.«

Ich zog ein Papiertaschentuch aus der Schachtel auf ihrem Nachttisch und reichte es ihr.

Sie schnäuzte sich, holte tief Luft und stand auf. »Ich höre mir an, was er zu sagen hat, aber das ist alles. Ich kann nicht versprechen, dass ich ihm vergebe.«

Ich umarmte sie liebevoll. »Danke.«

Sie schniefte und strich ihren Rock glatt. Als sie in den Salon trat, standen Mr Rich und Linden auf.

»Entschuldige, J. J.«, sagte Nora. »Das war sehr unhöflich von mir. Du bist heute einen weiten Weg gekommen und es ist nur richtig, dir die Gelegenheit zu geben, das zu sagen, was du zu sagen hast. Das Mittagessen steht auf dem Tisch. Bitte folgt mir ins Esszimmer.«

Als alle am Tisch saßen und das Essen auf die Teller verteilt war, trank Mr Rich einen Schluck Wasser und räusperte sich. »Es ist nicht leicht, diese Geschichte zu erzählen. Und es wird auch nicht leicht sein, sie zu hören.«

# Kapitel 53

*Detroit, Juli 1967*

Das Klirren des zerberstenden Glases klang nach Freiheit. Als würde ein Tier aus einem Käfig ausbrechen. J. J. hatte schon immer gestört, wie die Stadt sein komplettes Wohnviertel behandelte. Wie eine Bestie, die eingesperrt werden musste. Wenn sie ihn schon wie ein Tier behandeln wollten, würde er ihnen zeigen, was ein Tier anstellte, das aus seinem Käfig ausbrach.

»Komm!«, rief Arnold. »Weiter zum Spirituosenladen!«

J. J. schaute durch die große Schaufensterscheibe, die er gerade zertrümmert hatte. »Warte, Mann! Ich hole mir neue Schuhe.«

Sie kletterten durch das Fenster und bahnten sich einen Weg über die Glasscherben. Arnold begann, willkürlich Schuhschachteln aus den Regalen zu ziehen und auf einen Haufen zu werfen.

»Lass das!«, forderte ihn J. J. auf. »Du bringst ja alle durcheinander. Wie soll ich da meine Größe finden?« J. J. fuhr mit dem Finger über eine Reihe von Schuhschachteln, bis er Größe 43 fand. Er öffnete die Schachtel und zog ein Paar schwarze Lackschuhe heraus. »Wow! So schöne Schuhe hatte ich noch nie.«

»Mann, in denen kannst du doch nicht vor den Bullen weglaufen. Das sind Kirchenschuhe.«

»Ist mir egal«, erwiderte J. J., der bereits seine alten Turnschuhe auszog. »Ich habe von gebrauchten Sachen die Nase voll. Komm, beeil dich und nimm dir auch welche.«

»Nee! Ich will keine Schuhe. Ich besorge mir lieber Bier und Material für Bomben.«

J. J. hob den Ziegelstein auf, den er geworfen hatte, und sie kletterten wieder auf den Gehweg hinaus. Inzwischen war der Lärm von den gewaltsamen Auseinandersetzungen im Süden näher gekommen. Leute liefen zusammen, die nervös die Straße hinabblickten, um zu sehen, was auf sie zukam.

J. J. bemerkte eine Frau, die ihn von einer Veranda aus beobachtete. »Bedienen Sie sich! Heute sind die Schuhe umsonst!«, rief er.

Sie kniff leicht die Augen zusammen. »Bist du nicht Biancas Junge?«

J. J. fluchte leise. »Verschwinden wir!«

Eine Straßenecke weiter erreichten sie den Laden, auf den Arnold es abgesehen hatte, und schleuderten ihre Ziegelsteine durch die Scheibe. Sie zerbarst klirrend in tausend Scherben.

»Dieses Geräusch liebe ich!«, rief J. J. begeistert.

In dem Geschäft stopften sie sich die Taschen mit Bonbons, Zigaretten und Feuerzeugen voll. Außerdem füllten sie eine Kiste mit Schnapsflaschen und eine zweite mit Bier.

»Brauchen wir nicht auch irgendeinen Stoff, den wir in die Flaschen stecken müssen?«, fragte J. J.

»Ich weiß, wo wir den herbekommen.«

Sie versteckten die schweren Kisten im hohen Unkraut hinter einigen Mülltonnen und liefen weiter.

»Da!«, rief Arnold.

Sie sprangen über einen Zaun und landeten hart auf der anderen Seite, wo Bettlaken und Babywindeln an einer Wäscheleine hingen. Arnold begann, eine Windel von der Leine zu ziehen.

»Keine Windeln«, sagte J. J. »Das ist uncool, Mann. Nimm das Laken. Das lässt sich sowieso leichter zerreißen.«

Sie zogen das Laken von der Leine. Auf der Leine dahinter hingen ein gelb geblümtes Sommerkleid und Frauenunterwäsche. Einen Moment lang war J. J. abgelenkt.

»Komm, hilf mir!«, rief Arnold vom Boden. Er biss mit den Zähnen in den Stoff und riss lange Streifen ab. Sie sahen aus wie die Verbände, die J. J.s Oma mit den Frauen von der Kirche für das Rote Kreuz aufrollte.

»Das reicht«, verkündete Arnold eine Minute später und packte die Handvoll Stoffstreifen. »Gehen wir!«

Als sie wieder auf dem Gehweg waren, lief Arnold in Richtung der versteckten Schnapsflaschen los. J. J. drehte sich noch einmal zu dem Haus um und bemerkte, dass ein Mädchen, das er kannte, am Fenster saß. Einen Moment lang schauten sie sich in die Augen. Dann drehte J. J. sich um und folgte seinem Freund.

J. J.s Herz hämmerte genauso sehr wie seine neuen Schuhen über den Asphalt klapperten, während er an das Mädchen und die BHs dachte, die er neben dem gelben Kleid an der Leine hatte hängen sehen. Er war so abgelenkt, dass er Arnold versehentlich anrempelte, als er hinter dem Schnapsladen ankam. Rum schwappte aus der Flasche in Arnolds Hand und ergoss sich über seinen nackten Arm.

»Pass doch auf, Mann!«

»Bist du dir sicher, dass du weißt, was du da machst?«

»Klar. Ich habe in den Nachrichten gesehen, wie man das macht.«

Sie öffneten vier Flaschen, tränkten die Stoffstreifen, die sie von dem Laken abgerissen hatten, und steckten sie in die Flaschenhälse.

»Los geht's!«, kommandierte Arnold.

»Aber keine Wohnhäuser«, stellte J. J. klar.

Sie liefen wieder auf die Straße und ließen ihren Blick über die Geschäfte schweifen.

»Der dort!«, sagte Arnold und deutete mit der Hand auf den Laden, den er meinte.

Er griff nach einem Blumentopf, der neben der Tür stand, und schleuderte ihn durch die Schaufensterscheibe. Dann entzündete er den Stoff und warf die Flasche durch das gerade geschaffene Loch in der Scheibe in den kleinen Lebensmittelladen. Die Flasche zerschellte an einem Regal und die Flamme erlosch.

Arnold fluchte und rief: »Gib mir die nächste!« Er unternahm einen zweiten Versuch, der genauso erfolglos blieb.

»Ich dachte, du wüsstest, wie das geht.«

J. J. hörte jemanden hinter sich lachen und drehte sich um. Ein Junge, der nicht viel älter als er war, hielt sich vor Lachen den

Bauch. »Idioten!«, spottete er hämisch. »Für einen Molotowcocktail braucht ihr Benzin!« Dann schlenderte er lässig weiter die Straße hinunter.

J. J. schaute Arnold genervt an.

»Halt den Mund! Woher hätte ich das wissen sollen?«

»Du hast es doch in den Nachrichten gesehen«, zog J. J. ihn auf.

»Dann vergessen wir die Molotowcocktails.«

Arnold schleuderte einen weiteren Ziegelstein durch das Schaufenster eines Schallplattenladens. Die Jungen arbeiteten sich auf der Straße weiter vor, bis J. J. vom Steinewerfen der Arm wehtat. Dann liefen sie zu dem Bier zurück. Die Straße war voller Menschen, die laut durcheinanderriefen, Geschäfte plünderten und Steine auf die Polizisten warfen, die von der Nähe der Clairmount Avenue, wo die Unruhen vor über zwölf Stunden begonnen hatten, angerückt waren. Vor den Augen der Polizei schleppten junge Männer – Schwarze und Weiße – und sogar einige Frauen Fernsehgeräte, Lautsprecherboxen, Waschpulverschachteln, Mäntel, Sofas, Gewehre und Brotlaibe davon. Hier und da fielen Schüsse, aber keiner kam von der Polizei.

»Warum unternimmt die Polizei nichts?«, fragte J. J. einen Mann, der mit einer vollen Schnapskiste aus dem Spirituosenladen auftauchte.

»Sie dürfen nicht schießen. Befehl von oben. Nehmt euch, was ihr wollt, solange ihr könnt!« Der Mann marschierte mit den klirrenden Flaschen auf der Straße davon. J. J. fragte sich, ob der Mann wusste, dass man für Molotowcocktails Benzin brauchte.

»Komm, J. J.! Ich hol mir einen Farbfernseher!«

Arnold lief in ein Elektrogeschäft, das sie bei ihrem ersten Streifzug durch die Straße verschont hatten, weil sie den Mann, der den Laden betrieb, mochten. Aber inzwischen hatten andere die Scheibe eingeworfen und jetzt drängten sich Horden von Menschen um die Elektrogeräte. J. J. schluckte seine Gewissensbisse hinunter. Dieser Mann hatte ihm nie etwas getan.

Einige Minuten später tauchte Arnold mit einem Plattenspieler auf. »Die Fernseher sind alle weg, aber ich hab den hier!«

»Du hast doch schon einen Plattenspieler.«

»Na und?«

J. J. schüttelte den Kopf. »Du klaust etwas, das du nicht brauchst, von jemandem, den du magst.«

»Hey, ich hab die Scheibe nicht eingeworfen, Mann! In diesem Laden wird sowieso nichts übrig bleiben. Warum soll ich da nicht auch etwas abkriegen?«

»Aber darum geht es hier doch gar nicht.«

»Ach, worum geht es denn dann? Du bist ja so schlau! Sag mir, worum es geht!«

»Es geht um Rod, den sie einfach erschossen haben. Schon vergessen? Es geht um die Rechte der Schwarzen. Es geht darum, ihnen zu zeigen, dass wir uns das nicht länger gefallen lassen. Es geht darum, unser Schicksal selbst zu bestimmen. Hast du denn bei diesen Veranstaltungen, auf denen wir mit Derek waren, nicht zugehört? Hier geht's um etwas Größeres und nicht darum, irgendetwas umsonst zu bekommen.«

»Ach ja?« Arnold schaute vielsagend auf J. J.s Lackschuhe, die vom Klettern über Zäune und vom Laufen über die kaputten Gehwege schon ganz abgestoßen waren.

»Das ist etwas anderes. Der Schuhverkäufer gibt einem immer das Gefühl, Abschaum zu sein, wenn man durch sein Schaufenster schaut.«

»Ah, verstehe. Du klaust zwar auch, aber du bist trotzdem immer noch besser als ich, was? Geh heim, J. J.! Geh heim zu deiner Mama und zeig ihr deine glänzenden neuen Kirchenschuhe. Sie ist bestimmt sehr stolz auf dich und deine Prinzipien.«

Arnold wandte sich ab. J. J. blickte auf seine Füße hinunter und wünschte sich seine alten Turnschuhe zurück.

Um sie herum kamen die Unruhen immer näher und hüllten sie in eine rauchende Kakofonie aus Sirenengeheul, Schreien und zerberstendem Glas ein. Im Süden war der Himmel pechschwarz.

Als die Sonne am späten Sonntagabend unterging, starrte J. J. die rauchenden Reste seines Zuhauses an. In der ganzen Straße ragten Kamine wie Fabrikschornsteine in die Höhe, wie auf diesem Foto in seinem Geschichtsbuch, auf dem die Folgen von Shermans Marsch zum Meer abgebildet waren. Während er und Arnold im Norden der Stadt gewütet hatten, hatten andere im Süden gewütet. Das Haus seiner Familie war nicht mehr da und er hatte keine Ahnung, ob sich seine Mutter und Großmutter rechtzeitig in Sicherheit gebracht hatten oder Opfer der Flammen geworden waren. Er ließ sich auf die mit zerstörten Gegenständen übersäte Straße plumpsen, zog die Knie an seine Brust und weinte.

»J. J.?«

Er hob den Kopf und sah einen großen Mann, der sich ihm zu Fuß näherte. »Will?«

»Danke, Herr!«, sagte William zum rauchgeschwängerten Himmel hinauf. Er drückte seinen Neffen fest an sich.

J. J. schluckte seine Tränen hinunter. »Wo sind Mama und Oma?«

»Bei Tante Dee. Ich bringe dich zu ihnen. Ich musste mein Auto ein paar Straßen entfernt stehen lassen. Aber es ist ja nicht weit. Wir schaffen es auch zu Fuß. Wir sollten uns allerdings beeilen. Es wird bald dunkel.« William hob seine Kamera und schoss ein paar Fotos von dem rauchenden Trümmerhaufen.

»Was machst du denn da?«

»Die Geschichte festhalten, Junge. Das war Noras Idee. Ich habe schon drei volle Filme. Drei leere bleiben mir noch. Hey, tritt ein paar Schritte zurück.«

»Ich will nicht fotografiert werden.«

»Komm schon.«

»Ich habe gesagt: Ich will nicht fotografiert werden.«

William ließ seine Kamera sinken. Sie baumelte am Riemen um seinen Hals. »Okay, Mann.«

»Gehen wir«, sagte J. J.

»Wir können auf der Virginia Park Street zur Linwood kommen. Um die Zwölfte Straße sollten wir besser einen Bogen machen.«

Sie liefen die Seward Avenue hinunter. Als sie auf der Virginia Park Street waren, begannen sie zu joggen. William blieb alle paar Minuten stehen, um ein Foto zu schießen, dann holte er wieder zu J. J. auf. Als sie um die Ecke in die Linwood Street einbiegen wollten, blieben sie abrupt stehen. Der Flächenbrand, der drei Straßen weiter im Osten begonnen hatte, hatte inzwischen auch diese Straße erfasst.

»Ich weiß nicht, Mann«, sagte J. J. »Glaubst du wirklich, dass wir da durchkommen?«

»Uns bleibt nichts anderes übrig.«

»Und wenn sie nicht in Tante Dees Haus bleiben konnten?«

»Das wissen wir erst, wenn wir dort sind. Aber sie warten auf uns. Und ich muss Nora anrufen.«

Sie liefen weiter durch die Straßen, in der viele Menschen unterwegs waren – besorgte Nachbarn, die sich umeinander kümmerten, Plünderer, die ihre gestohlenen Waren zu ihren Familien nach Hause brachten, Polizisten, die mit besorgtem Blick und mit dem Finger am Abzug ihrer Pistolen das Geschehen verfolgten. Der Mann mit der Schnapskiste hatte recht gehabt: Die Polizei gebot dem aufgestachelten Mob, der diese erzwungene Zurückhaltung rücksichtslos ausnutzte, keinen Einhalt.

William und J. J. liefen durch Gärten und versteckten sich in dunklen Gassen, während der wütende Mob die Hauptstraßen unsicher machte und immer mehr Polizisten aufmarschierten, die aus ihrem Sommerurlaub zurückgeholt worden waren. Das wenige Sonnenlicht, das durch die dunklen Rauchwolken gedrungen war, die die Stadt einhüllten, war inzwischen am Horizont verschwunden. Ohne Licht und ohne Blitz konnte William keine brauchbaren Fotos mehr machen. Er rollte seinen belichteten Film auf, legte einen neuen in die Kamera und steckte sie in die Tasche. Aber als sie sich der Taylor Avenue näherten, war das Licht von den brennenden Häusern so hell, dass er sie wieder auspackte.

Eine Gewehrsalve durchdrang die Luft, gefolgt vom Lärm eines abhebenden Hubschraubers.

»Wir müssen verschwinden!«, rief J. J. »So viele Schüsse habe ich den ganzen Tag nicht gehört. Anscheinend haben die Bullen jetzt die Erlaubnis zu schießen.«

William schüttelte den Kopf. »Das ist die Nationalgarde. Ich habe sie anrücken gesehen. Eine ganze Panzerbrigade. Sie sind alle oben bei deiner Schule.«

»Mann, da müssen wir vorbei!«, stöhnte J. J.

William steckte seine Kamera wieder in die Tasche. »Dann sollten wir uns beeilen.«

Die Nationalgarde war nicht zu übersehen. Panzer rollten durch die Straßen, Männerreihen in dunklen Uniformen mit Gewehren marschierten hinter ihnen her. J. J. hatte das Gefühl, dass alle wussten, dass seine Schuhe gestohlen waren.

Eine lange Soldatenreihe war fast vorbei, als ein Soldat, der fast am Ende der Reihe marschierte, sie beide erblickte. »Hey! Ihr da!«

William streckte schnell die Hand vor J. J., um ihn am Weitergehen zu hindern. Dann schob er seinen Neffen hinter sich. »Was ist?«, fragte er.

Der Soldat marschierte auf ihn zu. Ein zweiter folgte ihm. »Was hast du da?« Er deutete auf Williams Tasche.

»Eine Kamera.«

»Gerade geklaut?« Der Mann griff nach dem Gewehr auf seiner Schulter.

»Ich habe sie seit vier Jahren.«

»Tatsächlich?«

»Ja, Sir.«

J. J. kochte innerlich, als er hörte, wie sein Onkel diesen Typen *Sir* nannte. Der aufgeblasene Kerl war nicht viel älter als J. J.

»Packst du sie für mich aus?«

William nahm die Kamera heraus und reichte sie dem Soldaten.

Der Mann hängte sein Gewehr über seine Schulter, ließ die Objektivabdeckung auf den Boden fallen und hielt die Kamera vor sein Auge. Er stellte das Objektiv scharf. »Du da, warum versteckst du dich?«

J. J. trat vor. »Ich verstecke mich nicht.«

»Dann komm vor. Tretet ein bisschen näher.« Der Soldat vor ihnen fuchtelte mit der Hand.

Schließlich standen William und J. J. dicht nebeneinander.

»Sagt Cheese!«

Klick.

Sein Gefährte lachte. »Und jetzt macht ein Foto von uns.«

Der erste Mann gab William die Kamera zurück.

»Mach eine ganz böse Miene«, forderte der zweite Soldat seinen Partner auf.

Die jungen Männer machten Gesichter wie abgehärtete Kriegsveteranen. William stellte die Kamera scharf und machte ein Foto von ihnen.

Ein lauter Befehl drang trotz des Lärms bis zu ihnen durch.

»Wir müssen weiter, Mann.« Der zweite Mann lief los.

»Hey«, sagte der erste, »wenn du lebendig hier herauskommst, melde dich bei mir. Ich will dieses Bild sehen.« Er begann, hinter seinem Kameraden herzulaufen. »Ich heiße Ryan Sharpe! Und komme aus Davison!«

William hob die Objektivabdeckung auf und räumte die Kamera weg. »Es ist wahrscheinlich besser, wenn du den Fotoapparat nimmst, J. J.« Er reichte seinem Neffen die Kameratasche. »Lauf und versteck dich, wenn nötig. Diese Bilder dürfen nicht verloren gehen.«

J. J. hängte sich die Tasche über die Schulter.

Zwanzig Minuten später kamen sie bei Tante Dees Haus an. Besser gesagt, an der Stelle, an der ihr Haus gestanden hatte. Im Licht des orangefarbenen Feuers und der roten Blinklichter des Feuerwehrautos konnte J. J. sehen, dass das Haus nicht mehr zu retten war. Ein halbes Dutzend Feuerwehrleute richteten ihre Wasserschläuche auf drei brennende Häuser. Jeder Feuerwehrmann war von zwei Soldaten der Nationalgarde flankiert. Es gab zu viele Brände und nicht genug Leute oder Ausrüstung, um sie zu löschen. J. J. dachte an die Brände, die er und Arnold an diesem Tag hatten legen wollen, und war für ihre Unwissenheit dankbar, die verhindert hatte, dass ihre unbrauchbaren Molotowcocktails Schaden hatten anrichten können.

»Hey, ihr! Zurück!«, rief eine Stimme, die ihnen bekannt vorkam. Es war der Soldat, der sie vor weniger als einer halben Stunde angehalten hatte.

»Gib mir die Tasche.« William wollte die Tasche von J. J.s Schulter nehmen.

»Hey!«, ertönte ein zweiter Ruf.

William hob die Hände. »Das ist nur die Kamera.«

Aus einem Fenster hinter ihnen knallte ein Schuss. Die Soldaten erwiderten das Feuer. J. J. zog den Kopf ein und lief los. Er stieß direkt mit einem Soldaten zusammen, der ihm seinen Gewehrgriff brutal über den Kopf schlug. Er sackte zu Boden und fühlte, wie Blut von seiner Stirn in seine Augen lief.

Das Letzte, was er sah, war William, der von einer Kugel mitten in die Brust getroffen wurde, während die Asche von Tante Dees Haus um sie herum vom Himmel regnete.

# Kapitel 54

*Lapeer County, April*

Als Mr Rich am Ende seiner Geschichte angelangt war, blickte ich auf meinen Teller hinab und stellte überrascht fest, dass er leer war. Ich konnte mich nicht daran erinnern, etwas gegessen zu haben.

»Sind Sie sicher, dass Sie sich diesen Namen richtig gemerkt haben?«, fragte ich nach. »Ryan Sharpe? Richter Ryan Sharpe?«

Seine Miene war düster. »Diesen Namen werde ich nie vergessen.«

Mein Verstand raste auf Hochtouren. Ryan Sharpe hatte sich mitten in einem Schusswechsel befunden, der mindestens zwei Männer das Leben gekostet hatte – einen mutmaßlichen Heckenschützen und einen Feuerwehrmann. »Was geschah mit William?«

Mr Rich schaute zu Nora hinüber. »Seine Leiche wurde nie gefunden. Die Stadt versuchte in den Monaten nach den Unruhen, die Vermissten zu finden, aber viele wurden nie aufgespürt. Wir hielten in jenem Herbst einen Trauergottesdienst ohne Leiche ab. Aber wir können nicht mit Bestimmtheit sagen, was passiert ist. Ich habe immer geglaubt, dass seine Leiche verbrannt ist. Der ganze Häuserblock fiel den Flammen zum Opfer.«

»Ich habe bei meiner Internetrecherche keine Sterbeurkunde gefunden«, sagte ich.

»Nachdem er sieben Jahre vermisst war, hätte Nora ihn für tot erklären lassen können«, sagte Mr Rich. »Das hat sie aber nie getan.«

Nora schüttelte den Kopf und starrte auf die Tischdecke.

Mr Rich nickte seinem Sohn zu, der seinem Vater den Karton hinschob.

»Das sind die Fotos, die William an jenem Abend gemacht hat«, sagte er. »Alles, was ich bei mir hatte, wurde als Beweismittel konfisziert. Die Polizei dachte bestimmt, ich hätte die Kamera gestohlen, aber wenn die Beamten auch nur einen Moment nachgedacht hätten, wäre ihnen klar gewesen, dass kein Geschäft in diesem Viertel eine so teure Kamera im Angebot hatte. Jemand auf der Polizeiwache ließ den Film entwickeln, wahrscheinlich dachte er, dass ihnen die Fotos helfen könnten, Plünderer zu identifizieren.« Er schob Nora den Karton hin. »Sie gehören dir. Du willst sie bestimmt sehen.«

Nora machte keine Anstalten, den Karton zu öffnen. Mit jeder Faser meines Seins flehte ich sie stumm an, ihn aufzumachen. Wenn sich darin tatsächlich ein Foto von einem jungen Ryan Sharpe nur wenige Minuten vor der tödlichen Schießerei befand, würde das beweisen, dass er sich in der Nähe der Vorfälle aufgehalten hatte …

Mr Rich beugte sich vor. »Nora, ich weiß, dass du mich hasst. Und ich mache dir daraus keinen Vorwurf. Du hast jeden Grund dazu. Wenn ich nicht gewesen wäre, wäre William an jenem Tag nicht in Detroit gewesen. Ich war wütend. Ich konnte nur sehen, wie ungerecht das Leben war. Aber seit damals bereue ich die unüberlegten Worte und Taten meiner Jugend. Ich bereue sie bitterlich. Aber ich kann sie nicht ungeschehen machen. Wenn ich die Zeit zurückdrehen könnte, würde ich das tun, aber ich kann es nicht. Ich kann nur in eine Richtung gehen: nach vorne. Ich wünschte, das könntest du auch. Ich wünschte, du könntest mir vergeben.«

Nora schaute ihn mit müden Augen an. »Es gibt drei Menschen auf der Welt, denen ich nicht vergeben kann: meiner Mutter, meinem Vater und dir. Meinen Eltern zu vergeben, wäre leicht gewesen. Ich stand an dem Tag, an dem ich William gesucht habe, so nahe davor, ihnen zu vergeben. Es kostete mich viel Willenskraft, es nicht zu tun. Oder irgendwann in den folgenden Jahren. Selbst als sie mir dieses Haus überschrieben. Selbst als sie starben. Es kostete mich viel Kraft, ihnen nicht zu vergeben. Aber dir nicht zu vergeben, hat mich keine große Anstrengung gekostet.«

Mr Rich schürzte die Lippen und schloss die Augen. Er sah aus, als wäre er den Tränen nahe.

»Ich will es«, sprach Nora weiter. »Wirklich. Ich will keine verbitterte alte Frau sein. Aber …«

Mr Rich nickte und beherrschte seine Gefühle wieder.

»Nora«, mischte ich mich ein, »vielleicht sollten Linden und ich euch zwei ein wenig allein lassen.«

Linden stand sofort auf. Wir gingen in die Küche und durch die Hintertür hinaus in den Garten, wo ich die frische Frühlingsluft tief einatmete und mich an den Rest des Holzstapels lehnte, den Tyrese aus Williams Baum aufgebaut hatte.

Linden steckte die Hände in die Hosentaschen. »Mann, das war hart.«

Ich nickte.

Er blickte an dem Haus hinauf. »Das ist ein cooles altes Haus. Du kannst dich glücklich schätzen, dass du hier wohnen kannst. Es ist nicht schön, wie in Detroit alles verfällt. Orte aus der Kindheit meiner Eltern – Häuser, Schulen, ihre Arbeitsplätze, alles verschwindet von der Landkarte.«

»Ich weiß. Die Geschichte von Millionen Menschen verrottet langsam, bis irgendein Abreißkommando kommt und sie aus ihrem Elend erlöst.«

»Oder irgendwelche Hipsters kaufen die Gebäude und machen eine Brauerei daraus.«

Wir schwiegen beide einen Moment und dachten über die Schwierigkeiten der Stadt nach, die wir unser Zuhause nannten. Die Stadt, in die Vic Sharpe investierte. Die Stadt, die er zu retten half. Ich dachte an Mr Rich, der den schweren Gang auf sich genommen hatte, Nora um Vergebung zu bitten. Vielleicht sollte ich Vic anrufen.

Als ich das Knirschen von Autoreifen auf der Schotterzufahrt hörte, ging ich zur Vorderseite des Hauses. Ich bog im selben Moment um die Hausecke, in dem ein Pick-up mit dem Logo von Perkins' Gartencenter vorfuhr. Mein Pulsschlag beschleunigte sich, als ich Tyrese am Lenkrad sitzen sah.

Er fuhr das Fenster herunter. »Sonderlieferung«, sagte er lächelnd zu mir, aber sein Blick wanderte zu Linden weiter.

»Arbeitest du neuerdings auch sonntags?« Ich stieg aufs Trittbrett und gab ihm einen Kuss.

»Normalerweise nicht. Aber ich bin froh, dass ich gekommen bin. Nicht dass Linden Rich mit meinem Mädchen durchbrennt.«

Ich lachte und sprang auf die Erde.

»Nein, nein, Mann«, beruhigte ihn Linden und trat ebenfalls zur Fahrerkabine des Pick-ups. »So einer bin ich nicht.«

Die Männer reichten sich durch das offene Fenster die Hand.

Ich verrenkte mir fast den Hals, um auf die Ladefläche des Pick-ups zu schauen. »Ist das mein Baum?«

»Erraten«, antwortete Tyrese. »Ein schöner, drei Jahre alter Trompetenbaum.«

»Oh! Bring ihn hinters Haus.«

Tyrese und Linden kämpften mit einem Seil und ließen den Baum auf eine Sackkarre herunter, während ich zu der Stelle vorausging, die ich für den Baum ausgesucht hatte.

Ich betrachtete Lindens makellose Sonntagskleidung. »Ich nehme nicht an, dass du uns helfen willst, diesen Baum einzupflanzen.«

Er lächelte. »Natürlich helfe ich euch.«

In der nächsten Stunde beschäftigten wir uns zu dritt damit, ein Loch zu graben, den Baum zu schleppen, zu gießen, ihn zu positionieren und das Loch wieder mit Erde zuzuschaufeln. Während wir arbeiteten, erzählte ich Linden, wie sein Großonkel – der auch mein Großonkel war, wie ich jetzt erst richtig begriff – den ersten Trompetenbaum gepflanzt hatte, wie der Baum ums Überleben gekämpft hatte, aber dann doch dem Eissturm erlegen war, wie ich im letzten Sommer geschuftet hatte, um den Kräutergarten und die Gräber wieder in Ordnung zu bringen. Ich erzählte ihm von Mary und Nathaniel und von den Betten auf dem Dachboden und den Männern und Frauen, die hier Zuflucht gefunden hatten. Tyrese kannte all diese Geschichten schon, aber es schien ihn nicht zu stören, sie noch einmal zu hören.

Als der Baum fest in der Erde vergraben war, hatten wir alle drei die Ärmel hochgekrempelt. Wir hatten schmutzige Hände und Knie und Erdklumpen an den Schuhen. Ich stand in der kalten Frühlingsluft und betrachtete unser kleines Werk: Ein Baum war in gute Erde gepflanzt worden. Er war jung und biegsam. Er würde den Stürmen, die unweigerlich über ihn hereinbrechen würden, viel besser standhalten, als der alte Baum es gekonnt hatte. Vielleicht würde er mich sogar überleben.

Was würde sich in dieser Zeit verändern? Würden sich die Dinge zum Besseren wenden? Oder zum Schlechteren?

»Ich fahre jetzt lieber wieder«, sagte Tyrese. »Umarme Nora von mir.«

Linden blieb einige Schritte zurück, während ich Tyrese zu seinem Pick-up zurückbegleitete.

»Verlieb dich nicht in diesen Mann«, sagte Tyrese.

Bei dem Gedanken, dass er eifersüchtig sein könnte, lächelte ich. »Bestimmt nicht. Außerdem bin ich ja praktisch mit ihm verwandt.«

Tyrese und Linden verabschiedeten sich voneinander. Dann setzte der Pick-up langsam zwischen den Pinien zurück und bog auf die Straße ein.

Während Linden und ich in der Küche unsere Schuhe auszogen, betrachtete ich ihn genauer. »Ich befürchte, deine Kleidung ist ruiniert.«

»Dafür gibt es Reinigungen.«

»Da putzen sie aber nicht deine Schuhe.«

»Es sind nur Schuhe. Die Erde lässt sich abbürsten. Und wenn nicht, ist das ein guter Vorwand, um neue zu kaufen.«

Wir schlichen zum Esszimmer, aber darin saß niemand mehr. Der Karton mit den Fotos war verschwunden, doch die Teller vom Mittagessen standen noch auf dem Tisch. Ich begann, das Geschirr zusammenzustellen.

»Lass die Teller stehen, Elizabeth. Kommt lieber zu uns!«, rief Nora aus dem Salon.

Nora und Mr Rich saßen auf der Couch. Zwischen ihnen stand

der geöffnete Karton. Der ganze Wohnzimmertisch war mit Fotos bedeckt.

»Kommt herein und schaut euch das an«, sagte sie.

»Wir sind ziemlich dreckig.«

»Was? Warum?«

»Linden hat mir im Garten geholfen.«

»Gütiger Himmel! Du hast ihn gerade erst kennengelernt und spannst ihn für die Gartenarbeit ein?«

»Ich habe sehr gerne geholfen«, nahm Linden mich in Schutz. »Außerdem sind wir uns heute nicht zum ersten Mal begegnet.«

»Vergesst den Dreck«, sagte Nora mit einer lässigen Handbewegung. »Kommt einfach her und schaut euch die Bilder an.«

Linden und ich zogen die Sessel nahe an den Tisch heran. Einige der Fotos, die vor mir ausgebreitet waren, zeigten das, was man auf Fotos von Unruhen erwartete: brennende Gebäude, verlassene Autos, Gruppen von Aufständischen vor bewaffneten Polizisten. Aber die meisten Bilder waren Nahaufnahmen von Einzelpersonen. Angesichts der Situation, in der sie entstanden waren, mussten sie unbemerkt aufgenommen worden sein, aber viele Fotos hatten die Qualität von Porträts.

»Schau dir das hier an.« Nora reichte mir eins. Ein kleines schwarzes Mädchen stand auf dem Gehweg und schaute zu, wie Männer eine Matratze aus einem Fenster im ersten Stock auf einen wartenden Pick-up, der darunterstand, schoben. Hinter den Männern ging der Häuserblock in Flammen auf.

»Stehlen sie diese Matratze?«

»Sie retten sie.«

Ich hob eine Nahaufnahme von einer älteren Frau hinter einer Fensterscheibe hoch. Eine Träne lief über ihre dunkle Wange. Im Glas spiegelte sich ein brennendes Haus. Dann ein verängstigter Junge, der eine dicke, weiße Katze auf den Armen hielt, deren Beine festen Boden suchten. Ich blätterte Foto für Foto durch und erblickte die Gesichter von jungen und alten Männern, Müttern und Großmüttern, die das ganze Spektrum menschlicher Gefühle von Verzweiflung bis hin zu Wut und zu ekstatischer Manie widerspiegelten. Das Einzige, das fehlte, war Freude.

»Er war ein genialer Fotograf.«

»Ja, das war er«, gaben mir Nora und Mr Rich einstimmig recht.

»Das sind die besten Arbeiten, die ich je von ihm gesehen habe«, sagte Nora, deren Stimme vor Emotionen ganz heiser war.

Ich kam zu den letzten zwei Fotos. Auf einem blickten zwei junge weiße Nationalgardisten mit stählernen Augen in die Kamera. Einer von ihnen war eindeutig Ryan Sharpe. Sein Gesichtsausdruck war fast identisch mit dem auf einem Porträt, das ich von ihm gesehen hatte. Es war unmittelbar vor seinem Aufbruch nach Vietnam aufgenommen worden. Auf dem letzten Foto schauten uns zwei schwarze Männer aus der Vergangenheit an. Aus den Augen des jüngeren sprach Wut vermischt mit Angst. In den Augen des älteren lag eine ruhige Stärke.

»Das ist J. J.«, sagte Nora. »Und das ist William.«

Zum ersten Mal sah ich William Rich, den Mann, dessen Geist meine Tante seit fünfzig Jahren verfolgte. Den Mann hinter der Kamera. Er sah auffallend gut aus und strahlte Selbstvertrauen, Würde und Freundlichkeit aus.

Er war das Genie hinter den Fotos, die ich gerade gesehen hatte, hinter den Fotos, die unten in der Dunkelkammer hingen. Er hatte Augen, die unter die Oberfläche eines Menschen blickten und sahen, was tief im Inneren verborgen war. Die Schönheit und der Schmerz. Die Geschichte, die geschrieben wurde. Mich faszinierten nicht so sehr die Brände, die um die Menschen herum wüteten, sondern vielmehr das Feuer, das in diesen Menschen brannte. William zeigte dieses Feuer, den inneren Schmelztiegel aus Vergangenheit und Gegenwart, der sie zu neuen Menschen, zu anderen Menschen machen würde. Ein Augenblick in der Zeit, der alle Augenblicke, die danach kamen, definieren würde.

»Diese Fotos sollten in einem Bildband veröffentlicht werden«, sagte ich, als ich meine Stimme wiederfand. »Und ich sage das nicht aus dem Grund, den du vielleicht vermutest, Linden.«

»Er wollte immer einen Bildband herausgeben«, erwiderte Nora.

»Wirklich schade, dass es so kleine Abzüge sind.«

»Die Negative sind alle erhalten«, warf Mr Rich ein. »Sie stecken in einem Umschlag. Man könnte Abzüge in jeder gewünschten Größe machen.«

»Du könntest die Abzüge hier machen. Unten in der Dunkelkammer.« Nora schaute mich an.

»Wenn ich wüsste, wie man das macht«, seufzte ich schwach.

»Ich weiß, wie es geht«, warf Linden ein.

»Wirklich?«

»Natürlich. Fotografieren ist mein Hobby. Ich fotografiere zwar immer digital, habe mir das analoge Fotografieren aber mit Onkel Williams Kamera ein wenig beigebracht. Natürlich bin ich längst nicht so gut, wie er es war, aber ich kann Bilder entwickeln. Ihr habt hier eine Dunkelkammer?«

»Sie wurde seit Jahrzehnten nicht mehr benutzt«, sagte Nora. »Bestimmt sind die Lösungen alle eingetrocknet.«

»Wahrscheinlich. Aber darf ich mir die Dunkelkammer trotzdem ansehen?«

Nora rieb sich die Stirn. »Ich denke, es spricht nichts dagegen. Nachdem ich diese ganzen Bilder gesehen habe, besteht kein Grund mehr, die Dunkelkammer abzusperren.«

Ich holte den Schlüssel und führte Linden in den Keller. Er musste den Kopf einziehen, um ihn sich nicht an der niedrigen Decke zu stoßen. In der Dunkelkammer zog Linden an einer Kette, die mir bis jetzt gar nicht aufgefallen war. Sie diente als Schalter einer Deckenlampe. Diese verbreitete ein schwaches rotes Licht. Er setzte sich auf den Hocker, um seinen Rücken aufrichten zu können, und schaute sich in dem Raum um. Neugierig hob er Flaschen hoch und öffnete Schubladen, die ich nicht bemerkt hatte, als ich mich nur mit einer Kerze hier unten umgesehen hatte.

»Hier liegt viel Staub«, sagte er. »Wir müssten zuerst alles sauber machen. Aber ich sehe keinen Grund, warum wir es nicht versuchen sollten. Wahrscheinlich brauchen wir neue Lösungen für das Entwicklungs-, das Unterbrechungs- und das Fixierbad. Aber ein Vergrößerer und ein Chromtrockner sind da.«

»Mit diesem Ding trocknet man Bilder? Ich dachte, man hängt sie zum Trocknen auf. Direkt hinter dir hängen einige Bilder.«

Linden drehte sich auf dem Hocker um. »Diese Bilder wurden nicht zum Trocknen aufgehängt. Sie hängen als Dekoration hier.«

»Woher willst du das wissen?«

»Sie sind glänzend. Wenn sie zum Trocknen aufgehängt werden, sind sie matt. Diese Bilder hingen nur hier, weil William sie ansehen wollte.« Er nahm eins der Fotos ab. »Wow, sie war wirklich sehr schön.«

»Ich dachte zuerst, dieser Raum wäre vielleicht abgesperrt worden, weil William diese Fotos geheim halten wollte, aber dann habe ich erfahren, dass Nora die Tür abgeschlossen hat.«

Trotz des schwachen roten Lichtes sah ich, dass Linden mich mit dem gleichen Blick anschaute wie damals, als ich meinen Coney Dog mit Besteck gegessen hatte.

»Was ist?«, fragte ich.

»Das ist Nora.«

»Nein, das ist sie nicht.«

»Doch. Schau sie dir doch an.«

»Woran willst du das erkennen?«

»Es sind ihre Augen. Dieselben blauen Augen. Die können dir ja wohl kaum entgangen sein? Du hast diese Augen auch.«

»Wie kannst du auf einem Schwarz-Weiß-Foto die Augenfarbe erkennen?«

»Ich bin zwar nur ein Hobbyfotograf, aber ich weiß, wie blaue Augen auf Schwarz-Weiß-Fotos aussehen. Außerdem habe ich dir doch erzählt, dass ich schon Fotos von ihr gesehen habe. Das hier ist eindeutig Nora.«

Ich schwieg einen Moment. »Glaubst du wirklich, wir könnten aus seinen Fotos ein Buch zusammenstellen? Nicht für mich. Für ihn. Diese Fotos da oben sind Zeugnisse eines Ereignisses, das

Detroit für immer verändert hat. Niemand hat sie bisher gesehen. Er hat sie aber aufgenommen, damit man sie sieht.«

Linden hob die Hände, um mir zu signalisieren, dass jedes weitere Wort unnötig war. »Ich habe verstanden, was du meinst. Wirklich. Es gibt bestimmt jemanden, der daran interessiert ist, die Fotos zu veröffentlichen. Vielleicht die Wayne State University. William verdient es, dass sein Talent und sein Opfer gewürdigt werden.« Er deutete vielsagend auf mich. »*William.*«

Ich nickte. Linden hatte recht: Diese Fotos waren nicht meine Chance auf einen Pulitzerpreis oder einen neuen Job oder auch nur eine Erwähnung als freiberufliche Journalistin. Sie waren Williams Vermächtnis. Außerdem war ich keine Journalistin mehr.

Aber Desiree war noch Journalistin. Und im Fall von Richter Ryan Sharpe musste immer noch die Wahrheit ans Tageslicht kommen.

Ich begann, die anderen Fotos abzunehmen. »Wir sollten Nora diese Fotos bringen.«

Als wir wieder aus dem Keller auftauchten, bedeutete ich Linden, dass er schon in den Salon vorgehen sollte. Ich selbst machte einen kurzen Abstecher in die Küche und wählte Desirees Nummer.

Sie hob beim zweiten Klingeln ab. »Elizabeth!«

»Ich habe jetzt keine Zeit zu reden, aber du wirst in der nächsten Woche ein Bild von mir bekommen.«

»Wovon?«

»Es bringt dich auf die Titelseite.«

»Auf die Titelseite?«

»Ein möglicher Beweis in Sachen Richter Sharpe.«

»Wirklich? Warum bringt es dann nicht dich auf die Titelseite?«

Durch die Esszimmertür konnte ich Nora, Mr Rich und Linden sehen, die immer noch die Fotos auf dem Wohnzimmertisch betrachteten. Wenn ich nach Detroit zurückkehrte, würde ich niemals Teil dieser Szene sein.

»Weil ich in Lapeer bleibe.«

»Was?! Das kann doch nicht dein Ernst sein! Elizabeth, das ist deine Chance zurückzukommen!«

»Vielleicht ist es meine Chance, wieder als Journalistin zu arbeiten. Aber es ist nicht meine größte Chance, glücklich zu werden.«

»Aber ich kann doch nicht den Lohn für deine Story einstreichen.«

Linden forderte mich mit einer Kopfbewegung dazu auf, ins Wohnzimmer zu kommen.

»Es ist nicht mehr meine Story«, erwiderte ich. »Vielleicht war sie das nie.«

Wir verabschiedeten uns voneinander und ich legte auf. Dann trat ich in die Wärme, die bei Nora begann und sich wie das Sonnenlicht im ganzen Raum ausbreitete.

Ich hielt ihr die Fotos hin, die in der Dunkelkammer gehangen hatten. »Tante Nora, wann hast du diese Bilder zuletzt gesehen?«

# Kapitel 55

*Lapeer County, April*

Ich schaute Lindens Mustang nach, bis er hinter den Pinien verschwand. In mir stiegen eine so große Freude und Befriedigung auf, wie ich sie noch nie zuvor verspürt hatte.

»Danke, Elizabeth.«

Ich drehte mich um und sah Nora in einem Meer aus Fotos sitzen. In der Hand hielt sie die letzte Aufnahme, die jemals von William gemacht worden war.

»Ich glaube, du hattest recht«, sagte sie.

»Womit?«

»Es hat geholfen.« Sie legte das Foto von William und J. J. vor sich auf die anderen Bilder. »Ich habe die Tür zu diesem Teil meines Lebens vor langer Zeit verschlossen. Ich habe meine Eltern und Williams Familie und Gott ausgesperrt und mit aller Macht versucht, auch die Erinnerungen auszusperren. Genauso wie ich diese Dunkelkammer zugesperrt habe.«

Ich setzte mich neben sie.

»Ich wurde dazu erzogen, nicht über meine Probleme zu sprechen. Und erst recht nicht zum Mitleidsobjekt anderer Leute zu werden. Deshalb fraß ich alles in mich hinein. Aber in letzter Zeit will das alles irgendwie herauskommen. Und jetzt habe ich das Gefühl, dass ich mein Leben endlich so sehe, wie es wirklich war.«

Ich legte meine Hand auf die ihre. »Und was denkst du?«

»Ich denke, dass ich den Großteil meines Lebens damit zugebracht habe, für andere Menschen Dinge zu flicken, aber ich selbst bin in zerrissenen Lumpen herumgelaufen. Nach dem heutigen Tag frage ich mich, wie die letzten fünfzig Jahre wohl verlaufen wären, wenn ich meinen Eltern und J. J. vergeben hätte. Vielleicht wäre ich dann glücklicher gewesen.«

»Vielleicht«, sagte ich. »Aber dann hätte ich dich nie kennengelernt. Und was wäre dann aus mir geworden?«

Sie legte ihre zweite Hand auf die meine, wie alte Frauen es manchmal machen. »Vor langer Zeit habe ich geglaubt, dass alles aus einem Grund geschieht«, sagte sie. »Dass alles, was zuvor passiert ist, dich dahin geführt hat, wo du jetzt bist, und daher alles einen Sinn hatte.«

Ich seufzte. »Das sagt meine Mutter auch immer.«

»Ich glaube, sie hat recht. Nachdem William gestorben war, konnte ich das viele, viele Jahre nicht glauben. Aber jetzt, wo ich auf der anderen Seite von alldem angelangt bin, muss ich einfach glauben, dass ein Plan dahintersteht. Wir können nur nicht das ganze Bild sehen. Unser Leben ist so wie dieses Foto.« Sie hielt die Aufnahme von William und J. J. hoch. »Für sich allein sagt es nicht viel aus. Wenn man nur dieses eine Foto sieht, kann man nicht verstehen, was in diesem Land vor sich geht oder was während der Unruhen passiert ist. Aber wenn man alle zusammennimmt …«, sie legte das Bild zu den anderen auf den Tisch zurück, »… dann fängt man an, es zu erkennen. Es gibt immer schwere Momente. Aber bei vielen dieser Momente begreift man später, dass ohne sie etwas anderes, das gut und wunderbar war, nie hätte geschehen können.«

»Sag mal, Tante Nora«, wechselte ich das Thema. »Darf ich dir noch eine Überraschung zeigen?«

Sie legte eine Hand vor ihren Mund und unterdrückte ein Gähnen. »Ich bin mir nicht sicher, ob ich heute noch eine Überraschung verkrafte.«

»Es ist keine große Sache. Du musst nur mit nach draußen kommen.«

Sie willigte mit einem müden Lächeln ein und folgte mir in die Küche, wo meine schmutzigen Schuhe noch auf der Fußmatte standen. Ich nahm ihre Windjacke vom Haken neben der Hintertür und half ihr hinein. Die Sonne war schon fast untergegangen, aber es fiel genug goldenes Licht durch die Bäume in der Ferne, dass wir sicheren Fußes über den matschigen Erdboden gehen konnten. Als wir uns dem kleinen Baum näherten, waren keine Worte nötig.

»Oh, Elizabeth!«

»Es ist ein Trompetenbaum. Wie der Baum, den William damals für dich gepflanzt hat. Ich dachte, du vermisst den anderen vielleicht.«

»Du bist so lieb.« Sie faltete die Hände vor ihrem Bauch und lächelte.

Ich legte den Arm um sie und zog sie an mich. »Jetzt hast du deinen Baum wieder.«

»Nein. Das ist dein Baum. Du hast ihn gepflanzt und du wirst ihn wachsen sehen.« Sie wandte sich zu mir um und schaute mich direkt an. »Du weißt, dass ich will, dass du hierbleibst, nicht wahr?«

»Ich habe dir doch gesagt, dass ich bleibe. Ich bleibe, solange du mich hier haben willst.«

»Nein, ich meine, dass du hierbleibst, wenn ich nicht mehr da bin. Ich will, dass du in diesem Haus wohnst und seine Erinnerungen bewahrst. Ich habe dir noch viel zu erzählen und es gibt noch mehr Rätsel, die gelöst werden wollen. Ich kam nicht mehr dazu, Tante Margaret alle meine Fragen zu stellen. Sie starb nur wenige Monate nach den Unruhen. Habe ich dir eigentlich schon von dem Fenster auf dem Dachboden erzählt?«

Ich schüttelte den Kopf.

»Dann kannst du dich auf eine interessante Geschichte gefasst machen.«

Als ich am nächsten Sonntagmorgen die Treppe hinunterkam, stand Tante Nora in einem hellrosa Kostüm da. Dazu trug sie elegante Stöckelschuhe und einen kecken Pillbox-Hut.

»Wow! Hast du dieses Kostüm selbst genäht?«

»Vor langer, langer Zeit. Aber meine Kundinnen sagen, dass Vintage zurzeit modern ist.«

»Ich wünschte, ich könnte auch so etwas nähen.«

»Das wirst du schon bald. Du lernst schnell. Im Nullkommanichts wirst du auch gefütterte Jacken nähen können. Aber jetzt sollten wir lieber aufbrechen.«

Der Parkplatz vor Mr Richs riesiger Baptistengemeinde war extrem voll. Ich ließ Tante Nora vor der Kirche aussteigen, wo ihr ein gut gekleideter, schwarzer Herr die Tür öffnete und ihr dann seinen Arm anbot. Zwei andere Männer standen ein paar Schritte hinter ihm und hielten die Kirchentüren auf. Ich dachte an die schlichte Hütte, in der meine Eltern mit brasilianischen Bauern und Fischern Gottesdienst feierten, und lächelte. Wir waren alle Teil einer außergewöhnlichen, wunderbaren Familie.

Nachdem ich das Auto geparkt hatte, ging ich durch den Eingang ins Foyer, wo Nora mit Linden auf mich wartete. Linden lotste uns durch die vielen elegant gekleideten Menschen, die in den Gottesdienstraum strömten. Ich behielt Nora im Auge und hoffte, dass der Rummel nicht zu viel für sie war. Ich selbst fühlte mich von der lebhaften Atmosphäre fast überrollt. Als eine der ganz wenigen weißen Frauen und als einzige Frau weit und breit, die keinen Hut trug, fühlte ich mich zudem fast nackt. Aber Nora wirkte ruhig und schien sich zu freuen, Hunderten Menschen die Hand zu schütteln und Fremde zu umarmen.

Die Musik ging direkt ins Herz und war voller echter Freude. Der Pastor sprach von Buße, Erlösung und Wiedergeburt. Rund um mich herum wurde zustimmend »So ist es«, »Jawohl« und »Amen« gemurmelt oder gerufen. Ich kam mir vor, als würde ich an einem einzigen Morgen wiedergutmachen, dass ich ein ganzes Jahr nicht zum Gottesdienst gegangen war. Außerdem wurde mir klar, dass ich etwas tun musste.

Während Linden und Mr Rich hinausgingen, um die Autos zu holen, überließ ich Nora der Fürsorge einiger Frauen und zog mich in eine stille Ecke in einem leeren Gruppenraum zurück. Ich holte mein Handy heraus, das ich für den Gottesdienst stumm geschaltet hatte, und wählte Vic Sharpes Nummer. Nach dem dritten Klingeln stellte ich mich darauf ein, dass seine Mailbox anspringen würde. Doch das Klingeln wurde unterbrochen.

»Elizabeth?«

»Danke, dass du meinen Anruf annimmst.«

»Was kann ich für dich tun?«

Ich atmete tief ein. »Ich wollte dir nur sagen, dass es mir leidtut. Alles.«

Es wurde still.

»Vic?«

»Ich bin noch dran. Ich … danke, Elizabeth. Das freut mich.«

Ich wusste nicht, was ich sonst noch sagen sollte.

»Hör zu«, sagte er, »vielleicht hätte ich ein wenig anders reagieren sollen. Ich habe mich von meiner Wut treiben lassen. Wenn du deinen Job zurückhaben willst …«

»Nein, ich will ihn nicht zurückhaben.«

»Wirklich nicht?«

»Wirklich nicht. Ich habe jetzt einen besseren Job. Ein besseres Leben. Mir geht es gut.«

»Okay. Gut, falls ich irgendwann etwas für dich tun kann, lass es mich wissen.«

*Alles geschieht aus einem Grund.*

»Vic, hast du je daran gedacht, in Kunst zu investieren?«

»Ich bin ganz Ohr.«

Mehrere Minuten später kehrte ich zu Nora ins Eingangsfoyer zurück.

»Du scheinst bestens gelaunt zu sein«, sagte sie.

»Das bin ich auch.«

Es gab so vieles, wofür ich dankbar sein konnte. Unter anderem dafür, dass meine erste Einschätzung von James Rich, als er damals das *Lafayette Coney Island* betreten hatte, falsch gewesen war: Das Gespräch mit ihm war keine Zeitvergeudung gewesen. Er war genau zum richtigen Zeitpunkt in meinem Leben aufgetaucht.

Vielleicht hatte Gott doch alles unter Kontrolle. Vielleicht gab es einen Plan. Und vielleicht, nur vielleicht, hatte er irgendwo in seinem Plan auch einen Platz für mich vorgesehen.

Am nächsten Morgen setzte ich mich zu einer weiteren Nähstunde in Tante Noras Arbeitszimmer. Matthew schaute mich vom Türrahmen aus hämisch an, doch ich ließ mich von seinem selbstgefälligen Grinsen nicht beirren. Ein ganzes Haus voller Stoffe wartete darauf, in etwas Nützliches, in etwas Schönes verwandelt zu werden, in etwas, das irgendeine junge Frau Generationen später finden, entzückt und verwundert entfalten und als ihre eigene Tür in die Vergangenheit nutzen würde.

# Epilog

*Lapeer County, einige Zeit später*

An einem heißen Augustmorgen, der ganz ähnlich war wie der Tag, an dem ich das erste Mal in das alte Haus in Lapeer gekommen war, stand Tante Nora nicht auf. Ich ging in ihr Zimmer und fand sie. Friedlich und regungslos lag sie unter Mary Balsams bunter verrückter Quiltdecke. Ich wusste sofort, dass sie gestorben war. Ich zog einen Stuhl an ihr Bett heran, nahm ihre kalte Hand in die meine und weinte, wie ich noch nie in meinem Leben geweint hatte. Ich weinte um den Verlust meiner besten Freundin. Obwohl Nora sich mit der Zeit immer mehr verändert hatte, würde ich sie schrecklich vermissen.

Uns hatte eine ungewöhnliche Freundschaft miteinander verbunden. Je näher wir uns gekommen waren, umso weiter waren wir auseinandergetrieben: Die verwirrten Momente, die mir am Anfang meiner Zeit hier aufgefallen waren, hatten im Laufe des letzten Jahres zugenommen, bis Nora schließlich vergessen hatte, wer ich war. Sonderbare Gesprächsfetzen aus längst vergangenen Zeiten hatten sich in ihrem Kopf mit dem Gespräch vermischt, das sie gerade geführt hatte. Anfangs war es schwierig gewesen, ihr zu folgen, aber schließlich hatten wir einen Rhythmus entwickelt und waren ihren unberechenbaren Gedanken dorthin gefolgt, wohin sie uns geführt hatten.

Während ich nun neben ihr saß, erinnerte ich mich an das letzte sonderbare Gespräch, das wir am Abend zuvor geführt hatten: Es begann damit, dass ich ihr von einigen Kundinnen erzählte, die Sonderwünsche hatten, die ich mit meinen immer noch optimierungsbedürftigen Nähkünsten nicht erfüllen konnte. Aber das Gespräch schlug schnell eine andere Richtung ein.

»Ich habe früher schöne Kleider genäht«, sagte Nora.

»Ja, ich weiß.«

»Ich habe auch Quiltdecken genäht. Was wohl aus der gelben Quiltdecke geworden ist?«

»Sie liegt am Fußende meines Betts. Soll ich sie dir holen?«

»Du weißt, dass es in diesem Haus ein Bett gibt, das ein entflohener Sklave gebaut hat?«

»Wirklich? Welches?«

»Ich glaube, es steht jetzt im hinteren Zimmer. Sie haben es dorthin gebracht, nachdem Mary gestorben war.«

»Das Bett in meinem Zimmer war Mary Balsams Bett?«

»Ich weiß nicht, von welchem Zimmer du sprichst.«

»Ich schlafe im hinteren Schlafzimmer. Neben der Treppe zum Dachboden.«

Sie schaute mich an, als hätte ich in einer fremden Sprache gesprochen. »Ich verstehe dich nicht. Ich weiß nicht, was du meinst. Ich will nicht mehr mit dir sprechen.«

Ich ließ das Thema fallen und hoffte, dass sie vielleicht später noch einmal darauf zu sprechen kommen würde. Es führte zu nichts, wenn ich versuchte, unsere Gespräche zu steuern. Das war, als wollte man einen Zug in eine andere Richtung lenken.

Jetzt würde ich keine Gelegenheit mehr bekommen, Genaueres darüber zu erfahren.

Ich rief Mr Rich an und wir entschieden uns für eine schlichte Beerdigung. Nach einem Anruf bei Tyreses Freund bei der Stadtverwaltung bekam ich die Erlaubnis, Nora im Garten neben dem Trompetenbaum zu beerdigen.

Als sich die Trauergäste nach der Beerdigung alle verabschiedet hatten und Tyrese mich noch ein letztes Mal umarmt und geküsst hatte, schloss ich die Haustür und wanderte in dem riesigen leeren Haus von Zimmer zu Zimmer. In Noras Schlafzimmer lag Matthew auf dem Bett.

»Du weißt ganz genau, dass du nicht auf dem Bett liegen sollst.« Ich hob ihn hoch. Er entwand sich meinem Griff und lief davon. Auf der verrückten Decke lagen orangefarbene Fellhaare. Ich entfernte sie und fuhr auf der Suche nach weiteren Haaren mit der

Hand über die gestickten Muster. Doch statt Katzenhaaren entdeckte ich eine große, harte Stelle. Am Ende einer Stichreihe war ein alter Schlüssel eingenäht worden.

Augenblicklich musste ich an den verschlossenen antiken Reisekoffer auf dem Dachboden denken. Nora hatte den Schlüssel zur Dunkelkammer in einer Schublade versteckt gehabt. Hatte sie den Schlüssel zum Holzkoffer in Marys Quiltdecke versteckt? Obwohl es mir vorkam, als würde ich die *Mona Lisa* zerschneiden, schnitt ich die Fäden, mit denen der Schlüssel festgenäht war, durch und stieg aufgeregt die zwei Stockwerke zum Dachboden hinauf.

Im Licht einer nackten Glühbirne kniete ich vor dem Reisekoffer nieder und steckte den Schlüssel ins Schloss. Er passte und ließ sich drehen.

In dem Holzkoffer lag auf einem grünen Seidenbezug ein zusammengerolltes Stück Papier und wartete darauf, entdeckt zu werden. Das ausgetrocknete Gummiband zerriss, als ich versuchte, es abzustreifen. Das Papier war steif. Vorsichtig rollte ich es auseinander und entdeckte ein großes Schwarz-Weiß-Foto von dem wütendsten Mann, den ich je gesehen hatte. Ich dachte an die vielen schönen und aussagekräftigen Bilder von William, die ich gesichtet hatte, als Linden und ich das Material für das Buch mit den Fotografien unseres Großonkels zusammengestellt hatten. Dieses Bild hatte ich auf keinem der Abzüge oder Negative gesehen. Hatte William es fotografiert? Es strahlte definitiv seinen unverwechselbaren Stil aus. Warum hatte jemand von all den großartigen Fotos, die William gemacht hatte, ausgerechnet dieses unerfreuliche Bild für die Nachwelt aufbewahren wollen?

Ich suchte auf der Rückseite nach irgendeinem Hinweis, doch sie war leer. Mal schauen, was Linden dazu sagte, aber der großformatige Bildband mit dem Titel *Die einmalige William Rich Collection*, der von Vic Sharpe finanziert worden war, würde für immer unvollständig sein.

Ich legte das Foto zurück in den Holzkoffer und stieß dabei versehentlich an den Deckel. Er fiel krachend zu und schreckte eine

Maus auf, die aus einem Loch krabbelte, über meinen nackten Fuß lief und dann weiter über den Boden floh und verschwand. Seltsam. Wenn in dem Koffer eine Maus gewesen wäre, hätte ich sie doch sehen müssen. Ich hob den Deckel wieder hoch. Kein Mäusekot, keine Flecken, kein angefressener Stoff. Keine Maus.

Ich steckte den Finger in ein Loch an der Außenseite und wackelte damit. Im Inneren des Reisekoffers bewegte sich nichts. Dann fuhr ich mit den Fingern über den inneren Boden des Holzkoffers, bis ich eine leichte Einkerbung entdeckte, die gerade groß genug war, um einen Finger einzuhaken. Ich zog und der Boden löste sich. Ein großes, flaches Fach kam zum Vorschein, das mit kleinen Papierschnipseln gefüllt war.

Ich hob einen Schnipsel hoch. Das Papier sah sehr alt aus. Dann erblickte ich eine geschwungene Handschrift und ein Fragment, auf dem stand: *Liebe, Geo.*

»Nein!«, schrie ich laut.

Wie lang waren diese Briefe unversehrt hier versteckt gewesen, bis die Mäuse sie zerstört hatten? Waren sie noch ganz gewesen, als ich hier eingezogen war? Hatte Tante Nora von diesem Geheimfach gewusst? Hatte sie diese Briefe lesen können, bevor sie zerstört worden waren? Fast hätte ich angefangen zu weinen, während ich die Schnipsel durchsuchte. Das war nicht fair. Diese Briefe waren hier versteckt gewesen, um eines Tages gefunden zu werden. Und jetzt waren sie verloren.

Einen verrückten Moment lang dachte ich, ich könnte es vielleicht schaffen, die Teile wieder zusammenzufügen. Gleichzeitig wusste ich, dass das unmöglich war. Trotzdem schob ich das Mäusenest zu einer großen Kugel zusammen. Dieses alte Haus war endlich bereit, den Rest seiner Geheimnisse preiszugeben, und ich wollte alles tun, damit sie nicht verloren gingen. Wenn ich das nicht machte, würde es niemand machen.

Tante Nora hatte sich geirrt, als sie gesagt hatte, dass die Geschichte von den Siegern geschrieben würde. Denn die Sieger in der einen Generation können in der nächsten Generation die Bösen sein. Der einzige Weg, der Wahrheit näher zu kommen, war, hartnäckig danach zu suchen. Die Geschichte konnte so leicht verloren gehen. Dazu genügte eine einzige Generation, die sich nicht die Zeit nahm, sie zu ergründen und weiterzugeben. Ich wollte meinen Teil dazu beitragen, dass meine Familiengeschichte erhalten blieb.

Als das Mäusenest entfernt war, entdeckte ich noch etwas anderes auf dem Boden des Geheimfachs. Ein Foto. Es war klein, vielleicht 5 mal 8 Zentimeter. Die dicken Pappränder waren von der verfluchten Maus angefressen worden, aber das Porträt war deutlich zu erkennen. Es war eindrücklich und unverständlich. Ein recht hellhäutiger schwarzer Junge von vielleicht fünf oder sechs Jahren schaute mir aus der fernen Vergangenheit in die Augen, als flehe er darum, anerkannt zu werden. Bekannt gemacht zu werden. Ich drehte das Foto um. In Tinte, die so verblasst war, dass sie nur noch braun war, stand mit geschwungener Schrift *Unser Junge* darauf.

Ich wusste nicht, wer dieser Junge war und wie dieses Foto der Zerstörung hatte entkommen können. Aber eines wusste ich:

Er hatte blaue Augen.

# Anmerkungen der Autorin und Dank

2012 begann ich, mir über die Geschichte, die ich in diesem Roman erzähle, Gedanken zu machen. Das war, bevor der Tod von afroamerikanischen Männern und Jungen durch die Hand von weißen Polizisten durch alle Medien ging. Das war vor dem Mord an neun schwarzen Gottesdienstbesuchern in einer Kirche in Charleston. Das war, bevor weißer Nationalismus in den USA landesweit Schlagzeilen machte – wieder einmal.

Während ich in den nächsten sieben Jahren recherchierte, schrieb, überarbeitete und nach einem Verlag für dieses Buch suchte, wurde mir seine traurige Aktualität immer wieder bewusst. Dieser Roman wurde nicht als Reaktion auf diese Ereignisse geschrieben. Er wurde inmitten dieser Ereignisse geschrieben und ist aus meinen eigenen Bemühungen geboren, das ganze Ausmaß von Rassismus in Amerika zu begreifen, die Wurzeln zu verstehen und mit den Opfern mitzuempfinden. Es war ein Versuch, mich mit etwas auseinanderzusetzen, das unbegreiflich ist.

Mir ist sehr wohl bewusst, welche Gefahren damit verbunden sind, über ein solches Thema zu schreiben. Mir ist bewusst, dass ich möglicherweise etwas falsch wiedergegeben habe. Auch sind mir die Fallstricke bewusst, die damit einhergehen können, wenn ich als Weiße afroamerikanische Charaktere beschreibe. Ich habe mich bemüht, jede Figur, ob weiß oder schwarz, männlich oder weiblich, Hauptfigur oder Nebenfigur, glaubwürdig und respektvoll darzustellen. Auch habe ich mich nach Kräften bemüht, Stereotypen und kulturelle Aneignung zu vermeiden. Ich habe meine Geschichte afroamerikanischen Freunden zum Lesen gegeben und ihre Kritik gern angenommen.

Mir ist außerdem bewusst, dass gute Absichten allein nicht reichen. Wie alle Menschen bin ich fehlbar. Es stört mich zwar nicht, wenn Leser sich durch meinen Roman unbehaglich oder vor den Kopf gestoßen fühlen, aber ich will, dass dies aus den richtigen Gründen geschieht. Wenn der Grund ein beleidigendes Klischee ist, das ich verwendet habe, möchte ich mich von ganzem Herzen entschuldigen. Wenn der Grund darin liegt, dass die Geschichte Ihnen die Augen für etwas an Ihrem eigenen Verhalten geöffnet hat, das Ihnen nicht gefällt, möchte ich Sie einladen, dieser Sache auf den Grund zu gehen, sich damit auseinanderzusetzen und sich zu ändern.

Damit ich die Welt, in der dieser Roman spielt, lebendig werden lassen konnte, bin ich mehreren Autoren und Wissenschaftlern für ihre ausgezeichnete Arbeit zu tiefem Dank verpflichtet: Dazu gehören Isabel Wilkerson (*The Warmth of Other Suns*), Sidney Fine (*Violence in the Model City*), Herbert Shapiro (*White Violence and Black Response*), Marilyn Mayer Culpepper (*Trials and Triumphs: The Women of the American Civil War*), Hubert G. Locke (*The Detroit Riot of 1967*), Mark Binelli (*Detroit City Is the Place to Be*), Courtney B. Vance (Podcast *Rebellion in Detroit*) und andere.

Vielen Dank allen, die frühere Entwürfe gelesen und mich mit Kritik und Rat freundlich unterstützt haben, u. a. Valerie Marvin, Debra Dawsey, Mary Bowen, Booker T. Mattison, Nancy Johnson, Twila Bennett, Orly Konig, Noel Harshman und Dr. Meghan Burke. Meiner wunderbaren Agentin, Nephele Tempest, meiner leidenschaftlichen Lektorin, Kelsey Bowen, und dem ganzen Team von Revell Books: Danke, dass ihr das Risiko eingegangen seid, euch mit einer neuen Autorin und einer komplexen Geschichte auf den rauen Büchermarkt zu wagen. Jessica English, danke für deine aufmerksamen Augen und deine leichte Hand, als es darum ging, diese vielen Seiten zu redigieren. Michele Misiak und Karen Steele, danke für eure Ideen, Energie und Erfahrung. Cheryl Van Andel, danke für deine Geduld bei der Suche nach dem richtigen Titelbild. Und David Lewis, danke, dass du in einem einzigen Atemzug gesagt hast, dass du dieses Buch liebst und dass es dich aufwühlt. Ein größeres Lob könnte ich mir nicht wünschen.

Besonderer Dank gilt meinen Eltern, Dale und Donna Foote, von denen ich nicht nur wertvolle Berichte aus erster Hand bekommen habe, wie es war, in den 1960er-Jahren auf beiden Seiten der Gleise in Detroit aufzuwachsen. Sie haben mich auch bei allen meinen Bemühungen in den letzten 39 Jahren unermüdlich ermutigt.

Mein tiefster Dank geht an meinen Mann, Zachary Bartels, meinen besten Freund und unerschütterlichen Unterstützer. Er hat mit mir meine kleinen Siege gefeiert und mich bei jeder Enttäuschung auf dem Weg getröstet. Ich bin von einem gnädigen Gott reich gesegnet, der mir diesen Mann als Partner im Leben und in der Liebe geschenkt hat.

Und meinem Sohn Calvin, der erst vier war, als ich anfing, an diesem Buch zu arbeiten, und zehn, als es endlich seinen Weg in die Buchläden fand. Als Einzelkind von Eltern, die beide Autoren sind, aufzuwachsen, ist bestimmt nicht leicht. So oft sind Mama und Papa gedanklich in anderen Welten und vergessen Unwichtiges (wie Wäsche zu waschen oder Lebensmittel einzukaufen), während wir an Orten und Menschen feilen, die nur in unserer Fantasie existieren. Ich bin begeistert, dass du eine genauso lebhafte und fesselnde Fantasie hast wie wir und dass du genauso gern liest wie wir. Du weißt es vielleicht noch nicht, aber du bist auch ein Geschichtenerzähler. Was auch immer du sein wirst, wenn du groß bist – ich hoffe, dass du deine Fantasie nie verlierst.

Denn wenn wir uns in unserer Fantasie keinen besseren Weg vorstellen können, werden wir nie daran arbeiten, dass er Wirklichkeit wird.